溫洪隆　注譯
齊益壽　校閱

新譯陶淵明集

三民書局　印行

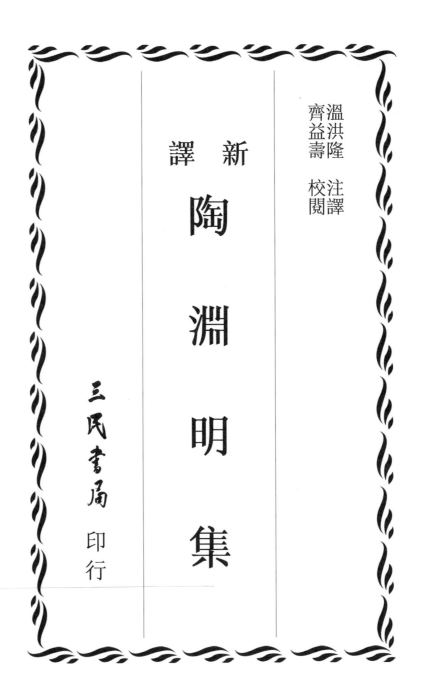

國家圖書館出版品預行編目資料

新譯陶淵明集／溫洪隆注譯;齊益壽校閱.－－修訂三版四刷.－－臺北市：三民，2020
面；　公分.－－(古籍今注新譯叢書)

ISBN 978-957-14-5738-3（平裝）

843.2　　101021963

古籍今注新譯叢書
新譯陶淵明集

注 譯 者　溫洪隆
校 閱 者　齊益壽

發 行 人　劉振強
出 版 者　三民書局股份有限公司
地　　址　臺北市復興北路 386 號 (復北門市)
　　　　　臺北市重慶南路一段 61 號 (重南門市)
電　　話　(02)25006600
網　　址　三民網路書店 https://www.sanmin.com.tw

出版日期　初版一刷 2002 年 7 月
　　　　　二版二刷 2010 年 5 月
　　　　　修訂三版一刷 2012 年 11 月
　　　　　修訂三版四刷 2020 年 1 月
書籍編號　S032050
I S B N　978-957-14-5738-3

三民書局

刊印古籍今注新譯叢書緣起

劉振強

人類歷史發展，每至偏執一端，往而不返的關頭，總有一股新興的反本運動繼起，要求回顧過往的源頭，從中汲取新生的創造力量。孔子所謂的述而不作，溫故知新，以及西方文藝復興所強調的再生精神，都體現了創造源頭這股日新不竭的力量。古典之所以重要，古籍之所以不可不讀，正在這層尋本與啟示的意義上。處於現代世界而倡言讀古書，並不是迷信傳統，更不是故步自封；而是當我們愈懂得聆聽來自根源的聲音，我們就愈懂得如何向歷史追問，也就愈能夠清醒正對當世的苦厄。要擴大心量，冥契古今心靈，會通宇宙精神，不能不由學會讀古書這一層根本的工夫做起。

基於這樣的想法，本局自草創以來，即懷著注譯傳統重要典籍的理想，由第一部的四書做起，希望藉由文字障礙的掃除，幫助有心的讀者，打開禁錮於古老話語中的豐沛寶藏。我們工作的原則是「兼取諸家，直注明解」。一方面熔鑄眾說，擇善而從；一方面也力求明白可喻，達到學術普及化的要求。叢書自陸續出刊以來，頗受各界的喜愛，使我們得到很大的鼓勵，也有信心繼續推廣這項工作。隨著海峽兩岸的交流，我們注譯的成員，也由臺灣各大學的教授，擴及大陸各有專長的學者。陣容的充實，使我們有更多的資源，整理更多樣化的古籍。兼採經、史、子、集四部的要典，重拾對通才器識的重視，將是我們進一步工作的目標。

古籍的注譯，固然是一件繁難的工作，但其實也只是整個工作的開端而已，最後的完成與意義的賦予，全賴讀者的閱讀與自得自證。我們期望這項工作能有助於為世界文化的未來匯流，注入一股源頭活水；也希望各界博雅君子不吝指正，讓我們的步伐能夠更堅穩地走下去。

修訂三版序

《新譯陶淵明集》二〇〇二年七月初版以來，承蒙讀者厚愛，二〇〇八年六月再版，現在又將出第三版。古籍今注新譯叢書主編先生約我為修訂本作序，談談該書寫作、修訂的經過或心得，以及多年來與書局交流合作的感想等，我愉快地接受了這一盛情的邀約。

當初簽下撰寫這本書的合同，我首先想到的是如何給這本書定位的問題。我想古籍之所以要注釋、翻譯並且加賞析文字，是因為它不易讀懂，我所做的一切工作，理所當然就是為幫助讀者讀懂《陶淵明集》盡綿薄之力。於是我依照叢書體例的要求，為全書撰寫了導讀，給篇名寫了題解，給原文加了標點，為需要加注的字、詞、句作了注釋，逐句進行了語譯，還為每篇作品寫了賞析。

這看似容易，其實做起來卻難。題解不止是在字面上給篇名作解釋，更重要的是要對全篇的內容作出概括性的提示，如〈形影神〉的題解，不能只是解釋形、影、神三個字，而要指出作者在這組詩中假託「形」「影」「神」對「惜生」問題提出了三種不同看法，即人生在世有三種不同的活法。這樣，對讀者閱讀這組詩方能有所幫助。

標點，有時也頗費心力，並非是懂得標點符號用法就能標點古籍，如〈贈長沙公・序〉「余於長沙公為族祖同出大司馬」二句，有在「族」字後點斷和在「祖」字後點斷兩種不同標法，究竟哪種正確，不能隨便確定。經查考，淵明和長沙公（陶延壽之子）同是晉大司馬陶侃的後裔，淵明是陶侃的四世孫、長沙公是陶侃的六世孫，他們在族內的世系正是祖孫輩；同時我又從《顏氏家訓・風操》中取得「凡宗親世數，有從父，有從祖，有族祖」等語的旁證，從而確認「族祖」二字是一個不能分開的詞以後，才斷定應在「祖」字後斷句。

注釋更非易事。《陶淵明集》已有多種注本，有前賢時彥的研究成果可供借鑒。但是內行人都知道：注釋古籍，前人沒有注過的有開荒之艱，注過的有深入之難，各家分歧的意見你必須作出選擇或提出看法，眾人忽略的問題需要你去發現，大家回避的難題你應盡可能去解決，同時必須持之有故，言之成理，不能信口開河，言而無徵。其中艱苦，非身歷其事是很難體會到的。光是字、詞、句的解釋，不是會查字典、詞典就行，真正難解釋的字、詞、典故，字典、詞典裡往往難以查到；即使查到了，由於一字一詞多義，再加上同一典故不同的用典人又有不同的理解，還得根據具體語境去選擇。另外對字與詞的解釋還必須顧及全句、全篇甚至作者全人，弄清作者謀篇佈局的思路，以及上下文起承轉合的關係，方能融會貫通，作出正確的注釋。魯迅先生說：「我總以為倘要論文，最好是顧及全篇，並且顧及作者的全人，以及他所處的社會狀態，這才較為確鑿。要不然，是很容易近乎說夢的。」❶注釋古籍也是如此。

❶ 魯迅〈題未定草〉七。

語譯之難，難在要做到信、達、雅，要儘量保持原作的韻味。翻譯時為了找到一個恰當的詞，苦思冥想，常有上窮碧落下黃泉，兩處茫茫皆不見之感。同時翻譯和寫文章不同，必須逐字逐句翻譯，一句都不能漏掉，難懂的也無法回避，總不能弄不明白的就不翻譯。

賞析雖然是仁者見仁，智者見智，但也不能離開原文隨意發揮，或者望文生義，郢書燕說，這都無助於讀者讀懂原文。劉勰說：「夫綴文者情動而辭發，觀文者披文以入情，沿波討源，雖幽必顯。世遠莫見其面，覘文輒見其心。」❷作文者由於情動才發為文辭，觀文者透過閱讀文辭去瞭解作文者的情思，就像沿著水波去尋找水的源頭，雖然幽深必能顯露。由於世代相隔遙遠，觀文者不可能同作者見面，可是閱讀他的文章可以見到他的心思。既然如此，那麼賞析就必須依據原文去體會作文者為文之用心，找出每篇詩文真正的寫作特點，不能用那些諸如語言形象、結構嚴謹、情景交融、言簡意賅等套話去忽悠讀者，這才對讀者有所裨益。而要做到這點，也只有在透過注釋、深刻理解原文的基礎上方能切中肯綮。例如那首被黃庭堅稱為「其中多不可解」的〈述酒〉詩，只有體會到了詩人有話不便明說，採用了隱喻象徵、借古說今的表現手法這一寫作特點，才能明瞭詩中的涵義。而要讀懂〈怨詩楚調示龐主簿鄧治中〉，不但要瞭解詩人一生努力為善卻屢遭不幸的身世，還得參閱司馬遷在《史記‧伯夷列傳》中懷疑「天道無親，常與（助）善人」的古訓，歷數自古以來好人不得好報、惡人卻得好報的憤激言辭，方能知道詩人怨在何處。

這些看似雕蟲篆刻、壯夫不為的工作，我卻樂此不疲，因為這是我撰寫本書應該做的事，否

❷ 劉勰《文心雕龍‧知音》。

則便愧對讀者。而書局從來也不要求我離開原著去寫那些游談無根、大而無當、往而不返的文字，而是提倡要冥契古今心靈，「不能不由學會讀古書這一層根本的工夫做起」，期待我為幫助讀者讀懂原著做點實事。聯繫到而今時聞「太牢」就是大牢房、「少牢」就是小牢房等類笑話❸，我越來越覺得三民書局組織撰寫、出版古籍今注新譯叢書，希望藉此提高民眾閱讀古書的能力，「打開禁錮於古老話語中的豐沛寶藏」，實是功德無量的善舉。因為古代文化，大都保存在古書中，「得知千載外，正賴古人書」❹，如果看不懂古書，在很大程度上便斷絕了與古代文化的聯繫，等於沒有取得研究古代文化的入場券，所謂弘揚古代文化的優良傳統，多半會成為一句空話。我有幸參與其事，本著知之為知之、不知為不知的態度，做了點實事，沒有用空話、大話去糊弄讀者，心中也就感到踏實。至於其他也就毋須多慮了。

認識沒有止境，學問也沒有止境。書出版以後，經過一段時間，作者總會發現還有需要修改的地方。本書出第二版時，我正忙於《新譯樂府詩選》的寫作，沒有更多時間去琢磨修改，只改正了一些明顯的錯字。《新譯樂府詩選》交稿以後，有了充裕的時間，正好書局又準備出第三版，我便趁機對原書作了進一步的修改。先是改寫了導讀，將文中所引用的難懂的古語改成語體文，儘量做到深入淺出，通俗明暸，以便中學生也能看懂，同時將引語原文保留在注中，以備想作深

❸ 古代的祭品，具備牛、羊、豬三種或者只具牛一種叫「太牢」，具備羊、豬兩種或者只具羊一種叫「少牢」，有人卻望文生義，解「太牢」「少牢」為大牢房、小牢房。

❹ 陶淵明〈贈羊長史〉詩。

入研究的讀者查閱。其次對那些注得不夠清楚明白的字、句重新作注，如〈感士不遇賦・序〉中的「閭閻懈廉退之節，市朝驅易進之心」二句，過去注得比較籠統，今則依據《禮記・表記》「事君難進而易退，則位有序；易進而難退，則亂也」，具體落實了「廉退之節」與「易進之心」的解釋。再次，將某些不夠準確的注釋作了更正，如〈擬挽歌辭〉「向來相送人」一句中的「向來」一詞，初版時注為「歷來」，今則依據《詩詞曲語辭匯釋》「此云適來送殯之人」之說，更正為「剛來」。另外有些典故初版時未查到出處，如附錄〈陶淵明集序〉中的「或懷釐而謁帝」一句，依據上下文其所指當與古代的隱士、高士有關，可是我查遍了隱逸傳、高士傳一類傳記以及類書中的隱逸部，還通過電子文本檢索，並向著名的文史專家請教，均無所獲，只好注明「其事不詳」。今據友人提醒：高步瀛先生以為疑用《莊子・天地》所載華封人祝堯事，覺得頗有參考價值，因而作了補注。凡此種種，都是為了對讀者負責。不過世上難有盡善盡美的事，雖經修訂，仍然還可能存在不周甚至錯誤之處，切望讀者、專家賜正。

自從一九九一年與三民書局交往以來，至今已有二十餘年，留下了許多美好的記憶。書局同仁組稿只重書稿品質，不重撰稿人職稱、名氣，即使當時還是講師的青年，學有專長，亦獲垂青，慧眼識珠，傳為美談。審編認真過細，字斟句酌，切磋琢磨，勞神費心，那種對讀者負責，甘願為他人作嫁衣裳的精神，實在令人感佩。尤為難得的是處處尊重作者，有不同看法，總是事先與作者商討，絕不隨意改動。因此我們一直合作得很好，相處非常融洽。某些小事也給我留下了難忘的印象，有次我急需添購兩本書，頭天給書局發去電子郵件，第二天上午八時許便接到主編電話，告知書已經由航空寄出。如此急人之所急，著實讓我喜出望外，感激不盡。書局每次寄來的書，總是封面朝裡，再用塑膠泡膜和牛皮紙牢固包裝，因此雖經長途運輸，卻完好無損。書局同仁如此處處愛崗敬業，替他人著想，勿以善小而不為，讓我小中見大，心想這或許就是三民書局能在臺灣出版企業中首屈一指的原因之一。

往日兩岸相隔，海天茫茫，同胞骨肉，天各一方，溯洄從之，道阻且長；今朝兩岸交流，常來常往，大陸超市，臺果飄香，寶島勝地，陸客熙攘。每念及此，欣慨交心。海峽兩岸，誠能攜手並進，互惠共贏，實兩岸同胞之大幸，民族之大幸！區區此心，朝夕念之。

是為序。

溫洪隆　二〇一二年十月於武昌桂子山

新譯陶淵明集 目次

卷四　詩五言

卷五 賦辭

卷六 記傳述贊

卷七 疏祭文

附 錄

附圖 1

陶淵明畫像

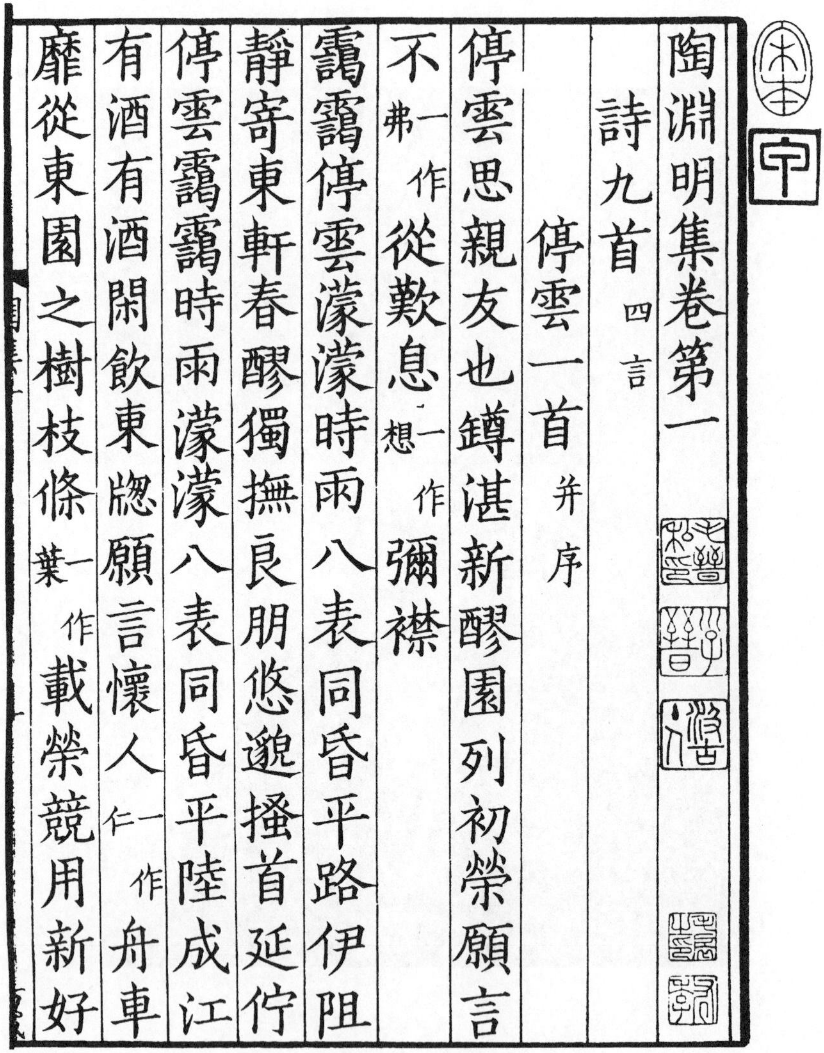

陶淵明集卷第一

詩九首 四言

停雲一首 并序

停雲思親友也罇湛新醪園列初榮願言不一作弗從歎息一作想彌襟

靄靄停雲濛濛時雨八表同昏平路伊阻靜寄東軒春醪獨撫良朋悠邈搔首延佇

停雲靄靄時雨濛濛八表同昏平陸成江有酒有酒閑飲東牕願言懷人一作仁舟車靡從

東園之樹枝條一作葉載榮競用新好

明毛晉汲古閣影宋抄本《陶淵明集》書影

導讀

陶淵明，一名潛，字元亮❶，潯陽柴桑人，我國著名詩人。生於晉哀帝興寧三年（西元

❶ 關於淵明的名字，史傳說法不一。《宋書・隱逸傳》：「陶潛，字淵明，或云淵明，字元亮。」蕭統《陶淵明傳》：「陶淵明，字元亮。或云潛，字淵明。」與《宋書》所言內容相同，只是對兩種不同說法的敘述次序有先後之分；《蓮社高賢傳》：「陶潛，字淵明。」《南史・隱逸傳》：「陶潛，字淵明，或云字深明，名元亮。」《晉書・隱逸傳》：「陶潛，字元亮。」可見陶淵明的名字早就是個糾纏不清的問題。由於淵明在《孟府君傳》中曾說：「淵明從父太常夔。」「淵明先親，君之第四女也。」在《祭程氏妹文》中又說：「淵明以少牢之奠，俛而酹之。」都自稱「淵明」，因此張縯說：「淵明，固先生之名，非字也。」「嘉（孟嘉）於先生為外大父（外祖父），先生又及其先親（指已去世的母親），義必以名自見，豈得自稱字哉！」（李公煥《箋註陶淵明集・總論》引）可見「淵明」是名，不可能是字。淵明該有兩個名（淵明和潛），只有一個字（元亮）。《南史》所說的「深明」就是「淵明」，是唐人為了避唐高宗李淵諱所改。至於淵明為何有兩個名？有兩種不同的解釋：一是葉夢得說淵明在晉朝名潛，字淵明；入宋後改名淵明，字元亮，所謂「『或云潛字淵明』者，其前所行也，『淵明字元亮』者，後所更也。」「意淵明自別於晉、宋之間而微見其意歟！」（吳仁傑《陶靖節先生年譜》引）吳仁傑也認為淵明自己改過名，只是「在晉名淵明，字元亮；在宋則更名潛，而仍其舊字。謂其以名為字者，初無明據，殆非也。」（《陶靖節先生年譜》）二是梁啟超、羅翽認為兩個名中，一個是名，另一個是小名。梁啟超以為「淵明」是名，「潛」

三六五年），死於宋文帝元嘉四年（西元四二七年），終年六十三歲❷。私諡靖節徵士，世號靖節先生。

一、陶淵明所處的時代及其生平

淵明生活的時代，南北分裂，東晉偏安江南，政治腐敗，戰亂不息，經常發生大臣廢黜皇帝、篡奪皇位的事件，社會動盪不安。淵明年幼時，東晉的實權掌握在那個自稱不能流芳後世、也要遺臭萬年的大野心家桓溫手中。晉廢帝太和六年（西元三七一年，淵明七歲），桓溫廢晉帝司馬奕為東海王，立司馬昱為簡文帝。簡文帝雖處尊位，也只能拱手緘默，規規

是小名，他說：「古者『君子已孤（指幼而喪父）不更名』，謂先生晚年改名，殆不近理。考先生五子儼、俟、份、佚、佟，而〈責子〉詩則舉其小名曰舒、宣、雍、端、通，是先生諸子，皆有兩名也，先生蓋亦爾爾，『淵明』其名，而『潛』其小名歟？」（《陶淵明年譜》）羅鼬也認為有名和小名之分，但不同意「淵明」是名，「潛」是小名，主張「潛」是名，「淵明」是小名，他說：「孟嘉者，先生之外祖父；程氏妹者，先生之胞妹也，外孫對外祖稱小名，胞兄對胞妹稱小名，親親之誼有然。對道濟則俗所謂官場應酬者也，安得不稱官名（指淵明對檀道濟自稱『潛也何敢望賢』）？」（古直《陶靖節年譜》引）

❷　淵明的生卒年，係依據《宋書・隱逸傳》「元嘉四年卒，時年六十三」推算出來。此外張縯言淵明得年七十六（見李公煥《箋註陶淵明集・總論》注），梁啟超言淵明卒年僅五十六（見《陶淵明年譜》），古直言淵明止有五十二歲（見《陶靖節年譜》），所推算出的生卒年亦各不相同，詳情請見有關論著。

矩矩當傀儡，還常常害怕遭到廢黜❸。次年簡文帝去世，孝武帝司馬曜即位，由桓溫輔佐執政。不久桓溫病死，由謝安執掌朝政。孝武帝太元八年（西元三八三年，淵明十九歲），北方的前秦王苻堅率領百萬大軍南下伐晉，謝安和他的弟弟謝石、姪兒謝玄在淝水大敗前秦軍，接著又進軍北伐，收復了大片失地。可是不久謝安便遭到琅琊王司馬道子的排擠，離開京都，去鎮守廣陵。孝武帝太元十年（西元三八五年，淵明二十一歲），謝安病死，政權又落入司馬道子和他的兒子司馬元顯手中，官員通過行賄得到升遷，政治更加黑暗腐敗。又崇尚佛學，用度奢侈，下民實在難以承受❹。晉安帝隆安二年（西元三九八年，淵明三十四歲），王恭、殷仲堪、桓玄（桓溫的兒子）、楊佺期等聯合起來反對司馬道子，推桓玄做盟主，政權又逐漸落入桓玄和劉牢之（王恭的部將）手中。隆安三年（西元三九九年，淵明三十五歲），司馬元顯為了擴大自己的軍事力量，強徵江南從奴隸身分解放出來的佃客補充兵役，東土民怨沸騰，孫恩乘機起兵，永嘉八郡響應。桓玄和殷仲堪、楊佺期等又生內訌，桓玄進攻江陵，殺殷仲堪、楊佺期，取代殷仲堪做了荊州刺史。三年後，桓玄從江陵南下，攻入京都建康，殺死司馬元顯和司馬道子。晉安帝元興二年（西元四〇三年，淵明三十九歲），桓玄自立為帝，國號楚，貶安帝為平固王。次年，劉裕從京口起兵討伐桓玄，桓玄兵敗被殺，安帝復位，

---

❸《晉書》卷九〈簡文帝紀〉：「帝雖處尊位，拱默守道而已，常懼廢黜。」

❹《晉書》卷六四〈武十三王傳・簡文三子傳〉：「官以賄遷，政刑謬亂。又崇信浮屠之學（佛學），用度奢侈，下不堪命。」

政權又落入劉裕手中。安帝義熙十四年（西元四一八年，淵明五十四歲），劉裕縊死安帝，立司馬德文為帝，是謂恭帝。兩年後（西元四二〇年，淵明五十六歲），劉裕廢恭帝為零陵王，自即帝位，是為宋武帝，建立劉宋王朝，東晉滅亡。不久劉裕又派人用毒酒去毒殺恭帝（零陵王），用被子將他捂死。再過兩年（西元四二二年，淵明五十八歲），劉裕病死，由宋少帝劉義符繼位。再過兩年（西元四二四年，淵明六十歲），徐羨之、檀道濟廢宋少帝為營陽王，立劉義隆為帝，是謂宋文帝。再過三年（宋文帝元嘉四年，西元四二七年），淵明便在貧病交加中與世長辭了。他就生活在這樣一個動亂的時代中。

淵明曾祖父陶侃，是晉朝的大司馬，受封為長沙郡公，是個功名心很強的人，他常對人說：「偉大的夏禹是個聖人，竟然愛惜寸陰；至於一般的平常人，就應當愛惜分陰，怎麼可以貪圖安逸，戲耍遊樂，荒淫醉酒，活著無益於當時，死了無聞於後世，那是自暴自棄啊！」❺祖父陶茂是武昌太守❻。父親性格恬澹清虛，雖然生活在這風雲變幻的年代，卻心情平和，喜怒不形於色❼。外祖父孟嘉是位名士，歷任部從事、功曹、別駕、縣令以及征西大將軍桓溫的參軍、從事中郎、長史等官職。一生不苟合取容，也不自誇自負。喜歡喝酒，喝多了也

❺ 《晉書》卷六六〈陶侃傳〉：「大禹聖者，乃惜寸陰；至於眾人，當惜分陰，豈可逸遊荒醉，生無益於時，死無聞於後，是自棄也。」

❻ 《晉書》卷九四〈隱逸傳・陶潛〉：「陶潛……祖茂，武昌太守。」

❼ 〈命子〉：「於皇仁考，淡焉虛止。寄跡風雲，寘茲慍喜。」

不失禮。常常放任心志，自得其趣，旁若無人。桓溫曾經問他：「酒有什麼好處，而你嗜好它？」他笑著回答說：「明公只是還不知道酒中趣啊。」❽顯示出超凡脫俗的氣概。這些先輩的生活態度，對於淵明思想性格的形成有著不可忽視的影響。

淵明年少時，家裡貧窮，而且自己多病。家中沒有僕人，他體力上難以勝任取水舂米等家務勞動，維持起碼的生活都困難。加上母親年老、兒子幼小，要養活她(他)們也不容易❾，時常衣食匱乏，飯筐和水瓢是空的，冬天還穿著葛布製的單衣❿。可是他精神上卻用樂觀的態度去對待貧困：懷著高興的心情去山谷取水，背著薪柴一邊行走一邊唱歌⓫，沉醉在山水琴書之中。在〈與子儼等疏〉中他這樣描寫自己青少年時的生活：

> 少學琴書，偶愛閑靜，開卷有得，便欣然忘食。見樹木交蔭，時鳥變聲，亦復歡然有喜。常言五、六月中，北窗下臥，遇涼風暫至，自謂是羲皇上人。

他年輕時嚮往的就是如此恬靜的田園生活，還自稱是伏羲氏以前的人。

---

❽ 參見〈孟府君傳〉。

❾ 顏延之〈陶徵士誄〉：「陶淵明……少而貧病，居無僕妾，井臼弗任，藜菽不給。母老子幼，就養勤匱。」

❿ 〈自祭文〉：「自余為人，逢運之貧。簞瓢屢罄，絺綌冬陳。」

⓫ 〈自祭文〉：「含歡谷汲，行歌負薪。」

陶淵明少時讀的多是儒家經典，受到的也多是儒家的教育⑫，當時雖然道家和佛家的思想很是流行，但兼濟天下、積極入世的儒家思想對他的影響仍然很大。少壯時他也曾經想幹一番事業，後來他在詩中說：「回憶我的少壯時，沒有樂事也歡喜。雄心壯志越四海，展翅翱翔想遠飛。」⑬「少時雄壯又猛烈，仗劍獨自去出遊。誰說出遊路途近？遠到張掖和幽州。饑食西山野豌豆，口渴去飲易水流。」⑭雖然他沒有真的去過張掖和幽州，可是這種虛擬的描述，也抒發了他激昂慷慨、仗劍遠遊、期望有所作為的雄心壯志。大約在二十九歲的時候，因為親老家貧，生活困難，他「投耒去學仕」⑮，放下了手中的農具出去做官，做上了江州祭酒。可是一入仕途，便忍受不了官場上的拘束和折磨，不久就自動辭職回家。州府再召他去做主簿，他也不去⑯。於是在家閑居了幾年，約在三十六歲時，淵明又再次出仕，在荊州刺史桓玄帳下任職，奉命出使京都建康，五月中旬從建康返回，途中遭遇大風，受阻在規林⑰。

⑫〈飲酒・十六〉：「少年罕人事，游好在六經。」
⑬〈雜詩・五〉：「憶我少壯時，無樂自欣豫。猛志逸四海，騫翮思遠翥。」
⑭〈擬古・八〉：「少時壯且厲，撫劍獨行游。誰言行游近？張掖至幽州。飢食首陽薇，渴飲易水流。」
⑮〈飲酒・十九〉：「疇昔苦長飢，投耒去學仕。……是時向立年，志意多所恥。」向立年是說年近三十，也就是大約二十九歲時。
⑯蕭統〈陶淵明傳〉：「親老家貧，起為州祭酒。不堪吏職，少日，自解歸。州召主簿，不就。」
⑰從〈庚子歲五月中從都還阻風於規林〉可知庚子年五月淵明奉命出使京都建康。庚子年相當於西元四〇〇年，淵明時年三十六歲。又據淵明在第二年寫的〈辛丑歲七月赴假還江陵夜行塗口〉可知他此時在江

次年淵明請假返回潯陽家中，七月從潯陽回江陵任所銷假⑱。那年冬天，淵明的母親去世⑲。不久，淵明又辭官歸家，過上了躬耕生活⑳。四十歲時，淵明第三次出仕，任鎮軍將軍劉裕的參軍，去過曲阿㉑，接著又改任建威將軍劉敬宣的參軍，第二年三月，奉命出使京都建康，途經錢溪㉒。大約不久淵明又離職回家了。回家以後，因為生活貧困，在當年八月又第四次出仕，做上了彭澤縣令。他自述這次出仕的動機是：叔父因為我貧苦，於是我被錄用到一個小縣去做了縣令。當時戰亂還沒有平息，我心中害怕到遠處去做官，而彭澤縣離家只有百里，官家田地收穫的糧食，足夠用來釀酒喝，所以便要求到那裏做了縣令㉓。可是一赴任，他又

陵任職。而西元三九九年至四〇三年，桓玄在江陵任荊州刺史，故推知淵明此時在桓玄帳下任職，並奉桓玄之命出使京都。

⑱ 見〈辛丑歲七月赴假還江陵夜行塗口〉。

⑲ 〈祭程氏妹文〉：「昔在江陵，重罹天罰。兄弟（指兄妹）索居，乖隔楚越……黯黯高雲，蕭蕭冬月。」李公煥為「重罹天罰」作注：「靖節年三十七，母孟氏卒，是偏咎，為失怙也。」淵明三十七歲時為隆安五年，是辛丑年，相當於西元四〇一年。

⑳ 〈癸卯歲始春懷古田舍〉：「長吟掩柴門，聊為隴畝民。」〈癸卯歲十二月中作與從弟敬遠〉：「寢跡衡門下，邈與世相絕。」可見此時淵明已經回到家中。癸卯相當於西元四〇三年，淵明時年三十九歲。

㉑ 見〈始作鎮軍參軍經曲阿〉。據《晉書・安帝紀》劉裕是安帝元興三年（甲辰年，西元四〇四年）三月始任鎮軍將軍，淵明任其參軍當在此年，淵明時年四十歲。

㉒ 見〈乙巳歲三月為建威參軍使都經錢溪〉。據《宋書・劉敬宣傳》劉敬宣是在晉安帝元興三年（西元四〇四年）任建威將軍，淵明時四十歲。乙巳相當於西元四〇五年，淵明時年四十一歲。

覺得做官混飯吃比在家挨餓還要痛苦，於是又想回家，因為他本性喜愛自然，不能矯揉造作；雖然因饑餓所迫出來做官，可是由於違背了自己的心願而痛苦；曾經參與過的仕宦之事，都是為了糊口飽腹自己奴役自己。於是他便惆悵感慨，深深地因為沒有實現平生的願望而感到慚愧。㉔在這種矛盾痛苦中度過了八十多天以後，嫁給程家的妹妹在武昌病死，他去奔喪，便自動辭去了彭澤縣令的官職，寫下了著名的〈歸去來兮辭〉，在十一月的某天，告別官場，永遠去過歸隱躬耕的生活了。

蕭統〈陶淵明傳〉說那年歲末，郡裡派督郵到彭澤縣檢查工作，縣吏請淵明穿上禮服、束好腰帶去見督郵，淵明歎息說：「我怎麼能為了五斗米向鄉里小兒彎腰呢？」於是便在當日解下印綬，離職回家了。所記的歸隱的原因雖然與淵明自己所說的不同，其實和他不願心為形役的歸隱動機是一致的。他的歸隱既不是單純地為了去給程氏妹奔喪，也不是一時的情感衝動不願束帶去見督郵，而是經過長期的徬徨掙扎，認識到了「既自以心為形役，奚惆悵而獨悲？悟已往之不諫，知來者之可追。寔迷途其未遠，覺今是而昨非」㉕，才決心永別官場去過隱耕生活。

㉓〈歸去來兮辭・序〉：「家叔（指叔父陶夔）以余貧苦，遂見用于小邑。于時風波未靜，心憚遠役，彭澤去家百里，公田之利，足以為酒，故便求之。」

㉔〈歸去來兮辭・序〉：「及少日，眷然有歸歟之情。何則？質性自然，非矯勵所得；飢凍雖切，違己交病；嘗從人事，皆口腹自役。於是悵然慷慨，深媿平生之志。」

㉕〈歸去來兮辭〉。

總之，從二十九歲到四十歲，淵明時官時隱，為了養家糊口，他不得不出去做官；一旦做了官，又覺得身心受到束縛，失去了自由，彷彿進入牢籠一樣，「一形似有制，素襟不可易」㉖。於是「望雲慚高鳥，臨水愧游魚」㉗，覺得還是回家過躬耕生活好：「靜念園林好，人間良可辭。」㉘他說「誤落塵網中，一去三十（應作十三）年」㉙，這時官時隱的十三年，做官在他心目中畢竟是「誤落塵網」。

歸隱初期，他彷彿從牢籠中出來了一樣，摒棄了塵世間的人事紛擾，沉浸在「復得返自然」㉚的喜悅之中，「既耕亦已種，時還讀我書」㉛，或與家人相聚，樂敘天倫；或同農人往來，共話桑麻；或登高舒嘯，臨流賦詩；或自漉新酒，殺雞待客，事事處處流露出如願以償的歡樂。可是好景不長，四十四歲那年六月，不幸家中遭遇火災，居室被焚燒殆盡，無奈只好在門前的船上棲身㉜。四十六歲，淵明從舊居柴桑里遷家到南村㉝，和被他稱為「素心人」

㉖〈乙巳歲三月為建威參軍使都經錢溪〉。

㉗〈始作鎮軍參軍經曲阿〉。

㉘〈庚子歲五月中從都還阻風於規林・二〉。

㉙〈歸園田居・一〉。

㉚同上。

㉛〈讀山海經・一〉。

㉜見〈戊申歲六月中遇火〉。戊申歲相當於西元四〇八年，淵明時年四十四歲。

㉝見〈戊申歲六月中遇火〉。李公煥按：「靖節舊宅居於柴桑縣之柴桑里，至是屬回祿之變（指遇火災），

的幾個朋友顏延年、殷隱、龐通之等為鄰，放言高論，共賞奇文，相析疑義，或賦詩，或飲酒，往來隨意，談笑無厭，倒也稱心如意。不過他的生活已經日見艱難，只能早上出去幹些輕微的農活，太陽下山背著農具回家㉞，通過自己的辛勤勞動來維持生活。他想這樣既可以足衣食，又可以免異患，也就不辭勞苦，決心躬耕自養，了此一生。可是天不從人願，火災之外，又遭蟲災以及風災、雨災，農作物嚴重歉收㉟，生活每況愈下，以致「夏日長抱飢，寒夜無被眠。造夕（到晚上）思雞鳴，及晨願烏遷（希望太陽早點下山）」㊱，甚至到了「傾壺絕餘瀝（剩餘的酒），闚竈不見煙（斷炊）」㊲的地步。晚年更是貧病交加，不得不向親友「乞食」㊳。後來身患瘧疾，面對死亡，他既不吃藥，也不求神，安然地離開人世㊴，年六十三歲。

越後年，徙居於南里之南村。」「後年」指庚戌年，相當於西元四一〇年，淵明時年四十六歲。

㉞〈庚戌歲九月中於西田穫早稻〉：「晨出肆微勤，日入負耒還。」

㉟〈怨詩楚調示龐主簿鄧治中〉：「炎火屢焚如，螟蜮恣中田。風雨縱橫至，收斂不盈廛。」

㊱〈怨詩楚調示龐主簿鄧治中〉。

㊲〈詠貧士・二〉。

㊳〈乞食〉。

㊴顏延之〈陶徵士誄〉：「年在中身，疢維痁疾（瘧疾）。視死如歸，臨凶若吉。藥劑弗嘗，禱祀非恤。傃幽告終，懷和長畢。」

二、陶淵明的作品

淵明的作品，分詩和文兩部分。詩有四言詩和五言詩。集中有九篇標明為四言詩，另外記傳述贊中的〈讀史述九章〉和〈扇上畫贊〉等十篇，習慣稱為四言韻語，其實也是四言詩，因此四言詩共有十九篇。集中標明的五言詩有一百一十五篇，另外〈桃花源記〉中的〈桃花源詩〉和記傳述贊中的〈尚長禽慶贊〉也是五言詩，因此五言詩共有一百一十七篇。四言、五言詩總計為一百三十六篇。文有辭賦三篇，記一篇，傳二篇，疏一篇，祭文三篇，共十篇。詩文相加，現在淵明傳世的作品共有一百四十六篇。

陶詩中的四言詩，有的表達了對親友的思念，有的抒發了老之將至的感慨，有的記述了暮春獨遊的情景，有的是對親友的贈答，有的是勸人重視農耕，有的托物言志，有的借史述懷……內容頗為豐富。這些詩大都仿效《詩經》，用了《詩經》中的詞語，有的序言也採用了〈詩小序〉的形式。它們的存在，證明四言詩自魏晉以來雖然已被五言詩所替代，可是仍在迴光返照，並沒有完全失去它的光彩。宋人劉克莊說：「四言自曹氏父子（曹操、曹丕、曹植）、王仲宣（王粲）、陸士衡（陸機）後，惟陶公（陶淵明）最高，〈停雲〉、〈榮木〉等篇，殆突過建安矣。」❹⓪

---

❹⓪ 〈後村詩話〉，見《後村先生大全集》卷一七三。

五言詩在陶詩中所佔的分量最大，它的內容可分以下幾方面來介紹：

第一，記敘了仕途行旅中的經歷和感受。從二十九歲開始，淵明十三年中時官時隱，其間或離家赴任，或告假返鄉，或奉命出使，有過一段不同尋常的行旅生涯，在〈始作鎮軍參軍經曲阿〉、〈庚子歲五月中從都還阻風於規林〉、〈辛丑歲七月赴假還江陵夜行塗口〉、〈乙巳歲三月為建威參軍使都經錢溪〉，以及〈雜詩・遙遙從羈役〉、〈閑居執蕩志〉、〈我行未云遠〉等詩中，記述了這段行旅中的經歷和感受。其中有「崩浪聒天響，長風無息時」㊶的驚險，「懷役不遑寐，中宵尚孤征」㊷的辛勞，還有「叩枻（敲擊船弦）新秋月，臨流別友生（朋友）」㊸的痛苦，「行行循歸路，計日望舊居」㊹的喜悅。最使詩人難以忘懷的莫過於「遙遙從羈役，一心處兩端」㊺的心情，他身在仕途，心念山澤，無時無刻不在思念田園，所謂「園田日夢想，安得久離析」㊻，已經成為他在行旅中永遠難以解開的情結。他「望雲慚高鳥，臨水愧游魚」㊼，是多麼想「投冠旋舊墟」㊽，「終返班生廬」㊾，去過那自由自在的生活。

㊶〈庚子歲五月中從都還阻風於規林〉。
㊷〈辛丑歲七月赴假還江陵夜行塗口〉。
㊸同上。
㊹〈庚子歲五月中從都還阻風於規林〉。
㊺〈雜詩・九〉。
㊻〈乙巳歲三月為建威參軍使都經錢溪〉。
㊼〈始作鎮軍參軍經曲阿〉。

這就是他在仕途行旅中的主要感受。

第二，描寫了田園風光和村居生活的情趣。淵明退隱以後，創作了一部分以退隱生活為內容的田園詩，其中具有代表性的當推〈歸園田居〉，其一云：

少無適俗韻，性本愛丘山。誤落塵網中，一去三十（十三）年。羈鳥戀舊林，池魚思故淵。開荒南野際，守拙歸園田。方宅十餘畝，草屋八九間。榆柳蔭後園，桃李羅堂前。曖曖遠人村，依依墟里煙。狗吠深巷中，雞鳴桑樹巔。戶庭無塵雜，虛室有餘閑。久在樊籠裡，復得返自然。

詩中寫誤入仕途之苦和歸田之樂，詩人將誤入仕途比喻為「誤落塵網」，就像飛鳥進入了樊籠、游魚離開了深淵一樣失去了自由。而回歸田園以後，呈現在面前的是一片恬靜平和的田園風光，近有方宅、草屋、榆柳、桃李，遠有曖曖人村，依依炊煙，還可聽到幾聲狗吠雞鳴，卻絲毫沒有塵世的嘈雜。他慶幸自己能脫離牢籠，返回自然，重新獲得身心自由，歡樂之情，自是不言而喻。〈讀山海經〉中的〈孟夏草木長〉寫詩人歸田後隱居讀書的樂趣：

㊽〈辛丑歲七月赴假還江陵夜行塗口〉。

㊾〈始作鎮軍參軍經曲阿〉。

孟夏草木長，遶屋樹扶疏。眾鳥欣有托，吾亦愛吾廬。既耕亦已種，時還讀我書。窮巷隔深轍，頗迴故人車。歡然酌春酒，摘我園中蔬。微雨從東來，好風與之俱。汎覽周王傳，流觀山海圖。俯仰終宇宙，不樂復何如？

初夏草長樹茂，詩人在耕種之餘，於綠蔭草廬之中，讀書自娛。因為地處窮巷，故友的大車也不能進來，樂得個清閑自在。幾卷圖書，幾杯淡酒，幾碟自產的蔬菜，伴著和風細雨，自酌自飲，自讀自娛，雖無佳餚美酒，卻自得其樂，別有一番情趣。「泛覽周王傳，流觀山海圖」，那圖書中海內海外的奇聞異事以及神話傳說，使詩人思接千載，視通萬里，獲得無窮的精神享受。詩人連用一個「愛」字、一個「歡」字、一個「樂」字，充分地表達了他對這種隱耕讀書的村居生活的喜愛之情。膾炙人口的〈飲酒．結廬在人境〉更是別有一番意趣：

結廬在人境，而無車馬喧。問君何能爾？心遠地自偏。採菊東籬下，悠然見南山。山氣日夕佳，飛鳥相與還。此中有真意，欲辯已忘言。

詩人身在人境，心離塵世，世我相違，因而地自偏遠，沒有塵世的喧鬧。於是悠閑自得，採菊東籬下，無意中見到了山間的日落和飛鳥歸巢的自然景色，因而境與意會，從「鳥倦飛而知還」中體悟到自己告別官場、回歸自然、歸樸返真的人生真諦，理趣兼備，意味無窮。

第三，曲折隱晦地表達了關心政事的情懷和有志不獲騁的悲憤。淵明是個有濟世理想的人，由於現實黑暗，官場腐敗，使他雖曾學仕，卻流浪無成，退隱而歸，但正如魯迅先生所指出的那樣，「他于世事也並沒有遺忘和冷淡」[50]，壯志未酬的悲憤還不時流露於筆端。在〈讀山海經〉中他寫下被魯迅先生稱為「金剛怒目」式的名句：「精衛銜微木，將以填滄海。刑天舞干戚，猛志故常在。同物既無慮，化去不復悔。徒設在昔心，良晨詎可待？」歌頌了古代神話中的精衛和刑天猛志常在，生命已息還戰鬥不止的頑強鬥爭精神，藉以抒發自己壯志難酬的悲憤心情。在〈詠荊軻〉一詩中他還熱情歌頌古代刺客荊軻同情弱小、反抗強暴，為燕太子丹去刺殺秦王的壯舉，對荊軻的失敗深表同情：「惜哉劍術疏，奇功遂不成。其人雖已沒，千載有餘情。」龔自珍有詩評論說：「陶潛詩喜說荊軻，想見停雲發浩歌。吟到恩仇心事湧，江湖俠骨恐無多。」[51]從中看到了淵明胸間的豪俠氣概。還有〈述酒〉詩，「是說當時政治的」[52]，採用了曲折隱晦、象徵隱喻的方法，借古說今，敘述了東晉的興亡史，對晉恭帝遭到劉裕殺害，表達了深切的悼念之情，流露出滿腔的忠憤。〈怨詩楚調示龐主簿鄧治中〉詩，通過訴說自己五十年努力做好事，卻連遭災禍，不得好報，從而否定了天道鬼神會報施善人的傳統觀念，怨憤之情，形諸筆端，與司馬遷的《史記・伯夷列傳》有異曲同

[50] 魯迅《而已集・魏晉風度及文章與藥及酒之關係》。
[51] 《定盦文集補・己亥雜詩・舟中讀陶詩三首》。
[52] 魯迅《而已集・魏晉風度及文章與藥及酒之關係》。

工之妙。這一切「在證明著他並非整天整夜的飄飄然」[53]，「于朝政還是留心」[54]的。隨著時光的流逝，這種有志不獲騁的悲憤情緒也就愈來愈強烈：「日月擲人去，有志不獲騁。念此懷悲悽，終曉不能靜。」[55]竟然到了通宵難眠的地步。龔自珍看到了淵明胸間的豪放之氣，評論說：「陶潛酷似臥龍豪，萬古潯陽松菊高。莫信詩人竟平澹，二分梁甫一分騷。」[56]確非虛言。

第四，表現了固窮守節的高尚情操。淵明退隱以後，「轉欲志長勤」[57]，想通過長期勞動，靠力耕來謀生。他的生活要求並不高，如他所表白的那樣：「豈期過滿腹，但願飽粳糧。御（禦）冬足大布，麄絺以應陽。」[58]只求填飽肚子、冬天有粗布衣服禦寒、夏天能穿上粗葛布衣服而已。可是這種起碼的願望也無法實現，時難天災，使他陷入困境，既沒有像求仲、羊仲那樣為逃名而隱的好鄰居，家裏又沒有像老萊子妻反對丈夫出去做官那樣的賢內助[59]，雖然自己沒有停止勞作，還是挨凍受餓，靠酒糟、米糠充飢[60]。在窮困中，他偏觀古代典籍，

---

[53] 魯迅《且介亭雜文二集・題未定草（六）》。
[54] 魯迅《而已集・魏晉風度及文章與藥及酒之關係》。
[55] 〈雜詩・二〉。
[56] 《定盦文集補・己亥雜詩・舟中讀陶詩三首》。
[57] 〈癸卯歲始春懷古田舍・二〉。
[58] 〈雜詩・八〉。
[59] 〈與子儼等疏〉：「鄰靡二仲，室無萊婦。」

時時見到先賢的事蹟，認為他們的高尚情操自己無法與之攀比，卻從他們那裏學到了固窮的氣節[61]，從古代固窮守節的志士身上吸取了精神力量，用孔子「君子固窮，小人窮斯濫矣」[62]的遺訓鞭策自己，立志要做個固窮的君子。在〈詠貧士七首〉中，他歌詠了榮啟期、原憲、黔婁、袁安、阮公、張仲蔚、黃子廉等古代貧士，讚頌他們安貧樂道的精神，明確表示「何以慰吾懷？賴古多此賢」，「誰云固窮難？邈哉此前脩（前賢）」。用他們的高尚情操來安慰自己，勉勵自己。這種強大的精神力量使他像歲寒的松柏一樣傲世獨立，朝廷徵召他去任著作郎，他不去；檀道濟送給他粱肉，他揮而去之，真的做到了「好爵吾不縈，厚饋吾不酬」[63]。固窮守節，他在思想上也有過鬥爭，〈有會而作〉就記敘了他對固窮守節不食嗟來之食的蒙袂人由不理解到理解的過程。他明知「量力守故轍，豈不寒與飢」[64]，固窮守節就必定要忍飢受寒，然而「貧富常交戰，道勝無戚顏」[65]，道義戰勝了貧困，他也就自覺地選擇了固窮守節的人生道路，而這也是他受到後人崇敬的主要原因。他稱讚榮啟期「不賴固窮節，百世當誰傳」[66]，其實也是他自己的人生寫照。

---

[60] 〈雜詩・八〉：「躬親未曾替，寒餒常糟糠。」
[61] 〈癸卯歲十二月中作與從弟敬遠〉：「歷覽千載書，時時見遺烈。高操非所攀，深得固窮節。」
[62] 〈論語・衛靈公〉。
[63] 〈詠貧士・四〉。
[64] 〈詠貧士・一〉。
[65] 〈詠貧士・五〉。

第五，體現了追求真淳自然的人生觀。淵明所寫的詩文及後人為他所寫的傳記中，經常出現「真」和「自然」兩個詞，如「含真」、「任真」、「少復真」、「真想」、「真意」、「真風」、「真率」、「神辨自然」、「返自然」、「漸近自然」、「質性自然」等。朱自清先生說：「『真』就是自然。」❻❼《莊子・漁父》說：「真者，所以受於天也，自然而不可易也，故聖人法天貴真，不拘於俗。」在道家看來，「真」是受之於天的，自然而然不可改變的，所以道家心目中的「聖人」是效法自然，重視真淳，不受禮俗的約束。這種思想對淵明產生了極大的影響。他說：「任真無所先。」❻❽把「任真」——聽任自然置於「無所先」的地位。他的人生觀、社會觀、生死觀、藝術觀，都受到了這種思想的影響。

他一生追求「任真」，年輕時便崇尚自然，「任真自得」❻❾，出仕後也沒有忘記「真」和「自然」，在詩中他多次說：「真想初在襟，誰謂形跡拘！」❼⓪「商歌非吾事，依依在耦耕。」「養真衡茅下，庶以善自名。」❼❶認為追求淳真的思想在胸中，誰還能心為形役！唱著商歌去求官並不是我的心願，依依不捨的是像長沮、桀溺那樣去一同耕田，在茅屋下養真修性，

---

❻❻〈飲酒・二〉。
❻❼〈朱自清文集・二・語文零拾・陶詩的深度〉。
❻❽〈連雨獨飲〉。
❻❾蕭統〈陶淵明傳〉。
❼⓪〈始作鎮軍參軍經曲阿〉。
❼❶〈辛丑歲七月赴假還江陵夜行塗口〉。

希望能以此保持自己的好名聲。始終將「真」記在心中，總想回到田園中去「養真」。後來之所以要棄官歸田，也是因為他的本性愛好自然，不能矯揉造作；雖然迫於飢寒才出來做官，可由於違背了自己的心願而痛苦，才和塵世息交絕遊[72]。歸隱以後，他醉心「復得返自然」的歡樂之中，「採菊東籬下，悠然見南山」，從「山氣日夕佳，飛鳥相與還」的自然景色中體悟人生的「真意」[73]。他同客人共飲，也不拘禮節，自己先醉了，便對客人說：「我喝醉了想睡覺，你可回去。」所以本傳中說他「真率如此」[74]。

在社會觀上，淵明認為傳說中的伏羲氏、神農氏、黃帝、唐堯、虞舜在位的上古時期和後世是兩種「真」與「偽」截然不同的社會，上古時期的社會「抱樸含真」[75]，後來社會發生了巨大變化，「真風告逝，大偽斯興」[76]，「羲農去我久，舉世少復真」[77]，失去了那自然真淳的本性，於是「閭閻懈廉退之節，市朝驅易進之心」[78]，出現種種不守廉潔、爭著做官等醜惡虛偽的社會現象。基於這種認識，他雖然獨自慨歎黃帝、唐堯的時代已經難以企及[79]，

[72] 〈歸去來兮辭・序〉：「質性自然，非矯勵所得；飢凍雖切，違己交病。」

[73] 〈飲酒・五〉。

[74] 蕭統〈陶淵明傳〉。

[75] 〈勸農〉。

[76] 〈感士不遇賦・序〉。

[77] 〈飲酒・二十〉。

[78] 〈感士不遇賦・序〉。

卻依然對上古盛世一往情深，寫下了「愚生三季後，慨然念黃虞」[80]，「遙遙望白雲，懷古一何深」[81]等詩句來表達自己的社會理想。同時他還虛構了一個烏托邦式的世外桃源，在這社會中，「春蠶收長絲，秋熟靡王稅。荒路曖交通，雞犬互鳴吠。俎豆猶古法，衣裳無新製。童孺縱行歌，班（斑）白歡游詣」[82]。人人自食其力，沒有壓迫，沒有剝削，沒有戰亂，和平寧靜，風俗淳樸。雖說這虛構出來的世外桃源是在秦代以後建立起來的，實際上正是他理想中上古時期社會的縮影。這種貌似復古的社會觀，正曲折地顯示出他對黑暗現實的憎惡和批判。

他還用「任真」、聽其自然的態度去對待生死，在〈形影神〉詩中，極力陳述為肉體而活著和為名聲而活著的人的「形影之苦」，「言神辨自然以釋之」，主張世人面對死亡，要順其自然，既不要像「形」那樣「得酒莫苟辭」，借酒消愁，自我麻醉；也不要像「影」那樣「立善有遺愛」，留名後世，以求生命的變相延續；而要像「神」那樣「正宜委運去」，樂天知命，泰然處之：在由生到死的變化中，既不高興也不害怕，該死的時候到了便去死，不要獨自多憂慮。臨終前他真的是用這樣的態度去對待死亡，據顏延之說他死時是「視死如歸，

[79]〈時運〉：「黃唐莫逮，慨獨在余。」
[80]〈贈羊長史〉。
[81]〈和郭主簿〉。
[82]〈桃花源記並詩〉。

臨凶若吉」，「懷和長畢」[83]，說到做到。

「真」和「自然」兩個詞，在儒家的經典著作《論語》、《孟子》中很難找到，而在道家的經典著作《老子》、《莊子》中卻比比皆是，單是《莊子》，「真」出現六十次，「自然」出現七次[84]，可見在淵明的思想中道家思想佔有重要的地位。然而他受道家思想的影響卻不放浪形骸，反而用儒家固窮守節的思想去修身養性，少壯時有兼濟宏願，退隱後又始終不忘懷政事，可見儒家思想對他也頗有影響。朱光潛先生說：「（淵明）讀各家的書，和各人物接觸，在於無形中受他們的影響，像蜂兒採花釀蜜，把所吸收來的不同的東西融會成他的整個心靈。在這整個心靈中我們可以發現儒家的成分，也可以發現道家的成分。」[85]這是符合陶詩的實際情況的。

淵明所處時代的詩風，是講究對偶，追求奇句，在情景上必定極力描寫事物的形貌，在用辭上必定盡力追求新穎[86]，用典力求繁富，聲律力求和諧。與他同時的詩人顏延之的詩作就被鮑照評為「像陳列的錦繡一樣，滿眼見到的只是雕畫。」[87]而淵明卻反其道而行之，獨

[83] 顏延之〈陶徵士誄〉。

[84] 據《莊子引得》，哈佛燕京學社引得編纂處編。

[85] 〈詩論・第十三章・陶淵明〉。

[86] 劉勰《文心雕龍・明詩》：「宋初文詠，體有因革，莊老告退，而山水方滋，儷采百字之偶，爭價一句之奇，情必極貌以寫物，辭必窮力而追新。」「儷采百字之偶，爭價一句之奇」二句意為：講究對偶便有一百字（即二十句五言詩）的偶句，追求奇句就在一句詩上爭高低。儷，本意為配偶，此指對偶。

樹一幟，不事雕琢，形成了自己的真實自然的藝術風格。這種風格的形成和他的藝術觀有著密切的關係。在〈孟府君傳〉中淵明記述了他外祖父孟嘉同桓溫的一次對話，桓溫問孟嘉：「聽樂，為什麼絃樂比不上管樂，管樂比不上口唱？」孟嘉回答說：因為「漸近自然」。追求自然是孟嘉的藝術觀，也是淵明的藝術觀，他用白描的手法，自然平淡而又富有韻味的語言，表現真實的生活，描寫真實的景物，抒發真實的情性，使他的詩作具有「情真、景真、事真、意真」[88]的特點。金人元好問評論說：「一語天然萬古新，豪華落盡見真淳。」[89]實是中肯之論。宋人黃庭堅稱陶詩「不煩繩削而自合」[90]，陳師道稱：「淵明不為詩，寫其胸中之妙爾」[91]，朱熹稱陶詩「正在不待安排，胸中自然流出」[92]，都是針對陶詩真實自然的藝術風格所作出的準確的評論。誠然，陶詩絕大部分既不見斧鑿痕跡，又不流於俚俗，從肺腑中流出，具有非人力所能為的自然之妙，卻又韻味無窮，看似質樸、清瘦，其實卻是綺麗、豐滿[93]，「造語平淡而寓意深遠，外若枯槁，中實敷腴」[94]，真淳素雅，淡而有味。如「鳥哢

[87]《南史．顏延之傳》：延之「嘗問鮑照己與靈運優劣，照曰：『……君詩若鋪錦列繡，亦雕繢滿眼』」。

[88] 元陳繹曾《詩譜．陶淵明》。

[89]〈論詩絕句〉。

[90]《豫章黃先生文集．卷二六．題意可詩後》。

[91]《後山集．卷二三．後山詩話》。

[92] 陶澍《靖節先生集．諸家評陶彙集》。

[93] 蘇軾《東坡續集．卷三．與蘇轍書》：「淵明作詩不多，然其詩質而實綺，癯而實腴，自曹、劉、鮑、

歡新節，泠風送餘善。寒竹被荒蹊，地為罕人遠」、「平疇交遠風，良苗亦懷新」❾❺、「淒淒歲暮風，翳翳經日雪。傾耳無希聲，在目皓已潔」❾❻、「白日淪西河，素月出東嶺。遙遙萬里輝，蕩蕩空中景」❾❼、「鬱鬱荒山裡，猿聲閑且哀。悲風愛靜夜，林鳥喜晨開」❾❽、「漸離擊悲筑，宋意唱高聲。蕭蕭哀風逝，淡淡寒波生」❾❾、「露淒暄風息，氣澈天象明。往鷰無遺影，來鴈有餘聲」❶⓿⓿，都是佳句，看似平淡，卻耐人尋味。當然也不是所有的陶詩全都毫無雕飾，如〈遊斜川〉一詩，就可窺見謝靈運山水詩的影子，「弱湍馳文魴，閑谷矯鳴鷗。迥澤散游目，緬然睇曾丘。」字雕句琢，頗費心力，不像上述詩句那樣樸素自然。不過這畢竟不是陶詩的主流，只能說明他沒有徹底擺脫當時詩風的影響罷了。

除詩以外，淵明還擅長為文。他的文章也像詩歌一樣多數是用樸素自然的語言抒寫情性，表現自己真實的思想感情。其中的三篇辭賦，擺脫了當時賦給《莊子》做注解❶⓿❶的不良賦風

謝、李、杜諸人，皆莫及也。」

❾❹ 曾紘語，見李公煥《箋註陶淵明集・卷四・讀山海經・一〇》引。

❾❺〈癸卯歲始春懷古田舍・二〉。

❾❻〈癸卯歲十二月中作與從弟敬遠〉。

❾❼〈雜詩・二〉。

❾❽〈丙辰歲八月中於下潠田舍穫〉。

❾❾〈詠荊軻〉。

❶⓿⓿〈九日閒居〉。

的影響，篇篇都有真實的內容。〈感士不遇賦〉是讀董仲舒〈士不遇賦〉和司馬遷〈悲士不遇賦〉以後心有所感而作，感歎上古時期以後士不逢時，遭遇不幸，正直之士不被世俗所容，只得歸耕退隱，固窮守節，潔身自好，憤世嫉俗，情現乎辭。〈閑情賦〉是在張衡〈定情賦〉和蔡邕的〈靜情賦〉的影響下所作。蕭統因為過於重視賦的諷諫作用，稱它為「白璧微瑕」，終於沒有諷諫，哪裡值得將它寫出來，甚至認為沒有這篇賦也可以[102]。其實淵明在這篇賦中敢於衝破封建禮教的束縛，大膽地表達對美女的思慕和惟恐願望難以實現的悲痛，情真意切，感人至深，且辭藻華麗，想像豐富，比喻貼切，心理描寫細膩，實是一篇不可多得的佳作。〈歸去來兮辭〉寫他辭官歸田的決心和返家的喜悅及隱居的樂趣，將敘事、議論、寫景、抒情巧妙地結合在一起，語言明白曉暢，歐陽脩給予高度評價，稱讚說：「晉無文章，惟陶淵明〈歸去來兮辭〉一篇而已」[103]。淵明的文也篇篇都是佳作。〈桃花源記〉用簡淨而富有詩意的語言描寫了一個世外桃源的景況，寄託了作者的社會理想，與〈桃花源詩〉相映成趣。〈孟府君傳〉透過孟嘉的趣聞逸事突現了孟嘉澹泊超俗、溫和淡雅、平易曠達的襟懷，隨和

---

[101] 劉勰《文心雕龍・時序》：「自中朝貴玄，江左稱盛，因談餘氣，流成文體。是以世極迍邅，而辭意夷泰，詩必柱下之旨歸，賦乃漆園之義疏。」漆園，本指莊子其人，因莊子曾為漆下吏。此指《莊子》一書。義疏，給古書作注解的文字。

[102] 〈陶淵明集序〉：「白璧微瑕，惟在〈閑情〉一賦。揚雄所謂『勸百而諷一』者，卒無諷諫，何足搖其筆端！惜哉，亡（無）是可也！」

[103] 見蘇軾《東坡志林》卷七。

而又不媚俗的品德，表達了淵明對外祖父的崇敬之情。被稱為淵明「實錄」的〈五柳先生傳〉是假託「五柳先生」之名而給自己寫的一篇傳記，突出了安貧樂道、澹泊名利、忘懷得失的情懷。〈與子儼等疏〉是寫給兒子的一封信，追述了自己的平生志趣以及因貧而仕、懼患而隱、隱而困苦的人生經歷，勉勵兒子們在父親去世後要團結友愛，不要分家，處處流露出一片愛子深情，真切感人。〈祭程氏妹文〉、〈祭從弟敬遠文〉追述了他和程氏妹、堂弟敬遠之間不同尋常的情誼，稱讚了他（她）們的高尚品德，表達了深深的哀悼之情，可謂字字血淚，淒楚動人。〈自祭文〉是淵明的絕筆，面對死亡，他用平靜的心態，曠達的襟懷，講述了自己樂天知命、既不看重生前能否受到誇獎，也不在意死後有沒有人唱讚歌的人生哲學，辭情俱達，堪稱妙文。另外，他的某些詩賦的序言也是很好的散文，如〈答龐參軍〉、〈飲酒〉、〈有會而作〉等詩的序，文字雅潔，情趣盎然，令人回味。〈歸去來兮辭〉的序，敘述他因貧而仕和棄官歸田的經歷，情真意真，更是膾炙人口之作。

三、陶淵明對後世的影響

淵明對後世的影響是逐步擴大的。起初人們所注重的是他的品德，與他同時的顏延之稱他是「南嶽之幽居者」，具有「寬樂令終之美，好廉克己之操」，因而給了他一個「靖節徵士」的諡號。對於他的創作，只說了「文取指達」[104]四個字，意謂只求達意，不重雕飾，沒有其他評論。齊梁時，沈約作《宋書》，將淵明列入〈隱逸傳〉，稱他自以為曾祖父陶侃是晉代輔佐大臣，以向下一個朝代彎腰為恥，劉宋時便不願再出來做官。著名的文學批評家劉勰寫了一部巨著《文心雕龍》，研究「為文之用心」，全書中竟沒有一字提及淵明。稍後，蕭統和鍾嶸才開始注重淵明的文學創作。蕭統對淵明的詩文愛不釋手，編輯了《陶淵明集》，並給它作序，稱讚淵明「安道苦節，不以躬耕為恥，不以無財為病」。還高度評價他的文章不同流俗，辭藻文采，精美出眾，跌宕起伏，情意顯明，獨自超類拔萃；抑揚頓挫，音調爽朗，沒有誰可以同他相比。認為讀了淵明的詩文，爭名逐利的心情可以排除，鄙吝的意念可以去掉，貪婪的人可以廉潔，懦弱的人可以立志，豈止可實踐仁義，或者可以辭去爵祿，不必廣遊泰山、華山，遠求老子，也可以有助於風化教育❶⓪❺。蕭統還寫了一篇〈陶淵明傳〉，記述淵明的事蹟，並將淵明的九篇詩文選入《文選》。鍾嶸在《詩品》中雖然將淵明的作品列為中品，但稱讚他的詩文體貌潔淨，幾乎沒有多餘的話，立意真淳古樸，措辭委婉愜意。每看他的文章，總是想見他的人品。還針對有人批評陶詩「質直（質樸直說）」，舉出陶詩中「歡言酌春酒」、「日暮天無雲」等風華清靡的詩句，反問道：「哪裡只是種田人說的話呢！」並且稱讚

---

❶⓪❹ 〈陶徵士誄〉。

❶⓪❺ 〈陶淵明集序〉：「其文章不群，辭采精拔，跌宕昭彰，獨超眾類；抑揚爽朗，莫之與京。」「嘗謂有能觀淵明之文者，馳競之情遣，鄙吝之意祛，貪夫可以廉，懦夫可以立，豈止仁義可蹈，抑乃爵祿可辭，不必傍遊泰、華，遠求柱史，此亦有助於風教也。」柱史，本是官名，此指老子。老子曾任柱下史。

陶淵明是隱逸詩人的祖宗[106]，評價還是不低的。北齊的陽休之在蕭統所編的八卷本《陶淵明集》的基礎上增加了《五孝傳》、《四八目》，編了十卷本《陶潛集》。

到了唐代，淵明的影響進一步擴大，受到文人的普遍重視，李白、杜甫、白居易等詩人都很崇敬他。李白說：「何時到栗里，一見平生親？」[107]表達了他對淵明的景仰之情。他的「安能摧眉折腰事權貴，使我不得開心顏」[108]的詩句，顯然受到了淵明不願為五斗米折腰的影響。杜甫在表露自己「為人性僻耽（沉迷）佳句，語不驚人死不休」的心願時說：「焉得思如陶謝（指陶淵明、謝惠連）手，令渠（他們，指陶謝）述作與同遊？」[109]希望思如陶、謝，與之同遊，可見他是很佩服淵明的文思的。白居易對淵明的人品和文思也是佩服的，他說：「予夙慕陶淵明為人，往歲渭川閑居，嘗有傚陶體詩十六首。今遊廬山，經柴桑，過栗里，思其人，訪其宅，不能默默。」[110]於是又寫了〈訪陶公舊宅〉一詩，稱淵明「腸中食不充，身上衣不完。連徵竟不起，斯可謂真賢。」「今來訪故宅，森若君在前。不慕樽有酒，

---

[106] 《詩品》卷中：「宋徵士陶潛詩，其源出於應璩，又協左思風力。文體省淨，殆無長語，篤意真古，辭興婉愜。每觀其文，想其人德。世歎其質直，至如『歡言酌春酒』，『日暮天無雲』，風華清靡，豈直為田家語耶！古今隱逸詩人之宗也。」

[107] 《李太白全集》卷一〇〈戲贈鄭溧陽〉。

[108] 《李太白全集》卷一五〈夢遊天姥吟留別〉。

[109] 《杜少陵集詳註》卷一〇〈江上值水如海勢聊短述〉。

[110] 《白氏長慶集》卷七〈訪陶公舊宅序〉。

不慕琴無絃。慕君遺榮利，老死此丘園」。在〈題潯陽樓〉詩中還說：「常愛陶彭澤，文思何高玄！又怪韋江州（韋應物），詩情亦清閑。」「我無二人才，孰為來其間？因高偶成句，俯仰愧江山。」此外，如沈德潛所說的那樣，唐代還有一批詩人得益於向淵明學習，王維學到了陶詩的「清腴」，孟浩然學到了陶詩的「閒遠」，儲光義學到了陶詩的「樸實」，韋應物學到了陶詩的「沖和」，柳宗元學到了陶詩的「峻潔」[111]。可見淵明對唐代詩人的影響是深廣的。

宋元時淵明的影響又進一步擴大，和陶、擬陶的詩多了起來，眾多的詩話在評論陶詩，而且開始出現了陶詩的注本和淵明的年譜。注本有湯漢的《陶靖節先生詩》四卷、李公煥的《箋註陶淵明集》十卷，年譜有宋王質的《栗里譜》、吳仁傑的《陶靖節先生年譜》、張縯的《吳譜辨證》[112]，說明人們在深入研究淵明的身世和作品。許多大作家都喜愛淵明的作品，蘇軾寫了和陶詩一百零九篇，又為陶詩陶文題寫讀後感，還說：「吾於詩人，無所甚好，獨好淵明之詩。」[113]有人送給他一部《陶淵明詩集》，他每逢身體不適的時候，便取來閱讀，每次不超過一篇，「惟恐讀盡後，無以自遣」[114]。陸游十三、四歲的時候，偶然見到一本淵

---

[111] 《說詩晬語》卷上七八條：「陶詩胸次浩然，其中有一段淵深樸茂不可到處。唐人祖述者，王右丞（王維）有其清腴，孟山人（孟浩然）有其閒遠，儲太祝（儲光義）有其樸實，韋左司（韋應物）有其沖和，柳儀曹（柳宗元）有其峻潔，皆學焉而得其性之所近。」

[112] 《吳譜辨證》今已散佚，惟李公煥《箋註陶淵明集》保存有數條。

[113] 《東坡續集・卷三・與蘇轍書》。

明詩，便取來閱讀，欣然會心，天色晚了，家人叫他去吃飯，他讀得正高興，飯也不吃[115]。對淵明的作品，陸游評價很高，他說：「陶謝文章造化侔，詩成能使鬼神愁。君看夏木扶疏句，還許他人更道不？」[116]他勉勵自己「學詩當學陶」[117]，為自己寫詩不及淵明而感到遺憾[118]。辛棄疾也是「讀淵明詩不能去手」[119]，老來常常夢見淵明，說：「陶縣令，是吾師。」[120]稱讚陶詩「千載後，百篇存，更無一字不清真。若教王謝諸郎在，未抵柴桑（指代陶淵明）陌上塵」[121]。

明清時，有眾多的文人在詩話或詩文中對淵明的作品發表評論，還出現了較多有影響的注本、彙評和年譜，如明代有何孟春注《陶靖節集》十卷，黃文煥《陶詩析義》四卷，清代有吳瞻泰《陶詩彙註》四卷，溫汝能《陶詩彙評》四卷，陶澍有《靖節先生集》集注十卷，年譜則清代有丁晏的《晉陶靖節年譜》，陶澍的《靖節先生年譜攷異》，楊希閔的《晉陶徵士

[114] 《津逮秘書》本《東坡題跋》卷一〈書淵明羲農去我久詩〉。
[115] 《渭南文集》卷二八〈跋淵明集〉。
[116] 《劍南詩稿》卷八〇〈讀陶淵明詩〉。
[117] 《劍南詩稿》卷七〇〈自勉〉。
[118] 《劍南詩稿》卷二七〈讀陶詩〉：「我詩慕淵明，恨不造其微。」恨，憾。
[119] 《稼軒詞編年箋注》卷五〈鷓鴣天・序〉。
[120] 《稼軒詞編年箋注》卷三〈最高樓〉。
[121] 《稼軒詞編年箋注》卷五〈鷓鴣天〉。

年譜》。

近當代研究陶淵明的著作日見增多，難以一一列舉，在大陸影響較大的有梁啟超的《陶淵明年譜》，古直的《陶靖節年譜》、《陶靖節詩箋定本》，丁福保的《陶淵明詩箋注》，朱自清的《陶淵明年譜中之問題》，王瑤編注的《陶淵明集》，逯欽立校注的《陶淵明集》，袁行霈的《陶淵明研究》……等論著。北京大學中文系編的《陶淵明詩文彙評》，北京大學、北京師範大學中文系合編的《陶淵明研究資料彙編》，為研究陶淵明提供了豐富的資料。龔斌的《陶淵明集校箋》是近期出版的力作。

四、有關問題的說明

本書的體例分題解、原文、章旨、注釋、語譯、賞析六部分。題解旨在解釋篇名，簡述全篇的主要內容，間或也說明該篇的寫作時間。原文用的是上海商務印書館四部叢刊本縮印的宋刊巾箱本李公煥《箋註陶淵明集》本。李注本原分十卷，第七卷為傳贊，包括天子、諸侯、卿大夫、士、庶人等孝傳贊，簡稱為〈五孝傳〉，第九、第十卷為〈集聖賢群輔錄上、下〉，簡稱為〈聖賢群輔錄〉，一名〈四八目〉。經學者考證，〈五孝傳〉、〈四八目〉是北齊陽休之編《陶潛集》時誤增進去的偽作[122]，應刪去。又李注本第五、第六卷均標為雜文，分別

---

[122] 《四庫全書總目提要》卷一四八〈陶淵明集提要〉：〈五孝傳〉、〈四八目〉「當必依託之文，休之誤信而

編入〈桃花源記並詩〉、〈歸去來辭〉、〈五柳先生傳〉、〈孟府君傳〉、〈讀史述九章〉和〈感士不遇賦〉、〈閑情賦〉，今據陶澍注《靖節先生集》的編次作了調整，第五卷為賦辭，將三篇辭賦編在一起，第六卷為記傳述贊，將〈桃花源記〉、〈孟府君傳〉、〈五柳先生傳〉、〈讀史述九章〉編在一起，並加入了〈扇上畫贊〉及〈尚長禽慶贊〉。李注本第八卷為疏祭文，今因第七卷〈五孝傳〉是偽作，已刪去，故疏祭文改為第七卷。又李注本第二卷中的〈歸園田居〉第六首〈種苗在東皋〉本是梁江淹〈雜體詩三十首〉中的〈陶徵君潛田居〉，〈問來使〉本是宋蘇子美詩[123]，卷三中的〈四時〉本是晉顧愷之的〈神情詩〉，均刪去。章旨就是段落大意，詩一般都篇幅較短，毋須分段，所以多數沒有寫章旨，文則寫了章旨。注釋力求簡明而言之有據，對理解上沒有分歧的字、詞、句，一般都直注明解，那些理解上有困難的字句，我們作注時便引證了必要的資料提出看法，如〈歸鳥〉中「游不曠林」一句易被誤解為鳥不到密林中去遨遊，與詩中稱鳥「見林情依」、「宿則森標」相矛盾，既然鳥見到樹林依依不捨，投宿要到樹林梢，卻為什麼又不願到密林中去遨遊？使人難以理解。我們便據《左傳・昭公元年》載高辛氏的長子閼伯、四子實沈「居於曠林，不相能也，日尋干戈，以相征討」，不解「曠林」為密林，而解「曠林」為比喻戰亂之地，全句是隱喻淵明不到戰亂之地去，與他在〈歸去來兮辭・序〉表露的「於時風波未靜，心憚遠役」的思想相符。又如〈祭從弟敬遠文〉

增之。」

[123] 參見郎瑛《七脩類稿》卷二。

中有「冬無緼褐，夏渴瓢簞」兩句，「渴」與「無」相對，不應解為「飢渴」，而應解為「空乏」，「渴瓢簞」即〈五柳先生傳〉中的「簞瓢屢空」、〈自祭文〉中的「簞瓢屢罄」的意思。為了說明「渴」字可以解為「空乏」，我們舉了《說文・水部》「渴，盡也」及段玉裁注「渴、竭，古今字，古水竭字多用渴」為據。又如〈祭程氏妹文〉中的「誰無兄弟？人亦同生」、「兄弟索居，乖隔楚越」的「兄弟」一詞本是指兄妹，卻易被誤解為哥哥弟弟，而陶淵明沒有親兄弟，造成理解上的困難，我們便舉《孟子・萬章上》「彌子之妻與子路之妻，兄弟也」為據，說明「兄弟」應解為「兄妹」。又如〈贈長沙公〉的序中提到「長沙公於余為族祖，同出大司馬」，有「族」字後和「祖」字後兩種不同的斷句法，我們認為應在「祖」字後斷句，因為據《爾雅・釋親》：「族祖姑」、「族祖王母」及《顏氏家訓・風操》：「凡宗親世數，有從父，有從祖，有族祖」，可見「族祖」是一詞，中間不能點斷。凡此種種，實是不得已而為之，請讀者諒解。語譯看似容易，其實卻難，特別是要將詩的韻味譯出來更非易事，其中甘苦，如人飲水，冷暖自知。考慮到譯文或許對初學者能起到一點拐杖的作用，也就勉為其難了。淵明說：「此中有真意，得意已忘言。」倘若讀者透過注釋，參考譯文，對詩意能有初步的瞭解，那就請你得魚忘筌，得意忘言，丟掉拐杖，自己走自己的路吧。賞析本來就是仁者見仁，智者見智，帶有很大的主觀性，賞析者主觀條件的差異不可能不影響到他的藝術感受。書中所寫的賞析，只是個人的粗淺體會和感受，僅供讀者參考。淵明說：「奇文共欣賞，疑義相與析。」還是讓我們共同投入到這一藝術活動中去，自己去體會，「自己思索，自己作主」[124]吧。

陶淵明的詩文寓義深遠，古往今來，有無數的人喜愛它、研究它、詮釋它，前賢時彥，為此作出了可貴的貢獻。我們的注譯，是在前人研究的基礎上進行的，吸收了他們的有益成果，在此敬致謝意。書中謬誤，在所難免，敬希讀者、方家不吝賜正，為幸。

溫洪隆

於武昌桂子山
二〇〇二年初稿
二〇一二年改寫

[124] 魯迅《而已集・讀書雜談》。

卷一　詩四言

停雲並序

【題解】停雲，是停止不散的雲。詩人仿效《詩經》定篇名的方法，用詩中第一句「靄靄停雲」中的「停雲」二字做篇名，不同的是《詩經》中的篇名是後來編輯《詩經》的人加上去的，而本詩的篇名則是當時詩人自己定的。下列〈時運〉、〈榮木〉、〈歸鳥〉諸詩定篇名的方法與此相同。詩中抒發想與親友共飲而未能如願的慨歎，在序中詩人作了明白的交代。

停雲，思親友也❶。罇❷湛❸新醪❹，園❺列❻初榮❼，願言❽不從❾，歎息彌襟❿。

靄靄⓫停雲，濛濛⓬時雨⓭。八表⓮同昏⓯，平路⓰伊⓱阻⓲。靜寄⓳東軒⑳，春醪獨撫㉑。良朋㉒悠邈㉓，搔首㉔延佇㉕。

停雲靄靄，時雨濛濛。八表同昏，平陸㉖成江㉗。有酒有酒，閒飲東牕㉘。願言懷人㉙，舟車靡從㉚。

東園之樹，枝條再榮㉛。競㉜用新好㉝，以招余情㉞。人亦有言，日月于征㉟。安得促席㊱，說彼平生㊲？

翩翩㊳飛鳥，息我庭柯㊴。斂翮㊵閒止㊶，好聲相和㊷。豈無他人？念子㊸寔㊹多。願言不獲㊺，抱恨㊻如何㊼！

【注釋】❶停雲思親友也　此序文是詩人仿效〈詩小序〉的體例而作，實際就是詩人自己寫的題解。❷罇　古代盛酒的器具。❸湛　指米物下沉。《淮南子・覽冥》：「故東風至而酒湛溢。」高誘注：「酒湛，清酒也，米物下湛，故曰湛。」❹新醪　就是詩中所說的春醪，是種尚未過濾的濁酒。《洛陽伽藍記・城西・法雲寺》記載洛陽大寺西有個名叫劉白墮的河東人，善於釀酒，「季夏六月，時暑赫晞，以甖貯酒，暴（曬）於日中，經一旬，其酒不動，飲之香美而醉，經月不醒。」有的盜賊因為飲了這種酒而被擒，所以當時的游俠說：「不畏張弓拔刀，唯畏白墮春醪。」❺園　園田。❻列　陳列；呈現。❼初榮　剛開的花。❽願言　《詩經・邶風・二子乘舟》：「願言思子。」又《詩經・衛風・伯兮》：「願言思伯。」後人因以「願言」表思念之意。❾不從　本是不聽從之意，《詩經・小雅・小旻》：「謀臧不從。」在這裡是不順心、不如願之意。❿彌襟　滿懷。⓫靄

靄　陰雲密佈的樣子。⑫濛濛　細雨密佈的樣子。⑬時雨　應時節而至的雨，指春雨。時，時節；季節。⑭八表　八方之外，猶言四面八方。表，外。⑮同昏　一樣昏暗。⑯平路　平坦的道路。⑰伊　是。⑱阻　阻塞不通。⑲寄　居。⑳東軒　東邊有窗的長廊或小室。㉑獨撫　獨自一人把酒而飲。撫，持；把。㉒良朋　好友。㉓悠邈　遙遠。㉔搔首　抓頭，是待人不至、心情焦急的表示。《詩經・邶風・靜女》：「愛而不見，搔首踟躕。」㉕延佇　長久站立等待，是種期待而又失望的表示。《楚辭・離騷》：「時曖曖其將罷兮，結幽蘭而延佇。」㉖平陸　平坦的陸地。㉗江　長江。與「濛」「牕」「從」叶韻，讀工。《韻補》：「叶古紅切，音公。」㉘東牕　即東窗，亦即上文所言之「東軒」。牕，同「窗」。與「濛」「江」「從」叶韻，讀匆。《集韻》：「麤叢切，音怱。」㉙懷人　懷念的人。㉚靡從　與上文「不從」同義，言車船不能如願來往。㉛再榮　「再」一作「載」，嵇康〈贈兄秀才入軍詩十八章〉：「春木載榮。」載，始。「載榮」即序中「初榮」之意。㉜競　爭。㉝新好　鮮新皎美之姿態。㉞招余情　招引我的喜愛之情。㉟日月于征　猶言時光流逝。日月，歲月；時光。于，在。征，行；往。㊱促席　坐得靠近。促，迫；靠近。席，坐席。古人席地而坐，所以坐得靠近為促席，與促膝同義。㊲說彼平生　談說各自的平生志趣。平生，平素；平時。㊳翩翩　鳥飛得輕快的樣子。㊴庭柯　庭院的樹枝。㊵斂翮　收攏翅膀。斂，收斂。翮，羽莖；翅膀。㊶閒止　悠閑地停住。止，居，參見《文選・琴賦》呂向注。㊷好聲相和　美好動聽的鳥鳴聲相互應和。在這裡有比喻詩人思念友人之意。《詩經・小雅・伐木》：「嚶其鳴矣，求其友聲。相彼鳥矣，猶求友聲。矧伊人矣，不求友生！」㊸子　對他人的敬稱，在這裡是指詩人所思念的友人。㊹寔　同「實」。㊺不獲　與上「不從」同義。㊻恨　遺憾。㊼如何　猶奈何，不知道怎麼辦。

【語　譯】〈停雲〉是一首思念親友的詩。酒罇裡新釀的酒熟了，米粒下沉，酒浮上來。園子中的花剛剛開放。想與親友相聚而不能如願，不禁使我滿懷歎息。

陰雲籠罩天空，春雨霏霏濛濛。八方全是昏暗，坦途斷了交通。寂靜居在東軒，美酒獨自撫弄。良朋好友遙遠，抓頭延頸待室中。

陰雲籠罩天上，春雨濛濛茫茫。八方全是昏暗，平地成了大江。有酒呀有酒，舉杯閒飲東窗。思念我的親友，車船無法來往。

東園樹木青葱，枝條欣欣向榮。爭用美好新姿，引起我歡愉之情。人們有此話語：歲月匆匆不停。怎能促膝暢談，傾訴各自平生？

群鳥翩翩飛舞，來到庭樹碧柯。收起翅膀多悠閑，鳴聲悅耳相應和。難道沒有別人想？偏偏想你實在多。想你卻又不得見，心中遺憾可奈何！

【賞　析】 此詩一般認為寫於晉安帝元興三年（西元四〇四年）淵明四十歲時。陶集中的〈停雲〉、〈時運〉、〈榮木〉三首四言詩，都仿效《詩經》用首句二字做篇名，並且寫了〈詩小序〉式的序言（淵明的其他詩文的序言都不是按〈詩小序〉的格式寫的），因而人們便推定這三首詩是同一時期之作。而〈榮木〉中有「四十無聞，斯不足畏」之句，宋代吳仁傑據此便將它定為元興三年之作，云：「先生四十歲，有〈榮木〉及〈連雨獨飲〉詩。」（見《陶靖節先生年譜》）〈榮木〉既然是元興三年之作，寫於同一時期的〈停雲〉、〈時雨〉自然也就是元興三年之作了。其實這只是一種推測，恐怕還難以定論。「四十無聞，斯不足畏」，乃是孔子「四十、五十而無聞焉，斯亦不足畏也已」（《論語·子罕》）的縮語，說是「四十」，實際是「四十、五十」，可以是四十歲，也可以是五十歲，甚至可以是四十至五十歲之間，約數而已，並非確指。稱它約作於詩人四十至五十歲之間，也許更合理些。

此詩被王夫之譽為「四言之佳唱」、「柴桑（指淵明）之絕調」（《古詩評選》），情景交融是它的一大藝術特色。全詩四章，每章前四句是寫景起興，後四句是鋪敘情事。所寫的景是變動的，情也是變動的。就景而言，始則天昏地暗，水陸阻絕，風雨如磐；繼則樹木滋榮，鳥鳴嚶嚶，春和景明。而作者的思緒，也不斷變化，思念親友之情逐步加深，始則搔首而待，撫酒以思；繼則欲舟車相從，而又從之靡途；再則欲促膝相談，傾訴平生；終則所有願望，竟成泡影，只得遺憾了之。那思與親友相聚未能如願的慨歎，真可謂力透紙背。其間情與景的發展變化息息相關。風雨懷人，自古皆然，那風雨如晦的氛圍，正能引起詩人對親友的思念，所謂「最難風雨故人來」啊！而「木欣欣以向榮」，也可引發詩人「感吾生之行休」的慨歎，面對如此良辰美景，「日月于征」，時光流逝，怎能不使詩人思與親友一訴平生之願呢？「嚶其鳴矣，求其友聲。相彼鳥矣，猶求友聲。」（《詩經・小雅・伐木》）鳥尚如此，人何以堪，詩人耳聞庭鳥「好聲相和」，思與親友相會而不能如願，能不抱憾麼！

此詩是否與政事有關，歷來各家有不同的理解。元代劉履將它同「元熙禪革」、晉宋易代聯繫起來分析，認為詩人寫作此詩意在規諷仕宋之親友（《選詩補註》卷五）。明代黃文煥甚至認為詩中表達的「皆匡扶世道之熱腸，非但離索思群之閒悰」（《陶詩析義》）。而清代吳菘卻認為是即事興懷之作，與政事無關，「神閑氣靜，頗自怡悅，絕無悲憤之意。即曰憾曰慨，亦不過思友春遊，即事興懷耳。」（《論陶》）平心而論，就詩說詩，詩中表達的雖然不是怡悅之情，但實無悲憤之意。何況晉宋易代時淵明已五十五歲，與本詩的寫作時間不符，詩人不可能預知後事，我們還是應該相信詩人在序中所說的話，它的確是一首思念親友的詩。

時運 並序

【題解】此詩歌詠詩人暮春獨遊。既描述了詩人醉心於自然美景的歡欣，也抒發了時移世異、古風莫存的慨歎，曲折地表達了詩人對現實的不滿。

時運[1]，游暮春[2]也。春服既成[3]，景物斯和[4]，偶影[5]獨游，欣慨交心[6]。

邁邁[7]時運，穆穆[8]良朝。襲[9]我春服，薄言[10]東郊。山滌[11]餘靄[12]，宇[13]曖[14]微霄[15]。有風自南，翼[16]彼新苗。

洋洋[17]平津[18]，乃[19]漱[20]乃濯[21]。邈邈[22]遐景[23]，載[24]欣載矚[25]。稱心而言，人亦易足[26]。揮[27]茲[28]一觴[29]，陶然[30]自樂。

延目[31]中流[32]，悠悠[33]清沂[34]。童冠[35]齊業[36]，閒詠以歸[37]。我愛其靜[38]，寤寐[39]交揮[40]。但恨[41]殊世[42]，邈[43]不可追。

斯晨斯夕，言[44]息其廬[45]。花藥[46]分列[47]，林竹翳如[48]。清琴橫床[49]，濁酒半壺。黃唐㊿莫逮(51)，慨獨(52)在余。

【注釋】❶時運　四季運行。時，季節。在這裡「時運」二字當篇名用。❷游暮春　暮春出遊。游，通「遊」。暮春，農曆三月。❸春服既成　語出《論語・先進》。春服，春裝。既，已經。成，準備就緒。❹和　和美。❺偶影　對影成偶；與自己的身影為伴。表示孤獨。❻交心　交集於心；在心中同時出現。❼邁邁　行走的樣子。❽穆穆　和美的樣子。❾襲　加衣；穿衣。❿薄言　王引之《經傳釋詞・卷五》：「皆語詞。」又《詩經・邶風・柏舟》有「薄言往愬」之語，此處「薄言」似隱帶「往」義。⓫滌　滌除；洗盡。⓬靄　雲氣。⓭宇　四方上下謂之宇。⓮曖　隱蔽。⓯微霄　輕微的雲氣。⓰翼　助。言南風有助於新苗生長。一說言南風吹動新苗，「新苗因風而舞，若羽翼之狀，工于肖物」（吳瞻泰《陶詩彙註》引王棠語）。今不採此說。⓱洋洋　水大的樣子。⓲平津　平靜的渡口。⓳乃　此處與下文「載」同義，「又」的意思。⓴漱　漱口。㉑濯　洗。㉒邈邈　遙遠的樣子。㉓遐景　遠景。㉔載　又。㉕矚　視；望。㉖稱心而言二句　當依焦竑本作「人亦有言，稱心易足」。稱心，如意；符合自己的心願。易足，容易滿足。㉗揮　拋撒；甩出，在此指乾杯後甩出杯中餘酒。《禮記・曲禮上》：「飲玉爵（玉杯）者弗揮。」鄭注引何云：「振去餘酒曰揮。」㉘茲　此。㉙觴　酒杯。㉚陶然　歡樂的樣子。㉛延目　縱目；放眼。㉜中流　即流中，河流之中。㉝悠悠　《詩經・邶風・終風》有「悠悠我思」之語，因而以「悠悠」表思念之意。「悠悠」曾本、焦本注一作「悠想」。㉞沂　沂水，在今山東曲阜縣南，向西流入泗水。㉟童冠　童子和冠者。冠者即成年人。古時男子二十歲行冠禮，表示已經是成年人了。㊱齊業　一起習完課業。㊲閒詠以歸　悠閒地歌詠而歸。從以上「悠悠清沂」至此句，包括了《論語・先進》記載的曾點言志的內容，曾點回答孔子說，自己的志趣是：「暮春者，春服既成，冠者五六人，童子六七人，浴乎沂，風乎舞雩，詠而歸。」受到孔子的讚賞。㊳其靜　指曾點不為外物所動的志趣。其，指曾點。靜，恬靜。宋湯漢《陶靖節先生詩・卷一》：「靜之為言，謂其無外慕也。」在回答孔子提問時，子路志在使民有勇，冉求志在富國足民，公西華志在宗廟之事，而曾點大異其趣，志在與青少年遊春，所謂「無外慕」當指此。㊴寤寐　睡醒和睡著；日夜。㊵交揮　交奮；想念。㊶恨　遺憾。㊷殊世　世代不同。㊸邈　遙遠，指曾點生活的時代而言。㊹言　語詞。㊺廬　房舍；茅廬。㊻藥　藥草。㊼分列　分別羅列。㊽翳如　蔭蔽的樣子。如，與「然」同。㊾清琴橫床　清琴，《晉書・隱逸傳》載淵明「性不解音，而畜素琴一張，絃徽不具」，「清琴」當與此「素琴」有關。床，《釋名・釋牀帳》：「人所坐臥曰牀。」㊿黃唐　黃帝和唐堯，是傳說中的兩個古代帝王。(51)莫逮　不可企及。逮，及。(52)慨獨　獨自慨歎。

【語　譯】〈時運〉是一首歌詠暮春之遊的詩。春裝已經準備好了，景物和美，只有影子同我作伴遊春，欣慨交集。

四時運行永不停，美景良辰已來臨。穿我適時春服裝，前往東郊去遊春。青山洗盡餘煙靄，天空籠罩淡淡雲。暖風陣陣從南來，吹得新苗一片青。

河水洋洋滿渡口，可供漱口與洗濯。縱目四望眺遠景，且看且喜且矚目。世上人們常言道：稱心如意易滿足。舉起春酒乾一杯，心滿意足且自樂。

放眼中流思緒飛，悠悠我思念沂水。青少課業已習完，悠閑自得詠而歸。我愛曾點喜恬靜，日思夜想夢中隨。只恨異代不同時，古風遙遠不可追。

朝朝暮暮園田居，日日夜夜住草廬。花卉藥草分別種，林竹成蔭遮道路。素琴一張橫床上，濁酒自飲有半壺。黃唐盛世不可及，獨自慨歎唯老夫！

【賞　析】此詩的寫作時間與〈停雲〉相同。

清人邱嘉穗對此詩有如下評析：「前二章游目騁懷，述所欣也；後二章傷今思古，寄所慨也。故曰『欣慨交心』。其樂天之誠，憂世之志，可謂平行而不悖。」（《東山草堂陶詩箋・卷一》）所言簡明扼要，頗為得體。

暮春時節，東郊的青山洗去了煙靄，天空飄著白雲，春風吹拂著新綠，詩人身著春裝，徜徉其間，漱洗浣濯，遠眺近望，面對如此良辰美景，「物色相召，人誰獲安」，豈能不「豫悅之情暢」（《文心雕龍・物色》）！人生能賞此美景，自然也就稱心如意，樂在其中了。

然而景物的美麗使詩人稱心，時代的變異卻未能讓詩人滿意。放眼中流，觸景生情，詩人聯想到了曾點言志的往事。當年曾點說他的志趣是在暮春三月，與青少年共同遊春，在沂水中沐浴，在舞雩臺上吹風，然後踏著歌聲回來。這種讓詩人夢寐以求的恬靜和美的生活，由於時代的變異，已經一去不可復返，而今詩人孤身獨遊，與影為伴，物是人非，自然不免感慨繫之了。而獨遊歸來，身居草廬，素琴一張，濁酒半壺，本來足以自慰，可是古籍上所載的「強不掩弱，眾不暴寡」、「法令明而不闇，輔佐公而不阿」、「道不拾遺，邑無盜賊」（《淮南子・覽冥》）的黃唐治世的景況，已經一去不可復返，詩人面對著的是軍閥混戰，民生塗炭，朝政腐敗，世風日下的黑暗現實，又怎能不使他獨自慨歎。這一切都足以說明詩人退隱之後，並未忘情世事，於朝政還是關心的。對往古的深切懷念，正是對現實的曲折抨擊。

榮木 並序

【題解】此詩以朝開夕落的木槿花起興，說明人也像花一樣容易衰老，應該及時進德修業。

榮木❶，念將老❷也。日月❸推遷❹，已復有夏❺。總角❻聞道❼，白首❽無成。

采采❾榮木，結根❿于茲⓫。晨耀其華⓬，夕已喪⓭之。人生若寄⓮，顦顇⓯有時。靜言⓰孔念⓱，中心⓲悵而⓳。

采采榮木，于茲托根⓴。繁華㉑朝起㉒，慨暮不存。貞脆㉓由人，禍福無門㉔。匪道曷依㉕，匪善奚敦㉖！

嗟㉗予小子㉘，稟㉙茲固陋㉚。徂年㉛既流㉜，業㉝不增舊㉞。志彼不舍，安此日富㉟。我之懷矣㊱，怛焉㊲內疚。

先師㊳遺訓，余豈云墜㊴：「四十無聞，斯不足畏㊵。」脂㊶我名車㊷，策㊸我名驥㊹。千里㊺雖遙，孰㊻敢不至㊼！

【注釋】❶榮木　木槿花。《禮記・月令》說仲夏之月（農曆五月）「蟬始鳴」，「木堇（同『槿』）榮（開花）」。其花朝開夕落。❷念將老　想到自己將要進入老年。此句本自《楚辭・離騷》：「老冉冉其將至兮，恐修名之不立。」❸日月　歲月；時間。❹推遷　推移；變遷。❺已復有夏　已經又是夏天。有夏，即「夏」。有，用在名詞之前的助詞。❻總角　意為成童。男女在十五歲以上至二十歲行冠禮以前，將頭髮紮成髮髻，叫總角，亦稱總髮。總，束。角，似角的髮髻。❼聞道　意為得知聖人所說的道理。語本《論語・里仁》：「子曰：『朝聞道，夕死可矣。』」❽白首　意為老年。❾采采　猶「燦燦」，參見聞一多《風詩類鈔》注及郭沫若《讀隨園詩話札記・釋「采采」》。此處用來形容花之艷麗。❿結根　紮根。⓫茲　此。⓬華　花。⓭喪　凋謝。⓮人生若寄　謂人生天地之間，如寄居在外的遊客一樣，終當回歸，亦即終究要死亡之意。寄，寄居。⓯顦顇　同「憔悴」。⓰靜言　靜靜地。言，語助詞。語本《詩經・衛風・氓》：「靜言思之。」⓱孔念　猶「深思」。孔，甚，表程度。⓲中心　即「心中」。⓳悵而　即「惆悵」。而，語末助詞。⓴托根　猶「結根」。㉑繁華　繁盛的花朵。㉒朝起　早上開放。㉓貞脆　堅貞與脆弱。㉔禍福無門　語本《左傳・襄公二十三年》：「禍福無門，唯人所召。」此處僅言「禍福無門」，亦兼有「唯人所召」之意。㉕匪道曷依　不依順道還依順什麼。匪，同「非」。曷，何。㉖匪善奚敦　不勉勵為善還勉勵什麼。奚，何。敦，勉勵。㉗嗟　歎詞，猶「唉」。㉘小子　自稱的謙詞。㉙稟　承受；稟性。㉚固陋　頑固粗陋；不聰明。㉛徂年　往年；已經過去了的年華。㉜既流　已經消失。㉝業　學業。㉞不增舊　依然故我；沒有長進。㉟志彼二句　謂自己言行不一，有志於學業，卻安於飲酒。不舍，不停，就為學而言。語本《荀子・勸學》：「駑馬十駕，功在不舍。」日富，語本《詩經・小雅・小宛》：「彼昏不知，一醉日富。」此用「日富」指代醉酒。㊱我之懷矣　語見《詩經・邶風・雄雉》。懷，胸懷；心中。

❸❼怛焉　憂傷痛苦的樣子。❸❽先師　已經去世的師長，指孔子。❸❾云墜　即「墜」。云，句中助詞。墜，失落；拋棄。❹⓿四十無聞二句　語出《論語・子罕》：「子曰：『後生可畏，焉知來者之不如今也？四十、五十而無聞焉，斯亦不足畏也已！』」無聞，沒有名望；不成名。斯，則；就。不足，不值得；不足以。❹❶脂　油脂，作動詞用，給車軸塗上油脂，起潤滑作用。❹❷名車　與下句之「名驥」均以車馬比喻追求事業有成之志，照應「四十無聞」。「無聞」意即不成名，故脂車策馬以求功名。明人黃文煥云：「脂車策驥，贖罪無聞。」（《陶詩析義・卷一》）名車，有名之車；好車。❹❸策　鞭策，名詞作動詞用。❹❹名驥　良馬。驥，千里馬。❹❺千里　路途長遠，到達非易。❹❻孰　誰。❹❼至　達到目的；實現志願。

【語　譯】〈榮木〉是一首寫自己將要衰老的詩。時光如流，夏天又已經來到。童年就聽說過聖人所講的道理，而今白髮蒼蒼卻一事無成。

鮮麗的木槿花，紮根在土壤。早晨開著耀眼的花朵，晚上就已經落在地上。人生就像寄居的遊客，到時候就要憔悴死亡。靜靜深思此中事理，心中無限惆悵。

鮮麗的木槿花，在土壤中紮根。早晨繁花怒放，可惜晚上就一朵不見。是堅貞還是脆弱由人選擇，是災難還是幸福也沒有別的路門。不依道義還有什麼可以依從，不做好事還有什麼值得勤勉！

唉！我這個可悲的小子，生性閉塞淺陋。流年已經虛度，學業卻依然如舊。立志要不斷求學，行為卻樂於飲酒。我想起了這一切，心中就痛苦內疚。

先師留下的遺言，我怎敢將它忘記：「四十歲沒有成名，也就不值得畏懼。」給我名車塗上油脂，給我名馬揚起鞭箠。千里雖然遙遠，誰敢不達目的！

【賞析】在〈停雲〉的賞析中已經說這首詩約作於詩人四十至五十歲之間。詩中稱「將老」，言「白首」，說明詩人當時已接近老年。

這是一首借物興懷的詩，所借之物為榮木，也就是木槿。晉代文人有不少作品詠木槿，盧諶、傅咸、羊徽、夏侯湛、傅玄、潘尼、稽含等都寫有詠木槿的賦，而蘇彥還寫了詠木槿的〈舜華詩〉。詩雖然沒有留下來，但是這篇詩的序言卻保存在《藝文類聚．卷八九》中：「其為花也，色甚鮮麗，迎晨而榮，日中則衰，至夕而零。莊周載『朝菌不知晦朔』（按，見《莊子．逍遙遊》），況此朝不及夕者乎？苟映采於一朝，耀榮於當時，焉識夭壽之所在哉！余既翫其葩，而歎其榮不終日。」對此花只能榮耀一時深表歎惜。

陶淵明寫木槿不停留在對花艷麗一時的歎惋上，而是由木槿花的朝開夕落，聯想人也像花一樣容易凋謝，應該及時進德修業，建立功名。詩分四章，前二章睹物生感，後二章因感述懷。詩人見木槿花朝開夕落，先是由物及人，聯想到人生短促，心中無限惆悵。繼而又想到人既可以像松柏一樣堅貞，歲寒不凋；也可以如木槿一樣脆弱，「慨暮不存」，是堅貞還是脆弱，全在自己選擇。故而人生在世，應該勵志為善守道。可是反躬自省，年華已經虛度，學業卻依然故我；立志不斷求學，行動卻樂於飲酒，因而無限內疚。在先師孔子遺訓「四十、五十而無聞焉，斯亦不足畏也已」的激勵下，認為應當奮起直追，及時建立功名。詩中表達出來的暮年壯志，酷似曹孟德的「老驥伏櫪，志在千里」（〈步出夏門行．龜雖壽〉），詩人豈能真的忘懷世事！

贈長沙公❶并序

【題解】這是淵明給長沙公的贈別詩。淵明和長沙公同是大司馬陶侃的後代，雖然是同宗，只因世系相隔太長，宗族關係已經變得疏遠。這次長沙公經過潯陽，與淵明相見。別前淵明作詩以贈，記述了這次兩人相見的感歎，讚美了長沙公的才志品德，寄託了別後的殷切期望。

長沙公於余為族祖❷，同出大司馬❸。昭穆❹既遠❺，已為路人❻。經過潯陽❼，臨別贈此。

同源分流❽，人易❾世疎❿。慨然寤歎⓫，念茲厥初⓬。禮服遂悠⓭，
歲月眇徂⓮。感彼行路⓯，眷然⓰躊躇⓱。

於穆⓲令族⓳，允構斯堂⓴。諧氣㉑冬暄㉒，映懷圭璋㉓。爰采春花，
載警秋霜㉔。我曰欽㉕哉，實宗之光！

伊㉖余云㉗遘㉘，在長忘同㉙。笑言未久，逝焉㉚西東㉛。遙遙三湘㉜，

滔滔九江㉝。山川阻遠㉞，行李㉟時通。
何以寫心㊱，貽㊲此話言：進簣雖微，終焉為山㊳。敬㊴哉離人㊵，
臨路㊶悽然。款襟㊷或遼㊸，音問㊹其㊺先。

【注釋】❶贈長沙公　各本皆作「贈長沙公族祖」，今依陶注本作「贈長沙公」，「族祖」二字乃後人誤讀序文祖字為句而生之衍文，當刪去。長沙公當是指陶延壽之子，其名不詳，是陶侃的六世孫。據《晉書・陶侃傳》，陶侃有功於晉，封為長沙郡公，死後，其爵位由其子陶夏嗣襲；陶夏死，其爵由陶夏的姪子陶弘嗣襲；陶弘死，其爵由陶弘子陶綽之嗣襲；陶綽之死，其爵由陶綽之子陶延壽嗣襲。宋受晉禪，長沙公爵位被降為吳昌侯（按，《宋書・武帝紀》云降為醴陵縣侯）。逯欽立據《宋書・武帝紀》等記載，晉安帝義熙五年陶延壽尚任諮議參軍，宋武帝永初元年（晉恭帝元熙二年），宋代晉，長沙公降為醴陵縣侯，推測陶延壽之子「嗣公爵（按，指長沙公爵）當在義熙五年以後元熙二年之前，其路過尋陽亦當在此期間。」（見其校注《陶淵明集・卷一・贈長沙公》注）❷長沙公於余為族祖　當從咸豐本又云一作「余於長沙公為族祖」，是說我是長沙公的族祖。據《晉書・隱逸傳》，淵明是陶侃的曾孫，即四世孫，而陶延壽之子是陶侃的六世孫，相差三代，所以淵明是陶延壽之子的族祖。族祖，同族的祖父。按，有於「族」字下點斷為句，今據《爾雅・釋親》有「族祖姑」、「族祖王母」、「族祖母」之稱，《顏氏家訓・風操》有「凡宗親世數，有從父，有從祖，有族祖」之謂，可知「族祖」乃一詞，不宜點斷。❸大司馬　指陶侃，《晉書・陶侃傳》載陶侃死後，晉成帝追封他為大司馬。蕭統〈陶淵明傳〉載：「曾祖侃，晉大司馬。」可知淵明是陶侃的四世孫，所以說他和陶延壽之子是同出大司馬。❹昭穆　按照古代的宗法制度，宗廟的排列次序，太祖廟居中，二世、四世、六世廟居左，稱為昭；三世、五世、七世廟居右，稱為

穆。三昭、三穆加上太祖廟，合稱為七廟。這裡的「昭穆」指的是同宗的世系關係。❺既遠　已經遙遠。陶延壽之子是陶侃的六世孫，淵明是陶侃的四世孫，所以說「昭穆既遠」。❻路人　過路的行人；不相干的人。❼潯陽　縣名，在今江西省九江市西南，是淵明的故鄉。❽同源分流　語本班固〈幽通賦〉：「術同原（源）而分流。」這裡用來說明同宗分成不同的家族，似水同源而分成不同的支流。❾人易　人事改變。❿世疏　世系疏遠。⓫寤歎　覺而歎息。參見《詩經・曹風・下泉》「愾我寤歎」句孔穎達《疏》。⓬厥初　其初，謂當初同出一祖。《詩經・大雅・生民》敘述周民族的祖先時說：「厥初生民（指周民族的祖先后稷），時維姜嫄（后稷的母親）。」故言「厥初」即兼有同祖之意。⓭禮服遂悠　與序中「昭穆既遠」意義相似，都是指宗族關係遙遠而言。我國古代因宗族關係的遠近親疏不同，喪服也有差別。從不同的喪服可以看出不同的宗族關係，所以這裡的「禮服」即喪禮之服，指的是宗族關係。遂，於是。悠，遙遠。⓮眇徂　遠逝。⓯行路　行路之人。蔡琰〈悲憤詩〉：「觀者皆歔欷，行路亦嗚咽。」⓰眷然　返顧留戀的樣子。⓱躊躇　徘徊不前，依依惜別。⓲於穆　讚歎詞。於，歎詞。穆，美。⓳令族　美好的族人，指陶延壽之子。⓴允構斯堂　意為能繼承祖先的功業。淵明在〈命子〉詩中言陶家祖先自陶唐氏以來，歷經夏、商、周、漢諸朝，屢建功勳，及至晉代，長沙公陶侃又功業昭著。允，信能；誠能。構斯堂，典出《尚書・周書・大誥》。周公出師平定管叔、蔡叔之前，用成王口吻告諭部下，談到創業艱難，說：好像父親建房，已經確定了辦法，他的兒子竟然不肯打地基，何況肯蓋房呢？（原文為「厥子乃弗肯堂，矧肯構？」）用「弗（不）肯堂，矧肯構」說明兒子不肯繼承父業。後人反其意，用「肯構肯堂」表示後代能繼承祖先功業。構，蓋屋。堂，築堂基；打地基。㉑諧氣　溫和的氣度。諧，和。㉒冬暄　冬日的溫暖。暄，溫。㉓映懷圭璋　言品德高尚，胸懷如圭璋似的輝映。圭璋，玉器名，比喻高尚的人品，《詩經・大雅・卷阿》歌頌君子：「如圭如璋，令聞令望。」㉔爰采春花二句　比喻風華正茂時能提高警惕，以防罪罰。爰，句首助詞，無義。采，採集。春花，以喻年華。載，語首助詞，無義。警，警惕。秋霜，比喻罪罰。曹植〈朔風詩〉：「繁華將茂，秋霜悴之。」㉕欽　敬。㉖伊　語首助詞，無義。㉗云　語中助詞，無義。㉘遘　遇，指與陶延壽之子相逢。㉙在長忘同　淵明自言身居長輩竟然忘記了與陶延壽之子是同宗。長，長輩，淵明是陶侃的四世孫，延壽之子是陶侃的六世孫，所以淵明是長輩。㉚逝焉　往焉，指陶延壽之子前往三湘，別淵明而去。㉛西東　各自西東，言離別。㉜三湘　湘潭、湘鄉、湘源（或謂湘陰）為三湘。㉝九江　此處以「滔滔」形容「九江」，可見「九江」是水名。《尚書．虞夏書．禹貢》四次出現「九江」一詞。《漢書．地理志上．廬江郡下》說：「尋陽，〈禹貢〉九江在南，皆東合為大江。」可見九江是在潯陽南面的九條江，都流入了長江。江，與「同」「東」「通」押韻，音工。㉞阻遠　險阻遙遠。㉟行李　使者。《左傳．僖公三十年》：「行李之往來。」㊱寫心　抒發情意。《詩經．小雅．蓼蕭》：「既見君子，我心寫兮。」鄭《箋》：「我心寫者，舒其情意。」㊲貽　贈。㊳進簣二句　意為勉勵陶延壽之子不宜忽視細行，應慎終如始，以成大德。典出《尚書．周書．旅獒》：「不矜（慎）細行，終累（連累、損害）大德。為山九仞，功虧一簣。」進簣，猶添一筐土。簣，盛土的竹器。終焉，終於。為山，堆成一座大山。㊴敬　《釋名》：「警也，恆自肅警也。」㊵離人　別離的人，指陶延壽之子。㊶臨路　送別到路上。臨，到。㊷款襟　開懷暢談。款，闊。㊸遼　遙遠。㊹音問　音訊；書信。㊺其　句中語氣詞，表期望。

【語　譯】我是長沙公的族祖，都是大司馬的後代。世系已經遙遠，彼此已成為互不相識的路人。這次他經過潯陽，臨別的時候我贈了這首詩給他。

相同的源頭分出支流，人事變更世系生疏。認出本家不禁慨歎，想起當初還是同祖。宗族關係變得遙遠，消逝了的時光難以留住。那陌生的路人使我感動，別情依依徘徊踟躕。

啊，那美好的族人，繼承了祖先的輝煌。溫和的氣度像冬天的暖日，高潔的胸懷似晶瑩的圭璋。風華正茂的年歲，就能警惕嚴酷的秋霜。我說值得敬重的族人呀，你確實是宗族的榮光！

我們不期相逢，我這個長輩竟然忘記了同宗。說笑還沒有多久，就要分手各自西東。三湘路途迢迢，九江波濤洶湧。山川險阻遙遠，但願使者常通。

用什麼來抒發情意，贈給你這幾句話言：添一筐土雖是小事，終究可以堆成大山。當心呀就要分離的人，臨別不要淚落悽然。開懷暢談也許無期，但願音信互通在先。

【賞　析】陶延壽之子路過潯陽一事，未見史有記載。據《宋書・武帝紀》，晉安帝義熙五年（西元四〇九年），陶延壽尚任諮議參軍隨劉裕北伐後燕慕容超軍，晉恭帝元熙二年（西元四二〇年）六月，宋代晉，劉裕稱帝，改元熙二年為永初元年，長沙公爵降為醴陵縣侯。陶延壽尚任軍職時，其子不得嗣襲爵位；宋代晉後，長沙公爵位已降為醴陵縣侯，陶延壽之子不得被稱為長沙公。陶延壽之子嗣襲長沙公爵位只能在義熙五年至元熙二年六月前，路過潯陽當在此期間，這首詩的寫作時間亦當在此期間。

詩分四章，第一章慨歎同宗關係變得疏遠，就是序中說的「昭穆既遠，已為路人」的意思。第二章稱讚陶延壽之子能繼承祖業，氣度溫和，品德高潔，風華正茂，有怵惕之志，是陶氏宗族的光榮。第三章、第四章寫淵明和陶延壽之子相見相別的情景，即序中所言「經過潯陽，臨別贈此」之意。他們不期而遇，忘記了是同宗，當知道彼此關係之後，便有說有笑，欣喜無比。可惜相聚的時間太短，來匆匆，去也匆匆，短暫歡晤，就各自東西。分手的時候，淵明作詩以贈，期望別後能夠時時互通音信，並勉勵他從小事做起，增進德業，字字句句流露出一份可貴的真情，誠乃「情摯語質，最是家人真況」（黃文煥《陶詩析義・卷一》）。

酬❶丁柴桑❷

【題解】這是詩人酬答一位姓丁的柴桑縣令的詩。詩中記敘了丁縣令前來作客給詩人帶來的歡樂，同時稱讚了丁縣令為官正直、惠愛百姓、喜聞善言的品德。

有客有客，爰❸來爰止❹。秉直司聰❺，于惠百里❻。飡勝如歸❼，聆善若始❽。

匪惟諧也❾，屢有良游。載言載眺❿，以寫我憂⓫。放歡⓬一遇⓭，既醉⓮還休。寔⓯欣心期⓰，方從我⓱遊。

【注釋】❶酬　酬答；以詩文相贈答。❷丁柴桑　姓丁的柴桑縣令。柴桑，縣名，在今江西九江市西南。❸爰　於是。❹爰止　語出《詩經・小雅・正月》：「瞻烏爰止，于誰之屋。」止，停止；留住。❺秉直司聰　意為為官正直。秉直，堅持正直。《晉書・李含傳》：「含忠公清正，才經世務實，有史魚（春秋衛國大夫，以正直聞名）秉直之風。」司聰，典出《左傳・昭公九年》：「女（汝）為君耳，將司聰也。」司，掌管。聰，聽覺靈敏。古代認為臣下為官是作為君主的耳目，在所轄之地聽察民情，故稱司聰。❻于惠百里　即惠愛全縣之意。于惠，即惠于。《詩經・大雅・抑》：「惠于朋友。」惠，愛。百里，縣的代稱。典出《三國志・蜀志・龐統傳》，劉備讓龐統去做耒陽縣令，龐統沒有將耒陽縣治好，劉備罷了他的官。魯肅給劉備寫信說：「龐士元（統字）非百里才也。」意思是說龐統不是管理百里之縣的人才，讓他做更大的官，方能施展他的才能。所以「百里」可作縣的代稱。❼飡勝如歸　意為吸收至理就像回家一樣高興。飡，「餐」的諡字，在這裡意為吸收、採納。勝，勝理；至理。❽聆善若始　聆聽善言就像初次聽說某事一樣的感興趣。❾匪惟諧也　不只是關係和諧。匪，非。惟，只。諧，和諧，當是指彼此關係。❿載言載眺　又言又眺；邊言邊眺。⓫以寫我憂　語出《詩經・邶風・泉水》：「駕言出遊，以寫我憂。」寫，除。⓬放歡　無拘束地歡樂。⓭一遇　一次相會。⓮既醉　已醉。⓯寔同「實」。⓰心期　心相期許；情投意合。⓱從我　隨我。《論語・公冶長》：「從我者其由（子路）與。」

【語　譯】有一位客人，來到我家留停。秉公作君耳目，惠愛全縣百姓。採納勝理喜如歸家，聆聽善言歡若初聞。

我們不僅談得和諧，還有多次暢遊。一邊談說一邊遠眺，藉此排除我的煩憂。無拘無束歡聚，喝到醉了方休。真高興能情投意合，有客人正伴我暢遊。

【賞　析】這是一首酬答詩，是淵明讀了丁縣令的贈詩以後，回贈給他的一首詩。由於缺乏資料，難以確定其寫作時間。

詩的第一章寫有位客人，來到淵明那裡作客。這位客人，不是淵明的鄰近親朋，而是一位「秉直司聰，于惠百里」的縣令。這既交代了來客不同尋常的身分，還稱讚了他正直仁愛的品德。「飡勝如歸，聆善若始」二句當是淵明稱讚丁縣令是一個採納至理、從善如流的人物。

第二章寫淵明與丁縣令同遊的歡樂。「匪惟諧也，屢有良游」二句是說彼此見面以後，不僅和諧相處，而且還有多次痛快的暢遊，在整首詩中起著承上啟下的作用。接著便轉入歡樂同遊的描述，他們一邊談笑，一邊眺望，共說人生，同賞美景，心中的憂愁一掃而盡。「放歡一遇，既醉還休」二句，將淵明率真待客的情景寫得活靈活現，最有韻味。傳載淵明待客，「有酒輒設，淵明若先醉，便語客：『我醉欲眠，卿可去。』其真率如此。」（蕭統〈陶淵明傳〉）醉了就算了，也不留客送客，一切聽客人自便。逯欽立先生用〈五柳先生傳〉中的「既醉而退，曾不吝情去留」兩句話去解釋這兩句詩（見其《陶淵明集》校注），深得其中真味。末了「寔欣心期，方從我遊」二句，是回味同遊的歡樂，他實在高興有這麼一位情投意合的丁縣令伴他同遊。

答龐參軍❶並序

【題解】龐參軍是淵明的朋友，先奉江州刺史王弘之命從潯陽出使江陵，後又奉宜都王劉義隆（即後來的宋文帝）之命從江陵出使京都建康（在今江蘇南京），途中經過潯陽，有詩相贈，淵明便寫詩酬答他。詩中回顧隱居潯陽時結識了龐參軍，一起飲酒賦詩，相處甚歡。不久，龐參軍告別淵明，去了舊楚（即江陵）。現在兩人又在潯陽相遇，淵明臨別贈言，勉之以德，望龐參軍善自保重。

龐為衛軍❷參軍，從江陵❸使上都❹，過潯陽❺見贈。

衡門之下❻，有琴有書❼。載彈載詠，爰❽得我娛❾。豈無他好❿，樂是幽居[11]。朝為灌園[12]，夕偃[13]蓬廬[14]。

人之所寶，尚或未珍[15]。不[16]有同愛[17]，云胡[18]以親？我求良友，寔[19]覯[20]懷人[21]。懽[22]心孔[23]洽[24]，棟宇[25]惟[26]鄰[27]。

伊[28]余懷人，欣德[29]孜孜[30]。我有旨酒[31]，與汝樂之。乃陳好言，乃著新詩。一日不見[32]，如何不思[33]！

嘉遊[34]未斁[35]，誓將[36]離分。送爾于路，銜觴[37]無欣。依依[38]舊楚[39]，邈邈[40]西雲。之子[41]之[42]遠，良話曷[43]聞！

昔我云[44]別，倉庚[45]載[46]鳴；今也遇之，霰雪飄零[47]。大藩有命[48]，作使上京[49]。豈忘宴安[50]？王事靡寧[51]。

慘慘[52]寒日，肅肅[53]其風。翩[54]彼方舟[55]，容裔[56]江中。勗[57]哉征人[58]，在始思終。敬[59]茲良辰，以保爾躬[60]。

【注釋】❶龐參軍　從序中可知龐是衛將軍的參軍。其名不詳。有人據《宋書・隱逸傳・陶潛傳》「潛嘗往廬山，弘（王弘）令潛故人龐通之齎酒具於半道要之」，認為龐參軍就是龐通之。（見陶澍《靖節先生年譜攷異》

引《吳正傳詩話》。按，龐通之，與〈怨詩楚調示龐主簿鄧治中〉所說的「龐主簿」不同。龐主簿名遵，乃舊識。龐參軍則為新知，因結鄰而有往來，相交時淺，為時不過一兩年。參軍，官名。❷衛軍　即衛將軍，官名，指王弘。據《宋書・王弘傳》，弘字休元，琅邪臨沂人，是王導的曾孫。義熙十四年（西元四一八年）任撫軍將軍、江州刺史，永初三年（西元四二二年）進號衛將軍。❸江陵　縣名，今湖北有江陵縣。據《宋書・文帝紀》載劉義隆（即後來的宋文帝）為荊州刺史，永初元年（西元四二〇年）封宜都王，鎮守江陵。❹使上都　出使京都。上都，京都，京師；首都，在建康，即今江蘇南京。❺潯陽　郡名，郡治在今江西九江市。❻衡門句　語出《詩經・陳風・衡門》：「衡門之下，可以棲遲。」衡門，橫木為門，比喻居室簡陋。衡，通「橫」。❼有琴句　《晉書・隱逸傳・陶潛傳》載淵明「性不解音，而畜素琴一張，絃徽（琴徽，繫弦的繩）不具，每朋酒之會，則撫而和之，曰：『但識琴中趣，何勞絃上聲！』」❽爰　於是。❾娛　歡樂。❿他好　別的愛好。⓫幽居　隱居。⓬灌園　澆灌園地。《高士傳・卷中》記載齊人陳仲子，居楚之於陵，窮不苟求，不義之食不食。楚王欲聘為相，其妻曰：「夫子左琴右書，樂在其中矣。若為相，恐命不保。」於是相與逃去，為人灌園。此用其典。⓭偃臥。⓮蓬廬　草廬；蓬草建成的屋。⓯人之所寶二句　意為人們所認為寶貴的東西，我或許尚未覺得珍重。所寶，指金玉。尚，或，或許之意。出自《詩經・小雅・小弁》：「尚或先之。」未，不。《禮記・儒行》：「儒有不寶金玉，而忠信以為寶。」此用其意。⓰不　無。⓱同愛　愛好相同。⓲云胡　如何。出自《詩經・鄭風・風雨》：「云胡不喜？」云，語首助詞，無義。⓳寔　通「實」。意為確實。⓴覯　遇見。㉑懷人　所思念的人，指龐參軍。語出《詩經・周南・卷耳》：「嗟我懷人。」懷，思。㉒懽　同「歡」。㉓孔　甚；很。㉔洽　協調；融洽。㉕棟宇　屋宇；住房。㉖惟　句中助詞。㉗隣　同「鄰」。㉘伊　語首助詞，無義。㉙欣德　喜愛道德；樂道。㉚孜孜　勤勉不怠。㉛我有旨酒　語出《詩經・小雅・鹿鳴》：「我有旨酒，以燕樂嘉賓之心。」旨酒，美酒。㉜一日不見　語出《詩經・王風・采葛》：「一日不見，如三月兮。」㉝如何不思　語本《詩經・王風・君子于役》：「如之何勿思！」㉞嘉遊　美好的交遊。㉟未斁　猶「無斁」。斁，厭；滿足。㊱晢將猶「逝將」。《詩經・魏風・碩鼠》：「逝將去女。」鄭《箋》：「逝，往也。往矣，將去女。」往，在這裡指龐參軍將前往江陵。❸❼銜觴　銜杯；飲酒。❸❽依依　捨不得的樣子。❸❾舊楚　指江陵。楚國的舊都在江陵，故稱江陵為「舊楚」。❹⓿邈邈　遙遠的樣子。❹❶之子　此人。出自《詩經・周南・桃夭》：「之子于歸。」❹❷之往。❹❸曷　何。❹❹云　助詞。❹❺倉庚　黃鶯。黃鶯在春天鳴叫，《詩經・豳風・七月》：「春日載陽，有鳴倉庚。」由此可知從前淵明送別龐參軍去江陵是在春天。❹❻載　開始。《孟子・滕文公下》：「湯始征，自葛載。」朱熹注：「載，亦始也。」❹❼霰雪飄零　由此可知此時淵明是在冬天與龐參軍相遇。霰雪，小雪珠；米粒雪。零，落。❹❽大藩句　大藩，勢力強大的藩王，指宜都王劉義隆，是宋武帝劉裕的第三子，任荊州刺史，永初元年（西元四二〇年）封為宜都王。由此可知龐參軍這次是受宜都王的派遣出使京都。❹❾上京　當時的京都，指建康，即今之南京。❺⓿宴安　安逸。❺❶王事句　王事，奉王命而做的事，此指奉宜都王之命出使上京事。靡寧，不得安寧。❺❷慘慘　昏暗的樣子。王粲〈登樓賦〉：「天慘慘而無色。」❺❸肅肅　風聲。❺❹翩　飄蕩的樣子。❺❺方舟　兩船並行。❺❻容裔　猶「容與」，徘徊不前。《楚辭・九章・涉江》：「船容與而不進兮，淹回水而凝滯。」❺❼勗　勉勵。❺❽征人　行人，指龐參軍。❺❾敬　《釋名》：「警也，恆自肅警也。」❻⓿爾躬　你自身；你自己。語出《詩經・大雅・文王》：「無遏爾躬。」

【語譯】龐君擔任衛將軍的參軍，從江陵出使京都，經過潯陽，以詩贈我。

橫木為門屋內住，既有琴來又有書。邊彈邊詠好自在，自得其樂多歡娛。難道就不愛別的，偏樂此處好隱居。早上起來去灌園，晚上回家臥草廬。

人們重視世上寶，我意或許不足珍。愛好彼此不相同，怎麼能夠相親近？我想尋找知心友，遇見一位意中人。心中高興很融洽，屋簷相連是近鄰。

我的那位意中人，好善樂道勤孜孜。我用美酒相款待，與你同飲樂相知。於是好言相勸勉，於是共同賦新詩。一日不見如三月，怎能不想又不思！

美好交遊興正濃，奉命出使將離分。送你送到大路上，舉起酒杯無歡欣。依依惜別思舊楚，迢迢千里望西雲。此人別我去遠地，善言還從何處聽！

往日我們相別離，黃鶯樹上叫不停；而今再次來相會，霰雪紛紛正飄零。宜都大王發指令，命你出使去上京。豈是忘了安逸好？為了王事難安寧。

悽慘慘寒日無光，呼蕭蕭北風其涼。飄飄蕩蕩水上舟，徘徊凝滯在大江。遠去行人當自勉，在始思終記心上。時機雖好得當心，保重自身切莫忘。

【賞析】陶集中有兩首〈答龐參軍〉詩，一首四言，另一首五言。陶澍說：「時衛軍將軍王宏（弘）鎮潯陽，宋文帝（即劉裕的三子劉義隆，當時尚未稱帝）方為宜都王，以荊州刺史鎮江陵，參軍（指龐參軍）奉宏（王弘）命使江陵，又奉宜都（宜都王劉義隆）之命使都（指上京建康），故曰：『大藩有命，作使上京。』非宜都不得稱『大藩』也。四言、五言，疑皆營陽王（即劉裕的長子宋少帝劉義符，被廢為營陽王）景平元年（西元四二三年，淵明時年五十九歲）所作，五言是參軍奉使之時先賦詩為別，先生作此以答；四言則參軍自江陵回使建康，先生又作詩以贈也。」（見《靖節先生年譜攷異・恭帝元熙元年條》）陶澍對這兩首詩寫作背景的分析是符合詩中的實際的，在當時只有勢力強大的宜都王劉義隆才有資格被稱為「大藩」，而他被稱為「大藩」也就說明淵明寫作這兩首詩的時候劉義隆還沒有稱帝，所以陶澍的推測是有道理的。逯欽立先生提出「大藩」是指以衛軍將軍為荊州刺史，被進封為建平王的謝晦，並將這兩詩繫於宋文帝元嘉元年（西元四二四年）。查《宋書・謝晦傳》，謝晦是在宋少帝劉義符被廢、宋文帝劉義隆稱帝以後「進號衛將軍，加散騎常侍，進封建平郡公」，而不是封為「建平王」，因此是沒有資格被稱為「大藩」的，逯先生的新論不足以推翻陶澍之說。

這首詩首章寫隱居的樂趣，二章寫與志同道合的龐參軍為鄰，三章寫與龐參軍歡樂相處，四章寫送別龐參軍出使江陵，五章寫龐參軍由江陵出使京都，兩人在潯陽重逢，六章寫送別龐參軍由潯陽去京都。全詩敘事抒情，融為一體。相處的歡樂，別離的痛苦，以及對朋友的關懷與期望，盡在其中。末章「勗哉征人，在始思終。敬茲良辰，以保爾躬」等句，似乎弦外有音。陶澍懷疑龐參軍出使京都，可能與在京都輔政的徐羨之、傅亮等謀廢宋少帝立宋文帝有關，淵明才如此勉勵他。這雖是猜測，看來也不是毫無根據的捕風捉影。

詩中多用《詩經》中的語句，「昔我云別，倉庚載鳴；今也遇之，霰雪飄零」四句，又酷似《詩經・小雅・采薇》中的「昔我往矣，楊柳依依；今我來思，雨雪霏霏」，所以黃文煥稱全詩「氣象聲響，最肖《三百篇》」（《陶詩析義・卷一》）。「依依舊楚，邈邈西雲」，「慘慘寒日，肅肅其風。翩彼方舟，容裔江中」等句，以景寫情，情見乎辭，情景交融，耐人尋味。

勸 農

【題 解】勸農就是勸戒世人重視農耕的意思。詩人針對當時游手好閑、不事農耕的不良世風，歷舉古代賢達親自耕作的事例，說明世人理應重視農耕；同時又從現實出發，闡明了勤則不匱、惰則飢寒的道理，說明不可不重視農耕。

27 農勸

悠悠❶上古❷，厥初生人❸。傲然自足❹，抱朴含真❺。智巧既萌❻，資待靡因❼。誰其❽贍❾之？實賴哲人❿。

哲人伊⓫何？時⓬為后稷⓭。贍之伊何？實曰播殖⓮。舜既躬耕⓯，禹亦稼穡⓰。遠若〈周典〉⓱，八政始食⓲。

熙熙⓳令音⓴，猗猗㉑原陸。卉木繁榮，和風清穆㉒。紛紛士女㉓，趍時㉔競逐㉕。桑婦宵征㉖，農夫野宿。

氣節㉗易過，和澤㉘難久。冀缺攜儷㉙，沮溺結耦㉚。相㉛彼賢達，猶勤壟畝。矧㉜伊㉝眾庶㉞，曳裾拱手㉟！

民生在勤，勤則不匱。宴安㊱自逸，歲暮奚冀㊲？儋石㊳不儲，飢寒交至。顧爾儔列㊴，能不懷愧！

孔耽道德，樊須是鄙㊵；董樂琴書，田園不履㊶。若能超然㊷，投迹㊸

高軌㊹，敢不斂衽㊺，敬讚德美！

【注釋】❶悠悠　遙遠的樣子。❷上古　遠古，相當於原始社會。❸厥初生人　即「厥初生民」。語出《詩經・大雅・生民》。厥初，其初。❹傲然自足　《韓非子・五蠹》：「古者丈夫不耕，草木之實足食也；婦人不織，禽獸之皮足衣也。」故言上古之人能自足。傲然，在這裡是自足的樣子。❺抱朴含真　意謂保持純樸自然狀態，沒有人為的虛假和巧詐。抱朴，即「抱樸」。出自《老子・一九章》：「見素抱樸，少私寡欲。」抱，保持。樸，素樸；自然。《莊子・天運》：「吾子使天下無失其樸，……夫鵠（白天鵝）不日浴（天天洗澡）而白，烏（烏鴉）不日黔（染黑）而黑，黑白之樸，不足以為辯。」含，懷藏。真，自然的本性。《莊子・漁父》：「真者，所以受於天也，自然不可易也。」❻既萌　已經萌生。❼資待靡因　無法供應生活需求，也就是生活物資不足的意思。資，資給；供應。待，需求。靡因，無從；無法。❽其　將。❾贍　供養。❿哲人　明智之人。⓫伊　是。⓬時　是；此。⓭后稷　周民族的祖先，名棄，相傳在堯舜時務農有功，被封在邰（在今陝西武功縣西南），號后稷。《詩經・大雅・生民》詳細記載了后稷播植百穀，相地務農的事跡。⓮殖　種植。⓯舜既躬耕　事出《史記・五帝本紀》：「舜耕歷山，歷山之人皆讓畔。」舜，傳說中的古代帝王。躬耕，親自耕種。⓰禹亦稼穡　事出《論語・憲問》：「禹稷躬稼而有天下。」禹，夏朝的開國君主。稼穡，耕種和收穫。⓱周典　指《尚書》中的〈周書〉。⓲八政始食　指八政中「食」列為第一。〈周書・洪範〉：「八政：一曰食，二曰貨，三曰祀，四曰司空，五曰司徒，六曰司寇，七曰賓，八曰師。」「八政」是八種政務官員，「食」是掌民食的官員。⓳熙熙　和樂聲。⓴令音　美妙的聲音。㉑猗猗　美盛貌。㉒清穆　清靜溫和。《詩經・大雅・烝民》：「穆如清風。」㉓士女　男女，即下文所言的農夫和桑婦。㉔趍時　搶時間；趕季節。趍，同「趨」。時，季節；農時。㉕競逐　追趕。㉖宵征　夜行；天不亮就起來。㉗氣節　氣候和季節，又稱為「節氣」。㉘和澤溫和潤澤的氣候。㉙冀缺攜儷　典出《左傳・僖公三十三年》：「冀缺耨（鋤田除草），其妻饁（送飯）之，敬，相待如賓。」冀缺，春秋時人。攜儷，和妻子一起耕種。儷，配偶；妻子。㉚沮溺結耦　典出《論語・微子》：「長沮、桀溺耦而耕。」沮溺，長沮、桀溺的簡稱，兩人都是春秋時期的隱者。結耦，結伴耦耕，即兩人合耕。㉛相　視；看。㉜矧　何況。㉝伊　是；此。㉞眾庶　普通人。㉟曳裾拱手　游手好閑之意。曳裾，拖著裳衣。拱手，兩手相合，不事勞作。㊱宴安　安逸。㊲冀　指望。㊳儋石　容量單位，在這裡是指少量的糧食。《方言》：「海岱之間，名罂（陶製的容器）為儋；石，斗石也。」一石為十斗。一說一儋為二斛，即二十斗。《說文》：「斛，十斗也。」㊴儔列　同伙；一伙人。指游手好閑的不勞者。㊵孔耽二句　典出《論語・子路》：「樊遲請學稼」，「子曰：『小人哉，樊須也。』」孔，指孔子。耽，沉醉入迷。樊須，與樊遲同一人。是，助詞，起將賓語提前的作用。「樊須是鄙」即「鄙樊須」，指罵樊須為小人。㊶董樂二句　典出《漢書・董仲舒傳》：「董仲舒，廣川人也。少治《春秋》，孝景（漢景帝）時為博士。」「三年不窺園，其精如此。」田園不履，即不履田園，言其專心治學。㊷超然　超脫世俗。㊸投迹　涉足；步入。㊹高軌　高尚的道路。軌，車的軌跡，喻道路。㊺斂衽　收起衣襟，準備下拜，以示敬意。衽，衣的前襟，即衣的前下襬。

【語　譯】在那遙遠的古代，開始有了人民。人們自足自得，胸懷樸素純真。後來萌生智巧，反而無從謀生。誰來供養他們？實靠那位哲人。

那位哲人是誰？就是農師后稷。他是如何供養？說是教人種植。舜帝已經親自耕田，夏禹也去從事稼穡。遠說像那〈周書〉，「八政」中民食列為第一。

熙熙的和樂之聲，繁茂的平原崇陸。草木欣欣向榮，暖風清靜溫和。眾多的男人女人，為搶農時爭相追逐。採桑的婦女摸黑早起，耕田的農夫野外住宿。

宜耕節氣容易過去，和風澤雨難以長久。冀缺攜妻除草，沮、溺結伴合耦。瞧瞧那賢人達士，尚且躬耕壟畝。何況我們這班庸人，哪能拖著長衣拱起雙手！

人生在於勤勞，勤勞便不匱乏。游手好閑貪圖安逸，到了年終指望個啥？一擔糧食也不儲備，到時候就得飢寒交迫。看看你們這班傢伙，心中能不羞煞！

孔夫子醉心道德，於是鄙視樊須；董仲舒喜愛琴書，所以不踐田園。你們若能超脫世俗，踏上聖賢的腳跡，我豈敢不斂衽下拜，敬讚你們道德完美！

【賞　析】此詩的寫作時間難以確定。有學者據〈癸卯歲始春懷古田舍〉中有「解顏勸農人」之句，認為淵明「勸農人」的具體內容當和這首〈勸農〉詩的內容相同，因而認定這兩首詩是同一時期的作品，均作於癸卯年，即晉安帝元興二年（西元四〇三年），淵明三十九歲時。我們覺得這只是一種猜測，證據還欠充分。從作品的實際出發，〈勸農〉詩所勸的對象是輕視農耕的人，〈癸卯歲始春懷古田舍〉中的「解顏勸農人」所勸的對象是「農人」，對象不同，勸說的內容也該不同，「勸農人」的具體內容未必就是〈勸農〉詩的內容，因而不能就此便作出這兩首詩是同時之作的論斷。我們又沒有其他證據來證明〈勸農〉詩作於何時，因此它的寫作時間只能姑且存疑。

此詩是勸戒世人重視農耕。一至四章舉出虞舜、夏禹、后稷、周武王、冀缺、長沮、桀溺等古代賢達為榜樣，用他們親自勞作、重視農耕的事例，說明世人沒有理由不重視農耕，因為賢達尚且如此，何況眾人呢？五章從現實出發，抒發議論，講述勤則不匱、惰則飢寒的道理，說明不重視農耕的直接危害，告誡世人非重視農耕不可。末章從表面看來似乎與勸農無關，以致有人提出「刪此末章八句，尤為高老」（蔣薰評《陶淵明詩集・卷一》）。其實不然。由於孔子罵過請求學稼的學生樊須是小人，董仲舒壓根兒就不到田園去，這就為游手好閑之輩輕視農耕提供了可資利用的口實。淵明的回答是：如果你們真的能像孔子、董仲舒那樣醉心道德、喜愛詩書，我敢不敬佩！可惜你們無法與孔子、董仲舒相比，怎麼能用他們的言行作藉口而不從事農耕呢？看似與勸農無關，實際上是從反面勸農。

命子❶

【題解】這是淵明為了教育他的長子陶儼而寫的一首詩。詩中敘述了祖先的功德以及自己得子以後的複雜心情，並熱切期望陶儼長大以後能成為有用之才。

悠悠我祖，爰❷自陶唐❸。邈❹為虞賓❺，歷世重光。御龍勤夏❻，豕韋翼商❼。穆穆司徒❽，厥族❾以昌❿。

紛紛⓫戰國，漠漠⓬衰周⓭。鳳隱於林⓮，幽人⓯在丘⓰。逸虬遶雲，奔鯨駭流⓱。天集⓲有漢⓳，眷予愍侯⓴。

於赫㉑愍侯，運㉒當攀龍㉓。撫劍㉔夙邁㉕，顯茲武功㉖。書誓山河㉗，啟土開封[28]。亹亹[29]丞相[30]，允[31]迪[32]前蹤[33]。

渾渾[34]長源[35]，蔚蔚[36]洪柯[37]。群川載導，眾條載羅[38]。時有語默，運因隆窊[39]。在我中晉[40]，業融[41]長沙[42]。

桓桓[43]長沙，伊[44]勳伊德。天子[45]疇[46]我，專征南國[47]。功遂辭歸[48]，臨寵不忒[49]。孰謂斯心，而近可得[50]？

肅[51]矣我祖[52]，慎終如始。直方二臺[53]，惠和千里[54]。於皇[55]仁考[56]，淡焉虛止[57]。寄迹風雲[58]，寘茲慍喜[59]。

嗟余寡陋[60]，瞻望[61]弗及[62]。顧慚華鬢[63]，負影[64]隻立[65]。三千之罪，無後為急[66]。我誠念哉，呱[67]聞爾泣。

卜[68]云嘉日，占[69]亦良時。名汝曰儼，字汝求思[70]。溫恭朝夕[71]，念茲在茲[72]。尚想孔伋[73]，庶[74]其[75]企[76]而[77]。

厲夜生子，遽而求火[78]。凡百有心[79]，奚特[80]於我？既見其生，實欲其可。人亦有言，斯情無假。

日居月諸(81)，漸免于孩(82)。福不虛至，禍亦易來。夙興夜寐(83)，願爾斯才(84)。爾之不才，亦已焉哉(85)！

【注釋】❶命子　教子。命，《玉篇》：「教令也。」❷爰　句首助詞，無義。❸陶唐　即帝堯。帝堯先居住在陶（今山東定陶），後移居到唐（今河北唐縣），故稱陶唐。堯是他的諡號，名為放勳。❹邈　遙遠。❺虞賓　在虞成了賓客，本指帝堯的兒子丹朱。典出《尚書・虞夏書・益稷》：「虞賓在位。」丹朱不肖，帝堯讓位於舜，舜稱帝，丹朱便在虞成了舜的賓客，故稱虞賓。這裡用來指陶家的祖先帝堯讓出了帝位，後代便在虞成了賓客。❻御龍句　意為御龍氏，服事夏朝，甚是勤勞。《左傳・襄公二十四年》：「昔匄之祖，自虞以上為陶唐氏，在夏為御龍氏，在商為豕韋氏。」據《左傳・僖公二十九年》記載，陶唐氏的後代劉累曾替夏朝的君主孔甲飼養龍，孔甲為了嘉獎他，賜給他姓氏叫御龍。❼豕韋句　意為豕韋輔佐商朝。據《國語・鄭語》：「豕韋為商伯矣。」可知豕韋曾經做商朝的州長。《禮記・王制》注：「殷之州長曰伯。」豕韋，即《左傳》所言豕韋氏。翼商，指「為商伯」而言。翼，輔佐。❽穆穆句　典出《左傳・定公四年》：「陶叔授民。」據載，周公相王室，以治天下，將殷（商）民七族分給康叔，七族中，陶氏列為第一，陶叔被授予管理民眾的官職，即擔任司徒。穆穆，儀態端莊的樣子。參見《詩經・大雅・文王》：「穆穆文王。」司徒，官名，管理土地和人民，在這裡是指陶叔。《左傳》杜預注：「陶叔，司徒。」❾厥族　其族，指陶氏家族。❿以昌　因而昌盛。⓫紛紛　亂貌。⓬漠漠　寂寞貌，此有衰敗之意。⓭衰周　指春秋戰國時期的周王朝。平王東遷以後，周王朝日見衰落，故稱衰周。⓮鳳隱句　比喻有志之士隱居山林。⓯幽人　隱士。⓰丘　山丘。⓱逸虯二句　李公煥注：「喻狂暴縱橫之亂也。」逸虯，奔逸的無角龍。奔鯨，奔騰的鯨魚。「逸虯」「奔鯨」當是比喻春秋戰國時期社會動蕩不安。⓲集　成就；成全。⓳有漢　即漢。有，名詞詞頭，與「有夏」、「有周」、「有苗」的用法相同。

⑳眷予句　典出《史記・高祖功臣侯者年表》：開封閔侯陶舍，「以右司馬漢王（劉邦）初從，以中尉擊燕，定代，侯。」眷，眷顧；垂愛關懷。愍侯，即閔侯，指陶舍。㉑於赫　語出《詩經・商頌・那》：「於赫湯孫。」於，歎美之詞。赫，顯赫。㉒運　命運；氣數。㉓攀龍　比喻依附漢王劉邦以建功立業。㉔撫劍　持劍。㉕夙邁　夙，一作風，當從之。風邁，形容勇猛迅疾。㉖武功　指陶舍為漢王攻擊燕國，平定代地。㉗書誓句　指漢王封功臣時曾經以泰山、黃河發誓。據《史記・高祖功臣侯者年表・序》記錄的封爵誓言說：「使河如帶，泰山若厲（礪）。國以永寧，爰及苗裔。」㉘啟土句　言在開封建立邦國，開啟疆土。啟土，即《尚書・周書・武成》所言之「建邦啟土」。開封，在今河南。據《史記・高祖功臣侯者年表》，開封是閔侯陶舍所受封的國名。陶舍先受封為開封侯，閔侯當是謚號。㉙亹亹　勤勉不倦的樣子。㉚丞相　指陶青。《史記・孝景本紀》：「二年（西元前一五五年）八月，以御史大夫開封侯陶青為丞相。」陶青是陶舍的兒子，見《史記・張丞相列傳》裴駰《集解》。㉛允　誠。㉜迪　《爾雅・釋詁》：「道也。」此有「實踐」、「緊跟」之意。㉝前蹤　前人的蹤跡，即他父親陶舍的腳跡。㉞渾渾　大水流動貌。㉟長源　喻陶氏家族淵遠流長。㊱蔚蔚　茂盛貌。㊲洪柯　大樹，喻陶氏家族之興盛。㊳群川二句　丁福保《陶淵明詩箋注》：「群川導於長源，眾條羅於洪柯，喻枝派之分散，皆導源於鼻祖也。」載，始。導，從源中導出。羅，從洪柯羅列開來。均喻陶氏家族分出支派。㊴時有二句　言人有顯有隱，時運有盛有衰，言外之意是說陶青以後，陶氏家族長期沒有顯要的人物出現是因時運所致，不足為怪。語默，意為顯與隱。典出《周易・繫辭上》：「君子之道，或出或處，或默或語。」默，沉默；隱居。語，議論政事；顯達。隆窊，升降；盛衰。㊵中晉　東晉，與東漢人稱東漢為「中漢」相同。㊶融　明；顯著。㊷長沙　指淵明的曾祖父長沙郡公陶侃。陶侃因平定蘇峻之亂有功，回江陵後為侍中、太尉，改封長沙郡公，加都督交、廣、寧七州軍事。《晉書・卷六六》有傳。㊸桓桓　威武貌。㊹伊　維。此處有「又」義。㊺天子　指晉元帝司馬睿。㊻疇　通「酬」。酬報。《三國志・魏志・李通傳》：文帝詔曰：通「不幸早薨，子基雖已襲爵，未足疇其庸勳。」「疇」即通「酬」。據《晉書・陶侃傳》，陶侃因平定廣州刺史王機及交州秀才劉

沈等叛亂有功，被封為柴桑侯，食邑四千戶。㊼專征句　《晉書・陶侃傳》載侃受封柴桑侯以後，又於「太興（晉元帝在位年號）初，進號平南將軍，尋加都督交州軍事。」㊽功遂句　《晉書・陶侃傳》載侃於咸和七年（西元三三二年）六月向晉成帝上表遜位，請求歸家遷葬父母，告老返鄉。㊾臨寵不忒　據《晉書・陶侃傳》記載，陶侃曾夢身生八翼，飛而上天，見天門九重，已登其八，唯一門不得入。守門者以杖擊之，因而落地，折斷左翼。醒後，左腋猶痛。後來受封為長沙公，都督八州軍事，據上流，握強兵，潛有窺窬之志，每思折翼之夢，自抑而止。「臨寵不忒」，疑即指此。不忒，沒有差錯。㊿孰謂二句　意謂陶侃忠於晉朝，近世難以得到。51肅　嚴肅。52祖　祖父。《晉書・隱逸傳・陶潛傳》：「祖茂，武昌太守。」而李公煥注依《陶茂麟家譜》，認為淵明「以岱為祖」。故其祖名有陶茂、陶岱二說。據下文「惠和千里」，其祖為太守，與《晉書》合，當從。53直方句　意為以正直、方正聞名於內外。方，方正；不圓滑。二臺，猶言內外。《漢官儀》言御史臺內掌蘭臺（宮廷藏書處）祕書，外督諸州刺史，故以蘭臺為內臺，刺史治所為外臺。因此二臺實際是指朝廷內外。54惠和句　意為使千里之內的百姓因受陶茂的惠愛而和悅。千里，太守轄地千里。55於皇　出自《詩經・周頌・武》：「於皇武王。」於，讚歎詞。皇，美。56仁考　仁慈的父親。父死稱「考」。57淡焉句　意為恬淡清虛。《莊子・天道》：「夫虛靜恬淡寂漠無為者，天地之平而道德之至也。」「焉」「止」皆語詞。58寄迹句　意為託身於變幻的時代。風雲，風雲之時，喻時局變幻。《後漢書・耿純傳》：「大王以龍虎之姿，遭風雲之時。」59寘茲句　意為不以喜怒為懷，處事泰然。寘，一作「冥」，冥滅。茲，此。慍喜，憤怒和喜悅。《論語・公冶長》：「令尹子文三仕為令尹（楚相），無喜色；三已（罷官）之，無慍色。」60寡陋　寡聞陋識。61瞻望　仰望。62弗及　不及；趕不上。63顧慚句　意為顧華髮而自慚。華鬢，華髮；鬢髮花白。64負影　帶著身影；唯影相隨。65隻立　獨立，指無兄弟。66三千二句　意為不孝之罪，無後為大。三千之罪，即不孝之罪。《孝經・五刑》：「子曰：『五刑之屬三千（指三千條），而罪莫大於不孝。』」無後為急，即無後為大，為押韻，「大」改為「急」。《孟子・離婁上》：「不孝有三，無後為大。」67呱　嬰孩哭聲。68卜　火灼甲骨觀兆以測吉凶。69占　視兆以問吉凶。(70)名汝二句　淵明為兒取名與字，取《禮記・曲禮上》「儼若思」之意。儼，矜持莊重貌。(71)溫恭句　即朝夕溫恭。語出《詩經・商頌・那》：「溫恭朝夕，執事有恪。」溫恭，溫良恭敬。(72)念茲句　語出《左傳・襄公二十一年》引〈夏書〉：「念茲在茲，釋茲在茲。」「念茲在茲」，即所念而為者在於此之意。念，常思；念念不忘。茲，此，指溫恭。(73)孔伋　孔子的孫子，字子思，曾作〈中庸〉。淵明給兒子取字求思，還與孔伋字子思有關，希望他能像子思一樣，繼承先人遺志。(74)庶　希望。(75)其　指陶儼。(76)企　踮起腳跟盼望，指盼望兒子能成為孔伋一樣的人。(77)而　語末助詞。(78)厲夜二句　典出《莊子・天地》：「厲之人，夜半生其子，遽取火而視之，汲汲然唯恐其似己也。」厲，通「癩」。遽，急。汲汲，急忙惶恐之貌。求，尋找。(79)凡百句　意為所有的人均有此心。凡百，語出《詩經・小雅・雨無正》：「凡百君子。」(80)特　只。(81)日居句　出自《詩經・邶風・柏舟》，意為日呀月呀，言歲月流逝。「居」「諸」均為語助詞。(82)免于孩　指已不是幼孩。免，除去。孩，孩提；孩笑提抱。指二三歲時。據《孟子・盡心上》「孩提之童」趙岐注：「孩提，二三歲之間，在襁褓知孩笑，可提抱也。」(83)夙興句　早起晚睡，意在為兒子操勞。語出《詩經・衛風・氓》：「夙興夜寐，靡有朝矣。」(84)斯才　成才之意。語本《詩經・魯頌・駉》：「思無期，思馬斯才。」斯，句中助詞。才，作動詞用。(85)亦已句　也就算了。語本《詩經・衛風・氓》：「反是不思，亦已焉哉！」已，止；罷了。「焉」「哉」均為語氣詞。

【語　譯】陶家遙遠的祖先，來自帝堯陶唐。帝舜時帝堯的兒子成了虞舜賓客，歷經數代陶族才又重光。御龍氏為夏帝勤勞，豕韋氏又輔佐殷商。到了西周端莊的陶叔當了司徒，陶氏家族才因而盛昌。

亂紛紛的戰國，荒涼衰敗的東周。鳳凰深藏在樹林，隱士幽居在山丘。奔逸的虬龍騰雲駕霧，狂游的鯨魚驚濤駭流。老天爺成全了漢代，垂愛降臨到愍侯。

啊，顯赫的愍侯，命運就當附鳳攀龍。手持長劍風馳電掃，擊燕定代榮立戰功。河誓山盟傳子孫，啟土建邦在開封。勤勉不倦的漢丞相，緊跟愍侯追前蹤。

滔滔的江水源遠流長，茂盛的大樹鬱鬱蒼蒼。眾多的水流由源頭導出，無數的枝條從樹幹生長。時運本來就有隱有顯，氣數因而也有升有降。一直到了我們東晉，長沙公才又功業輝煌。

威武的長沙公，道德高尚建功勳。天子酬我謝我，進號平南將軍。功成辭歸鄉里，受寵不生異心。這樣好的心腸，近世何處可尋？

嚴肅啊！我的祖父，節操始終如一。正直揚名內外，惠愛和悅千里。完美啊！我的慈父，襟懷恬淡清虛。託身風雲之時，升降毫不在意。

可歎我孤陋寡聞，無法趕上我的祖先。望著白髮自覺慚愧，無兄無弟形隻影單。不孝之罪三千條，沒有後嗣罪滔天。我誠心誠意念此事，你呱的一聲已降生。

問卜是個吉日，占卦是個良時。給你取名叫做儼，給你取字叫求思。朝朝夕夕溫良恭敬，念念不忘就在於此。我還想起了孔伋，希望你能效法子思。

癩子夜來生兒子，忙找火把瞧瞧他。所有君子有此心，哪裡唯獨只有咱？既見兒子已出生，望他成龍能長大。人們都是如此說，此情沒有半點假。

歲月不斷流逝去，兒子漸大非嬰孩。幸福不會憑空降，災禍卻是容易來。為你早起又晚睡，望你長大能成材。你若不肯成英才，也就算了已焉哉！

【賞析】此詩是詩人得了長子以後所作。詩云「日居月諸，漸免于孩」，可見寫作此詩時，他的長子已經脫離了幼孩時期。由於詩人幾時得長子難以考查，再加上幼孩的年齡界限也不好確定，所以此詩的確切寫作時間只得存疑。

全詩意在教子。一至六章，不厭其煩地敘述了陶氏宗族的歷史，表面看來和教子沒有多大關係，其實詩人是在用祖先的功德勉勵後代，向兒子進行陶氏家族的傳統教育。七章以下正面敘說生子、教子的意思，寫得最為精彩。「嗟余寡陋」一章先述華髮早生而無後嗣的內心痛苦，可謂屢顧雙鬢添白髮，愧無後嗣對祖先。而「呱聞爾泣」一句，雖然沒有明說得子的歡欣，但讀者卻可以從中體會到詩人喜出望外的心情。接著下一章寫詩人為兒子的生辰占卜，取《禮記．曲禮》「毋不敬，儼若思」的意思給兒子取名字，而且借用《詩經》中的「溫恭朝夕」、《左傳》中的「念茲在茲」勉勵兒子，可謂用心良苦。「厲夜生子」一章，用《莊子》中的寓言入詩，別有一番情趣，既照應上文「嗟余寡陋」，不願兒子像自己一樣沒有出息，又引出了「既見其生，實欲其可」兩句俗語，道出了望子成龍的一片真情。末章似乎詩人已經預感到兒子將不成材，「夙興夜寐，願爾斯才。爾之不才，亦已焉哉」等句，殷切的期望中夾雜著失望的感慨，甚至還帶有幾分氣憤。聯繫到後來詩人在〈責子〉詩中指責長子「懶惰故無匹」，這種擔心也就並非是多餘的了。

歸　鳥

【題　解】這是一首借物言志的詩，以鳥歸故林比喻自己歸園田隱居。

翼翼❶歸鳥，晨去❷于林。遠之❸八表❹，近憩❺雲岑❻。和風不洽❼，翻翮求心❽。顧儔❾相鳴，景庇清陰❿。

翼翼歸鳥，載翔載飛。雖不懷⓫游，見林情依⓬。遇雲頡頏⓭，相鳴而歸。遐路⓮誠悠⓯，性愛無遺⓰。

翼翼歸鳥，馴林⓱徘徊。豈思天路⓲，欣及⓳舊棲。雖無昔侶⓴，眾聲㉑每㉒諧。日夕氣清，悠然㉓其懷。

翼翼歸鳥，戢羽㉔寒條㉕。游不曠林㉖，宿則森標㉗。晨風㉘清興㉙，好音㉚時交㉛。矰繳奚施㉜？已卷安勞㉝！

【注釋】❶翼翼　鳥飛的樣子。❷去　離開。❸之　往；到。❹八表　八方之外。表，外。❺憩　同「憇」。休息。❻雲岑　高入雲端的山峰。❼和風句　意為春風不和暢。和風，溫和的春風。洽，和洽；和暢。❽翻翮句　比喻退隱而歸以求志。翻翮，飛動翅膀。翮，翎管，代鳥翼。求心，猶求志，以求實現自己的心志。《論語・季氏》：「隱居以求其志，行義以達其道。」❾儔　同伴。❿景庇句　猶景庇於清陰。景，同「影」。庇，遮蔽。⓫懷　思。⓬依　愛戀不捨。《詩經・周頌・載芟》傳：「依之言愛也。」⓭頡頏　語出《詩經・邶風・燕燕》：「燕燕于飛，頡之頏之。」頡，向上飛。頏，向下飛。⓮遐路　遠路。⓯悠　遙遠。⓰性愛句　言不可遺棄愛舊林的本性。性愛，本性所愛。〈歸園田居〉：「性本愛丘山。」無遺，不可遺棄。⑰馴林　即循林，意為沿著樹林。馴，順；循。⑱天路　上天成仙之路，詳見賞析。⑲及　一作「反」，譯文從之。⑳昔侶　昔日的伴侶，指出遊前的同伴。㉑眾聲　眾鳥相鳴之聲。㉒每　常常。㉓悠然　悠閑自得的樣子，與〈飲酒〉之「悠然見南山」用法相同。㉔戢羽　收攏翅膀，停止飛行。戢，收斂。羽，翼。㉕寒條　寒冬的樹枝。㉖游不句　意謂不出遊到戰亂之地。曠林，典出《左傳・昭公元年》，據載古時高辛氏（即帝嚳）有兩個兒子，長子叫閼伯，四子叫實沈，「居于曠林，不相能（不和睦）也，日尋干戈，以相征討」，故「曠林」為戰亂之地。㉗森標　林梢。㉘晨風　早晨的清風。㉙興　起。㉚好音　悅耳動聽的鳥鳴聲。㉛交　交相鳴叫。㉜矰繳句　意謂我已寄宿林梢，射者能在何處施用矰繳來射我。矰繳，典出《戰國策・楚策四・莊辛謂楚襄王》，據載黃鵠遊於江海，自以為無患，與人無爭，不知射者正「治其矰繳，將加己乎百仞之上」。又《史記・留侯世家》載戚夫人為楚歌：「雖有矰繳，尚安所施！」矰，射鳥用的拴著絲繩的箭。繳，拴在箭上的絲繩。奚，何；何處。㉝已卷句　意謂鳥已倦歸，何勞射者。言外之意射者「勞」也無用。卷，同「倦」。〈歸去來兮辭〉：「鳥倦飛而知還。」一說「卷」乃《論語・衛靈公》「邦無道，則可卷而懷之」之「卷」，亦通。

【語譯】翩翩飛翔歸林鳥，晨起離開棲息林。遠飛飛到八方外，近飛休息在雲嶺。春風反常不和暢，掉轉翅膀求本心。顧見同伴相鳴叫，清涼樹蔭可藏身。

翩翩飛翔歸林鳥，又是翱翔又是飛。雖然不是想遠遊，見了樹林情依依。遇見浮雲飛上下，招呼同伴歸林去。歸途漫漫真遙遠，本性所愛不可棄。

翩翩飛翔歸林鳥，沿著樹林來回飛。豈是思想通天路，欣喜在於還舊居。雖然不見舊伴侶，眾鳥鳴聲常和美。朝夕氣候真清新，悠閑自得心歡喜。

翩翩飛翔歸林鳥，收起翅膀棲寒條。出遊不到曠林去，投宿就住樹林梢。晨風清爽起個早，時相交鳴歌聲妙。射者何處施暗箭？我已倦歸只徒勞！

【賞析】這首詩大概和〈歸去來兮辭〉、〈歸園田居〉是同一時期寫作的。詩中的「欣及（反）舊棲」、「已卷（倦）安勞」等語，和〈歸園田居〉中的「羇鳥戀舊林」、「守拙歸園田」以及〈歸去來兮辭〉中的「鳥倦飛而知還」是同一意思，因而研究者才對這首詩的寫作時間作出了上述的推測。〈歸去來兮辭〉作於晉安帝義熙元年（西元四〇五年）十一月，〈歸園田居〉作於次年，所以這首詩的寫作時間約在義熙元年或二年，淵明四十一或四十二歲時。

清人吳菘說：「〈歸鳥〉，言志也。」（《論陶》）淵明寫作此詩，顯然是用比喻手法託物言志。鳥在天空本可以自由翱翔，為何偏要還舊棲呢？詩中告訴讀者：一是由於風雲的緣故，所謂「和風不洽，翻翮求心」，「遇雲頡頏，相鳴而歸」。這風雲象徵什麼？作者沒有說明，不過習慣上風雲可以比喻時局，所謂「風雲變幻」便是。淵明也曾以風雲喻時局，如「寄迹風雲」（〈命子〉），「于時風波未靜」（〈歸去來兮辭・序〉）。看來這風雲是象徵時局的。二是愛好自然的本性使牠還回舊棲，所謂「性愛無遺」、「欣及（反）舊棲」。淵明曾說他「少無適俗韻，性本愛丘山」（〈歸園田居〉），「質性自然，非矯勵所得」（〈歸去來兮辭・序〉），這可作為「性愛」二字的注腳。三是對升天成仙的幻想的否定，所謂「豈思天路」便是。據《洞仙傳》記載，扶風人車子侯（當為「奉車子侯」），漢武帝喜愛他清淨，提拔他做了侍中。一天他對家裡說：「我現在補了仙官，這個春天我應當離去，到夏中當暫時回來，回來一些時候還要再回去。」後來真的像他所說的那樣。漢武帝思念他，寫下了〈思奉車子侯歌〉：「皇天兮無慧，至人逝兮仙鄉。天路遠兮無期，不覺淚下兮霑裳。」

詩中的「豈思天路」，用的就是這個典故，是對成仙思想的否定。這在〈歸去來兮辭〉中可以得到引證，所謂「帝鄉不可期」便是。四是為了避害，這在第四章中有充分的表露。「游不曠林」一句，很明顯是用《左傳》中的典故表明躲避戰亂的意思。「矰繳奚施？已卷（倦）安勞」兩句，又用《戰國策》和《史記·留侯世家》中的典故，說明鳥高棲在森標之上，射者也就無法向牠施放暗箭。〈感士不遇賦〉中的「密網裁而魚駭，宏羅制而鳥驚。彼達人之善覺，乃逃祿而歸耕」，說的正是這個意思。

從歸鳥還舊林的原因裡，我們也就可以窺見淵明歸隱的用心了。

卷二　詩五言

形影神並序

【題解】這是一組談論生死的哲理詩，假託「形」「影」「神」對「惜生」問題發表了三種不同的看法，〈形贈影〉代表了「形」的看法，〈影答形〉代表了「影」的看法，〈神釋〉代表了「神」的看法。淵明在序言中對寫作這組詩的用意作了明白的交代。

貴賤賢愚，莫不營營❶以惜生❷，斯甚惑焉。故極陳❸形❹影❺之苦，言神❻辨自然以釋之。好事❼君子，共取❽其心焉。

【注釋】❶營營　往來不停的樣子，在這裡是盡力謀求的意思。❷惜生　愛惜生命。❸極陳　極力陳述。❹形　形體；肉體。❺影　身影。❻神　神靈，即靈魂。慧遠〈形盡神不滅論〉：「夫神者何邪？精極而為靈者也。」❼好事　喜愛多事。❽取　聽取；瞭解。

【語　譯】無論富貴、貧賤、賢能、愚蠢的人，沒有誰不是千方百計去愛惜生命的，其實這是太糊塗了。所以我在這組詩中就極力陳述肉體和身影的痛苦，講靈魂用聽其自然的道理向肉體和身影進行辨析、解釋。希望喜歡多事的君子們，都能瞭解我的心意。

形贈影

【題　解】這首詩的要旨是說人不能像天地、山川、草木一樣永存於世，不如及時飲酒作樂。

天地長不沒❶，山川無改時。草木得常理❷，霜露榮悴之❸。謂人最靈智❹，獨復❺不如茲❻！適❼見在世中，奄去❽靡❾歸期。奚覺無一人，親識豈相思❿！但餘平生物，舉目情悽洏⓫。我⓬無騰化術⓭，必爾⓮不復疑。願君⓯取⓰吾⓱言，得酒莫苟辭⓲。

【注　釋】❶沒　通「歿」。死亡；毀滅。❷常理　不變的法則，即春榮秋悴的法則。理，道理；法則。❸霜露句　意為露使之榮，霜使之悴。之，代草木。❹謂人句　語本《尚書・周書・泰誓上》：「惟人萬物之靈。」靈智，聰明智慧。❺復　又。❻茲　此，指如草木一樣。❼適　剛；方才。❽奄去　忽然離開人世。去，離去。

❾靡　無。❿奚覺二句　言死後的痛苦與悲哀。死了，世人不因你的死覺得少了一人，親友也不再思念，故可痛可悲。奚覺無一人，哪裡覺得少了一人。即有你不為多，無你不為少之意。親識，親友。識，相識的友人。豈相思，哪裡相思。即不相思之意。〈擬挽歌辭〉說自己死後不久，「他人亦已歌」。⓫但餘二句　仍是寫死後的悲哀。但，只。平生物，死人平生所使用過的遺物。悽，悲傷。洏，涕流貌。⓬我　指「形」而言。⓭騰化術　升天成仙之術。騰，升。⓮爾　如此，指上述死後之慘狀。⓯君　指「影」而言。⓰取　聽取。⓱吾　指「形」而言。⓲苟辭　隨便推辭而不飲。

【語譯】天地長久不毀滅，山河沒有改變時。草木生長有常規，霜來憔悴露來滋。說來人是最靈智，偏偏又是不如此！剛才還見在世上，忽然死去無歸時。世上豈覺少一人，親友哪裡還相思！只是留下平生物，滿目悽涼淚如絲。我今沒有成仙術，不再懷疑定如此。願你聽取我的話，得酒便飲莫推辭。

影答形

【題解】這首詩的要旨是說人不能長生不老，又不能升天成仙，不如立善求名以傳後世，比飲酒消愁好得多。

存生❶不可言，衛生❷每苦拙。誠願游崑華❸，邈然❹茲道❺絕。與子❻相遇來，未嘗❼異悲悅。憩❽蔭若暫乖❾，止日❿終不別。此同既難

常⓫，黯爾⓬俱時滅⓭。身沒名亦盡⓮，念之⓯五情⓰熱⓱。立善⓲有遺愛⓳，
胡為⓴不自竭㉑？酒云能消憂，方㉒此㉓詎㉔不劣！

【注　釋】❶存生　保存生命，即長生不老。語出《莊子・達生》：「世之人以為養形足以存生，而養形果不足以存生，則世奚足為哉！」道家認為「生之來不能卻，其去不能止」，生命的到來不能阻擋，生命的離去也不能挽留，所以世人以為保養身體就能「存生」是可悲的。❷衛生　保衛生命，即養生。典出《莊子・庚桑楚》：「願聞衛生之經而已矣。」據載南榮趎向老子請教「衛生」的方法，老子問他：能守住純一的道而不丟失它嗎？能不占卜就知道吉凶嗎？能心情寧靜嗎？能對人無所求而反求於己嗎？能無牽無掛嗎？能胸懷開朗嗎？能像嬰兒一樣純真嗎？行動時不知道要到哪裡去，安居時不知道要做什麼，隨物變化，同波逐流，這就是「衛生」的方法。❸游崑華　遨遊崑崙山和華山，意謂學道求仙。《列仙傳》載「赤松子者，神農時雨師也。……能入火自燒。往往至崑崙山上，常止西王母石室中，隨風雨上下。炎帝少女追之，亦得仙。」又「赤斧者，……能作水須鍊丹，與硝石服之，三十年反如童子，毛髮生，皆赤。後數十年，上華山，取禹餘糧餌，賣之於蒼梧、湘江間。」可見仙人赤松子曾遊崑崙山，赤斧曾上華山，故「游崑華」乃學道求仙之意。❹邈然　遙遠渺茫的樣子。❺道　道路。❻子　您，指「形」而言。❼未嘗　不曾；沒有。❽憩　同「憇」。休息。❾乖　分離。❿止日　止於日；在日下停留。⓫此同句　言形影不離難以不變。同，指形影相同，即不分離。常，不變。⓬黯爾　黯然。⓭俱時滅　形影同時消失。⓮名亦盡　名聲也就消失。按，人生在世，如無善舉，則必身滅名盡，所謂「當時則榮，沒則已焉」。⓯之　此。⓰五情　指喜、怒、哀、樂、怨。⓱熱　激動；熱烈。⓲立善　建立善事，如立德、立功、立言等。⓳遺愛　遺留給後人的仁愛。出自《左傳・昭公二十年》：「及子產卒，仲尼聞之，出涕曰：『古之遺愛也。』」⓴胡為　何為；為何。㉑竭　盡，言盡力為善。㉒方　比。㉓此　指立善。㉔詎

豈。

【語　譯】長生不死不必說，養生我又常笨拙。的確願意去學仙，此路渺茫又斷絕。自從和你相遇後，素來都是同悲悅。息蔭也就暫分離，陽光之下終不別。形影不離難常在，黯然銷魂同時滅。身體死亡名也盡，想到此處情激烈。立善仁愛留後世，何不盡力創善業？說是飲酒能消愁，比起立善真低劣！

神釋❶

【題　解】這首詩的要旨是說無論聖人還是壽者均有一死，飲酒消愁會使人短壽，立善求名也無人稱譽，不如聽其自然，置生死於度外。

大鈞❷無私力❸，萬理❹自森著❺。人為三才❻中，豈不以我❼故！與君❽雖異物❾，生而相依附❿。結託⓫善惡同⓬，安得⓭不相語⓮？三皇⓯大聖人，今復在何處？彭祖壽永年⓰，欲留不得住。老少同一死，賢愚無復數⓱。日醉或能忘，將⓲非促齡⓳具⓴！立善常所欣，誰當㉑為汝譽？甚念㉒傷吾生，正宜委運㉓去㉔。縱浪㉕大化㉖中，不喜亦不懼。應盡㉗便須㉘盡，無復獨多慮。

【注釋】❶釋 解釋；開導。❷大鈞 天；大自然。「鈞」是製作陶器的轉輪，大自然生成萬物，就像陶工運動轉輪製作陶器一樣，故稱大自然為大鈞。參見《漢書・賈誼傳》「大鈞播物」句如淳及顏師古注。❸無私力 不偏私。私力，語出《漢書・毋將隆傳》「損私力也」，本指私家的武力，此處只取偏私之義。❹萬理 一作「萬物」。❺森著 茂盛顯著。❻三才 天、地、人。❼以我 因我。我，指「神」。按，人因「神」而顯著。❽君 指「形」。❾異物 不同一物，指「形」與「神」有別。❿生而句 言人降生於世，即形神相為依附，不能分離，人死則神滅。此與佛教之神不滅論正相反。⓫結託 結合依託。⓬善惡同 同禍福之意。⓭安得 怎能。⓮語 告。⓯三皇 傳說中的古代帝王，說法不一，《史記・五帝本紀》司馬貞《索隱》據孔安國〈尚書序〉、皇甫謐《帝王代（世）紀》及孫氏注《系（世）本》認為是指伏犧氏、神農氏、黃帝。⓰彭祖句 《列仙傳》：「彭祖者，殷（商）大夫也，姓錢，名鏗，帝顓頊之孫陸終氏之中子，歷夏至殷末八百餘歲。」壽永年，即長壽。⓱無復數 不再數；數不清。⓲將 豈。《國語・楚語》：「民將能登天乎？」韋昭注：「民豈能上天。」⓳促齡 短壽。⓴具 器物；東西。㉑當 將。㉒甚念 念甚；想得過多。㉓委運 聽任天命，任其自然，即〈歸去來兮辭〉「樂夫天命復奚疑」之意。運，命運；天命。《晉書・郭璞傳・史臣曰》：「若乃大塊流形，玄天賦命，吉凶修短，定乎自然。」「自可居常待終，頹心委運，何至銜刀被髮，遑遑於幽穢之間哉！」其「委運」之「運」，亦指命運、天命。㉔去 離開人世。「去」即《莊子・養生主》「適去，夫子順也」之「去」。㉕縱浪 放浪；不加約束，聽其自然。㉖大化 指人由生到死的變化過程。《列子・天瑞》：「人自生至終，大化有四：嬰孩也，少壯也，老耄也，死亡也。」㉗盡 指死亡。㉘須 應該。

【語譯】天地公正無偏私，萬物繁茂自顯著。人類列入「三才」中，豈不因為有我故。我與形體雖不同，生來卻是相依附。結合依託同禍福，怎能有話不告訴？古代三皇大聖人，而今可又在何處？彭祖老人壽八百，想留世上留不住。無論老少都得死，有賢有愚難再數。日醉或許能忘憂，但酒豈非短命物！為善常常心歡喜，可是誰會去讚譽？想得過多會傷生，樂天知命安然去。由生到死任自然，生不喜來死不懼。該死便當從容死，不再獨自多憂慮。

【賞析】有說這組哲理詩是為了反對慧遠的〈形盡神不滅論〉而作的，並以此立論推斷它作於晉安帝義熙九年（西元四一三年）淵明四十九歲時。其實詩中雖然表現了形神「相依附」的神滅論觀點，與慧遠的神不滅論針鋒相對，可是對道教的升天成仙說、名教的立善求名說也頗有微詞，似乎不僅是反對慧遠的神不滅論。因此它的寫作時間恐怕一時還難以定論。

這組哲理詩是談論如何對待生死的問題，是哲學上的一個永恆的話題。人都是要死的，可是人都有貪生的欲望而不願去死，「貴賤賢愚，莫不營營以惜生」。有的人像「形」那樣，想到死的悲哀悽涼，便「得酒莫苟辭」，消愁也罷，享樂也罷，總之是有一天過一天，無可奈何。有的人又像「影」那樣，「存生」無望，「衛生」苦拙，遊崑華以求成仙長生又行不通，想到「身沒名亦盡」的痛苦，便想立善求名，流芳百世，以求生命的變相延續。還有一種人和前面那兩種人的活法大不相同，像「神」那樣，也知道死是無法抗拒，三皇、彭祖，老少賢愚，都免不了一死，卻能泰然處之。認為飲酒或許可以消愁，但也可以使人短命；立善求名常使人快樂，可是事實上又有誰稱讚為善者！與其勞神傷生，不如聽其自然，不以生為喜，不以死為懼，將生死置之於度外。總之，各人有各人的活法。

淵明認為像「形」「影」那樣惜生是多事，是「甚惑」，所以他便「極陳形影之苦，言神辨自然以釋之」。所謂「釋」也就是解惑的意思。可見「神」的觀點也就是他的觀點。這種觀點和道家對生死的看法是相符的，所謂「生而不悅，死而不禍」（《莊子・秋水》），「適來（指生），夫子時也；適去（指死），夫子順也，安時而處順，哀樂不能入也。」（《莊子・養生主》）就是用這種觀點去看待生死的。看來淵明貌似曠達，其實他心中卻有無窮的痛苦，想不死，又不可能；立善求名，社會上卻又善惡不分，所以他在這組詩中反對飲酒，可是在其他詩中卻「篇篇有酒」，甚至在臨終前寫的〈擬挽歌辭〉中還說「但恨在世時，飲酒不得足。」讀者君子，「共取其心焉」。

九日❶閑居 並序

【題解】此詩寫重陽節有菊可食、無酒可飲的感慨。

余閑居，愛重九之名❷。秋菊盈園，而持醪❸靡由❹，空服九華❺，寄懷於言❻。

世短意常多❼，斯人❽樂久生。日月依辰至❾，舉俗愛其名❿。露淒⓫
暄風⓬息，氣澈⓭天象明。往燕⓮無遺影，來鴈有餘聲。酒能祛百慮⓯，菊為制頹齡⑯。如何蓬廬士⑰，空視時運傾⑱！塵爵恥虛罍⑲，寒華⑳徒㉑自榮！斂襟㉒獨閒謠㉓，緬焉㉔起深情。棲遲㉕固多娛㉖，淹留豈無成㉗！

【注釋】❶九日　指九月九日重陽節。❷愛重九句　曹丕〈與鍾繇書〉：「歲往月來，忽復九月九日。九為陽數，而日月並應，俗嘉其名，以為宜以長久。」淵明愛重九之名，與曹丕所言相同。❸持醪　把酒。❹靡由　無因；無法。❺空服句　晉人常用菊泡酒飲用，如孫楚〈菊花賦〉言「飛金英（指黃菊花）以浮旨酒」，傅統妻〈菊花頌〉言「爰採爰拾，投之醇酒」。淵明有菊無酒，故言空服九華。服，服食。九華，九月九日之花，即菊花。❻言　語言；文字。❼世短句　即〈古詩十九首〉所言「人生不滿百，常懷千歲憂」之意。世短，世人苦於人生短促。意常多，長壽之意常多。❽斯人　此人。見《論語・雍也》：「斯人也而有斯疾也。」在此乃泛指人們。❾日月句　意為九月九日按時到來，即曹丕所謂「九為陽數，而日月並應」之意。日月，指九月九日。辰，時。參見《詩經・大雅・桑柔》鄭玄《箋》及《爾雅・釋訓》郭璞《注》。❿舉俗句　即曹丕所言「俗嘉其名」之意。此句承上「樂久生」之「久」字，因為九是陽，又與「久」諧音，有長久意，「九九」則有長久又長久之意，故人愛之。舉，全。俗，世俗。⓫淒　清涼。⓬暄風　暖風。⓭澈　清澈。⓮鶱　同「騫」。⓯酒能句　意為酒能消愁。祛，除去。百慮，各種憂慮。⓰菊為句　意為食菊可延年益壽。傅玄〈菊賦〉說菊「服之者長壽，食之者通神」。制，制止。頹齡，衰年。「制頹齡」即延緩衰老。⓱蓬廬士　草廬士，即隱士或貧士。⓲時運傾　意為時光流逝。時運，四時的運行。傾，傾盡，在這裡有消逝義。⓳塵爵句　典出《詩經・小雅・蓼莪》：「缾之罄矣，維罍之恥。」鄭《箋》：「缾小而盡，罍大而盈，言為罍恥者，刺王不使富分貧，眾恤寡。」塵爵，酒器因無酒可盛而有塵埃。爵，古代酒器，銅製，有三腳，用以溫酒、盛酒。虛罍，酒罈空空，沒一滴酒。虛，空。罍，肚大口小的酒罈。疑淵明用酒爵生塵是大酒罈的恥辱，暗示隱士貧窮，沒有酒喝，是當權者的恥辱，因為當權者「不使富分貧」。⑳寒華　寒花，指菊花。㉑徒　徒然；枉然。㉒斂襟　整衣正坐。㉓閑謠　閑居賦詩，即序中所云「寄懷於言」之意。謠，歌謠，此指詩歌，用作動詞。㉔緬焉　深思貌。㉕棲遲　語本《詩經・陳風・衡門》：「衡門之下，可以棲遲。」意為遊息、隱居。㉖娛　歡樂。㉗淹留句　語本《楚辭・九辯》：「時亹亹而過中兮，蹇淹留而無成。」淹留，久留。

【語　譯】我閑居田園，喜愛重九節這個名稱。秋菊開滿了園圃，卻無法找到酒喝，只好徒自食用菊花，將重陽節有菊無酒喝的感慨寄託在言辭裡。

人生苦短憂思多，世上之人喜長生。九月九日按時到，舉世愛好重九名。白露淒涼暖風止，空氣清澈天象明。歸燕離去無蹤影，北雁南來有餘聲。飲酒能夠消百愁，食菊可以延壽命。奈何草廬隱居士，坐視等閑度光陰！酒爵生塵酒罈恥，無酒寒菊枉自榮！整衣獨坐閑賦詩，深思遐想發深情。隱居本來多歡娛，久留難道事無成！

【賞　析】宋代王質《栗里譜》晉恭帝元熙元年（西元四一九年）下載：「君（指淵明）年五十五。王休元（即王弘）為江州（指任江州刺史，據《晉書・王弘傳》弘為江州刺史在義熙十四年，即西元四一八年），自造不得見，遣其故人龐通之等齎酒於半道栗里要（邀）之，即引酌野亭，休元出與相見，極歡竟日。嘗九日把菊無酒，休元餉之，有〈九日閑居〉詩。」可見此詩當作於元熙元年淵明五十五歲時。

此詩前四句用曹丕〈與鍾繇書〉事寫「愛重九之名」，「露淒」四句從觸覺、視覺、聽覺感受上寫秋天景色，「酒能」六句由物及情，寫「秋菊盈園，而持醪靡由，空服九華」的傷感。酒能消愁，菊可延年，可是有菊無酒，坐視年華虛度，自然感慨繫之。其中「塵爵」二句或許還巧用《詩經》中典故，暗示自己無酒可飲是在位者的恥辱，流露出對現實的不滿，感慨之中兼有幾分怨氣，不過話說得相當隱晦罷了。最後四句承前點出閑居田園，滿懷深情，誰可告訴，只能形諸筆端，「寄懷於言」。本來年華虛度，無歡可言，無成可述，而詩人偏偏要說「棲遲固多娛，淹留豈無成」，反〈九辯〉意而用之，以自寬自解，正如黃文煥所言：「強自解免，彌覺淒然。此等結法，最耐尋味。」（《陶詩析義・卷二》）

歸園田居五首

【題解】李公煥本題作〈歸園田居六首〉，因其所收第六首，實為梁代江淹〈雜體詩三十首〉中之〈陶徵君潛田居〉詩，當刪去，故將題改為〈歸園田居五首〉。這五首詩寫淵明歸田後的隱居生活，據宋代吳仁傑《陶靖節先生年譜》，作於晉安帝義熙二年（西元四〇六年）淵明四十二歲時，即辭去彭澤令歸田後的第二年。

其一

少無適俗韻❶，性本愛丘山。誤落塵網❷中，一去三十年❸。羈鳥❹
戀舊林，池魚思故淵❺。開荒南野際❻，守拙❼歸園田。方宅❽十餘畝，草屋八九間。榆柳蔭後園，桃李羅❾堂前。曖曖❿遠人村⓫，依依⓬墟里⓭煙。狗吠深巷中，雞鳴桑樹巔。戶庭無塵雜⓮，虛室有餘閑⓯。久在樊籠⓰裡，復得返自然。

【注釋】❶韻　氣韻；風度。❷塵網　塵世羅網，指官場。❸三十年　據吳仁傑《陶靖節先生年譜》當作「十三年」。淵明於晉孝武帝太元十八年（西元三九三年）起為江州祭酒，至晉安帝義熙元年（西元四〇五年）辭彭澤令歸田，共十二年。此詩作於歸田後第二年，距初入仕途恰為十三年。❹羈鳥　籠中鳥。羈，同「覊」。❺故淵　舊淵；原來的深水潭。❻際　邊上。❼守拙　堅持笨拙的處世態度，指不投機取巧以做官。❽方宅　房子四周的宅地。❾羅　羅列。❿曖曖　看不清的樣子。⓫遠人村　遠處的人家。⓬依依　輕柔貌。⓭墟里　村莊。⓮塵雜　塵世的嘈雜。⓯虛室句　即〈自祭文〉「心有常閒」之意。虛室，即「心」。《莊子・人間世》：「虛室生白。」司馬彪注：「室，比喻心，心能空虛，則純白獨生也。」又其二「虛室絕塵想」即心絕塵想。⓰樊籠　關養鳥獸的牢籠，即前面說到的「塵網」，喻官場。

【語譯】從小不知隨流俗，生性本來愛丘山。誤入官場去做官，一去便是十三年。籠中山鳥戀舊林，池中河魚思舊淵。郊野南邊開荒去，不使機巧歸田園。宅邊土地十多畝，茅草房屋八九間。榆樹柳樹遮後園，桃樹李樹栽堂前。遠處人家依稀見，村中裊裊起炊煙。深巷傳來狗吠聲，雞子鳴叫桑樹巔。門前沒有嘈雜事，心情平和有餘閑。長久關在牢籠裡，喜得今天返自然。

【賞析】這是一首最具田園風味的佳作，道出了入俗之苦，歸田之樂，表現了詩人厭惡官場，熱愛自然，追求精神自由的品性。開始八句寫他性愛丘山，卻誤入官場，身陷塵網，如籠中鳥、池中魚，心為形役，苦不堪言。於是決計開荒南野，守拙歸田。〈歸去來兮辭〉中的「悟已往之不諫，知來者之可追」，可以作為這八句詩的注腳。寫到這裡，詩人筆鋒一轉，極言田園之樂。「方宅」四句，從近處著眼，鋪敘村居景色。幾畝地，幾間屋，幾棵樹，俗得不能再俗，淡得不能再淡，卻俗中有雅，淡中有味，寫出了田園風光，道出了詩人的雅趣。這種雅趣，沒有一顆潔淨的心是無法感受的。「曖曖」四句，從遠處著筆，繪出了一幅田園風景畫，只見遠處村落暮雲靄靄，炊煙裊裊，不時傳來幾聲犬吠聲、雞鳴聲，別有一番「小國寡民」、「雞犬之聲相聞」的韻味。最後四句，雖不見一個「樂」字，卻句句在寫歸田之樂。「戶庭無塵雜，虛室有餘閑」，回顧中間一段田園生活的描寫，沒有官場雜事，方有閑心去領會田園樂趣，可謂無官一身輕，樂得一個清閑。「久在樊籠裡，復返得自然」，照應開始一段居官生活的描述，擺脫了官場牢籠之苦，方能享受返自然之樂，可謂樂得找回了自己失去的本性。

全詩語言質樸無華，毫無雕琢，卻景真、情真，意味無窮。「狗吠」二句，襲用古樂府〈相和曲・雞鳴〉「雞鳴高樹巔，狗吠深宮中」，雖更換二字，卻不露痕跡，用了典像沒有用典一樣，貼切自然，恰到好處。王國維說：「能寫真景物、真感情者，謂之有境界。」（《人間詞話・六》）此詩足以當之。

其　二

野外罕人事❶，窮巷❷寡輪鞅❸。白日掩荊扉❹，虛室絕塵想❺。時復❻墟曲❼中，披草❽共❾來往。相見無雜言❿，但⓫道桑麻長。桑麻日已⓬長，我土日已廣。常恐霜霰⓭至，零落⓮同草莽⓯。

【注　釋】❶人事　指官場上人與人交往應酬之事。❷窮巷　偏僻的里巷。詞出《戰國策・秦策・蘇秦始將連橫》。又《高士傳》卷中〈列禦寇〉：「列禦寇乃絕跡窮巷，面有飢色。」❸寡輪鞅　少車馬，指少有乘車馬的人來打擾。輪，車輪，代車。鞅，套在拉車馬的頸上的皮帶，代馬。❹荊扉　柴門。❺塵想　塵世的想法；世俗的打算。❻時復　時常一次又一次。❼墟曲　墟里；村落。曲，鄉曲。❽披草　撥開野草。披，與其四「披榛」之「披」同。一說草，草衣，王隱《晉書》稱鄭沖「清虛寡欲，喜論經史，草衣縕袍，不以為憂」，可見晉時有草衣。又《晉書・袁宏傳》引袁宏〈三國名臣頌〉稱讚周瑜「公瑾明達，朗心獨見。披草求君，定交一面」。「披草」為披著草衣。錄以備考。❾共　互相。❿雜言　塵世的話；官場的話。雜，當是「塵雜」之「雜」。⓫但　只。⓬日已　一天一天地。⓭霰　小雪珠；米粒雪。⓮零落　凋謝。零，意為「落」。⓯莽　密生的草。

【語　譯】身居郊外少交往，車馬也不到窮鄉。白天常將柴門閉，心情悠閑絕俗想。時常村裡訪農友，撥開野草同來往。相見不談塵雜事，只說桑麻在生長。桑麻一天一天長，我的田地日寬廣。常常擔心霜雪降，作物凋謝似草莽。

【賞　析】這首詩是寫詩人歸田以後的樂趣。開始四句寫他身居野外，與官場息交絕遊，閉門自樂而無世俗雜念，悠閑自得。中間四句寫詩人同農民交往、共話桑麻、親密無間的樂趣。他們只道桑麻，不談雜事，流露出一種自然淳樸的真情。溫汝能說：『相見』二語，逼真田家氣象。陶詩多有真趣，此類是也。」（《陶詩彙評・卷二》）桑麻生長茂盛，詩人看到了自己的勞動成果，心中自然無比喜悅。由於熱愛勞動成果，也就產生了擔心它會像野草一樣枯萎凋謝的恐懼心理，愛之愈切，懼之愈甚，最後四句正表現了這種心情。方東樹說：『桑麻日以長』以下，乃申續餘意耳。只就桑麻言，恐其零落，方見真意實在田園，非喻己也。」（《昭昧詹言・卷四》）劉履認為是比喻「朝廷將有傾危之禍」（《選詩補註・卷五》），看來未必如此。

其三

種豆南山❶下，草盛豆苗稀。晨興❷理荒穢❸，帶月❹荷鋤❺歸。道狹草木長❻，夕露沾我衣。衣沾不足❼惜，但使願❽無違。

【注　釋】❶種豆南山　是用典，也是寫實。楊惲〈報孫會宗書〉：「田彼南山，蕪穢不治。種一頃豆，落而為萁。」淵明所說的「南山」是指廬山，〈飲酒・五〉「悠然見南山」可證。淵明用典寫實，妙合無垠。❷晨興　早起。❸理荒穢　除去豆田裡的荒草。理，清理；除去。穢，田中雜草。❹帶月　戴月；伴著月色。❺荷鋤　扛著鋤頭。❻草木長　草木叢生。❼不足　不值得。❽願　指躬耕自足的願望。

【語　譯】種豆種在廬山下，雜草茂盛豆苗稀。清晨起來鋤草去，伴著月色荷鋤歸。草木叢生道路窄，晚間露水濕我衣。衣服露濕無所謂，只求心願不相違。

【賞析】此詩寫詩人歸田後參加種豆勞動，以苦為樂，從中可以窺見他崇尚自然的品性。苗稀草盛，道狹露濕，披星戴月，早出晚歸，真是「田園亦自有田園之苦況」（黃文煥《陶詩析義・卷二》）。可是詩人不辭其苦，「衣沾不足惜，但使願無違」，苦中透露出樂趣，這是為什麼？詩人在另一首詩中作了回答：「田家豈不苦？弗獲辭此難。四體誠乃疲，庶無異患干。」（〈庚戌歲九月中於西田穫早稻〉）耕作雖然辛苦，卻可以免去「異患」，擺脫官場上奉迎長官、心為形役的痛苦，換來精神上的愉快，因此他也就「但願長如此，躬耕非所歎」（同上）了。這種人生的重大選擇，沒有高尚的情操是難以做到的。

其　四

久去❶山澤游❷，浪莽❸林野娛❹。試攜子姪輩，披榛❺步荒墟❻。徘徊丘壠❼間，依依❽昔人居❾。井竈有遺處，桑竹殘朽株❿。借問⓫採薪者：此人皆焉如⓬？薪者向我言：死沒⓭無復餘。一世異朝市⓮，此語真不虛。人生似幻化⓯，終當歸空無。

【注釋】❶去　離開。❷山澤游　遊山玩水。❸浪莽　同「浪孟」。意為放縱。❹林野娛　暢遊林野之樂。林野，《爾雅・釋地》：「邑外謂之郊，郊外謂之牧，牧外謂之野，野外謂之林。」❺披榛　撥開叢生的草木。❻步荒墟　步行到廢墟。墟，曾有人居住過而荒廢了的舊址。❼丘壠　墳墓。❽依依　留戀不捨的樣子。❾居住地。❿朽株　腐朽了的、露出地面的樹蔸。⓫借問　請問。⓬焉如　何往；到哪裡去了。語出《楚辭・九章・哀郢》：「淼南渡之焉如？」⓭死沒　死亡。沒，同「歿」。⓮一世句　當是成語，出處不詳。意為三十年後，朝市面貌全非。一世，三十年。朝，朝廷。市，市集。⓯幻化　虛幻變化。道家、佛家均有幻化之說。據《列子・周穆王》記載，老成子向尹文學幻術，尹文引用老聃的話說：有生命的氣息，有形狀的事物，都是變幻不定的。天地所肇始的，陰陽所變化的，叫做生，叫做死。窮究自然規律，通達變化之本，根據事物形狀的不同而隨之變化的，叫做「化」，叫做「幻」。只有知道「幻化」的道理同生死的道理原是一樣的，才可以向我學習幻術。佛教則認為「幻」是幻人（幻術家）之所作，「化」是佛菩薩通力之變化。《智度論・六》：「經云：解了諸法，如幻如化。」《演密鈔・四》：「幻者化也，無而忽有之謂也。」

【語　譯】長久告別山水遊，縱情林野自歡娛。今日試攜子姪輩，披荊斬棘到荒墟。徘徊往來墳墓間，依依難捨前人居。水井灶臺遺跡在，宅桑庭竹留殘株。上前請問砍柴人：此處居民何處去？砍柴山民回答我：全都死去沒剩餘。「三十年來換朝市」，此話果真不是虛。人生變化似虛幻，終究定當成虛無。

【賞　析】清人邱嘉穗說：「前言桑麻與豆，此則耕種之餘暇，憑弔故墟，而歎其終歸於盡。」《東山草堂陶詩箋・卷二》。詩人有較長的時間告別了山水之遊，今日歸田，本想縱情林野，重還故地以自娛。可是當他攜帶子姪披荊斬棘，到達目的地以後，呈現眼前的是一片廢墟，纍纍荒冢。從井灶遺跡、桑竹殘株中，讀者可以想見當日此地定是個男耕女織、熙熙攘攘的村落，而今卻荊棘叢生，慘不忍睹，酷似古詩〈十五從軍征〉所描述的慘狀：「遙看是君家，松柏冢纍纍。兔從狗竇入，雉從梁上飛。中庭生旅穀，井上生旅葵。」詩人乘興而來，敗興而歸，觸景生情，不禁有滄桑之感，進而想到人生如夢幻，終歸於盡。傷心慘目，不忍卒讀。

其五

悵恨❶獨策❷還，崎嶇歷❸榛曲❹。山澗清且淺❺，遇以濯吾足❻。漉❼我新熟酒❽，隻雞招❾近局❿。日入⓫室中闇，荊薪⓬代明燭⓭。歡來苦夕短，已復⓮至天旭⓯。

【注釋】❶悵恨　惆悵而遺憾。❷策　手杖，用如動詞，扶杖之意。❸歷　經過。❹榛曲　荊棘叢生的彎曲道路。❺山澗句　語本〈古詩十九首〉：「河漢清且淺。」澗，兩山間的水溝。❻遇以句　一作「可以濯吾足」，今從之。語本《孟子・離婁上》、《楚辭・漁父》：「滄浪之水濁兮，可以濯我足。」濯，洗。❼漉　過濾。❽新熟酒　剛釀好的新酒。❾招　招待。❿近局　近鄰。⓫日入　太陽下山。⓬荊薪　柴火。⓭明燭　照明的蠟燭。⓮復　又。⓯天旭　天亮。旭，日出光明貌。

【語譯】獨自遺憾扶杖歸，道路不平過荊林。山間溪水清又淺，可將我腳洗乾淨。將我新酒過濾好，殺隻家雞待近鄰。太陽落山室內暗，代替蠟燭有柴薪。歡樂到來恨夜短，不知不覺已天明。

【賞析】這是一首抒寫悲歡交集的詩。前四句寫詩人抱恨而歸的悲苦。他為什麼恨？詩中沒有交代。黃文煥認為這與上一首寫了昔人「死沒無復餘」有關：「昔人多不存，獨策所以生恨也。」《陶詩析義・卷二》後六句寫詩人夜酒待近鄰的歡樂。過去活著的人，現在都死了；現在僥倖還活著的人，怎能不及時為歡呢？古詩云：「生年不滿百，常懷千歲憂。晝短苦夜長，何不秉燭游？」而詩人更進一步，為晝夜宴之歡，竟然以薪代燭，尚「苦夕短」，其實表面的歡樂中蘊藏著難以言狀的痛苦。由「恨」引來的「歡」，恐怕比「苦」使人更難忍受。

一組詠歸園田詩，在中國詩歌發展史上開闢了一個田園詩派，亦可謂「衣被詞人，非一代也」。

遊斜川[1]並序

【題解】這首詩記敘詩人辛丑年正月初五和二三鄰居同遊斜川的情景，抒發了日月遂往、吾年不留的感歎。

辛丑[2]正月五日，天氣澄和[3]，風物[4]閑美[5]。與二三鄰曲[6]，同遊斜川。臨[7]長流，望曾城[8]。魴鯉躍鱗[9]於將夕，水鷗乘和[10]以飜飛[11]。彼南阜[12]者，名實舊矣，不復乃為嗟歎。若夫曾城，傍無依接，獨秀中皐[13]，遙想靈山[14]，有愛嘉名[15]；欣對[16]不足，率爾[17]賦詩，悲日月之遂往[18]，悼[19]吾年之不留。各疏[20]年紀鄉里[21]，以[22]記其時日。

開歲倏㉓五日㉔，吾生行歸休㉕。念之動中懷，及辰㉖為茲㉗游。氣和天惟澄㉘，班坐㉙依遠流㉚。弱湍㉛馳㉜文魴㉝，閑谷㉞矯㉟鳴鷗㊱。迥澤㊲散游目㊳，緬然㊴睇㊵曾丘㊶。雖微㊷九重㊸秀，顧瞻㊹無匹儔㊺。提壺接㊻賓侶，引滿㊼更獻酬㊽。未知從今去㊾，當復如此不㊿？中觴(51)縱(52)遙情(53)，忘彼千載憂(54)。且極今朝樂，明日非所求(55)。

【注　釋】❶斜川　據陶澍本《靖節先生集・卷二》附駱庭芝〈斜川辨〉說，其地距淵明故居栗里不遠，在今江西星子縣境內。❷辛丑　辛丑年，相當於晉安帝隆安五年，西元四〇一年。時淵明三十七歲。湯本「辛丑」一作「辛酉」，今不從。❸澄和　明朗溫和。❹風物　風光景物。❺閑美　閑靜美麗。❻隣曲　即「鄰曲」。鄰居；鄰人。❼臨　面臨。❽曾城　駱庭芝〈斜川辨〉：「稱曾城者，落星寺也。曾城之名，殆是晉所稱者。」一說曾城是山名。逯欽立說：「山在廬山北，彭蠡澤西，一名江南嶺，又名天子鄣。」並引廬山諸道人〈遊石門詩・序〉：「石門在精舍南十餘里，一名鄣山。基連大嶺，體絕眾阜，……此雖廬山之一隅，實斯地之奇觀。」及〈遊石門詩〉：「褰裳思雲駕，望崖想曾城。」為證。見逯校注《陶淵明集・卷二》。譯文用逯說。❾躍鱗　魚兒躍出水面。❿乘和　趁著天氣溫和。⓫飜飛　同「翻飛」。⓬南阜　指廬山。駱庭芝〈斜川辨〉：「其稱南阜者，即廬阜也。山有南北，故稱南阜，〈飲酒〉詩所謂『悠然見南山』是也。」阜，大山。⓭中皋　皋中。皋，水邊高地。⓮靈山　神山，指崑崙山上的增城，因為淵明所見到的曾城和崑崙山上的增城同音，所以產生了聯想。《楚辭・天問》：「崑崙縣圃，其尻安在？增城九重，其高幾里？」《淮南子・地形》：增城「高萬一千里百一十四步三尺六寸」。⑮嘉名　美名。⑯對　面向。⑰率爾　輕率匆忙的樣子。一作「率共」或「共爾」，亦通，謂共同之意。⑱遂往　意為流逝。遂，亦「往」義。《文選》載謝靈運〈九日從宋公戲馬臺集送孔令〉：「歸客遂海隅。」。李善注：「遂，往也。」⑲悼　哀念。⑳疏　記。㉑鄉里　家鄉。《周禮・地官・遂人》：「五家為鄰，五鄰為里。」㉒以　《詞詮》：「及也。」㉓倏　倏忽；忽然。㉔五日　指正月五日。一作「五十」，因與序云「正月五日」不符，且淵明五十歲為甲寅年，又與序云「辛丑」不符，故不從。㉕吾生句　即〈歸去來兮辭〉：「感吾生之行休。」㉖及辰　及時。㉗茲　此。㉘惟澄　只是澄清，沒有雲霧。㉙班坐　依次而坐。班，次第；位次。㉚依遠流　依傍著長流。駱庭芝〈斜川辨〉：「栗里之南有小溪，名吳陂港，貫穿落星湖，入大江，其水冬夏不絕。」㉛弱湍　小的急流。㉜馳　以馬的奔馳形容魚的急速游動。㉝文魴　有花紋的魴魚。文，同「紋」。魴，色銀灰，腹隆起。㉞閑谷　幽靜的山谷。㉟矯　《廣雅・釋詁三》：「飛也。」㊱鷗　白鷗，水鳥名。㊲迥澤　寬廣的湖澤。㊳散游目　任意觀望，不凝視。㊴緬然　沉思貌。㊵睇　注視。㊶曾丘　即曾城。㊷微　無。㊸九重　指崑崙山上的增城。〈天問〉：「增城九重。」㊹顧瞻　瞻前顧後。㊺匹儔　可以匹配的伴侶，這裡指可與曾丘匹配的丘山。㊻接　接待。㊼引滿　注酒滿杯。㊽獻酬　相互敬酒。主敬賓為獻，賓回敬為酢，主復答敬為酬。㊾從今去　從今以後。㊿不　同「否」。(51)中觴　酒中；酒喝到一半興正濃時。(52)縱　放縱；不加約束。(53)遙情　超世情懷。(54)千載憂　語本〈古詩十九首〉：「人生不滿百，常懷千歲憂。」吳淇說：「憂及千歲者，為子孫作馬牛耳。」(55)且極二句　用〈古詩十九首〉「為樂當及時，何能待來茲」意。極，盡。

【語　譯】辛丑年正月初五，天氣明朗溫和，風景閑靜美麗。我同兩三位鄰居，一起去斜川遊玩。面臨長河，眺望曾城。夕陽西下的時候，魴魚、鯉魚躍出水面，白鷗趁著天氣溫和在空中翻飛。那廬山，久已聲聞遐邇，不必再加讚歎。至於曾城山，不同其他的山連接，在澤邊高地上一山獨秀。遠想到崑崙山上的神山——增城，我就對眼前這座同一美名的山峰更加喜愛。光是面對它欣賞還不夠，於是便脫口而出，做起詩來。悲歎時光不斷流逝，哀念我的有生之年難以挽留。參加這次遊玩的人，各自記上自己的年齡、鄉里以及出遊的時日。

新年瞬間已五天，感念吾生將罷休。念及此事心激動，及時行樂去野遊。氣候溫和天氣清，依次而坐傍長流。急流紋魴一閃過，幽靜山谷飛鳴鷗。水面寬廣任縱目，思接千載望曾丘。曾丘雖無增城秀，顧瞻周圍無高丘。提起酒壺待賓客，注滿酒杯互敬酒。從今以後難預料，還能如此快樂否？酒意正濃遠世情，忘卻千載身後憂。姑且今朝盡歡樂，來日之事不奢求。

【賞　析】此詩從李公煥本作於辛丑年正月初五，詩人時年三十七歲。由於版本不同，序和詩均有異文，因而還有說作於辛酉年，詩人五十七歲時；另有說作於詩人五十歲時。

序是一篇優美的山水遊記，詩是一首優美的山水詩，珠聯璧合，實為描寫山水的佳作。澄和的天氣，閑美的風物，跳躍的鯉魴，翻飛的鳴鷗，秀麗的曾城山，以及遊宴的歡樂和感慨，無不盡現筆端。詩人在錘字鍊句上頗費功夫，不似〈歸園田居〉中的質樸自然的田家語。如「弱湍馳文魴，閑谷矯鳴鷗。迥澤散游目，緬然睇曾丘」等，是精雕細作，費盡心血錘鍊出來的，代表了陶詩的另一種風格。陳祚明評論說：「選字命語，自是晉人。」(《采菽堂古詩選・卷一三》) 詩中的確可以看出「晉世群才，稍入輕綺」(《文心雕龍・明詩》) 的遺風。

詩人在篇末抒發的時不我待、及時行樂的感慨，貌似〈古詩十九首〉，實則不同。「中觴縱遙情，忘彼千載憂」，〈古詩十九首〉的作者是詠不出來的。黃文煥評論說：「席至半而為中觴之候，

酒漸以多，情漸以縱矣。一切近俗之懷，杳然喪矣。近者喪，則遙者出矣。」（《陶詩析義・卷二》）

惟有忘卻世俗，方能有此超世情懷。

示周續之❶祖企謝景夷❷三郎❸

【題　解】與陶淵明、劉遺民同稱為「潯陽三隱」的周續之，應江州刺史檀韶的邀請，到城北和祖企、謝景夷三人一起講校《禮經》。淵明不以為然，寫此詩給以婉諷，同時也流露出了思念故友之情。

負痾❹頹簷❺下，終日❻無一欣。藥石❼有時閑，念我意中人。相去❽
不尋常❾，道路邈❿何因？周生⓫述孔業⓬，祖謝響然臻⓭。道喪向千載⓮，
今朝復斯聞⓯。馬隊非講肆⓰，校書亦已⓱勤！老夫⓲有所愛⓳，思與爾⓴
為鄰。願言㉑誨諸子㉒，從我潁水濱㉓。

【注　釋】❶周續之　字道祖，雁門廣武人。先人過江移居豫章建昌縣。續之受業於豫章太守范甯，通五經。後閑居讀《老》《易》，入廬山事名僧慧遠，與劉遺民、陶淵明並稱「潯陽三隱」。江州刺史檀韶招請續之出州，

續之不尚峻節，頗從之遊，與祖企、謝景夷同在城北講《禮》，加以讎校。宋高祖劉裕曾向續之問過《禮記》中的問題。續之死於四十七歲。《宋書・卷九三》有傳。❷祖企謝景夷　二學士名。❸郎　對男子的尊稱，如呼周瑜為周郎，孫策為孫郎。❹負痾　負病；得病。❺頹簷　破爛的屋簷。❻終日　整天。❼藥石　即藥物和砭石，泛指藥物。❽相去　相離；相隔。❾不尋常　不太近；不同尋常。尋，八尺。常，十六尺。❿邈　遠。⓫周生　指周續之。⓬述孔業　指講《禮》。⓭響然臻　如響應聲地來到。響臻，是晉宋時常用語，《晉書・卷一〇・恭帝紀》：「奇士響臻。」《宋書・卷一・武帝紀》：「義士響臻。」⓮道喪句　言孔子之道喪失近千年。道喪，《公羊傳・哀公十四年》：「西狩獲麟，孔子曰：『吾道窮矣！』」向，將近。從魯哀公十四年（西元前四八一年）孔子說「吾道窮矣」，至晉安帝義熙十二年（西元四一六年）淵明作此詩時止，為八百九十七年，所以說近千載。⓯復斯聞　又在此聞道。⓰馬隊句　據蕭統〈陶淵明傳〉載，周續之與祖企、謝景夷在城北講《禮》，「所住公廨，近於馬隊」。馬隊，當是用來作儀衛用。《唐書・儀衛志》：「左右衛率府各六十四人，分前後居，步隊外，馬隊內。」此處指靠近馬隊的地方。講肆，講席；講學的場所。⓱已　太。見《詞詮・卷七》。⓲老夫　淵明自稱。⓳有所愛　指下句願與周續之等結鄰之意。⓴爾　你們，指周續之等。㉑願言　希望。言，語助詞，無義。㉒諸子　當是指周續之等及其弟子。㉓從我句　意為隨從我去歸隱。《高士傳》載：「許由，字武仲，陽城槐里人，……隱於沛澤之中。堯讓天下於許由，……不受，……遁耕於中岳潁水之陽（水北為陽），箕山之下。」「堯又召為九州長，由不欲聞之，洗耳於潁水濱。」此用其典，以潁水濱喻隱居，非謂淵明居於潁水濱。

【語　譯】抱病待在破簷下，整天憂愁無歡欣。有時病輕不服藥，常常想我意中人。如今相隔非尋常，道路遙遠是何因？周生城北述孔學，祖、謝共同去響應。夫子道喪近千載，今朝在此又重聞。馬隊不是講道處，你們校書也太勤！老夫心中有所愛，想同你們做近鄰。我願告訴諸學子，一道隨我來歸隱。

【賞析】〈陶淵明傳〉載：「刺史檀韶苦請續之出州，與學士祖企、謝景夷三人共在城北講《禮》，加以讎校。所住公廨，近於馬隊，是故淵明示其詩，云。」可見這首詩是為周續之出山講《禮》而作。查《宋書・檀韶傳》，檀韶是晉安帝義熙十二年升任江州刺史，所以這首詩當作於義熙十二年（西元四一六年）淵明五十二歲時或稍後。

據《宋書・隱逸傳・周續之傳》記載，周續之早年喪母，受業於豫章太守范甯。入廬山事名僧慧遠，是有名的「潯陽三隱」之一。後來他卻和「嗜酒貪橫，所莅無績」（《宋書・檀韶傳》）的江州刺史檀韶打得火熱，「不尚峻節，頗從之游」，甚至應邀去講《禮》。世人稱他為「通隱」，是個十足的假隱士。陶淵明於是寫詩譏諷他。「相去不尋常，道路邈何因」二句，問他過去常相從，如今卻遠相隔，是何緣故？就含有譏諷之意。「道喪向千載，今朝復斯聞」二句，貌似讚美，其實和下二句「馬隊非講肆，校書亦已勤」相連，意在譏諷就十分明顯。續之等在不是講道的地方講道，不是校書的地方校書，而且是那樣的賣力，果真是為了傳孔子之道嗎？你知我知，彼此心照不宣，毋須明言。邱嘉穗評論說：「得非貪榮慕利，守道不終而然耶？」（《東山草堂陶詩箋・卷二》）真可謂一語道破，一針見血。然而淵明畢竟是一位有涵養的真隱士，雖有不滿，話卻說得有分寸，並且還念舊情，思他念他，希望他重新歸隱，更是耐人尋味。

乞食

【題解】這首詩寫詩人乞食受到主人熱情款待，表達了詩人生無以為謝、死當冥報的感激之情。

飢來驅我去❶，不知竟何之❷？行行至斯里❸，叩門拙言辭❹。主人❺解余意，遺贈豈虛來❻！談話終日夕❼，觴❽至輒❾傾盃❿。情欣新知歡⓫，言詠⓬遂賦詩⓭。感子漂母惠，愧我非韓才⓮。銜戢⓯知何謝？冥報⓰以相貽⓱。

【注釋】❶去　離去，指離開家去乞食。❷之　往。❸里　猶今居民區。古代五家為鄰，五鄰為里。❹拙言辭　言辭笨拙，不知說什麼為好。❺主人　施主。❻遺贈句　言主人看出詩人因飢而來，於是既有饋贈，又以酒食招待詩人。遺，贈送。豈虛來，意為不使詩人空手而回，白來一趟。❼終日夕　到晚上。夕，日暮。❽觴　盛滿酒的酒杯。❾輒　便；就。❿傾盃　將杯傾倒，一飲而盡，即乾杯。⓫新知歡　像交上了新友一樣的歡喜。這是一種最大的歡樂。典出《楚辭・九歌・少司命》：「樂莫樂兮新相知。」⓬言詠　即言永，意為歌唱。《尚書・舜典》：「詩言志，歌永言。」永言，即「詠言」。《說文》：「詠，歌也。」徐灝注箋：「詠之言永也，長聲而歌之。」⓭賦詩　寫詩。⓮感子二句　典出《史記・淮陰侯列傳》。據載韓信落魄時，釣於淮陰城下，有一漂母，見信飢餓，給以飯食。信喜，謂漂母：「吾必有以重報母。」後韓信佐劉邦滅項羽，受封為楚王，召見賜食漂母，賜千金。子，您，指施主。漂母惠，指賜食的恩惠。韓才，韓信的才能。史稱韓信將兵，多多益善。⓯銜戢　心中感激。銜，感激。《管子・形勢解》：「法立而民樂之，令出而民銜之。」戢，藏，此指記在心中。⓰冥報　死後陰間報答。⓱貽　贈送。

【語譯】飢腸轆轆催我去，竟然不知去哪裡？走呀走呀到此村，敲開門來無話語。主人善解我心意，贈食不讓我白來。談話談到日西落，酒一斟滿便乾杯。心情歡欣如新知，曼聲吟唱賦新詩。感謝您的漂母恩，自愧我無韓信才。心中感激將何謝？死後陰間報答您。

【賞析】此詩當是詩人晚年之作。題為〈乞食〉，詩云「飢來」，研究者由此便聯想到蕭統〈陶淵明傳〉所載：淵明「抱羸疾。江州刺史檀道濟往候之，偃臥瘠餒有日矣。」「道濟饋以粱肉，麾而去之。」推測此詩當是同一時期所作。據《資治通鑑．宋紀》，檀道濟任江州刺史在宋太祖元嘉三年（西元四二六年）五月，因而認為此詩當作於是年，時淵明六十二歲。同時詩人在〈有會而作〉中說他「老至更長飢」，「旬日已來，始念飢乏」（〈有會而作．序〉），也可作為他當時可能因飢餓去乞食的旁證。

對於這首詩的理解是有分歧的。清人陶必銓說：「此詩與〈述酒〉、讀書諸篇（按，指〈讀山海經十三首〉），皆故國舊君之思。」「寄慨遙深，著眼在『愧非韓才』一語。借漂母以起興，故題曰〈乞食〉，不必真有叩門事也。志不能遂，而欲以死報，精衛填海之意見（現）矣。」（見《陶靖節集》附《萸江詩話》曰）我們認為，「愧我非韓才」一語，的確兼有「有志不獲騁」的慨歎，至於這「志」是否即是「故國舊君之思」，那可不一定。況且這慨歎與乞食並不矛盾，詩人不是明說「感子漂母惠」才引起他的這種慨歎嗎？「漂母惠」就是「賜食恩」的意思，怎麼能說與乞食無關呢？再說，就詩論詩，沒有因飢餓所迫、叩門求食的切身體驗，是寫不出這樣有真情實感的詩歌的。當然詩人與手持瓶鉢、流落街頭的乞丐還是不同的，他只是因飢餓所迫偶而出去求頓飯吃罷了。乞食是令人羞愧而可悲的事，常人是能隱瞞就要將它隱瞞起來，而淵明卻毫不掩飾地將它寫成詩，讓它傳之於世，可見他的胸襟該是何等的淳真坦誠，我們也就不必諱言他真有叩門之事了。

全詩分三個層次，前四句寫因飢求食，次六句寫主人贈食，末四句寫感恩思報。平平道來，無奇闢之思，無驚險之句，卻實境實情，可見可感。特別是前四句寫詩人求食時的心境，可謂維妙維肖，諧甚趣甚，將他飢腸轆轆、精神恍惚、叩門無言、難以啟齒的神態活現紙上，使讀者「覺爾時之光景可想」（清康發祥《伯山詩話・話古》），給人以淳真美。

諸人共游周家墓❶柏下❷

【題　解】此詩寫詩人與諸友暢遊墓地的感慨。

今日天氣佳，清吹❸與鳴彈❹。感彼柏下人❺，安得❻不為歡❼？清歌❽散新聲❾，綠酒❿開芳顏⓫。未知明日事，余襟⓬良⓭已殫⓮。

【注　釋】❶周家墓　陶澍據《晉書・卷五八・周訪傳》所載，陶侃曾將一山給親家周訪安葬父親，認為或許就是周訪家的墓。❷柏下　古人多在墳墓上栽種松柏，如古詩有「青青陵上柏」、「遙望郭北墓，……松柏夾廣路」的記載。❸清吹　演奏笙一類的管樂器。❹鳴彈　演奏琴一類的弦樂器。❺柏下人　即墓下的死人。❻安

得　怎能。❼為歡　尋歡作樂。❽清歌　清亮的歌聲。❾新聲　猶新曲。❿綠酒　酒上浮起的泡沫在光照下呈綠色，稱「綠酒」似與此有關。⓫芳顏　美好的容顏。⓬襟　胸襟；胸中。⓭良　副詞，有「的確」、「實在」的意思。⓮殫　盡。

【語　譯】今天天氣真美好，吹起笙簫把琴彈。想到柏下長眠者，能不及時來尋歡？清亮歌聲散新曲，綠色美酒開芳顏。不知明天事如何，我的心中已盡歡。

【賞　析】此詩的寫作時間難以確定。研究者或從《晉書・陶潛傳》載有淵明與鄉親張野等交遊，共同飲酒，至田舍及廬山遊觀事去推測此詩的寫作時間，可是傳中並未言及遊周家墓地事，因此對這種推測也只好暫時存疑。

詩的一二句寫天氣晴好，管弦並奏的場面，三四句寫尋歡的原因，觸景生情，由見墓上松柏而想到墓下死者，再進一步想到該及時行樂，這種思路，〈古詩十九首〉中已經有先例，所謂「驅車上東門，遙望郭北墓。白楊何蕭蕭，松柏夾廣路。下有陳死人，杳杳即長暮。……人生忽如寄，壽無金石固。……不如飲美酒，被服紈與素。」五六句承接「清吹與鳴彈」再次寫為歡場面，不過已從管弦之樂進一步寫到飲酒之樂。七八句「未知明日事，吾襟良已殫」頗為含蓄，黃文煥稱這兩句「結得淵然。必欲知而後殫，世緣安得了時？未知已殫，以不了了之，直截爽快」（《陶詩析義・卷二》）。其實這不了了之的背後，正蘊藏著一種「中觴縱遙情，忘彼千載憂。且極今朝樂，明日非所求」（〈遊斜川〉）的悲哀，曠達中伴隨著難以言狀的憂傷。

怨詩楚調❶示龐主簿❷鄧治中❸

【題　解】在此詩中，詩人歷數了自己一生的悲慘遭遇，從而否定了天道鬼神的存在。如泣如訴，淒楚動人，怨憤之情，溢於言外。

天道幽且遠❹，鬼神茫昧然❺。結髮❻念善事❼，僶俛❽六九❾年。弱冠❿逢世阻⓫，始室⓬喪其偏⓭。炎火⓮屢焚如⓯，螟蜮⓰恣中田⓱。風雨縱橫至，收斂不盈廛⓲。夏日長抱飢，寒夜無被眠。造夕⓳思雞鳴，及晨⓴願烏遷㉑。在己㉒何怨天？離憂㉓悽目前。吁嗟㉔身後名，於我若浮煙。慷慨獨悲歌，鍾期信為賢㉕。

【注　釋】❶怨詩楚調　《樂府詩集・卷四一・相和歌辭》中有〈楚調曲〉，〈楚調曲〉中又有〈怨詩行〉。楚卞和被刖曾作〈怨歌〉，漢班婕妤失寵曾作〈怨詩〉，淵明一生坎坷，蓋仿此作〈怨詩楚調〉。❷龐主簿　據《宋書・裴松之傳》：「太祖元嘉三年（西元四二六年），誅司徒徐羨之等，分遣大使巡行天下。」「司徒主簿龐遵使南兗州。」詩中龐主簿或即此人。又《宋書・卷九二・隱逸傳》有「潛故人龐通之」語，可見淵明有一故人龐通之。龐遵與龐通之是否為一人，待考。主簿，官名。❸鄧治中　事跡不詳。治中，官名，為治中從事史的簡稱。❹天道句　言天道幽暗而且遙遠。這是對「天道無親，常與善人」（《老子・七九章》）的懷疑與否定。❺鬼神句　言鬼神渺茫而曖昧難以言說，這是對鬼神的懷疑與否定。❻結髮　古代男子從成童時開始束髮，因而稱童年為結髮。❼念善事　常常思念做善事。❽僶俛　勉力。❾六九　即五十四。❿弱冠　二十歲。《禮記・內則》：「二十而冠。」古代男子二十歲行冠禮，時尚年少，故稱弱冠。弱，年少。⓫世阻　世道險阻。指有戰亂之事。太元八年（西元三八三年）淝水之戰，時淵明十九歲。太元九年（西元三八四年）謝玄北伐，時淵明二十歲。太元十年（西元三八五年）王師敗績，時淵明二十一歲。⓬始室　指三十歲。《禮記・內則》：「三十而有室，始理男事。」鄭注：「室，猶妻也。」⓭喪其偏　即偏喪。《左傳・襄公二十七年》杜預注：「偏喪曰寡。」又《小爾雅・廣義》：「凡無妻無夫通謂之寡。」故「喪其偏」即喪妻。⓮炎火　炎熱的太陽。《詩經・小雅・大田》毛《傳》：「炎火，盛陽也。」⓯焚如　像火燒的樣子。如，猶然，樣子。⓰螟蜮　兩種害蟲，食苗心的叫螟，食苗葉的叫蜮。⓱恣中田　在田中放肆。中田，即田中。⓲廛　量詞，相當於「束」「捆」。《詩經・魏風・伐檀》：「胡取禾三百廛兮。」余冠英《詩經選》注：「『廛』，『纏』字的假借。」《廣雅・釋詁》：「纏，束也。」⓳造夕　到晚上。⓴及晨　到早上。㉑願烏遷　希望太陽快速移動。烏，指太陽。《五經通義》：「日中有三足烏。」遷，移。㉒在己　責任在於自己。㉓離憂　遭遇憂患，指一生坎坷。離，同「罹」。遭遇。㉔吁嗟　歎詞。㉕鍾期句　謂鍾子期的確是聖賢，言外之意是希望龐、鄧能成為自己的知音。鍾期，鍾子期。《呂氏春秋・本味》：「伯牙鼓琴，鍾子期聽之，方鼓琴而志在太山，鍾子期曰：『善哉乎鼓琴，巍巍乎若太山。』少選之間（即瞬間），而志在流水，鍾子期又曰：『善哉乎鼓琴，湯湯乎若流水。』鍾子期死，伯牙破琴絕弦，終身不復鼓琴，以為世無足復為鼓琴者。」

【語　譯】天道莫測幽且遠，鬼神之事也難言。年少開始念善事，五十四載直勤勉。二十反而遭世難，三十我妻喪黃泉。赤日炎炎似火燒，螟蜮肆虐在農田。暴風驟雨縱橫來，作物歉收不成捆。盛夏日長挨飢餓，嚴冬夜寒無被眠。入夜即思雞報曉，黎明盼日落西山。錯在自己怎怨天？眼下遭憂可悽慘。嗟歎身後名聲事，對我說來如浮煙。慷慨悲歌歌一曲，知音鍾期是聖賢。

【賞　析】從「僶俛六九年」句可以確定此詩作於淵明五十四歲時，即晉安帝義熙十四年（西元四一八年）。

此詩分兩大部分，前十四句以自身畢生的不幸遭遇，說明天道鬼神不可信。先人的古訓是「天道無親，常與（助）善人」（《老子》），「皇天無親，惟德是輔」（《左傳．僖公五年》引〈周書〉），「嗟爾君子，無恆安息。靖共爾位，好是正直。神之聽之，介爾景福」（《詩經．小雅．小明》）。詩人遵循這類古訓，從年少開始便孜孜為善，五十四年以來勤勉毋懈。可是上天和鬼神並沒有幫助他，反而讓他二十歲遭遇時難，三十歲死了妻子，旱災、蟲災、風災、雨災接連而至，使得詩人夏日抱飢，寒夜無被，度日如年。司馬遷在《史記．伯夷列傳》中說：有人說「天道無親，常與善人」。像伯夷、叔齊可說是善人吧，為什麼卻餓死？顏淵是善人吧，為什麼卻短命？老天報施善人，究竟是怎麼一回事呢？盜跖吃人的肝臟，為什麼還長壽？近世那班違法之徒，操行不軌，專犯忌諱，卻終身安樂，後世富貴。而有的好人擇地而居，該說話的時候才說話，走路不走小道，不是為了公正就不發憤，卻遭遇災禍。這樣的事多得數也數不清。我真感到糊塗啊，所謂的天道，究竟是對呢，還是不對呢？司馬遷這番議論，就是淵明在詩中要表達的真實含義。

想到這些，詩人心潮澎湃，起伏不定，再也無法控制自己的感情，篇末六句就是他這種心情的真切流露。怨天吧，可是這條人生道路是自己選擇的，如果自己願為五斗米折腰，怎麼會有今天？因而「在己何怨天」！為善求名吧，可是在這「坦至公而無猜，卒蒙恥以受謗」的世道裡，善惡不分，又「誰當為汝譽」（〈形影神〉）？求名豈不是像浮煙一樣虛無縹緲！思前想後，看來詩人只能生不得志於世，死亦無聞於後了，怎能不獨自慷慨悲歌，於無可奈何之中，但求一二知音足矣。

答龐參軍❶ 並序

【題解】營陽王景平元年（西元四二三年）春天，龐參軍奉江州刺史、衛軍將軍王弘之命出使江陵，先賦詩與淵明為別，淵明作此詩以答。詩中敘述了彼此的友誼，並望龐參軍善自保重。

三復來貺❷，欲罷不能。自爾❸鄰曲❹，冬春再交❺。款然❻良對，忽成舊游❼。俗諺云：「數面成親舊。」況情過此者乎？人事好乖，便當語離❽。楊公所歎，豈惟常悲❾！吾抱疾多年，不復為文。本❿既不豐，復老病繼之。輒⓫依周孔往復之義⓬，且為別後相思之資⓭。

相知⑭何必舊⑮，傾蓋⑯定⑰前言⑱。有客賞⑲我趣，每每顧林園。談諧⑳無俗調，所說聖人篇㉑。或有數斗㉒酒，閑飲自歡然。我實幽居士㉓，無復東西緣㉔。物新人唯舊㉕，弱毫㉖多所宜㉗。情通萬里外㉘，形跡滯江山㉙。君㉚其㉛愛體素㉜，來會在何年？

【注釋】❶龐參軍　佚其名，任江州刺史、衛軍將軍王弘的參軍。《吳正傳詩話》認為此「龐參軍」與〈怨詩楚調示龐主簿鄧治中〉之「龐主簿」同是一人，陶澍則以為主簿、參軍「不相兼官」，淵明與龐參軍為新交，與龐主簿為舊友以駁其說，認為龐參軍非龐主簿。今之研究者多用其說。❷三復句　再三展讀贈詩。貺，賜與，此指贈詩。❸爾　那。❹鄰曲　成為鄰居。❺冬春句　意為經過兩個冬春，即兩年。❻欵然　同「款然」。誠懇的樣子。❼舊游　同「舊遊」。意為舊交、舊友。❽人事二句　言與龐參軍相交正歡，又事不如願，便要分離。據四言詩〈答龐參軍〉所載，此次別離是送龐參軍去舊楚（即江陵），正值「倉庚載鳴」的春季。好乖，多不順遂。好，喜，且有「多」義。宋代汪藻《浮溪集．卷三一．奉送張彥良》：「尊前破涕方成笑，人事多乖又語離。」即本此。乖，背離；不順。語離，談論離別。❾楊公二句　言楊朱發出的悲歎，不只是一般的悲傷，而有更深刻的意義。楊公，指楊朱。《淮南子．說林》：「楊子見逵路而哭之，為其可以南可以北。」高誘注：「道九達曰逵，閔（憫）其別也。」楊公所歎，指在四通八達的大道上因傷離別而哭之外，還因為世路茫茫，是非多歧而歎息悲傷。❿本　體質。⓫輒　便；就。⓬周孔往復之義　即來而不往非禮的道理。《禮記．曲禮》：「禮尚往來。往而不來，非禮也；來而不往，亦非禮也。」⓭資　憑藉；依據。⓮相知　互相知心。⓯舊　舊交；老交情。⓰傾蓋　傾斜著車蓋停車而談。這裡用「傾蓋」代替成語「傾蓋如故」。鄒陽〈獄中上梁王書〉：

「語曰：『白頭如新，傾蓋如故。』何則？知與不知也。」是說有的人相處到白髮還像剛剛認識一樣，有的人停車交談片刻就像老朋友一般，那是由於知心還是不知心的緣故。⑰定　的確。《助字辨略》：「定，的辭也。」⑱前言　前人的嘉言。《周易・大畜・象辭》：「君子以多識前言往行以畜其德。」⑲賞　賞識；讚賞。⑳談諧　詼諧的談笑。㉑聖人篇　指古代聖賢的著作。㉒㪷　同「斗」。口大底小而有柄的量器。㉓幽居士　隱士。㉔東西緣　東西奔走的緣分。指不再為政事而東奔西走。㉕物新句　言器物要新的，人還是舊交好。意在希望龐參軍不忘舊友。龐參軍與淵明雖然只是「冬春再交」的朋友，但已「款然良對，忽成舊游」，從這個意義上說，也可稱為舊交，故言「物新人唯舊」。典出《尚書・盤庚上》：「人惟求舊；器非求舊，惟新。」㉖弱毫　筆。筆毫柔軟，故稱弱毫。㉗多所宣　意為多通信。《廣韻》：「宣，通也。」㉘情通句　書信可使萬里之外交通感情。㉙形跡句　言形體為江山所阻。形跡，猶「形體」。滯，阻滯。㉚君　指龐參軍。㉛其　表祈望之詞，即希望之意。㉜體素　身體；玉體。此句本曹植〈贈白馬王彪〉：「王其愛玉體。」《莊子・刻意》：「能體純素謂之真人。」此句雖無望龐參軍為「真人」之意，但望龐參軍愛惜身體之外，似有勖勉其能保持素心之意。

【語譯】再三展讀贈詩，想不答詩已不可能了。自從那時同你成為鄰居，已經有了兩個冬春。我們誠懇友好的對話，忽然之間成了舊交。俗話說「見面幾次就成了親密的舊友」，何況我們之間的感情超過了這種情況呢？人事多不順遂，誰料又當話別。楊公的歎息，哪裡只是平常的悲傷！我患病多年，已經不再寫作。身體本來就不好，再加上老、病相繼而來，寫作就更為困難。可是每想起周公、孔子所講的「來而不往，亦非禮也」的道理，便寫了這首詩，暫且就讓它作為我們別後相思的憑據。

知心何必是故舊，「傾蓋如故」言在前。有位客人賞我趣，常常光顧我林園。言談詼諧無俗話，所說都是聖人篇。間或有了幾斗酒，舉杯閑飲自欣然。我是一個隱居人，東西奔走無緣分。器物要新人要舊，還望執筆通話言。情感溝通萬里外，形體隔離阻江山。還望龐君多保重，未知來會在何年？

【賞析】據陶澍《靖節先生年譜攷異・下》，〈答龐參軍〉四言及五言詩都是景平元年（西元四二三年）所作，「五言是參軍奉使之時先賦詩為別，先生作此以答」，時淵明五十九歲。次年，這次派遣龐參軍出使江陵的江州刺史王弘，去京都參與了徐羨之、傅亮、檀道濟、謝晦等廢宋少帝、立宋文帝事。

詩的序文說明了不得不寫答詩的原因，文字簡淨，感情真摯，是一篇情文並茂的小品。詩分兩部分，前八句敘述詩人與龐參軍的交情，兩人一見如故，互相知心，談諧飲酒，其樂無比，具有一種高雅閑適的情趣。後八句說離別，詩人希望龐參軍別後不要忘記舊友，能多通書信，交流感情。其中「君其愛體素，來會在何年」兩句，除了表達一般的祝願外，還流露出人事難料的迷惘情緒。聯想到派龐參軍出使的王弘一年以後前往京都參與廢立一事，可能詩人早已有所覺察，因而在序中發出了「楊公所歎，豈惟常悲」的議論。語云「本同末異，楊朱興哀」（盧諶〈與司空劉琨書〉），人事多乖，事與願違，這次龐參軍出使的後果將是如何，又有誰能預料？也許詩人正在替他擔心呢。

五月旦❶作和❷戴主簿❸

【題解】這是詩人回贈給戴主簿的一首酬和詩。詩中由時節的自然變化聯想到人的生死也是一種自然現象，進而對人世間的吉凶福禍、貴賤、升降等均泰然處之，聽其自然。

虛舟縱逸棹，回復遂無窮❹。發歲❺始俛仰❻，星紀奄將中❼。南窗罕悴物❽，北林榮且豐。神淵❾寫❿時雨⓫，晨色奏景風⓬。既來孰不去⓭？人理固有終⓮。居常待其盡⓯，曲肱⓰豈傷冲⓱。遷化⓲或夷險⓳，肆志⓴無窊隆㉑。即事㉒如已高㉓，何必升華嵩㉔！

【注釋】❶旦　初一。❷和　酬和。別人有詩相贈而作詩以答叫「和」。❸戴主簿　事跡不詳。主簿，官名，負責文書簿籍、掌管印鑑等。❹虛舟二句　言時光飛快流逝，四時的循環往復沒有止境。虛舟縱逸棹，即〈雜詩・五〉「壑舟無須臾」之意。《莊子・大宗師》說人由生到死的變化只能順其自然，不能強求逃死。強求逃死就像「藏舟於壑（山溝）」，自以為很穩當，可是半夜有個有力的人突然把它背走了，而愚昧的人卻不知道。成玄英解釋說「變故日新，驟如逝水」，認為這種由生到死的變化快得就如流水逝去一樣。此借指時光易逝。虛舟，空船；不繫之舟。棹，同「櫂」。划船的工具。「縱逸棹」即快速划船之意，此喻時光飛逝。窮，盡。❺發歲語出《楚辭・九章・思美人》：「開春發歲兮。」謂一歲之發端、開始。❻始俛仰　才不久。俛仰，同「俯仰」。謂俯仰之間，即瞬間。❼星紀句　謂丑年忽然將到年中。星紀，星次名，指丑年。《晉書・天文志》說：「自南斗（即斗宿）十二度至須女（即女宿）七度為星紀，於辰在丑。」古代有兩種不同的紀年的方法，一種叫歲星（木星）紀年法。先把黃道附近一周天分為十二等份，分別命名為星紀、玄枵、諏訾、降婁、大梁、實沈、鶉首、鶉火、鶉尾、壽星、大火、析木，通稱為十二星次。歲星十二年繞天一周，每年行經一個星次，當歲星行至星紀星次時就叫做「歲在星紀」，行至玄枵星次時就叫做「歲在玄枵」……。另一種叫太歲紀年法。將一周天的十二等份分別以十二地支命名為子、丑、寅、卯、辰、巳、午、未、申、酉、戌、亥，通稱為十二辰。再假想出一個與歲星相應而運行方向相反的太歲星（又稱歲陰或太陰），讓它和十二辰相配來紀年。所謂「星紀，於辰在丑」，是說歲星紀年法的「歲在星紀」就是太歲紀年法的「太歲在丑」，所以「星紀」是太歲紀年法的丑年。查丁晏《晉陶靖節年譜》，淵明一歲時為乙丑年，十三歲為丁丑年，二十五歲為己丑年，三十七歲為辛丑年，四十九歲為癸丑年，六十一歲為乙丑年，今依王瑤先生之說，本詩當作於晉安帝義熙九年癸丑（西元四一三年），時淵明四十九歲。奄，奄忽；忽然。將中，將到年中；一年將過去一半。即已到五月。❽悴物　憔悴的草木。❾神淵　嵇康〈琴賦〉言山「蒸靈液以播雲，據神淵而吐溜」，李善注：「蒸，氣上貌。言山能蒸出雲以沾潤萬物。播，布也。孔子曰：夫山者興吐風雲，以通乎天地之間。《說文》曰：津，液也。溜，水流也。」雲騰致雨，神淵吐溜，故下言「寫（瀉）時雨」。又逯欽立本言「神淵」當作「神蓱」，雨師名，即《楚辭・天問》「蓱號起雨」之「蓱」，王逸注：「蓱，蓱翳，雨師名也。」錄以備考。❿寫　通「瀉」。⓫時雨　及時雨。⓬晨色句　晨色，曉色。奏，進獻；奉獻。景風，農曆五月的暖風。曹丕〈與朝歌令吳質書〉：「方今蕤賓紀時，景風扇物，天氣和暖。」《國語・周語》韋昭注：「五月蕤賓。」《禮記・月令》：仲夏之月，「律中蕤賓」。⓭既來句　意為既然有生哪能沒有死。典出《莊子・養生主》：「適來，夫子時也；適去，夫子順也。」來，來到人世，即出生。去，離開人世，即死亡。⓮人理句　意為人按理說本有終結之時。典出《列子・天瑞》：「生者，理之必終者也。終者不得不終，亦如生者之不得不生。」⑮居常句　典出皇甫謐《高士傳・卷上・榮啟期》：「貧者，士之常也；死者，民之終也。居常以待終，何不樂也？」又《莊子・齊物論》：「一受其成形，不亡以待盡。」居，成玄英《莊子注疏》：「安處也。」盡，與「終」同，謂死亡。常，貧窮。見上注：「貧者，士之常也。」⑯曲肱　彎著胳膊做枕頭，意謂貧窮。典出《論語・述而》：「飯疏食，飲水，曲肱而枕之，樂亦在其中矣。不義而富且貴，於我如浮雲。」⑰沖　同「沖」。淡泊。⑱遷化　遷移變化。就人生而言。《漢書・外戚傳》載漢武帝〈悼李夫人賦〉：「忽遷化而不反兮。」⑲夷險　平安與凶險。⑳肆志　放任心志，置之度外。㉑無窊隆　不在意升降、貴賤、吉凶等。窊，下。隆，上。㉒即事　遇事。即，就；近。㉓高　高於常人的見識，達觀處世。㉔華嵩　華山和嵩山，古人學道求仙的地方。

【語譯】空船飛櫂遊時空，四季循環便無窮。新年伊始剛不久，倏忽之間年將中。南窗不見憔悴物，北林豐茂且向榮。神淵瀉下及時雨，早晨吹來暖和風。既已出生誰不死？按理人生本有終。安居貧窮盡天年，曲臂作枕自沖融。人生變化有禍福，置之度外無吉凶。遇事如能超塵俗，何必求仙登華嵩！

【賞析】此詩為詩人四十九歲時所作，詳見注⑦。

邱嘉穗說：「此詩因時節之變遷，而感及於人事存亡進退之理。」(《東山草堂陶詩箋・卷二》)對於這首詩的解析可說是一語破的。春去夏來，季節更換，時雨普降，景風扇物，四時的變化，使詩人想到了生死大事，並且用道家的達觀態度平靜地對待它，認為有生就必定有死，死本是一種自然現象，靜待其盡而已。人世雖有夷險、吉凶、進退、升降，如能放任心志，置之度外，那一切也就無所謂了，何必登上華山、嵩山，求仙學道，以求長生！《莊子・秋水》說：「明乎坦途，故生而不說（悅），死而不禍，知終始之不可故（固）也。」在道家看來，由生到死或由死到生就像一條平坦的道路一樣，所以生不值得喜悅，死也不認為是災禍，因為他們明知生死是終而復始，不是固定不變的。也正因為這個道理，莊子死了妻子還鼓盆而歌。人們責怪他，他辯解說：我妻子本來就沒有生命；不但沒有生命，而且沒有形體；不但沒有形體，而且沒有氣息。後來她才變得有氣息、有形體、有生命。現在她又變回去死掉了，就像春夏秋冬四季循環變化一樣，我為什麼要噭噭叫替她哭呢？我認為哭是不懂得天命，所以我才不哭。詩人正是用這種曠達的態度去看待人世的生死吉凶等一切事物的。

連雨❶獨飲❷

【題解】這是一首抒發獨飲情懷的詩。詩人認為飲酒可以使他遠離世情，擺脫人間一切煩惱，享受任自然而忘是非、生死的樂趣。

運生❸會❹歸盡❺，終古❻謂之然。世間有松喬❼，於今定何間❽？故老贈余酒，乃❾言飲得仙❿。試酌⓫百情遠⓬，重觴⓭忽忘天⓮。天豈去此哉？任真無所先⓯。雲鶴有奇翼，八表須臾還⓰。自我抱茲獨⓱，僶俛⓲

四十年。形骸⑲久已化⑳，心在㉑復何言！

【注　釋】❶連雨　連日下雨。❷獨飲　一作「人絕獨飲」，因雨無來客而獨自飲酒。❸運生　運行中的生命。❹會　當。❺歸盡　歸於盡，謂死亡。❻終古　亙古；永古。❼松喬　赤松子和王子喬，相傳都是古代的仙人。《列仙傳・卷上》：「赤松子者，神農時雨師也。服水玉以教神農，能入火自燒。往往至崑崙山上，常止西王母石室中。隨風雨上下，炎帝少女追之，亦得仙，俱去。」又「王子喬者，周靈王太子晉也。好吹笙作鳳凰鳴，遊伊洛之間。道士浮丘公接以上嵩高山三十餘年。後求之於山上，見柏良曰：『告我家，七月七日待我於緱氏山巔。』至時，果乘白鶴駐山頭，望之不得到，舉手謝時人，數日而去。」❽定何間　猶在何處，謂已死亡。❾乃　竟，有出乎意外之義。飲酒成仙，世所未聞，故異之。❿得仙　猶成仙。⓫試酌　初飲。⓬百情遠　遠離各種世情，忘卻人間煩惱。⓭重觴　再飲。⓮忽忘天　忽然忘記了天。⓯天豈二句　解釋「忽忘天」的含義，意謂不是蒼天離開了這裡，而是聽任自然勝過了天。去，離開。任真，聽任自然。《莊子・齊物論》「形固可使如槁木，而心固可使如死灰乎」句郭象注：「死灰槁木，取其寂寞無情耳。夫任自然而忘是非者，其體中獨任天真而已，又何所有哉！」無所先，沒有比這更重要的事。⓰雲鶴二句　方東樹說：「雲鶴，仙也，雖可羨而吾不願顧。」（《昭昧詹言・卷四》）奇翼，奇怪的翅膀。八表，八方之外。⓱抱茲獨　守此任真之志。〈陶淵明傳〉：「淵明，少有高趣，……穎脫不群，任真自得。」⓲僶俛　勉力。⓳形骸　猶形體。⓴化　變化；老化。㉑心在　任真之心尚在。

【語　譯】人生在世總得死，亙古如此非虛言。說是世上有松、喬，而今何處可得見？故舊老友送我酒，竟說飲酒能成仙。初飲我即遠世情，再飲忽然忘了天。豈是蒼天離此去？聽任自然勝過天。雲中白鶴有奇翅，八方之外片刻還。自我抱定任自然，勉力以求四十年。形體久已變衰老，我心未變復何言！

【賞 析】詩云「僶俛四十年」，可見此詩寫於詩人四十歲時，即晉安帝元興三年（西元四〇四年）。

連日淫雨，而無來客，詩人獨自把杯，想到人必有死，仙人赤松子、王子喬也概莫能外。面對如此嚴峻的現實，故舊勸他飲酒成仙，詩人對這種說法感到驚異，不相信竟有此等事情。不過詩人卻從飲酒當中體悟到了酒能使人遠世情、忘萬物、任自然的理趣。詩人在〈飲酒〉詩中說：「汎此忘憂物，遠我遺世情。」有了酒這種忘憂物，人間的一切憂愁煩惱，統統可以一醉皆休，甚至連天也可以忘掉。《莊子・齊物論》說：「天者，萬物之總名也。」忘天，也就是忘萬物。忘掉了萬物，就等於進入了「任真」的境界。真者，自然也，「任真」就是任自然。醉了，人世的一切都忘掉了，也就可以聽其自然了。信仙的人說雲中仙鶴有奇異的翅膀，須臾之間能從八方之外飛回來，詩人對於這種說法置之不顧，四十年來獨自勉力以求的惟有「任真」二字而已，甚至「形化」了也不改其初衷。《莊子・齊物論》說：「一受其成形，不忘以待盡。……其形化，其心與之然，可不謂大哀乎？」一個人的形體變化了，心也跟著變化，「哀莫大於心死」（《莊子・田子方》），「心死」才是最大的悲哀。詩人的形體雖然「久已化」，可是那顆純潔的「任真」之心還依然存在。形體要變化就讓它變化吧，生死之事聽其自然而已。只要「任真」之心尚在，也就毋須多言了。這種曠達的人生態度，正是道家自然觀的體現。

移居❶二首

【題　解】這兩首詩都是寫詩人搬家到南村的事，故題為〈移居〉二首。溫汝能說：「上章移居卜鄰，得友論文；下章飲酒務農，不虛佳日。」（《陶詩彙評・卷二》）

其一

昔欲居南村❷，非為卜其宅❸。聞多素心人❹，樂與數晨夕❺。懷此頗有年，今日從茲役❻。弊廬❼何必廣❽？取足蔽床席❾。鄰曲❿時時來，抗言⓫談在昔⓬。奇文⓭共欣賞，疑義⓮相與析。

【注　釋】❶移居　搬家。據李公煥《箋註陶淵明集・戊申歲六月中遇火》按語：「靖節舊宅居于柴桑縣之柴桑里，至是（指戊申年，即西元四〇八年）屬回祿之變（指火災，回祿是火神名），越後年（第三年，即庚戌年，西元四一〇年），徙居於南里之南村。」❷南村　在潯陽（今九江市）附近，李公煥注：「即栗里也。」❸非為卜其宅　不是選擇那裡的住宅。典出《左傳・昭公三年》：「諺曰：『非宅是卜，唯鄰是卜。』」卜，選擇。❹素心人　內心素樸淡靜的人。❺數晨夕　朝夕相處，共度時日。❻茲役　此事，指搬家之事。《左傳・昭公十三年》：「為此役也。」杜預注：「役，事也。」❼弊廬　破房，自稱其房舍，猶寒舍。❽廣　寬闊。❾蔽床席　房舍能遮蓋住床席，足以安身。⑩鄰曲　鄰居；鄰人。⑪抗言　高言；高談。⑫在昔　往古之事。《國語・魯語》：「古曰在昔。」⑬奇文　奇妙的文章。⑭疑義　疑難的文義。

【語　譯】往日曾想搬南村，不是為了選住宅。聽說多有素心人，樂意與之共朝夕。懷此願望有些年，今日搬家願方遂。寒舍何必要寬闊？只求遮住床和席。鄰居好友常常來，高談闊論說往昔。妙文共同來欣賞，疑難文義互研析。

【賞　析】戊申年（晉安帝義熙四年，西元四〇八年）詩人不幸遭受火災，住宅被焚，第三年（義熙六年，西元四一〇年，詩人四十六歲）遷居到南村，〈移居〉二首就是寫這次遷居的事。

這首詩的前四句說明遷居的原因。這次遷居，詩人說不是為了擇宅，而是為了擇鄰。自古以來，中國就有擇鄰而處的優良傳統，晏子「唯鄰是卜」而不更宅（《左傳・昭公三年》）；孔子主張「里仁為美，擇不處仁，焉得知」（《論語・里仁》）；荀子則說：「君子居必擇鄉，遊必就士，所以防邪僻而近中正也。」（《荀子・勸學》）詩人繼承了這種好的傳統，樂意和心地素樸的人朝夕相處，才選擇了南村這個住地。這一選擇體現了他甘願與荒村野老為伴的淡泊寧靜的志趣和不慕榮利的高潔情懷。「懷此頗有年，今日從茲役」二句承接「昔欲居南村」句說明今日宿願得以實現的欣喜，「弊廬何必廣？取足蔽床席」二句承接「非為卜其宅」句再次表達了不擇廣宅的心願。「鄰曲」以下四句承接「聞多素心人，樂與數晨夕」二句描述遷居以後的歡樂。詩人和二三至友，常常相處一起，放言高論，暢談往事，漫話滄桑，評詩論文，商榷疑義，自然樂在其中。總之，這首詩雖然短小，卻是詩人生活情趣的藝術體現，同時也是詩人人生觀的生動寫照。它看似平淡無奇，卻前後自然照應，天衣無縫，有一種難以言狀的韻味蘊含其中，令人回味無窮。

其二

春秋多佳日，登高賦新詩。過門❶更相呼❷，有酒斟酌❸之。農務❹各自歸，閑暇輙❺相思。相思則披衣❻，言笑無厭❼時。此理將不勝❽，無為忽去茲❾。衣食當須紀❿，力耕不吾欺⓫。

【注釋】❶過門　從門前經過。❷更相呼　互相呼喚。《詞詮・卷三》：「更，互也，遞也，讀平聲。」❸斟酌　將酒倒進杯中喝。❹農務　農事，這裡是指農事忙的時候。❺輙　同「輒」。便；就。❻披衣　謂披衣相訪。❼厭　滿足。❽此理句　意謂此種理趣豈非高妙。勝，謂勝理，高妙的道理。❾無為句　言不必迅速離開此地。無為，不必（見呂叔湘《文言虛字・一六六條》）。忽，倏忽；匆忙。去，離開。茲，此。❿紀　經營。⓫力耕句　意謂努力耕種必定會有好收成。不吾欺，即不欺吾，不會欺騙我。換句話說土地定會用好的收成回報我，不會讓我勞而無功。

【語譯】春秋時節多佳日，登高望遠寫新詩。經過門前相呼喚，有酒共飲斟滿卮。農事繁忙各回家，一有空閑便相思。相思起來就披衣，說說笑笑無厭時。此中理趣豈非妙，不必匆忙離此地。衣食還須當料理，勤耕不會白費力。

【賞析】這首詩的前八句寫詩人和鄰人相處的歡樂。遷居到南村以後，詩人和鄰人和睦相處，親密無間。每當春和景明、秋高氣爽的日子，詩人和鄰人一起登高望遠，同賞美景，共賦新詩。誰家有了酒，便過門相呼，相邀共飲，隨隨便便，毫不拘束。農事忙了，沒有閑工夫相會，便各自歸家務農；一有閑暇，又總是彼此不忘，互相思念；每一思念，又不計時日，隨時披衣相訪，說說笑笑，沒完沒了，事事處處都充滿一片真情。有了這種淳真無偽、親密融洽的人際關係，自然樂在其中，和官場上的爾虞我詐、世俗中的虛偽應酬，真有天淵之別。

處在這種淳真美好的田園生活之中，詩人有了深刻的領悟，後四句「此理將不勝，無為忽去茲。衣食當須紀，力耕不吾欺」就是寫他所領悟出來的理趣。這種理趣，我們的體會指的當是任自然、勤農耕的人生哲理。詩人曾說：「民生在勤，勤則不匱。」(〈勸農〉)「人生歸有道，衣食固其端。孰是都不營，而以求自安?」(〈庚戌歲九月中於西田穫早稻〉)要享受那淳真自然的田園之樂，先須衣食無虞；要衣食無虞又不能巧取豪奪，那就只有親自力耕了。「此理將不勝」這四句詩，乍看起來似乎也像玄言詩一樣，不免「理過其辭，淡乎寡味」，但仔細想想，卻道出了人生的真諦，其味無窮。這和魏晉時期的豪門士族在山水詩中所談的玄理已是大異其趣，有了質的飛躍，暫且就稱之為田園理趣吧。

和❶劉柴桑❷

【題　解】這是一首酬答柴桑縣令的詩。詩中記述了詩人還西廬途中所見的荒涼景象，並表示自己願薄酒自慰、耕織自奉了此一生，頗帶傷感情緒。

山澤❸久見招❹，胡事❺乃❻躊躇❼？直❽為親舊❾故，未忍言索居❿。良辰入奇懷⓫，挈杖還西廬⓬。荒塗⓭無歸人，時時見廢墟⓮。茅茨⓯已就治⓰，新疇復應畬⓱。谷風⓲轉淒薄⓳，春醪⓴解飢劬㉑。弱女㉒雖非男，慰情良㉓勝無。棲棲世中事，歲月共相疏㉔。耕織稱其用㉕，過此奚所須㉖！去去㉗百年外㉘，身名同翳如㉙。

【注釋】❶和　酬和。人有詩相贈而作詩以答曰「和」。❷劉柴桑　指柴桑縣令劉程之。程之，字仲思，居廬山西林中，事釋慧遠。劉裕以其不屈，乃旌其號曰遺民。因曾為柴桑縣令，故稱之為劉柴桑。與周續之、陶淵明被稱為「潯陽三隱」。❸山澤　山水。❹見招　被招引，指自己被山澤所招。見字放在動詞前即成被動語氣。與〈歸去來兮辭・序〉：「家叔以余貧苦，遂見用于小邑」的「見用」用法相同。❺胡事　何事。❻乃　竟。❼躊躇　猶豫不決。❽直　只。❾親舊　親朋舊友。❿索居　離散而居。《禮記・檀弓上》：「吾離群而索居，亦已久矣。」注：「索，猶散也。」⓫奇懷　奇妙的胸懷。⓬西廬　疑指廬山西林。當時劉遺民住在廬山西林。李公煥注：「時遺民約靖節隱山（指廬山）結白蓮社，靖節雅不欲預其社列，但時復往還於廬阜間。」⓭荒塗　荒途；荒廢了的道路。⓮廢墟　荒廢了的住址。⓯茅茨　用茅草蓋的房子。茨，屋頂。〈歸園田居〉說有「草屋八九間」。⓰就治　治理好了。就，完成。⓱新疇句　意為新田又應燒除雜草，翻土耕種。新疇，新田，指已經墾種兩年的田。畬，已經墾種三年的熟田。《爾雅・釋地》：「田，一歲曰菑，二歲曰新田，三歲曰畬。」「畬」在此用作動詞，意為火耕，先用火燒除田中雜草，用草灰作肥料，翻土耕種。⓲谷風　東風。⓳轉淒薄　變得微有涼意，當是天氣轉為陰雨的象徵。⑳春醪　春酒。此指薄酒。㉑解飢劬　緩解飢勞。劬，勞苦。㉒弱女　比喻薄酒。李公煥《箋注陶淵明集》引趙泉山曰：「以弱女喻酒之醨薄。」沈德潛《古詩源・卷八》亦云：「弱女非男，喻酒之薄也。」㉓良　確實；真是。㉔栖栖二句　意為那些勞碌奔波的世事，隨著歲月的流逝和我互相疏遠了。栖栖，忙碌不安的樣子。典出《論語・憲問》：「丘（孔丘）何為是栖栖者與？無乃為佞乎？」㉕稱其用　和所用相稱；夠用。㉖奚所須　何所待；不指望得到別的什麼。㉗去去　既是指歲月流逝，同時又兼丟開不說的意思。曹植〈雜詩・轉蓬離本根〉：「去去莫復道，沉憂令人老。」㉘百年外　百年後，即死後。㉙翳如　翳然；隱沒不見的樣子。翳，隱。如，然。

【語　譯】山林水澤久招我，為了何事竟猶豫？只是難捨我親舊，不忍說要離群去。良辰美景發奇想，攜上手杖還西廬。道路荒蕪無歸人，沿途時時見廢墟。茅草房屋已修好，新田又應去治理。暖和東風變淒冷，春釀薄酒解勞飢。薄酒味道雖然淡，慰情消憂勝過無。勞碌奔波世上事，隨著歲月兩相疏。耕田織布求夠用，此外還有何所需！一死百了別塵世，身軀名聲化為無。

【賞　析】據〈歸去來兮辭・序〉所載，淵明在乙巳歲（晉安帝義熙元年，西元四〇五年）十一月辭去彭澤令，回家隱居，次年「開荒南野際，守拙歸園田。方宅十餘畝，草屋八九間」（〈歸園田居〉）。經過兩、三年治理，草屋修好了，荒地也變成了新田，正待燒除雜草，準備翻土耕種，如詩中所言「茅茨已就治，新疇復應畬」。可見這首詩當寫於詩人歸園田居以後的三、四年之間，即晉安帝義熙四、五年（西元四〇八、四〇九年）左右，詩人四十四歲至四十五歲時。當時隱居在廬山西林的前柴桑縣令劉程之有詩相贈，並邀詩人去廬山成立白蓮社。詩人雖然不願參與結社，但是還常常來往於廬山和園田居之間。這首詩和下一首〈酬劉柴桑〉都是寫此時詩人同劉程之的交遊。

詩的前八句寫詩人不願應邀離開園田居去廬山結社，可是由於良辰美景引發出來的奇想促使他還是去了西廬，只是沿途所見一片荒涼，酷似〈歸園田居・久去山澤游〉所寫的慘象，使人目不忍睹。可以想見，當時詩人一定是乘興而往，敗興而歸的。「茅茨已就治」以下十二句寫詩人從西廬回到園田居以後的所思所想。詩人想到草屋已經修好，新田應該耕種。隱居田園，雖然僅有薄酒慰情，可是比沒有酒喝就好多了。從此隨著歲月的流逝，和塵世隔絕，兩相疏遠，只求耕織自養，沒有其他任何要求。一旦溘然去世，一死百了，身與名也就同時消失。詩人將自己此種心思告訴對方，實際上就是對劉程之邀他去廬山成立白蓮社的一種婉言謝絕。悲音淒楚，讀來令人潸然淚下。

酬❶劉柴桑

【題解】這是一首酬答詩，卻沒有一句應酬的話，只是說窮居田園，見落葉而知秋，當及時行樂，攜童遠遊。

窮居❷寡人用❸，時忘四運周❹。櫚庭❺多落葉，慨然已知秋。新葵
鬱北牖❻，嘉穟❼養南疇❽。今我不為樂，知有來歲不❾？命室❿攜童弱，

良日⑪登遠游⑫。

【注　釋】❶酬　酬和；以詩相答。❷窮居　困居，此指隱退於田園，遠離仕宦。詞出《孟子・盡心上》：「雖窮居不損焉。」❸寡人用　與〈歸園田居・二〉「寡輪鞅」同義，謂少人事。人用，詞出《漢書・食貨志》：「人用莫如龜。」此指人事。❹四運周　四時周而復始地運行。❺櫚庭　從蘇寫本當作「門庭」。❻新葵句　意為新的葵菜在北牆下長得茂盛。新葵，新生的葵菜，此指秋葵。鬱，茂盛貌。北墉，北牆。❼嘉穟　長得好的禾穗。穟，通「穗」。❽南疇　南畝，指詩人在園田居南邊墾種的新田。〈歸園田居〉：「開荒南野際。」❾不同「否」。❿室　妻子。⓫良日　吉日；良辰。⓬登遠游　當遠游。當，當即；立刻。黃生《義府・冥通記》：「登，登時也。登之開聲為當，蓋言當時也。」遠游，去遠處遊覽。

【語　譯】隱居田園少人事，四時運轉時忘卻。門前庭院多落葉，慨歎一年已是秋。新葵蓬生北牆下，嘉禾抽穗在南畝。今我行樂不及時，誰知還有來年否？呼妻攜上小孩童，吉日良辰當遠遊。

【賞　析】此詩和上首詩寫於同一年。從內容上看，此詩寫於秋天，上首寫於春天。

此詩雖是應酬之作，但是不落俗套，了無應酬之語，只是一味地寫落葉知秋，生命將要結束的感受。詩人隱居田園，本來心情相當平和。不但人事交往少，甚至有時還忘記了四時的變化。只是由於門庭的許多落葉，使他知道已是秋天了。正如唐詩所言：「山僧不解數甲子，一葉落知天下秋。」秋天，在一年中是收穫季節，北牆下的新葵，南畝中的嘉穗，無疑會給詩人增添幾分喜悅。然而，秋天在一年中又是由盛到衰的轉折。朱熹說：「秋者，一歲之運，盛極而衰，肅殺寒涼，陰氣用事，草木零落，百物凋悴之時。」（《楚辭集注・卷六》）時令的秋天同時又是人生秋天的象徵，「見一葉落而知歲之將暮」（《淮南子．說山》），特別敏感的詩人，從這時令變化中預感到生命將到盡頭，就像宋玉面對「葉菸邑而無色」、「柯彷彿而萎黃」的秋景聯想到「歲忽忽而遒盡兮，恐余壽之弗將」（《楚辭．九辯》）一樣，想到明年自己是否還活在人世？於是不禁發出了「今我不為樂，知有來歲不」的慨歎，呼妻攜幼，趁此吉日良辰出外遠遊了。詩到此便戛然而止，使人想到這貌似曠達的話語中蘊藏著無窮的憂生的悲哀。

和郭主簿❶二首

【題解】這是詩人酬答友人郭主簿的兩首詩。第一首用賦法，寫夏日閑居田園，讀書弄琴、飲酒戲子的歡樂與閑適；第二首用比興法，寫秋日觀賞松菊，卓而不群，壯志難酬的幽憤與愁悶。

其一

藹藹❷堂前林，中夏❸貯清陰。凱風❹因時❺來，回飈❻開我襟。息
交❼遊閑業❽，臥起❾弄書琴。園蔬有餘滋❿，舊穀⓫猶儲今。營己⓬良⓭
有極⓮，過足非所欽⓯。舂秫⓰作美酒，酒熟吾自斟⓱。弱子⓲戲我側，
學語未成音。此事真復樂⓳，聊⓴用㉑忘華簪㉒。遙遙望白雲，懷古一何㉓

深ㄕㄣ！

【注釋】❶郭主簿　生平事跡不詳。主簿，官名，掌管文書簿籍、印鑑等事宜。❷藹藹　茂盛的樣子。❸中夏　農曆五月。李隆基〈端午〉：「端午臨中夏，時清日復長。」❹凱風　南風。《詩經・邶風・凱風》：「凱風自南。」❺因時　以時；按季節。❻回飈　旋風。❼息交　指停止與俗吏往來。❽遊閑業　遊，玩樂。閑業，與正業相對而言，指消閑的事，如彈琴、讀閑書之類。❾臥起　一作「坐起」。❿餘滋　餘味。《廣韻》：「滋，旨也。」又白居易〈效陶潛體詩十六首・四〉：「開缾寫尊中，玉液黃金脂。持玩已可悅，歡嘗有餘滋。」⓫舊穀　陳穀；過了一年以上的稻穀。⓬營己　為自己營謀生計。⓭良　的確。⓮極　極限；限度。⓯過足句　言過分的生活要求不是自己所羨慕。過足，超過溫飽所需。欽，羨。⓰舂秫　將高粱米的皮殼去掉。舂，擣穀去皮。秫，黏性的稻，可製酒。⓱斟　往杯中倒酒。⓲弱子　幼子。⓳復樂　樂中又樂。⓴聊　暫且。㉑用　以(此)。㉒華簪　華麗的髮簪，富貴人所用，以喻富貴榮華。㉓一何　何等；多麼。一，表示程度的副詞。

【語　譯】我家堂前茂密林，仲夏五月儲清陰。南風陣陣按時來，旋風吹開我衣襟。與世絕交樂閑事，睡後起來弄書琴。園中蔬菜有餘味，還有舊穀儲到今。為己謀算確有限，過分追求非我心。舂去穀皮釀美酒，酒釀好了我自斟。幼兒戲鬧在我旁，咿啞學語不成音。此等樂事真是樂，暫且以此忘華簪。遙望白雲悠悠去，懷古幽情何等深！

【賞　析】這首詩的寫作時間難以確定，有作於詩人三十八歲時(見王瑤編注《陶淵明集》)和作於詩人四十四歲時(見逯欽立校注《陶淵明集》附〈陶淵明事蹟詩文繫年〉)二說，因缺乏確證，一時難以定論。

清人邱嘉穗說：「此陶公自述其素位之樂，真不以貧賤而有慕於外，不以富貴而有動於中者。」《東山草堂陶詩箋‧卷二》正因為詩人安於貧賤，對於這種納涼林下、書琴自樂、飲酒戲子的村居生活，方能自滿自足，體味其中的樂處；而這種知足常樂的體會，又使他進一步忘卻了人世間的富貴榮華，淡然地望著飄然而去的白雲，發出了深沉的懷古之幽思，進入「五、六月中，北牕下臥，遇涼風暫至，自謂是羲皇上人」（〈與子儼等疏〉）的境界，歡樂之餘，又增添了幾許閒適的情趣。在藝術上，這首詩的表現力很強，如「中夏貯清陰」的「貯」字，將無形的陰涼化為有形的可藏之物，意味無窮；「學語未成音」一句，明白如話，卻把幼子咿啞學語的景況活現筆端，情趣盎然。

其二

和澤❶周❷三春❸，清涼素秋節❹。露凝❺無游氛❻，天高風景澈❼。

陵岑❽聳❾逸峰❿，遙瞻⓫皆奇絕。芳菊⓬開林耀⓭，青松冠巖列⓮。懷此

貞秀姿⓯，卓⓰為霜下傑。銜觴⓱念幽人⓲，千載撫爾訣⓳。檢素不獲展⓴，

厭厭㉑竟㉒良月㉓。

【注釋】❶和澤 溫和潤澤。❷周 遍。❸三春 孟春、仲春、季春。❹素秋節 即秋季。《爾雅‧釋天》

有「秋為白藏」的說法，意思是秋天氣白而收藏；「素」的意思為白，所以稱秋天為「素秋」。節，節氣。❺露凝　露結為霜。❻游氛　游動的霧氣。❼天高句　意為天高氣爽，景物清澈可見。❽陵岑　山嶺。陵，大土山。岑，小而高的山。❾聳　聳立。❿逸峰　高峰。逸，超出；出眾。⓫遙瞻　遠望。瞻，往上看。⓬芳菊　此指山地野菊。⓭開林耀　逯欽立注：「當作『耀林開』，與『冠巖列』對文。江淹〈雜詩〉：『時菊耀巖阿，雲霞冠秋嶺。』與此句法同。」耀林開，耀眼地在林間開放。⓮冠巖列　高高地在山巖上排列。冠，帽子，此為高出之意。⓯貞秀姿　堅貞秀麗的姿態。⓰卓　獨立不凡的樣子。⓱銜觴　銜杯飲酒。⓲幽人　古代的隱士。⓳撫爾訣　堅持你的法則。撫，持。爾，你，指幽人。訣，法則。⓴檢素句　壯志未酬之意。陶澍注：「自檢平素，有懷莫展，厭厭寡緒，其誰知之乎？」素，素志。展，施展。㉑厭厭　安閑的樣子。《詩經・小雅・湛露》：「厭厭夜飲。」毛《傳》：「厭厭，安也。」㉒竟　終；盡。㉓良月　語出《左傳・莊公十六年》：「以十月入，曰：『良月也，就盈數焉。』」古代以奇數之月為忌，偶數之月為良。此處「良月」雖指十月，其實當是泛指歲月而言。

【語　譯】春天溫和氣潤澤，秋天涼爽好季節。白露結霜無游霧，天高氣爽景清澈。高峰聳立山頂上，舉頭遠望都奇絕。野菊耀眼林中開，青松高聳山巖列。具有如此貞秀姿，獨立霜中是豪傑。舉杯懷念古隱士，永遠以你為法則。自覺有志不得騁，只好安閑度歲月。

【賞　析】從內容上看，前一首寫於春天，這一首寫於秋天。全詩用比興手法，借物喻志。這裡所說的比興，不限於比喻和起興，而兼有象徵寄託之意。詩的前四句寫秋高氣爽，景物清澈，為下文寫遙望秋景作了鋪墊，正如沃儀仲所評：「天高景澈，乃可遙瞻，信筆皆工於體物。」（明黃文煥《陶詩析義・卷二》引）以下寫遙瞻山峰奇景，「芳菊開林耀，青松冠巖列。懷此貞秀姿，卓為霜下傑」四句極力描寫香菊傲霜怒放，青松歲寒不凋，讚美它們秀美的姿態，稱頌它們卓然不群，是霜中豪傑，「興發於此而義歸於彼」（白居易〈與元九書〉），表面上歌頌松和菊，實際是詩人高尚的品德、堅貞的節操的自我流露。最後四句是述懷，表明詩人決心追隨古代高士，遵循他們的處世原則，決不同流合污，只是如〈雜詩・二〉所說的那樣「日月擲人去，有志不獲騁。念此懷悲悽，終曉不能靜」，歲月虛度，壯志難酬，心懷悲苦而又不得不安閑地消磨時光，詩人此時的心態，是有待讀者去仔細體味的。

於王撫軍❶座❷送客❸

【題解】劉宋永初二年（西元四二一年，淵明時年五十七歲），撫軍將軍、江州刺史王弘送別客人西陽（今湖北黃岡）太守庾登之回京都建康（今江蘇南京）、豫章（今江西南昌）太守謝瞻去豫章赴任，送至湓口（今江西九江西）南樓，共同賦詩敘別。陶淵明應王弘的邀請前來作陪餞行，座間寫下了這首詩，記敘了當時送別的情景。

秋日淒且厲❹，百卉具已腓❺。爰❻以❼履霜節❽，登高餞❾將歸❿。

寒氣冒⓫山澤，游雲倏⓬無依。洲渚⓭四緬邈⓮，風水互乖違⓯。瞻夕⓰欲良讌⑰，離言⑱聿云⑲悲。晨鳥⑳暮來還㉑，懸車㉒斂㉓餘輝㉔。逝㉕止㉖判㉗殊路㉘，旋駕㉙悵遲遲㉚。目送回舟㉛遠，情隨萬化遺㉜。

【注　釋】❶王撫軍　指王弘，當時王弘任撫軍將軍、江州刺史，通過龐通之與陶淵明交上了朋友。❷座　座席。❸客　指庾登之和謝瞻。庾登之，字元龍，潁川鄢陵人，《宋書》本傳稱他為鎮蠻將軍，西陽太守，入為太子庶子，尚書左丞。謝瞻，字宣遠，陳郡陽夏人，《宋書》本傳說宋高祖劉裕「以瞻為吳興郡，又自陳請，乃為豫章太守。」《文選・卷二〇》載謝瞻〈王撫軍庾西陽集別時為豫章太守庾被徵還東〉詩言：「祗召旋北京，守官反南服。」李善注：「言庾被召而旋帝京，己（指謝瞻）守官而莅南服也。」可見當時庾登之被徵召回京都，謝瞻奉命去豫章任太守。❹厲　猛烈。❺百卉句　語本《詩經・小雅・四月》：「秋日淒淒，百卉俱腓。」卉，草。腓，枯黃。❻爰　於是。❼以　於，表時間。❽履霜節　秋季。典出《周易・坤卦・初六》：「履霜，堅冰至。」意為秋天踩上霜就可以推斷堅冰將要結成。節，季節。農曆九月深秋天氣寒冷，白露為霜。❾餞　用酒食送行。❿歸　指庾登之回京都、謝瞻去豫章赴任。⓫冒　覆蓋。⓬倏　倏忽；快速。⓭洲渚　水中可居之地，大的叫洲，小的叫渚。⓮緬邈　遙遠。⓯風水句　言在風水之中互相別離。乖違，別離。⓰瞻夕　眼見夕陽西下，天色將晚。夕，暮；太陽落山。⓱欲良讌　將嘉宴；將舉行送別的宴會。欲，將。讌，同「宴」。⓲離言　離別的言辭，當是指敘別賦詩而言。⓳聿云　均為句中助詞。⓴晨鳥　早上出飛的鳥。㉑暮來還　晚上飛回來。㉒懸車　落日。《淮南子・天文》說太陽「至于（到達）悲泉，爰止其女，爰息其馬，是謂縣（懸）車」。㉓斂　收。㉔餘輝　餘暉；微弱的日光。㉕逝　往，指被送別的庾登之和謝瞻。㉖止　指留下的送別者王弘、陶淵明。㉗判　別。㉘殊路　不同的路。㉙旋駕　回車。駕，車駕。㉚遲遲　行動緩慢。《詩經・小雅・采薇》：「行道遲遲。」㉛回舟　歸舟，指庾登之、謝瞻所乘的船。㉜情隨句　言離別之情隨著萬物的變化而遺忘。萬化，典出《莊子・田子方》：「且萬化而未始有極也，夫孰足以患心？」意謂萬物變化而沒有盡頭，有什麼值得憂心呢？遺，遺忘。人生的悲歡離合也屬於「萬化」之列，因而也不值得為之惆悵，還是將它遺忘吧。

【語譯】秋風蕭瑟又淒厲，百草百花都枯萎。在那踐霜秋九月，登上高樓送將歸。寒氣覆蓋遍山澤，浮雲飄忽無所依。四顧洲渚水迢迢，風水之中相別離。眼見日落將盛筵，離別之言令人悲。晨鳥日暮歸舊巢，天邊落日收餘暉。客人主人各上路，回車惆悵慢慢歸。目送歸舟已遠去，情隨萬物亦化遺。

【賞析】這是一首送別詩，寫的是秋景別情。淒厲的秋風，枯萎的百草，空中的寒氣，天上的浮雲，晨出的歸鳥，落日的餘暉，這種種曠闊淒涼的景色，正好烘托出了別情的悲哀。方東樹稱讚這首詩「景與情俱帶畫意」（《昭昧詹言・卷四》），道出了它善於寫景傳情的特色。日人近藤元粹評論說：「這老敘風景處，常有淡然不可言之妙。」（見其評訂《陶淵明集・卷二》）「懸車斂餘輝」一句描寫落日餘暉、暮靄沉沉的景色，使人有身臨其境的感受。謝瞻用「頹陽照通津，夕陰曖平陸」（〈王撫軍庾西陽集別時為豫章太守庾被徵還東〉）寫同一景色，自有高低之別。

別離痛苦，人之常情。詩人與王撫軍送別賓客，回車歸治所，免不了行道遲遲，心情惆悵，正所謂「自古多情傷離別，更那堪冷落清秋節」（柳永〈雨霖鈴〉）。可是詩人對這種別離的痛苦能泰然處之，聯想到《莊子》中萬物千變萬化沒有盡頭，有什麼值得憂心的話，便用「目送回舟遠，情隨萬化遺」二句作結，顯示出詩人曠達的情懷，具有陶詩特有的韻味。世事滄桑，人有悲歡離合，月有陰晴圓缺，又何苦惆悵在歧途，兒女共霑襟呢。

與殷晉安❶別 並序

【題解】這是詩人在潯陽送別殷隱東下所作的一首詩。序言中簡要介紹了它的寫作背景。

殷先作晉安南府長史掾❷，因居潯陽❸；後作太尉參軍❹，移家東下，作此以贈。

遊好❺非久長，一遇盡殷勤❻。信宿❼酬❽清話❾，益❿復知為親。去歲家南里⓫，薄⓬作少時隣⓭。負杖⓮肆⓯游從，淹留⓰忘宵晨。語默⓱自殊勢⓲，亦知當乖分⓳。未謂⓴事已及㉑，興言㉒在茲春㉓。飄飄西來風，悠悠㉔東去雲。山川千里外，言笑難為因㉕。良才㉖不隱世，江湖㉗多賤貧。脫㉘有經過便，念㉙來存㉚故人㉛。

【注釋】❶殷晉安　舊說皆認為是指《宋書・卷六三・殷景仁傳》所載之殷景仁，今人鄧安生認為是指《蓮社高賢傳・慧遠法師》所載之「晉安太守殷隱」，詳下注。❷殷先作句　此句頗多歧解，舊說以為「殷」指殷景仁，然據《宋書・殷景仁傳》，殷景仁未在晉安任職，亦未任南府長史掾，且「南府」不得其解。近人鄧安生作《陶淵明年譜》（天津古籍出版社一九九一年版），發前人之未發，以為「殷」是指殷隱，「晉安」是晉安太守的省文，「南府」是南中郎將軍府的省文。據《宋書・卷四七・孟懷玉傳》，孟懷玉在義熙八年（西元四一二年）以南中郎將、江州刺史鎮潯陽。「長史」是南中郎將府的長史，「掾」是南中郎將府的曹掾。殷隱是以南中郎將府的長史領晉安太守兼曹掾，一身而三任。因為他領職晉安太守，所以稱之為「殷晉安」；又因為他是南中郎將府的長史兼曹掾，所以能居潯陽。然鄧說亦有可疑之處，祝總斌在〈陶淵明田園詩產生的歷史文化背景〉一文中言：晉安郡在今福建泉州一帶，不在鄱陽湖，晉安太守何以住在柴桑？袁行霈在〈陶淵明年譜滙考〉一文中又據湯用彤、方立天先生考證，《蓮社高賢傳》不可信，其所言「江州太守孟懷玉，……晉安太守殷隱」等語的真實性尚有疑問，此問題尚待進一步研究。然肯定在資料十分缺乏之情況下，鄧說自有其價值。詳見袁行霈《陶淵明研究》三三七至三四五頁。今暫用鄧說。按，晉安郡本屬揚州，但據《宋書・州郡志二》，晉惠帝元康元年已將晉安郡劃入江州，或許可以解釋為何殷隱既在福建任太守，又在潯陽任長史掾的原因。❸潯陽　在今江西九江，江州的治所在潯陽。❹後作大尉參軍　大尉，即「太尉」，指劉裕。據《宋書・武帝紀》載，義熙五年（西元四〇九年）九月「進公（指劉裕）太尉」，義熙七年（西元四一一年）二月劉裕「改授太尉」，《資治通鑑・晉紀》載義熙五年九月「加劉裕太尉」，義熙七年三月，「劉裕始受太尉」。參軍，官名。❺遊好　交遊親善。❻殷勤　形容情意的懇切深厚。❼信宿　古時稱一晚為信，兩晚為宿。❽酬　應對；報謝。❾清話　高雅的言談。❿益　更。⓫家南里　移居到南里。南里，即南村，又稱為栗里，參見〈移居〉詩及注。陶淵明移居南里在西元四一〇年。⓬薄　句首助詞。⓭少時隣　即少時鄰，與前「非久長」相照應。少時，短時。隣，同「鄰」。⓮負杖　倚杖；持杖。⓯肆　放肆；不加約束。⓰淹留　久留。⓱語默　出仕與退隱。典出《周易・繫辭》：「君子之道，或出或處，或默或語。」⓲自殊勢　形勢本不相同。自，本。勢，形勢；態勢。⓳乖分　別離；各走各的路。⓴未謂　不料。謂，意料。雖心知當乖分，但未料分別如此之快。㉑事已及　分別之事瞬間已經來到。㉒興言　典出《詩經・小雅・小明》：「念彼共人，興言出宿。」說「興言」就兼有「出宿」之意，謂殷隱動身移家東下，與說「駕言」就兼有「出遊」之意用法相同。興，起。言，句中語助詞。㉓茲春　此春。陶淵明與殷隱去年相遇為鄰，今春離別，相聚時間不長。㉔悠悠　遙遠無盡之意。㉕因　親也。《詩經・大雅・皇矣》：「因心則友。」《毛傳》：「因，親也。」。㉖良才　指殷隱。㉗江湖　江湖上的隱者，詩人自指。㉘脫　儻若；假使。㉙念　常思。㉚存　看望；問候。㉛故人　舊友，詩人自指。

【語　譯】殷隱起先任晉安郡太守並兼任南中郎將軍府中的長史和曹掾，因而住在潯陽；後來任太尉劉裕的參軍，遷居東下，我寫了這首詩贈給他。

交遊親善時不長，一見傾心情意深。相處兩夜聞高論，更加相知又相親。去年移居到南村，短時彼此是近鄰。扶杖恣意相隨遊，遊中久留忘宵晨。出仕退隱本不同，也知日後將離分。只是未料忽已至，動身遷居在此春。陣陣西風飄飄來，悠悠東去是白雲。山川阻隔千里外，難有談笑相親近。傑出人才不避世，江湖隱士多賤貧。有朝儻若過此地，還望前來看故人。

【賞　析】關於這首詩的寫作時間，只能依據序言和詩去推斷。詩云「去歲家南里」，「興言在茲春」，可知這首詩是淵明移居到南里的第二年春天寫的。依據李公煥為〈戊申歲六月中遇火〉詩所寫的按語，淵明在戊申年（義熙四年，西元四〇八年）遭遇火災，過了兩年，從柴桑里舊居移居到南里之南村。可見他遷到南里是在庚戌年，即義熙六年（西元四一〇年），這首詩當寫於義熙七年（西元四一一年）春天，正好與序言中所說的「後作大（太）尉參軍，移家東下」相合，因為「劉裕始受太尉」是在義熙七年三月，正是春天。只是序言中又說：「殷先作晉安南府長史掾，因居潯陽。」依鄧安生《陶淵明年譜》，「南府」是南中郎將軍府的省文，而南中郎將是指以南中郎將、江州刺史鎮潯陽的孟懷玉，而據《宋書‧孟懷玉傳》，孟是在義熙八年（西元四一二年）「遷江州刺史」，「先作」反而成了「後作」，也就難圓其說了。於是鄧另立新說，謂淵明移居當在義熙十一年，推斷這首詩作於義熙十二年（西元四一六年）春天，至於殷隱「後作太尉參軍」一事就忽而不論了。是耶非耶？姑且存疑。

這首詩的前半部敘述詩人與殷隱聚散的緣由。兩人並非世交，相聚的時間不長，卻一見傾心，建立了深厚的友誼，相隨相從，形影不離。但是「語默自殊勢，亦知當乖分。」一仕一隱，一進一退，分手是勢所必然。後八句寫送別。「飄飄西來風，悠悠東去雲」，是景語，也是情語，以景寫情，妙合無垠，使人想到殷隱像白雲似的悠然東去，從此音容渺茫，怕是難以再會了。可是「良才不隱世，江湖多賤貧」，人各有志，勢必分離，又有什麼辦法！不過詩人還是希望有朝一日殷隱會經過潯陽，順便來看望他這位老朋友。思潮起伏，情辭婉轉，耐人尋味。

贈羊長史❶並序

【題　解】晉安帝義熙十二年（西元四一六年），太尉劉裕出師北伐後秦，十月，軍至洛陽。次年九月至長安，生擒秦主姚泓，派人押至建康（今江蘇南京）斬首。當時留在建康守衛殿省的左將軍朱齡石派他的長史羊松齡前往關中向劉裕道賀，途經潯陽，淵明寫了這首詩給他。詩中懷古思今，有難言之隱在胸中。

左軍❷羊長史，銜使❸秦川❹，作此與之。

愚❺生三季❻後，慨然念黃虞❼。得知千載外，正賴❽古人書。賢聖留餘跡，事事在中都❾。豈忘游心目？關河不可踰❿。九域甫已一⓫，逝⓬將理舟輿⓭。聞君當先邁⓮，負痾⓯不獲俱⓰。路若經商山⓱，為我少⓲躊躇⓳。多謝⓴綺與甪㉑，精爽㉒今何如？紫芝㉓誰復採？深谷久應蕪！駟馬㉔無貰患㉕，貧賤有交娛㉖。清謠結心曲㉗，人乘運見疎㉘。擁懷㉙累代下㉚，言盡意不舒。

【注釋】❶羊長史　指羊松齡，《晉書·陶潛傳》稱羊松齡是張野以酒邀陶淵明共飲的周旋人之一，序稱他是左將軍的長史。❷左軍　左將軍的簡稱，這裡指的是左將軍朱齡石。據《宋書·武帝紀》及〈朱齡石傳〉記載，劉裕北伐時留尚書右僕射劉穆之為左僕射，領監軍、中軍二府軍司，入居東府，總攝內外事務；並提拔朱齡石為左將軍，配以兵力，守衛殿省。劉穆之甚加信仗，內外諸事，皆與朱謀議。此說肇始於元劉履《選詩補注》，近人李華有〈陶淵明贈羊長史詩左將軍考〉一文（見李著《陶淵明新論》，北京師院出版社一九九二年版），亦有詳辨。又逯欽立〈陶淵明事蹟詩文繫年〉，據《宋書·卷四五·檀韶傳》：義熙九年（西元四一三年）檀韶「進號左將軍」，義熙「十二年（西元四一六年），遷督江州、豫州之西陽、新蔡二郡諸軍事、江州刺史，將軍如故。」認為「左軍」是指檀韶，他當時坐鎮潯陽，遣羊長史銜使秦川，向劉裕稱賀。錄以備考。❸銜使　《禮記・檀弓上》：「銜君命而使。」銜，奉；受。❹秦川　關中平原，因是秦國舊地而得名。此指長安。川，平川；平原。❺愚　自謙之詞。❻三季　夏、商、周三代之末。❼黃虞　黃帝和虞舜，是中國古代的兩個帝王。❽賴　依賴；依靠。❾中都　京都。李公煥注：「洛陽西晉之故都，長安乃秦漢所都。」❿關河句　因南北未統一，關河固防，故不可踰越。關河，關塞河防，語出《史記・蘇秦列傳》：「秦，四塞之國，被山帶渭，東有關河。」⓫九域句　言劉裕始統一南北。九域，猶九州，《尚書・禹貢》將全中國分為九州。甫，始。⓬逝《詞詮・卷五》：「語首助詞，無義。」⓭理舟輿　準備車船。理，治理；準備。⓮邁　行；往。⓯痾　病。⓰不獲俱　不能同行。⓱商山　在今陝西省商縣東南。據《高士傳・卷中》記載，秦朝時，有東園公、甪里先生、綺里季、夏黃公等四位老人，後人稱之為商山四皓，皆修道潔己，非義不動，見秦政暴虐，於是退入藍田山，作歌曰：「莫莫高山，深谷逶迤。曄曄紫芝，可以療飢。唐虞世遠，吾將何歸？駟馬高蓋，其憂甚大。富貴之畏人，不如貧賤之肆志。」於是共入商雒，隱於地肺山（即商山），以待天下安定。秦亡以後，漢高祖劉邦徵召他們，他們不應召，深藏於終南山。又，《史記・留侯世家》載此四人曾應呂后及太子（指劉邦的長子劉盈）之邀，出山阻止劉邦廢太子，與詩意不符，故不採其說。⓲少　稍。⓳躊躇　踟躕；逗留。⓴多謝　語本〈古詩為焦仲卿妻作〉：「多謝後世人。」再三致意之義。謝，告訴。㉑綺與甪　指綺里季和甪里先生。此處泛指商山四老。「甪里」，《史記・留侯世家》作「角里」。㉒精爽　精明，指精神與靈魂，古人常將二者聯繫起來看待。《左傳・昭公二十五年》：「心之精爽，是謂魂魄。」㉓紫芝　菌名，可食用並入藥，生於山上。㉔駟馬　指富貴人，他們所乘的車用四匹馬拉。㉕無貰患　不能免去憂患，即歌中所言「駟馬高蓋，其憂甚大」之意。無，不。貰，赦；免除。㉖交娛　猶「交歡」，結交而歡心。㉗清謠句　意為商山四老所作的歌與自己心心相印。清謠，清雅的歌謠，指四老人所作的歌。心曲，內心深處，語本《詩經・秦風・小戎》：「亂我心曲。」㉘人乘句　意為古人與我乖離，是由於時運使得我們疏遠。方東樹《昭昧詹言・卷四・陶公・三四》：「言四皓清謠，久結我之心曲，但運乖不得一見其人。」人乘，當作「人乖」，陶澍注：「各本作『乖』，焦本、何本作『乘』，非。」運，時運；歲月遷移。㉙擁懷　抱懷；撫膺。當是形容憂思之狀。㉚累代下　累世後，指與商山四皓的時代相距甚遠。

【語　譯】左將軍的羊長史，奉命出使關中，我寫了這首詩送給他。

本人生在三代後，感慨萬千念黃虞。得知千年以前事，正是依靠古人書。聖賢豪傑留遺跡，件件故事在京都。哪是忘記去遊覽？關山難越河難渡。而今九州已統一，將去準備舟和車。聽說你要先入關，抱病不能同你去。你若取道經商山，煩你為我稍停步。再三致意四老人，而今精魂在何處？紫芝還有誰去採？深谷怕應久荒蕪！駟馬高車禍難免，貧窮卑賤多歡娛。一曲清歌心相連，人去時移兩相疏。千載之下懷憂思，言辭已盡意不舒。

【賞　析】據宋吳仁傑《陶靖節先生年譜》及元劉履《選詩補註．卷五》，此詩作於晉安帝義熙十三年（西元四一七年），時淵明五十三歲。

這是一首送別詩，而且是一首難寫的送別詩，因為詩人送別的是一位受左將軍朱齡石派遣前往關中向太尉劉裕祝捷的特使。向劉裕祝賀戰功，看來不是詩人的心願；完全避開此事，又太不合情理，的確令人難以下筆。詩人經過精心的構思，前半首一味地只寫自己思念黃帝、虞舜時期的太平盛世，不忘到關洛去遊覽古代的聖賢遺跡，只是由於南北分裂，宿願難以實現，現在九州已經統一，卻又因病不能與使者同行。這樣既避免了「顧左右而言他」，又沒有阿意去奉承劉裕，反而抒發了自己懷古傷時，今不如昔的憂思，真可謂用心良苦。後半首寫到羊長史將要奉命入關，詩人卻不託他向劉裕道賀，反而要他路過商山時向四皓致意，那更是妙筆。四皓為避暴秦，隱於山中，以待天下太平；及至劉邦平定天下，他們卻又不應召進京。詩人卻向他們致意，關心他們的精靈而今在於何處？「精爽今何如」一句，對於那位奉命去祝賀劉裕統一南北的羊長史來說，既是忠告，也是譏諷，有無窮的意味值得他去體味，自然不是唐代詩人李群玉面對二妃廟時發出的「不知精爽在何處？疑是行雲秋色中」（《全唐詩‧卷五七〇‧題二妃廟》）的一般感慨了。「紫芝誰復採」以下八句，就〈四皓歌〉大發感慨，而今紫芝無人前去採摘，深谷久已荒蕪，人人趨炎附勢，再也沒有誰像四皓那樣隱於深山，「修道潔己，非義不動」了！然而詩人卻對〈四皓歌〉說的「駟馬高蓋，其憂甚大。富貴之畏人，不如貧賤之肆志」心有同感，只是「人乖運疏，異代興懷，意何能舒？」（清吳菘《論陶》）前人評論說：「時宋公（指劉裕）代晉之勢將成，羊往稱賀，公（指淵明）心實傷，詩以送行，卻有諷其勿阿附意。」（清張蔭嘉《古詩賞析‧卷一三》）「此詩是說羊長史不當往，而不可明言，託商山以見意，故曰『言盡意不舒』。」（清方宗誠《陶詩真詮》）

全詩憂時傷事，含而不露，伊鬱隱迷，言有盡而意無窮，深得〈小雅〉怨誹而不亂之旨，被方東樹稱為陶詩「冠卷」之作（《昭昧詹言‧卷四》）。

歲暮和張常侍❶

【題　解】這是詩人寫給張常侍的一首酬答詩，約作於晉安帝義熙十四年（西元四一八年）十二月。詩人時年五十四歲。這時劉裕行將篡晉，詩人憂世傷時，不勝感慨。

市朝❷悽舊人❸，驟驥❹感悲泉❺。明旦❻非今日，歲暮余何言❼！素顏❽斂光潤❾，白髮一❿已繁。闊⓫哉秦穆談⓬，旅力⓭豈未愆⓮？向夕⓯長風⓰起，寒雲沒⓱西山。厲厲⓲氣⓳遂嚴⓴，紛紛飛鳥還。民生㉑鮮㉒常在，矧㉓伊㉔愁苦纏！屢闕㉕清酤㉖至，無以㉗樂當年㉘。窮通㉙靡攸慮㉚，顦顇㉛由化遷㉜。撫己㉝有深懷㉞，履運㉟增慨然㊱！

【注釋】❶張常侍　指張野，是淵明的鄉親，白蓮社的重要成員。據《蓮社高賢傳・張野傳》，張野，字萊民，居潯陽柴桑。善屬文，性孝友。田宅悉推與弟，一味之甘，與九族共。徵其為散騎常侍，不就。後入廬山，依慧遠法師，自稱是門人，義熙十四年（西元四一八年）卒，年六十九。《蓮社高賢傳・慧遠法師傳》直稱「常侍張野」。一說張常侍乃指張野的族子張詮，詳見陶澍注。❷市朝　謂京都。《華陽國志》：「京師，天下之市朝也。」❸悽舊人　言因舊人而悽涼。舊人，陳舊的人，與「新人」相對而言，疑此指晉安帝司馬德宗。據《晉書・安帝紀》，義熙十四年十二月，劉裕密使王韶之縊死晉安帝而立晉恭帝。❹驟驥　快馬，比喻時光易逝。《莊子・知北遊》：「人生天地之間，若白駒之過隙，忽然而已。」❺感悲泉　言日暮而生感。悲泉，太陽經過的一個地方。《淮南子・天文》說：日「至于（到達）悲泉，爰止其女，爰息其馬，是謂縣車。至于虞淵，是謂黃昏。」可見太陽到悲泉的時候已接近黃昏，已是日暮了。❻明旦　明天日出。❼余何言　我還有何話可說。此句說明詩人心中有難言之隱，非一般因歲暮而生感。❽素顏　面顏蒼白。❾斂光潤　缺少光澤，形容枯槁。斂，收斂；缺乏。❿一　句中助詞，無義。⓫闊　迂闊；不切實際。⓬秦穆談　秦穆公的談話。《尚書・周書・秦誓》記載秦穆公的話說：「番番（音鄱，白髮蒼蒼的樣子）良士，旅力既愆，我尚有之。」⓭旅力　同「膂力」。筋力；體力。膂，脊梁骨。⓮豈未愆　哪裡沒有喪失。意即已經喪失。秦穆公說他尚有膂力，那是不切實際，所以詩人說他迂闊，並反言相問。愆，喪失。⓯向夕　接近太陽落山。⓰長風　遠風。⓱沒　淹沒；覆蓋。⓲厲厲　一作「冽冽」，寒氣襲人的樣子。⓳氣　寒氣。⓴嚴　寒氣凜烈。㉑民生　人生。㉒鮮　少。㉓矧　況且。㉔伊　此。㉕闕　同「缺」。㉖清酤　清酒。語出《詩經・商頌・烈祖》：「既載清酤。」酤，一個晚上釀成的酒。㉗無以　無從；無法。㉘當年　本年；眼下這年。㉙窮通　窮困和通達。㉚靡攸慮　無所慮；不以為懷。㉛顦顇　同「憔悴」。㉜由化遷　聽任自然變化。化，指由生到死的自然變化。《列子・天瑞》：「人自生至終，大化有四：嬰孩也，少壯也，老耄也，死亡也。」㉝撫己　捫心自思。㉞深懷　深情；深感。㉟履運　歷此時運；經此時難。㊱增慨然　倍增感慨。然，語末助詞。

【語　譯】市朝變幻悲舊人，光陰飛逝歎黃昏。明日天亮非今日，歲暮來到我何言！蒼白顏面無光澤，蓬亂白髮已紛繁。秦穆所言多迂闊，體力豈是未衰減？夕陽西下長風起，滿天寒雲罩西山。凜凜北風寒氣重，紛紛歸鳥相與還。人生少有春常在，何況愁苦把人纏！多次缺少酒一杯，無從為歡度暮年。窮困通達非所慮，面目枯黃聽自然。捫心自思發深情，歷此時運慨萬千。

【賞　析】劉履說：「義熙十四年十二月，宋公劉裕弒安帝於東堂而立恭帝，靖節和此歲暮詩，蓋亦適當其時，而寄此意焉。」（《選詩補註・卷五》）平心而論，這種推測是可信的。詩中有「市朝悽舊人」一句，其中「市朝」一詞，當不是一般的眾人聚集的地方，而是指京都。《華陽國志》說：「京師，天下之市朝也。」在晉詩中，「市朝」也常指京都，陸機〈贈潘尼詩〉：「舍彼玄冕，襲此雲冠。遺情市朝，永志丘園。」〈門有車馬客行〉：「市朝互遷易，城闕或丘荒。」郝立權注：

「市朝城闕，皆指吳故都而言。」孫綽〈秋日詩〉：「垂綸在林野，交情遠市朝。澹然古懷心，濠上豈伊遙。」「市朝」也是指京都。淵明〈感士不遇賦·序〉：「閭閻懈廉退之節，市朝驅易進之心。」「市朝」與「閭閻」對舉，毫無疑問，指的同樣是京都朝廷。詩人為京都的「舊人」感到悽涼，而且緊接「驟驥感悲泉」一句，流露出日近黃昏的傷感情緒，說詩人是隱指晉安帝被弒、晉室行將滅亡，是言之成理的。何孟春引〈古北門行〉（《文選·卷二八·陸機樂府十七首》李善注引作〈古出夏門行〉）「市朝易人」句為之作注，我們認為是很有見地的。三四句「明旦非今日，歲暮余何言」當不是一般的歲暮生感，歎惜時光流逝，而是指改朝換代迫在眉睫，否則便不可能說出「余何言」那樣悲痛憤慨的話來。

全詩憂世傷時，緊扣一個「暮」字，將晉室的暮途、四時的暮歲、人生的暮年融為一體，彌漫著日暮途窮、人間何世的悲涼情緒以及想自我解脫而又不可能的痛苦心情，憤激之情雖可想見，而詞氣仍復含蓄，是陶詩中的佳作。

和胡西曹[1]示[2]顧賊曹[3]

【題　解】這是詩人酬答胡西曹並給顧賊曹閱覽的一首詩。前半首寫仲夏和風細雨的景色，後半首寫睹物生感，盛年難得，盛時難再的概歎。

蕤賓④五月中，清朝⑤起南颸⑥。不駛⑦亦不遲⑧，飄飄吹我衣。重雲蔽白日⑨，閑雨⑩紛微微。流目⑪視西園⑫，曄曄⑬榮⑭紫葵⑮。於今甚可愛，奈何⑯當⑰復衰⑱。感物⑲願及時，每恨⑳靡所揮㉑。悠悠㉒待秋稼㉓，寥落㉔將賒遲㉕。逸想㉖不可淹㉗，猖狂㉘獨長悲。

【注釋】❶胡西曹　姓胡的西曹官，事跡不詳。西曹，官名。據《宋書・百官志下》，西曹是州郡中的官，主管吏及選舉事，相當於漢朝州中所設的功曹書佐。❷示　給人看。❸顧賊曹　姓顧的賊曹官，事跡不詳。賊曹，也是州郡中的官，主管治理盜賊之事。❹蕤賓　五月的別稱。蕤賓本為古代音樂的十二律之一。《呂氏春秋・音律》開始將十二律黃鐘、大呂、太蔟、夾鐘、姑洗、仲呂、蕤賓、林鐘、夷則、南呂、無射、應鐘，和曆法中的十二月相配，從十一月開始，分屬於不同的月份，所謂「仲冬日短至，則生黃鐘；季冬生大呂；孟春生太蔟；仲春生夾鐘；季春生姑洗；孟夏生仲呂；仲夏日長至，則生蕤賓；季夏生林鐘；孟秋生夷則；仲秋生南呂；季秋生無射；孟冬生應鐘」。《禮記・月令》：「仲夏之月，……律中蕤賓。」就是說五月和十二律中的蕤賓相合。❺清朝　清晨。❻南颸　南風。颸，涼風。❼駛　急；快。❽遲　緩；慢。❾重雲句　語本〈古詩十九首〉：「浮雲蔽白日。」改「浮雲」為「重雲」，意為雲層厚。❿閑雨　細雨。⓫流目　遊目；隨意觀望。⓬西園　西邊的園地。⓭曄曄　長得活鮮鮮的樣子。⓮榮　繁茂。⓯紫葵　紫色的葵菜。⓰奈何　如何；怎麼。⓱當《經傳釋詞・卷六》：「當，猶『將』也。」⓲衰　衰敗；枯黃。⓳感物　因物生感。⓴恨　憾；引以為憾。㉑靡所揮　無酒可飲。揮，揮觴飲酒。陶詩中常用「揮」字描寫飲酒動作，如〈時運〉：「揮茲一觴。」〈還舊居〉：「一觴聊可揮。」〈雜詩〉：「揮杯勸孤影。」㉒悠悠　長久。㉓秋稼　秋天禾粒成熟。《詩經・豳風・

七月》：「十月納禾稼。」朱熹《集傳》：「禾之秀實而在野者曰稼。」㉔寥落　寂寥落寞。㉕賒遲　遲緩；遲慢。承上指未及時為樂而言。㉖逸想　與眾不同的奇想。㉗淹　留；止。㉘猖狂　情緒激動，形容神志處於失控狀態。

【語　譯】正值仲夏五月中，清涼早晨南風起。既不快來也不慢，飄飄吹拂我裳衣。濃雲密佈遮白日，紛紛濛濛下細雨。隨意觀望我西園，欣欣向榮紫色葵。現在委實很可愛，無奈不久將枯萎。因物生感及時樂，常憾杯中無酒揮。日長月久等秋收，寂寥落寞等何及。奇想如潮不可留，神態失常長獨悲。

【賞　析】這首詩的寫作年代難以確定。詩中說：「感物願及時，每恨靡所揮。」今人以此為依據，有說從中看出淵明尚欲及時有為，必作於乙巳（西元四〇五年）歸田以前；或說從中可知淵明常無酒可飲，而王弘送酒給他是在義熙十四年（西元四一八年），詩亦當是該年所作。以上二說，證據尚欠充分，難以定論。

詩的前六句寫仲夏和風細雨景色，質樸自然，頗有韻味。以下寫遊目觀葵，睹物生感，顯然是受了樂府詩〈相和歌辭·長歌行〉的影響。樂府古辭云：「青青園中葵，朝露待日晞。陽春布德澤，萬物生光輝。常恐秋節至，焜黃華葉衰。百川東到海，何時復西歸？少壯不努力，老大徒傷悲！」《樂府解題》說：「古辭云『青青園中葵，朝露待日晞』，言芳華不久，當努力為樂，無至老大乃傷悲也。」詩人「感物願及時」，看來不是想及時有所作為，而是想及時飲酒為樂，遺憾的是無酒可飲；想等到秋收以後再用糧製酒，但遠水不救近火，無補眼前對酒的飢渴。想到這一切，詩人怎能不獨自長悲呢！

悲從弟❶仲德❷

【題解】這是詩人悼念他的堂弟的一首詩，極言堂弟死後其家中的淒涼情狀和自己的悲痛情懷，情真意切，不忍卒讀。

銜哀❸過❹舊宅❺，悲淚應心零❻。借問❼為誰悲？懷人❽在九冥❾。
禮服名群從❿，恩愛若同生⓫。門前執手時⓬，何意⓭爾⓮先傾⓯。在數⓰竟⓱未免⓲，為山不及成⓳。慈母沉哀疚⓴，二胤㉑纔數齡。雙位㉒委㉓空館㉔，朝夕無哭聲㉕。流塵㉖集㉗虛坐㉘，宿草㉙旅㉚前庭㉛。階除㉜曠遊迹㉝，園林獨餘情。翳然㉞乘化去㉟，終天㊱不復形㊲。遲遲㊳將回步㊴，惻惻㊵悲襟盈㊶。

【注釋】❶從弟　即堂弟。❷仲德　蘇寫本作「敬德」，事跡不詳。❸銜哀　含悲。❹過　過訪；探望。❺舊宅　指仲德的舊居。❻應心零　隨著哀心而落。語本〈古詩為焦仲卿作〉「零淚應聲落」而有所變化。應，應和；

隨著。零，落。❼借問　假設的問語。❽懷人　語出《詩經・周南・卷耳》：「嗟我懷人。」指所懷念的人。❾九冥　九泉；地下。冥，暗。❿禮服句　意在說明和仲德是堂兄弟的關係。禮服，喪禮之服。我國古代因宗族關係的遠近親疏不同，所穿的喪服也有差別，從不同的喪服中可以看出不同的宗族關係，這裡的「禮服」實際是指宗族關係。名，動詞，「稱說」的意思。群從，「群從昆弟」的簡稱，意即「從弟」。《晉書・阮籍傳》附〈阮咸傳〉：「群從昆弟，莫不以放達為行，籍弗之許。」⓫同生　同胞兄弟。⓬門前句　指詩人從前在門外與仲德握手話別時。⓭意　意想；料想。⓮爾　你，指仲德。⓯先傾　猶「先亡」。傾，倒下。⓰數　天數；命數。⓱竟　終於。⓲未免　未免一死。⓳為山句　意為建業功虧一簣。《論語・子罕》：「子曰：『譬如為山，未成一簣。』」為山，堆土成山，比喻進德修業。一簣，一筐土。⓴疚　心痛。㉑二亂　二子。亂，子嗣。㉒雙位　指仲德夫婦的靈位。㉓委　放置；設置。㉔空館　空房。㉕朝夕句　意為無人憑弔。㉖流塵　浮塵。㉗集　聚集；停落。㉘虛坐　空座。坐，通「座」。《禮記・曲禮上》有所謂「虛坐盡後，食坐盡前」的說法，「食座」是用來進食的座位，「虛座」不是用來進食的座位。㉙宿草　隔年的草。《禮記・檀弓上》有所謂「朋友之墓，有宿草而不哭」的說法，指的是墓上的隔年草，和這裡說的庭前隔年草不同。㉚旅　寄生；野生。㉛前庭　即庭前。㉜除　臺階。㉝曠遊迹　無遊蹤。曠，空；無。㉞翳然　暗暗地；默默地。㉟乘化去　順著由生到死的自然變化而去世。㊱終天　永久。《文選・卷五七・潘安仁哀永逝文》：「邈終天兮不反！」李善注：「今云終天不反，長逝之辭。」㊲形　形體；形影。㊳遲遲　行步緩慢。㊴將回步　將往回走。黃文煥《陶詩析義・卷二》：「從『將回步』言之，轉身揮涕，不堪久立。」㊵惻惻　悲痛貌。黃文煥《陶詩析義・卷二》：「從『遲遲』言之，凝眸筋軟，不能遽行。」㊶襟盈　滿懷。襟，胸襟；襟懷。

【語　譯】含悲過訪舊宅居，傷心眼淚流不停。若問悲傷為哪個？所思乃是九泉人。宗親關係堂兄弟，恩愛勝似胞弟兄。回想門前握別時，豈料你會先喪命。在劫難逃終不免，進德修業功未成。

慈母沉痛心哀傷，二子才是小年齡。夫妻牌位立空房，朝朝夕夕無哭聲。浮塵落在空座上，隔年野草滿前庭。臺階空曠少人跡，園林依舊獨多情。隨著物化悄然去，永遠不再見形影。步履遲緩將回去，心中悲痛淚滿襟。

【賞析】這首詩的寫作時間難以確定。今人或將詩中的「過舊宅」和詩人的〈還舊居〉詩聯繫起來，認為二詩作於同一時期，為義熙十三年（西元四一七年）之作。由於仲德的「舊宅」和詩人的「舊居」是否同一房舍？詩人是否只還舊居一次？均無從證明，只好存疑。

詩為悼念堂弟仲德而作，突出了一個「悲」字。詩人親如手足的堂弟功敗垂成，不幸先逝，留下了年老的慈母和兩個才幾歲大的孤兒，守著空蕩蕩的舊宅，只有靈位立於館中，浮塵落在座上，野草生於庭院，如此傷心慘目的淒涼環境，正好烘托出了詩人的悲痛情懷。詩以「銜哀過舊宅，悲淚應心零」開始，以「遲遲將回步，惻惻悲襟盈」結束，「情往會悲，文來引泣」（《文心雕龍・哀弔》），真切感人。

卷三　詩五言

始作❶鎮軍❷參軍❸經曲阿❹

【題解】這是詩人出任鎮軍將軍劉裕的參軍途經曲阿的時候所寫的一首詩，生動地記述了他身在仕途、心念山澤的真實情懷。

弱齡❺寄事外❻，委懷❼在琴書。被褐❽欣自得❾，屢空❿常晏如⓫。
時⓬來苟⓭冥會⓮，婉孌憩通衢⓯。投策⓰命⓱晨裝⓲，暫與園田疏。眇眇⓳
孤舟逝⓴，綿綿㉑歸思㉒紆㉓。我行豈不遙？登陟㉔千里餘。目倦川塗異㉕，
心念山澤居㉖。望雲慚高鳥㉗，臨水愧游魚㉘。真想初在襟，誰謂形迹

拘㉙！聊且㉚憑㉛化遷㉜，終返班生廬㉝。

【注釋】❶始作　始任官職。淵明出任鎮軍參軍之次年，還出任建威將軍參軍，故言「始作」。❷鎮軍　鎮軍將軍，指劉裕。《晉書・安帝紀》載元興三年（西元四〇四年）三月壬戌日「司徒王謐推劉裕行鎮軍將軍、徐州刺史、都督揚、徐、兗、豫、青、冀、幽、并八州諸軍事」。❸參軍　官名。❹曲阿　縣名，在今江蘇丹陽，距京口不遠。《宋書・州郡志一》說本名雲陽，晉武帝太康二年復稱曲阿。❺弱齡　年輕時期。弱，《禮記・曲禮上》：「二十曰弱，冠。」❻寄事外　託身世事之外，即不關心人間事務。❼委懷　將心志置於。委，置。懷，胸懷；心志。❽被褐　披上粗麻布衣。典出《老子・七〇章》：「是以聖人被褐懷玉。」被，通「披」。❾自得　自適；自以為得意。❿屢空　食器屢次空乏，缺少食物。典出《論語・先進》：「回（顏回）也……屢空。」又〈五柳先生傳〉：「短褐穿結，簞瓢屢空，晏如也。」⓫晏如　安然；心平氣和的樣子。⓬時　時機；時運。⓭苟　暫且。⓮冥會　暗合；不求而合。晉王胡之〈贈庾翼〉：「友以淡合，理隨道泰。余與夫子，自然冥會。」又梁王筠〈與東陽盛法師書〉：「庶心期冥會，咫尺江山。」按，如〈歸去來兮辭・序〉所言，淵明為生活所迫，主觀上有出仕的願望；而客觀上又有出仕的機會。二者不謀而合，不期而至，故曰「冥會」。⓯婉孌句　用駕車緩行，息於通途，比喻投身仕途。婉孌，少好貌。典出《詩經・齊風・甫田》：「婉兮孌兮，總角丱兮。」淵明寫此詩時已四十歲，不應用「婉孌」一詞形容自己，「婉孌」當依《文選・卷二六》作「宛轡」。宛，屈。轡，馬韁繩。憩，休息。通衢，四通八達的十字路口，比喻仕途。⓰投策　棄杖。⓱命　令；叫。⓲晨裝　早晨整裝出發。⓳眇眇　遙遠的樣子。⓴孤舟逝　言乘孤舟前往。逝，往。㉑綿綿　不斷思念的樣子。㉒歸思　歸家的思緒。㉓紆　紆結；難以釋懷。㉔登陟　當依《文選・卷二六》作「登降」，意為上山下山。由此可知詩人這次出仕先水行、後陸行。㉕目倦句　意為看厭了沿途的奇異風光。塗，同「途」。㉖心念句　意為心裡常常想著隱居。仲長統《昌言》：「聞上古之隱士，或夫負妻戴，以入山澤。」「山澤居」指隱居。㉗望雲句　意為望著雲中高飛的鳥而感到慚愧。慚，同「慚」。㉘臨水句　意為俯視水中的游魚而感到羞愧。㉙真想二句　意為純真自然的思想本在心中，誰說為形體所拘呢。真想，自然而不虛偽的想法。真，自然。《莊子・漁父》：「真者，所以受於天也，自然而不可易也。」「真」與「偽」相對，〈感士不遇賦・序〉：「真風告逝，大偽斯興。」初，本。襟，胸襟；襟懷。形迹拘，即〈歸去來兮辭〉中所說的「心為形役」。心，精神；思想。形迹，肉體；軀體。軀體需要供養，為了養家糊口，違背自己的本性而去做官，便是心為形跡所拘。㉚聊且　暫且。㉛憑任憑；任從。㉜化遷　自然的變化遷移。㉝班生廬　班固的廬舍。《文選・卷一四》載班固〈幽通賦〉稱其父「終保己而貽則（留下法則）兮，里上仁之所廬」，要擇仁里而居。按，這裡是指淵明自己的草廬。

【語　譯】年輕寄情人事外，心思放在琴和書。身著粗衣喜自得，經常缺食心坦舒。時機來到巧暗合，鬆韁遛馬歇通途。棄杖晨裝令起程，暫與園田相遠疏。前程迢迢孤舟往，歸思綿綿意不舒。我的行程豈不遠？跋山涉水千里餘。沿途奇景已看厭，心中總念山澤居。仰望高鳥自羞慚，俯視游魚心愧怍。淳真思想本未忘，誰說我心被形役！暫隨時化任自然，終當回到班生廬。

【賞　析】據《晉書・安帝紀》記載，元興二年（西元四〇三年），大將軍桓玄篡位，晉安帝出走到潯陽。次年二月劉裕等起兵討伐桓玄，攻入建康。三月，司徒王謐推劉裕行鎮軍將軍、徐州刺史、都督八州諸軍事。五月，桓玄被斬於貊盤洲。淵明當是在劉裕行鎮軍將軍以後才任參軍。途中經過曲阿的時候，寫下了這首詩。時年四十歲。

詩前四句寫自己早年忘懷世事、甘於貧賤的志趣，「時來」四句寫因偶然的機會暫別園田去出仕，「眇眇」以下八句寫出仕途中歸思綿綿，自愧身不由己、無鳥魚之樂的複雜心情，最後四句寫自己並未放棄理想，不願心為形役，終究要回去隱居。假隱士是身在江湖、心存魏闕，而淵明雖為生活所迫去出仕，卻「遙遙從羈役，一心處兩端」（〈雜詩．九〉），「始作參軍，便有終返故廬之志」（溫汝能《陶詩彙評．卷三》），身在仕途，心念山澤，的確是一位難得的真隱士。

詩中頗多佳句，如「眇眇孤舟逝，綿綿歸思紆」、「目倦川塗異，心念山澤居。望雲慚高鳥，臨水愧游魚」，對仗工整，用詞準確，深刻地表現了詩人出仕途中的複雜心情，饒有餘味。

庚子歲❶五月中從都❷還阻風於規林❸二首

【題解】庚子年（晉安帝隆安四年，西元四〇〇年），淵明因公務出差到京都建康（今南京市）。五月中旬從建康返回原地，將路過潯陽，打算順道回家探親，遇大風受阻在規林，寫下了這兩首詩，記述了當時的心情。前一首偏重在思念親人，後一首偏重在思念退隱。淵明時年三十六歲。

其一

行行❹循❺歸路，計日❻望舊居。一欣侍溫顏❼，再喜見友于❽。鼓棹❾路崎曲❿，指景限西隅⓫。江山豈不險？歸子⓬念前塗⓭。凱風負我心⓮，戢枻⓯守窮湖⓰。高莽⓱眇⓲無界，夏木獨森疏⓳。誰言客舟⓴遠？

近瞻百里餘。延目㉑識南嶺㉒，空歎將焉如㉓！

【注釋】❶庚子歲　庚子年，這是用甲子紀年法記年。在陶集中凡是用甲子紀年法記年的詩都編在第三卷。❷都　京都，指建康。❸阻風於規林　在規林因風所阻。規林，龔斌《陶淵明集校箋》注：「古地名，在今安徽宿松縣境內。《宿松縣志》卷末『補遺』：『規林，後為規林司，今歸林灘，廢司，故址縣南一百里外，屬歸林莊，晉彭澤宰陶潛遺跡在。』」❹行行　行呀行呀。語出〈古詩十九首〉：「行行重行行。」❺循　沿；順。❻計日　計算日期。❼侍溫顏　服侍慈母。侍，服侍；伺候。溫顏，溫和慈祥的面顏。淵明此前寫作的〈命子〉詩已稱父親為「仁考」，父死稱「考」，可見此前淵明的父親已去世，這裡的「溫顏」不可能是稱他的父親。❽友于　「兄弟」的代稱。典出《尚書・周書・君陳》：「惟孝友于兄弟。」❾鼓棹　動槳划船。棹，一種短的划船工具。❿崎曲　水路彎曲的樣子。⓫指景句　意為每天眼見日薄西山才停船休息。指景，指日。指，指顧。景，同「影」。日影。限，阻；滯留。西隅，西方。繁欽〈與魏太子書〉：「日在西隅，涼風拂衽。」⓬歸子　返鄉的人，作者自指。⓭念前塗　思念回家的路程。塗，同「途」。⓮凱風句　言詩人急於回家省親，而為南風所阻，故言風負我心。凱風，南風。規林在潯陽北一百餘里，詩人返鄉，從水路由北南行，為南風所阻。負，違背。我心，我急於省親之心。⓯戢枻　收起船槳，停船避風。戢，收藏。枻，短槳。⓰守窮湖　困守在偏僻的湖上。窮湖，規林在安徽宿松縣南，所言窮湖，當在其地。⓱高莽　長得高密的草。莽，草莽。⓲眇　遠。⓳夏木句　言大樹長得茂盛。森疏，高大茂盛的樣子。⓴客舟　歸客所乘的船。㉑延目　騁目；放眼。㉒南嶺　指廬山南側的一高嶺。淵明家在廬山山麓。㉓焉如　如何南渡。典出《楚辭・九章・哀郢》：「淼南渡之焉如！」如，往，此指南渡回家。

【語譯】順著歸路行呀行，計算日程望故居。一喜有幸陪慈母，二喜能夠見兄弟。船夫搖槳路彎曲，夕陽西下方休息。哪是江山不危險？客子一心想回去。南風辜負我心願，收槳避風困湖裡。草莽高密渺無邊，大樹扶疏參天際。誰說歸舟離家遠？近看只有百餘里。放眼遠望見廬山，如何南渡空歎息！

【賞　析】詩的前八句寫詩人歸心似箭，一路行船不停，計日望家，不避艱險，奔向故里，沉浸在將與家人團聚的喜悅之中。「凱風」四句寫因風所阻，困守湖中，唯見野草無邊，夏木森疏，四顧茫茫，此時此地詩人內心的憂愁痛苦，讀者可想而知。末了四句寫離家其實已經不遠，縱目遠望，廬山南嶺依稀可見，只是大風阻道，有船難以航行，近似咫尺天涯，可望而不可及，只有空歎而已。全詩由喜及憂，前喜後憂，形成了鮮明的對比，這情緒上的重大反差，充分表達了詩人思親的急切心情。

其　二

自古歎行役❶，我今始知之。山川一何❷曠，巽坎❸難與期❹。崩浪❺聒❻天響，長風無息時。久游戀所生❼，如何淹❽在茲？靜念❾園林❿好，人間良⓫可辭。當年⓬詎⓭有幾？縱心復何疑⓮！

【注　釋】❶自古句　典出《詩經・魏風・陟岵》：「嗟！予子行役，夙夜無已。」歎，嗟歎。行役，遠行服役，即出差。按，從這句詩可見淵明這次到京都建康是因公出差。❷一何　何等；多麼。❸巽坎　《周易》中的二卦名，分別代表風和水。〈說卦・第十一章〉：「巽，……為風」，「坎為水。」❹期　預期；預料。❺崩浪　驚濤駭浪。郭璞〈江賦〉：「駭崩浪而相礧。」五臣注：「礧，擊也，……浪驚崩則相擊。」又《水經注・河水》：「其水尚崩浪萬尋，懸流千丈。」可見「崩浪」乃指浪高崩流而下。❻聒　喧擾；聲音嘈雜。❼久游句　言宦遊久了便留戀故鄉。游，通「遊」。指宦遊，即在外做官。所生，所生之地，指故鄉。樂府古辭〈長歌行〉：「遠望使心思，遊子戀所生。」❽淹　久。❾靜念　靜想。❿園林　田園山水。⓫良　確實。⓬當年　壯年。⓭詎　《廣韻》：「豈也。」⓮縱心句　與〈歸去來兮辭〉「樂夫天命復奚疑」意同。縱心，放任心志，聽其自然。

【語　譯】自古嗟歎出差苦，時至今日我方知。大地山川多遼闊，風大水漲難知之。驚濤駭浪震天響，大風無有停息時。久遊異地思故鄉，哪能長久留在此？靜靜思量園林好，仕途確實該告辭。人生壯年能幾時？放任心志不疑遲！

【賞　析】詩一開始就說自古以來人們便嗟歎行役之苦，今天自己也有了切身的感受。接著便具體描述了詩人親自經歷的山川遼闊、路途遙遠、巨浪震天、狂風肆虐的險狀，使人對行役之苦有身歷其境之感。行役的艱險引發了詩人對故鄉園林的熱愛：「靜念園林好，人間良可辭。」當然園林也屬於「人間」，不過詩人所說的「人間」，是特指官場朝市，而非泛指人世。黃文煥說：「園林何嘗非人間，然較之朝市，則天上也，非人間也。」（《陶詩析義・卷三》）這平淡的詩句，正透露出詩人對官場生涯的厭惡之情。末二句「當年詎有幾？縱心復何疑！」是詩人發出的感慨。人生幾何，盛年不再，何不放任心志，不求聞達，樂天知命，了此一生呢！這正是詩人「少無適俗韻，性本愛丘山」的人生理想的寫照。

辛丑歲七月赴假❶還江陵❷夜行塗口❸

【題解】辛丑年（晉安帝隆安五年，西元四〇一年）七月，淵明從潯陽家中回江陵任所赴職銷假，夜晚在旅途中寫下了這首詩，表現了他留戀田園、厭惡仕宦生活的意願。時年三十七歲。

閑居三十載，遂❹與塵事❺冥❻。《詩》《書》敦宿好❼，林園無俗情❽。
如何❾捨此去❿，遙遙至南荊⓫！叩枻⓬新秋⓭月，臨流⓮別友生⓯。涼風
起將夕⓰，夜景湛⓱虛明⓲。昭昭⓳天宇⓴闊，皛皛㉑川上㉒平。懷役㉓不
遑寐㉔，中宵㉕尚孤征㉖。商歌㉗非吾事，依依㉘在耦耕㉙。投冠㉚旋㉛舊
墟㉜，不為好爵縈㉝。養真㉞衡茅㉟下，庶㊱以㊲善自名㊳。

【注釋】❶赴假　赴職銷假。當是此前淵明在任所江陵請假回鄉，假滿後赴職銷假。❷還江陵　返回江陵任所。當時淵明在荊州刺史桓玄幕府中任職。江陵是當時荊州的鎮地，在今湖北江陵。❸塗口　各本均作「塗中」，依《文選・卷二六》及《藝文類聚・卷二七・行旅》當作「塗口」，地名，在今湖北省境內。李善注《文選》引《江圖》：「自沙陽縣下流一百一十里，至赤圻；赤圻二十里，至塗口也。」據《晉書・地理志下》沙陽縣屬

武昌郡。《輿地紀勝・卷六六・鄂州塗口下》注：「在江夏南，水路五十里，一名金口，陶潛有塗口詩。」❹遂　於是。❺塵事　塵俗之事。❻冥　冥隔。❼詩書句　疑為「宿好敦《詩》《書》」的倒裝。宿好，往日的愛好。宿，宿昔。敦詩書，重視《詩》和《書》。敦，厚重；重視。詩，指《詩經》。書，指《尚書》。典出《左傳・僖公二十七年》：郤縠「說（悅）禮樂而敦詩書。詩書，義之府也；禮樂，德之則也」。❽俗情　世俗之情。❾如何　奈何；為何。《公羊傳・昭公十二年》何休注：「如，猶奈也。」❿捨此去　指捨棄林園而去。⓫南荊　指江陵。晉時稱楚故都所在地江陵為南荊，陸機〈演連珠〉：「南荊有寡和之歌」，說的就是楚國的郢都有和者甚寡的〈陽春白雪〉之歌。參見宋玉〈對楚王問〉。江陵為楚國郢都所在地，當時淵明任職於此。《文選》作「西荊」。李善注：「西荊州也。時京師在東，故謂荊州為西也。」⓬叩枻　敲擊船舷。⓭新秋　初秋。⓮臨流　到水邊。⓯友生　典出《詩經・小雅・棠棣》：「雖有兄弟，不如友生。」意為朋友。⓰夕　日暮。⓱湛　清澈。⓲虛明　空明；清澈澄明。⓳昭昭　光明的樣子。⓴天宇　天空。四方上下謂之宇。㉑皛皛　光明皎潔的樣子。㉒川上　江上。㉓懷役　顧及行役；想到當差的事。㉔不遑寐　無暇安睡。語本《詩經・小雅・小弁》：「不遑假寐。」遑，暇。寐，睡著。㉕中宵　中夜；半夜。㉖孤征　獨自遠行。㉗商歌　指自薦求仕之歌。據《呂氏春秋・舉難》、《淮南子・道應》記載，春秋時的寧戚想見齊桓公而無路，便做了商賈旅人，趕著載有貨物的車到齊國去做行商，天晚了寄宿在城外，恰好齊桓公到郊外迎接客人，寧戚在車下喂牛，遠望齊桓公，自感悲傷，便叩擊牛角大聲唱起商歌來。齊桓公聽見了，覺得寧戚不是一個平常人，便讓後面的隨從車輛將寧戚載回，賜給他衣冠。寧戚便向齊桓公講了治理境內和天下的道理。這便是屈原〈離騷〉所說的「寧戚之謳歌兮，齊桓聞以該（意為備）輔」的故事。淵明用此典說明不想自薦以求個一官半職。㉘依依　留戀的樣子。㉙耦耕　兩人合耕，指做避世的隱者。典出《論語・微子》：「長沮、桀溺耦而耕。」長沮、桀溺是春秋時的隱士。㉚投冠　投棄官帽；棄官。㉛旋　回。㉜舊墟　舊時田園。〈歸園田居〉有云：「曖曖遠人村，依依墟里煙。」㉝不為句　言不被高官厚祿所纏繞。即不像孔稚珪〈北山移文〉所譏諷的周顒那樣：「雖假容於江皋，乃纓情於好爵。」好爵，指好的爵祿，典出《周易・中孚・九二》：「我有好爵，吾與爾靡（散，指分而享之）之。」❸❹養真　修養自然的本性。真，與「偽」相對，自然形成，非人力所為。《莊子・漁父》：「真者，所以受於天也，自然不可易也。故聖人法天貴真（效法天然，重視真），不拘於俗。愚者反此，不能法天而恤於人（憂於人事），不知貴真，祿祿而受變於俗（受世俗影響而改變自然本性）。」曹植〈辯問〉：「君子隱居以養真也。」❸❺衡茅　指橫木為門、以茅草蓋頂的簡陋住房。❸❻庶　庶幾；差不多。❸❼以　以之；用此。❸❽善自名　保全自己的好名聲。

【語　譯】閑居家中三十年，便與世事不關心。素愛《詩》《書》今更愛，還喜林園無俗情。為何離開林園去，千里迢迢到江陵！初秋月下叩船舷，大江邊上別友人。天色將晚涼風起，月夜空明好澄清。明亮天空真廣闊，皎潔江面多平靜。心念行役無暇睡，半夜三更還獨行。商歌求仕非我事，依依不捨在並耕。掛冠而去返舊居，不為厚祿纏我心。修真養性茅屋下，但願保持好名聲。

【賞　析】這是詩人赴假途中、夜行塗口所寫的一首紀行抒懷詩。開篇六句從回憶往事著筆，寫三十年來閑居在家，與世隔絕，讀《詩》《書》，戀林園，了無俗情，何等閑適，何等愜意！後來詩人二十九歲時因為親老家貧，不得已離開了心愛的田園，出任江州祭酒，數年以後，甚至還前往江陵做了荊州刺史桓玄的幕僚。這對於「質性自然，非矯勵所得；飢凍雖切，違己交病」的他，內心的痛苦可想而知。「如何捨此去，遙遙至南荊」二句正是詩人此種心情的真實寫照。他是在自悔何苦離開那超塵絕俗的田園，千里迢迢，去江陵任職啊！

以下八句寫赴江陵途中的所見所感，寫景抒情，俱是妙筆。初秋新月，薄暮涼風，天空明亮，江面皎潔，江天寥廓，清輝撒滿大地，如此清澈空明的夜景，渲染了一種空寂淒清的氛圍，融情入景，景情相生，烘托了詩人臨流別友、中宵孤征的淒涼心境以及為生活所迫不得不違背自己的心願前去赴假的哀愁。

篇末六句直抒胸臆，表明自己不願像寧戚一樣商歌求仕，貪求爵祿，決心棄官返鄉，效法長沮、桀溺，並耕於原野，隱居養真於茅屋之下，潔身自好，顯示出詩人的高貴品質。

癸卯❶歲始春❷懷古田舍❸二首

【題解】這是詩人癸卯年（西元四〇三年）春初在田舍所寫的懷古言志之作。所懷念的古人，有孔子、顏回那樣的聖賢，也有長沮、桀溺、荷蓧丈人那樣的隱士。他認為聖賢提倡的「憂道不憂貧」高不可攀，而想同隱士一樣躬耕南畝，在勞動中尋找生活樂趣。詩人時年三十九歲。

其一

在昔聞南畝❹，當年❺竟未踐❻。屢空既有人，春興豈自免❼？夙晨❽
裝吾駕❾，啟塗❿情已緬⓫。鳥哢⓬歡新節⓭，冷風送餘善⓮。寒竹⓯被⓰
荒蹊⓱，地為罕人遠⓲。是以⓳植杖翁⓴，悠然㉑不復返㉒。即理愧通識㉓，
所保詎乃淺㉔？

【注　釋】❶癸卯　即晉安帝元興元年，西元四〇三年。❷始春　初春。❸懷古田舍　陶澍《靖節先生年譜攷異・上》：「古人文簡語倒，當是于田舍中懷古也。」有以「古田舍」為讀，說是指詩人的舊居，非是。田舍，田間房舍，詩人在潯陽家中的住房。晉安帝隆安五年辛丑（西元四〇一年），詩人因母喪從江陵回到潯陽家中居憂。❹南畝　農田，此指去農田耕種之事。典出《詩經・豳風・七月》：「同我婦子，饁彼南畝。」詩人後來在〈歸園田居〉中說「開荒南畝際，守拙歸園田」。❺當年　指聞南畝之時。❻未踐　沒有去實踐，即沒有親自去耕種。❼屢空二句　意謂既然已經有人常常貧窮缺食，怎麼能自己不去春耕。屢空，屢次空乏；經常貧窮。《論語・先進》：「子曰：『回（顏回，字子淵）也其庶乎，屢空。』」既，已經。有人，指顏回。孔子稱讚說：「賢哉回也！一簞食，一瓢飲，在陋巷，人不堪其憂，回也不改其樂。」（見《論語・雍也》）可見顏回生活相當貧窮。春興，猶春起，春天起而耕作。❽夙晨　早晨。❾駕　《說文》解為「馬在軛中」。軛，即牛軛，是駕車時擱在牛頸上的曲木。用牛拉犁耕田，如用牛拉車一樣，先給牛戴上牛軛，用粗繩或粗藤將牛軛和犁連接起來，驅動牛往前走便能牽動犁耕地。這裡的「裝吾駕」當是指準備牛和牛軛、犁等而言。❿啟塗　即啟途，意為開路、起程、出發。⓫情已緬　感情已經回到遙遠的古代，即懷古之意。〈和郭主簿〉云：「懷古一何深」。緬，意為深遠。⓬哢　鳥鳴。⓭歡新節　歡唱新的時節。⓮冷風句　意為微風送來足夠的和善之感。冷風，當依蘇寫本作「泠風」，意為小風、和風。《莊子・齊物論》：「泠風則小和。」⓯寒竹　一作「寒草」。早春天氣，猶有寒意，故云。⓰被　通「披」。覆蓋。⓱蹊　小路。⓲地為句　意為這裡的耕地因人跡罕至而遠離塵世。⓳是以　因此。⓴植杖翁　指荷蓧丈人。據《論語・微子》記載，子路隨孔子出去而掉了隊，碰上了一個用手杖扛著竹製除草農具的老人，子路便問他：「您見到孔夫子了嗎？」老人回答說：「四體不勤，五穀不分，孰為夫子？」說完便「植其杖而芸」，即插好手杖，開始耘田除草而不理會他。子路將此事告訴孔子，孔子稱那老人是「隱者」。植，立。杖，手杖。荷，扛。蓧，竹製的除草農具。翁，老翁，即丈人。㉑悠然　悠閑自得的樣子。㉒不復返　指不再回到塵世。㉓即理句　意為隱士的人生哲理即使有愧於通識。通識，指能隨事行藏，懂得變通。丁福保注：「通識謂與時依違而取富貴者，靖節不能，故愧之也。」詳見賞析。㉔所保句　意為所保全的豈是少呢。所保，所保全的東西，具體的內容為養真、全身、保名等。黃文煥說：「躬耕之內，節義身名，皆可以自全。」「說『保』先說『愧』，自謙自負，兩映生姿。」（《陶詩析義・卷三》）詎，豈。乃，是。淺，少，如「享國之日淺」、「人命危淺」、「受益匪淺」的「淺」都有「少」的意思。

【語譯】往日聽說耕南畝，當年竟未去實踐。既然有人曾缺食，在我怎能免春耕？早晨起來備好牛，出發情懷已古遠。鳥鳴歡歌新時節，微風吹來多和善。寒草覆蓋小荒徑，人跡罕至塵世遠。因此那位拄杖翁，悠然自得不再返。按理即使愧通識，躬耕所保豈是淺？

其二

先師❶有遺訓❷，憂道不憂貧❸。瞻望邈難逮❹，轉欲志長勤❺。秉❻耒❼歡時務❽，解顏❾勸農人❿。平疇交遠風⓫，良苗亦懷新⓬。雖未量歲功⓭，即事⓮多所欣⓯。耕種有時息，行者無問津⓰。日入⓱相與⓲歸，壺漿⓳勞⓴近鄰。長吟掩柴門㉑，聊㉒為隴畝民㉓。

【注釋】❶先師　對孔子的敬稱。❷遺訓　遺留下來的教導。❸憂道句　語出《論語・衛靈公》：「子曰：『君子謀道不謀食。耕也，餒在其中矣；學也，祿在其中矣。君子憂道不憂貧。』」道，猶真理。❹瞻望句　意為難以企及。瞻望，仰望。典出《詩經・邶風・燕燕》：「瞻望弗及。」邈，遙遠。逮，及；到。❺志長勤有志於長期勤勞，即長期耕種。❻秉　持；執。❼耒　一種農具，用以翻土，即犁柄。❽歡時務　歡歡喜喜從事季節性的農活。時務，季節活，如春耕、夏耘、秋收、冬藏。❾解顏　開顏；歡顏；臉帶笑容。❿勸農人　勸說農民耕種。勸，勉勵人做好事。⓫平疇句　意為遠來的風與平地相交，即遠風吹拂平地。疇，田地。⓬良苗句　意為茁壯的苗也懷著新綠。⓭量歲功　計算一年的收成。功，勞績；成效。⓮即事　從事農事；去幹農活。⓯多所欣　多有樂趣。⓰行者句　意為行人不來問路，即無人來打擾。典出《論語・微子》：「長沮、桀溺耦而耕，孔子過之，使子路問津焉。」津，渡口。⓱日入　太陽下山。⓲相與　互相一起；結伴。⓳壺漿　以壺盛漿。語出《孟子・梁惠王下》：「簞食壺漿以迎王師。」漿，酒漿。⓴勞　慰勞；慰問。㉑柴門　用荊柴編製的門。㉒聊　暫且。㉓隴畝民　田夫；農民。

【語　譯】先師孔子有遺訓：「君子憂道不憂貧。」高山仰止難企及，轉念有志長辛勤。手執犁柄鬧春耕，喜笑顏開勸農人。遠風陣陣吹田野，壯苗泛綠一片新。雖未估量年收成，一幹農活多歡欣。耕田種地有時息，也無行人來問津。太陽下山結伴歸，以壺盛酒慰近鄰。長吟詩歌閉柴門，暫且隱耕當農民。

【賞　析】這兩首懷古言志詩，描述了詩人在農村參加春耕的生活體驗和美好的田園風光，表達了詩人躬耕隴畝、立志務農的心願。每首都是先寫躬耕務農的原因，再寫參加勞動、同農民友好相處的樂趣，最後寫自己的認識和體驗。

儒家是不主張君子去務農的，孔子曾說「君子謀道不謀食」、「憂道不憂貧」，樊遲要學種莊稼，他罵樊遲是「小人」；顏回也情願「一簞食，一瓢飲，在陋巷」過苦日子，卻不想躬耕以謀食。淵明與他們不同，覺得孔子的遺訓高不可攀，難以企及，顏回已經「屢空」，我怎麼能不去春耕！

於是便「轉欲志長勤」，躬耕以謀食了。在他看來，「人生歸有道，衣食固其端。孰是都不營，而以求自安？」（〈庚戌歲九月中於西田穫早稻〉）為了衣食，人怎能不參加勞動！有了這種認識作基礎，他也就把躬耕當作一大樂事，體會到了其中的情趣，進而有了「即理愧通識，所保詎乃淺」的體驗。王羲之在〈又遺謝萬書〉中說：「所謂通識，正自當隨事行藏，乃為遠耳。」（見《晉書・王羲之傳》）孔子一方面力倡「君子謀道不謀食」、「憂道不憂貧」，另一方面又主張「用之則行，舍之則藏」（《論語・述而》），行藏隨時，不忤於物，甚至說自己又不是瓠葫蘆，怎麼能繫而不食？（見《論語・陽貨》）對比之下，詩人在自「愧」之餘，當然有充足的理由去躬耕謀食了。躬耕除了可以謀食之外，還可以「養真」「善名」，免除「異患」，確實是所保匪淺了。

詩中寫田園風光不乏傳神之筆，如「鳥哢歡新節，冷（泠）風送餘善」、「平疇交遠風，良苗亦懷新」，尤為古今人所稱道。相傳蘇東坡有一天在學士院閑坐，忽然叫左右取紙來，便用大楷、小楷、行書、草書等各種字體，一連書寫了「平疇」兩句詩七、八張，連聲稱好，散發給左右。另外他還結合自己的切身體會，稱讚這兩句詩寫得妙：「僕居田中，稼穡是力。夏秋之交，稍旱得雨。雨餘徐步，清風獵獵，禾黍競秀，濯塵埃而泛新綠，乃悟淵明之句，善體物也。」（何孟春注引《道山清話》）

癸卯❶歲十二月中作與從弟❷敬遠❸

【題解】這是詩人在癸卯年（西元四〇三年）十二月寫給堂弟敬遠的一首詩，描述了居家時的寂寞孤獨的景況，抒發了固窮守節的情懷。時年三十九歲。

寢迹❹衡門下❺，邈❻與世❼相絕。顧眄❽莫誰知❾，荊扉❿晝常閇⓫。淒淒⓬歲暮風，翳翳⓭經日⓮雪。傾耳⓯無希聲⓰，在目皓⓱已潔。勁氣⓲侵⓳襟袖，簞瓢⓴謝㉑屢設㉒。蕭索㉓空宇㉔中，了無㉕一可悅。歷覽㉖千載書，時時見遺烈㉗。高操㉘非所攀，深㉙得固窮節㉚。平津苟不由㉛，棲遲㉜詎㉝為㉞拙㉟？寄意一言外㊱，茲契誰能別㊲？

【注釋】❶癸卯　相當於晉安帝元興二年，西元四〇三年。當時淵明因母喪在家居憂。❷從弟　堂弟；叔伯弟弟。❸敬遠　淵明堂弟。據〈祭從弟敬遠文〉陶澍注引《豫章書》：「孟嘉（淵明的外祖父）以二女妻陶侃（淵明的曾祖父）子茂（淵明的祖父）之二子，一生淵明，一生敬遠。」可見淵明的父親和敬遠的父親是親兄弟，淵明的母親和敬遠的母親是親姐妹。詳見〈祭從弟敬遠文〉。❹寢迹　隱跡；隱居。寢，《正字通・宀部》：「伏也。」即伏藏意。❺衡門下　猶茅屋下。衡門，橫門；橫木為門的簡陋房屋。❻邈　遠。❼世　塵世。❽顧眄　還視（回頭看）曰顧，邪視曰眄。❾莫誰知　言無人相親，寫雪中孤獨狀。知，親；交往。❿荊扉　用荊柴編成的門。扉，門。⓫閇　李公煥注：「必結切，闔也。」「閇」是「閉」的俗字。⓬淒淒　寒冷。⓭翳翳　昏暗的樣子。⓮經日　整天。⓯傾耳　側耳；細聽的樣子。典出《戰國策・秦策一》：「傾耳而聽。」⓰無希聲　沒有聲音；聽不見聲音。希聲，典出《老子・一四章》：「聽之不聞，名曰希。」及〈四一章〉：「大音希聲。」河上公注：「無聲曰希。」⑰皓 白。⑱勁氣 強勁的寒氣。⑲侵 侵入。⑳簞瓢 指簞食瓢飲，即一簞飯、一瓢水的簡陋生活。典出《論語・雍也》：「一簞食，一瓢飲，在陋巷，人不堪其憂，回（顏回）也不改其樂，賢哉回也。」㉑謝 慚愧。張相《詩詞曲語詞匯釋・卷五》：「謝，猶慚也。」㉒屢設 常設。㉓蕭索 寂寞；冷靜。㉔空宇 空房。㉕了無 一點也沒有，晉時常用語。《晉書・卷八二・王隱傳》：「當其同時，人豈少哉？而了無聞，皆由無所述作也。」㉖歷覽 遍觀。㉗遺烈 遺留下來的業蹟。㉘高操 高尚的操守。㉙深 當作「謬」，自謙之詞。陶澍注：「焦本云：宋本作『謬』，一作『深』，非。」㉚固窮節 固守窮困的氣節。典出《論語・衛靈公》：「子曰：『君子固窮，小人窮斯濫矣。』」㉛平津句 意為如果不踏入仕途，即不想再去做官。平津，平坦的路，喻仕途。苟，如果。由，行；通行。《廣雅・釋詁一》：「由，行也。」㉜栖遲 遊息，指隱居。典出《詩經・陳風・衡門》：「衡門之下，可以棲遲。」栖，同「棲」。㉝詎 豈。㉞為 是。㉟拙 笨拙。㊱寄意句 一言之外寄寓著深意。㊲茲契句 意為這種默契誰能識別。換言之，惟有敬遠方能識別自己的深意。茲，此。契，默契。〈桃花源詩〉：「願言躡輕風，高舉尋吾契。」

【語 譯】躬耕隱居茅屋下，遠與塵世相隔絕。張望四周無相知，柴門白日常關閉。颼颼淒淒歲暮風，紛紛濛濛整天雪。側耳傾聽細無聲，眼中景物已白潔。寒氣襲入襟袖裡，簞食瓢飲愧常設。寂寞寒冷空房中，竟無一事可喜悅。遍觀千年古人書，時見先賢萬世業。崇高操守不可攀，愧得固窮好氣節。平坦仕途若不走，遊息隱居豈拙劣？一言之外寄深意，這種默契誰識別？

【賞 析】全詩寫一個「窮」字。前十二句寫「窮」的具體表現，後八句寫對待「窮」的正確態度。古漢語中的「窮」和現代漢語中的「窮」，含義有所不同，前者為窮困，後者為貧窮。當然一個人窮困不得志，貧窮也就往往接踵而來。淵明隱居茅舍，與世隔絕，少賓客之知，是交遊上的窮困；

風雪交加，寒氣襲人，簞食瓢飲，是生活上的窮困；蕭索空宇，鬱鬱寡歡，了無可悅，是精神上的窮困。面對窮困，有的人寡廉鮮恥，胡作非為；有的人窮且益堅，固守窮困。淵明屬於後者。他遍觀古籍，感到「憂道不憂貧」之類的崇高操守難以企及，卻對「君子固窮，小人窮斯濫矣」的遺訓心有同感。既然不願入仕，隱居躬耕又豈是拙劣之舉？比起那班一窮困就無所不為的人來，豈止勝過千倍萬倍？再說當年正是桓玄篡晉稱帝，廢晉安帝的時候，淵明固窮守節，也許還有更為深刻的政治意義。清陶必銓《萸江詩話》說：「是年十一月，桓玄稱帝。著眼年月，方知文字之外，所具甚多。」而此種深意，只能意會，難以言傳，寄意言外，除了敬遠，誰能識別？而敬遠和淵明，「父則同生，母則從母」，「斯情實深，斯愛實厚」，而且也是個「心遺得失，情不依世」（〈祭從弟敬遠文〉）的人，對於淵明的心意，是定能默契於心，心領神會的。

詩中詠雪名句為後人所稱道。宋羅大經說：「淵明雪詩云：『傾耳無希聲，在目皓已潔。』只十字，而雪之輕虛潔白盡在是矣，後來者莫能加也。」（《鶴林玉露・卷五》）涵泳這兩句詩，彷彿就眼見無數雪花在靜悄悄地飄落大地，越下越白，越積越厚，最後竟是一片白茫茫的大地真乾淨的景象。

乙巳歲❶三月為建威參軍❷使都❸經錢溪❹

【題　解】乙巳年（西元四〇五年）三月，淵明為建威將軍劉敬宣的參軍，奉命出使到京都建康（今江蘇南京市），經過錢溪時寫了這首詩。詩中說到沿途風光依舊，身在旅途，心念園田，並以霜柏自喻，表示自己決心歸隱以潔身自好。

我不踐❺斯境❻，歲月好已積❼。晨夕看山川，事事悉❽如昔。微雨洗高林❾，清飇❿矯⓫雲翮⓬。眷彼品物存，義風都未隔⓭。伊余⓮何為者⓯，勉勵⓰從茲役⓱？一形⓲似有制⓳，素襟⓴不可易㉑。園田㉒日夢想，安得㉓久離析㉔？終懷㉕在歸舟㉖，諒㉗哉宜霜柏㉘。

【注釋】❶乙巳歲　相當於晉安帝義熙元年，西元四〇五年。❷為建威參軍　任建威將軍的參軍。建威，建威將軍的簡稱，指劉敬宣。《宋書・劉敬宣傳》載元興三年（西元四〇四年）劉敬宣為建威將軍、江州刺史。當時淵明繼出仕劉裕為鎮軍參軍之後，又在劉敬宣幕下任參軍。參軍，官名。❸使都　出使京都建康。淵明此次為何事出使，難以確知。❹錢溪　今安徽省貴池縣梅根港，當時在此地煉銅鑄錢，故名錢溪。❺踐　踏；經過。❻斯境　此地，指錢溪。❼歲月句　意為時間已好久。歲月，時間。好，甚；很。程度副詞。積，多，此指時間長久。❽悉　都；盡。❾高林　高的山林。❿清飇　清風，能助鳥高飛。《戰國策・楚策四》說黃鵠「奮其六翮而凌（乘）清風，飄搖乎高翔。」⓫矯　舉。⓬雲翮　雲間高飛的鳥。翮，鳥翎的莖，即翎管，以代鳥。⓭眷彼二句　王瑤注：「詩意就是表示雲雨適時，萬物並茂，無所阻隔。」典出《周易・乾卦・彖辭》：「雲行雨施，品物流行。」及〈文言〉：「利者，義之和也。」「利物足以和義。」《周易正義》解釋說：「雲氣流行，雨澤施布，故品類之物，流布成形，各得亨通，無所壅蔽。」「言天能利益庶物，使物各得其宜而和同也。」

「君子利益萬物，使物各得其宜，足以和合於義法，天之利也。」眷，顧；環顧。彼，那。品物，眾物；萬物。義風，指「利物和義」之風。都，全。未隔，不阻隔，不壅塞，能正常流動。⓮伊余　即「余」。語出《詩經・邶風・谷風》：「伊余來塈。」伊，語助詞，無義。⓯何為者　猶「為何者」，幹什麼的。語出《史記・項羽本紀》：「客何為者？」⓰勉勵　強勉盡力。⓱從茲役　從事這項差事，指出使京都。⓲形　形體；身體。⓳制　約制。⓴素襟　素懷；素志；素心。顏延之〈陶徵士誄〉稱淵明「長實素心」。㉑易　改變。㉒園田　指園田故居。㉓安得　怎能。㉔離析　離分，即分離。㉕終懷　典出《詩經・小雅・正月》：「終其永懷。」㉖歸舟　歸鄉之舟。㉗諒　誠；確實。㉘宜霜柏　當與霜中松柏相稱。宜，應當；適當；相稱。霜柏，自喻堅貞的品德。典出《論語・子罕》：「子曰：『歲寒，然後知松柏之後彫（凋）也。』」

【語譯】我未來到此地方，歲月悠悠已好長。日出日落看山川，事事都像從前樣。細雨洗淨高樹林，清風上助鳥高翔。環顧四周萬物在，微風和煦盡通暢。我今不知為何事，辛辛苦苦出差忙？一身好似受約制，本性不改難更張。日思夜想夢園田，怎能長久離故鄉？一心一意想歸去，信知松柏宜雪霜。

【賞析】這首詩寫詩人出使京都、途經錢溪時所見山川景色同往日一樣美麗，萬物繁茂，欣欣向榮。詩人觸景生情，聯想到自己在此良辰美景之中，為何心為形役，受制於人，奔波於行役之途？於是念及園田，懷鄉思歸，願像松柏一樣傲霜鬥雪，固窮守節，經冬不凋，蒙霜不變。〈和郭主簿〉有云：「懷此貞秀姿，卓為霜下傑。」正是這種情懷的寫照。環境越是惡劣，就越顯出詩人的高風亮節。

趙泉山從「晨夕看山川，事事悉如昔」、「眷彼品物存，義風都未隔」等句斷定：「此詩大旨慶遇安帝光復大業，不失舊物也。」（李公煥《箋註陶淵明集・卷三》引）認為這首詩是詩人慶賀兩年前被桓玄廢為平固王的晉安帝於當年三月從江陵回到建康復位，不失舊時基業一事。我們認為詩的後半部全寫詩人決心退隱，毫無慶賀之意，這種說法令人難以置信。

還舊居❶

【題　解】這首詩的寫作時間難以確定。詩中記述詩人回到闊別多年的舊居，處處呈現出一片荒涼景象，因而頓覺時光流逝，人生苦短，在無奈何之中，只好棄置莫念，姑且揮觴飲酒以度時日。

疇昔❷家❸上京❹，六載去❺還歸❻。今日始❼復來❽，惻愴❾多所悲。
阡陌❿不移舊⓫，邑屋⓬或時非⓭。履歷周故居⓮，鄰老⓯罕⓰復遺⓱。
步尋往迹⓲，有處⓳特⓴依依㉑。流幻㉒百年中㉓，寒暑日相推㉔。
常恐大化盡㉕，氣力不及衰㉖。撥置㉗且㉘莫念㉙，一觴聊可揮㉚。

【注　釋】❶舊居　淵明舊時在上京的一處住所。❷疇昔　往日。語出《左傳・宣公二年》：「疇昔之羊，子為政。」❸家　居家，作動詞用。❹上京　逯欽立注：「蓋柴桑一里名。李（公煥）謂：『《南康志》：近城五里，地名上京，亦淵明故居。』何（孟春）注謂：『上京，即栗里原。』說法不一。」❺去　離開，指離開故居上京。❻還歸　還，還回，指還回故居上京。還歸，是同義詞連用，《漢書・宣帝紀》有「流民還歸」之語。❼始　才。❽復來　承上「還歸」，亦還回之義。復，還回。來，亦是還回之義。❾惻愴　猶「悽愴」，傷痛之義。❿阡陌　田間小路。⓫不移舊　不改舊貌；和往日一樣。⓬邑屋　村舍。⓭或時非　有時非，指有的與往時不同。⓮履歷句　意為經過故居的四周。履歷，經歷；經過。故居，即舊居。⓯隣老　即「鄰老」，指故居近鄰的老者。⓰罕　少。⓱遺　遺留下來，還活在世上。⓲往迹　往日的遺跡。⓳有處　有的處所；有的地方。指有遺跡處。⓴特　獨特；特別。㉑依依　依戀不捨。㉒流幻　流動變化。㉓百年中　指一生中。習慣稱一生為百年。〈自祭文〉：「惟此百年，夫人愛之。」㉔寒暑句　意為寒來暑往日月交相推移。換言之，即歲月流逝。典出《周易・繫辭下》：「日往則月來，月往則日來，日月相推而明生焉。寒往則暑來，暑往則寒來，寒暑相推而歲成焉。」㉕大化盡　謂死亡。大化，人生的四大變化。典出《列子・天瑞》：「人自生至終，大化有四：嬰孩也，少壯也，老耄也，死亡也。」㉖氣力句　意為到不了五十歲。《禮記・王制》：「五十始衰。」衰，衰老。㉗撥置　擱置；放在一邊。㉘且　暫且。㉙莫念　不去想。念，《說文》：「常思也。」㉚一觴句　意為姑且乾一杯。觴，酒器。聊，姑且。揮，乾杯的動作。

【語　譯】往日居家在上京，離別六年又返歸。我今久別才回來，心中悽愴多傷悲。田間小路還依舊，村舍時見面目非。環繞舊居訪故舊，鄰舍父老少留遺。步步行來尋舊跡，尋到某處情依依。流動變幻一生中，寒來暑往相推移。時時擔心命不長，氣力未衰便歸西。擱置一旁且莫想，姑且舉酒乾一杯。

【賞　析】此詩難以確知作於何時。《禮記・王制》：「五十始衰。」詩云：「常恐大化盡，氣力不及衰。」詩人擔心自己不到五十歲就離開人世，則此詩有可能作於年近五十歲之時。題為〈還舊居〉，舊居即詩中所言的「故居」，亦即上京，是詩人在家鄉潯陽的住地之一。他離開故居已久，今日歸來，竟是滿目荒涼，村舍已非舊時模樣，鄉鄰父老亦多已離開人世，惟有田間阡陌依舊。物是人非，不禁悽愴傷懷。這是由於天災，抑或出自人禍？詩人並未透露任何信息，也許他心中有難以言狀的苦衷。

人世滄桑，面對這傷心慘目的景象，詩人想到人生百年，歲月相推，人壽有限，他內心的痛苦，可想而知。不想它吧，這畢竟是無法逃避的現實；想吧，現實又過於嚴酷。在無可奈何之中，惟有揮觴痛飲，但求「酒能祛百慮」（〈九日閑居〉）而已。

戊申❶歲六月中遇火❷

【題解】戊申年（西元四〇八年）六月，詩人不幸遭遇火災，居室被焚毀殆盡，暫時棲身在門前船中。詩中描寫了災後初秋望月、中宵遐思的景況。雖年華消逝，卻心有常閑，堅貞不渝，惟有慨歎生不逢時，姑且躬耕以度時日。詩人時年四十四歲。

草廬❸寄窮巷❹，甘❺以辭❻華軒❼。正夏❽長風❾急，林室❿頓⓫燒燔⓬。

一宅⓭無遺宇⓮，舫舟蔭門前⓯。迢迢⓰新秋⓱夕，亭亭⓲月將圓。

果菜始復生⑲，驚鳥⑳尚未還。中宵㉑竚㉒遙念㉓，一盼㉔周㉕九天㉖。總髮㉗抱㉘孤念㉙，奄出四十年㉚。形迹憑化往㉛，靈府㉜長獨閑。貞剛㉝自㉞有質㉟，玉石乃非堅㊱！仰想㊲東戶時㊳，餘糧宿㊴中田㊵。鼓腹㊶無所思㊷，朝起暮歸眠。既已不遇茲㊸，且遂㊹灌西園㊺。

【注釋】❶戊申　即晉安帝義熙四年，西元四〇八年。❷遇火　遭遇火災。❸草廬　草房；茅舍。❹寄窮巷　寄託在窮巷之中，意謂茅舍建在窮巷中。窮巷，窮僻的里巷。❺甘　甘願；心甘情願。❻辭　辭謝；告別。❼華軒　華麗的車，富貴者所乘，故為富貴功名的代稱。軒，古代的一種有圍棚的車。❽正夏　指夏季最炎熱的六月。❾長風　大風。❿林室　林園和房屋。⓫頓　頓時；立刻。⓬燔　焚燒。⓭宅　住房。⓮宇　屋簷。⓯舫舟句　意為在門前的舫舟上庇身。舫，本為兩船相併，此處泛指船。蔭，遮蔭。詩人因房屋被焚，無處棲身，只得在船上蔭蔽。⓰迢迢　長貌。此指時間長。⓱新秋　初秋。當是指夏曆七月，也就是作此詩的時候。⓲亭亭　高貌。⓳復生　再生。指園田被焚後，果菜又再生。⓴驚鳥　指火災時受驚而飛走的鳥。㉑中宵　中夜；半夜。㉒竚　久立。㉓遙念　遠思；遐想。㉔一盼　猶一望。㉕周　遍。㉖九天　〈離騷〉：「指九天以為正兮。」王逸注：「九天，謂中央八方也。」《呂氏春秋・有始》載，中央曰鈞天，東方曰蒼天，東北曰變天，北方曰玄天，西北曰幽天，西方曰顥天，西南曰朱天，南方曰炎天，東南曰陽天。㉗總髮　猶「束髮」，謂成童。男童十五歲以後，二十歲行冠禮以前，皆可稱「束髮」。總，束結。㉘抱　守。㉙孤念　當作「孤介」。陶澍注：「何校宣和本作『介』。焦本云：宋本作『介』。一作『念』，非。」孤介，意為孤直耿介，不隨流俗。㉚奄出句　意為已年過四十。按，詩人時年已四十四。奄，奄忽；忽然。出，超出；超過。㉛形迹句　意為任憑形體隨著由生到死的變化而去。形迹，形體；身體。憑，任憑。化往，與化俱往。見《莊子．大宗師》：「且方將化，惡知不化哉？方將不化，惡知已化哉！」化，指由生到死的變化。往，指走向死亡。㉜靈府　典出《莊子．德充符》：「不可入於靈府。」成玄英《疏》：「靈府者，精神之宅，所謂心也。」即心靈之謂。㉝貞剛　堅貞剛強。㉞自　本。㉟質　質地；品質。㊱玉石句　意為和貞剛的品質比起來，玉石也竟然不堅硬了。乃，竟。㊲仰想　向上追想。㊳東戶時　東戶季子的時代。典出《淮南子．繆稱》：「昔東戶季子之世，道路不拾遺，耒耜餘糧，宿諸畮（畝）首。」高誘注：「東戶季子，古之人君。」㊴宿　止；存放。㊵中田　田中。㊶鼓腹　肚子飽滿。典出《莊子．馬蹄》：「赫胥氏（傳說中的古代帝王）之時，民居不知所為，行不知所之（往），含哺（口中含著食物）而熙（通「嬉」，遊戲），鼓腹而游。」㊷無所思　無所思慮，即無憂無慮。㊸茲　此；此種時代。即東戶季子和赫胥氏的時代。㊹遂　就。㊺灌西園　一作「灌我園」。陶澍注：「各本作『西園』。從湯本、焦本、何校宣和本作『我園』。」灌園，典出《高士傳．陳仲子》。陳仲子，齊國義士，認為其兄為齊卿，食祿萬鍾是不義，於是逃到楚國，住在於陵，自稱於陵仲子。楚王聽說他賢能，派人請他出來做相，他卻同妻子一起逃走，去替人澆灌園田。

【語　譯】茅舍建在窮僻巷，我心甘願辭軒冕。正值盛夏大風急，林園房舍忽燒焚。住宅焚後無片瓦，船上棲身在門前。漫漫長夜初秋夕，高高天空月將圓。果菜開始又發芽，驚鳥離去還未返。半夜竚立生遐想，一眼望遍八方天。童年開始性孤直，瞬間超過四十年。任憑形體變化去，心靈澹泊獨自閑。自有堅貞剛強質，玉石比之竟不堅！遙想東戶季子時，餘糧存放在農田。鼓腹而遊無憂慮，早起勞作晚歸眠。既然已不逢此世，姑且澆灌我田園。

【賞　析】詩云：「迢迢新秋夕，亭亭月將圓」，可知此詩寫於當年災後七月中旬。

首四句寫房舍被焚，無處棲身，暫時寄居船上。「迢迢」四句寫災後初秋月圓，果菜復生的景象。「中宵」以下十四句寫詩人當時的所思所想，是全詩的重點。災後詩人努力以君子固窮的古訓自勵，想到自己從少年起便品性孤直耿介，隨著歲月流逝，雖年過四十，矢志不渝，初衷未改，堅貞剛強的品質，勝過玉石。可是災後的生活畢竟是艱難的，使得詩人不禁想到東戶季子和赫胥氏時的太平盛世，嚮往那道不拾遺、豐衣足食、鼓腹而遊、無憂無慮的盛世景象。然而生非其時，盛世不再，既然難逢此太平盛世，也就只好隱居灌田，躬耕自養。話雖然說得平淡，卻有一番深意可資品味。清人蔣薰評論說：「他人遇此變，都作牢騷愁苦語。先生不著一筆，末僅仰想東戶，意在言外。此真能靈府獨閑者。」（見其評《陶淵明詩集・卷三》）

己酉歲❶九月九日❷

【題　解】這是一首在重陽節寫的悲秋詩，先寫秋景，後寫秋心。詩人觸景生情，從時令的秋天寫到人生的秋天，憂從中來，難以平靜，惟有借酒銷愁而已。詩人時年四十五歲。

靡靡❸秋已夕❹，淒淒❺風露交❻。蔓草❼不復榮❽，園木❾空自凋。

清氣❿澄餘滓⓫，杳然⓬天界高。哀蟬無歸響⓭，叢鴈⓮鳴雲霄。萬化⓯相尋繹⑯，人生豈不勞⑰？從古皆有沒⑱，念之中心⑲焦⑳。何以稱我情㉑？濁酒且自陶㉒。千載㉓非所知，聊㉔以㉕永今朝㉖。

【注　釋】①己酉歲　相當於晉安帝義熙五年，西元四〇九年。②九月九日　《周易》以陽爻為九，故九月九日為重陽節。③靡靡　遲緩。詞出《詩經・王風・黍離》：「行邁靡靡。」毛《傳》：「靡靡，猶遲遲也。」④秋已夕　已是暮秋。夕，暮。⑤淒淒　寒涼。詞出《詩經・小雅・四月》：「秋日淒淒。」毛《傳》：「淒淒，涼風也。」⑥交　交相出現。⑦蔓草　蔓延的野草。⑧不復榮　不再開花，即開始枯萎。榮，草本植物開的花。⑨木　樹。⑩清氣　清潔的空氣。⑪澄餘滓　使空中餘滓變為清澈。澄，作動詞用，澄清、使清澈之意，與左思〈詠史〉的「左眄澄江湘」用法相同。滓，渣滓；下沉的沉澱物。此指空氣中的塵埃。⑫杳然　高遠的樣子。⑬歸響　陶澍注：「焦本云：宋本作『留』。一作『歸』，非。」留響，留下聲響。清人溫汝能《陶詩彙評・卷三》：「『留響』有作『歸響』者，究不及『留』字之妙也。」⑭叢鴈　聚集在一起的鴈，即「群鴈」。鴈，同「雁」。⑮萬化　指萬物的無盡變化。參見〈於王撫軍座送客〉注㉜。⑯尋繹　繹，抽絲。尋繹謂抽引不絕，此指天地萬物的變化絡繹不絕。⑰勞　徒勞。⑱沒　盡。⑲中心　心中。⑳焦　心不安寧；煩躁。㉑稱我情　猶稱我心。稱，符合；適合。㉒自陶　自樂。《廣雅・釋言》：「陶，喜也。」㉓千載　千年，婉言死亡。《戰國策・楚策一》：「寡人萬歲千秋之後」，即言死後。㉔聊　暫且。㉕以　以之；以此。㉖永今朝　愛惜今天時光之意。典出《詩經・小雅・白駒》：「縶之（指代白駒）維之，以永今朝。」鄭《箋》：「永，久也。……絆之繫之，以永今朝，愛之欲留之。」

【語　譯】光陰荏苒已暮秋，淒風寒露時相交。野草不再吐芳華，園林樹木空自凋。空氣清澈無塵埃，長天寥廓萬里高。可憐寒蟬無留音，惟聞群雁鳴雲霄。萬物變化無止境，人生豈能不徒勞？自古生民皆有死，念及此事心中焦。如何才能稱我心？濁酒一壺且逍遙。千年後事毋須想，聊且把杯愛今朝。

【賞　析】此詩的前八句寫秋景。暮秋時分，淒淒風露，草木凋零，蟬無留響，雁鳴雲霄，處處呈現出一片肅殺悲涼景象。朱熹說：「秋者，一歲之運，盛極而衰，肅殺寒涼，陰氣用事，草木零落，百物凋悴之時。」（《楚辭集注・卷六・九辯》注）因為秋天在一年之中是由盛到衰的轉折點，人們面對秋色，往往情由景生，從時令的秋天聯想到人生的秋天，不禁悲從中來。宋玉在〈九辯〉中從「葉菸邑（暗淡貌）而無色」、「柯彷彿而萎黃」的秋景中聯想到「歲忽忽而遒盡兮，恐余壽之弗將」，「泊莽莽與野草同死」，預感到人生的末日將要到來，便是最好的例證。

淵明心有同感，後八句便是抒發他同樣的感受。我們認為「萬化相尋繹」二句應置於「從古皆有沒」二句之後來理解，詩意方為通暢。邱嘉穗說：「此詩亦賦而興也，以草木凋落，蟬去雁來，引起人生皆有沒意。」（《東山草堂陶詩箋・卷三》）此論甚確。詩人因秋生悲，目睹秋色，想到人生有盡，不免心中焦慮不安，然而他卻能以道家學說，自寬自解。《莊子》說：「萬化而未始有極也，夫孰足以患心！」（〈田子方〉）道家認為萬物的變化從來沒有止境，生死也屬於這種變化之中，哪裡值得憂心！可是俗人偏要用有限的生命去尋求萬物的無窮變化之理，這就等於自討苦吃，怎麼能不辛勞？《莊子》所謂：「以有涯隨無涯，殆已！」（〈養生主〉）「以其至小求窮其至大之域，是故迷亂而不能自得也。」（〈秋水〉）說的就是這個道理。詩人認為既然如此，倒不如濁酒自陶以稱我心意，至於千年以後的事也就不必去想它。詩的最後兩句，用《詩經》「縶之維之，以永今朝」典故，正是申明此意，亦即〈遊斜川〉詩中「且極今朝樂，明日非所求」之意，不過換了一種說法而已。

這首詩的藝術表現也有獨到之處，始終扣緊「景」與「情」的關係來展開描寫，先寫景，後抒情，以秋景來襯托秋心秋情，情景相生，達到了情景交融的境界。「清氣澄餘滓，杳然天界高」二句，道盡高秋爽色，使人有秋色如畫之感，為古今人所稱道。

庚戌歲❶九月中於西田穫早稻❷

【題解】這是庚戌年（西元四一〇年）九月收穫稻穀以後所寫的一首詩。詩人結合自己的切身體驗，闡明了務農不但是謀生的手段，而且能使人免除異患，意義重大，因而更加堅定了自己退隱躬耕的決心。

人生歸有道❸，衣食固❹其端❺。孰❻是❼都不營❽，而以求自安？開
春理❾常業❿，歲功⓫聊⓬可觀。晨出肆⓭微勤⓮，日入負耒⓯還。山中饒⓰
霜露，風氣⓱亦先寒。田家豈不苦？弗獲⓲辭此難。四體⓳誠乃⓴疲，庶

無㉑異患㉒干㉓。盥濯㉔息簷下，斗酒㉕散襟顏㉖。遙遙沮溺心㉗，千載乃㉘相關。但願長如此，躬耕㉙非所歎。

【注釋】❶庚戌歲　即晉安帝義熙六年，西元四一〇年。❷西田　指位於家園西邊的稻田。早稻，因題言「九月」，詩言「風氣亦先寒」，非早稻收穫之時，有言「早稻」應作「早稻」。早稻於六月收割。❸人生句　方東樹《昭昧詹言・卷四》：「言人之生理，固有常道。」歸，依歸。有道，有常道；有不變的規則。❹固　本。❺端　首端；首要的事。❻孰　誰。❼是　此，指代衣食。❽營　謀求。❾理　治理。❿常業　年年常做的事，指農事。⓫歲功　一年的收成。功，勞績；成效。⓬聊　略；頗。⓭肆　操持。《法言》：「肆筆而成書。」李軌注：「肆，操也。」⓮微勤　輕微的勞動。⓯耒　一種用來翻土的農具。⓰饒　多。⓱風氣　謂氣候。⓲弗獲　不得；不能。《廣雅・釋詁三》：「獲，得也。」⓳四體　四肢。⓴乃　是。㉑庶無　大概沒有；也許沒有。詞出《詩經・大雅・生民》：「庶無罪悔，以迄於今。」庶，表推測語氣的副詞。㉒異患　料想不到的禍患，當是就人事而言。㉓干　犯。㉔盥濯　洗手洗腳。㉕斗酒　用斗盛酒。斗，古代酒器。㉖散襟顏　猶開心開顏。散，散開。襟，胸襟。㉗沮溺心　長沮、桀溺的歸隱之心。沮溺，長沮和桀溺，春秋時的避世隱者。典出《論語・微子》「長沮、桀溺耦而耕」。㉘乃　竟。㉙躬耕　親自耕種。

【語譯】人生依歸有常道，衣食本來是首端。誰能衣食都不謀，卻能求得身自安？開春便去治農事，一年收成頗可觀。早晨出去輕勞作，日落扛著農具還。山中田野多霜露，山風山氣也先寒。農家豈是不辛苦？無奈不能脫此難。四肢的確是疲勞，興許可以無禍患。洗淨手腳息簷下，聊以斗酒開心顏。長沮、桀溺歸隱志，千年之後竟相關。但願有生長如此，躬耕隴畝我心甘。

【賞析】詩人從乙巳年（西元四〇五年）十一月退隱歸田，至今已近六年了。長期的躬耕，切身的體驗，使他對勞動的意義有了進一步的認識。詩中認為耕種不但能解決人生的衣食問題，而且能使人免除「異患」。這「異患」的涵義，詩人沒有明白交代，不過在〈感士不遇賦〉中他曾說：「密網裁而魚駭，宏羅制而鳥驚。彼達人之善覺，乃逃祿而歸耕。」既然歸耕是為了免除密網宏羅之禍，可以想見這裡所說的「異患」當是指政治風險而言。明人黃文煥評點「四體誠乃疲，庶無異患干」二句說：「看破世界之言，非閱世憂患後，不知此語之確。耕即有患餒而已，無意外之異（患）也。」（《陶詩析義．卷三》）詩人對勞動的意義有了如此的認識，也就和「耦而耕」的避世隱士心心相印，樂於躬耕退隱了此一生了。

起伏轉折，夾敘夾議，是這首詩的主要藝術特色。開篇便議論人生衣食的重要性，三四句「孰是都不營，而以求自安」筆勢一轉，忽作問語，使議論得以深入。接下去六句平敘親身參加勞動的境況，晨出夕還，風霜寒露，艱難至極。敘至「田家豈不苦」四句又筆勢一轉，再作問語，且一連四句，句句轉折，句句議論，大談勞動能免禍之理，又添新意。接著又平敘勞動後盥洗休息，飲酒散心，發懷古之幽思，轉而抒發自己長期躬耕的願望。清人邱嘉穗評論說：「陶公詩多轉勢，或數句一轉，或一句一轉，所以為佳。余最愛『田家豈不苦』四句，逐句作轉。其他推類求之，靡篇不有。此蕭統所謂『抑揚爽朗，莫之與京』也。他人不知文字之妙全在曲折，而顧為平鋪直敘之章，非贅則複矣。」（《東山草堂陶詩箋．卷三》）道出了這首詩的主要藝術特色，實為平允之論。

丙辰歲❶八月中於下潠❷田舍❸穫❹

【題　解】這是詩人丙辰年（西元四一六年）八月在下潠田舍收穫稻作以後所寫的一首詩。詩中先寫退隱後靠務農為生，次寫秋收時焦急喜悅的心情，最後抒發矢志躬耕隱居的情懷。詩人時年五十二。

貧居❺依❻稼穡❼，戮力❽東林❾隈❿。不言春作⓫苦，常恐負所懷⓬。
司田⓭眷⓮有秋⓯，寄聲⓰與我諧⓱。飢者歡初飽⓲，束帶候鳴雞⓳。揚檝⓴
越㉑平湖，汎㉒隨清壑㉓迴㉔。鬱鬱㉕荒山裡，猿聲閑且哀㉖。悲風㉗愛靜
夜，林鳥喜晨開㉘。曰㉙余作此㉚來，三四星火頹㉛。姿年㉜逝㉝已老，其
事㉞未云乖㉟。遙謝㊱荷蓧翁㊲，聊㊳得從君㊴棲㊵。

【注　釋】❶丙辰歲　相當於晉安帝義熙十二年，西元四一六年。❷下潠　有水上涌的低洼田。《一切經音義・卷五》引《通俗文》：「水溢（水上涌）曰潠。」❸田舍　田間茅舍。❹穫　收穫，此指收穫稻穀。❺貧居　貧困居家，指已退出官場，在家過貧困日子。❻依　靠。❼稼穡　泛指農事。詞出《詩經・魏風・伐檀》：「不

稼不穡。」稼，耕種。穡，收穫。❽戮力　勉力；盡力。❾東林　當是指廬山的東林，其中有東林寺。程穆衡《陶詩程傳》：「廬山在江州南三十里，東林又在廬山之南五里。」❿限　山水彎曲之地。⓫春作　春耕。⓬負所懷　辜負自己的願望。懷，胸懷；心願。⓭司田　管理田地的官吏。⓮眷　顧念；惦記。⓯有秋　指秋收。典出《尚書・商書・盤庚上》：「若農服田力穡，乃亦有秋。」有，名詞詞頭，無義。秋，指秋收。⓰寄聲　傳來的話；口信。⓱與我諧　和我戲笑。諧，諧謔；戲笑。⓲歡初飽　吃頓飽飯而高興。初，始；剛。⓳束帶句　語出秦嘉〈贈婦詩・三〉：「清晨當引邁，束帶待雞鳴。」束帶，繫緊腰帶。這裡是用來寫飢餓而急於去收割早稻的情狀。⓴揚檝　猶舉槳。檝，通「楫」，划船的槳。㉑越　渡。㉒汎　同「泛」。指泛舟。㉓清壑　清澈的山溪。《說文》：「壑，溝也。」㉔迴　迂迴；轉彎。㉕鬱鬱　草木茂盛貌。〈古詩十九首・二〉：「鬱鬱園中柳。」㉖閑且哀　宏大而且悲哀。《廣韻・山韻》：「閑，大也。」㉗悲風　指悲涼的秋風。㉘晨開　早晨天亮。㉙曰　句首助詞，無義。㉚作此　做此事。此，指農事。㉛三四句　謂已十二年。淵明乙巳年（西元四〇五年）退隱歸田，至今已十二年。三四，相乘為十二。星火，火星。頹，下降；下行。每年夏曆五月黃昏時，火星出現在正南方，方向最正，位置最高。六月就偏西下降，七月更為明顯。此即《詩經・豳風・七月》所謂的「七月流火」。火星一年下降一次，下降十二次便是十二年。㉜姿年　姿態和年歲。㉝逝　消逝。㉞其事　指農事。㉟未云乖　沒有離開。云，句中助詞，無義。乖，背離。㊱謝　告；致意。㊲荷蓧翁　即荷蓧丈人，春秋時的隱者。典出《論語・微子》。詳見〈癸卯歲始春懷古田舍二首〉「植杖翁」注。㊳聊　暫且。㊴君　您，指代荷蓧翁。㊵棲　棲息；居住。

【語譯】居家貧困靠種田，東林旁邊盡力耕。不說春耕多辛苦，常怕違背我心願。田官惦記秋收好，與我諧笑傳話言。飢腸轆轆喜飽腹，束帶候雞叫三遍。划起船槳渡平湖，泛舟隨著清溪轉。鬱鬱蒼蒼荒山裡，猿聲哀鳴實堪憐。悲風偏愛寂靜夜，林鳥尤喜黎明天。我自退隱歸耕來，整整已是十二年。容貌憔悴年已老，未離農事須臾間。遙向荷蓧翁致意，暫且隨君度殘年。

【賞　析】詩人寫作此詩，已退隱歸耕十二年。生活越過越貧困，除了依靠力耕，已經難以維持生活。然而詩人矢志不渝，不言其苦，唯恐有背初衷。中間寫秋收景況，以景襯情，悲喜交集，最為感人。「飢者歡初飽，束帶候鳴雞」二句，將詩人在秋收前夕的焦急喜悅心情活現紙上，沒有深切的生活體驗，是難以寫出這樣好的詩句的。「揚檝越平湖，汎隨清壑迴」二句，堪稱是遊覽妙語，頗有謝康樂山水詩作的情趣。「鬱鬱荒山裡，猿聲閑且哀」二句，引來下句「悲」字，寫出了「高猿長嘯，空谷傳響，哀轉久絕」情境，使人有「猿鳴三聲淚霑裳」之感。而「悲風愛靜夜，林鳥喜晨開」，更是一對妙句。「悲風愛靜夜」一句，「『愛』字妙，無『悲』字不妙」（明人鍾伯敬語）。「悲風」與「靜夜」本無「愛」可言，然而有了「靜夜」，「悲風」就顯得更「悲」；有了「悲風」，「靜夜」就使人覺得更「靜」，這樣也就「有似於愛」（王棠語）了。而「林鳥喜晨開」一句之妙「又不在『喜』字，而在『開』字」（鍾伯敬語），「晨開」則百鳥爭鳴，歡喜雀躍矣，與「飢者歡初飽」的「歡」字遙相呼應，再次烘托出詩人秋收前的喜悅心情。二句鍊字之妙，堪稱神筆。「曰余作此來」以下，又自敘其志，雖躬耕十二載，年華消逝，而其志未改，真可謂窮且益堅，不墜其志矣。

飲酒二十首並序

【題解】這組詩是詩人醉後自娛之作，且詩中多次寫到飲酒，故以「飲酒」為題，藉以述懷。詩云「終死歸田里」、「亭亭復一紀」，一紀為十二年，說明寫作這組詩的時候，詩人已經退隱歸田十二年。詩人於晉安帝義熙元年乙巳（西元四〇五年）十一月退隱歸田，按虛數計算，是義熙十二年（西元四一六年）寫作這組詩；按實數計算，則是義熙十三年（西元四一七年）寫作這組詩。故湯漢《陶靖節先生詩》注云：「彭澤之歸，在義熙元年乙巳，此云『復一紀』，則賦此〈飲酒〉，當是義熙十二、三年間。」這組詩雖是陸續寫成的，但序中說到「比夜已長」，而且詩中有「秋菊有佳色」、「凝霜殄異類」等句子，可見該是同一年的秋後之作。組詩中描述了詩人退隱歸田後的生活、思想和情趣，各自獨立成篇，「辭無詮次」，各篇之間沒有必然的聯繫。詩作於晉宋易代前四年，語多感慨，且末首云「但恨多謬誤，君當恕醉人」，看來他有難以明言的苦衷。詩人時年五十三。

余閑居寡歡，兼比夜已長❶，偶有名酒，無夕不飲。顧影❷獨盡，忽焉復醉。既醉之後，輒❸題數句自娛，紙墨遂多，辭無詮次❹，聊命故人書之，以為歡笑爾❺。

【注釋】❶比夜已長　指已進入秋冬季節。農曆秋分時，日夜時間相等。秋分以後開始夜長日短，到冬至時，夜晚最長。故夜已長是指秋冬時期。比，近。❷影　自己的身影。❸輒　輒；便。❹詮次　選擇與編次。❺爾通「耳」。語氣詞，「而已」的意思。

【語譯】我閑居在家，缺少歡樂，再加上近來已是長夜漫漫，偶爾有了名酒，便沒有哪個晚上不喝。望著自己的身影獨自乾杯，忽然之間又喝醉了。醉了以後，便寫上幾句以自樂自娛，寫下的文字於是就多了起來。這些文辭都未經選擇和編排，暫且請老朋友將它們書寫出來，以供歡笑而已。

其一

衰榮無定在❶，彼此更共之❷。邵生瓜田中，寧似東陵時❸！寒暑有代謝❹，人道❺每❻如茲❼。達人❽解其會❾，逝將❿不復疑。忽與一觴⓫酒，日夕歡相持⓬。

【注釋】❶衰榮句　言人事的盛衰變化無常。無定在，不是固定不變。❷更共之　互相更替。更，更易；改變。共，共同；互相。❸邵生二句　意謂邵生在瓜田種瓜，哪像做東陵侯時榮華富貴。典出《史記·蕭相國世家》：「召（同『邵』）平者，故秦（舊秦）東陵侯。秦破，為布衣，貧，種瓜於長安城東，瓜美，故世俗謂之『東陵瓜』。」邵生，即邵平。寧，豈；哪裡。東陵時，指任東陵侯時。❹寒暑句　晉陸雲〈歲暮賦〉：「寒與暑其代謝兮，年冉冉其將老。」（見《全晉文·卷一〇〇》）代謝，更替變化。代，替代。謝，消逝。❺人道　猶人世的規律、法則。❻每　每每；常常。❼茲　此，指如寒暑之更替。❽達人　通達事理的人。詞出賈誼〈服鳥賦〉：「小人自私，賤彼貴我；達人大觀，物亡不可。」❾會　王瑤注：「指理之所在。」❿逝將　語出《詩經・魏風・碩鼠》：「逝將去女（汝），適彼樂土。」逝，通「誓」。⓫一觴　猶一杯。觴，古代酒器。⓬相持　相持不捨；彼此相親。即序中「無夕不飲」之意。

【語譯】盛衰窮達常不定，忽此忽彼更相替。邵生身在瓜田中，豈像東陵為侯時！寒來暑往有變化，人世規律常如此。通達之人識其理，發誓將不再懷疑。忽與杯酒成知己，日夜暢飲不相離。

【賞析】「人世有代謝，往來成古今。」（孟浩然〈與諸子登峴山詩〉）如何看待人世間的盛衰窮達，實是人生一大難題。古往今來，多少人為此而喜，為此而悲。淵明以他超脫的襟懷，視人間的盛衰更替、窮達變化為一普遍法則，就像寒暑有代謝一樣，誰也無法逃避，因而置衰榮於度外，決心遠離塵世，像《詩經》所描述的那樣：「逝將去女，適彼樂土」，去過他那避世隱居、濁酒自樂的生活。清人方東樹評論此詩說：「言不必攖情無常無定之衰榮，惟知其古今皆若此，故但飲酒可也。」（《昭昧詹言・卷四》）

其二

積善云有報，夷叔在西山❶！善惡苟不應❷，何事空立言❸？九十行帶索❹，飢寒況當年❺！不賴❻固窮節❼，百世❽當誰傳❾？

【注釋】❶積善二句　《史記・伯夷列傳》：「或曰：『天道無親（偏私），常與（助）善人。』若伯夷、叔齊，可謂善人者非邪（耶）？積仁絜（潔）行如此而餓死！」積善云有報，指的就是「天道無親，常與善人」。此語為老子所言，見《老子・七九章》。夷叔，伯夷和叔齊，是商朝所封的孤竹國國君的大兒子和三兒子。孤竹君想把君位傳給叔齊，他死後，叔齊將君位讓給伯夷，伯夷說不能違背父命，於是外逃而去。而叔齊仍不肯，也外逃而去。國人於是立了孤竹君的二兒子。伯夷、叔齊便去投靠西伯姬昌。姬昌剛死，他的兒子姬發帶兵伐紂王，伯夷、叔齊叩馬諫阻，姬發不聽。後來姬發滅商，殺了紂王，伯夷、叔齊感到羞恥，不食周粟，餓死在首陽山。西山，即首陽山，相傳在今山西永濟縣南。❷應　報應。❸立言　著書立說。❹九十句　言榮啟期事，典出《列子・天瑞》。據載，孔子出遊到泰山，看見榮啟期在郕國的野外行走，穿的是粗糙的鹿皮衣，用繩索做衣帶，一邊彈琴，一邊唱歌。孔子問他有什麼值得快樂的事？他回答說：「一樂自己是人，二樂自己是男子，三樂自己已經行年九十。貧困是士人的常事，死亡是人生的必然結果，我過平常的生活，等待必然的終結，還有什麼值得憂愁呢？」孔子聽了以後說：「好呀！真是個能自我寬慰的人呀！」九十，指九十歲。行，行走。帶索，以繩索為衣帶。❺況當年　何況是壯年。當年指盛年、壯年。榮啟期年且九十尚在清貧之中，則其壯年時忍飢受寒更不在話下。❻賴　依靠。❼固窮節　語出《論語・衛靈公》：「子曰：『君子固窮，小人窮斯濫矣。』」固窮，堅持窮困。節，節操。❽百世　百代，言久遠。❾當誰傳　誰當為之傳頌。言外之意是榮啟期如不固窮，後人有誰還會傳頌他。

【語　譯】積善說是有好報，夷、叔為何死西山？善惡如果無報應，卻為何事立空言？榮公九十繫繩索，何況飢寒在壯年！如果不靠固窮節，百代之後誰頌傳？

【賞　析】這首詩表面上是對善惡報應之說提出疑問，其實是用曲折隱晦的方式表達詩人對黑暗現實的憤憤不平。儒家經典說：「積善之家，必有餘慶；積不善之家，必有餘殃。」（《周易・坤卦・文言》）道家的經典也說：「天道無親，常與善人。」（《老子・七九章》）可是實際上卻如司馬遷所言：伯夷、叔齊那樣的善人偏偏遭餓死，顏淵那樣的賢人偏偏要早夭，天報答善人究竟是怎麼回事呢？不但好人不得好報，令人不解的惡人反而得好報，盜跖吃人肉人肝偏偏長壽，天所遵循的是什麼樣的道德呢？特別讓司馬遷不平的是當時專門為非作歹的人卻「終身逸樂，富厚累世不絕」，「非公正不發憤」的人卻「遇禍災」，因此他大發感慨：「余甚惑焉！儻所謂天道，是邪非邪？」（《史記・伯夷列傳》）淵明和司馬遷有同樣的不平，但在詩中他只舉了伯夷、叔齊的例子來說明好人不得好報；惡人得好報的事例，他卻故意省去不說，留給讀者用他們的想像去補充，以此來表達對黑暗現實的不滿，體現出部分陶詩隱晦曲折的特點，可謂用心良苦。面對黑暗現實，他怨憤，他不平，然而卻無能為力，只能舉出榮啟期安貧樂道、忍飢受寒、固窮守節的事例來自寬自慰。此外，他還能做什麼呢？

其三

道喪❶向❷千載，人人惜其情❸。有酒不肯飲，但顧世間名。所以貴❹我身❺，豈不在一生！一生復能幾❻？倏❼如流電❽驚。鼎鼎百年內，持此欲何成❾？

【注釋】❶道喪　自然之道的喪失。典出《莊子・繕性》：「世喪道矣，道喪世矣，世與道交相喪也。」道，指自然之道。《老子・二五章》：「道法自然。」《莊子・繕性》亦云古之時「莫之為（即無為）而常自然」，後世才道喪。❷向　近。❸惜其情　吝惜俗世的名利權勢等慾望，不肯順隨自己的本性。如喝酒本是人所喜愛的，卻為世俗的虛名而約束自己，不敢喝酒，便是「惜情」。❹貴　重視。❺身　自身。❻幾　幾久；多久。❼倏忽然；瞬間。❽流電　閃電。❾鼎鼎二句　謂世俗之人懶懶散散，蹉跎歲月，虛度一生，依靠求名，將有何成就可言。鼎鼎，懶散寬慢之謂。語出《禮記・檀弓上》：「故騷騷爾則野，鼎鼎爾則小人，君子蓋猶猶爾。」鄭玄注：「謂大（太）舒。」孔穎達疏：「若吉事（喜事），鼎鼎爾，不自嚴敬，則如小人然，形體寬慢也。」引申為蹉跎。百年內，謂一生。持，依靠。此，指代「但顧世間名」。欲，將。劉淇《助字辨略・卷五》：「欲，將也。凡云欲者，皆願之而未得，故以得為將也。」

【語　譯】自然之道喪千載，人人做作失真情。有酒竟然不肯飲，一心只顧世上名。我身所以是珍貴，豈不正在此一生！一生在世能多久？快如閃電我心驚。蹉跎歲月百年內，求名將有何所成？

【賞　析】這首詩的解釋，眾說不一，多數的解釋難以自圓其說，唯有清人方東樹之說最為得體。他說：「言由於不悟大道，故惜情顧名，而不肯任真（按，指放任自然本性），不敢縱飲，不知即時行樂。此即『身後名不如生前一杯酒』，與上篇似相背，然惟其能固窮，是以能忘憂而飲酒，固是一串意，非相背也，不可以文害義也。」（《昭昧詹言・卷四・陶公・四二》）。淵明此詩中所說的「道」不是儒家的「道」，而是道家的自然之「道」，是和人為對立的。人失去了自然之道，便矯揉造作，有酒也居然不肯飲，只圖名利。可是自身之所以可貴，不就是活在世上這一段時光嗎？一旦作古，名也就失去意義了，所謂「身沒名亦盡」（〈形影神・影答形〉）是也。匆匆百年，瞬間即逝，何不及時痛飲幾杯，放任心志，任自然而忘是非，逍遙自在，樂在其中。詩人所謂「任真無所先」（〈連雨獨飲〉），其斯之謂歟！

其四

棲棲❶失群鳥，日暮猶獨飛。徘徊無定止❷，夜夜聲轉悲。厲響❸思清遠❹，去來❺何❻依依❼！自值❽孤生松❾，斂翮❿遙來歸。勁風⓫無榮木，此蔭⓬獨不衰⓭。託身已得所⓮，千載不相違⓯。

【注釋】❶棲棲　不安的樣子。❷定止　安定的停留處。❸厲響　悽厲的叫聲。❹清遠　清幽而又遙遠之境。詩人嚮往清幽之境，〈歸鳥〉詩有云：「顧儔相鳴，景庇清陰。」「日夕氣清，悠然其懷。」「晨風清興，好音時交。」❺去來　或去或來；去而復來。❻何　何等；多麼。❼依依　戀戀不捨的樣子。❽值　遇上。❾孤生松　單獨生長的一棵松樹。〈歸去來兮辭〉：「撫孤松而盤桓。」❿斂翮　收起翅膀，停止飛翔。斂，收。翮，鳥翎的莖；翅膀。⓫勁風　強勁的風，此指秋冬的風。⓬此蔭　指孤生松。⓭衰　衰落；凋謝。⓮得所　得其所；得到託身之處。所，處。⓯違　背離；離別。

【語譯】焦慮不安失群鳥，日落西山還獨飛。來去徘徊無宿處，夜夜哀鳴聲轉悲。叫聲悽厲思清遠，去而復來情依依。自從遇上孤生松，不再高飛遠來歸。疾風落葉無茂樹，惟此寒松獨不衰。且喜已得託身處，千年萬載不相離。

【賞析】這是一首用比喻象徵的手法，託物言志，抒寫歸隱情懷的詩。前六句寫失群鳥離群獨飛，來去不定，想覓一清幽遙遠之地以託身。後八句寫失群鳥遇上一棵孤松，於是棲息其上，樂得其所，永遠不離開。邱嘉穗說：「此詩純是比體。蓋陶公自彭澤解綬，真如失群之鳥，飛鳴無依，故獨守田園，如望孤松而歛翮，託身不相違也。」（《東山草堂陶詩箋・卷三》）邱的評論，基本上符合詩的本意。淵明的四言詩〈歸鳥〉和這首詩所寫的意境基本相同，既然〈歸鳥〉是一首抒寫詩人歸隱的詩，那麼對於這首詩的主旨也就毋須多疑了。至於趙泉山說這首詩是譏諷殷景仁、顏延之等依附劉宋（見李公煥注），蔣薰並以淵明託身孤松，不似殷、顏輩「草草附宋，若勁風無榮木」（見蔣評《陶淵明詩集・卷三》）以成其說，實是難以服人。詩中「勁風無榮木」只是襯托「此蔭獨不衰」，蘊含歲寒然後知松柏之後凋意，象徵詩人固窮的決心，很難說得上有譏諷殷、顏的意思。

其五

結廬❶在人境❷，而無車馬喧❸。問君何能爾❹？心遠地自偏❺。採菊東籬下，悠然❻見南山❼。山氣❽日夕❾佳，飛鳥相與❿還。此中有真意⓫，欲辯已忘言⓬。

【注釋】❶結廬　建造房屋。結，締造；建造。《說文》：「結，締也。」廬，廬舍。❷人境　人間；人世。❸喧　喧鬧；吵鬧。❹爾　如此，指代「結廬」二句。❺心遠句　意為心遠離塵世，住地也就顯得偏遠。❻悠然　悠閑自得的樣子。❼南山　指廬山。廬山古稱南障山。❽山氣　山中雲氣。❾日夕　日暮；日落。《詩經・

王風・君子于役》：「日之夕矣。」夕，暮。❿相與　一起。⓫真意　淳真自然的意趣。《莊子・漁父》：「真者，所以受於天也，自然不可易也。」⓬欲辯句　意為得到真意後想說個清楚，可是卻已經忘記了言語。辯，通「辨」。《莊子・齊物論》：「分也者，有不分也；辯也者，有不辯也。」忘言，忘了言語，也毋須言語，因為使用言語的目的在於得到真意，已經得到了此中真意，也就毋須言語了。《莊子・外物》：「言者所以在意，得意而忘言。」

【語　譯】草廬建造在人間，卻無車馬鬧喧喧。「問你怎麼能如此？」「心遠塵世地自偏。」採摘芳菊東籬下，悠然自得見南山。山中雲氣日暮好，飛鳥互相結伴還。此中景色有真意，欲辨真意已忘言。

【賞　析】這首詩描寫詩人退隱歸田後安貧樂道、悠然自得的情懷。首二句便引起讀者的懸念：「結廬在人境，而無車馬喧。」人境本是嘈雜之地，卻無車馬喧鬧，原因何在？三四句即自問自答，說明緣由：「問君何能爾？心遠地自偏。」其間「心遠」是關鍵，唯有心遠塵世，方能身在人境，卻地自偏遠，不染俗情；否則心存魏闕，即使身在江湖，亦將「避世不避諠」（梁沈約〈酬謝宣城朓詩〉）。我不牽掛世俗，世俗也就不會來煩擾我，「世與我而相違」（〈歸去來兮辭〉），如太白所吟唱的那樣：「君平既棄世，世亦棄君平」，世我兩絕，樂得個悠閑自在，何等愜意！以下六句具體描寫詩人心遠塵世後的閑適意趣。他悠閑自得地在東籬下採菊，無意中見到了南山，於是視線轉移，凝眸於山間的日落景象和飛鳥還巢之樂，頓時境與意會，意從心來，在美好的暮景中體悟到了人生的真意，感到無比的欣慰。可是「真意」的內涵是什麼，他卻欲辯忘言，有意留給讀者去想像，使人有言有盡而意無窮之感。引發詩人頓悟真意的契機是「飛鳥相與還」的自然景色，而詩人曾多次吟唱歸鳥還巢，如「雲無心而出岫，鳥倦飛而知還」（〈歸去來兮辭〉）；「豈思天路，欣及舊棲」（〈歸鳥〉）；「羈鳥戀舊林，池魚思故淵」、「久在樊籠裡，復得返自然」（〈歸園田居〉）；「眾鳥欣有托，吾亦愛吾廬」（〈讀山海經〉），我們能否從中去尋繹「真意」的底蘊呢？隱退歸耕，豈不是如同歸鳥還巢一樣順乎自然，值得欣喜的事嗎？

全詩有理語，亦有理趣，不像玄言詩那樣理過其辭，淡乎寡味，而是淳真自然，耐人尋味。在用字造句上尤見功力，如蘇軾評論說：「『採菊東籬下，悠然見南山』，因採菊而見山，境與意會，此句最有妙趣。近歲俗本皆作『望南山』，則此一篇神氣都索然矣。」（《東坡題跋・卷二・題淵明飲酒詩後》）因為作「望」字，則詩人一邊採菊，一邊望山，毫無閑適意味；作「見」字，則詩人本是採菊，無意望山，見山乃出於偶然，其悠然自得的忘世情懷便躍然紙上了。

其六

行止❶千萬端❷，誰知非與是❸？是非苟相形❹，雷同共譽毀❺。三季❻多此事❼，達士❽似不爾❾。咄咄❿俗中惡⓫，且⓬當從⓭黃綺⓮。

【注釋】❶行止　出處趨舍；行動舉止。❷千萬端　千姿萬態，無奇不有。端，頭緒。頭緒多，參差錯雜。❸誰知句　反問誰知是非，實際是說誰也不知是非之究竟，孰是孰非，無從知曉。❹苟相形　隨便互相加以比較。如《莊子・齊物論》記載王倪的話說：「民濕寢則腰疾偏死，鰍然乎哉？木處則惴栗恂懼，猨猴然乎哉？」

便是為了說明「彼亦一是非，此亦一是非」的無是非論而將人和泥鰍、猴子隨便相比的例子。苟，苟且；隨便，與《禮記・曲禮》「臨財毋苟得，臨難毋苟免」之「苟」用法相同。形，比較。❺雷同句　意謂人云亦云，隨聲附和，說好說壞，沒有準繩。雷同，《禮記・曲禮上》：「毋雷同」，鄭玄注：「雷之發聲，物無不同時應者。人之言當各由己，不當然也。」典出宋玉〈九辯〉：「世雷同而炫曜兮，何毀譽之昧昧！」譽，讚譽。毀，毀謗。❻三季　夏、商、周三代之末，指改朝換代之際。❼此事　指雷同譽毀之事。❽達士　猶「達人」，指通達事理的人士。古有「通人達士」、「賢人達士」、「至人達士」之稱。❾爾　如此。❿咄咄　驚怪聲。⓫俗中惡　世俗中的惡人。惡，惡人；壞人。一作「愚」，解為「愚人」，亦通。⓬且　將。⓭從　隨從；跟隨。⓮黃綺　戰國末年「商山四皓」中的夏黃公與綺里季，這裡代指「商山四皓」。四皓為了躲避秦時暴政，隱於商山，以待天下太平。詳見〈贈羊長史〉注⓱。

【語　譯】行動舉止千萬端，有誰還知是與非？是是非非亂相比，如應雷聲同毀譽。三代之末多此事，達人似乎不如此。俗中惡人真可怪，當隨四皓避亂去。

【賞　析】這是一首對是非不分、黑白顛倒的社會現象深表不滿的詩。顛倒是非，自古皆然。戰國時，屈原曾揭露他所在的時代：「蟬翼為重，千鈞為輕；黃鐘毀棄，瓦釜雷鳴。」（《楚辭・卜居》）荀子也指責他所處的社會：「以盲為明，以聾為聰；以危為安，以吉為凶。」（《荀子・賦篇》）這說明正如詩人所言，三代之末確是存在很多是非顛倒、雷同毀譽的事。然而這首詩指責的重點不在歷史，而在現實，詩中「三季多此事」一句之後，緊接「達士似不爾」一句，就表達了這個意思。所謂「達士」，當然包括了屈原、荀子等前代聖賢，但是它所指的對象還是側重在詩人自己。因而接著便寫詩人對俗中惡人不辨是非、隨聲附和的咄咄怪事表示驚怪，聲言自己將隨從商山四皓藏於深山，以避亂世，委婉地表達了對當時黑暗現實的不滿。如果我們結合詩人在〈感士不遇賦〉中曾對當時「雷同毀異」、顛倒是非的現實有過深刻的揭露，並且說過「密網裁而魚駭，宏羅制而鳥驚。彼達人之善覺，乃逃祿而歸耕」，那麼對於這首詩的刺時主旨，也就更易於理解了。

其七

秋菊有佳色，裛露❶掇❷其英❸。汎此忘憂物❹，遠❺我遺世情❻。一觴雖獨進，杯盡壺自傾❼。日入群動❽息，歸鳥趍林❾鳴。嘯傲❿東軒⓫下，聊復得此生⓬。

【注釋】❶裛露　被露水沾濕。裛，通「浥」，沾濕。❷掇　採摘。❸英　花，此指菊花。屈原〈離騷〉：「夕餐秋菊之落英。」詩人採菊當是為了泡酒。〈九日閑居〉有云：「菊為制頹齡。」相傳食菊能延年。❹汎此句　意謂將菊花泡酒。汎，浮。此，指代菊花。忘憂物，指酒。酒能使人忘憂，故稱之為「忘憂物」。古人有將菊花泡酒的習慣，晉孫楚〈菊花賦〉云：「飛金英以浮旨酒。」傅統妻〈菊花頌〉云：「爰採爰拾，投之醇酒。御于王公，以介眉壽。」❺遠　使之遠。黃文煥云：「遺世之情，我原自遠，對酒對菊，又加遠一倍矣。」（《陶詩析義・卷三》）❻遺世情　忘世的情懷。❼壺自傾　壺自空之意。傾，傾盡。❽群動　各種動物。❾趍林　趍向樹林。趍，同「趨」。❿嘯傲　傲然嘯詠之謂。《世說新語・言語》：「周僕射雍容好儀形，詣王公，……既坐，傲然嘯詠。」嘯，撮口出聲。⓫東軒　東窗。⓬聊復句　李公煥注引東坡曰：「靖節以無事為得此生，則見（被）役于物者，非失此生耶？」黃文煥云：「役役世途，失此生矣，東軒之下，乃可以得之。『聊復』云者，幾失而再得之辭也。」（《陶詩析義・卷三》）出仕則身不由己，等於失去此生；退隱，嘯傲東軒，悠閑自得，等於又再得此生。東坡〈臨江仙〉詞：「長恨此身非我有，何時忘卻營營？……小舟從此逝，江海寄餘生。」與此頗為相似。聊，暫且。

【語　譯】秋菊艷麗有佳色，沾著露水採菊英。將此菊英去泡酒，忘世情懷更加深。一杯菊酒雖獨飲，杯乾還飲壺自傾。日落生物皆歇息，歸鳥鳴叫向舊林。傲然嘯詠東窗下，此生且又屬我身。

【賞　析】這首詩的前六句寫採菊泡酒，顧影獨盡；後四句寫日暮賞景，傲然自得。詩人在白露未晞的早上便去採摘菊花，泡製菊酒，獨自飲用。飲用菊酒，既可延年，又可忘憂，同時還寓有品德高潔之意。詩人筆下的松菊，是「懷此貞秀姿，卓為霜下傑」（〈和郭主簿〉）。菊花「冒霜吐穎，象勁直也」（鍾會〈菊花賦〉）。菊的象徵意義，是十分明顯的。「日入」句以下，詩人轉到寫景抒情。黃昏日落，歸鳥還林，這是一幅極其美好的鄉間夕照圖。面對這如畫的景色，詩人觸景生情，睹物興感，想到自己早已退隱歸耕，從「心為形役」的精神牢籠裡解脫出來，什麼人世間的憂愁煩惱，榮辱得失，統統不在話下，於是傲然自得的情緒湧上心頭：「嘯傲東軒下，聊復得此生。」我們如果將這兩句詩和〈歸去來兮辭〉中的「倚南牕以寄傲，審容膝之易安」聯繫起來閱讀，詩人那既恬淡自得而又傲視世俗的神態也就躍然紙上了。「嘯傲」二字和前面的傲霜秋菊遙相呼應，對於表達詩人的品性起到了畫龍點睛的作用。

其八

青松在東園，眾草沒❶奇姿❷。凝霜❸殄❹異類❺，卓然❻見❼高枝。

連林❽人不覺，獨樹❾眾乃奇❿。提壺⓫挂寒柯⓬，遠望時復為⓭！吾生夢幻間⓮，何事紲塵羈⓯！

【注　釋】❶沒　掩沒。❷奇姿　奇異的姿態。陶本「奇」作「其」，指代「青松」。❸凝霜　露凝為霜，即霜凍之謂。❹殄　絕；滅。❺異類　與松不同類的植物，如眾草之類。❻卓然　高出的樣子。❼見　同「現」。❽連林　和樹林連成一片。❾獨樹　獨立。❿奇　驚奇；見其奇姿。⓫壺　酒壺。⓬寒柯　寒枝。凝霜季節，松枝亦顯得寒冷。⓭遠望句　意謂還時時遠望。遠望，望遠。時復為，陶澍解為倒句，「言時復為遠望也。」其說有〈歸去來兮辭〉「時矯首而遐觀」為證，可通。龔斌先生以曾本、蘇寫本云一作「復何為」及曹植〈精微篇〉「怨女復何為」為證，解此句為反問句，「謂何必再遠望外慕。」（《陶淵明集校箋・卷三》）錄以備考。⓮夢幻間　夢幻之中。⓯何事句　意謂何必受塵網的束縛。何事，何用；何必。紲，此處為動詞，束縛、牽制之謂。《說文》：「紲，繫也。」又《釋名・釋車》：「紲，制也，牽制之也。」塵羈，猶塵網。塵，塵世。羈，馬絡頭，引申有網絡意。

【語　譯】青松生長在東園，離離雜草掩奇姿。霜凍眾芳皆凋謝，青松卓立現高枝。與林相連人不覺，孤松獨立眾稱奇。將壺掛在寒枝上，舉首遠望復時時。人生在世一場夢，受制塵網為何事！

【賞　析】這是一首借物詠志詩，宋人洪邁稱之為「蓋以（孤松）自況」（《容齋隨筆・三筆》），清人吳瞻泰稱之為「借孤松為己寫照」（《陶詩彙註・卷三》），溫汝能稱之為「以青松自比」（《陶詩彙評・卷三》），都準確地說明了這首詩的主旨。詩的前六句意在說明「歲寒然後知松柏之後凋」（《論語・子罕》），以青松的傲霜鬥雪、卓然獨立來寄託自己堅貞不屈、不同流俗的高風亮節。後四句直抒胸懷，寫詩人在松下提壺掛柯，時復遠望，頗有「撫孤松而盤桓」、「時矯首而遐觀」（〈歸去來兮辭〉）的意味，這也許反映他退隱歸田以後，思想上曾經有過矛盾，未能完全忘卻塵世。然而，轉念一想，人生如夢，何苦還去受塵網的束縛！於是決心與世俗斷絕來往，永遠躬耕於南畝之中。

其九

清晨聞叩門，倒裳❶往自開。問子❷為❸誰歟❹？田父❺有好懷❻。壺漿❼遠見候❽，疑我與時乖❾：「襤縷❿茅簷下，未足⓫為⓬高栖⓭。一世⓮皆尚同⓯，願⓰君⓱汩其泥⓲。」「深感父老言，稟氣寡所諧⓳。紆轡⓴誠㉑可學，違己㉒詎㉓非迷㉔！且㉕共歡此飲，吾駕㉖不可回。」

【注釋】❶倒裳　顛倒衣裳，此泛言未穿好衣裳。古人衣服，上為衣，下為裳，如裳在上，衣在下，則為顛倒衣裳。典出《詩經・齊風・東方未明》：「東方未明，顛倒衣裳。顛之倒之，自公召（召喚）之。」❷子　您，指田父。❸為　是。❹歟　表疑問的句末語氣詞。「為誰歟」相當於「是誰啊」。❺田父　對老農的敬稱。❻好懷　好意。❼壺漿　以壺盛酒。詞出《孟子・梁惠王下》：「簞食壺漿以迎王師。」漿，謂酒漿。❽見候問候我。見，有代「我」字的作用，參見呂叔湘《文言虛字・附錄》九〇「見」字條。候，問候。❾疑我句　意謂怪我與時俗合不來。疑，怪。乖，乖離；合不來。❿繿縷　同「藍縷」。衣服破爛的樣子。詞出《左傳・昭公十二年》：「篳路藍縷，以處草莽。」⓫未足　夠不上；算不了。⓬為　是。⓭高栖　高隱。指的是王粲〈七釋〉中所描寫的那位潛虛丈人，據說這位丈人是「違世遁俗，恬淡清玄，渾沌淳樸，薄禮愚學，無為無欲，均同生死，混齊榮辱」，有位大夫稱這位丈人「深藏其身，高栖其志」。又宋謝靈運〈山居賦〉「棟宇居山曰山居」，「選自然之神麗，盡高棲之意得」。栖，同「棲」。指隱居。⓮一世　舉世；整個社會。⓯尚同　崇尚雷同。同，謂隨聲附和，同流合污。⓰願　希望。⓱君　您，指淵明。⓲汩其泥　隨波逐流，同流合污之意。典出《楚辭・漁父》：「屈原既放，游於江潭，行吟澤畔，顏色憔悴，形容枯槁。漁父見而問之，曰：『子非三閭大夫歟？何故至於斯？』屈原曰：『舉世皆濁我獨清，眾人皆醉我獨醒，是以見放。』漁父曰：『聖人不凝滯於物，而能與世推移。世人皆濁，何不淈其泥而揚其波；眾人皆醉，何不餔其糟而歠其醨？何故深思高舉，自令放為？』」「淈其泥而揚其波」，《史記・屈原列傳》作「隨其流而揚其波」。汩，同「淈」。《說文》：「濁也。」作動詞用，謂使之濁，即攪混之意。⓳稟氣句　意謂生性不合群。稟氣，猶「稟性」，即天性、生性。稟，承受。氣，氣質；品性。古人認為人的氣質、品性是受之於天，所以「稟氣」是指人的天性、生性。寡，少。諧，和合；協調。⓴紆轡　猶「宛轡」。〈始作鎮軍參軍經曲阿〉有「婉孌（宛轡）憩通衢」句，比喻出仕，「紆轡」與其用意相同。詳見〈始作鎮軍參軍經曲阿〉注⓯⓰⓱。㉑誠　如果；假使。㉒違己　指違背自己的願望或天性。㉓詎　同「豈」。㉔迷　迷惑；糊塗。㉕且　暫且。㉖駕　車駕，比喻心之所向。

【語　譯】清晨聽到敲門聲，急往開門亂穿衣。問聲敲門是哪個？原是老農有好意。提酒遠來問候我，怪我與時相乖離：「衣衫破爛茅屋下，不能稱做是『高棲』。整個社會都同流，願你亦當隨波去。」「深情感謝父老話，生性未能討人喜。折腰求官如可學，違心豈非是痴迷！姑且同歡飲此酒，我的志向不可移。」

【賞　析】關於這首詩的寫作背景，李公煥注引趙泉山的話說：「時輩多勉靖節以出仕，故作是篇。」考之史實，《宋書》本傳亦載：「義熙末，徵著作佐郎，不就。」當時朝廷徵召淵明去做官，時人也多勸他去做官，他卻堅決不去，於是寫下了這首詩，以表示自己不再出仕的決心。

詩中虛構了田父送酒勸仕的情節，前六句敘事，後十句記述田父和詩人的對話，先是田父勸他認清形勢，隨波逐流去做官；然後他作答，聲言自己生性不合群，不能違背自己的心願再去做官。這種「幻出人來」、「托為問答」（方東樹語）的表達方式，和《楚辭》中的〈卜居〉〈漁父〉的寫法極為相似。清人溫汝能評論說：「篇中不過設為問答以見志耳，所云田父，正不必求其人而實之也。」（《陶詩彙評‧卷三》）

全詩有情節，有人物，有對話。故事情節生動，人物性格鮮明，對話語氣逼真，是一篇情趣盎然而又寓意高遠的佳作。

其十

在昔曾遠遊，直至東海隅❶。道路迥且長❷，風波阻中塗❸。此行誰
使然❹？似為飢所驅❺。傾身❻營一飽❼，少許❽便有餘。恐此❾非名計❿，
息駕⓫歸閑居⓬。

【注　釋】❶在昔二句　所述的具體史實，雖有三說，均難以定論。一為劉履說，認為東海隅是指曲阿，蓋其地在宋為南東海郡，淵明有〈始作鎮軍參軍經曲阿〉，這兩句詩似是追述淵明為鎮軍將軍劉裕的參軍時經過曲阿一事（見《選詩補註》）。按，《晉書・地理志下》載，晉時曲阿屬毗陵郡，《宋書・州郡志一》載宋時曲阿屬晉陵郡。既然晉、宋時曲阿均不屬南東海郡，劉履之說，似難成立。二為陶澍說，認為這兩句詩是追述淵明隨從劉牢之討伐孫恩至東海一事（見《靖節先生集》注）。按，據朱自清先生駁證，淵明所任為劉裕參軍而非劉牢之參軍（見〈陶淵明年譜中之問題〉），故陶說亦難成立。三為逯欽立說，因本詩中有「風波阻中塗」一句，而淵明又有〈庚子歲五月中從都還阻風於規林〉一詩，故逯先生認為「東海隅」是「指東晉京師建業一帶」，隱約認為前四句是追述「阻風於規林等事」（見其校注《陶淵明集》）。按，當時的京都建康是否可稱為東海隅，逯先生未提出任何證據；而且詩中是說到東海隅去，而不是說從東海隅回來，因此對其說也只好存疑。隅，角落。❷道路句　出自〈古詩十九首〉：「道路阻且長。」迥，遠。❸風波句　疑指中途為戰亂所阻。風波，喻戰亂。〈歸去來兮辭・序〉有云：「于時風波未靜，心憚遠役。」塗，同「途」。❹然　如此。❺驅　驅使。❻傾身　竭盡身心。傾，盡。❼營一飽　謀求一飽。❽少許　一點點。❾此　指為飢而仕的行為。❿非名計　不是求名的良策。方東樹言「恐失固窮之名」（見《昭昧詹言・卷四》）。⓫息駕　停止車駕，比喻棄仕。⓬閑居　猶隱居。

【語　譯】昔日曾經出遠門，一直行至東海邊。道路漫漫遠又長，不期中途阻風煙。是誰使我成此行？似為飢寒所驅遣。竭盡身心求一飽，稍有剩餘便歡顏。深恐此舉損我名，棄官賦閑歸田園。

【賞　析】李公煥注引趙泉山的話說：「此篇述其為貧而仕。」準確地說明了這首詩的主旨。一般出仕的人，都諱言為了謀生去做官，總要找個「濟蒼生」之類的理由來掩飾自己的真實動機。淵明卻毫不掩飾，直說出仕是飢寒所驅，為求一飽。有了一飽之後，也就心滿意足，沒有進一步的非分要求。此詩句句說的是真話，抒的是真情，他是用真心來喚起讀者的共鳴的。儒家提倡「君子固窮」，淵明擔心為貧而仕就陷入了「小人窮斯濫矣」的道路，從而有損於名節，因此決心棄官歸隱，去過閑居務農的生活。

其十一

顏生❶稱為仁❷，榮公❸言有道❹。屢空❺不獲年❻，長飢❼至于老❽。雖留身後名，一生亦枯槁❾。死去何所知？稱心❿固為好。客養千金軀，臨化消其寶⓫。裸葬⓬何必惡⓭，人當解⓮意表⓯。

【注釋】❶顏生　指孔子的學生顏回，魯國人，字子淵，又稱顏淵。❷稱為仁　典出《論語・雍也》：「子曰：『回也，其心三月不違仁。』」《孔子家語・七十二弟子解》亦言「回之德行著名，孔子稱其仁焉。」❸榮公　指春秋時期的榮啟期。詳見本組詩第二首注❹。❹有道　指榮啟期是得道之士。晉人皇甫謐將榮啟期收入《高士傳》。❺屢空　多次空乏；常常貧窮。典出《論語・先進》：「子曰：『回也，……屢空。』」又《論語・雍也》：「子曰：『賢哉，回也！一簞食，一瓢飲，在陋巷，人不堪其憂，回也不改其樂。』」亦言顏回之貧窮。❻不獲年　指顏回不獲天年，短命而死。典出《論語・雍也》：「孔子對曰：『有顏回者好學，不遷怒，不貳過，不幸短命死矣。』」《史記・仲尼弟子列傳》亦言：「回年二十九，髮盡白，蚤（早）死。」《孔子家語・七十二弟子解》云顏回「三十一，早死。」❼長飢　長期飢餓。❽至于老　直到老。指榮啟期而言。〈飲酒・二〉稱榮「九十行帶索，飢寒況當年」。至于，到達之意。與李密〈陳情表〉「零丁孤苦，至于成立」之「至于」用法同。❾亦枯槁　猶今言實在太貧窮。亦，《後漢書・竇融傳贊》李賢注：「亦，猶實也。」枯槁，《戰國策・秦策一》描寫蘇秦自秦落魄而歸，「形容枯槁，面目犁（黧）黑」，用「枯槁」寫其臉黃肌瘦的窮困像，故「枯槁」似有貧困意。譯文為了押韻，以「糟」譯之。❿稱心　如意；符合自己的心願。⓫客養二句　指楊王孫生前養身、死後裸葬事。典出《漢書・楊王孫傳》。楊王孫，漢武帝時人，學習黃帝、老子的道家學說，家產千金，生前盡量享受，想盡一切辦法保養身體。到了病重將死的時候，先對他的兒子說：「我想赤身裸體埋葬，以使我返歸自然，你一定不要改變我的主意。我死了以後，就用布袋裝上我的屍體，埋在七尺土深的地方。將屍體放下去以後，從腳下拉掉布袋，讓我的身軀和土壤連在一起。」客，指人活在世上。楊王孫認為人活著的時候等於在世上作客，他在給反對裸葬的祁侯的回信中說，如果厚葬，棺木要千年才能腐爛，方能回到土裡。由此看來，哪裡用得著長期在世上作客呢。養，保養。千金軀，指貴重的身體。千金，以示貴重。又楊王孫生前用千金家產保養身體。臨化，到死的時候。楊王孫言：「死者，終生之化，而物之歸者也。」寶，指千金軀。蘇軾〈題淵明飲酒詩後〉：「寶不過軀，軀化則寶亡矣。」⓬裸葬　裸體而葬。⓭惡　壞。⓮解　瞭解；知曉。⓯意表　意在裸葬之外。表，外。楊王孫在給祁侯的回信中對裸葬的用意有詳細的說明：裸葬可以返真，厚葬不但浪費資財，而且還將引發盜墓，妨礙返真。詳見《漢書・楊王孫傳》。

【語　譯】人稱顏回是仁人，又說榮公已得道。一個貧窮短命死，一個長飢直到老。雖然死後留美名，一生貧困實在糟。人死以後知道啥？生前稱心才是好。在世保養千金體，臨死讓它自化消。裸葬未必是壞事，意在葬外當知曉。

【賞　析】人生應當怎樣活才算好？詩人在這首詩中的回答是：不是求名為好，而是稱心求真為好。何以明其然？顏回，「孔子稱其仁」（《孔子家語・七十二弟子解》）；榮啟期，孔子亦稱之為

「能自寬者」（《列子・天瑞》），儘管「暮年方始為樂，是知道之晚」（盧重元《列子注》），仍是個有道之人。他們都名傳後世，被皇甫謐收入《高士傳》。可是，他們兩人，一個貧窮短命，一個挨餓到老，活著等於受罪！圖個身後名吧，然而，人死就一無所知，「身滅名亦盡」（〈形影神〉），名，又有何用？由此看來，人生在世，當以稱心為好。這稱心，也就是詩人說的「任真」（〈連雨獨飲〉）、「順心」、「委心任去留」（〈歸去來兮辭〉）的意思。人生能做到稱心，便可以免去「心為形役」之苦，逍遙自在，歸樸返真，任其自然，豈不是最大的幸福嗎？否則，即使有金錢，有地位，有名聲，精神上卻沒有自由，又有什麼好呢？這也許就是魏晉大亂之後，伴隨著道家思想的盛行，人性回歸的一種表現吧。

生，應當聽其自然；死，也應當聽其自然。楊王孫裸葬，「以返吾真」，不讓厚葬阻礙他返歸自然真宅，是在追求另一種形式的「稱心」、「任真」。詩人提醒人們理解楊王孫裸葬之外的深意，大概也就在此吧。生，稱心以求真；死，裸葬以返真，生亦真，死亦真，豈不快哉！

其十二

長公❶曾一仕❷，壯節❸忽失時❹。杜門❺不復出，終身與世辭。仲理❻歸大澤❼，高風❽始在茲❾。一往❿便當已⓫，何為復狐疑⓬？去去⓭當⓮奚道⓯，世俗久相欺⓰。擺落⓱悠悠談⓲，請從余所之⓳。

【注釋】❶長公　據《史記‧張釋之列傳》，張釋之的兒子張摯，字長公，官至大夫，被免職。因為不能取容當世，所以終身不仕。❷一仕　一度出來做官。❸壯節　壯年時節。節，時。❹失時　指其生非盛明之時而被免職。典出《楚辭‧九辯》：「恨其失時而無當。」五臣注：「恨失其明時，不與賢君相當。」❺杜門　閉門。❻仲理　據《後漢書‧儒林列傳》，楊倫，字仲理，陳留東昏（在今河南省蘭考縣東北）人，為郡文學掾，因志乖於時，於是離職而去，在大澤中講學，弟子達千餘人。後來曾三次應徵，第一次為博士，因擅自棄官奔喪而獲罪；第二次為侍中，因上書要求嚴懲貪官任嘉，又獲罪；第三次為太中大夫，大將軍梁商舉為長史，諫諍不合，改任常山王傳，託疾不往，上書朝廷，聲言「有留死一尺，無北行一寸。刎頸不易，九裂不恨」，又再次獲罪。史稱「倫前後三徵，皆以直諫不合」。❼歸大澤　指棄官歸大澤講學事。❽高風　高尚的風範。❾始在茲　在此開始。❿一往　指應徵一次。⓫便當已　就應當停止，指不要再次、三次應徵。已，止，指歸隱。⓬狐疑　相傳狐性多疑，故稱猶豫不決為狐疑。此指楊倫再三應徵，未一往即止而言。⓭去去　表示決絕之詞。曹植〈雜詩〉：「去去莫復道。」⓮當　尚；還。與《史記‧魏公子列傳》「公子當何面目立天下乎」之「當」字用法相同。⓯奚道　何道；講什麼。⓰久相欺　長期欺騙我。相，有替代「我」的作用，參見呂叔湘《文言虛字‧附錄》「相」字條。⓱擺落　擺脫；甩開。⓲悠悠談　虛浮無根的言談。《晉書‧王導傳》：「悠悠之談，宜絕智者之口。」悠悠，猶「謬悠」。《莊子‧天下》：「謬悠之說，荒唐之言。」⓳所之　所往，指隱居之地。

【語譯】張摯一度曾出仕，壯年時節被免職。從此閉門不出來，毅然終身不再仕。楊倫離職回大澤，高風亮節從此始。應徵一次當止步，為何復出又疑遲？算了算了還說啥，世俗欺我已多時。無根之談別理它，請隨我去避塵世。

【賞析】這是一首借詠史以言志的詩。邱嘉穗說：「此又借古人仕而歸者，以解其辭彭澤而歸隱之本懷。」（《東山草堂陶詩箋‧卷三》）大抵是對的。詩中詠了西漢張摯、東漢楊倫兩個歷史人物。

張摯，一次出仕，被免職以後，便終身不復再出，詩人對他推崇備至；楊倫，為官離職以後，又三次復出，詩人雖然讚揚他敢於直諫的高風亮節，對他多次復出卻頗有微辭。於此我們也就可以窺見他辭去彭澤令以後，「徵著作郎，不就」（蕭統〈陶淵明傳〉）的本心。對於詩人退隱而又不復再仕，看來當時議論不一，像田父那樣的好心人怪他不合時宜：「襤褸茅簷下，未足為高栖。一世皆尚同，願君汩其泥。」（本組詩其九）另外也許還有人以名利相誘，勸他復出。陶必銓說：「世俗悠悠，非榮則利，歧路之惑，多由此也。」（《萸江詩話》）這種可能性也是存在的。最後四句詩，當是針對這些人而發的。詩人以此再次表達了不肯再仕的決心，「頗有傲世之意」（溫汝能纂集《陶詩彙評・卷三》）。

其十三

有客常同止❶，趣捨❷邈異境❸。一士❹長獨醉，一夫終年醒。醒醉還相笑，發言各不領❺。規規❻一何❼愚，兀傲❽差❾若穎❿。寄言⓫酣中客⓬，日沒⓭燭當炳⓮。

【注釋】❶同止　同住。❷趣捨　同「趨捨」。趨向與捨棄，就志趣而言。司馬遷〈報任安書〉：「僕與李陵，……趣舍異路。」即言其志趣與李陵不同。趣，同「趨」。趨向；追求。❸邈異境　境界遠不相同。邈，遠。❹一士　與下文「一夫」同義，猶一人。❺領　領會；理解。❻規規　見識渺小的樣子。規規一詞的釋義，頗為分歧，有「自失之貌」、「淺陋拘泥貌」、「驚視自失貌」等多種。今不採以上諸說，釋以見識渺小的樣子，依據如下：《莊子．庚桑楚》云「規規然若喪父母」，成玄英《疏》：「規規，細碎之謂也。」陸德明《釋文》：「規規，一云細小貌。」《荀子．非十二子》云「瞡瞡然」，楊倞注：「或曰『瞡』與『規』同，規規，小見之貌。」又《莊子．秋水》寫埳井之蛙聞東海之鱉言東海之大以後，於是「適適然驚，規規然自失也」，雖成玄英《疏》言「規規，自失之貌」，然以文意視之，「規規」當是井蛙發現小井與東海之大相比而自感渺小之謂。且下文「子乃規規然而求之以察，索之以辯，是直用管窺天，用錐指地也，不亦小乎！」亦是言其見識渺小。王先謙《莊子集解》注：「規規，小貌。」深得其旨。❼一何　何等；多麼。一，表示決定語氣。❽兀傲　高傲。《說文》：「兀，高而上平也。」❾差　稍；略。❿穎　聰穎；聰明出眾。⓫寄言　捎話。⓬酣中客　飲酒飲得正歡暢的人。⓭日沒　日落；夜晚。⓮炳　點燃。曹丕〈與吳質書〉：「年一過往，何可攀援！古人思炳燭夜遊，良有以也。」炳，陶澍本作「秉」，意為「持」，亦可通。〈古詩十九首〉：「生年不滿百，常懷千歲憂。晝短苦夜長，何不秉燭游？為樂當及時，何能待來茲（來年）？」

【語　譯】兩個客人常同住，志趣趨捨各異心。一個長年獨醉酒，一個終歲都清醒。醒者醉者還相笑，說話各自不心領。醒者識小多愚昧，醉者高傲略聰明。捎句話兒給醉客，炳燭夜遊意更深。

【賞　析】這首詩寫醒者與醉者相處一起，而志趣各異，使人有同床異夢之感。自從屈原說過「舉世皆濁我獨清，眾人皆醉我獨醒」（《楚辭．漁父》）以來，醉者指俗人，醒者指高士，已經成為人們普遍認同的公論。可是在這首詩中，詩人卻與傳統的看法不同，稱醒者為「愚」，醉者為「穎」，故作諧語，他怕是要為自己醉酒作辯護麼？其實不然，他所說的「醉」不是真醉，所說的「醒」也不是真醒，而是說世俗中那些貌似醒者的人卻在做蠢事，看似醉者的人卻聰明過人。瞭解了這一點，那些正在酣飲的人，不是更應炳燭夜遊，及時行樂嗎？否則年一過往，何可攀援，豈不是要留下終生遺憾。前人評論說：「篇中言醒者愚而醉者差穎，或謂淵明嗜酒，故為左袒之論，豈知其悲憤牢騷，不過寄意於酒，遂言之不覺近於謔耳。淵明豈真左袒醉人哉？善讀陶者當自得之。」（溫汝能纂集《陶詩彙評・卷三》）

其十四

故人❶賞我趣❷，挈壺❸相與❹至。班荊❺坐松下，數斟❻已復醉❼。父老雜亂言，觴酌失行次❽。不覺知有我❾，安知❿物⓫為貴？悠悠⓬迷所留⓭，酒中有深味。

【注　釋】❶故人　老友。❷賞我趣　給我添趣。賞，賞給；給予。與「賞臉」、「賞光」之「賞」用法相同。又解為賞識，亦通。❸挈壺　提著酒壺。❹相與　一起；結伴。❺班荊　將荊鋪在地上墊坐。典出《左傳・襄公二十六年》：「伍舉奔鄭，將遂奔晉；聲子將如晉，遇之於鄭郊，班荊相與食，而言復故。」杜預注：「班，布也，布荊坐地。」布，鋪。荊，灌木名。❻數斟　斟酒幾次。斟，向杯中倒酒。❼復醉　又醉。淵明經常醉，此次數斟之後，又醉。❽觴酌句　意謂飲酒亂了次序。觴酌，向杯中斟酒。觴，酒杯。酌，斟。失，失去。行次，酌酒勸飲一遍的先後次第。行，勸飲一遍。❾不覺句　即不知有我，忘我。❿安知　怎麼知道；哪裡知道。⓫物　身外之物。⓬悠悠　此處形容心情閑適的樣子。⓭所留　所留戀的東西，指酒，參用方東樹說，見《昭昧會言・卷四》。

【語　譯】朋友給我添佳趣，提著酒壺來相聚。鋪荊在地松下坐，剛喝幾杯我又醉。父老說笑好雜亂，舉杯勸飲無次序。醉後不覺忘了我，身外之物啥稀奇？悠悠我心迷戀酒，酒中自然有深味。

【賞　析】這是一首記敘與故人開懷暢飲的詩。前六句寫飲酒的歡樂情景，異常生動逼真；後四句借酒說理，探求醉酒的深意，更是耐人尋味。「不覺知有我，安知物為貴」二句所說的境界，甚似道家的「坐忘」。《莊子・大宗師》說，忘記自己的肢體，拋棄自己的聰明，離開自己的形體，去掉自己的智慧，和大道融通為一，這就叫做「坐忘」。道家通過「隱机（靠著几案）而坐，仰天而噓」，類似氣功的靜坐，以求得「似喪其耦」，身心俱遺，物我兩忘的境界（參見《莊子・齊物論》）。而詩人卻以舉杯暢飲，期在必醉，來達到不知有我，安知物貴的同樣境界，真可稱得上殊途同歸。這裡的「物」顯然是指身外之物，舉凡是非得失、進退升降、大小長短、貧富貴賤、……統統包括在內。借酒達到了不知有我，那麼這一切外物也就自然忘掉了，還有何貴重可言呢？瞭解了這點，也就可以知道詩人為何迷戀於酒，說酒中有深味了。這深味，是忘憂？還是免禍？抑或是遠世？甚至兼而有之？可以意會，而毋須言傳，讀者可以自己去體味。

其十五

貧居乏人工❶，灌木❷荒余宅。班班❸有翔鳥，寂寂無行跡。宇宙一何悠❹，人生少至百❺。歲月相催逼，鬢邊早已白。若不委窮達❻，素抱❼深可惜❽。

【注釋】❶人工　人力。❷灌木　叢生的小樹。❸班班　連續不斷的樣子。《後漢書・五行志一》：「桓帝之初，京都童謠曰：『……車班班，入河間。』……言上（指桓帝）將崩，乘輿班班入河間迎靈帝也。」❹一何悠　多麼長久。一，表示決定語氣。何，何等；多麼。悠，長。❺百　指百歲長壽。〈古詩十九首〉：「人生不滿百，常懷千歲憂。」❻委窮達　意為讓窮達聽其自然而不在意。委，聽任；放棄不管。窮，窮困。達，通達。❼素抱　素懷；素志；本心。指「性本愛丘山」、「質性自然」而言。素，本。抱，懷抱。❽深可惜　方東樹云：「言若不委窮達，則多憂懼，是擾其素抱，為無益鄙懷，豈不可惜？」（《昭昧詹言・卷四》）

【語譯】居家貧窮少人力，灌木荒了我住宅。翩翩飛鳥時來往，寂寂門前無人跡。無盡宇宙長悠悠，苦短人生少百歲。時光如流催人老，鬢邊青絲早已白。窮達若不置度外，有背初衷可痛惜。

【賞析】這是一首描寫詩人如何對待窮困的詩。退隱以後，詩人居家貧窮，無力整治房舍，灌木荒宅，飛鳥來往，人蹤絕跡，冷落淒涼，門可羅雀。如果這時詩人還處於盛壯之年，即使再窮困，也還可以寄希望於將來。可是宇宙無限，人生苦短，歲月催人，詩人已是兩鬢如霜，日暮途窮，老之將至。面對如此嚴酷的現實，詩人想到的是「若不委窮達，素抱深可惜」，以一種超然曠達的胸懷去對待窮困，將人世間的窮達升降、榮辱得失統統置之度外，聽其自然，只求不改初衷，保持自然本性，以求無怨無悔而已。其實，超脫之中正蘊含著一種無可奈何的悲哀。

其十六

少年罕❶人事❷，游❸好❹在六經❺。行行❻向❼不惑❽，淹留❾遂無成❿。竟⓫抱固窮節⓬，飢寒飽所更⓭。弊廬交悲風⓮，荒草沒⓯前庭⓰。披褐⓱守長夜⓲，晨雞不肯鳴⓳。孟公⓴不在茲㉑，終以翳㉒吾情。

【注釋】❶罕　少。❷人事　指人世間的往來應酬等。❸游　遊心；留心。❹好　愛好；喜愛。❺六經　指《詩》、《書》、《易》、《禮》、《樂》、《春秋》等書，都是儒家的經典著作。❻行行　行了又行，這裡是過了一年又一年的意思。❼向　接近。❽不惑　指四十歲。典出《論語．為政》：「子曰：『四十而不惑』」。按，這句是追述往事，不能據此來確定此詩的寫作年代。❾淹留　久留。❿無成　沒有成就。詩人曾說：「余嘗學仕，纏綿人事，流浪無成。」此句典出宋玉〈九辯〉：「時亹亹而過中兮，蹇淹留而無成。」⓫竟　終於。⓬固窮節　堅持窮困而不胡作非為的節操。典出《論語．衛靈公》：「子曰：『君子固窮，小人窮斯濫矣。』」⓭飽所更　充分經歷之意。飽，程度副詞，充分之意，與「飽受」「飽經」之「飽」用法同。更，經歷。⓮弊廬句　意為悲涼的風吹進破草房。弊，通「敝」。敗；破。廬，廬舍。交，交接。風與屋相接，即風吹屋之意。悲風，指秋冬時期的風。⓯沒　掩沒；覆蓋。⓰前庭　門前院子。⓱褐　粗布衣服。⓲長夜　秋冬之夜。序云：「比夜已長。」⓳晨雞句　夜長天難亮之意。晨雞，早上報曉的雞。雞不肯鳴表示天難亮，夜長久。⓴孟公　指東漢人劉龔，據《後漢書．卷三〇．蘇竟傳》載，劉龔，字孟公，長安人，善議論，馬援、班彪都器重他。又據《高士傳．卷中．張仲蔚傳》載：「張仲蔚者，平陵（在今陝西省興平縣東北）人，與同郡魏景卿俱修道德，隱身不仕。明天官博物，善屬文，好詩賦。常居窮素，所處蓬蒿沒人，閉門養性，不治榮名，時人莫識，唯劉龔知之。」詩人自比張仲蔚，而無知己，故提及劉龔。李公煥以「前漢陳遵，字孟公，嗜酒」注此句，誤。㉑茲　此。㉒翳　隱沒。《廣韻》：「翳，隱也。」

【語　譯】少年時期少人事，一心只在書中遊。年復一年近四十，久留塵世無成就。終於決心守窮困，飢寒交迫我飽受。悲風吹進破屋裡，門前庭院荒草稠。披上粗衣守長夜，曉雞不鳴夜長久。孟公知音不在此，吾情誰知恨悠悠。

【賞　析】這是一首自述平生、悲無知己的詩。詩人從小便少與人世交往，專心閱讀儒家典籍。儒家教人積極入世，有所作為，可以想見，詩人年輕時，在儒家思想影響下，定是胸懷壯志，想成就一番大事，〈雜詩〉中說「憶我少壯時，無樂自欣豫。猛志逸四海，騫翮思遠翥」便可作為佐證。可是偏偏事與願違，「總角聞道，白首無成」（〈榮木．序〉），行年四十，毫無成就。因而走上了固窮退隱的道路，四十一歲便告別官場，永歸園田了。從此隱居躬耕，飽受飢寒，草廬為悲風所破，前庭被荒草所沒，長夜難明，披褐獨坐，過著「寒夜無被眠。造夕思雞鳴」（〈怨詩楚調示龐主簿鄧治中〉）的悲慘生活。身處此境，正如丁福保所言：「陶公固窮有年，荒草沒庭，處境與仲蔚相似，惜無知己如劉龔相人者，故有『孟公不在茲』之歎也。」（《陶淵明詩箋注》）

其十七

幽蘭❶生前庭❷，含薰❸待清風。清風脫然❹至，見別❺蕭艾❻中。行行⑦失故路⑧，任道⑨或能通⑩。覺悟⑪當念還⑫，鳥盡廢良弓⑬。

【注釋】❶幽蘭　典出《楚辭・離騷》：「戶服艾以盈要（腰）兮，謂幽蘭其不可佩。」此處詩人以幽蘭自喻。❷前庭　門前庭院。❸薰　香氣。❹脫然　霍然；忽然。〈歸去來兮辭・序〉：「親故多勸余為長吏，脫然有懷，求之靡途。」❺見別　被區分出來。見，表被動。❻蕭艾　惡草名，以喻小人。典出《楚辭・離騷》：「何昔日之芳草兮，今直為此蕭艾也。」❼行行　行了又行，此指其人生道路而言。❽失故路　拋棄了舊路，即〈歸去來兮辭〉所謂「迷途」之意，指放棄了自己原來的主張而出仕。故路，指「少無適俗韻，性本愛丘山」而言。❾任道　守道、信道之謂，語本《楚辭・九章・桔頌》：「精色內白，類任道兮。」蔣驥注：「其精純之色蘊於內者無非潔白，又似任道者之不為物累也。」又魏何晏《論語集解》在解釋《論語・雍也》孔子的話「有顏回者，好學，不遷怒」時，引前人的注說：「凡人任情，喜怒違理；顏回任道，怒不過分。遷者，移也，怒當其理，不移易也。」《論語正義》進一步解釋說：「顏回任道怒不過分者，言顏回好學，既深信任至道，故怒不過其分理也。」此比喻歸隱。❿或能通　或能通暢。詩人離開田園而出仕，可是仕路不通；改而守道而歸隱，或許此道能通。⓫覺悟　當是指其認識到了「行行失故路，任道或能通」而言。⓬念還　思還田園。念，常思。⓭鳥盡句　飛鳥盡，良弓藏之意。典出《史記・越王句踐世家》。范蠡、大夫種佐越王句踐滅吳以後，范蠡離開越國到了齊國，給留在越國的大夫種寫了一封信，說：「蜚（飛）鳥盡，良弓藏；狡兔死，走狗烹。越王為人長頸鳥喙，可與共患難，不可與共樂。子何不去？」不久，越王句踐便賜劍讓大夫種自殺。又《史記・淮陰侯列傳》載劉邦消滅項羽以後，誅殺功臣，韓信受縛時也曾說：「果若人言：『狡兔死，走狗烹；高鳥盡，良弓藏；敵國破，謀臣亡。』天下已定，我固當烹！」詩人用此典，說明出仕從政，功成之後，必有殺身之禍，不如及時歸隱。

【語　譯】幽蘭生在庭院中，含香蘊芳待清風。有朝清風忽然至，蘭與蕭艾自不同。行而又行失舊路，守道歸隱或可通。已經覺悟當思歸，高鳥射盡棄良弓。

【賞　析】這是一首以幽蘭作比興，寫詩人由出仕而思歸隱的詩。溫汝能說：「此詩只是借幽蘭以自喻，似無別意。」（《陶詩彙評・卷三》）幽蘭待清風而香始遠，否則與蕭艾無別。那麼，這「清風」比喻什麼呢？湯漢說是比喻「賢者出處之致，亦待知（智）者知耳」（《陶靖節先生詩・卷三》湯注）。果真如此，那麼，這首詩的前四句便是寫智者發現了詩人馨香芳潔的品性而使得他有機會出仕了。後四句寫詩人出仕後思念歸隱。湯漢說：「淵明在彭澤日，有悵然慷慨深愧平生之語，所謂『失故路』也。惟其任道而不牽於俗，卒能回車復路云耳。」（同上）〈歸去來兮辭・序〉有云：「嘗從人事，皆口腹自役。於是悵然慷慨，深媿平生之志。」詩中的「行行失故路」，當是就此而言。好在迷途未遠，還來得及回頭，於是詩人覺醒了，又想回到守道任自然的歸隱之途，與許這還可能是一條行得通的路呢，這就是詩中「任道或能通」的意思，也是所謂「道勝無戚顏」吧。既然已經「覺今是而昨非」，思念歸田也就是理所當然的事了。綜觀歷史，功成身敗的事，曾經多次出現，大夫種賜死在前，韓信受斬於後，詩人所生活的年代，劉裕也已經誅殺劉毅、諸葛長民。鳥盡棄良弓，功成殺謀臣，「仕路之險，無時非廢弓之慘」（黃文煥《陶詩析義・卷三》），不歸隱，還等什麼呢？由此可知，詩人的歸隱是包含了免禍的成分的。

其十八

子雲❶性嗜酒，家貧無由❷得。時❸賴❹好事人❺，載醪❻祛所惑❼。

觴❽來為之盡，是諮無不塞❾。有時不肯言，豈不在伐國❿？仁者用其心，

何嘗⓫失顯默⓬？

【注　釋】❶子雲　《漢書・揚雄傳》載：揚雄，字子雲，蜀郡成都人，「不汲汲於富貴，不戚戚於貧賤」，「自有大度，非聖哲之書不好也；非其意，雖富貴不事也」。「家素貧，耆（嗜）酒，人希（稀）至其門，時有好事者載酒肴從游學」。劉歆曾去嘲笑他，他「笑而不應」。❷無由　無從；無法。❸時　有時。❹賴　依靠。❺好事人　喜歡多事的人。詞出《孟子・萬章上》：「好事者為之也。」❻載醪　即傳中所說的「載酒」。醪，濁酒。❼祛所惑　除去心中疑惑；要求解惑。即傳中所說的「從游學」。❽觴　酒杯，此處指酒。❾是諮句　意為問無不答，滿足問者的要求。諮，詢問。塞，滿足。《玉篇》：「塞，實也，滿也。」❿伐國　攻伐別國之事。無端伐國，乃不義之舉。《墨子・非攻上》：「大為不義攻國。」《漢書・董仲舒傳》載，江都易王劉非曾問董仲舒以句踐伐吳事，董回答說：「臣愚不足以奉大對。聞昔者魯君問柳下惠：『吾欲伐齊，何如？』柳下惠曰：『不可。』歸而有憂色，曰：『吾聞伐國不問仁人，此言何為至於我哉？』徒見問耳，且猶羞之，況設詐以伐吳乎？」⓫何嘗　何曾。⓬失顯默　當顯不顯，當默不默，謂之「失顯默」。顯，明言。默，緘默不言。顯默，猶「語默」。《周易・繫辭上》：「君子之道，或出或處，或默或語。」此處「顯」承「是諮無不塞」，「默」承「有時不肯言」。

【語　譯】揚雄生性嗜好酒，家中貧窮無從得。有時依靠好事人，攜酒前來求解惑。濁酒送來一飲盡，凡是詢問無不答。有時閉口不肯言，豈非所問是攻國？仁人用心重道義，或語或默不亂說。

【賞　析】宋人湯漢說：「此篇蓋托子雲以自況。」（《陶靖節先生詩·卷三》湯注）認為淵明是借揚雄的事跡來自述懷抱。我們將公認為淵明實錄的〈五柳先生傳〉和這首詩以及《漢書·揚雄傳》對照起來閱讀，就會發現淵明與揚雄許多相似之處：五柳先生「好讀書，不求甚解」，而揚雄亦「少而好學，不為章句，訓詁通而已」；五柳先生「性嗜酒，家貧不能常得」，而揚雄亦「性嗜酒，家貧無由得」；五柳先生「造飲輒盡」，揚雄亦「觴來為之盡」；五柳先生「不戚戚於貧賤，不汲汲於富貴」，揚雄亦「不汲汲於富貴，不戚戚於貧賤」。何其相似乃爾！

頗令人費解的是揚雄一生中從未有過不言伐國的事，後來反而論秦之劇，稱新之美，寫了遭到後人非議的〈劇秦美新〉，去歌頌王莽，與淵明「恥復屈身後代」（蕭統〈陶淵明傳〉），真有天壤之別。由此可知詩中說的「有時不肯言，豈不在伐國」二句，詠的顯然不是揚雄，而是為董仲舒所稱道的柳下惠。魯國的君主向柳下惠問伐齊之事，柳下惠明確表示反對，並且說：「伐國不問仁人，此言何為至於我哉？」為此感到羞恥。淵明歌詠此事，應是借柳下惠的事跡來自況。嚴格說，這首詩乃是淵明借揚雄、柳下惠兩人的事跡來述懷。陶澍說：「載醪不卻，聊混迹于子雲；伐國不對，實希風于柳下。蓋子雲劇秦美新，正由未識不對伐國之義。必如柳下，方為仁者之用心，方為不識顯默耳。」（《靖節先生集》集注）明乎此，便可以知道為什麼淵明與友人、老農或談詩論文，或共話桑麻，稱心愜意，說笑不止；而身處潯陽這一戰亂頻繁之地，對於戰亂，在他的詩文中卻毫無反映。「仁者用其心，何嘗失顯默」，當顯則顯，當默則默，他對當時的軍閥混戰，是用沉默不言來表示其憤懣之情的。

其十九

疇昔❶苦長飢，投耒❷去學仕❸。將養❹不得節❺，凍餒❻固❼纏己。是時向立年❽，志意❾多所恥。遂❿盡介然分⓫，終死⓬歸田里⓭。冉冉⓮星氣流⓯，亭亭⓰復一紀⓱。世路⓲廓悠悠⓳，楊朱所以止⓴。雖無揮金事㉑，濁酒聊可恃㉒。

【注釋】❶疇昔　往日；從前。❷投耒　放下翻土的農具，即棄農之意。❸學仕　學做官。❹將養　即「養」之意。《詩經・小雅・四牡》：「王事靡盬，不遑將父。」毛《傳》：「將，養也。」又《墨子・非命上》：「內無以食飢衣寒，將養老弱。」❺不得節　不得法。節，法度。❻餒　飢餓。❼固　《廣韻》：「固，常也。」❽向立年　年近三十。向，近。立年，而立之年，指三十歲。《論語・為政》：「三十而立。」按，這裡的「向立年」實指二十九歲，淵明二十九歲才出仕任江州祭酒。❾志意　內心。在心為志。❿遂　於是。⓫盡介然分　盡堅定耿介的職責，謂決意辭別官場。介然，堅定耿介的樣子。《荀子・修身》：「善在身，介然，必以自好也。」楊倞注：「介然，堅固貌。」又《周易・豫卦・爻辭》：「介于石」，孔穎達《疏》：「守志耿介，似於石然。」分，職分；職責。⓬終死　陶澍校注：「焦本云，一作『終死』，非。宋本作『拂衣』。」譯文從宋本。拂衣，提衣，在此表示歸隱之意。《後漢書・楊震傳》附〈楊彪傳〉載孔融言：「孔融，魯國男子，明日便當拂衣而去，不復朝矣。」⓭田里　田園故里。⓮冉冉　漸漸。詞出屈原〈離騷〉：「老冉冉其將至兮。」⓯星氣流　謂時光流逝。星，即天上的星宿。氣，節氣；氣候。《素問》：「五日謂之候，三候（半個月）謂之氣，六氣（三個月）謂之時（季），四時（四季）謂之歲。」流，流動；變化。星宿的移動，氣候的變化，都說明時光在流逝。⓰亭亭　長遠；久遠。⓱復一紀　又十二年。一紀等於十二年。此句承接「歸田里」，言自歸田以來又十二年。淵明於義熙元年（西元四〇五年）歸田，至今又過了十二年，故此詩當作於義熙十二或十三年（西元四一六、四一七年）。⓲世路　世途。⓳廓悠悠　空曠而又遙遠，有難以預測之意。⓴楊朱句　意為這就是楊朱之所以止步不前的原因。典出《淮南子・說林》：「楊子（即楊朱）見逵路（四通八達的道路）而哭之，為其可以南，可以北。」楊朱，戰國時人。㉑揮金事　指西漢疏廣、疏受揮金宴請賓客之事。據《漢書・疏廣傳》，疏廣為太子太傅，疏受為太子家令，因居高思危請歸田里，天子賜黃金二十斤，太子贈黃金五十斤。歸後，日以此金設酒食，宴請族人故舊賓客，與相娛樂。後以壽終。㉒濁酒句　言暫時可依靠飲濁酒過日子。聊，姑且；暫且。恃，依靠。

【語　譯】往日居家長受飢，棄農離家做官去。養家糊口不得法，寒冷飢餓常纏己。此時我年近三十，心中深深以為恥。於是決然別官場，拂衣歸田還舊居。斗換星移光陰逝，歲月悠悠又一紀。世途渺茫難預料，楊朱止步痛哭泣。歸家雖無揮金宴，濁酒暫可乾幾杯。

【賞　析】這是一首自述平生的詩，寫自己因貧而仕，因仕而恥，因恥而思歸，從而決心盡耿介之責，棄官歸田。內容與〈歸去來兮辭・序〉大致相同。所不同的是這首詩在說明棄官歸田原因時，引用了楊朱哭於歧途的典故：「世路廓悠悠，楊朱所以止。」楊朱之所以止步不前，哭於歧途，是因為歧途上「可以南，可以北」，往南還是往北，需要自己去選擇。據《荀子・王霸篇》記載，當時楊朱還說過一句話：「此夫過舉蹞步而覺跌千里者夫！」在歧途上只要走錯半步，結果就會發覺錯了一千里。問題既然如此嚴重，且世途渺茫，難以預測，選擇人生道路，能不慎之又慎麼？可見詩人選擇棄官歸田之路是經過深思熟慮的。篇末二句說自己歸田以後，雖不能像疏廣、疏受那樣揮金宴請賓客，總還可以濁酒自慰，似乎也就心滿意足了。

其二十

羲農❶去❷我久，舉世❸少復真❹。汲汲❺魯中叟❻，彌縫❼使其淳❽。鳳鳥雖不至❾，禮樂暫得新❿。洙泗輟微響⓫，漂流⓬逮⓭狂秦⓮。《詩》《書》⓯復何罪？一朝成灰塵⓰。區區⓱諸老翁⓲，為事⓳誠殷勤。如何絕世下⓴，六籍無一親㉑！終日㉒馳車走㉓，不見所問津㉔。若復㉕不快㉖飲，空負頭上巾㉗。但恨㉘多謬誤，君㉙當恕醉人。

【注釋】❶羲農　指傳說中的上古帝王伏羲氏、神農氏。❷去　離開。❸舉世　全世界。❹真　淳真，不虛偽。❺汲汲　迫切追求的樣子。❻魯中叟　指孔子。孔子是魯國陬邑（今山東曲阜）人。叟，老人。❼彌縫　彌補縫合；縫補。《左傳・僖公二十六年》：「彌縫其闕（缺）。」據《史記・孔子世家》記載，「孔子之時，周室微而禮樂廢，《詩》《書》缺」，「孔子不仕，退而修《詩》《書》《禮》《樂》，弟子彌眾，至自遠方，莫不受業焉。」❽使其淳　使它恢復淳真的面貌。❾鳳鳥句　意謂太平盛世雖然沒有到來。典出《論語・子罕》：「子曰：『鳳鳥不至，河不出圖，吾已矣夫！』」古代傳說鳳凰是一種象徵祥瑞的神鳥，牠的出現就表示天下太平，所以鳳鳥不至就是說太平盛世沒有出現。鳳鳥，即鳳凰。⑩禮樂句　謂禮樂經過孔子修整以後，暫時面貌一新。據《史記・孔子世家》記載，原來廢缺的《詩》、《書》、《禮》、《樂》，因孔子而得以「樂正，〈雅〉〈頌〉各得其所」，「禮樂自此可得而述」。⑪洙泗句　言孔子死後，洙水泗水一帶精微要妙之言就停止了。典出《漢書・藝文志・序》：「昔仲尼（孔子字）沒而微言絕，七十子喪而大義乖。」微言，顏師古注：「精微要妙之言。」洙泗，二水名，在孔子的故鄉曲阜。孔子在洙水、泗水之間教授弟子，《禮記・檀弓上》記曾子的話說：「吾與女（汝，指子夏）事夫子（指孔子）於洙泗之間。」輟，停止。微響，猶微言。⑫漂流　喻歲月流逝。⑬逮　及；至。⑭狂秦　狂暴的秦代。⑮詩書　指儒家的經典《尚書》和《詩經》。⑯一朝句　言秦始皇焚書事。據《史記・秦始皇本紀》記載，秦始皇接受丞相李斯的建議，除博士官以外，天下所藏的《詩》、《書》、百家語，統統燒掉，有敢偶語《詩》《書》者棄市。⑰區區　猶「拳拳」，勤謹專一的樣子。⑱諸老翁　可能指漢代傳經的學者，如傳《詩》的申培公、轅固生、韓嬰，傳《書》的伏生，見《史記・儒林列傳》。⑲為事　做事，指為傳經之事。⑳絕世下　指漢世斷絕以後，即漢亡以後。下，後。㉑六籍句　言無一人親近六經，當是誇張之詞。按，魏晉以來，儒學衰微，《晉紀・總論》云：「學者以老莊為師，而黜六經。」六籍，即六經，指《詩》、《書》、《易》、《禮》、《樂》、《春秋》。㉒終日　整天。㉓馳車走　驅車奔走，指世人為名利而奔波。㉔不見句　意為不見問道之人。典出《論語・微子》：「長沮、桀溺耦而耕，孔子過之，使子路問津焉。」淵明將自己比作長沮、桀溺，歎息世上沒有子路那樣的儒家弟子前來向他問道。津，渡口。㉕復　再。㉖快　痛快。何孟春注：「快，稱意也。」㉗空負句　白白地辜負了頭上的葛巾。據《陶淵明傳》記載，淵明曾經取下自己頭上戴的葛巾去濾酒，濾完以後，又將葛巾戴在頭上。所以這裡說若不痛快飲酒，便空負了頭上巾。㉘但恨　只恨。恨，遺憾。㉙君　你，泛指世人。

【語　譯】伏羲神農已久遠，普天之下少淳真。魯國老人心著急，欲補世風使其淳。太平盛世雖不見，禮樂卻是暫時新。洙泗之間微言絕，歲月流逝到暴秦。儒家《詩》《書》有何罪？一朝焚燒成灰塵。諸位老翁多專一，傳經授業真殷勤。為何漢代滅亡後，六經竟無一人親！整日驅車奔名利，不見一人來問津。倘若再不痛快飲，白白辜負頭上巾。只恨所言多謬誤，君當寬恕醉酒人。

【賞　析】這是一首詠史述懷詩，詩人以史學家的眼光縱觀歷史，論述中國史的演變過程，從上古時期的伏羲氏、神農氏開始，歷經春秋、戰國、秦、漢直至魏晉期間的發展變化，慨歎世風日下，人心不古，其間雖不乏有識之士企圖力挽狂瀾，維護淳真的優良文化傳統，然而收效甚微，依然像詩人在〈感士不遇賦・序〉中所說的那樣：「真風告逝，大偽斯興，閭閻懈廉退之節，市朝驅易進之心。」這種通過詠史來述懷的作品早已有之，東漢末年趙壹的〈刺世疾邪賦〉便是一例。所不同的趙壹略於詠史，詳於刺世，放言無憚，盡所欲言；而詩人卻詳於詠史，略於刺世，似有顧忌，欲言又止，只用「如何絕世下，六籍無一親！終日馳車走，不見所問津」四句去揭露當時的黑暗現實，接著馬上就轉到飲酒的話題上：「若復不快飲，空負頭上巾。但恨多謬誤，君當恕醉人。」這當然與他所處的時代有關。當時正是晉宋易代前夕，哪能隨便多說話？與其禍從口出，倒不如少說話，多喝酒為好，何況他還是一個閑靜少言的人呢。這樣，即使有了謬誤，被人逮住了辮子，也可說聲「君當恕醉人」以求得寬恕。其實他此時又何嘗真的醉了，正如蘇軾所言：「若已醉，何暇憂誤哉！」（《東坡題跋・卷二・書淵明詩》）

止酒

【題解】止酒，即停止飲酒的意思。顧題思義，篇中主要是講停止飲酒的事，但也兼及了與飲酒無關的其他生活。寫作時間現在還難以確定。

居止❶次❷城邑，逍遙❸自閑止❹。坐止❺高蔭下，步止❻蓽門❼裡。
好味止園葵❽，大懽❾止稚子❿。平生不止酒，止酒情無喜。暮止不安寢，
晨止不能起。日日欲止之，營衛⓫止不理⓬。徒⓭知止不樂，未知止利己。
始覺止為善，今朝真止矣。從此一止去，將止扶桑涘⓮。清顏止宿容⓯，
奚止千萬祀⓰？

【注釋】❶居止　居住。❷次　靠近。《廣雅・釋詁》：「次，近也。」❸逍遙　無拘無束、自由自在的樣子。❹閑止　閑適之謂。止，語末助詞，《詩經・齊風・南山》：「既曰歸止，曷又懷止？」❺坐止　坐留只在。《詞詮》：「止，副詞，僅也。」❻步止　散步只在。❼蓽門　荊條竹木編成的門。❽園葵　園中葵菜。淵明園中有葵菜，〈酬劉柴桑〉有云：「新葵鬱北墉。」❾大懽　最大的歡樂。懽，同「歡」。❿稚子　幼子。〈和郭

主簿〉云：「弱子戲我側，學語未成音。此事真復樂，聊用忘華簪。」⓫營衛　中醫所說的人身上的氣血經脈。《靈樞經・營衛生會》：「人受氣於穀，穀入於胃，以傳與肺，五藏六府皆以受氣。其清者為營，濁者為衛。營在脈中，衛在脈外，營周不休，五十而復大會。」⓬止不理　言停酒後氣血不順。不理，不順。《廣雅・釋詁》：「理，順也。」⓭徒　只。⓮扶桑涘　相傳是太陽洗澡的地方。據《山海經・海外東經》記載：「湯谷上有扶桑，十日所浴，在黑齒（國名，其人齒如漆）北，居水中，有大木，九日居下枝，一日居上枝。」可見扶桑是長在湯谷上的一棵大樹，在水中間，十個太陽在這裡洗澡，九個太陽在下枝，一個太陽在上枝。涘，水邊。淵明說他停酒以後將停留在扶桑涘，其目的是為了延年益壽。⓯清顏句　言清癯的臉上如能留住舊容。清顏，清癯的容顏。宿容，猶舊容，往日的容貌。⓰奚止句　意謂何止千萬歲。奚，何。祀，年；歲。

【語　譯】居住接近城市邊，無拘無束自安閑。坐留只在大樹下，漫步只在柴門前。美味只是園中葵，大歡只逗幼子玩。平生素來不停酒，停酒心情不喜歡。晚上停酒睡不好，早上停酒起床晚。日復一日想停酒，停酒血脈通暢難。只知停酒好難受，不知停酒利己先。今日方知停酒好，真正停酒始今天。從此一心停下去，將留扶桑求延年。清顏儻能留舊容，長壽何止千萬年？

【賞　析】這是一首歌詠戒酒的詩。首六句寫閑居的一般生活，似乎與飲酒無關，但是對於下面寫戒酒起到了鋪墊過渡的作用。「平生不止酒」以下六句寫戒酒的痛苦。戒酒之後，起居不安，血脈不暢，有一種難以言狀的隱痛。「徒知止不樂」以下八句寫戒酒的好處是於己有利。這「利己」的具體內容指的是什麼？就牽涉到「從此一止去，將止扶桑涘」兩句詩的理解問題了。自從清人蔣薰對這首詩有過「初言不能止，繼言止酒可仙」的評論以後，「扶桑涘」或被認為是指神仙所居之地，這兩句詩也就成了止酒可仙之說的依據。其實迄今為止還未見有人提出任何材料足以證明「扶桑涘」是神仙所居之地，相反我們從屈原的〈離騷〉中倒可以證明止於扶桑是意在延年益壽。〈離騷〉說：「吾令羲和弭節兮，望崦嵫而勿迫。路曼曼其修遠兮，吾將上下而求索。飲余馬於咸池兮，總余轡乎扶桑。折若木以拂日兮，聊逍遙以相羊。」王逸注說：「結我車轡于扶桑，以留日行，幸得不老，延年壽也。」另外詩人在〈形影神〉一詩中說的「日醉或能忘，將非促齡具」，也可作為此說的一個有力的旁證。醉酒既然可以促使人短命，那麼止酒當然就可以長壽了。由此可知，詩人是想通過戒酒來延年益壽，戒酒的好處也就在此。看來詩人對此也是將信將疑，所以最後兩句用詼諧的語調說：「清顏止宿容，奚止千萬祀？」其實他又何嘗相信人能活到千萬歲呢？

在寫作上這首詩明顯的特點是每句都有個「止」字，有時作動詞用，有時作副詞用，有時又作助詞用，顯得詼諧有趣。另外，詩中的某些句子看似平淡，但仔細體味卻似乎別有深意。宋人胡仔評「坐止高蔭下」四句說：「坐止於樹蔭之下，則廣廈華居吾何羨焉；步止於華門之裡，則朝市聲利我何趨焉；好味止於噉園葵，則五鼎方丈我何欲焉；大懽止於戲稚子，則燕歌趙舞我何樂焉？」（《苕溪漁隱叢話．後集．卷三》）對這幾句詩的言外之意確是深有體會的。

述酒

【題解】這首詩題為述酒，詩中卻無一字說到酒。詞意隱晦，深奧難懂，連黃庭堅也認為「其中多不可解」。後經韓子蒼、趙泉山、湯漢、陶澍……等許多學者的考索，現在大致可以讀通，不過有些語句的解釋尚異說紛呈，需要進一步研究。晉恭帝元熙二年（西元四二〇年）六月，宋王劉裕廢恭帝為零陵王，居於秣陵，自己即位為帝，改國號為宋，改晉元熙二年為永初元年。次年，劉裕將毒酒一瓶交給張禕，命令他去酖殺零陵王，張禕自飲毒酒而死。接著劉裕又下令士兵越過垣牆去毒殺零陵王，零陵王不肯飲，士兵便用被子將他捂死。這首詩便是為此事而作，以哀悼零陵王之死，因此以述酒為題。詩作於宋武帝永初二年（西元四二一年），淵明時年五十七歲。

舊注❶：儀狄造，杜康潤色之❷。

重離照南陸❸，鳴鳥聲相聞❹。秋草雖未黃❺，融風久已分❻。素礫皛脩渚❼，南嶽無餘雲❽。豫章抗高門❾，重華固靈墳❿。流淚抱中歎⓫，傾耳聽司晨⓬。神州獻嘉粟⓭，西靈為我馴⓮。諸梁董師旅，羊勝喪其身⓯。山陽歸下國，成名猶不勤⓰。卜生善斯牧⓱，安樂不為君⓲。平王去舊京⓳，峽中納遺薰⓴。雙陵甫云育，三趾顯奇文㉑。王子愛清吹，日中翔河汾㉒。朱公練九齒，閑居離世紛㉓。峩峩西嶺內㉔，偃息常所親㉕。天容自永固㉖，彭殤非等倫㉗。

【注釋】❶舊注　陶澍本無「舊注」二字，直書「儀狄造，杜康潤色之」。湯漢認為「乃自注，故為疑詞耳」。

❷儀狄造二句　意為酒是首先由儀狄製造出來，再由杜康加工製成。逯欽立說此二句「比喻桓玄簒位於前，劉裕潤色於後，晉朝終於滅亡。為了簒位，桓玄曾酖殺司馬道子，劉裕曾酖殺晉安帝（按，應是晉恭帝，即零陵王。晉安帝乃劉裕密使王韶之所縊死，非酖殺），都是用毒酒完成簒奪。所以陶以述酒為題，以『儀狄造，杜康潤色之』為題注。」（見逯校注《陶淵明集．卷三》）儀狄，相傳是夏禹時發明釀酒的人，《戰國策．魏策二》：「昔者帝女令儀狄作酒而美，進之禹。」杜康，相傳也是造酒人。潤色，加工。《論語．憲問》：「裨諶草創之，……東里子產潤色之。」❸重離句　意為日光照耀南方，實際暗喻晉朝在江南中興。重離，太陽，暗喻晉王朝。「離」本為八卦中的一卦，卦象為☲。相傳文王演《周易》，將八卦交相重疊變成六十四卦。離卦與離卦重疊，仍為離卦，卦象為䷝。《周易．說卦》：「離為火，為日。」故重離為太陽。又「重離」是「重黎」的諧音，而「重黎」是晉帝司馬氏的先祖，《晉書．宣帝紀》：「宣皇帝諱懿，字仲達，河內溫縣孝敬里人，姓司馬氏。其先出自帝高陽之子重黎，為夏官祝融。」故「重離」又暗喻晉王朝。南陸，江南。晉愍帝建興四年（西元三一六年）劉曜攻陷長安，晉愍帝司馬鄴被俘，西晉滅亡。次年琅邪王司馬睿在建康（今南京市）被推戴為晉皇帝（先稱晉王，西元三一八年稱帝，即晉元帝），建立東晉王朝，是謂江左中興。❹鳴鳥句　意為鳳凰的叫聲相聞，實際暗喻江左中興，群賢畢至，人材鼎盛。鳴鳥，鳴叫的鳥，此指鳳凰，以喻賢材。《詩經．大雅．卷阿》：「鳳皇于飛，翽翽其羽，亦集爰止，藹藹王多吉士。」鄭《箋》：「眾鳥慕鳳皇而來，喻賢者所在，群士皆慕而往仕也。」故鳳皇喻群賢。❺秋草句　意為秋草雖未枯黃，實際暗喻晉王朝雖然還沒有滅亡。❻融風句　意為東北風久已消失，實際暗喻晉王朝的國勢久已衰弱。融風，《左傳．昭公十八年》記載，夏曆五月，大火星開始在黃昏時出現。初七，刮風。梓慎說：「這就叫做融風，是火災的開始。」杜預注：「東北曰融風。」在這裡融風暗喻司馬氏的晉王朝。因為從《晉書．宣帝紀》可知司馬氏的先祖是重黎，是夏官祝融。而祝融是火神，融風正是「火之始」（見《左傳．昭公十八年》），所以融風可用來比喻司馬氏。分，分散；消失。比喻衰微。❼素礫句　意為白色的小石在長洲上發亮，實際暗喻桓玄在江陵聲勢顯赫，陰謀簒位。素礫，白石子。古人有將礫

石比作姦偽之臣，如《楚辭・惜誓》：「放山淵之龜玉兮，相與貴乎礫石。」王逸注：「言世人皆棄昆山之玉，大澤之龜，反相與貴重小石也。言闇君貴佞偽，賤忠直也。」疑此處之「礫石」乃比喻桓玄。皛，明亮。脩渚，長洲，湯漢注：「疑指江陵。」按，桓玄曾任江、荊二州刺史，「樹用腹心，兵馬日盛」，「自謂三分有二，知勢運所歸」，「蓄力養眾，觀釁而動」（《晉書・桓玄傳》）。❽南嶽句　意為南嶽上沒有剩下的紫雲，實際暗喻司馬氏的晉王朝氣數已盡。南嶽，當是指建康附近的鍾山，在此用來比喻晉王朝，因為晉元帝司馬睿的即位詔中曾說「遂登壇南嶽」，與湖南之衡山無關。雲，指鍾山上的紫雲。《藝文類聚・卷七・山部上・鍾山》載晉人庾闡〈揚都賦〉注曰：「建康宮北十里，有蔣山，《輿地圖》謂之鍾山。元皇帝未渡江之年，望氣者云：『蔣山上有紫雲，時時晨見。』」《宋書・符瑞志上》亦云：「吳亡後，蔣山上常有紫雲，數術者亦云：江東猶有帝王氣。」《晉書・元帝紀》亦云：「始秦時望氣者云：『五百年後，金陵有天子氣。』」「元帝之渡江也，乃五百二十六年，真人之應在于此矣。」詩言「無餘雲」，表明司馬氏的晉王朝氣數已盡。❾豫章句　意為豫章公桓玄和豫章郡公劉裕與晉帝分庭抗禮。豫章，指豫章公和豫章郡公。據《晉書・桓玄傳》記載，桓玄從江陵南下，攻入建康，殺司馬道子、司馬元顯，「諷朝廷以己平元顯有功，封豫章公」，「不臣之迹已著，自知怨滿天下，欲速定篡逆」。後來終於廢晉安帝，自立為帝，國號楚。又據《宋書・武帝紀》記載，桓玄篡晉後，劉裕在京口密謀攻打桓玄，被推為盟主。劉裕消滅桓玄以後，上書請求封賞有功將士，「於是尚書奏封唱義謀主鎮軍將軍（劉）裕豫章郡公，食邑萬戶」，東晉實權又落入劉裕手中。抗，分庭抗禮。高門，同「皋門」。即王者之門，此指晉王朝。《詩經・大雅・緜》：「迺立皋門，皋門有伉。」毛《傳》：「王之郭門曰皋門。」孔《疏》：「皋高通用。」❿重華句　意為舜帝只留下一座墳墓，暗示晉恭帝只有一條死路。重華，《史記・五帝本紀》：「虞舜者，名曰重華。」讓位於禹。「葬於江南九疑，是為零陵。」晉恭帝司馬德文被迫讓位於劉裕，又被廢為零陵王，因此重華在此乃指代晉恭帝。固，通「顧」。只。《經傳釋詞》：「顧，猶『但』也。」靈墳，墳墓。舜死後葬在零陵九嶷山。⓫流淚句　言詩人為晉亡而撫心歎息。抱中，猶「撫心」。中，《史記・樂書》：「四暢交於中而發作於外。」張守節《正義》：「中，心也。」湯漢注：「裕既建國，晉帝以天下讓，而又不免於弒，此所以流淚抱歎。」⑫傾耳句　言詩人為晉亡而徹夜不眠。傾耳，側耳傾聽。司晨，報曉的雞，此指其鳴聲。⑬神州句　意為中原地區獻上一莖多穗的嘉粟，暗示劉裕利用所謂的吉祥的徵兆篡權。神州，指中原地區，實指河南的鞏縣。《史記・孟荀列傳》附〈騶衍傳〉：「儒者所謂中國者，於天下乃八十一分居其一分耳。中國名曰赤縣神州。」古時所謂「中國」指的是中原地區。據《宋書・符瑞志上》：「鞏縣民宋耀得嘉禾九穗，後二年而受晉禪。」可見在劉裕篡位前兩年，鞏縣人宋耀曾將一棵一莖九穗的嘉禾獻給劉裕，而鞏縣在今河南省境內，正是中原地區，即神州所在地，故言「神州獻嘉粟」。古人認為出現嘉禾乃是吉祥的徵兆，劉裕借此為篡奪晉位製造輿論。嘉粟，同「嘉禾」。一莖多穗的穀物稱為「嘉禾」或「嘉粟」、「嘉穀」。⑭西靈句　意為麟、鳳、龜、龍四種靈物都被劉裕所馴服，實際上乃暗示已見劉裕篡權的徵兆。西靈，湯漢注：「當作『四靈』。《禮記・禮運下》：「何謂『四靈』？麟、鳳、龜、龍，謂之『四靈』。」《宋書・武帝紀中》載元熙二年六月恭帝〈禪位詔〉云：「四靈效（獻）瑞，川岳啟圖，嘉祥雜遝，休應炳著，玄象表革命之期，華裔注樂推之願。」又恭帝〈授帝位策〉亦云：「上天垂象，四靈效徵，圖讖之文既明，人神之望已改。」我，指劉裕。⑮諸梁二句　意為沈諸梁（葉公）統率軍隊消滅了羊勝（白公），暗示劉裕帶兵消滅了桓玄。諸梁，沈諸梁，據《元和姓纂》引應劭《風俗通》所載，乃楚國沈尹戍之子，食采於葉（楚國邑名，在今河南省葉縣），因以葉為氏，又稱葉公。董，治理；率領。師旅，軍隊。羊勝，當作「羋勝」，號為白公，是楚平王的太子羋建的兒子。「羋」是楚王先祖的姓，《史記・楚世家》：「季連，羋姓，楚其後也。」喪其身，指羋勝被沈諸梁（葉公）所殺。據《史記・楚世家》記載，楚惠王八年（西元前四八七年）白公羋勝殺死楚令尹子西，劫持楚惠王，置之高府，欲弒之，自立為王。葉公沈諸梁來救楚，殺死白公羋勝，楚惠王復位。詩人用楚國故事暗喻桓玄篡位劫持晉安帝至潯陽，後劉裕起兵，殺桓玄，晉安帝復位。以葉公沈諸梁比劉裕，以白公羋勝比桓玄。⑯山陽二句　意為曹丕將漢獻帝劉協廢為山陽公，成名以後還不勤謹，暗示劉裕將晉恭帝廢為零陵王，亦是成名後還不勤謹。山陽，即山陽公，指漢獻帝劉協。據《後漢書・獻帝紀》，建安二十五年（西元二二〇年）三月，獻帝被迫讓位，魏王曹丕為天子，劉協被廢為山陽公，「邑一萬戶，位在諸侯王上」。山陽，縣名，屬河內郡，在太行山南部，故城在今河南省修武縣西北。歸下國，指漢獻帝劉協被廢以後由京都來到山陽之濁鹿城。下國，諸侯國，漢獻帝被廢後，位與諸侯相等。在此，詩人以漢獻帝劉協比晉恭帝司馬德文，劉裕逼晉恭帝讓位，將他廢為零陵王，一年以後，又將他害死，詳見題解。成名猶不勤，此句襲用《周書・謚法解》：「不勤成名曰靈。」原注：「任本性，不見賢思齊。」故「不勤」當是不勤謹之謂，指任本性而言。⓱卜生句　意為卜式善於牧羊，暗喻劉裕善於施政，剷除異己。卜生，指漢代的卜式。據《漢書・公孫弘卜式兒寬傳》，卜式是個善於牧羊的人，因自動捐獻家財助邊平匈奴，漢武帝任命他做中郎官。卜式不願做官，漢武帝便派他去上林苑牧羊。卜式雖然是郎官，卻穿上布衣草鞋去放羊。一年以後，所牧的羊肥壯而多產。漢武帝經過那裡，誇獎卜式。卜式說：「不僅牧羊，治民也應如此。按時起居，惡者輒去，毋令敗群。」漢武帝認為卜式說得對。所謂「善斯牧」即指此而言。詩人用此典比喻劉裕也像卜式一樣，治理政事亦「惡者輒去」，大肆剷除異己。又湯漢據《史記・仲尼弟子列傳》：「卜商，字子夏」，「居西河教授，為魏文侯師」，以為「卜生」是指卜商子夏的學生魏文侯，借之以言魏文帝曹丕篡漢，錄以備考。譯文用前說。⓲安樂句　意為安樂不為君王盡諫諍之責，暗喻晉臣不為晉帝盡忠職守而為自己。安樂，人名，漢武帝的孫子昌邑王劉賀的相。據《漢書・循吏傳・龔遂傳》記載，昌邑王劉賀日遊戲飲食，賞賜無度。昭帝死後，劉賀繼位為天子，日益驕溢，而其相安樂不諫諍，後被霍光等大臣所廢。又湯漢據《三國志・蜀志・後主傳》記載，後主劉禪降魏，魏帝曹丕「命禪為安樂縣公」，認為安樂是指安樂公劉禪，「丕既篡漢，則安樂不得為君矣。」錄以備考。⓳平王句　意為周平王離開舊都，遷都洛邑，暗喻晉元帝司馬睿南渡，遷都建康，建立東晉王朝。平王，周平王，據《史記・周本紀》記載，犬戎攻殺周幽王於驪山下，諸侯立太子宜臼為平王，離開舊都鎬京，東遷洛邑（在今河南洛陽），建立東周王朝。又西晉末年，匈奴遺族劉曜攻入洛陽，俘晉愍帝，迫使晉元帝南遷建康。⓴峽中句　意為關中之地為犬戎所佔領，暗喻西晉都城洛陽被匈奴遺族佔領。

峽中，陳沆《詩比興箋・卷二》：「『峽』通作『陝』，謂關中陝以西之地。」西周都鎬京，在陝西長安。一說「峽」同「郟」，即「郟鄏」，指洛邑。與上句所述不符，故不用其說。納遺薰，犬戎進入鎬京，暗喻西晉末年匈奴遺族進入洛陽。納，入。遺薰，匈奴遺族，指劉曜。薰，指「薰育」，即《史記・周本紀》所說的「薰育戎狄」，亦稱「犬戎」，《漢書・禮樂志》作「熏鬻」，應劭注：「匈奴本號也。」西周末年，匈奴犬戎攻入鎬京，殺幽王，迫使周平王東遷洛邑。西晉末年，匈奴遺族劉曜攻入洛陽，俘晉愍帝，迫使晉元帝司馬睿南遷建康，洛陽一帶中原地區被匈奴遺族佔領。㉑雙陵二句　此二句頗為費解，今參閱陳沆《詩比興箋》、陶澍集注《靖節先生集》、古直《陶靖節詩箋》，暫作如下解釋：二句大意言關洛平定，人民始長育，三足烏又顯出劉宋代晉的徵兆。雙陵，即崤山二陵，在今河南省洛寧縣，指代關洛，即函谷關至洛陽一帶地區。《左傳・僖公三十二年》：「崤有二陵焉：其南陵，夏后皋之墓也；其北陵，文王之所辟（避）風雨也。」甫，始；方才。云，語助詞，無義。育，長育。據《晉書・安帝紀》記載，義熙十二年（西元四一六年），劉裕攻克洛陽，修謁晉帝五陵，十三年攻克潼關、長安，擒姚泓。三趾，三足烏。三足烏的出現，是將要改朝換代的徵兆。左思〈三都賦・魏都賦〉：「莫黑匪烏，三趾而來儀。」（意為沒有烏鴉不黑，三足烏鴉飛而來歸。）劉淵林注：「延康元年（漢獻帝年號，相當於西元二二〇年），三足烏、九尾狐見於郡國，嘉禾生，醴泉出。」這次三足烏的出現是魏將代漢的徵兆。又《宋書・武帝紀中》記載晉恭帝元熙二年（西元四二〇年）讓位於宋王劉裕，其〈禪位詔〉云：「四靈效瑞，川岳啟圖，嘉祥雜遝，休應炳著……代德之符，著乎幽顯，瞻烏爰止，允集明哲，夫豈延康有歸（指漢獻帝延康元年劉協讓位於魏文帝曹丕），咸熙告謝（指魏元帝咸熙二年曹奐讓位於晉武帝司馬炎）而已哉！」是將烏鴉的聚集作為劉宋代晉的徵兆。顯奇文，逯欽立注：「言奇文，是說讖緯之言，本為晉瑞，今則反為宋瑞矣。」據《晉書・安帝紀》及《宋書・武帝紀中》記載，義熙十三年（西元四一七年）劉裕克長安，擒姚泓，十四年六月受「九錫」，為相國，十二月密使王韶之縊死晉安帝而立晉恭帝，其篡晉之心，已昭然若揭。㉒王子二句　意為王子喬喜愛吹笙，正午在黃河、汾河一帶遨遊，暗喻東晉滅亡，晉恭帝升天而去，遨遊於河汾之間。

王子，指王子喬，《列仙傳・卷上・王子喬》載：「王子喬者，周靈王太子晉也。好吹笙作鳳凰鳴，遊伊洛（伊水、洛水）之間。道士浮丘公接以上嵩高山三十餘年。後求之於山上，見柏（一作桓）良曰：『告我家，七月七日待我於緱氏山（在河南省偃師縣）巔。』至時，果乘白鶴駐山頭，望之不得到，舉手謝時人，數日而去。」在此當是以王子喬比晉恭帝。清吹，指吹笙。日中，正午。翔，翱翔；遨遊。河汾，屬舊時晉地。湯漢注：「王子晉好吹笙，此託言晉也。」「河汾，亦晉地。」逯欽立注引《梁書・武帝紀》載〈禪位策〉云：「一駕河汾，便有窅然之志（即《莊子・逍遙遊》：『堯往見四子於汾水之陽，窅然喪其天下焉』之意）」，證明「翔河汾」乃「託言禪代事」。㉓朱公二句　意為朱公修煉長生之術，閑居以離開亂世，暗喻淵明自身養生閑居，以避亂世。朱公練九齒，其事不詳，湯漢注：「朱公者，陶也。意（猜想）古別有朱公修練之事，此特托言陶耳。晉運既去，故陶閒居以避世，明言其志也。」有言朱公乃陶朱公范蠡，按，據《史記・貨殖列傳》載，范蠡佐句踐滅吳後，乘扁舟遊於江湖，變名易姓，經商致富，遂至巨萬，無養生之事，與此處所述不符，故不用其說。練九齒，修煉長生之術。九齒，久齡；長壽。九，通「久」。齒，齡。紛，亂。㉔峩峩句　寫晉恭帝死後安葬在西嶺。峩峩，山高的樣子。西嶺，湯漢注：「當指恭帝所藏。」即安葬晉恭帝之地。據《宋書・武帝紀下》載，零陵王（即晉恭帝）被毒死後，「太尉持節監護，葬以晉禮。」又《晉書・恭帝紀》載恭帝死後葬沖平陵。㉕偃息句　言晉恭帝長眠墓中，常親丘山。偃息，詞出《詩經・小雅・北山》：「或息偃在牀。」意為靜臥。偃，臥著不動。所親，所親之地，指西嶺丘山。㉖天容句　言晉恭帝死後容貌長存，永遠堅固。天容，天子容貌，猶聖顏。永固，不朽之謂。㉗彭殤句　言壽夭之事不能與之相比。按，上言「王子愛清吹，日中翔河汾」，暗示晉恭帝死後成仙，遊於河汾，故人間壽夭，不能相比。彭祖，古之長壽者，相傳年七百（一說八百）歲。殤，殤子，短命者。等倫，同類；等量齊觀。按，據《晉書・恭帝紀》載，晉恭帝死時年三十六歲，乃是死於非命，非長壽。詩人以為恭帝死而不朽，壽夭不必深論。

【語 譯】麗日高懸照江南，鳳凰和鳴聲相聞。秋草雖然未枯黃，暖風早就已消散。江陵白石閃光亮，鍾山頂上無紫雲。豫章高門相抗衡，重華只是一座墳。淚流不止撫心歎，側耳傾聽曉雞鳴。中原有人獻嘉禾，四種靈物為我馴。葉公諸梁率軍旅，白公羋勝喪性命。獻帝被廢到小國，魏文成名猶不慎。卜式善牧除惡者，安樂不肯為王君。平王東遷離舊都，匈奴入侵陝中城。關洛人民始長育，三足烏鴉又顯神。靈王太子愛清吹，成仙正午遊河汾。朱公修煉長生術，安閑居家避世亂。高大巍峨西嶺中，長眠安息親丘山。聖顏自然永長在，壽夭難與等量觀。

【賞 析】這是一首詠史詩，也是一首悼亡詩，記述了東晉江左中興，直至劉裕篡位，晉恭帝遇害的歷史。由於詩人採用了隱喻象徵，借古說今的手法，言在此而意在彼，語意隱晦。經過宋代以來許多學者的考索，大致方得其解。「重離」四句以日照江南，鳳鳥和鳴，秋草未黃，融風消散的自然景色，象徵東晉江左中興，群賢畢至，晉雖未亡，然國勢已日見衰弱。「素礫」四句以江陵白石閃亮、鍾山不見紫雲，豫章郡與京都抗衡，舜帝只剩孤墳一座，隱喻桓玄、劉裕專權，晉世氣數已盡，晉帝只有一條死路。「流淚」四句直敘詩人因為中原有人向劉裕進獻嘉禾，麟、鳳、龜、龍四種靈物被劉裕馴服，不斷出現這些宋將代晉的徵兆而流淚歎息，徹夜不眠。「諸梁」六句以葉公沈諸梁率軍消滅白公羋勝、漢獻帝被曹丕廢為山陽公、卜式牧羊除惡務盡、安樂不忠於昌邑王劉賀等故事，隱喻劉裕率軍消滅桓玄，因而廢帝篡位，剷除異己，晉室大臣不忠於晉帝。「平王」四句以周平王東遷，犬戎入侵關中，隱喻西晉末年匈奴遺族劉曜入侵洛陽，迫使晉室南渡，後來劉裕剛平定關洛，人民始長育，就出現宋將代晉的徵兆，晉室終於滅亡。「王子」四句以王子喬吹笙、升天成仙及朱公修煉長生之術的傳說，隱喻晉恭帝遇害、詩人閑居以避世亂。「峩峩」四句直書晉恭帝死後長眠西嶺，永垂不朽。全詩表現了詩人對晉室衰亡的悼念，流露出滿腔忠憤，同時也側面反映了詩人晚年怕遭禍害，有話要說而又不能明言的痛苦。

由於詩人有話不敢明說，採用隱喻象徵、借古說今的手法來寫此詩，往往只描寫象徵物而不說明其象徵意義，只敘述比喻的事物（喻體）而不出現被比喻的事物（本體），因而後人難以確切把握其意義，以上解析多有不盡如人意之處。清人陳祚明在評論此詩時曾說：「作〈離騷〉、〈天問〉讀，不必解之。」（《采菽堂古詩選·卷一三》）其不可知論我們雖不敢苟同，但其「作〈離騷〉讀」之說當有可取之處。人們由於把握了〈離騷〉隱喻象徵的表現特色而讀懂了〈離騷〉，我們相信沿著這個思路去進一步考索，是能對此詩作出更為確切的詮釋的。

責子❶

【題解】這是一首以戲謔的口吻責怪兒子們不好學上進的詩，表現了詩人希望兒子健康成長的心願。準確的寫作時間難以認定，但從「白髮被兩鬢」句，可知寫此詩時詩人已是滿頭白髮了。今人或謂〈命子〉詩作於詩人初得長子陶儼時（西元三九三年，詩人二十九歲時），再據「阿舒（即其長子陶儼）已二八」句，推斷此詩作於晉安帝義熙四年（西元四〇八年，詩人四十四歲時）。由於詩人得長子的時間難以確定，此說亦屬推測之詞。

白髮被❷兩鬢，肌膚❸不復實❹。雖有五男兒，摠❺不好紙筆❻：阿舒❼已二八❽，懶惰故❾無匹❿；阿宣⓫行⓬志學⓭，而⓮不愛文術⓯；雍端⓰年十三，不識六與七；通⓱子垂九齡⓲，但⓳覔⓴梨與栗。天運㉑苟㉒如此，且進杯中物㉓。

【注釋】❶子　湯漢注本：「舒，儼；宣，俟；雍，份；端，佚；通，佟：凡五人。舒、宣、雍、端、通，皆小名也。」從此注中可知舒、宣、雍、端、通是小名，儼、俟、份、佚、佟是本名。❷被　同「披」。分開覆蓋。❸肌膚　肌肉皮膚，即身體。❹實　結實。❺摠　同「總」。❻不好紙筆　指不愛好學習。❼阿舒　即長子陶儼。阿，名詞詞頭。舒，陶儼的小名。❽二八　十六。❾故　通「固」。本。❿無匹　無匹敵；沒有人比得上。⓫宣　次子陶俟的小名。⓬行　將。⓭志學　十五歲。典出《論語．為政》：「吾十有五而志於學。」⓮而　卻。⓯文術　當是指為文之術。⓰雍端　三子陶份和四子陶佚的小名。二人當是孿生子。⓱通　五子陶佟的小名。⓲垂九齡　將九歲。⓳但　只。⓴覔　同「覓」。㉑天運　天命；命運。㉒苟　表示推測語氣的副詞，義同《詩經．王風．君子于役》中「苟無飢渴」之「苟」，或許之謂。㉓杯中物　指酒。

【語譯】白髮披在兩鬢上，我身已不再結實。雖有五個男孩兒，總不愛好紙和筆：阿舒已經十六歲，性情懶惰無人比；阿宣將近十五歲，卻是無心於學習；雍兒、端兒十三歲，還不認識六和七；通兒最小快九歲，只知找尋梨和栗。天命與許該如此，暫且澆愁喝幾杯。

【賞析】詩人在〈命子〉詩中說：「既見其生，實欲其可。」「夙興夜寐，願爾斯才。」可見他對自己的兒子寄予厚望，希望他們能夠健康成長，成為有用之才。然而兒子們辜負了他的期望，不愛學習，不求上進，因此詩人便寫了這首詩責備他們。其實，這種責備正是愛的另一種表現形式，不愛，他也就不會責備了。黃庭堅說：「觀淵明之詩，想見其人豈弟（同『愷悌』）慈祥，戲謔可觀也。」（〈書淵明責子詩後〉）從中體會出了淵明和樂平易、慈祥戲謔的性情，可謂獨具慧眼。至於「天運茍如此，且進杯中物」二句，在無可奈何之中，委之於天命，又流露出了幾分曠達的情懷。

全詩語言通俗，明白如話，先總敘「雖有五男兒，摠不好紙筆」的共性，接著便用了四個排句分別講述五個孩子不同的具體表現，給讀者留下了深刻的印象。敘述兒子的年齡時，不斷變換表達方式，不重複說「年多少」，而說「已二八」、「行志學」、「年十三」、「垂九齡」，使讀者有新鮮之感。

有會❶而作並序

【題　解】有會而作就是有所領會而作詩的意思。小序交代了寫作此詩的背景，卻沒有說明自己有什麼領會。及至詩中方說自己從幼到老，常逢飢乏，難得一飽，深念蒙袂人不食嗟來之食而餓死是不對的，今日始知他之所以如此，是不願做「窮斯濫矣」的小人，立志要做「固窮」的君子。這便是詩人心中所領會到的具體內容，從而曲折地表達了詩人以古人為師，固窮守節的高尚情懷。從「老至更長飢」句，可知此詩是詩人老年時所作。

舊穀既沒❷，新穀未登❸，頗為老農❹，而值❺年災❻，日月❼尚悠❽，為患未已❾。登歲❿之功⓫，既不可希⓬，朝夕所資⓭，煙火裁通⓮。旬日⓯已⓰來，始念飢乏。歲云⓱夕⓲矣，慨然永懷⓳。今我不述，後生⓴何聞哉！

弱年㉑逢家乏㉒，老至更㉓長飢。菽㉔麥實所羨，孰敢㉕慕甘肥㉖！惄如㉗亞九飯㉘，當暑厭寒衣㉙。歲月將欲㉚暮，如何辛苦悲㉛！常善粥者心㉜，深恨㉝蒙袂㉞非。嗟來何足吝㉟，徒沒㊱空自遺㊲。斯濫㊳豈彼㊴志，固窮㊵夙所歸㊶。餒㊷也已矣夫㊸，在昔余多師。

【注釋】❶會　領會；領悟。❷既沒　已經完了。沒，盡。❸登　成熟。❹頗為句　指詩人退隱後很像是個老農民。如〈歸園田居〉云「開荒南畝際」，「種豆南山下」，〈讀山海經〉云「既耕亦已種」。頗，程度副詞，「很」的意思。《正字通》：「頗，良久曰頗久，多有曰頗有。」❺值　遇；逢。❻年災　即災年。❼日月　指時間。❽尚悠　還長。❾為患句　言飢餓之患沒有止境。已，止。❿登歲　豐年。⓫功　收成；勞績。⓬希　企求；指望。⓭朝夕句　言一天所費的資財。朝夕，早晚；一天。⓮煙火句　猶裁通煙火，僅通煙火而不斷炊。裁，通「纔」。才；僅。通煙火，指燒火做飯。⓯旬日　十日。⓰已　通「以」。⓱云　句中語助詞。⓲夕　暮。⓳永懷　詞出《詩經・周南・卷耳》：「維以不永懷。」意為長久思念。⓴後生　後輩；兒孫。㉑弱年　幼年。㉒乏　貧乏。㉓更　經歷，與〈飲酒・十六〉「飢寒飽所更」的「更」用法相同。㉔菽　豆類植物的總稱。㉕孰敢哪敢。㉖甘肥　指美食。㉗惄如　詞出《詩經・周南・汝墳》：「惄如調飢。」毛《傳》：「惄，飢意也。」㉘亞九飯　僅次於三十天只吃九餐飯一樣。亞，次。九飯，九次飯，指一個月只吃九次飯。據《說苑・卷四・立節》：「子思居於衛，縕袍（舊絮做的袍子）無表（外衣），二（據〈擬古・五〉：『三旬九遇食』當作「三」）旬而九食。」㉙當暑句　意為正當暑天的時候我討厭還穿寒衣。因為無衣穿，所以熱天還穿冷天的衣服。㉚欲　亦有「將」的意思。㉛如何句　一年將盡，本應高興地準備過年，不是辛苦悲的時候，故言「如何辛苦悲」。㉜常善句　意思是常常以為施粥者心善。善，意動用法，認為善之意。粥者，在路旁施捨粥以救濟飢民的人，此指黔敖。據《禮記・檀弓下》記載，齊國發生大的飢荒，黔敖在路邊施食，等候飢餓的人來以便施捨給他們吃。有一個飢餓的人用袖子蒙著臉，收起鞋子光著腳，垂頭喪氣地來了。黔敖便左手捧著飯食，右手拿著水，說：「嗟！來吃！」那蒙臉人抬起眼睛注視他說：「我正是因為不願吃嗟來之食，才到這個地步啊！」終於不食而餓死。㉝恨　憾。㉞蒙袂　以衣袖蒙臉的人，即《禮記・檀弓下》所載的那個飢餓人。㉟何足吝　何足為恥。吝，《後漢書・楊震傳》李賢注：「吝，恥也。」㊱沒　通「歿」。死亡。㊲自遺　自尋煩惱，指自己去餓死。自遺，猶「自詒」。《詩經・小雅・小明》：「自詒伊戚。」詒，通「貽」，又通「遺」。㊳斯濫　就亂來而無所不為。典出《論語・衛靈公》：「小人窮斯濫矣。」斯，就。濫，亂來；無所不為。㊴彼　指蒙袂人。㊵固窮　固守窮困；堅持窮困而不亂來。典出《論語・衛靈公》：「君子固窮。」㊶夙所歸　猶「夙志」，平素的志願。夙，通「宿」。舊日；平素。歸，歸宿；志願。㊷餒　飢餓。㊸已矣夫　算了吧。夫，句末表示感歎的語氣詞。

【語　譯】 舊穀已經吃完了，新穀還未成熟，我這個很像老農的人，卻遇上了災年，忍飢挨餓的日子還長著，禍患沒有止境。豐年的收成既然不可指望，那一天所需的物資就只能做到不斷炊。十天以來，開始念著飢餓和貧乏。歲暮已至，不禁感慨悠思。現在我若不把心中的感悟寫出來，子孫後代怎麼知道呢！

幼年碰上家中窮，老來經歷長時飢。平生所羨是豆麥，豈敢奢望甜美味！飢餓僅次於子思，暑天討厭穿寒衣。一年歲月行將盡，為何還是辛苦悲！常思黔敖心腸好，深感蒙臉飢者非。「嗟爾來食」不足恥，自尋煩惱白死去。窮則亂來非其志，固守窮困本所歸。挨餓也就算了罷，古代多有好老師。

【賞析】這首詩的前八句只寫一個「飢」字，道盡詩人的飢餓窮困之苦；後八句則寫詩人如何正確對待窮困。從這首詩看，在正確對待飢餓窮困這個問題上，詩人的認識也是逐步提高的。平時他對於蒙袂人不食嗟來之食很不理解，認為即使「嗟來」也不足為恥；現在他才領悟到蒙袂人之所以不食嗟來之食，有著深層次的原因：「斯濫豈彼志，固窮夙所歸。」由於他不願做「窮斯濫矣」的小人，立志做「固窮」的君子，維護自己人格的尊嚴，才不惜付出餓死的代價。孟子說：「一簞食，一豆羹，得之則生，弗得則死。嘑爾而與之，行道之人弗受；蹴爾而與之，乞人不屑也。」（《孟子．告子上》）蒙袂人不就是此類捨生取義的「行道之人」麼？由於有了這種領悟，詩人對自己所處的困境也就泰然處之：「餒也已矣夫，在昔余多師。」除蒙袂人以外，伯夷、叔齊不也是義不食周粟餓死在首陽山上嗎？顏回不也是一簞食、一瓢飲，在陋巷而不改其樂嗎？想到這一類眾多的先師，精神上自然得到了補償，飢餓給他造成的「辛苦悲」，理應有所緩解。詩人在〈詠貧士〉詩中曾說「何以慰吾懷？賴古多此賢」，他是以古人為師，來排解心中愁苦的。

蜡日❶

【題解】這首詩寫蜡日祭神時飲酒賞景，表達了詩人的閑適情趣。寫作時間難以考定。

風雪送餘運❷，無妨❸時已和。梅柳夾門植❹，一條❺有佳花。我唱爾❻言得❼，酒中適❽何多❾！未能明多少❿，章山⓫有奇歌⓬。

【注釋】❶蜡日　年終祭神的日子。李公煥注本題下有以下一段文字：「蜡，臘，祭名。伊耆氏始為蜡。蜡也者，索也，歲十二月，合聚萬物而索饗之也。」這不是淵明寫的小序，而是李公煥引《禮記・郊特牲》中的話給題目作的注，意思是說：蜡就是臘，是祭神的名稱，伊耆氏（古帝名，有說是神農氏，一說是帝堯）才開始蜡祭。蜡的意思就是求，年終十二月，聚合萬物求眾神來享用。❷餘運　歲暮。一年之中，四時運行，至冬將盡，故言餘運。❸無妨　疑為無礙之意。❹夾門植　夾著門栽種，即種在門前的兩邊。❺條　枝，指梅的一枝。有引《詩經・秦風・終南》「有條有梅」，認為「條」是山楸樹。按，山楸不在歲暮開花，且詩中明言植的是梅和柳，梅花臘月開放，故「條」當是指梅的枝條。❻爾　你，當是指聽淵明唱詩的人。❼得　滿意；如願以償。❽適　閑適。❾何　何等；多麼。❿未能句　不能說明多少，即一言難盡。指酒中樂趣而言。⓫章山　即「鄣山」。逯欽立注：「鄣山，即石門山。」《水經注・卷三九・贛水》：「廬山之北，有石門水，水出嶺端，有雙石高竦，其狀若門，因有石門之目焉。水導雙石之中，懸流飛瀑，近三百許步，下散漫千數步，上望之連天，若曳飛練於霄中矣。下有盤石，可坐數十人，冠軍將軍劉敬宣，每登陟焉。」又廬山諸道人〈遊石門詩・序〉：「石門在精舍（指慧遠所建之龍泉精舍）南十餘里，一名鄣山。基連大嶺，體絕眾阜，闢三泉之會，並立而開流，傾岩玄暎，其上蒙形，表於自然，故因以為名。此雖廬山之一隅，實斯地之奇觀。」⓬奇歌　《晉書・樂志下・淮南王篇》：「繁舞奇歌無不泰。」其義不詳。此處如果是承接前句「我唱爾言得」，則是指淵明所唱之歌而言，鄣山有了回響。

【語　譯】寒風飛雪送歲暮，無礙時令已煦和。梅樹柳樹門前種，一枝好花掛梅柯。我唱你和真得意，酒中閑適何其多。難言樂趣有多少，鄣山回響有奇歌。

【賞　析】這首詩頗難理解。清人吳騫在《拜經樓詩話・卷三》中曾推測它像淵明的〈述酒〉詩一樣，也是一首用廋辭隱語寫成的政治詩，並逐句為之索解，雖言之鑿鑿，惜證據不足，不免有牽強附會之嫌。邱嘉穗認為這首詩難以解通，竟說：「通篇俱不著題，後四句未詳其義。」（《東山草堂陶詩箋・卷三》）其實，詩的前四句寫蜡日祭神時的景色，正好著題，問題出在後四句寫飲酒之樂是否也與蜡日祭神有關上。要解決這個問題，得從蜡日年終大祭的習俗說起。蔡邕在《獨斷》中說：「歲終大祭，縱吏民宴飲。」據《禮記・雜記下》記載，孔子的學生子貢觀看了蜡祭，孔子問他：你快樂嗎？子貢回答說：全國的人喝酒喝得像發了狂一樣，我不知道有什麼快樂。孔子說：「百日之蜡，一日之澤，非爾所知也。」鄭玄給孔子的話作注，說：「蜡之祭，勞農以休息之，言民皆勤稼穡，有百日之勞，喻久也，今一日使之飲酒燕樂，是君之恩澤，非女（汝）所知，言其義大。」可見蜡日大祭，讓民眾飲酒為歡，是早已有之的習俗。晉代仍然保存了這種習俗，蜡祭的規模還相當大，晉人裴秀在〈大蜡詩〉中描述說：「飲饗清祀，四方來綏。充牣郊甸，鱗集京師。交錯貿遷，紛葩相追。掺袂成幕，連衽成帷。有肉如丘，有酒如泉。有肴如林，有貨如山。率土同懽，和氣來臻。」《世說新語・德行》記載華歆在蜡日曾經召集子姪燕飲，王朗還向他學習，也召集子姪燕飲。瞭解了這種習俗，就可知道淵明在詩中為什麼要寫飲酒了。

淵明參加的這次蜡祭，看來沒有達到裴秀所寫的大蜡的規模，地點也不在京師，而在他的家中。但一年一度的宴飲，對酒賞梅，與人唱和，也是樂在其中，妙不可言。「章山有奇歌」一句，在沒有可靠的資料證明其確切的意義之前，我們不妨想像是淵明唱歌鄣山有了回響。詩人眼觀美景，耳聞響聲，有唱有和，該是多麼閑適愜意啊！

卷四　詩五言

擬古九首

【題解】這組詩大約作於劉宋初年淵明五十六、七歲時。詩人用擬古的形式來抒發心中的感慨，語多隱晦。擬古就是摹擬古詩。劉履說：「靖節退休後所作之詩，類多悼國傷時託諷之詞，然不欲顯斥，故以〈擬古〉、〈雜詩〉等目名其題云。」（《選詩補註・卷五》）

其一

榮榮窗下蘭，密密堂前柳❶。初與君別時，不謂行當久❷。出門萬里客❸，中道❹逢嘉友❺。未言心相醉❻，不在接杯酒❼。蘭枯柳亦衰，遂令此言❽負❾。多謝❿諸少年，相知⓫不忠厚⓬。意氣傾人命，離隔復何有⑬？

【注　釋】❶榮榮二句　以蘭柳起興，兼有比義。二句是互文，言窗下堂前的蘭柳長得繁盛茂密。此處詩人以蘭柳喻出行人之故交。牕，同「窗」。❷初與二句　此二句之主語為出行人，言當初出行與蘭柳（故交）話別時，說不久就要回來。君，指蘭柳，喻故交。「不謂行當久」猶「謂行當不久」。❸出門句　言出行後便成了遠行客。萬里，言其遠，非實數。❹中道　途中。❺嘉友　好友；貴友。❻未言句　言一見傾心。心相醉，互相心醉。心醉，傾慕；迷戀；沉迷。《莊子・應帝王》：「鄭有神巫曰季咸，知人之生死存亡，禍福壽夭，……列子見之而心醉。」又《顏氏家訓・慕賢》：「所值名賢，未嘗不心醉魂迷而向慕之也。」❼接杯酒　在一起飲酒。司馬遷〈報任安書〉：「未嘗銜杯酒接殷勤之餘歡。」❽此言　指「不謂行當久」之言。❾負　背棄；違背。❿多謝　反覆告訴；鄭重告訴，與〈孔雀東南飛〉之「多謝後世人」用法同。謝，告。按，此句起以下四句寫詩人的感慨。⓫相知　相識；相親。漢樂府〈上邪〉：「我欲與君相知。」⓬忠厚　忠誠厚道。⓭意氣二句　陶澍注：「迷溺之深，命且不保，何有於離別乎？」意為如果沉迷於意氣之交，命將保不住，離別又算什麼？意氣，情誼，在此指出行人與嘉友一見傾心的情誼。詞出司馬遷〈報任安書〉：「意氣勤勤懇懇。」何有，有何；有什麼；算什麼。《左傳・僖公九年》記載晉公子夷吾想從秦國回晉國，郤芮讓他給秦國送重禮以求回國，說：「入而能民，土於何有？」意即回到晉國能得到老百姓的擁護，土地又算得個啥？

【語　譯】欣欣向榮窗下蘭，繁盛茂密堂前柳。當初告別蘭柳時，聲言出行不會久。出門成為遠行客，途中遇上新好友。未及言談心相醉，並不在意杯中酒。蘭枯柳衰尚不歸，便教前言付東流。鄭重告誡眾少年，相識之人不忠厚。沉迷意氣能喪命，離別可又算什麼？

【賞析】這首詩描述一個遠行人告別家中的蘭柳，離家外出，行前說不久就要回來。可是出門以後便成了萬里客，遇上了新交，於是心醉魂迷，忘記了自己說過的話，直至蘭草枯萎柳葉凋零也不回來。詩人於是就此發出感歎，告誡眾少年，交友須謹慎，不要同不忠厚的人相交，否則憑意氣用事，命將難保，至於離別就不在話下，不值得一說了。

詩的內容雖然簡單，可是寓意卻難以尋求。前人或說是「嘆交道衰薄，朋友不足依賴」（鍾伯敬譚元春評選《古詩歸・卷九》）；或說是「嘆中道改節之人，徒矜意氣，反覆不常」（吳瞻泰輯《陶詩彙註・卷四》）；或說是「此必當時有與公（指淵明）同約偕隱，已而背去附宋者……故云」（邱嘉穗《東山草堂陶詩箋・卷四》）；或說是「借蘭柳作〈北山移文〉（劉宋時孔稚珪作，借山靈作檄，諷刺周顒），以為招隱」（陶澍集注《靖節先生集・卷四》）。欣賞詩歌，本是仁者見仁，智者見智，以上各家的說法究竟誰是誰非，實在難以定論。不過淵明是摹擬漢魏古詩而作此詩，而〈古詩十九首〉有云：「昔我同門友，高舉振六翮。不念攜手好，棄我如遺迹。」和淵明此詩可說有異曲同工之妙。〈古詩十九首〉作者意在諷刺朋友迷戀新貴而棄舊交，那麼淵明在此除了抒發「交不忠兮怨長」（《楚辭・九歌・山鬼》）的感歎以外，很可能也在對不守信義的朋友進行諷刺。至於具體所指為何人？政治背景如何？淵明沒有交代，我們當然也就難以確知了。

其二

辭家❶夙❷嚴駕❸，當❹往志❺無終❻。問君今何行？非商復非戎。聞有田子春❼，節義為士雄❽。斯人❾久已死，鄉里❿習其風⓫。生有高世名⓬，既沒傳無窮。不學狂馳子⓭，直在百年中⓮。

【注釋】❶辭家　離家。按，詩人並未離家赴無終，此乃想像之詞。❷夙　早上。❸嚴駕　整治車駕。與〈孔雀東南飛〉「新婦起嚴妝」之「嚴」用法相同。又曹植〈雜詩・五〉：「僕夫早嚴駕，吾行將遠遊。」❹當　將。與《吳越春秋・句踐入臣外傳》「越將有福，吳當有憂」之「當」用法相同。❺志　陶澍校：「汲古閣本云：一作『至』，今從之。」按，陶說是。❻無終　古地名，在今河北薊縣，是田子泰的故鄉。❼田子春　應作「田子泰」，陶澍校：「各本作『春』，從湯本作『泰』。」據《三國志・卷一一・魏志・田疇傳》，田疇，字子泰，右北平無終人。初平元年（西元一九〇年），關東州郡起兵，推袁紹為盟主，討伐董卓，董卓劫持漢獻帝西遷長安。幽州牧劉虞為了效忠漢室，派二十二歲的田疇抄小路私行到長安見漢獻帝，獻帝想封田疇為騎都尉，田疇以為天子正逃難在外，自己不應受此榮寵，固辭不受，朝廷稱讚他節義高尚。在田疇還回途中，得知劉虞已被公孫瓚殺害，田疇還去劉虞墓前哭泣弔唁。公孫瓚知道了，便懸賞捉拿到田疇，問他為什麼去劉虞墓上哭？向劉虞送章報而不向我送章報？田疇回答說：「漢室衰穨，人懷異心，唯劉公（指劉虞）不失忠節。章報所言，於將軍（指公孫瓚）未美，恐非所樂聞，故不進也。」公孫瓚怕失去民心而沒有殺他，後來還放了他。田疇回到北方，率領宗族及其他追隨者發誓說：「君仇不報，吾不可以立於世！」於是進入徐無山中，覓得一處深險平敞的地方住下來，親自耕種，以養父母。百姓歸之，數年間至五千餘家。❽為士雄　成為士中豪傑。《廣雅・釋訓》：「雄，傑也。」❾斯人　此人，指田疇。❿鄉里　此處猶「故鄉」，指田疇所居之地。⓫習其風　學習他的高風亮節。⓬高世名　高出世俗的名聲。⓭狂馳子　瘋狂地為名利而奔走的人。〈離騷〉：「忽馳騖以追逐兮。」王逸注：「言眾人所以馳騖惶遽者，爭追逐權貴求財利也。」⓮直在句　意為只在活著的時候，換言之，死了也就完了。直，只。百年中，指生前，如「百年以後」即是說死後。

【語　譯】清早駕車辭別家，即將起程去無終。「問你此行為何事？」「不去經商不從戎。聽說有個田子泰，節義高尚是英雄。此人老早已去世，至今故鄉仰遺風。活著就有好名聲，死去依然傳無窮。不學鑽營奔名利，榮華只在一生中。」

【賞　析】這是一首借史述懷詩。詩中高度讚揚了義士田疇的高尚節義及其巨大的影響，並對那些不顧節義的追名逐利之徒委婉地進行了譏諷。明人何孟春說：「晉宋易代之際，士如疇者幾人？靖節安得不極口贊揚，以譏諷狂馳輩耶？」（見何注《陶靖節集・卷四》）田疇的節義表現在忠於漢室上，當時董卓劫持漢獻帝從洛陽西遷長安，劉虞為了效忠漢室，派田疇去長安見漢獻帝。田疇回來後劉虞已被公孫瓚殺害，他竟然冒死去看劉虞的墓，並當面告訴公孫瓚自己之所以去劉虞墓上哭的原因是：「漢室衰積，人懷異心，唯劉公不失忠節。」淵明當時眼見晉宋易代，劉裕篡位，眾多的晉室大臣，竟然不顧節義，改換門庭，投靠劉裕，因而感慨萬端，寫下了這首詩，正所謂「寄想於田疇，無限感慨，只從典故出之。」（清馬墣《陶詩本義・卷四》）

在寫作上，也頗有特色。一是「起四句故為曲折」（方東樹《昭昧詹言・卷四》）。先說準備去無終，再自問自答交代去無終的原因，詩人通過這些純屬想像之詞，便深入地表達了自己對義士田疇的仰慕之情。二是對田疇的事跡略而不述，卻極力讚揚他節義高尚，名聞鄉里，流芳後世，可謂重點突出。三是收句「不學狂馳子，直在百年中」令人回味無窮，既展示了詩人自己的高尚情懷，又譏諷了那些不顧節義的追名逐利之徒，暗示他們的下場再好也只能是「當時則榮，沒則已焉」(《史記・孔子世家》),弄得不好,還將遺臭萬年。所以黃文煥說這兩句「語最冷毒,罵盡事二姓人」(《陶詩析義・卷四》)。

其 三

仲春❶遘❷時雨❸,始雷❹發東隅❺。眾蟄❻各潛駭❼,草木從橫舒❽。翩翩❾新來燕,雙雙入我廬❿。先巢⓫故⓬尚在,相將⓭還舊居⓮。自從分別來,門庭日荒蕪。我心固匪石⓯,君⓰情定⓱何如?

【注釋】❶仲春 農曆二月。❷遘 遇。❸時雨 此指按時(季節)而至的春雨。❹始雷 初雷;春雷。❺發東隅 從東方發出。❻眾蟄 各種冬眠的動物。蟄,蟄伏;冬眠。❼潛駭 從潛藏中驚醒。駭,驚駭。❽從橫舒 指向上和向橫舒展生長。從,同「縱」。❾翩翩 輕快飛翔的樣子。❿廬 廬舍;草廬。⓫先巢 以前的窩,即下文所說的「舊居」。⓬故 如故;依舊。⓭相將 相偕;相與。⓮舊居 老窩。⓯我心句 典出《詩經・邶風・柏舟》:「我心匪石,不可轉也。」言我的心堅固,不像石頭一樣還可以轉動。毛《傳》:「石雖堅尚可轉。」孔《疏》:「言我心非如石然,石雖堅尚可轉,我心堅,不可轉也。」匪,非。⓰君 你,指燕。⓱定 究竟;到底。《世說新語・言語》:「卿云艾艾,定是幾艾?」又〈賞譽〉:「卿家仲堪,定是何似人?」

【語譯】仲春二月逢時雨,東方隆隆春雷起。冬眠萬物各驚醒,草木生長自展舒。新來春燕翩翩舞,成雙成對入我廬。舊巢依然還存在,結伴一起返舊居。自從去年分別後,門前零落漸荒蕪。

我心堅固比石硬，你意究竟欲何如？

【賞析】這是一首寫春來燕歸的詩。對於它的寓意有各種不同的說法，或說是譏諷仕宋之人不如春燕，或說是詩人託言自己不願背棄晉室，或說是比喻劉裕起兵反對桓玄，使晉安帝得以返回京師。以上說法，似多牽強比附，令人難以置信。就詩論詩，我們認為這是詩人見春燕歸來，觸景生情，睹物生感之作。所感何事？關鍵在於最後兩句：「我心固匪石，君情定何如？」這是詩人向燕發問：我的心比石還堅固，可是你的心究竟怎樣呢？燕子是候鳥，牠的特性是秋去春來，或者如樂府古辭所言：「翩翩堂前燕，冬藏夏來見」（《樂府詩集・卷三九・相和歌辭・瑟調曲四》），今日回來，明日還將離去。如果允許我們作比較合理的想像，不妨說是有人曾經與詩人一起隱居，後來離他而去，現在又回來了，詩人於是對他說：我是決心隱居下去，永不改變，你究竟怎麼樣呢？還想再走嗎？這種設想雖然沒有確切的史料可作佐證，我們認為還是比較符合詩的實際的。

其四

迢迢❶百尺樓，分明❷望四荒❸。暮作歸雲宅，朝為飛鳥堂。山河滿目中，平原獨茫茫❹。古時功名士，慷慨❺爭此場。一日百歲後❻，相與❼還北邙❽。松柏❾為人伐，高墳互低昂❿。頹基⓫無遺主⓬，遊魂在何方？榮華誠足貴，亦復可憐傷！

【注釋】❶迢迢 高貌。❷分明 清楚。❸四荒 典出〈離騷〉：「將往觀乎四荒。」謂四方荒遠之地。❹茫茫 遼闊；空曠。❺慷慨 意氣激昂。❻百歲後 死後。❼相與 一起；結伴。❽北邙 山名，在今河南洛陽市北，又稱「北芒」，即邙山。《洛陽志》：「北邙山，漢魏晉君臣墳多在此。」故亦可作墓地的泛稱。❾松柏 古人墓旁常栽松柏，〈古詩為焦仲卿妻作〉：「兩家求合葬，合葬華山傍。東西植松柏，左右種梧桐。」❿低昂 低高，指高低參差不齊。⓫頹基 倒塌了的墓基。⓬遺主 遺留下來的主人，即死者的後代。

【語譯】凌空高遠百尺樓，樓上分明望四方。夜為浮雲歸來宅，日作飛鳥空中堂。滿目山河收眼底，遼闊平原獨茫茫。古時多少功名士，意氣激昂爭此場！有朝一日辭人世，相互結伴返北邙。墓前松柏被人伐，高墳參差滿山崗。墓基塌壞墳無主，遊魂漂泊在何方？功名利祿誠可貴，亦是可憐又可傷！

【賞析】清人張嘉蔭評論說：「此擬登廢樓遠望，而榮華不久之詩。」（《古詩賞析・卷一四》）極其簡明地說明了這首詩的內容。詩人從「望」字著筆，近望，則廢樓一座，暮作雲宅，朝為鳥堂，空無遊人，一派冷落淒涼景象。遠望，則滿目山河，茫茫平原，使人有蒼涼迷惘之感。睹物生感，因而想到自古以來有多少功名之士，在這遼闊的平原上追逐爭奪，「爭地以戰，殺人盈野；爭城以戰，殺人盈城」（《孟子・離婁上》）。活著的時候，為功名而爭奪，可結果還不都是進了墳墓嗎？〈古詩十九首〉說：「出郭門直望，但見丘與墳。古墓犁為田，松柏摧為薪。」而今這些功名士的墓前松柏已經被人所伐，可以想見那些參差不齊的高墳離夷為平地也就為期不遠了。往日為了功名你爭我奪，今日卻落得個如此悲慘的下場，豈不叫人可憐，令人悲傷麼？「榮華誠足貴，亦復可憐傷」二句，先揚後抑，有深意存焉。《紅樓夢》中的〈好了歌〉有云：「世人都曉神仙好，惟有功名忘不了！古今將相在何方？荒冢一堆草沒了！」異曲同工，與此詩一樣，可醒世人。

其五

東方有一士，被服❶常不完❷。三旬九遇食❸，十年著一冠。辛苦無此比，常有好容顏。我欲觀其人，晨去越河關❹。青松來路生❺，白雲宿簷端。知我故❻來意，取琴為我彈。上絃❼驚〈別鶴〉❽，下絃❾操〈孤鸞〉❿。「願留就君住⓫，從今至歲寒⓬。」

【注釋】❶被服　即「披服」，猶穿戴。❷不完　不全；破爛。❸三旬句　言三十天內只吃九頓飯。典出《說苑・卷四・立節》：「子思居於衛，縕袍（舊絮製成的袍子）無表（外衣），二（據此當作「三」）旬而九食。」❹河關　河流與關山。❺青松句　「來」字他本作「夾」，當從之。此句是說通向高士住處的路上，兩旁挺立著常青的松樹。❻故　特。❼上絃　初曲；前曲。❽別鶴　古琴曲名，即〈別鶴操〉曲。《樂府詩集・卷五八・琴曲歌辭二》有〈別鶴操〉，引崔豹《古今注》：「〈別鶴操〉，商陵牧子所作也。娶妻五年而無子，父兄將為之改娶。妻聞之，中夜起，倚戶而悲嘯。牧子聞之，愴然而悲，乃援琴而歌，後人因為樂章焉。」又引《琴譜》曰：「琴曲有四大曲，〈別鶴操〉其一也。」❾下絃　終曲；後曲。❿孤鸞　古琴曲名，即〈雙鳳離鸞〉。《西京雜記・卷二・三十九條》：「慶安世，年十五，為成帝侍郎。善鼓琴，能為〈雙鳳離鸞〉之曲。」⓫就君住相當於同你住。就，到……去。⑫歲寒 即寒冬，喻嚴重的考驗。典出《論語・子罕》：「子曰：『歲寒然後知松柏之後彫（凋）也。』」何晏《集解》：「大寒之歲，眾木皆死，然後知松柏小彫（凋）傷。平歲則眾木亦有不死者，故須歲寒而後別之。」

【語　譯】東方有個節義士，衣衫襤褸常破爛。一月僅進九次食，十年常戴一頂冠。艱辛勞苦無法比，反而常有好容顏。我想親自去訪他，朝出渡河越關山。迎面夾路生青松，白雲環繞屋簷端。彷彿知我特來意，取下鳴琴為我彈。初曲彈出〈別鶴操〉，終曲彈出是〈離鸞〉。「我願留下同你住，從今直到歲大寒。」

【賞　析】這首詩的前半篇寫東方一士人雖然衣食無著，辛苦無比，卻容顏常好。按理說，一個人缺衣少食，必然臉有菜色，形容枯槁，為何這一士人卻如此反常呢？我們認為詩人所說的「好容顏」，與其說是指生理而言，不如說是指心理而言，心理上的富有戰勝了生活上的貧困，方能不戚戚於貧賤，這正如詩人所說的那樣：「貧富常交戰，道勝無戚顏」（〈詠貧士〉）。陳祚明評論說：「身苦有好容，身困道亨也。」（《采菽堂古詩選・卷一三》）可謂深得其旨。後半篇託言「我」前去拜訪這一士人。沿途青松夾道，環境幽美。至則白雲繞簷，如臨仙境。士人鼓琴相待，初曲〈別鶴〉，終曲〈孤鸞〉，細細品味，似覺弦外有音，彷彿在說士人如雲中仙鶴，遺世獨立，孤高自許。「我」於是頓生與士人同度歲寒，去迎接人世間更為嚴酷的考驗。

詩中所寫的貧困生活是淵明所過的生活，所描述的環境彷彿也是淵明所處的環境，「此東方一士，正淵明也」（蘇東坡《東坡題跋・卷二・書淵明東方有一士詩後》）。清人邱嘉穗說：「此公自擬其平生固窮守節之意，而託言欲觀其人，願留就在耳。」（《東山草堂陶詩箋・卷四》）設言自寓，正是此詩的寫作特點。

其六

蒼蒼❶谷❷中樹❸，冬夏常如茲❹。年年見霜雪，誰謂不知時❺？厭聞世❻上語，結友到臨淄❼。稷下多談士❽，指❾彼決吾疑❿。裝束⓫既⓬有日，已與家人辭。行行⓭停出門，還坐更自思。不怨道里⓮長，但⓯畏人⓰我欺⓱。萬一不合意，永為世笑之。伊懷⓲難具道⓳，為君⓴作此詩。

【注釋】❶蒼蒼　猶「青青」。❷谷　山谷。❸樹　當是指松柏而言。松柏歲寒不凋，故下言「冬夏常如茲」。❹茲　此，指「蒼蒼」。❺誰謂句　猶言其知時，用反問句出現，答案卻是正面的。時，季節。松柏四季常青，人或誤以為其不知時，詩人特為此句以辯之。❻世　塵世；世俗。❼臨淄　戰國時齊國的都城，在今山東省淄博市。❽稷下句　典出《史記・田敬仲完世家》：「（齊）宣王喜文學游說之士，自如騶衍、淳于髡、田駢、接予、慎到、環淵之徒七十六人，皆賜列第，為上大夫，不治而議論。是以齊稷下學士復盛，且數百千人。」稷下，古地名，齊都城門在其地。劉向《別錄》：「齊有稷門，城門也。談說之士期會於稷下也。」談士，游說之士。❾指　告語；請求。《楚辭・離騷》：「指九天以為正兮。」王逸注：「指，語也。」❿決吾疑　解決我的疑問。⓫裝束　猶「束裝」。亦即整裝。⓬既　已經。⓭行行　行了又行。⓮道里　道路里程。⓯但　只。

⑯人 指談士。⑰我欺 欺我。⑱伊懷 此懷。⑲具道 猶「具陳」，一一陳說。⑳君 指想瞭解詩人胸懷的人。

【語 譯】蒼翠繁茂谷中樹，經冬歷夏常如此。年年歲歲見霜雪，誰能說它不知時？厭惡聽聞塵世語，想交新友去臨淄。齊國稷下多談士，請其為我決狐疑。整理行裝有多日，且向家人已告辭。說走說走未出門，還家靜坐又自思。不是埋怨道路長，只是害怕被人欺。萬一去後不合意，永被世人恥笑之。此中內情難陳述，為你寫下這首詩。

【賞 析】這首詩的前四句用四季常青的松柏起興，並以其傲霜鬥雪、歲寒不凋的特性隱喻自己堅貞不渝、固窮守節的品性。也許詩人思想上曾經有過矛盾，因此以下的大量篇幅抒寫了胸中的惶惑與苦悶，託言想去找稷下談士決疑，可是臨行又止步不前，並非因為路途遙遠，而是害怕去了會受人欺騙，萬一不能情投意合，就將永遠為世人所恥笑。由此可見詩人心緒萬端，波瀾起伏，有著難以明言的痛苦。詩人的這種心態，宋人湯漢等認為與他被邀請參加白蓮社一事有關，所謂詩人「不為談者所眩，似謂白蓮社中人也。」（見其注《陶靖節先生集・卷四》）據《蓮社高賢傳・不入社諸賢傳》記載，當時大名鼎鼎的慧遠法師在廬山東林寺組織白蓮社，宣傳佛教，寫信邀請淵明入社，淵明說：「允許我飲酒就去。」慧遠答應了。於是淵明前往，可是又忽然皺著眉頭走了。這則傳說和詩中的某些描寫有相似的地方，如果湯漢的說法能夠成立，那稷下談士就是比喻白蓮社中的諸賢了，由此也就可以看出淵明對待這些佛教徒的態度了。是耶非耶？聊備一說而已。

其 七

日暮天無雲，春風扇❶微和。佳人❷美❸清夜，達曙❹酣❺且歌。歌竟❻長歎息，持此❼感人多❽：皎皎❾雲間月，灼灼❿葉中華⓫。豈無一時⓬好，不久⓭當如何？

【注　釋】❶扇　通「搧」。吹拂；吹來。❷佳人　美人。《楚辭．九歌．湘夫人》：「聞佳人兮召予。」❸美　讚美。❹達曙　達旦。❺酣　飲酒飲得歡暢。❻竟　終。❼持此　憑這。此，指「皎皎雲間月」以下四句詩。❽多　猶「深」。❾皎皎　月色潔白貌。❿灼灼　花鮮艷盛開貌。《詩經．周南．桃夭》：「桃之夭夭，灼灼其華。」⓫華　同「花」。⓬一時　短時間。⓭不久　不能長久。

【語　譯】日落天暮無殘雲，春風盪漾送溫和。美人讚賞清靜夜，達旦暢飲且自歌。歌罷聲聲長歎息，對此情景感慨多：皎潔明亮雲間月，鮮艷美麗葉中花。花月豈無一時好，好景不長當奈何？

【賞　析】這是一首歎息年華易逝，好景不長的詩。「日暮」二句寫清夜天淨風和之美，「佳人」二句寫佳人喜愛清夜，珍惜年華，通宵達旦，且酣且歌。「歌竟」二句夾在前四句和後四句之中，起著承前啟後的關鍵作用，既交代了佳人酣歌的結果樂極生悲，又提示詩的後半篇要說明佳人之所以感歎的原因。「持此」的「此」既是承上以引起感歎，又是啟下引出「皎皎雲間月」四句以說明感歎的緣由。月有陰晴，花有開落，今日雖然皎皎灼灼，盡一時之美，可是好景不長，明日將是如何也就可想而知。花月如此，人何能堪！今日清夜佳人，載酣載歌，而年華易逝，明日又將如何？感物傷時，能不長歎！東坡有詞云：「人有悲歡離合，月有陰晴圓缺，此事古難全。但願人長久，千里共嬋娟。」（〈水調歌頭・明月幾時有〉）「此事古難全」正道出了這人生的普遍規律，「但願人長久」只不過是人生美好的願望。願望畢竟不是現實，這便是古今無數人為此感慨傷懷的原因。

全詩清新流麗而富有哲理，且多寫景佳句，情景交融，渾然一體。「日暮天無雲」一句被南朝著名的詩歌評論家鍾嶸評為：「風華清麗，豈直為田家語耶！」（《詩品・卷中・宋徵士陶潛》）「皎皎雲間月」二句，狀物之妙，亦堪稱讚。

其八

少時壯且厲❶，撫劒❷獨行游。誰言行遊近？張掖至幽州❸。飢食首陽薇❹，渴飲易水流❺。不見相知人❻，惟見古時丘。路邊兩高墳，伯牙❼與莊周❽。此士❾難再得，吾行欲何求？

【注釋】❶壯且厲　雄壯而又猛烈。《廣韻》：「厲，烈也，猛也。」❷撫劒　即「撫劍」，意為持劍。❸張掖句　猶言「從張掖至幽州」。張掖，漢郡名。今甘肅省有張掖市，在武威市與酒泉市之間。幽州，古十二州之一，在今河北北部及遼寧一帶。《爾雅・釋地》：「燕曰幽州。」❹首陽薇　典出《史記・伯夷列傳》。孤竹君之子伯夷、叔齊互讓君位，又諫阻武王伐紂，商亡以後，義不食周粟，隱於首陽山，採薇而食，後遂餓死在山上。首陽山又稱西山，相傳在今山西永濟縣南。薇，俗稱野豌豆，是一種野生的草本植物。❺易水流　典出《戰國策・燕策三・燕太子丹質於秦》。刺客荊軻為了報答燕太子丹的知遇之恩，反對暴秦，去刺殺秦王。出發時，太子丹在易水送別荊軻，荊軻為歌曰：「風蕭蕭兮易水寒，壯士一去兮不復還！」後行刺不成功，死於秦殿上。易水，水名，源出河北易縣。❻相知人　即知己。❼伯牙　俞伯牙，善鼓琴，是鍾子期的好友。據《呂氏春秋・本味》記載，鍾子期聽伯牙鼓琴，伯牙想到泰山，鍾子期便說：「巍巍乎若泰山。」不一會伯牙鼓琴時想到流水，鍾子期又說：「湯湯乎若流水。」鍾子期死後，伯牙便將琴摔破，將弦弄斷，終身不再鼓琴，認為世上再沒有值得他去鼓琴的人。❽莊周　戰國時人，是惠施的朋友，也是常和惠施辯論的對手。據《莊子・徐无鬼》記載，莊周經過惠施的墓前，說：「我的論辯對手死了好久了，我無法找到論辯對手了，我沒有與之談論的對象了。」❾此士　這類士人，指鍾子期、惠施、伯牙、莊周等人。

【語　譯】少時雄壯又猛烈，仗劍獨自去出遊。誰說出遊路途近？遠到張掖和幽州。飢食西山野豌豆，口渴去飲易水流。可憐不見知心人，只見古時大荒丘。路旁矗立兩高墳，埋著伯牙和莊周。此等知音難再逢，我行出遊將何求？

【賞　析】這首詩用虛擬的手法寫壯志難酬的悲憤。詩人一生中並沒有去過張掖、幽州、首陽、易水等地，詩中為了抒發壯志，假託自己少年時壯懷激烈，曾經仗劍出遊，遠至西北邊陲的上述地方，飢餐西山上的野薇，渴飲易水中的流水，「欲訪西山之義士、易水之劍客」（清人吳菘《論陶》），立志像伯夷、叔齊一樣仰慕節義，為國捐軀；像荊軻一樣，反對強暴，報答知己，幹出一番轟轟烈烈的事業。可是結果令人大失所望，此行見到的不是知己，而是纍纍荒邱和兩座伯牙和莊周的高墳。伯牙因鍾子期死而不復鼓琴，莊周因惠施亡而緘口不言，詩人遠行是為了尋求知己，實現自己的理想，既然知音難逢，知言難得，再去遠遊又有什麼意義！「吾行欲何求」一句宣告了詩人理想的徹底破滅，也道盡了詩人不滿現實，「有志不獲騁」的滿腔悲憤。

其九

種桑長江邊❶，三年望當採❷。枝條始欲❸茂，忽值山河改❹。柯葉❺自摧折，根株❻浮滄海。春蠶既無食，寒衣欲誰待❼？本❽不植高原❾，今日復何悔！

【注釋】❶種桑句　疑是比喻東晉建都於建康（今南京市，在長江邊）。桑，晉時人們將桑樹當作晉朝的吉祥物，故可用來比喻晉。晉人傅咸〈桑樹賦・序〉：「世祖（晉開國君主武帝司馬炎）昔為中壘將軍，於直廬種桑一株，迄今三十餘年，其茂盛不衰。皇太子（即後來的晉惠帝司馬衷）入朝，以此廬為便坐。」賦中又說：「生合抱於毫芒，猶帝道之將升。」「惟皇晉之基命，爰於斯而發祥。」（見《藝文類聚・卷八〇・木部》）❷三年句　疑是比喻希望歷時不久帝業能中興。黃文煥或說是比喻「劉裕以戊午年（西元四一八年）十二月弒晉主（指晉安帝司馬德宗）於東堂，立琅琊王（司馬）德文，是為恭帝。己未為恭帝元熙元年（西元四一九年），庚申二年（西元四二〇年）而裕逼禪矣。帝之年號，雖止二年，而初立則在戊午，是已三年也。『望當採』者，既經三年，或可以自修內治，奏成績也。」（《陶詩析義・卷四》）清人吳崧批評此說「太執著」（見《論陶》），今不採其說，特此說明。❸欲　將。❹忽值句　比喻劉裕篡晉。❺柯葉　枝葉。❻株　露出地面的樹樁。❼寒衣句　無桑則無蠶，無蠶則無絲，無絲則無衣，故言「寒衣欲誰待」。欲誰待，即「欲待誰」，實際是說待誰也是枉然。❽本　本來。一說是樹根，譯文不用此說。❾高原　指高於長江邊的平地，與今所謂海拔五百公尺以上的高平地為高原不同。

【語　譯】桑樹種在長江邊，指望三年可採桑。豈料枝條剛茂密，忽逢山河變了樣。枝葉互相自摧折，樹根漂流入海洋。春蠶既然無桑食，天寒何以製衣裳？本未將桑栽高地，今日何苦又懊喪！

【賞　析】這是一首寓言詩，所寓何意？說法不一。有說寓意生不逢時（見湯漢注《陶靖節先生詩・卷四》及張潮、卓爾堪、張師孔同閱《曹陶謝三家詩・陶集・卷四》），有說寓意擇居不慎（見何孟春注《陶靖節集・卷四》及張蔭嘉《古詩賞析・卷一四》），有說寓意「下流不可處」（見何焯《義門讀書記・陶靖節詩》），即子貢所謂「君子惡居下流，天下之惡皆歸焉」（《論語・子張》）的意思。

以上諸說雖各不相同，但都認為這首詩沒有政治寓意。首先從寓意政治來解釋這首詩的人是黃文煥，他認為「種桑長江邊」寓意劉裕立晉恭帝，「三年望當採」、「忽值山河改」寓意劉裕立恭帝三年而篡晉，恭帝終受其害（詳見注釋❷）。他將這首詩理解為政治詩，的確不失為創見，只是過於拘泥於史實，因而清人吳菘批評他的說法「太執著」。如果「種桑長江邊」果真寓意劉裕立恭帝，那麼「三年望當採」便應是寓意劉裕指望立恭帝三年後會有收穫，怎麼會是寓意恭帝「既經三年，或可以自修內治奏成績也」呢？三年以後，劉裕如願以償篡了晉，詩人為甚麼還發出「枝條始欲茂，忽值山河改」如此始料不及的慨歎呢？為什麼後二句還要怪桑樹不應種在長江邊而應種在高原上呢？同時又說既然以前種桑選錯了地方，今日又何必後悔呢？看來是很難自圓其說的。

我們認為經日本橋川時雄考索，傅咸的〈桑樹賦〉、陸機的〈桑賦〉、潘尼的〈桑樹賦〉足以證明桑樹是晉朝的吉祥物，同時也是晉朝政權的象徵。我們不妨設想這首詩寓意東晉在長江邊（建康）建立政權，本指望由此中興，不料後來山河改易，政權落入劉裕手中，於是晉室滅亡，宗親大臣，四處飄零，衣食無著。詩人認為東晉之所以如此滅亡，是由於根基不固，禍由自取，今日又何必懊悔！正確與否，願同讀者共同商討。

雜詩十二首

【題解】 雜詩是古詩中的一類。王粲、劉楨、曹丕、曹植、嵇康、陸機、左思……等人都寫過雜詩。《文選》列有「雜詩」一類，李善注云：「雜者，不拘流例，遇物即言，故云雜也。」所收淵明〈雜詩二首〉不在此〈雜詩十二首〉之中，而是〈飲酒〉中的〈結廬在人境〉和〈秋菊有佳色〉二首。此〈雜詩十二首〉，前八首多寫詩人晚年的感慨，人生無常的悲哀，其中第六首云：「昔聞長者言，掩耳每不喜。奈何五十年，忽已親此事！」可見這八首是詩人五十歲時（即晉安帝義熙十年，西元四一四年）所作。第九、十、十一首均寫到行役之苦，第九首即事抒懷，當是壯年行役時所作；第十、十一兩首分別說到「荏苒經十載，暫為人所羈」，「我行未云遠，回顧慘風涼」，均是追憶往事，當作於歸隱以後。第十二首詠幼松，當有象徵意義，寫作時間待考。

其一

人生無根蒂，飄如陌上塵❶。分散❷逐風轉，此❸已非常身❹。落地

為兄弟❺，何必骨肉親！得歡當作樂，斗酒❻聚比隣❼。盛年❽不重來，

一日難再晨❾。及時當勉勵❿，歲月不待人。

【注　釋】❶人生二句　言人生在世，飄忽不定。語本〈古詩十九首・其四〉：「人生寄一世，奄忽若飆塵。」無根蒂，無定在之謂。植物及其瓜果總是與根蒂相連，而人出生之後則與母體脫離，飄忽不定。陌，田間小路，南北為阡，東西為陌。❷分散　分離。❸此　此身，指父母所生之身。❹常身　林庚、馮沅君注：「常住之身。佛家認為有二種身，一是永恆法性的常住之身，一是死生變易無常的父母生身。後者沒有甚麼意義（見《大般涅槃經》等）。」（見《中國歷代詩歌選》）可見「非常身」就是死生變易無常之身。❺落地句　言生下後所有的人都是兄弟，即《論語・顏淵》「四海之內，皆兄弟也」之謂。落地，呱呱墜地。丁福保注：「謂人始生也。」❻斗酒　一斗酒。斗，古代酒器。❼比隣　近鄰。隣，同「鄰」。❽盛年　猶壯年，謂年富力強時。❾再晨　兩個早晨。❿及時句　謂當及時互相勉勵積極地生活。

【語　譯】人生在世無定在，飄忽不定陌上塵。各自東西隨風轉，此身已非常住身。四海之內皆兄弟，何必骨肉才是親！若得歡時當作樂，聊用斗酒聚近鄰。盛壯之年不再來，一天難有兩早晨。及時勉勵當努力，時光如流不待人。

【賞　析】這是一首感歎人生無常，謂人當及時歡聚、珍惜光陰的詩。詩分三段，每段各四句。首四句言人生飄忽不定，變化無常，詩人彷彿感悟到在那個動亂的年代，世人難以掌握自己的命運，前途迷惘，生死未卜，悲劇色彩十分濃厚。中間四句由此感發，謂人生世上應親如骨肉，情同手

足，及時作樂，和睦相聚。由於詩人所說的「作樂」是和人與人之間不分親疏和睦相聚結合在一起，因此這種「作樂」便與醉生夢死的「享樂」大異其趣，具有民胞物與的深刻含義。末四句是勸勉之詞，既是詩人的自我勉勵，同時也表達了詩人對世人的深切厚望，他並非要人們虛度歲月，消磨時光，而是在告誡人們時不我待，應善自珍惜，有所作為，真可稱得上是語意精警，發人深思。

其二

白日淪❶西河❷，素月❸出東嶺。遙遙萬里輝，蕩蕩❹空中景❺。風來入房戶❻，夜中枕席冷。氣變悟時易❼，不眠知夕永❽。欲言無予和❾，揮杯❿勸孤影。日月⓫擲⓬人去，有志不獲騁⓭。念此懷悲悽，終曉⓮不能靜。

【注釋】❶淪　沉；落。❷西河　陶澍注：「從何校宣和本作『阿』。」西阿，即西山。阿，山曲。❸素月　猶「明月」。❹蕩蕩　廣遠之稱。詞出《論語·泰伯》：「蕩蕩乎！」❺景　同「影」。當是指月下空中流影。❻房戶　房門。戶，單扇的門。❼時易　季節變化。❽夕永　夜長。❾無予和　即「無和予」，無人同我對話和，應和。❿揮杯　舉杯。⓫日月　承上「白日」與「素月」，比喻時光。⓬擲　拋棄。⓭騁　伸展；施展。⓮終曉　通宵；徹夜。

【語　譯】夕陽沉入西山下，明月升起東嶺上。月色萬里灑清輝，夜空廣大散流光。涼風吹來入房門，半夜漸覺枕席涼。氣變始悟季節改，失眠方知秋夜長。欲言無人相應和，舉杯勸影倍悽涼。歲月無情棄人去，胸懷壯志難伸張。每念及此心悲悽，通宵未能入夢鄉。

【賞　析】這首詩寫時光流逝，壯志難酬的悲哀。詩人從寫景入手，先寫日落西山，月出東嶺，萬里銀輝，空明澄澈的秋夜景色。在這淒清的月夜，秋風入戶，吹得枕席生涼，頓使詩人感到季節在變化，又一個秋天已經悄然而至。詩人於是感時傷懷，百感交集，再也無法入睡，彷彿有無數的話要向人訴說，向外宣泄。可是「欲言無予和」，不但找不到知音，甚至連一個對話的人也沒有，他只好「揮杯勸孤影」，獨自面對著孤獨的身影，舉杯消愁。那百無聊賴的痛苦，無可奈何的悲哀，真是躍然紙上，呼之欲出。秋天的來臨為何使得詩人如此悲苦呢？「日月擲人去，有志不獲騁」兩句作了回答。因為季節的更替就意味著時光的流逝，歲月無情，生命有限，而壯志不酬，只能飲恨終身，這怎能不讓詩人心懷悲悽，通宵難以成眠啊！宋玉在〈九辯〉中說：「獨申旦而不寐兮，哀蟋蟀之宵征。時亹亹而過中兮，蹇淹留而無成。」和詩人此時的心境是極為相似的。

全詩觸景生情，情由景生，達到了情景交融的境界。

其三

榮華❶難久居❷，盛衰不可量❸。昔為三春❹蕖❺，今作秋蓮房❻。嚴霜結野草❼，枯悴未遽央❽。日月有環周❾，我去❿不再陽⓫。眷眷⓬往昔時，憶此斷人腸！

【注釋】❶榮華　即「花」，用來比喻人世的榮華富貴。草本植物的花叫「榮」，木本植物的花叫「華」。《楚辭・離騷》：「及榮華之未落兮。」❷居　留。❸盛衰句　言盛衰難以預料。量，估量；預測。❹三春　春季三個月，即孟春、仲春、季春，此指春季第三個月，即季春。❺蕖　芙蕖，即荷花。❻蓮房　蓮蓬。❼嚴霜句　言野草上結滿了濃霜。〈古詩為焦仲卿妻作〉：「嚴霜結庭蘭。」❽枯悴句　言野草已經枯黃而尚未立即凋謝殆盡，即處於半死半活狀態。遽，立即；馬上。央，盡。❾環周　循環往復，周而復始。❿去　去世；死亡。⓫不再陽　不再生。陽為生，陰為死。《莊子・齊物論》：「近死之心，莫使復陽也。」《釋文》：「陽，謂生也。」⓬眷眷　依戀貌。

【語譯】榮華富貴不長久，興盛衰敗難估量。昔日曾是三春花，而今變作秋蓮房。野草之上濃霜結，半死半活已枯黃。日月運行有循環，我一去世難返陽。眷戀難捨盛壯時，每憶及此斷人腸！

【賞析】這是一首感物傷時的詩。榮華難久，盛衰難料，是人世間的普遍規律。「節物風光不相待，桑田碧海須臾改」（唐盧照鄰〈長安古意〉），往日的三春芙蕖，何等艷麗；而今卻已經變為秋天的蓮蓬，姿色全無。及至嚴霜下降，那半死不活的枯草就更為容貌慘戚而不堪入目了。不過花謝了明年還會再開，草枯了明年還會再生，日落了明天還會再從東方升起，月缺了以後又會再圓。自然界的一切，在詩人的眼中都能循環往復，周而復始，唯有「我」卻死則不能再生，因而他就特別眷戀往日的時光，為之傷心落淚。不過，作為個體的「我」死後雖然不能再生，可是作為集體的「人類」卻永遠不會滅絕。莊周有云：「指窮於為薪，火傳也，不知其盡也。」《莊子・養生主》）燃燒著的薪會燒完，火卻能傳下去，永遠沒有窮盡的時候。詩人若能如此曠達地對待個人的生死問題，或許就不這樣過於悲傷了。

其四

丈夫志四海❶，我願不知老❷。親戚❸共一處，子孫還相保❹。觴絃❺
肆❻朝日❼，罇中酒不燥❽。緩帶❾盡歡娛，起晚眠常早。孰若❿當世士，
冰炭滿懷抱⓫！百年⓬歸丘壟⓭，用此空名道⓮！

【注釋】❶丈夫句　典出曹植〈贈白馬王彪〉：「丈夫志四海，萬里猶比鄰。」❷我願句　典出《論語・述而》：「子曰：『女（汝）奚不曰：其為人也，發憤忘食，樂以忘憂，不知老之將至云爾。』」❸親戚　猶親屬、親人，包括父子、兄弟、子孫、……等，與今所言「親戚朋友」有所不同。❹相保　互相保養。《說文》：「保，養也。」❺觴絃　指代酒和音樂。❻肆　縱恣；放肆。《玉篇》：「肆，放也，恣也。」❼朝日　與「夕月」相對，指白天。❽罇中句　語本孔融詩句「坐上客恆滿，樽中飲不空」（見《後魏書・卷七一・夏侯道遷傳》）。罇，同「樽」。古代酒器。❾緩帶　寬帶；將衣帶放鬆。❿孰若　哪像。⓫冰炭句　謂名利交戰於胸中，如冰炭同器一樣。典出《淮南子・齊俗》：「貪祿者見利而不顧身，而好名者非義不苟得，此相為論，譬猶冰炭鉤繩（指曲直，鉤曲而繩直）也，何時而合？」貪利與求名，水火不相容，貪利則不能得名，得名則不能貪利，二者交戰於胸中，難以兩全，苦不堪言。⓬百年　謂死後。⓭丘壟　墳墓。⓮用此句　何孟春注謂末二句與「謝靈運〈吊廬陵王（指宋武帝子劉義真）詩〉：『一隨往化滅，安用空名揚？』意同。」按，「用此空名道」即「道

此空名何用」之意。《文選・卷二三》收有謝詩，題為〈廬陵王墓下作〉。

【語　譯】丈夫胸懷四海志，我卻只願不知老。親人相聚在一起，樂與兒孫相護保。舉杯揮琴終日樂，樽中有酒不乾燥。解帶暢懷盡情歡，晚起早睡多逍遙。哪像當今世上人，名利交戰滿懷抱。百年之後入墳墓，講何空名自煩惱！

【賞　析】讀者從〈擬古・少時壯且厲〉和〈雜詩・白日淪西河〉、〈憶我少壯時〉中可以得知淵明本來是個「猛志逸四海」的大丈夫，可是這首詩開篇即說「丈夫志四海，我願不知老」，將自己排除在志在四海的大丈夫之外，甘願做一個樂敘天倫、安度晚年的老人，原因何在呢？清人邱嘉穗分析說：「公本四海人，但志不獲騁後，願聚天倫之真樂，而於勢利空名，直視之如糞土耳。」《東山草堂陶詩箋・卷四》這是深知淵明的心曲而作出的準確評論，有助於讀者瞭解這首詩的主旨。這或許是淵明一時的感受，其實他未必整個晚年真的都能如此「肆朝日」「盡歡娛」，在下一首詩中，他不是在回首少壯時胸懷壯志以後，馬上就陷入了「值歡無復娛，每每多憂慮」的痛苦之中嗎？全詩極力鋪敘與兒孫相聚，酒樂自娛的天倫之樂，與世人為名利操勞，苦心焦慮，死後只落得個空名形成鮮明的對比，真切感人，發人深思。

其五

憶我少壯時，無樂自欣豫❶。猛志❷逸四海❸，騫翮❹思遠翥❺。荏苒❻歲月頹❼，此心❽稍❾已去。值歡無復娛❿，每每⓫多憂慮。氣力漸衰損，轉⓬覺日不如。壑舟無須臾⓭，引我⓮不得住⓯。前塗⓰當幾許⓱，未知止泊處⓲。古人惜寸陰⓳，念此使人懼。

【注釋】❶無樂句　吳瞻泰《陶詩彙註》引王棠曰：此句「寫出少壯胸襟」。無樂，指無值得歡樂之事。欣豫，欣喜安樂。❷猛志　猶「壯志」。❸逸四海　超越四海。《字彙》：「逸，超也。」❹騫翮　猶「展翅」。騫，《廣雅》：「飛也。」翮，羽莖；鳥翅膀。❺遠翥　遠走高飛。翥，鳥向上飛。❻荏苒　形容時光漸漸流逝。❼頹　水往下流，形容時光流逝。❽此心　指逸四海的「猛志」。❾稍　漸漸。《說文》：「稍，出物有漸也。」段玉裁注：「凡古言稍稍者，皆漸進之謂。」❿值歡句　吳瞻泰《陶詩彙註》引王棠曰：此句「寫出老人心境」。值歡，指遇上歡樂之事。值，遇；逢。娛，樂。⓫每每　常常。⓬轉　漸。《助字辨略．卷三》：「轉，猶浸也。」浸即「漸」意。《搜神後記．卷六》：「忽見空中有一異物如鳥，熟視轉大。」⓭壑舟句　喻年華流逝，無須臾停留。壑舟，藏在山溝裡的船，比喻不斷變化衰老的人生。典出《莊子．大宗師》：「夫藏舟於壑，藏山於澤，謂之固矣。然而夜半有力者負之而走，昧者不知也。」成玄英《疏》：「夫藏舟船於海壑，正合其宜；隱山岳於澤中，謂之得所。然而造化之力（指有力者），擔負而趨；變故日新，驟如逝水。凡惑之徒，心靈愚昧，真謂山舟牢固，不動巋然。豈知冥中貿遷（意即暗中變化），無時暫息。昨我今我，其義亦然也。」須臾，片刻。⓮引我　猶「催我」。引，牽拉，謂歲月催人，彷彿有人拉著我走一樣，想留步也無法。⓯住　留住。⓰前塗　即「前途」，指未來的時光。⓱幾許　幾多；多少。⓲止泊處　停船的地方，喻人生的歸宿。⓳古人句　典出《淮南子．原道》：「夫日回而月周，時不與人游，故聖人不貴尺之璧而重寸之陰，時難得而易失也。」寸陰，日影移動一寸，謂時間之短。

【語　譯】回憶我的少壯時，沒有樂事亦歡喜。雄心壯志越四海，展翅翱翔想遠飛。光陰荏苒歲月逝，此等雄心已漸去。遇上喜事不再喜，心中常常多憂慮。氣力逐漸在衰弱，漸覺一日差一日。年華易逝不稍停，催我想留留不住。未來歲月知多少，不知何處是歸宿。古人愛惜寸光陰，每念及此使人懼。

【賞　析】這首詩寫出了詩人少壯與年邁時兩種截然不同的心境。少壯時，無樂自豫，胸懷壯志，一心想遠走高飛，成就一番事業；及至年邁，卻遇歡不樂，每多憂慮，常覺氣力漸衰，有每況愈下之感。這種心情上的變化，透露出詩人一生仕途坎坷，理想慘遭毀滅的痛苦歷程，使人想見到時光的流逝、現實的黑暗，迫使他壯志難酬，老大無成。然而無情的歲月並不會因為詩人已經年邁而從此停止流逝，就像莊周所說的藏在溝壑中的船會半夜被大力士揹走一樣，想留住它也是留不住，因而詩人自然地想到今生還有多久時間活在世上？茫茫人世，歸宿何處？此時他曾祖父陶侃的「大禹聖者，乃惜寸陰，至於眾人，當惜分陰，豈可逸遊荒醉，生無益於時，死無聞於後」（《晉書・卷六六・陶侃傳》）的教導彷彿在詩人的耳邊迴響，這當然會使詩人恐懼不安了，他怎麼能做那「生無益於時，死無聞於後」的不肖子孫呢？

詩中採用了對比的手法，用少壯時的歡樂去襯托年邁時的憂慮，一樂一憂，兩相映襯，寫得真切動人，正如清人蔣薰所言「不到老年，無此閱歷真實語」（見其評《陶淵明詩集・卷四》）。

其　六

昔聞長者言❶，掩耳每❷不喜。奈何❸五十年，忽已親此事❹！求❺我盛年❻歡，一毫無復意❼。去去❽轉❾欲遠❿，此生豈再值⓫！傾家⓬時作樂⓭，竟此歲月駛⓮。有子不留金，何用身後置⓯！

【注　釋】❶長者言　陶澍校云：「湯本云，一作『老』。」長者言，當作「長老言」，指年長老者歎息時光流逝，懷念故舊之言。古直注引陸機〈歎逝賦‧序〉：「昔每聞長老，追計平生，同時親故，或凋落已盡，或僅有存者。余年方四十，而懿親戚屬，亡多存寡；昵交密友，亦不半在。或所曾共遊一塗，同宴一室，十年之外，索然已盡。以是思哀，哀可知矣。」指明為此詩所本。❷每　常。❸奈何　如何；怎麼。❹親此事　親自體驗到此等事情。此事，指歎息時光流逝，懷念故舊之事。❺求　尋找。❻盛年　壯年。李公煥注：「男子自二十一至二十九則為盛年。」❼一毫句　絲毫沒有再來之意。❽去去　指盛年歡的逝去。❾轉　漸。參見上篇注⓬。❿欲遠　將遠。⓫值　逢；遇。⓬傾家　傾盡家產。⓭時作樂　當作「持作樂」，意謂用來行樂。此指疏廣、疏受將所得賜金宴請故舊賓客而言，詳見下注⓯。陶澍本「時」作「持」，校云「焦本作『持』。」又〈古詩‧十五從軍征〉有「烹穀持作飯，采葵持作羹」之句。⓮竟此句　了此一生之意。竟，盡；了。此歲月，猶殘生、餘年。駛，跑馬，形容流逝之速。⓯有子二句　用疏廣、疏受典故，言不給子孫留下金錢，用不著對後事作出安排。《漢書‧卷七一‧雋疏于薛平彭傳》載，漢宣帝時，疏廣及疏受，官至太傅及少傅，自動告老返鄉，宣帝賜黃金二十斤，皇太子贈黃金五十斤。疏廣返家後，用此金設酒食宴請故舊賓客。一年後，疏廣的子孫請老者勸說疏廣用此所剩黃金為子孫購置產業，疏廣說：「吾豈老誖（胡塗）不念子孫哉？顧自有舊田廬，令子孫勤力其中，足以共（供）衣食，與凡人齊。今復增益之以為贏餘，但教子孫怠墮耳。賢而多財，則損其志；愚而多財，則益其過。」何用，哪裡用得著。身後置，為死後作出安排，指為子孫置產業。

【語　譯】昔聞長者懷舊言，掩耳拒聽常不喜。如何我今五十歲，忽已親身經此事！尋我往日壯年歡，絲毫沒有再來意。盛年時光漸去遠，今生豈能再逢遇！用盡家產以作樂，了此殘生歲月逝。疏廣有子不留金，死後何用作安置！

【賞　析】這首詩寫盛年不再，當及時行樂。人到了老年，往往容易懷舊，俗話說：「老人愛想過去，青年愛想未來。」一個人在年輕的時候，對於老人這種懷舊心情難以理解，總覺得他們絮絮叨叨，使人厭煩。可是隨著時光的流逝，自己也成為一個老人的時候，卻有了同樣的心境，亦覺盛年不再，舊夢難尋。詩中正表現了詩人這種真實的生活體驗。面對著這種歲月無情、盛年不再的嚴酷現實，詩人於是想效法西漢時期的疏廣、疏受，傾家蕩產，「放意樂餘年，遑恤身後慮」（〈詠二疏〉），痛痛快快地了此殘生。其實詩人家境貧寒，晚年甚至到了乞食的地步，既沒有家產可供他享樂，更沒有黃金可留給他的子孫，篇末四句只不過是「我躬不閱，遑恤我後」（《詩經・邶風・谷風》）的憤激情緒的流露而已。

其七

日月不肯遲❶，四時❷相催迫。寒風拂❸枯條，落葉掩❹長陌❺。弱質❻與運頹❼，玄鬢❽早已白。素標❾插人頭，前塗漸就窄❿。家為逆旅舍⑪，我如當去客⑫。去去欲何之⑬？南山⑭有舊宅⑮。

【注釋】❶遲　緩；慢行。❷四時　四季。❸拂　吹拂。❹掩　覆蓋。❺長陌　猶「長路」、「長道」。❻弱質　指自己虛弱的體質。❼與運頹　與時運同時衰減。運，時運；四時的運行。承上「四時相催迫」一句。頹，本意為頭禿，引申為衰減。❽玄鬢　黑色的鬢髮。❾素標　白色的標記，指代白髮。龔斌注引嵇含〈白首賦・序〉：「余年二十七，始有白髮，生於左鬢，斯乃衰悴之標證，棄捐之大漸也。」以作佐證，甚是。❿前塗句　來日不多之意。前塗，即「前途」，指未來的歲月。窄，狹窄，喻時間不長。⓫逆旅舍　迎接旅客的房舍，即「旅店」。《列子・卷四・仲尼篇》：「龍叔曰：『處吾之家，如逆旅之舍。』」⓬當去客　將要離去的旅客。當，將。《吳越春秋・句踐入臣外傳》：「越將有福，吳當有罪。」⓭之　往。⓮南山　指廬山。廬山又稱南障山。⓯舊宅　指陶氏先人墳墓。淵明〈自祭文〉云：「陶子將辭逆旅之館，永歸於本宅。」本宅即是「舊宅」。

【語譯】日月不肯慢慢行，一年四季相催迫。寒風吹拂枯枝條，滿地全是樹落葉。弱質與時同衰減，鬢邊黑髮早已白。白色標記插頭上，日暮途窮路漸窄。家庭像是迎客店，我身如同將去客。去呀去呀將何往？南山陶家有墓宅。

【賞析】這首詩寫詩人年老體衰，死之將至以及如何對待死亡。日月運行，四時相催，隨著時光的流逝，人不可避免地會日趨衰老，漸覺日暮途窮，死之將至。面對著死亡，詩人用一種超然的曠達態度去對待，將家庭看成旅舍，將自我當作旅客，將南山的陶家墓冢視為舊宅，視死如歸，淡然置之。這種達觀精神和詩人在〈神釋〉中所說「縱浪大化中，不喜亦不懼。應盡便須盡，無復獨多慮」的精神是一致的。

詩中所描寫的「寒風拂枯條，落葉掩長陌」的深秋景色，營造了一種淒涼的氛圍，為體質虛弱、玄鬢早白的自我形象之描寫起到了很好的烘托作用，象徵著詩人的人生秋天已經來臨，生命已經將到盡頭，來日無多了。

其八

代耕❶本非望❷，所業❸在田桑❹。躬親❺未曾替❻，寒餒❼常糟糠❽。
豈期❾過滿腹❿，但⓫願飽粳糧⓬。御冬⓭足大布⓮，麄絺⓯以應陽⓰。正爾⓱不能得，哀哉亦可傷！人皆盡獲宜⓲，拙⓳生失其方⓴。理㉑也可奈何，且為㉒陶一觴㉓。

【注釋】❶代耕　以俸祿代替耕田的收穫，指做官。《孟子・萬章下》：「下士與庶人在官者同祿，祿足以代其耕也。」趙岐注：「士不得耕，以祿代耕也。」❷本非望　本非所望；本來不是我的願望。❸所業　所從事的事；所做的事。❹田桑　指農事，即耕種田地和種桑養蠶。❺躬親　親自，指親自從事田桑。躬，身，即自身。❻替　廢棄；停止。❼寒餒　挨凍受餓。餒，飢餓。❽糟糠　酒糟和穀糠。❾期　期望；指望。❿過滿腹　超過填滿肚子。滿腹，出自《莊子・逍遙遊》：「偃（鼴）鼠飲河，不過滿腹。」⓫但　只。⓬飽粳糧　言吃飽飯。粳，《玉篇》：「不黏稻。」⓭御冬　抵禦冬寒。御，通「禦」。⓮足大布　粗布就夠了。足，夠。大布，粗布。出自《左傳・閔公二年》：「衛文公大布之衣。」⓯麄絺　粗葛布。麄，同「麤」。不精細；粗糙。

絺，本為細葛布。《說文》：「絺，細葛也。」此言「麄絺」，絺，當是泛指葛布。⑯以應陽　用來適應夏日的驕陽。陽，太陽，此指夏天的太陽。⑰正爾　即使如此。正，即使；縱使。《漢書．酷吏傳．尹賞傳》：「丈夫為吏，正坐殘賊免，追思其功效，則復進用矣。」王念孫《讀書雜志．第六冊．漢書第十一》：「言即使坐殘賊免，猶可以前功復用也。」爾，如此。⑱人皆句　言他人皆各得其所。⑲拙　笨拙，自謙之辭。⑳生失其方　謂謀生無道。生，指謀生。方，道；方法。㉑理　道理，此指天理。《廣雅．釋詁》：「理，道也。」㉒為　為之；為此。㉓陶一觴　暢飲一杯。陶，樂。觴，古代盛酒的器物。

【語譯】我本不願去做官，所務只是在農桑。親自耕種未曾停，挨凍受餓食糟糠。豈敢奢望飽有餘，只願充飢有粳糧。粗衣禦寒心已足，粗葛布衣應驕陽。即使如此難如願，能不令人心哀傷！世人盡各得其所，我卻謀生無有方。天理如此可奈何，借酒消愁飲一觴。

【賞析】這是一首直抒胸懷的詩。詩人一生中曾經幾度出仕，但他的本意卻不願做官，而想通過耕田、種桑等誠實的勞動，以維持自己最低的生活水準，所謂「營己良有極，過足非所欽」（〈和郭主簿〉）。可是結果與他的願望相反，躬耕未能解決他的生活問題，反而常食糟糠，連粗糧飽腹、粗布禦寒、粗絺度夏的起碼生活水準都不能維持，這怎能不使他痛心呢？痛心之餘，詩人發現了現實社會是如此的不合理：「人皆盡獲宜，拙生失其方。」那班不勞而獲的投機鑽營之徒，個個升官有術，各得其所；而他那樣「性剛才拙，與物多忤」（〈與子儼等疏〉）的正直之士，卻生活無著，謀生乏術。社會竟然如此不平，天道竟然如此不公！這不正是「天道幽且遠」（〈怨詩楚調示龐主簿鄧治中〉）麼？可是詩人對此又無可奈何，轉念一想，只能暫時借酒消愁，以排遣心中的憤懣。貌似知其無可奈何而安之若命，其實卻是憤憤不平的。

全詩直賦其事，跌宕起伏，一波三折，將其不平之情抒發得淋漓盡致。沃儀仲評論說：「一句一轉，古詩之最變幻。」（黃文煥《陶詩析義・卷四》引）

其九

遙遙❶從羈役❷，一心處兩端❸。掩淚❹汎東逝❺，順流❻追時遷❼。日沒星與昴❽，勢翳西山巔❾。蕭條❿隔天涯⓫，惆悵⓬念常飡⓭。慷慨⓮思南歸⓯，路遐無由緣⓰。關梁難虧替⓱，絕音⓲寄斯篇⓳。

【注釋】❶遙遙　遠貌，既指行役之遠，亦指離家之遠。❷從羈役　猶從仕，指外出做官。羈役，羈旅行役；出仕在外。羈，寄居作客。役，行役；當差。❸一心句　言一心掛兩頭。黃文煥謂「身在役而心在家也」。❹掩淚　猶拭淚。詞出《楚辭・離騷》：「長太息以掩涕兮。」❺汎東逝　泛舟往東。汎，同「泛」。意為漂浮，此指泛舟出行。東逝，東往，即往東。詩人此次從何處出發泛舟東行，難以確知。然而從〈庚子歲五月中從都還阻風於規林〉，可知詩人在庚子年（西元四〇〇年）三十六歲時曾從荊州出使東行到京都建康（今南京市），不知是否與此行有關。❻順流　由此可知詩人是順水東下。❼追時遷　追逐時光的變遷，謂行船之速。❽日沒句　言日落後天空佈滿星星。日沒，猶「日落」。星，星宿名，二十八宿之一，亦稱七星，位在東方。昴，星宿名，也是二十八宿之一，位在西方。此以「星與昴」泛指天空星星。❾勢翳句　言太陽隱沒在西山之巔。勢，威勢；威力。《集韻》：「勢，威力也。」此句承上句「日沒」，「勢」謂日勢，指太陽的威力。翳，《廣韻》：「隱也。」巔，山頂。❿蕭條　寂寞；冷落。⓫隔天涯　指與家相隔天涯。⓬惆悵　失意而傷感。⓭念常飡　思念一般的家常便飯。飡，同「餐」。⑭慷慨　情緒激動。⑮南歸　回到南方家中。⑯路遐句　言因路遠而無法回去。遐，遠。無由緣，沒有原因，實言無法。由緣，是「緣由」的倒置，意為由來、原因。⑰關梁句　丁福保注：「即難廢行役之意。」關梁，關山與河梁。行役往往須越關山，渡河梁。難虧替，難以廢除。⑱絕音　指與家中音訊斷絕。⑲斯篇　此篇，指此詩。

【語譯】迢迢千里出仕去，心掛兩頭真為難。含淚乘舟往東行，順流而下趕時間。日落天空星星現，陽威消失西山巔。寂寞冷落天邊客，失意傷感思家飯。情緒激動欲南歸，可憐路遙不得還。越關渡河役難止，音訊斷絕寄此篇。

【賞析】這首詩寫詩人羈旅行役的感慨。「少無適俗韻，性本愛丘山」，是詩人的本性。可是為了養家糊口，他又不得不心為形役，離開家園，外出做官。一旦做上了官，他又覺得身不由己，一心掛兩頭，身在行役而心在家中，老是想回去，如同「羇鳥戀舊林，池魚思故淵」一樣惦記著家園。這首詩所表達的便是這種心情。詩中極力描述了行役途中的辛勞和思家的痛苦。詩人行役在外，披星戴月，順流而下，離家愈遠，思鄉愈切，於是蕭條冷落、惆悵傷感、慷慨憤激的情緒一齊湧上心頭。可是欲歸不得，行役不止，音訊斷絕，只能將那火熱的思鄉之情和無窮的身世之感寄託在詩篇之中，以求得宣泄而已。

其十

閑居執蕩志❶，時駛❷不可稽❸。驅役❹無停息，軒裳逝東崖❺。沉陰擬薰麝❻，寒氣激我懷❼。歲月有常御❽，我來❾淹已彌❿。慷慨憶綢繆⓫，此情⓬久已離。荏苒經十載⓭，暫為人所羇⓮。庭宇翳餘木⓯，倏忽日月虧⓰。

【注釋】❶執蕩志　持守放任自得不受束縛的情志。執，堅持；固守。蕩志，放任自得的情志。《楚辭・九章・思美人》：「吾將蕩志而愉樂兮，遵江夏以娛憂。」❷時駛　時光飛駛。駛，跑馬。❸稽　停留。❹驅役　驅使行役。❺軒裳句　言乘上有帷裳的軒車去東崖。軒，古代一種有圍棚的車，大夫所乘。裳，帷裳，車上四周的布帳。《詩經・衛風・氓》：「漸車帷裳。」逝，往。東崖，詩人此次行役之目的地。❻沉陰句　陶澍校云：「焦本云：一作『泛舟擬董司』。」按，從上句「軒裳逝東崖」可知詩人此次行役是乘車陸行，非泛舟水行，故不從焦本。沉陰，即陰沉，就天氣而言。擬薰麝，謂天氣陰沉似薰麝煙氣彌漫一樣。擬，類似。薰，《字書》：「火煙上出也。」麝，又名香麝，似鹿而小，腹部有香腺，能分泌香氣物質，稱之為麝香。火燒麝香能散出香煙，名麝煙。❼激我懷　激動我心；激起我的憂傷。❽常御　《漢書・禮樂志》有雅樂「不常御，常御及郊廟皆非雅聲」，應劭《風俗通・卷六・琴》：「君子之所常御者，琴最親密，不離于身。」「常御」意為常用。《藝文類聚・卷九三・馬》：「制銜轡於常御兮，安獲騁於遐道。」「常御」意為平常的駕車人。皆與此處意不相符。今暫依逯欽立說，解「常御」為「常規的運行」，即依常規不斷運行，與「時駛不可稽」、「倏忽日月虧」意思相同。❾來　出生；來到世上。《莊子・養生主》：「適來，夫子時也。」「來」即「生」意。❿淹已彌　留已久，謂已久留人世。淹，《集韻》：「留也。」彌，《小爾雅》：「久也。」⓫綢繆　纏縛。《詩經・豳風・鴟鴞》：「迨天之未陰雨，……綢繆牖戶。」是說趁天還沒有陰雨，就去修補窗子和門戶。後因此將「綢繆」引申為事先謀劃。此處當是指謀劃國事，為國事操勞。丁福保注：「以綢繆為婚姻之稱。」譯文用前說。⑫此情　指為國事操勞之情。⑬荏苒句　古直注：「言弱冠出仕至歸田，凡十載也。」荏苒，形容時光逐漸過去。⑭暫為句　言暫時在外做官。為人所羈，指做官。在〈歸園田居〉詩中，詩人即將自己外出做官，比喻為「誤落塵網」，「久在樊籠」的「羈鳥」。羈，同「覊」。⑮庭宇句　言庭宇被餘木所翳。庭宇，庭院和屋簷。翳餘木，翳於餘木。翳，隱沒；遮蓋。餘木，多餘的樹木。⑯倏忽句　言瞬間日月就消失了，比喻時光過得快。倏忽，忽然，形容時間迅速消逝。虧，虧損；消失。

【語　譯】閑居縱情以消憂，時光飛駛不可留。驅我行役無停息，軒車帷裳東崖走。天陰猶如薰麝煙，寒氣襲人我心憂。歲月不居光陰逝，我來人世已長久。憶昔慷慨勞國事，此情久已去悠悠。光陰荏苒經十載，暫為他人作馬牛。宅旁樹木遮庭宇，瞬間日月已西流。

【賞　析】這是一首撫今思昔，感懷傷時的詩。首二句「閑居執蕩志，時駛不可稽」，用《楚辭・九章・思美人》「吾將蕩志而愉樂兮，遵江夏以娛憂」典故，表面上是說自己退隱閑居，縱情愉樂，實際是傾訴「日月擲人去，有志不獲騁」的憂傷，與曹植的「閑居非吾志，甘心赴國憂」（〈雜詩・五〉）有相似之處。以下追思往日行役東崖之苦，憶及往事，雖然也曾胸懷壯志，慷慨激昂，謀劃國事，然而隨著時光的流逝，這種激情也久已離去了。十年的從仕生涯，只不過是誤落塵網，「暫為人所羈」罷了。末二句「庭宇翳餘木，倏忽日月虧」，寫庭宇隱沒在森林之中，日月瞬間消逝，與前文「時駛不可稽」相照應，即景抒情，感物傷時，似有難以言狀的隱憂在胸中。

其十一

我行❶未云❷遠，回顧慘風❸涼。春燕應節起❹，高飛拂❺塵梁❻。邊鴈悲無所❼，代謝歸北鄉❽。離鵾鳴清池，涉暑經秋霜❾。愁人❿難為辭⓫，遙遙⓬春夜長。

【注釋】❶行　指行役。❷云　語助詞，無義。❸慘風　謂秋冬寒風。張衡〈西京賦〉：「夫人在陽時則舒，在陰時則慘。」薛綜注：「陽謂春夏，陰謂秋冬。」《文心雕龍・物色》亦言：「春秋代序，陰陽慘舒。」❹應節起　猶「應節至」。晉成公綏〈鴻雁賦〉：「鴻雁應節而群至。」（見《全晉文・卷五九》）應節，按照季節。起，當是指起飛，即飛來之意。《禮記・月令》：「仲春之月，……玄鳥（即燕）至。」❺拂　撣去。❻塵梁　猶「梁塵」，屋梁上的灰塵。❼邊鴈句　言邊雁因無處棲息而悲傷。邊鴈，即「邊雁」。《山海經・海內西經》：「雁門山，雁出其間。」雁門山在今山西代縣西北，古稱邊地，故稱雁為「邊雁」。所，處；棲息之處。❽代謝句　言雁隨著四季的更替而飛回北方。代謝，更替變化，指季節而言。《淮南子・兵略》：「若春秋有代謝」，「終而復始。」北鄉，北方是雁的故鄉，故稱「北鄉」。雁是候鳥，每年秋分後南飛，次年春分後北歸。曹植〈離繳雁賦〉：「遠玄冬於南裔兮，避炎夏於朔方。」晉孫楚〈鴈賦〉：「迎素秋而南遊，背青春而北息。」❾離鵾二句　此二句非寫實，當是借離鵾哀鳴於清池，涉暑經秋，以喻自身離群索居，悲哀至極。離鵾，離群的鵾雞。鵾雞似鶴，黃白色。清池，清水池。嵇康〈琴賦〉有「嚶若離鵾鳴清池」之句，以描寫琴聲，此用其語。又枚乘〈七發〉：「鵾雞哀鳴翔乎其下，於是背秋涉冬。」涉，經歷。《廣韻》：「涉，歷也。」❿愁人　愁苦之人，當是詩人自謂。⓫難為辭　有苦難言。⓬遙遙　長久貌。

【語譯】我去行役尚不遠，回顧那時秋風涼。而今春燕應時至，高飛拂塵繞屋梁。邊雁悲傷無居處，冬去春來歸北方。離群鵾雞鳴清池，歷經炎夏與秋霜。愁人有苦口難言，漫漫春夜長又長。

【賞析】這首詩還是寫詩人的傷春之感。開始兩句是回憶往事，那時行役未遠，時逢秋冬，寒風正涼，給人以悽慘的感受。而今春來雁去，春滿人間，而詩人卻又獨自傷春，有悲涼之感，原因何在？從詩中我們可以體味到那是由於詩人眼見春燕已返舊巢，邊雁正在北歸故鄉，於是觸景生情，想到自己像是離群的鵾雞，聲聲哀鳴，歷經夏秋，離群索居，心懷悲愁，有苦難言，頓覺春夜漫長。本來人之常情，春宵苦短，而詩人卻有春夜漫長之感，可見其愁苦之情，何其深也。

其十二

嫋嫋❶松標❷崖，婉孌❸柔童子。年始❹三五間❺，喬柯❻何可倚❼。
養色含津氣❽，粲然❾有心理❿。

【注釋】❶嫋嫋　柔弱的樣子。❷標　立，龔斌注引庾闡〈孫登贊〉「青松標空」為例，甚是。如將「標」訓為「樹梢」，則此句頗為費解。❸婉孌　年輕美好的樣子。出自《詩經・齊風・甫田》：「婉兮孌兮。」❹始　才；方才。❺三五間　十五歲左右，指樹齡而言。❻喬柯　高枝。雖是幼樹，但立於崖上，故其枝顯得高。❼何可倚　即不可倚之意。❽津氣　潤濕之氣。又陶澍本作「精氣」。❾粲然　色澤明亮的樣子。❿心理　神理。

【語譯】崖上挺立一嫩松，美好柔弱似幼童。樹齡約有十五歲，高枝難倚破蒼穹。滋養秀色含潤氣，煥然有神鬱葱葱。

【賞析】這是一首詠幼松的詩。古人詠松，重在其歲寒不凋，不改其志，而詩人卻不落俗套，詠一崖上幼松，既不涉歲寒，亦不及霜雪，而著重寫其弱姿和神氣，突出其勃勃生機，立意頗為新穎。邱嘉穗評論其寓意說：「通篇俱指嫩松說，而正意自可想見。『童子』句亦喻嫩松也。意公以松自居，望後生輩如嫩松之養柯植節也。」（《東山草堂陶詩箋・卷四》）看來淵明寫作此詩是表現他對後輩寄以深切的厚望的。

詠貧士七首

【題解】這是一組歌詠貧士的詩，第一首是總冒，起著序言的作用，第二首是自詠貧窮，以下五首都是歌詠古代貧士，用以自勉自慰，表達自己固窮守節、不改其志的情懷。從詩中所述，可看出詩人此時生活已經極度貧困，故此組詩當是詩人晚年之作，但具體時間，難以確定。

其一

萬族❶各有託❷，孤雲❸獨無依。曖曖❹空中滅，何時見餘暉❺？朝霞開宿霧❻，眾鳥❼相與❽飛。遲遲出林翮❾，未夕復來歸❿。量力⓫守故轍⓬，豈不寒與飢！知音苟⓭不存，已矣⓮何所悲⓯！

【注　釋】❶萬族　萬類；萬物。族，品類。❷有託　有託身之所。❸孤雲　比喻貧士，兼喻詩人自己。❹曖曖　昏暗的樣子。❺餘暉　剩下的光輝。暉，通「輝」。❻朝霞句　言朝霞撥開了夜霧。宿，隔夜；前一夜。❼眾鳥　比喻一般的士人。❽相與　一起；結伴。❾出林翮　出林鳥，詩人自喻。翮，鳥的羽莖，即翎管，代替「鳥」。❿未夕句　以鳥未晚而歸比喻詩人中途歸隱。⓫量力　量力而行。⓬守故轍　遵循舊路。故轍，舊路；老路，即孔子所謂「君子固窮」之路。轍，車的軌跡，指路。⓭苟　如果。⓮已矣　罷了；算了吧。出自《楚辭．離騷》：「已矣哉！國無人莫我知兮。」⓯何所悲　有什麼可悲。這是一句憤激話。

【語　譯】萬物各有託身處，惟有孤雲獨無依。暗然消散在空中，幾時方能見餘輝？晨曦撥開隔夜霧，眾鳥離巢結伴飛。有隻飛鳥出林遲，夕陽未落又來歸。量力而行守舊路，能不挨凍又忍飢！世上若無知音者，也就算了何苦悲！

【賞　析】這首詩的前八句用比興手法，描寫了雲和鳥兩種物象，但是詩人的用意不在寫雲和鳥，而是透過雲和鳥的描寫去歌詠貧士。「萬族各有託」四句，使人想見世人與萬物相似，各人都有託身之處，惟有貧士如孤雲行空，孑然一身，無依無靠，勢單力薄，自生自滅，然而卻凌空出世，高潔無比。「朝霞開宿霧」四句，又使人想見一般士人與群鳥外出覓食一樣，巧於謀生，惟有像詩人那樣的貧士，猶如孤鳥出林，行動遲緩，晚出早歸，甘願辭官歸隱。也有人認為這四句詩是比喻劉裕代晉，眾人趨附，如劉履說：「所謂朝霞開霧，喻朝廷之更新；眾鳥群飛，比諸臣之趨附；而遲遲出林，未夕來歸者，則又自況其審時出處，與眾異趣也。」（《選詩補註．卷五》）我們認為此說難以成立，因為詩人退隱，早在劉裕代晉之前，而非在代晉之後，時間如此錯位，實在不能自圓其說。末了「量力守故轍」四句，直賦其事，謂堅持「君子固窮」的老路，豈能不忍飢受寒。

既然無人瞭解我，也就拉倒算了，何必自我悲傷呢！貌似坦然，其實卻是絕望後的憤激之辭，和屈原所說的「已矣哉！國無人莫我知兮，又何懷乎故都」（《離騷・亂辭》），有異曲同工之妙。

全詩多用比喻象徵手法，意在言外。且比喻中又有對比，使得貧士形象更為突出，耐人尋味。

其二

淒厲❶歲云❷暮，擁褐❸曝前軒❹。南圃❺無遺秀❻，枯條盈北園。傾壺❼絕餘瀝❽，闚❾竈不見煙❿。詩書塞⓫座外，日昃⓬不遑⓭研。閑居非陳厄⓮，竊⓯有慍見言⓰。何以⓱慰吾懷？賴⓲古多此賢⓳。

【注　釋】❶淒厲　悲涼寒冷的樣子。❷云　語助詞，無義。❸擁褐　抱著粗布短衣，即身穿粗布短衣，因為冷而雙手縮抱在胸前的樣子。❹曝前軒　曝於前軒；在屋前的簷下曬太陽。曝，曬太陽。軒，屋簷。見《文選・卷三〇・應王中丞思遠詠月》張銑注。❺圃　種植果木、瓜菜、花草的園地。❻秀　花。《玉篇》：「秀，榮也。」榮，即「花」。❼傾壺　將壺倒過來。❽絕餘瀝　沒有剩餘的酒。《廣雅》：「瀝，酒也。」❾闚　同「窺」。❿竈不見煙　謂斷炊。⓫塞　隨意放置。⓬日昃　猶「日斜」，太陽西斜。⓭不遑　不暇；沒空。⓮陳厄　指孔子受困於陳。典出《論語・衛靈公》：「在陳絕糧，從者病，莫能興（站起來）。子路慍見曰：『君子亦有窮乎？』子曰：『君子固窮，小人窮斯（就）濫矣。』」陳，國名，在今河南淮陽一帶。厄，困厄。⓯竊　私自，詩人自謂。⓰慍見言　指子路說的那句「君子亦有窮乎」的牢騷話。這裡是指自己有牢騷話。慍見，指子路不高興去見孔子。慍，怨恨；惱火。⓱何以　以何；用什麼；怎麼。⓲賴　依靠。⓳此賢　此等固窮的賢士，即詩人下面五首詩中所詠的貧士。

【語　譯】北風淒涼歲將暮，粗衣曬陽在屋前。南面園圃無殘花，枯枝落葉滿北園。傾倒酒壺無剩酒，窺灶不見生炊煙。詩書隨意座外放，日已西斜無暇研。閑居雖非困陳地，私自卻有怨恨言。我用何事自寬慰？全賴古時多前賢。

【賞　析】這首詩的前十句訴說自己生活窮苦，飢寒交迫，無暇讀書，而有怨言。如果僅僅到此為止，那就只是訴苦，發牢騷，沒有更深的意義。然而詩人到此卻忽來一句「何以慰吾懷」問語，自然引出「賴古多此賢」五字以翻出新意。不但極其簡要地交代了詩人「固窮」的思想基礎，守節的精神支柱，說明了詠貧士以自我安慰的寫作目的，而且為下面五首詩具體歌詠古代貧士巧妙地起到了過渡作用，真可稱得上是神到之筆。章法之妙，令人叫絕。

其　三

榮叟❶老帶索❷，欣然方❸彈琴。原生❹納決履❺，清歌❻暢高音❼。
重華去我久❽，貧士世相尋❾。弊襟不掩肘❿，藜羹常乏斟⓫。豈忘襲輕裘⓬？苟得⓭非所欽⓮。賜⓯也徒能辯，乃⓰不見吾心！

【注　釋】❶榮叟　指榮啟期老人。據《列子‧天瑞》記載，孔子遊泰山，在郕國的野外見到榮啟期，穿著鹿皮粗衣，用繩索做衣帶，鼓琴而歌，歡樂甚多。詳見〈飲酒・二〉注❹。❷老帶索　年老而以繩索為衣帶。據《列子・天瑞》記載，當時榮啟期已行年九十，故稱「老」。❸方　正在。❹原生　指原憲，字子思，因是孔子的學生，故稱「原生」。孔子死後，原憲逃入草澤中，隱居在衛國。據《韓詩外傳・卷一・第九章》記載，原憲在魯國（按，《史記・仲尼弟子列傳》、《孔子家語》均言原憲在衛國，與此異），生活貧窮，上漏下濕，正坐而弦歌。子貢乘肥馬，衣輕裘去見原憲，原憲在門口迎接子貢，「正冠則纓絕，振襟則肘見，納履則踵決」，子貢問他說：「嘻！先生何病也？」原憲仰頭回答說：「憲聞之，無財之謂貧，學而不能行之謂病。憲，貧也，非病也。若夫希世而行，比周而友，學以為人，教以為己，仁義之慝，車馬之飾，衣裘之麗，憲不忍為之也。」子貢聽後，面有慚色，不辭而去。原憲乃徐步曳杖，歌〈商頌〉而返，聲滿天地，如出金石。天子不得而臣，諸侯不得而友。❺納決履　穿裂口的鞋。決，開裂，即上注所說的「踵決」。鞋的後跟開裂。❻清歌　清亮的歌聲。❼暢高音　當從陶澍本作「暢商音」，陶校：「焦本云：宋本一作『高』，非。」暢，舒展；盡情。商音，指原憲所唱的〈商頌〉。〈商頌〉是《詩經》中「頌」的一部分，名為〈商頌〉，實際卻是宋國的祭祀樂曲。❽重華句　言舜帝已經離我久遠。《莊子・秋水》說：「當堯舜而天下無窮人。」堯舜不在，則窮人多，故下句接言「貧士世相尋」。重華，古舜帝名。《史記・五帝本紀》：「虞舜者，名曰重華。」去，離去。❾相尋　相繼。尋，繼續不斷。❿弊襟句　即「振襟則肘見（現）」之謂，亦即「捉襟見肘」，言衣衫破爛，一拉衣襟就露出肘子。弊，敗；破爛。⓫藜羹句　言菜羹中常常缺少米。藜，野菜名，花黃綠色，嫩葉可食，用來作羹湯。斟，通「糂」。和在羹中的米粒。《墨子・非儒》：「孔某窮于蔡陳之間，藜羹不糂。」《呂氏春秋・任數》作「孔子窮乎陳蔡之間，藜羹不斟」。⓬襲輕裘　穿上輕暖的皮衣。襲，衣上加衣；穿衣。⓭苟得　隨便得到。非義而取，謂之苟得。⓮欽　欽佩；羨慕。⓯賜　即端木賜，衛國人，字子貢，是孔子的學生，善於巧辯。《史記・仲尼弟子列傳》言「子貢利口巧辭，孔子常黜其辯」。⓰乃　竟；卻。

【語　譯】榮公年老繩為帶，欣然歡樂正彈琴。原憲腳穿破跟鞋，一曲〈商頌〉歌清音。舜帝離我已久遠，貧士相繼總有人。破爛衣襟不遮肘，野菜羹湯米難尋。豈是忘卻穿輕裘？非義而得我不欽。子貢徒然能巧辯，竟然不知我輩心。

【賞　析】這首詩歌詠古代貧士榮啟期和原憲，又是詩人自詠，突出了貧士樂觀高尚的精神世界。榮啟期行年九十，身披鹿皮，以繩索為衣帶，尚且鼓琴而歌，甚是快樂；原憲身處草澤，茅草蓋屋，上漏下濕，依舊清歌〈商頌〉，聲滿天地。他們雖然物質生活貧困，卻能樂觀處世，精神生活相當充實。詩人歌頌他們，實際是在用他們的精神勉慰自己。詩人由彼及此，聯想到自身也像古代貧士一樣，衣不掩體，菜羹充飢，過著極其貧困的生活。可是他卻能安之若素，泰然處之，這並非是自己成了一個苦行僧，沒有物質方面的慾望，而是因為自己有更高的精神追求。「豈忘襲輕裘？苟得非所欽」二句便真實地表達了詩人這種情懷。也許因為當時有人對詩人這種心情無法理解，如〈飲酒〉中所描寫的那樣，認為他固窮守節，「繿縷茅簷下，未足為高栖」，要他認清舉世皆濁的現實而隨波逐流，甚至可能有人像子貢嘲笑原憲似的嘲笑他，所以他才以「賜也徒能辯，乃不見吾心」作答，委婉地譏諷他們只能像子貢一樣，頭頭是道，善於巧辯，卻竟然不理解詩人的用心。孔子說：「飯疏食，飲水，曲肱而枕之，樂亦在其中矣。不義而富且貴，於我如浮雲。」《論語・述而》詩人的用心在此。這種高尚的情懷，世人是難以理解的。

其　四

安貧守賤者，自古有黔婁❶。好爵吾不榮❷，厚饋吾不酬❸。一旦壽命盡，弊服仍不周❹。豈不知其極❺？非道故無憂❻。從來將千載❼，未復❽見斯儔❾。朝與仁義生，夕死復何求❿？

【注　釋】❶黔婁　據晉皇甫謐《高士傳・卷中・黔婁先生》記載，黔婁，齊國人，魯恭公聽說他賢達，派遣使者給他送去禮物，賜給他粟三千鍾，想請他出來做相，黔婁推辭不受。齊王又給他送禮，用黃金百斤聘他做卿，他又不去。著書四篇，宣揚道家學說，叫做《黔婁子》。終身不屈，以壽終。又據劉向《列女傳・魯黔婁妻傳》記載，黔婁死後，曾子去給他弔喪，見他的屍體放在窗子下面，枕著土塊，墊著稻草席子，穿著麻袍而沒有罩衣，蓋著布被，手足不能全蓋上，蓋得頭來腳就露在外面，蓋著腳來頭又露在外面。❷好爵句　言好的爵位我不掛念。指不接受魯國請他為相、齊國請他為卿。榮，當作「縈」，陶澍校：「焦本、吳本作『縈』。」又，〈辛丑歲七月赴假還江陵夜行塗口〉：「不為好爵縈」。縈，纏繞；牽掛。❸厚饋句　言豐厚的饋贈我不答理。指不接受魯國的三千鍾粟和齊國的百斤黃金。酬，酬答；答對；答理。❹弊服句　言破爛被服仍不能遮蓋全身。弊，破爛。不周，不全，指不能全部覆蓋屍體。❺極　極點，指黔婁貧窮到了極點。《列女傳》稱黔婁「在時食不充口，衣不蓋形，死則手足不斂」，可見貧窮至極。❻非道句　言貧窮至極不是與道義有關，故不為之憂愁，即孔子所謂「君子憂道不憂貧」（《論語・衛靈公》）之意。❼從來句　言自黔婁以來至淵明時將近千載。從來，自……以來。❽未復　不再。❾斯儔　這類人。❿朝與二句　即孔子所謂「朝聞道，夕死可矣」（《論語・里仁》）之意。

【語　譯】安貧守賤古有人，此人名字叫黔婁。「好的爵位我不想，豐厚饋贈我不理。」一日嗚呼壽命盡，破爛被服不遮體。哪是不知已極貧？與道無關不憂慮。黔婁以來近千年，尚未再見他同類。朝與仁義同生存，即使夕死也可以。

【賞析】這是一首歌詠古代貧士黔婁的詩，突出了貧士安貧樂道的精神。黔婁的生活極端窮苦，卻安於貧賤，國君請他去做卿相，他不去；送給他厚禮，他不接受，以致窮得死後被不遮體。是什麼使得他面對富貴，安之若素，毫不動心，「甘天下之淡味，安天下之卑位」（見《列女傳》）呢？毫無疑問，是道義的巨大力量。「豈不知其極？非道故無憂」，正因為他「憂道不憂貧」，才能有此超塵脫俗之舉。最後四句是讚詞，詩人稱讚黔婁這類高士千載難逢，早上能與仁義同存，即使晚上就要死去也不會有別的要求，稱得上是「朝聞道，夕死可矣」式的人物。

其五

袁安困積雪❶，邈然❷不可干❸。阮公見錢入❹，即日棄其官。芻藁
有常溫❺，採莒❻足朝飡❼。豈不實辛苦？所懼非飢寒❽。貧富常交戰❾，
道勝❿無戚顏⓫。至德冠邦閭⓬，清節映西關⓭。

【注釋】❶袁安句　言袁安被積雪所困。袁安，字邵公，汝南汝陽人。曾任縣令、楚郡太守、河南尹、太僕、司徒等職。困積雪，據《後漢書‧卷四五‧袁安傳》注引《汝南先賢傳》記載，當時大雪積地一丈多深，洛陽縣令親自出去巡視，看見家家都掃除積雪外出，有的還去乞食。走到袁安門前，無路可走，有人說袁安已經死

了。縣令讓人掃雪進去，見袁安僵臥在家中。縣令問他為何不出來，袁安回答說：「天下大雪，人都飢餓，不應當去向人乞求。」縣令認為有道德，便選他做孝廉。❷邈然　高遠的樣子，用來形容袁安與世俗不同的神態。❸不可干　不可向人求取。《爾雅》：「干，求也。」❹阮公句　其人其事不詳。❺芻藁句　言稻草常能給人以溫暖。芻藁，餵牲口的稻草。芻，牲口吃的草。藁，《廣韻》：「藁，禾稈。」稻草墊睡，可以取暖，故言「有常溫」。❻莒　同「穭」。自生稻，即野生稻。❼朝飡　早餐。飡，同「餐」。❽所懼句　言所怕不是忍飢受寒，言外之意是怕喪失道義。❾貧富句　典出《韓非子・喻老》，據載：曾子問子夏為何長得肥胖？子夏說：「吾入見先王之義則榮之，出見富貴之樂又榮之，兩者戰於胸中，未知勝負，故臞（消瘦少肉）。今先王之義勝，故肥。」交戰，指內心矛盾衝突。❿道勝　道義取得了勝利。⓫戚顏　愁容。⓬至德句　這句是稱讚袁安德行最高尚，為邦家之冠。至，最。邦，國。閭，閭里；家鄉。《後漢書・袁安傳》說袁安「為人嚴重有威，見敬於州里」，「名重朝廷」。⓭清節句　這句當是稱讚阮公清風亮節輝映西關。西關，當是阮公的故鄉或生活過的地方。

【語　譯】雪深袁安困家中，超然脫俗不乞求。阮公見人送錢來，當日棄官往家走。稻草暖身溫常在，採食野稻充早餐。哪裡不是真辛苦？所怕不在飢與寒。安貧求富常交戰，道義戰勝無愁顏。德行高尚數第一，清風亮節照西關。

【賞　析】這首詩是歌詠袁安和阮公，和上首一樣，還是突出其安貧樂道的精神，稱讚貧士憂道不憂貧。當然袁安後來做了大官，但在困積雪的時侯，看來還是清貧的。「貧富常交戰，道勝無戚顏」兩句是詩中的警句，清人溫汝能稱它「是陶公真實本領。千古聖賢身處窮困而泰然自得者，皆以道勝也。顏子簞瓢陋巷，不改其樂，孔子以賢稱之（按，見《論語・雍也》）。論者謂厠（猶『置』）陶公於孔門，當可與屢空之回同此真樂，信哉！」（《陶詩彙評》）此話言之有理。詩人走「君子固窮」的道路，思想上也同常人一樣，有矛盾，有鬥爭，可是最終還是道義戰勝了私慾，詩人的可貴之處也就在這裡。

其六

仲蔚❶愛窮居❷，遶宅❸生蒿蓬❹。翳然❺絕交游❻，賦詩❼頗能工❽。舉世❾無知者❿，止有一劉龔⓫。此士⓬胡⓭獨然⓮？寔⓯由罕所同⓰。介焉⓱安其業⓲，所樂非窮通⓳。人事固以拙⓴，聊㉑得長相從㉒。

【注釋】❶仲蔚　指張仲蔚，東漢時人。《高士傳．卷中》：「張仲蔚，平陵（在今陝西興平縣東北）人，與同郡魏景卿俱修道德，隱身不仕，明天官、博物，善屬文，好詩賦。常居窮素，所處蓬蒿沒人，閉門養性，不治榮名。時人莫識，唯劉龔知之。」❷窮居　猶「貧居」。❸遶宅　住宅四周。遶，圍繞。❹蒿蓬　即「蓬蒿」，兩種野草。❺翳然　隱蔽的樣子，此指其隱身不仕而言。❻絕交游　斷絕人世間的來往。❼賦詩　寫詩。❽工　精巧。❾舉世　全世界。❿知者　猶「知音」。⓫劉龔　據《後漢書．卷三〇上．蘇竟傳》載，劉龔是劉歆的姪子，字孟公，長安人，善於議論。⓬此士　指張仲蔚。⓭胡　何；怎麼。⓮獨然　如此獨特。⓯寔　同「實」。⓰罕所同　和別人少相同之處，即與眾不同。罕，少。⓱介焉　猶「介然」，獨特的樣子。《廣雅》：「介，獨也。」⓲業　事，指其作為和志趣。⓳所樂句　言所感到快樂的事不是自身的窮困和通達。典出《莊子．讓王》：「古之得道者，窮亦樂，通亦樂，所樂非窮通也。」⓴人事句　言我本來已經不善於搞人事關係。固，本。以，通「已」。《荀子．王霸》：「愚者之知，固以少矣。」拙，笨拙；不善於。㉑聊　姑且。㉒長相

從 詩人表示要長久追隨張仲蔚。

【語　譯】仲蔚此人喜貧居，住宅周圍長蒿蓬。隱居草野絕交遊，賦詩作文頗精通。舉世無有知音人，相知止有一劉龔。此人為何獨如此？實因與眾不相同。耿介獨立安其事，所樂不是窮和通。本來已不善交際，且與此人長相從。

【賞　析】這首詩歌詠貧士張仲蔚。前六句寫他身處草野，息交絕遊，賦詩能工，只與劉龔為友的事跡，接著「此士胡獨然」四句說明他所以如此是由於安貧樂道，已將人世的窮困和通達置之度外，最後兩句是詩人自述永遠追隨張仲蔚的願望。

據《莊子・讓王》記載，孔子困於陳蔡，七天沒有燒火做飯，喝的菜羹裡不見一粒米，臉色難看，還在室內彈琴唱歌。子路、子貢對他說：「這個樣子可以稱得上是窮困了。」孔子解釋說：「君子通曉道義叫『通』，失去道義叫『窮』。現在我懷抱仁義之道，遭遇亂世的患難，怎麼能算是窮！我自我反省而沒有失去道義，面臨危難而沒有丟掉道德，天寒已經來臨，霜雪已經下降，我才知道松柏的茂盛啊。在陳蔡受困，對於我也許是幸運吧。」子貢聽後恍然大悟，說：「是我不曉得天高地厚啊。」道家假託這個故事是要說明「古之得道者，窮亦樂，通亦樂，所樂非窮通也」的道理。詩人用它去解釋張仲蔚的行為，並且表示願意步他的後塵，正是委婉地表述他雖然遭遇亂世，仍然安貧樂道的胸懷。

其　七

昔在❶黃子廉❷，彈冠❸佐名州❹。一朝辭吏歸，清貧略❺難儔❻。年飢感仁妻❼，泣涕向我❽流：丈夫雖有志❾，固❿為兒女憂。惠孫⓫一晤歎⓬，腆贈⓭竟莫酬⓮。誰云固窮難？邈哉此前脩⓯。

【注釋】❶在　陶澍校：「湯本云：一作『有』。」❷黃子廉　《三國志・卷五五・黃蓋傳》注引《吳書》說黃蓋是「故南陽太守黃子廉之後也」，可見黃子廉是黃蓋的先人，做過南陽郡太守，當是漢代人。又王應麟《困學紀聞》引《風俗通》云：「潁水黃子廉每飲馬（讓馬喝水），輒（總是）投錢於水，其清可見矣。」可見他為人清廉。❸彈冠　用手指彈去冠上的灰，準備出去做官。❹佐名州　去有名的州郡任輔助官。佐，輔佐；輔助。❺略　大略；大致。❻難儔　難以相等。《字彙》：「儔，等也。」❼年飢句　言因為荒年使有仁愛之心的妻子心中難過。當是荒年兒女受飢而使妻子不忍。感，《說文》：「動人心也。」❽我　指黃子廉。❾有志　指有志於固窮。❿固　暫且。楊樹達《詞詮・卷三》：固，「假借作『姑』字用，且也。」⓫惠孫　人名，其人其事不詳。⓬一晤歎　一見面就為之感歎。晤，會面。⓭腆贈　豐厚的饋贈。腆，厚。⓮莫酬　不答理；不接受。⓯前脩　前賢。詞出《楚辭・離騷》：「固前修以菹醢。」脩，同「修」。參見本組詩其四注❸。

【語譯】往日有位黃子廉，彈冠出仕佐名州。有朝一日辭官歸，清廉貧窮世少有。荒年飢餓妻動情，泣涕漣漣向我流：丈夫雖有固窮志，暫且也為兒女憂。惠孫一見深感歎，贈給厚禮竟不收。誰說固窮是難事？遙遠古代有前修。

【賞析】這首詩是歌詠貧士黃子廉，突出了他的清貧和廉潔。黃子廉辭官返鄉，清貧無比，遇上荒年，全家難免忍飢挨餓，仁愛的妻子為此含淚向他哀求：大丈夫即使有志於固窮，暫且也得為兒女著想。惠孫也為他的清貧所感動，因而贈給他豐厚的禮物，可是他卻不予答理，拒不接受，可謂廉潔至極。詠到此處，詩人也為黃子廉的高風亮節所感動，發出了「誰云固窮難？邈哉此前脩」的感歎。「此前脩」當不是指黃子廉一人，而是包括這組詩中詠到的所有貧士。詩人用他們的德行勉慰自己：他們做得到，我為什麼做不到？有了這些令人景仰的楷模，精神便有了寄託，也就找到了將固窮堅持下去的動力，固窮還有什麼困難呢！這兩句詩是全組詩的總結，與第二首中的「何以慰吾懷？賴古多此賢」遙相呼應，連成一氣，深化了這組詩的主旨，堪稱妙筆。

詠二疏

【題　解】這首詩歌詠西漢疏廣、疏受二人功成身退，告老返鄉，日與族人、故舊、賓客飲宴，以樂餘年，而不留金為子孫購置產業之事，從側面表達了詩人的志趣。黃文煥認為此詩與〈詠三良〉、〈詠荊軻〉是同一時期之作，「雖歲月不可攷，而以詩旨揣之，大約為禪宋後。」（見《陶詩析義・卷四》）可備一說。

大象❶轉四時❷，功成者自去❸。借問❹衰周❺來，幾人得其趣❻？游目❼漢廷❽中，二疏❾復此舉❿。高嘯⓫返舊居，長揖⓬儲君傅⓭。餞送⓮

傾皇朝⑮，華軒⑯盈道路⑰。離別情所悲，餘榮⑱何足顧⑲！事勝⑳感行人㉑，賢哉㉒豈常譽㉓！厭厭㉔閭里歡㉕，所營㉖非近務㉗。促席㉘延故老㉙，揮觴㉚道平素㉛。問金終寄心㉜，清言㉝曉未悟㉞。放意㉟樂餘年㊱，遑恤身後慮㊲。誰云其人㊳亡？久而道㊴彌著㊵。

【注釋】❶大象　典出《老子・三五章》：「執大象。」〈四一章〉：「大象無形。」王弼注：「大象，天象之母也。」故「大象」即是「天」，或稱之為大自然。❷轉四時　四季的轉動變化，謂春夏秋冬四季更替。❸功成句　典出《老子・九章》：「功遂（成）身退，天之道。」及《史記・范雎蔡澤列傳》：「四時之序，成功者去。」❹借問　猶「請問」。❺衰周　指東周。周王朝自平王東遷後便日益衰落，故稱東周為「衰周」。❻趣意趣；旨趣。指功成身退的意趣。❼游目　縱目；放眼。❽漢廷　漢代朝廷。❾二疎　指疏廣、疏受二人。據《漢書・卷七〇・疏廣傳》記載，疏廣，字仲翁，東海蘭陵人，曾任少傅、太傅。廣兄子疏受，字公子，曾任太子家令、少傅。當時疏廣為太傅，疏受為少傅，太子上朝，太傅在前，少傅在後，朝廷以為榮。任職五年，疏廣對疏受說：知足不辱，知止不殆，功成身退，天之道。今宦至二千石，宦成名立，如此不去，恐有後悔，不如及早告老返鄉。於是上疏請歸。漢宣帝准許了他們的請求，並賜給黃金二十斤，皇太子贈給黃金五十斤。公卿、大夫、故人在長安東都門外送行，去送別的車子有數百輛，道旁觀者都說：「賢哉二大夫！」有人還歎息流涕。疏廣回到故里，用賜金贈金宴請族人、故舊、賓客，相與娛樂。二人皆以壽終。❿此舉　指功成身退的舉動。⓫高嘯　高聲長嘯。⓬長揖　猶深鞠躬禮，行禮時雙手拱起由上而至極下。用在此處，意在告別。⓭儲君傅　太子的師傅，指疏廣所任的太子太傅、疏受所任的太子少傅的官職。儲君，太子。⓮餞送　用酒食送行。

⓯傾皇朝　全體朝廷官員。傾，盡；全部。⓰華軒　華麗的車。⓱盈道路　滿道路。《漢書》說「送者車數百輛」。⓲餘榮　指受到滿朝官員餞送的榮耀。⓳何足顧　哪裡值得顧及。⓴事勝　猶「勝事」、「盛事」。勝，盛。㉑感行人　感動行人。《漢書》說送別時路旁觀者「或歎息為之下泣」。㉒賢哉　指路旁觀者「賢哉二大夫」的讚語。㉓常譽　一般的稱讚。㉔厭厭　安閑的樣子。詞出《詩經・小雅・湛露》：「厭厭夜飲。」㉕閭里歡　猶鄉里歡。《漢書》說：「廣既歸鄉里，日令家共（供）具設酒食，請族人、故舊、賓客，與相娛樂。」㉖所營　所經營的；所考慮的。㉗近務　眼前的事，如為子孫買田宅等。疏廣為子孫的長遠著想，認為現在為他們買田宅，將使他們怠惰，並招致眾人怨恨，故不營此「近務」。㉘促席　席子靠近席子。古人席地而坐，座席靠近，以示親熱。促，迫近。㉙延故老　邀請故舊老者。㉚揮觴　猶「舉杯」。㉛道平素　敘說往事。㉜問金句　言老人問起疏廣、疏受所得黃金該如何使用，疏廣終於將自己的心意告訴子孫。問金，據《漢書》記載，二疏將所得黃金宴請族人、故舊、賓客，他們的子孫請託老人勸說二疏用黃金為他們立產業基阯，買田宅。寄心，傳達心意；將心意轉告。詞出曹植〈洛神賦〉：「雖潛處於太陰，長寄心於君王。」㉝清言　清雅的言語，指疏廣得知子孫要他買田宅後所說的話，即《漢書》所載：「吾豈老誖（胡塗）不念子孫哉？顧自有舊田廬，令子孫勤力其中，足以共（供）衣食，與凡人齊。今復增益之以為贏餘，但教子孫怠惰耳。賢而多財，則損其志；愚而多財，則益其過。且夫富者，眾人之怨也，吾既亡以（無法）教化子孫，不欲益其過而生怨。」㉞曉未悟　曉喻尚未覺悟的人。㉟放意　猶「縱情」。㊱樂餘年　猶安度晚年。據《漢書》記載，疏廣曾說：「又此金者，聖主所以惠養老臣也，故樂與鄉黨宗族共饗其賜，以盡吾餘日，不亦可乎！」㊲遑恤句　語本《詩經・邶風・谷風》：「遑恤我後。」言哪有閑功夫為死後事操心。遑，暇。恤，憂慮；顧及。身後，死後。㊳其人　指二疏。㊴道　指二疏為人處世之道，如功成身退，不為子孫置產業以便讓其自食其力等。㊵彌著　更加昭著。

【語　譯】四季更替屬自然，功成身退自歸去。請問東周衰敗來，幾人能得其中趣？縱觀漢代朝廷中，再有此舉是二疏。高聲嘯詠返舊居，長揖辭去太子傅。滿朝文武去送別，華麗軒車滿道路。離別太子情依依，其他榮耀何足顧！哲人盛事感行人，豈是常譽「賢大夫」！安閑飲宴樂鄉里，所謀不是眼前務。請來故舊接席坐，舉杯勸飲道平素。問及黃金說心事，清雅言談曉糊塗。縱情歡樂度晚年，身後之事何暇顧！誰說二疏已消亡？其道愈久愈昭著。

【賞析】這首歌詠二疏的詩，前半篇寫二疏功成身退，辭去太子傅官職，榮歸故里；下半篇寫二疏返鄉後用所得賜金宴請故舊，安度晚年，不為子孫購置田宅。詩人歌詠二疏事跡用意何在？這是一個值得探討的問題。清人邱嘉穗認為是詩人「自況其辭彭澤而歸田」（《東山草堂陶詩箋・卷四》），此說實在難以成立。詩人雖然曾經辭官歸田，但不是功成身退，他曾說：「余嘗學仕，纏綿人事。流浪無成。」（〈祭從弟敬遠文〉）至於辭去彭澤令，那是由於不肯為五斗米折腰。可見自況歸田之說值得商榷。詩人歌詠二疏的用意，當從最後兩句詩「誰云其人亡？久而道彌著」中去尋繹。二疏人亡道著，雖死猶生，是由於他們在官運亨通、「朝廷以為榮」的時候，能「知足」「知止」，「功遂身退」，敏銳地覺察到「宦成名立，如此不去，懼有後悔」，及時告老返鄉，而不像眾多的官僚那樣，功成名就之後，還戀位貪權，以致釀成大禍，後悔莫及。同時也在於他們回家以後，不像一般官僚那樣，忙於為子孫購田宅，立基業，而能真正為子孫的長遠著想，讓他們自食其力，去過平常人的生活。這種超俗的情懷，就是詩人所謂的「得其趣」了。清人溫汝能評論說：「二疏知足知止，所以得趣；惟其得趣，所以散金置酒，不以多財遺子孫也。」（《陶詩彙評・卷四》）正因為趣在其中，而且詩人從中悟出了做人的道理，他才寫作這首詩吧。今天人們是否還能從中獲得某些啟迪呢？

詠三良

【題　解】「三良」是春秋時子車氏的三個兒子奄息、仲行、鍼虎，三人都是秦國的傑出人物，故稱之為「三良」。秦穆公死後，用三良殉葬。詩人歌詠此事，據陶澍說是為了悼念張褘不忍向零陵王（即晉恭帝）進毒而自殺。詳見〈述酒〉詩的題解。張褘死於宋永初二年（西元四二一年），此詩可能作於此時。詩人時年五十七歲。

彈冠乘通津❶，但懼時我遺❷。服勤❸盡歲月，常恐功愈微❹。忠情❺
謬❻獲露❼，遂為君❽所私❾。出則陪文輿❿，入必侍丹帷⓫。箴規⓬嚮已
從⓭，計議⓮初無虧⓯。一朝長逝⓰後，願言⓱同此歸⓲。厚恩固⓳難忘，
君命安⓴可違！臨穴㉑罔惟疑㉒，投義㉓志攸希㉔。荊棘籠高墳㉕，黃鳥聲
正悲㉖。良人㉗不可贖㉘，茲然㉙沾我衣。

【注　釋】❶彈冠句　言彈去冠上的灰塵登上仕途。乘，登。通津，交通要道，以喻顯要的仕途。津，渡口。

〈古詩十九首〉：「先據要路津。」❷時我遺　猶「時遺我」，意為時光遺棄我，即不能及時有所作為。❸服勤　語本《禮記・檀弓上》：「服勤至死，致喪三年。」言兒子對於父母要服侍勤勞到死，再守喪三年。孔穎達《疏》：「言服勤者，謂服持勤苦勞辱之事。」在這裡是指三良侍候秦穆公。❹功愈微　功勞越來越小。❺忠情　猶「忠心」。陶澍校：「湯本云：一作『中』。」按，作「中」亦通，中情，猶「內心」。《楚辭・離騷》：「苟中情其好修兮。」❻謬　妄，自謙之詞。❼獲露　得到表白。❽君　指秦國國君穆公。❾私　偏愛。❿文輿　飾有花紋的車子。文，通「紋」。⓫侍丹帷　侍於丹帷；在掛有紅帷幕的室內侍候。⓬箴規　規勸諫戒的言辭。《文心雕龍・銘箴》：「箴者，針也，所以攻疾防患，喻針石也。」⓭嚮已從　一出言便已聽從。嚮，通「響」。聲響，指發出箴規之言後的反響。從，隨，指如響隨聲。⓮計議　指為穆公出謀獻策。⓯初無虧　本無虧；沒有考慮不周。虧，缺失；遺漏。⓰長逝　指死。⓱言　語助詞，無義。⓲同此歸　一同去死。《史記・秦本紀》張守節《正義》引應劭的話說：「秦穆公與群臣飲酒酣，公曰：『生共此樂，死共此哀。』於是奄息、仲行、鍼虎許諾。及公薨，皆從死。」⓳因　當是「固」之誤，意為本來。⓴安　怎麼。㉑臨穴　臨近墓穴，指走向墓穴去殉葬。《詩經・秦風・黃鳥》描寫三良殉葬，「臨其穴，惴惴其栗。」㉒罔惟疑　不遲疑。惟疑，魏晉時用語，龔斌注引《晉書・高崧傳》「深用惟疑」、潘岳〈關中〉詩「朝議惟疑」、謝靈運〈謝封康樂侯表〉「策畫惟疑」為例，甚是。㉓投義　投身於大義。三良以為為君主去死合乎大義。㉔志攸希　志所求。㉕荊棘句　言高墳上覆蓋著荊棘。《詩經・秦風・黃鳥》：「交交黃鳥，止於棘。」本是起興，詩人作寫實理解，故有此句及下句。㉖黃鳥句　本自「交交黃鳥」。交交，咬咬，鳥鳴聲。黃鳥，黃鶯。㉗良人　指「三良」。㉘不可贖　不能抵命。此句言無法為三良抵命。語本《詩經・秦風・黃鳥》：「如可贖兮，人百其身。」㉙茲然　是「泫然」之誤，流涕的樣子。泫，音炫。

【語　譯】彈冠拂塵登仕途，只怕時光棄我去。長年累月勤服侍，常常擔心功不著。忠情妄自得表露，便為君主所親暱。出門陪君乘彩車，入宮侍候倚紅帷。有言規勸即採納，計謀從來都周密。一旦君主去世後，願意一道黃泉去。厚恩本來難忘懷，君命怎麼可抗違！面臨墓穴不疑遲，有志捨身獻大義。荊棘覆蓋高墳上，咬咬黃鳥聲正悲。三良性命不可贖，泣涕漣漣濕我衣。

【賞　析】三良殉葬一事最早記錄在《詩經・秦風・黃鳥》。《左傳・文公六年》載：「秦伯任好（穆公之名）卒，以子車氏之三子奄息、仲行、鍼虎為殉，皆秦之良也。國人哀之，為之賦〈黃鳥〉。君子曰：『秦伯之不為盟主也宜哉！死而棄民。』」可見三良是被迫去殉葬的。其後〈詩小序〉稱「穆公以人從死」，《史記・秦本紀》稱穆公「死而棄民，收其良臣而從死」，〈蒙恬列傳〉稱「秦穆公殺三良而死」，也都說明三良是被迫去殉葬，和〈黃鳥〉詩的實際描寫相符。西漢中期以後，出現了三良自願從死之說，如匡衡稱「穆公貴信，而士多從死」（《漢書・匡衡傳》），應劭稱三良許諾了穆公「生共此樂，死共此哀」的要求，「及公薨，皆從死」（《史記正義》），鄭玄稱「三良自殺以從死」（《詩經・秦風・黃鳥》箋）。這種說法魏晉時仍在流行，如曹植〈三良〉詩說：「穆公先下世，三臣皆自殘。生時等榮樂，既沒同憂患。」如果三良被迫殉葬，則罪在秦穆公和他的兒子秦康公；自願從死，則三良應自負其責。前人對此，頗多爭議。在這首詩中，詩人捨被迫殉葬之說而用自願從死之說，詳細地敘述了三良受到秦穆公的寵愛信任，出陪入侍，言聽計從，厚恩難忘，故而臨死不疑，獻身大義，自願從死。陶澍認為詩人之所以如此描寫，是借史抒懷，悼念張禕，他說：「古人詠史，皆是詠懷，未有泛作史論者。」「淵明云：『厚恩固難忘』，『投義志攸希』，此悼張禕之不忍進毒而自飲先死也。」「而諸家紛紛論三良之當死不當死，去詩意何啻千里！」

《靖節先生集・卷四》如此說來，淵明寫作此詩，便同晉朝的滅亡有關係了。

詠荊軻

【題解】這首詩歌詠荊軻刺秦王事，詩人借史述懷，抒發了他同情弱小，反抗強暴的情懷。荊軻事，在《戰國策・燕策三》和《史記・刺客列傳》中有詳細記載。荊軻，衛國人，好讀書擊劍。到燕國後，和擊筑者高漸離友善，常飲於燕市。燕太子丹在秦國做人質，因為秦王政（即後來的秦始皇）對他不好，逃回燕國，想報仇，又無能為力。秦國向東擴張，蠶食諸侯，禍及燕國。這時太子丹經田光介紹結識了荊軻，便請求荊軻去秦國劫持秦王，迫使他歸返侵地；如果不行，就將秦王刺死。荊軻答應了太子丹的請求，於是太子丹尊荊軻為上卿，恩禮甚厚。後來荊軻為了取得秦王的信任，便帶著秦國的逃犯樊將軍的頭和燕國的督亢地圖，圖內捲著匕首，前往秦國。出發時，太子丹和賓客在易水送別，高漸離擊筑，荊軻一曲悲歌，使得送行人士都垂涕瞋目，怒髮衝冠。荊軻到了秦庭，獻上了樊將軍的頭和督亢地圖，圖窮而匕首現，便去劫持秦王，可惜他劍術不精，擲秦王不中，反被秦王所殺。詩中描寫的就是這些事情。黃文煥說此詩與〈詠二疏〉、〈詠三良〉為同時之作。

燕丹❶善養士❷，志在報強嬴❸。招集百夫良❹，歲暮得荊卿❺。君子死知己❻，提劍❼出燕京❽。素驥鳴廣陌❾，慷慨❿送我行。雄髮指危冠⓫，猛氣充長纓⓬。飲餞易水上⓭，四座列群英。漸離擊悲筑，宋意唱高聲⓮。蕭蕭哀風逝，淡淡寒波生⓯。商音更流涕⓰，羽奏壯士驚⓱。心知去不歸⓲，且⓳有後世名。登車何時顧⓴，飛蓋㉑入秦庭。凌厲㉒越萬里，逶迤㉓過千城。圖窮事自至㉔，豪主正怔營㉕。惜哉劍術疎㉖，奇功㉗遂㉘不成。其人㉙雖已沒㉚，千載有餘情㉛。

【注釋】❶燕丹　「燕太子丹」的簡稱，是燕王喜的太子。❷善養士　善於供養士人，此指為荊軻提供好的物質享受。《史記・刺客列傳》言太子丹「尊荊軻為上卿，舍上舍。太子日造門下，供太牢，具異物，間進車騎美女，恣荊軻所欲，以順適其意」。❸報強嬴　報復強秦。《史記・刺客列傳》載，嬴政被立為秦王，太子丹正在秦國做人質，「秦王之遇燕太子丹不善，故丹怨而亡（逃）歸。歸而求為報秦王者，國小，力不能」。強嬴，即強秦，指秦王。嬴，秦王的姓。❹百夫良　即《詩經・秦風・黃鳥》所謂的「百夫之特」，百人中的傑出人物。❺荊卿　即荊軻。《史記・刺客列傳》稱荊軻到了燕國，「燕人謂之荊卿」。❻君子句　即「士為知己者死」之意。❼提劍　提著劍；提著匕首。匕首是短劍。《史記・刺客列傳》：「且提一匕首入不測之彊秦。」❽燕京　燕國的首都。燕建都於薊，在今北京城西南角。❾素驥句　言白馬在大路上鳴叫。素驥，白的駿馬。《戰國策・燕策三》、《史記・刺客列傳》均云：「太子及賓客知其事者，皆白衣冠以送之。」「素驥」當是詩人的虛構想像。廣陌，大路。「陌」本是田間小路。❿慷慨　情緒激動的樣子。⓫雄髮句　即怒髮衝冠之意。《戰國策・燕策三》：「髮盡上指冠。」雄髮，即怒髮。危冠，高冠。⓬猛氣句　《戰國策》、《史記》均無此記載，當是詩人的虛構想像。纓，用來繫冠的絲帶。⓭飲餞句　言在易水旁飲酒送別。《史記・刺客列傳》：「至易水之上，既祖（祭路神），取道。」餞，餞行；用酒食送行。易水，發源於河北易縣。⓮漸離二句　《戰國策・燕策三》、《史記・刺客列傳》均只言「高漸離擊筑，荊軻和而歌。」未言及宋意。《淮南子・泰族》有「荊軻西刺秦王，高漸離、宋意為擊筑，而歌於易水之上」。高漸離和宋意都是太子丹的門客。筑，古代的竹製樂器，有弦，不用手指彈，而用竹打擊以發音。⓯蕭蕭二句　是從荊軻所唱的〈易水歌〉「風蕭蕭兮易水寒」中生化出來的。蕭蕭，狀風聲。淡淡，水波浮動的樣子。《集韻・談韻》：「淡，水貌。或作澹。」⓰商音句　《史記・刺客列傳》言高漸離擊筑，荊軻和而歌，「為變徵之聲，士皆垂淚涕泣」。商音，中國古樂，按音律高下，分為宮、商、角、變徵（ㄓˇ）、徵、羽、變宮七聲，相當於西樂中的CDEFGAB七調。「商音」相當於D調，「變徵」相當於F調。⓱羽奏句　言奏出羽聲，壯士的心震動。《史記・刺客列傳》：「復為羽聲忼慨，士皆瞋目，髮盡上指冠。」羽聲，相當於西樂中的A調。《戰國策》鮑彪注：「其音怒。」⓲心知句　是從〈易水歌〉「壯士一去兮不復還」一句中生化出來的。⓳且　將。⓴登車句　《史記・刺客列傳》：「荊軻就車而去，終已不顧。」何時顧，哪有時間反顧，即「不顧」之意。㉑飛蓋　飛車。蓋，車蓋；車上的傘蓋。代指車。以下三句所述，《戰國策・燕策三》、《史記・刺客列傳》均無記載，是詩人的虛構想像。㉒凌厲　勇往直前的樣子。㉓逶迤　曲折綿延的樣子。㉔圖窮句　言地圖打開了，事情就自然發生。圖，指督亢地圖。窮，盡；展開完。事，指劫持秦王事。至，到來；發生。《史記・刺客列傳》：「軻既取圖奏之，秦王發圖，圖窮而匕首見。因左手把秦王之袖，而右手持匕首揕之。」㉕豪主句　言豪強的君主正惶恐不安。《史記・刺客列傳》：「秦王驚，自引而起，袖絕。拔劍，劍長，操其室（劍鞘）。時惶急，劍堅，故不可立拔。」豪主，指秦王。怔營，驚惶不安。㉖劍術疏　劍術不精。《史記・刺客列傳》：「魯句踐已聞荊軻之刺秦王，私曰：『嗟乎，惜哉其不講於刺劍之術也！甚矣不知人也！曩者吾叱之，彼乃以我為非人也！』」㉗奇功　指劫持與刺殺秦王之功。㉘遂　終於；於是。㉙其人　指荊軻。㉚沒　通「歿」。死亡。㉛餘情　無窮的深情。《史記·刺客列傳》：「太史公曰：自曹沫至荊軻五人，此其義或成或不成，然其立意較然，不欺其志，名垂後世，豈妄也哉！」

【語　譯】燕太子丹善養士，志在報仇殺嬴政。百裡挑一選刺客，歲將暮時得荊卿。君子總為知己死，手提匕首出燕京。白馬嘶鳴大道上，壯士慷慨送我行。怒髮上指衝高冠，英氣猛烈飄長纓。舉杯餞別易水岸，環顧四座皆群英。漸離擊筑聲淒涼，宋意高歌響入雲。蕭蕭哀風吹易水，淡淡寒波水上生。商音悲涼人流涕，羽聲奏罷壯士驚。心知此去不得歸，後世將有豪傑名。登車而去不反顧，車飛疾馳入秦庭。勇往直前越萬里，曲折綿延過千城。地圖展罷匕首現，秦王惶急正心驚。可惜劍術不精通，奇功終於未建成。此人雖然已去世，千年之後有深情。

【賞　析】這是一首詠史詩，歌詠了荊軻刺秦王事件的始末。元代以來，學者多以為是詩人有感於劉裕篡晉，「思欲為晉求得如荊軻者往報焉」（元劉履《選詩補註·卷五》）。「以弔古之懷，併作傷今之淚」，「報仇熱血，隱從中噴」（明黃文煥《陶詩析義·卷四》）。就詩而論，詩人寓意，當不僅於此。詩中說：「燕丹善養士，志在報強嬴。」應該說報強嬴，反強暴，才是全詩的主旨，也是詩人的寓意所在。據《史記·刺客列傳》記載，當時強大的秦國兼併天下，蠶食諸侯，南伐楚，北臨趙，「燕小弱，數困於兵，今計舉國不足以當秦。諸侯服秦，莫敢合從（縱）」。燕國危在旦夕，太子丹是在內外交困、無計可施的情況下才請荊軻去劫刺秦王。詩人歌詠此事，讚揚荊軻的義舉，正是他同情弱小，反抗強暴的情懷的表露。

詠史，當然要忠於史實，但寫詠史詩又不同於寫歷史著作，而是一種藝術創作，對史料不但可以有取捨，還可以進行藝術加工，甚至允許有合理的虛構和想像。《史記・刺客列傳》中的〈荊軻傳〉是一篇近四千字的長文，詩人將它壓縮成僅有一百五十字的詩篇，捨去了荊軻飲燕市、鞠武諫太子、田光自刎、太子跪請荊軻、樊於期自剄獻首、秦庭行刺過程等重要故事，卻用大量篇幅鋪寫易水送別那富有詩情畫意的悲壯場面，讓讀者從白馬嘶鳴、筑聲悲涼、宋意高歌以及蕭蕭哀風、淡淡寒波的淒涼氛圍中感受到生離死別的悲哀，從羽聲慷慨、壯士心驚、怒髮衝冠、猛氣衝纓中體味到捐軀赴難的壯烈，詩人雖然沒有正面描寫荊軻在送別時的情狀，但透過環境氛圍的渲染烘托，他那大義凜然、勇往直前、視死如歸的光輝形象早已凸現在讀者的面前。篇末四句是詩人對荊軻的惋惜和懷念，同時也表達了他對荊軻的讚美和敬慕之情，深化了詩歌的主題，堪稱是畫龍點睛之筆。

朱熹說：「陶淵明詩，人皆說是平淡，據某看，他自豪放，但豪放得來不覺耳。其露出本相者是〈詠荊軻〉一篇，平淡底人如何說得這樣言語出來。」（《朱子語類・卷一四〇・論文下》）陶詩在平淡中藏著豪放之氣，而在當時的黑暗現實中，他的豪放之氣也只能藏於平淡之中。之所以寫出了如此「金剛怒目式」的詩篇，不過是「吟到恩仇心事湧，江湖俠骨恐無多」（龔自珍〈雜詩三首〉）罷了。

讀山海經十三首

【題解】這是詩人讀《山海經》時所寫的一組詩。第一首寫隱居耕讀的自得之樂，類似這組詩的序言。中間十一首分別歌詠《山海經》中所寫的奇事異物，並寄託了詩人的感慨。最後一首以論史作結，起著卒章顯其志的作用。王瑤以十一首「巨猾肆威暴」一句為據，認為顯然是為劉裕弒逆而作，謂此詩作於宋永初三年（西元四二二年，五十八歲時），逯欽立以第一首所寫之情景為據，謂此詩作於詩人義熙四年（西元四〇八年，四十四歲時）遭遇火災之前。從第一首所寫之讀書情狀觀之，二說以逯說為勝。

其一

孟夏❶草木長，遶屋❷樹扶疎❸。眾鳥欣有托❹，吾亦愛吾廬❺。既
耕亦已種，時還讀我書。窮巷❻隔深轍❼，頗迴故人車❽。歡然酌❾春酒❿，
摘我園中蔬⓫。微雨從東來，好風與之俱⓬。汎覽⓭周王傳⓮，流觀⓯〈山
海圖〉⓰。俯仰⓱終宇宙⓲，不樂復何如⓳？

【注　釋】❶孟夏　夏季的第一個月，相當於農曆四月。❷遶屋　同「繞屋」。環繞房子周圍。❸扶疎　枝葉繁茂分披的樣子。❹欣有托　高興有託身之所。❺廬　房屋；草廬。❻窮巷　偏僻的巷子。❼隔深轍　阻隔了大車的進入。深轍，深的車跡，指代大車，因為大車的車跡深。按，此句即〈歸園田居〉所謂「窮巷寡輪鞅」，〈飲酒〉所謂「而無車馬喧」之意。此詩所述情景與詩人初歸隱所作詩篇描述之情景極其相似，當不是晚年之作。❽頗迴句　很使一些老朋友的車掉頭回去。❾酌　斟酌；飲酒。❿春酒　冬釀春熟的酒。⓫蔬　蔬菜。⓬好風句　謂好風和時雨同來。好風，和風。之，指代微雨。俱，同。⓭汎覽　同「泛覽」。瀏覽。⓮周王傳　指《穆天子傳》。據《晉書・卷五一・束晳傳》記載，「太康二年（西元二八一年），汲郡人不準盜發魏襄王墓，或言安釐王冢，得竹書數十車」，其中有「《穆天子傳》五篇，言周穆王游行四海，見帝臺、西王母」。⓯流觀　與「泛覽」同義。⓰山海圖　指〈山海經圖〉。《山海經》，書名，最早見於《史記・大宛列傳》：「《山海經》所有怪物，余不敢言之也。」西漢時劉秀（即劉向的兒子劉歆）在〈上山海經表〉中說：「禹別九州，任土作貢；而益（伯益）等類物善惡，著《山海經》。」王充《論衡》以及《吳越春秋》、《顏氏家訓》也都認為是夏禹、伯益所作。魯迅認為此說不可信，「蓋古之巫書」（《中國小說史略》）。今傳本十八卷，《山經》五卷，《海經》十三卷，多記古代海內外山川異物及神話傳說。相傳《山海經》有古圖，有漢所傳圖，晉時郭璞作有圖讚。⓱俯仰　謂俯首仰首之間，即頃刻之間。⓲終宇宙　窮盡宇宙之間的事物。⓳不樂句　不快樂還怎麼樣，即如何能不快樂之意。

【語　譯】初夏時節草木長，屋邊樹木枝扶疏。群鳥歡欣有棲所，我亦喜愛我草廬。田已耕完種已播，閑時還自讀我書。偏僻里巷車難進，舊友回車返舊路。心情歡暢飲春酒，佐酒摘我園中蔬。細雨霏霏從東來，雨隨和風同入戶。《穆天子傳》任泛覽，還可瀏覽〈山海圖〉。俯仰能知天下事，若不歡樂更何如？

【賞析】淵明是個喜歡讀書的人，年輕時就養成了讀書的習慣，所謂「弱齡寄事外，委懷在琴書」（〈始作鎮軍參軍經曲阿〉）。在自傳性的散文〈五柳先生傳〉中還說：「好讀書，不求甚解，每有會意，便欣然忘食。」可見他喜愛讀書已經到了忘食的地步。這首詩便是寫他退隱後的讀書之樂的。開始四句，透過寫景，營造了一個美好的讀書環境。初夏時分，氣候宜人，置身於綠蔭草廬之中，何等愜意！這時田已耕了，種也播了，詩人也就有空讀書了。再加上身居窮巷，與世隔絕，連老朋友的車也進不來，省卻了人世間的煩擾，詩人又可以安心讀書了。而幾杯春酒，伴隨著和風細雨，又為讀書增添了幾分雅興。於是詩人便潛心圖籍，讀起《穆天子傳》和〈山海經圖〉來，心馳神往，陶醉在海內外的奇聞異事、神話傳說之中，似乎瞬間便已窮盡宇宙，獲得了無限的樂趣。結出一個「樂」字，總攝全篇，韻味無窮。

此詩看似散緩，實則情景交融，自然可愛。清人溫汝能評論說：「此篇是淵明偶有所得，自然流出，所謂不見斧鑿痕也。大約詩之妙以自然為造極，陶詩率近自然，而此首更令人不可思議，神妙極矣。」（《陶詩彙評・卷四》）

其二

玉臺❶凌霞秀❷，王母❸怡妙顏❹。天地共俱生❺，不知幾何年❻？靈化❼無窮已❽，館宇非一山❾。高酣❿發新謠⓫，寧效⓬俗中言！

【注釋】❶玉臺　玉山上的瑤臺。《山海經・西山經》：「玉山，是西王母所居也。」郭璞注：「此山多玉石，因以名云。《穆天子傳》謂之『群玉之山』。」❷凌霞秀　秀美高出雲霞之上。凌，升高。❸王母　即西王母，古代神話中的女神名。《山海經・西山經》：「西王母，其狀如人，豹尾，虎齒而善嘯，蓬髮，戴勝（玉勝，玉製首飾）。」❹怡妙顏　容顏和悅美妙。❺天地句　言西王母與天地同生。❻年　年歲。❼靈化　神靈變化；神奇變化。❽無窮已　沒有窮盡。已，止。❾館宇句　言西王母所住的仙館不止是在一座山上。《山海經・西山經》說西王母住在玉山，〈大荒西經〉說她住在崑崙之丘，《穆天子傳・卷三》又說穆天子升弇山，將西王母的事跡記在弇山之石上，題曰「西王母之山」。郭璞注：「西王母雖以崑崙之宮，亦自有離宮別窟、游息之處，不專住一山也。」館宇，指西王母所住的房子。❿高酣　高會酣飲。《穆天子傳・卷三》記載，周穆王在瑤池上舉行酒宴宴請西王母。⓫發新謠　指西王母在周穆王的酒宴上唱出新的歌謠。《穆天子傳・卷三》：「天子（指周穆王）觴西王母于瑤池之上，西王母為天子謠，曰：『白雲在天，山陵自出。道里悠遠，山川間之。將子（請您）無死，尚能復來。』天子答之曰：『予歸東土，和治諸夏。萬民平均，吾願見汝。比及三年，將復而（爾，你）野。』」⓬寧效　豈效。

【語譯】瑤臺靈秀雲霞上，王母和悅露仙顏。天地與之同生辰，不知已活多少年？神奇變化無窮盡，離宮別館非一山。高會酣飲譜新謠，豈效塵世俗人言！

【賞析】這首詩歌詠西王母住在凌空出世的雲間瑤臺之上，容顏和悅美妙，與天地同生，不知道有多大歲數，變化無窮，居處非一，和周穆王飲宴時所唱的歌謠超塵脫俗，總之，處處顯出了神仙的特點。人們認為淵明詠仙，不是真的想學仙，而是他的憤世嫉俗的感情的流露。清人吳瞻泰說：「公滿肚嫉俗之意，卻借世外語以發之，寄託深遠，末句煞出眼目。」（《陶詩彙註・卷四》）

其三

迢遞❶槐江嶺❷，是謂玄圃丘❸。西南望崑墟，光氣難與儔❹。亭亭❺明玕❻照，落落❼清瑤流❽。恨❾不及周穆❿，託乘⓫一來游⓬。

【注釋】❶迢遞　高遠的樣子。❷槐江嶺　神山名，即槐江之山。《山海經・西山經》：泰器之山「西三百二十里，曰槐江之山，丘時之水出焉，而北流注于泑水。其中多蠃母（即蝶螺），其上多青雄黃，多藏琅玕（石似珠者）、黃金、玉，其陽（南）多丹粟，其陰（北）多采黃金銀，實惟帝之平圃（即玄圃）。」「爰有滛水，其清洛洛。」❸玄圃丘　崑崙山山巔叫玄圃。《楚辭・天問》：「崑崙縣圃，其尻安在？」王逸注：「崑崙，山名也，在西北，元氣所出。其巔曰縣圃，乃上通於天也。」玄圃，同「縣圃」。丘，《說文》：「土之高也，非人所為也。」即自然形成的土山。❹西南二句　言從玄圃向西南方望崑崙山，見到的光氣難與之相比。《山海經・西山經》言於平圃「南望崑崙，其光熊熊，其氣魂魂」。郭璞注說「熊熊」、「魂魂」，「皆光氣炎盛相焜燿之貌」。❺亭亭　高聳的樣子。❻明玕　即〈西山經〉所說之琅玕，石似珠者，當能發出光亮。❼落落　同「洛洛」。見上引〈西山經〉「其清洛洛」，水清的樣子。❽瑤流　即「滛水」。❾恨　遺憾。❿周穆　周穆王，西周的一個帝王。《穆天子傳・卷二》說周穆王到過崑崙丘，「乃為銘迹於縣圃之上」。⓫託乘　語出曹丕〈與朝歌令吳質書〉：「文學托乘於後車。」意為搭載。按，周穆王西遊，由造父駕車，故言「託乘」。⓬一來游　來遊一次。

【語譯】高峻遙遠槐江嶺，此地稱為玄圃丘。西南望去是崑崙，神光靈氣世少有。明珠玉石高高照，清澈滲水潺潺流。遺憾未能隨周穆，搭車也來遊一遊。

【賞　析】這是一首歌詠崑崙縣圃的詩。山上有靈光寶氣，明珠清流，聖潔無比，頗具神奇色彩。詩人因為未能隨周穆王來此一遊，深表遺憾，表現了他厭棄世俗、嚮往聖地的情懷，陳祚明評為「總是遺世之志」（《采菽堂古詩選・卷一四》），是有道理的。

其　四

丹木❶生何許❷？迺❸在峚山陽❹。黃花復朱實❺，食之壽命長。白玉凝素液❻，瑾瑜❼發奇光。豈伊❽君子寶❾？見重❿我軒黃⓫。

【注　釋】❶丹木　紅木。《山海經・西山經》：不周之山「西北四百二十里，曰峚山（即密山），其上多丹木，員（圓）葉而赤莖，黃華（花）而赤實，其味如飴，食之不飢。丹水出焉，西流注于稷澤，其中多白玉，是有玉膏，其原（源）沸沸湯湯（玉膏湧出之貌），黃帝是食是饗。是生玄玉（言玉膏中又生出黑玉）。玉膏所出，以灌丹木。丹木五歲，五色乃清，五味乃馨。黃帝乃取峚山之玉榮（即玉花），而投之鍾山之陽（南）。瑾瑜之玉為良，堅粟（栗）精密，濁澤而有光。五色發作，以和柔剛。天地鬼神，是食是饗。君子服（佩帶）之，以禦不祥」。❷何許　何處。❸迺　同「乃」。就。❹陽　山南稱為陽。❺朱實　紅色的果實。❻素液　白色的液體，即玉膏。❼瑾瑜　最好的美玉。❽伊　惟；只。❾寶　作動詞用，以為寶之意，即〈西山經〉「君子服之，以禦不祥」之謂。❿見重　被重視，指以玉膏為食。⓫軒黃　軒轅黃帝，《史記・五帝本紀》：「黃帝者，少典之子，姓公孫，名曰軒轅。」

【語譯】紅木生長在何處？就在峚山南坡上。黃色花朵紅色果，食之可以壽命長。白玉結成白玉膏，瑾瑜美玉放奇光。豈是君子以為寶？黃帝以之作食糧。

【賞析】這首詩是歌詠峚山之寶的。峚山之寶有三：一是紅木的果實，食之可以長壽，可以不飢；二是白玉結成的玉膏，黃帝以之為食，將它去澆灌紅木，經過五年，五色乃清，五味乃馨；三是瑾瑜美玉，君子佩帶它，可以用來抵禦不祥。詩人歌詠它們，或許是因為它們都是寶物，出於好奇的緣故吧。

其五

翩翩❶三青鳥❷，毛色奇❸可憐❹。朝為王母使❺，暮歸三危山❻。我欲因❼此鳥，具❽向王母言：在世無所須❾，惟酒與長年❿。

【注釋】❶翩翩　鳥飛的樣子。❷三青鳥　《山海經・大荒西經》：西王母之山，沃之野，「有三青鳥，赤首黑目，一名曰大鶖，一名曰少鶖，一名曰青鳥」。郭璞注：「皆西王母所使也。」言三隻青鳥都是西王母的使者。❸奇　《詞詮・卷四》：「奇，表態副詞，極也，甚也。」❹可憐　可愛。❺為王母使　見注❷引郭璞注。❻暮歸句　《山海經・西山經》：「三危之山，三青鳥居之。是山也，廣員（圓）百里。」又〈海內北經〉：「有三青鳥，為西王母取食。」郭璞注：「三青鳥主為西王母取食者，別自棲息於此山（指三危山）也。」可見三青鳥早上為西王母所使，為她取食，晚上歸棲在三危山。❼因　藉；透過。❽具　詳細。《廣韻》：「具，備也。」❾須　需求。《廣韻》：「須，意所欲也。」❿長年　長壽。

【語　譯】三隻青鳥舞翩翩，毛色可愛特奇艷。朝為王母作使者，日暮歸棲三危山。我想通過此青鳥，去向王母傳話言：今生在世無他求，只求喝酒與長年。

【賞　析】這首詩是歌詠三青鳥的。這鳥既為西王母取食，又是西王母的使者，於是詩人異想天開，託青鳥向西王母傳話，表達自己今生今世只求喝酒與長壽的願望。清人溫汝能評論說：「人世長飲酒，與享長年，何用別求神仙！以放筆寫諧趣，其襟懷概可想見。」（《陶詩彙評・卷四》）詩人曾說：「汎此忘憂物，遠我遺世情。」（〈飲酒・七〉）「但恨多謬誤，君當恕醉人。」（〈飲酒・二十〉）他的喝酒，有深意存焉。

其　六

逍遙❶蕪皋❷上，杳然❸望扶木❹。洪柯❺百萬尋❻，森散❼覆暘谷❽。
靈人❾侍丹池❿，朝朝為日浴⓫。神景⓬一登天，何幽⓭不見燭⓮！

【注　釋】❶逍遙　自由自在、無拘無束的樣子。詞出《莊子・逍遙遊》：「逍遙乎寢臥其下。」❷蕪皋　當作「無皋」，山名。《山海經・東山經》：「南水行五百里，流沙三百里，至于無皋之山，南望幼海，東望榑木，無草木，多風。是山也，廣員（圓）百里。」❸杳然　幽遠的樣子。❹扶木　即扶桑，或稱榑木，參見注❷。《山海經・大荒東經》：「湯谷上有扶木。」又《山海經・海外東經》：「湯谷上有扶桑，十日（太陽）所浴，在黑齒北。居水中，有大木（樹），九日居下枝，一日居上枝。」湯谷，郭璞注：「谷中水熱也。」或作「暘谷」。

❺洪柯　大枝，指扶木的大枝。❻尋　古代八尺叫尋。❼森散　枝葉四佈的樣子。❽覆暘谷　言扶木的枝葉覆蓋暘谷。暘谷，即「湯谷」，日出之處。《淮南子・天文》：「日出於暘谷，浴於咸池。」❾靈人　指羲和，相傳是帝俊之妻，太陽的母親。《山海經・大荒南經》：「東南海之外，甘水之間，有羲和之國。有女子名曰羲和，方（逯欽立引，「方」下加「為」字）日浴于甘淵。羲和者，帝俊之妻，生十日。」❿丹池　即〈大荒南經〉所言之「甘淵」，或《淮南子》所言之「咸池」，太陽沐浴之處。⓫為日浴　替太陽洗澡。⓬神景　太陽。景，日光。《山海經・大荒北經》：「章尾山有神，人面蛇身而赤」，「其瞑（閉目）乃晦，其視乃明」，「是燭九陰，是謂燭龍。」⓭幽　陰暗。⓮見燭　被照亮。燭，照。

【語　譯】無皐山上任逍遙，舉目遠望見扶桑。樹高接近千萬尺，枝葉覆蓋暘谷上。神人羲和候丹池，朝朝替日洗澡忙。太陽一早升上天，何處陰暗不照亮！

【賞　析】這首詩所詠的是有關太陽的神話。無皐山上可以望見一棵高八百萬尺的大樹，名叫扶桑，它的枝葉覆蓋著暘谷，太陽就從這谷中出來。神人羲和是太陽的媽媽，她在丹池等候，每天早上都給太陽洗澡。太陽洗完澡後一升上天空，什麼陰暗地方都可以照得通亮。這是一個多麼美妙的神話。詩人對它很感興趣，彷彿從中知道了宇宙的奧祕，於是將它寫成詩歌，真是「俯仰終宇宙，不樂復何如」了。其中或許寄託了他歌頌太陽、嚮往光明的情懷。

其七

粲粲❶三珠樹❷，寄生赤水陰❸。亭亭❹凌風桂❺，八幹❻共成林❼。

靈鳳撫雲舞，神鸞調玉音❽。雖非世上寶，爰❾得王母❿心。

【注　釋】❶粲粲　光彩奪目的樣子。❷三珠樹　三棵珠樹。珠樹，神話中的樹名，因為葉似珠而得名。《山海經・海外南經》：「三珠樹，在厭火北，生赤水上，其為樹如柏，葉皆為珠。」〈海內西經〉也有「開明北有珠樹」的記載。❸赤水陰　赤水的南岸。水南為陰。❹亭亭　高聳的樣子。❺凌風桂　頂風而立的桂樹。❻八幹　猶「八株」。《山海經・海內南經》：「桂林八樹，在番隅東。」❼共成林　郭璞注解「桂林八樹」為「八樹而成林，言其大也」，故言「共成林」。桂林，桂樹成林，非地名。❽靈鳳二句　言鳳鳥在空中撫著雲飛舞，鸞鳥唱出玉鳴般的聲音。《山海經・海外西經》：「諸天（當作『沃』）之野，鸞鳥自歌，鳳鳥自舞。鳳皇卵，民食之；甘露，民飲之，所欲自從也。百獸相與群居。」鸞，類似鳳凰的鳥。調，和鳴。❾爰　語首助詞，無義。❿王母　西王母。

【語　譯】光彩奪目三珠樹，寄生赤水之南陰。亭亭而立頂風桂，八株連成一片林。奇靈鳳凰雲中舞，神異鸞鳥鳴玉音。雖說不是世上寶，深得王母娘娘心。

【賞　析】這首詩所詠的是神話中珠樹生輝，桂樹成林，鳳凰翔舞，鸞鳥和鳴的景象。詩人說這些奇異的事物，雖說不上是世上的珍寶，卻獲得了王母的歡心。《山海經・西山經》說：「鸞鳥見（現）則天下安寧。」詩中寫到的正是〈海外西經〉所述的鸞歌鳳舞，民食鳳卵、飲甘露的太平景象，這大概就是贏得王母歡心的原因吧。由此看來，這首詩或許寄託了詩人太平盛世的社會理想。

其八

自古皆有沒❶，何人得❷靈長❸？不死復不老❹，萬歲如平常❺。赤泉❻給我飲，員丘❼足我糧❽。方❾與三辰❿遊，壽考⓫豈渠央⓬！

【注釋】❶沒　通「歿」。死亡。❷得　能。❸靈長　神靈而長久，謂長生不老。❹不死句　《山海經·海外南經》：「不死民在其（指交脛國）東，其為人黑色，壽，不死。」郭璞注：「有員（圓）丘山，上有不死樹，食之乃壽；亦有赤泉，飲之不老。」《博物志·物產》有相同的記載。❺萬歲句　言活上一萬歲，就如平常事一樣。❻赤泉　神話中的泉水名，見注❹。❼員丘　山名，見注❹。❽足我糧　夠我吃的糧食，指以員丘山上的不死樹為食。見注❹。❾方　正。❿三辰　指日、月、星。⓫壽考　長壽。詞出《詩經·大雅·棫樸》：「周王壽考。」鄭《箋》：「文王是時九十餘矣，故云壽考。」⓬渠央　急遽窮盡；立即死亡。渠，通「遽」。央，盡。

【語譯】自古以來都有死，見過何人能久長？竟有不死又不老，活個萬歲似平常。赤泉之水供我飲，員丘之樹作我糧。正同日月星辰遊，長壽豈會頃刻亡！

【賞析】這是一首歌詠長生不老的詩。開始兩句「自古皆有沒，何人得靈長」，反映了有生必有死的客觀現實，詩人為此曾經苦惱過，在〈形影神〉詩中，他恨人既不能像天地一樣「長不改」，又不能像山川一樣什麼時候都沒有變化，甚至不能像草木一樣霜枯露榮，年年復發。然而在讀《山海經》中，他卻發現了「不死國」、「不死民」的記載，因而為之歌詠，當是人類本能的求生願望的流露。

其九

夸父❶誕宏志❷，乃❸與日競走！俱至虞淵❹下，似若無勝負。神力既殊妙❺，傾河焉足有❻？餘迹❼寄鄧林❽，功竟❾在身後。

【注釋】❶夸父　古代神人名。《山海經・海外北經》：「夸父與日逐走，入日（靠近太陽），渴，欲得飲，飲于河渭，河渭不足，北飲大澤。未至，道渴而死。棄其杖，化為鄧林。」❷誕宏志　誇大志，指要與日競走。誕，說大話；虛誇。❸乃　竟。❹虞淵　日落處，即「禺谷」，或稱「禺淵」。《山海經・大荒北經》：「夸父不量力，欲追日景，逮之于禺谷，將飲河而不足也，將走大澤，未至，死于此。」郭璞注：「禺淵，日所入也，今作『虞』。」❺殊妙　絕妙；奇妙。❻傾河句　言將黃河全倒給他喝也不夠。傾河，倒完黃河的水。焉足有，何足有；何曾足；不夠。❼餘迹　指「棄其杖」。❽寄鄧林　寄託在鄧林，指其杖化為鄧林。鄧林，桃林。畢沅云：「鄧林，即桃林，鄧桃音相近。」❾竟　樂曲奏完為竟，引申為完成。

【語譯】夸父自誇志向大，竟敢與日去賽跑！一同賽到虞淵下，好像勝負分不了。神力既然已絕妙，飲盡河水怎夠飽？丟下手杖化桃林，身死以後顯功勞。

【賞析】這首詩所詠的是夸父逐日的神話故事，描述了夸父與日競走的壯舉，吞河飲渭的氣概和杖化桃林，造福人類的歷史功績。從〈擬古・八〉、〈雜詩・五〉中可以看出詩人年輕時胸懷壯志，所謂「少時壯且厲」，「猛志逸四海」，可是一生仕途坎坷，有志難騁，因而讀到《山海經》中夸父逐日神話，不免引起聯想，詠詩述懷，以寄託壯志難酬的悲憤。前人或謂此詩寄寓了詩人「欲誅討劉裕，恢復晉室」之志（清邱嘉穗《東山草堂陶詩箋・卷四》），今不採其說。

其十

精衛❶銜微木❷，將以❸填滄海。刑天舞干戚❹，猛志故❺常在。同物既無慮❻，化去不復悔❼。徒設在昔心，良晨詎可待❽？

【注釋】❶精衛　神話中的鳥名，後人還稱為誓鳥、冤禽、志雀、帝女雀。《山海經・北山經》：「發鳩之山，其上多柘木，有鳥焉，其狀如烏（烏鴉），文首（頭上有花紋），白喙（嘴），赤足，名曰精衛，其鳴自詨（自己叫自己的名字）。是炎帝（神農氏）之少女，名曰女娃。女娃游于東海，溺而不返，故為精衛，常銜西山之木石，以堙（填塞）于東海。」❷微木　小樹，指小樹枝。❸以　用來。❹刑天句　刑天，神話中的人名，一作「形夭」。《山海經・海外西經》：「形天與帝（天帝）至此（指奇肱之國）爭神（指爭神座），帝斷其首，葬之常羊之山，乃以乳為目，以臍為口，操干戚以舞。」干，盾。戚，斧。❺故　如故；依然。❻同物句　言活著時既無憂愁，指精衛鳥的前身女娃生前遊東海，刑天生前與天帝爭神位而言。同物，與「異物」相對，分別指生與死。人活著的時候屬萬物之列，《莊子・秋水》：「號物之數謂之萬，人處一焉。」故活著的時候稱為「同物」。《左傳・桓公六年》：「是其生也，與吾同物。」人死以後則化為異物，《史記・賈生列傳》：「化為異物兮。」司馬貞《史記索隱》：「謂死而形化為鬼，是為異物也。」女娃和刑天生前都是神人，故稱其生時為「同物」。慮，意為憂慮，與〈九日閑居〉「酒能祛百慮」之「慮」用法相同，非謂謀慮。❼化去句　言死去以後也不再懊悔，指女娃死後變為精衛鳥銜木石填海，刑天死後操干戚而舞，猛志依舊。黃文煥說：「被溺而化為飛鳥，仍思填海；被斷而化為無首，仍思爭舞，是謂化去不悔。」（《陶詩析義．卷四》）化去，死去，《列子．天瑞》稱人自生至死有四大化，最後一化便是死亡，故「化去」是指死亡。❽徒設二句　言空有昔日的雄心壯志，可是實現雄心壯志的良辰吉日哪能等到。徒設，空立；空有。良晨，指實現雄心壯志的時候。詎，通「豈」。待，等待。

【語　譯】精衛口銜細樹枝，將要用去填滄海。刑天死後舞盾斧，猛志依然還常在。生前既然無憂慮，死去也不再悔改。空有昔時雄壯志，良辰吉日豈可待？

【賞　析】這首詩詠精衛填海、刑天與天帝爭神的神話故事。女娃遊於東海，溺水而死，化為一鳥，銜木石以填東海；刑天與天帝爭神，戰敗被天帝斷首，猶以乳為目，以臍為口，操盾斧以舞。他們的共同特點是猛志常在，形體已改，還戰鬥不止。詩人歌詠他們，並在篇末發出「徒設在昔心，良辰詎可待」的感歎，表達了對古代英雄的惋惜仰慕之情，同時也是他自己「日月擲人去，有志不獲騁」（〈雜詩．二〉）的悲憤心情的流露。魯迅稱這首詩是「金剛怒目」式，「在證明著他並非整天整夜的飄飄然」（《且介亭雜文二集．題未定草．六》），可謂切中肯綮之論。

其十一

巨猾肆威暴❶，欽駓違帝旨❷。窫窳強能變❸，祖江遂獨死❹。明明上天鑒，為惡❺不可履❻。長枯❼固已劇❽，鵕鶚❾豈足恃❿！

【注　釋】❶巨猾句　意為大惡人肆虐，指貳負和他的臣子危一起殺死窫窳。《山海經．海內西經》：「貳負之臣曰危，危與貳負殺窫窳，帝（天帝）乃梏之疏屬之山（舊說在陝西延安府綏德縣），桎其左足，反縛兩手與髮，繫之山上木。」巨猾，大惡人，指貳負和他的臣子危。一說「巨猾」當作「臣危」，指危一人。據〈海內西經〉是貳負和危兩人殺窫窳，故未採此說。肆，放肆。威暴，威勢與暴虐。❷欽駓句　言欽駓違背天帝的旨意，指欽駓與鼓一起殺死葆江。《山海經．西山經》：崒山「西北四百二十里，曰鍾山，其子曰鼓（謂鍾山山神之子曰鼓），其狀如人面而龍身，是與欽䲹殺葆江于昆侖之陽（南），帝乃戮之鍾山之東曰瑤崖，欽䲹化為大鶚，其狀如雕，而黑文（紋）白首，赤喙而虎爪，其音如晨鵠，見則有大兵；鼓亦化為鵕鳥，其狀如鴟，赤足而直喙，黃文（紋）而白首，其音如鵠，見則其邑大旱。」欽駓，同「欽䲹」。帝，天帝。❸窫窳句　言窫窳被殺以後還勉強能變成另一種怪物。《山海經．海內南經》：「窫窳龍首，居弱水中，在狌狌（猩猩，生活在招搖山）知人名（三字疑是衍文）之西，其狀如龍首，食人。」郭璞注：「窫窳，本蛇身人面，為貳負臣所殺，復化而成此物也。」強，勉強。❹祖江句　言葆江被殺以後終於孤獨地死去。祖江，即注❷所引〈西山經〉所言之「葆江」。遂，終於。❺為惡　作惡。❻履　履行；去做。❼長枯　依逯欽立說當是「長梏」之誤，指危殺窫窳以後被天帝長久梏在疏屬之山。❽固已劇　言處罰本來已很痛苦。固，本。劇，很痛苦。❾鵕鶚　鵕鳥和大鶚，指鼓與欽䲹殺葆江以後被天帝殺死在瑤崖，鼓化為鵕鳥，欽䲹化為大鶚。❿恃　仗恃。

【語　譯】大惡放肆逞威暴，欽䲹違背帝意旨。窫窳勉強變他物，祖江終於是獨死。天帝在上明如鏡，不可作惡任放肆。長受桎梏本已苦，變為鵕鶚何足恃！

【賞　析】這首詩所詠的是貳負和他的臣子危肆虐殺死窫窳，欽䲹違背帝旨殺死祖江，結果他們都受到了天帝的懲罰的故事。祖江是無辜的，《山海經》中見不到他的任何劣跡，因而引得了後人對他的同情，張衡〈思玄賦〉說：「速燭龍令執炬兮，過鍾山而中休。瞰瑤谿之赤岸兮，弔祖江之見劉（被殺）。」就是追念祖江之死的。窫窳也只是在被殺之後才變成食人的怪物，所以他剛被殺時，巫彭、巫陽等神醫還用不死之藥去救他（見《山海經·海內西經》）。郭璞《山海經圖讚》也說：「窫窳無罪，見害貳負；帝命群巫，操藥夾守。」正因為如此，詩人對於祖江、窫窳的死是同情的，「窫窳強能變，祖江遂獨死」二句，字裡行間就流露出了這種感情。天帝也正是因為他們無罪遭殺，才懲罰殺死他們的危、鼓和欽䲹。詩人就上述事件發出感歎，說天帝明鑒在上，作惡的事是不能做的，否則便會像危一樣長期戴上桎梏被捆綁在疏屬山上受苦，或者像鼓和欽䲹一樣被處死在瑤崖，雖然死後分別變成為鵕鳥和大鶚，又何足以自恃呢？詩人歌詠這些故事，意在借題發揮，諷刺世事，說明惡當有報的道理。至於邱嘉穗說「此篇蓋比劉裕篡奪之惡」（《東山草堂陶詩箋·卷四》），因據本組詩第一首所寫的情狀，此詩當是詩人歸田不久之作，離劉裕代晉還相差十多年，故未用其說。

其十二

鵃鵝見城邑，其國有放士❶。念彼懷王世，當時數來止❷。青丘有奇鳥❸，自言獨見爾❹。本為迷者生，不以喻君子❺。

【注　釋】❶鵃鵝二句　言鴟鴸鳥出現在城邑，那個國家就有遭流放的士人。鵃鵝，當作「鴟鴸」，傳說中的一種神鳥。《山海經·南山經》：柜山「有鳥焉，其狀如鴟而人手（言其足如人手），其音如痺，其名曰鴸，其鳴自號(自呼其名)也,見則其縣多放士。」見,同「現」。出現。放士,被放逐的賢士,如屈原這樣的士人。❷念彼二句 是詩人就鴟鴸鳥發表感慨,言念及那個楚懷王時代,當時鴟鴸鳥一定多次來棲止。懷王,楚懷王,戰國時楚國的一個君主,昏庸無道,聽信讒言,受鄭袖、上官大夫、靳尚等人迷惑,疏遠、放逐了屈原。世,時代。數,多次。止,止息。即《詩經・秦風・黃鳥》「交交黃鳥,止於棘」之「止」,不是語助詞。❸青丘句《山海經・南山經》:青丘之山「有鳥焉,其狀如鳩,其音如呵(郭璞注:如人相呵呼聲),名曰灌灌,佩之不惑」。奇鳥,奇在能為人抗拒迷惑。❹自言句 此句頗費解,姑為釋之如下:謂青丘奇鳥自言其獨自出現,無人佩帶,言外之意是如果有人佩帶,那麼人們就不會被迷惑而糊塗了。爾,句末語氣詞。❺本為二句 謂青丘奇鳥本是為被迷惑的糊塗人而降生,不是用來曉喻君子的,因為君子是不會被迷惑而成為糊塗人的。君子,明達事理的人。

【語 譯】鴟鴸出現在城邑,那國定有流放士。想起那個懷王時,當時鴟鴸必常至。青丘山上有奇鳥,自稱獨現無人知。本是為了迷者生,不是用來曉君子。

【賞 析】詩人讀《山海經》,見有鴟鴸鳥出現便有人被流放;青丘山上有奇鳥,人們佩帶牠便不會受迷惑的記載,因而想到戰國時期的昏君楚懷王,因為「內惑於鄭袖,外欺於張儀,疏屈平而信上官大夫、令尹子蘭」,以致「兵挫地削,身客死於秦,為天下笑」(《史記・屈原列傳》),於是滿懷感慨,想到楚懷王如果佩帶了青丘奇鳥,下場就不會如此可悲可笑!「青丘有奇鳥,自言獨見爾」兩句正是含蓄地表達了詩人這種思想。青丘奇鳥本來是為受迷惑的人而生,不是用來曉喻君子的,可是受迷惑的人卻讓牠獨自出現而不佩帶牠,甘願去受迷惑,以致釀成國破家亡、身敗名裂的慘劇,這不是應該引起人們深思嗎?

其十三

巖巖❶顯朝市❷，帝者慎用才。何以廢共鯀，重華為之來❸？仲父獻誠言，姜公乃見猜❹！臨沒告飢渴❺，當❻復何及❼哉！

【注釋】❶巖巖　高峻的樣子。此喻大臣。詞出《詩經・小雅・節南山》：「節彼南山，維石巖巖。赫赫師尹（太師尹氏），民具爾瞻。」❷顯朝市　顯赫於朝廷和市肆。❸何以二句　謂堯帝在選擇治國的接班人時是怎樣廢棄共工和鯀而將虞舜重華選出來。據《尚書・堯典》、〈舜典〉和《史記・五帝本紀》記載，堯帝問大臣：誰可繼位擔當治理國家之事？放齊說：「您的兒子丹朱開明，可以。」堯帝說：「丹朱頑劣，好爭辯，不行。」讙兜說：「共工能廣聚人力，頗見功效，可以。」堯帝說：「共工能言善辯，用心邪僻，貌似恭敬，其實連天也敢欺謾，不行。」堯又說：「四方諸侯領袖，洪水滔天，誰能去治理？」四方諸侯領袖都說：「鯀可以。」堯說：「鯀違背教命，危害族人，不行。」四方諸侯領袖說：「試試看，不行就算了。」堯接受了他們的意見，用鯀去治水，九年沒有成功。堯再選擇接班人，大家舉薦了虞舜，堯於是將兩個女兒嫁給舜，以考察舜的德行，又讓舜到國都四門迎接賓客，到山林川澤中經受暴風雷雨的考驗，證明舜是個聖人，才選定他作接班人，將共工流放到幽州，將鯀殺死在羽山。何以，以何；憑什麼；怎麼樣。共鯀，共工和鯀，都是堯帝的臣子。重華，虞舜名，本是個民間的鰥夫，後來成了堯帝的接班人。為之來，為此而被選出來。❹仲父二句　謂管仲向齊桓公進獻忠言，齊桓竟然猜疑他。仲父，指管仲，齊桓公稱他為仲父。獻誠言，據《韓非子・十過》、《史記・齊太公世家》記載，管仲病重，齊桓公問他：「群臣當中，誰可做相？」管仲說：「沒有誰比君主更瞭解臣子。」

齊桓公說：「易牙這個人怎麼樣？」管仲回答說：「烹殺自己的兒子來討好國君，不近人情，這個人不行。」齊桓公說：「開方這個人怎麼樣？」管仲回答說：「父親死了卻不敢回去哭，背棄親人來討好國君，不近人情，這個人難以親近。」齊桓公說：「豎刁這個人怎麼樣？」管仲回答說：「自己割陰成為閹人來討好國君，不近人情，這個人難以親近。」管仲死了，齊桓公不聽管仲的話，親近這三個人，這三個人便專權。姜公，指齊桓公。齊國是姜子牙的封國，國君姓姜，故齊桓公可稱為「姜公」。乃，竟。見猜，猜疑管仲，指齊桓公不聽管仲之言。見，在這裡有代詞作用，參見呂叔湘《文言虛字》，代指管仲。❺臨沒句　謂齊桓公臨死說自己飢渴。據《呂氏春秋・知接》記載，後來齊桓公病重，常之巫從宮中出來說：「齊桓公將在某天死去。」於是和易牙、豎刁一起作亂，堵住宮門，築起高牆，假傳聖旨，不讓人進去。有個婦女爬牆進去，見到齊桓公，齊桓公說：「我想吃東西。」婦女說：「我沒有地方可以得到吃的東西。」齊桓公又說：「我想喝水。」婦女說：「我沒有地方可以得到水。」齊桓公問：「什麼緣故？」婦女說：「常之巫從宮中出來，說你將要死，便和易牙、豎刁一起作亂，堵住宮門，不讓人進來。開方率領上千家投降衛國。」齊桓公聽後感慨流涕說：「唉！聖人難道不是有遠見嗎？我如果死而有知，將有什麼臉面去見管仲啊！」於是將衣袖蒙臉而死。死後三月不葬，屍蟲從門裡流出來。這就是不聽管仲的話的結果。沒，通「歿」。死亡。❻當　將。❼何及　哪裡來得及。

【語　譯】大臣顯赫在市朝，帝王慎重選人才。共鯀何以遭廢棄，虞舜因之選出來？管仲病危進忠言，桓公竟然起疑猜！臨死哀告飢又渴，後悔將又何及哉！

【賞　析】這首詩的主旨在於說明帝王要慎重選用人才，否則將有殺身之禍。前四句寫堯帝廢除共工和鯀，選用了虞舜，是正面的典型；後四句寫齊桓公不聽管仲忠告，重用了奸臣，以致慘死宮中，後悔莫及，是反面的典型。從正反對比中，讓人體會到詩中的深刻含義。

司馬遷說：「人君無愚、智、賢、不肖，莫不欲求忠以自為（助），舉賢以自佐，然亡國破家相隨屬，而聖君治國累世而不見者，其所謂忠者不忠，而所謂賢者不賢也。懷王以不知忠臣之分（職責），故內惑於鄭袖，外欺於張儀，疏屈平而信上官大夫、令尹子蘭，兵挫地削，亡（丟失）其六郡，身客死於秦，為天下笑，此不知人之禍也。」（《史記・屈原列傳》）豈止是楚懷王如此，齊桓公不也是不聽管仲勸告，錯用了易牙、開方、豎刁、常之巫等奸臣，以致「卒見弒於其臣而滅高名，為天下笑者，何也？不用管仲之過也」（《韓非子・十過》）。詩人讀《山海經》中聯想到這些驚心動魄的歷史事件，寫了上首詩以後，覺得意猶未盡，於是又寫下了這首詩，總結歷史上興亡盛衰的經驗，希望統治者能像堯帝一樣選用人才，不像齊桓公那樣錯用奸臣，同時也寄託了他為國事擔憂的感慨，正如陶澍所言：「晉自王敦、桓溫以至劉裕，共鯀相尋，不聞黜退，魁柄既失，篡弒遂成，此先生所為託言荒渺，姑寄物外之心，而終推本禍原，以致其隱痛也。」（《靖節先生集・卷四》）

擬挽歌辭三首

【題　解】《文選》只選這三首詩的末篇，題為〈挽歌詩〉，無「擬」字。挽歌，挽柩者之歌，泛指哀悼死者之歌。這三首詩是詩人死前寫下的自挽詩，和〈自祭文〉作於同一時期，即元嘉四年（西元四二七年）九月，詩人六十三歲時所作，兩個月後詩人便去世了。魏晉時文人有自作挽歌的習尚。首篇寫剛死入殮，次篇寫祭奠，末篇寫安葬，井然有序，淒楚動人。

其一

有生必有死，早終非命促❶。昨暮同為人，今旦❷在鬼錄❸。魂氣❹散何之❺？枯形❻寄空木❼。嬌兒索❽父啼，良友撫我哭。得失不復知，是非安能覺？千秋萬歲後，誰知榮與辱❾？但❿恨⓫在世時，飲酒不得足⓬。

【注　釋】❶促　短促。❷旦　早上。❸在鬼錄　言已死去。鬼錄，錄鬼簿，記錄鬼的名冊。曹丕〈與吳質書〉：「觀其姓名，已為鬼錄。」❹魂氣　靈魂和精氣。《左傳・昭公七年》：「人生始化曰魄，既生魄，陽曰魂。」孔穎達《疏》：「有身體之質，名之曰形；有噓吸之動，謂之為氣。」「附形之靈為魄，附氣之神為魂。」❺散何之　謂魂氣散開以後往何處去。據《莊子・知北遊》說，人活著的時候，氣聚集在一起；死了以後，氣便散去。《西京雜記・卷三》：「骨肉歸於后土，氣魂無所不之。」之，往。❻枯形　死了的形體。枯，枯乾。❼空木　棺木。❽索　求；尋找。❾千秋二句　言死後誰還知道什麼光榮和恥辱。❿但　只。⓫恨　遺憾。⓬不得足　不能喝夠。

【語　譯】既有生來必有死，早死不是命短促。昨晚一同是活人，今早已在鬼名錄。魂氣飄散何處去？形體已枯寄棺木。嬌兒尋父傷心啼，好友撫我亦痛哭。是得是失不再曉，或是或非怎能覺？千秋萬歲人死後，誰還知道榮與辱？只是遺憾在世時，喝酒沒有喝個足。

【賞析】這首詩吟的是死亡。

死是可怕的。它來得那麼快，昨暮是人，今早是鬼；又是那樣的悲慘，死後魂飛氣散，屍存空木，再加上嬌兒和良友的啼哭，真乃「傷心慘目，有如是耶！」可是詩人對這一切似乎泰然處之，開篇即說：「有生必有死，早終非命促。」繼之又言，一死之後哪裡還知道什麼是非、得失、榮辱，唯一的遺憾只是在世時「飲酒不得足」，彷彿死不死都無所謂。其實這些貌似曠達的話語的背後卻隱藏著詩人無窮的悲哀。詩人認為酒是能夠「遠我遺世情」的「忘憂物」（〈飲酒・七〉），「試酌」可以「百情遠」，「重觴」可以「忽忘天」（〈連雨獨飲〉）。無奈他在世時「飲酒不得足」，也就既不能借酒遺世，也不能借酒忘憂，要遺世，要忘憂，泯滅得失、是非、榮辱，忘卻人世間的煩惱，只能一死了之。生不如死，可見活在人世，該有多大的悲哀啊！可是詩人並非是個厭世主義者，「在世無所須，惟酒與長年」（〈讀山海經・五〉），他想長壽，遺憾的只是無酒以忘憂而已。

其二

在昔❶無酒飲，今但❷湛空觴❸。春醪❹生浮蟻❺，何時更能嘗❻？肴案盈我前❼，親舊哭我傍。欲語口無音，欲視眼無光。昔在高堂寢，今宿荒草鄉❽。一朝出門❾去，歸來良未央❿。

【注釋】❶在昔　往昔，指未死時。❷今但　湯漢本作「今旦」，指已死之今日。❸湛空觴　謂死前的空杯而今卻盛著清澈的酒。湛，澄清；清澈。空觴，杯中無酒。❹春醪　一種美酒。《洛陽伽藍記・城西・法雲寺》記載，洛陽大寺西有個河東人叫劉白墮，善於釀酒，其酒香美，有盜賊因為喝了這種酒而被擒，有言：「不畏張弓拔刀，唯畏白墮春醪。」〈停雲〉有云：「春醪獨撫。」❺生浮蟻　謂酒上漂著浮沫。張衡〈南都賦〉：「醪敷徑寸，浮蟻若萍。」唐劉良注：「酒膏徑寸，布於酒上，亦有浮蟻如水萍也。」❻更能嘗　再能嚐。嘗，通「嚐」。❼肴案句　謂我的屍體前面的案上擺滿了菜肴。肴，煮熟了的魚肉等。案，一種進食的器皿，木盤下有短腳。盈，滿。❽昔在二句　從魏繆襲〈挽歌〉「朝發高堂上，暮宿黃泉下」化出。又《樂府詩集・卷二七・相和歌辭二》所錄陶潛〈挽歌三首〉，此二句下尚有「荒草無人眠，極視正茫茫」二句，與第三首「荒草何茫茫」、「四面無人居」重複，故不補入。❾出門　指出殯。❿歸來句　謂永無歸來之時。央，盡。良未央是永無盡時，謂歸來之日遙遙無期也。

【語　譯】往日生前無酒飲，今日死去酒滿觴。春醪美酒漂浮沫，幾時還能再品嚐？滿案菜肴陳我前，親戚故舊哭我傍。想要說話口無聲，想要環視眼無光。往日寢臥高堂上，今將寄宿荒草鄉。一旦出殯離家去，歸期遙遙歎未央。

【賞　析】這首詩詠死後的祭奠。全詩採用對比手法，將生前和死後作比較，以襯托出死後的悲哀。開篇承接上篇「但恨在世時，飲酒不得足」二句，將生前無酒可飲和死後祭奠有酒不能飲作對比，接著用「肴案盈我前」四句寫死後的悲慘，「欲語口無音，欲視眼無光」二句從無聲無光兩方面寫停屍待葬的慘狀，形象逼真，慘不忍睹。陳祚明認為是「奇語，自古無此言者」（《采菽堂古詩選・卷一四》）。篇末又將「昔在高堂寢，今宿荒草鄉」作對比，並說一旦出葬，便永無歸來之時，更是令人難以卒讀。

其三

荒草何茫茫❶，白楊亦蕭蕭❷。嚴霜九月中，送我出遠郊❸。四面無人居，高墳正嶕嶢❹。馬為仰天鳴❺，風為自蕭條❻。幽室❼一已閉，千年不復朝❽。千年不復朝，賢達❾無奈何❿。向來⓫相送人，各自還其家。親戚或餘悲，他人亦已歌⓬。死去何所道⓭，託體同山阿⓮。

【注釋】❶何茫茫　渺無邊際的樣子。〈古詩十九首．迴車駕言邁〉：「四顧何茫茫，東風搖百草。」何，程度副詞。❷白楊句　謂白楊也蕭蕭葉落。〈古詩十九首．驅車上東門〉：「驅車上東門，遙望郭北墓。白楊何蕭蕭，松柏夾廣路。」蕭蕭，風吹葉落聲。❸嚴霜二句　謂寒霜九月，送我去遠郊安葬。嚴霜，濃霜；寒霜。❹嶕嶢　高聳貌。❺馬為句　言拉柩的馬為我出葬而仰天嘶鳴。「為」下省一「之」字，代指出葬之事。❻風為句　言風也為我出葬而自蕭條冷落。❼幽室　暗室，指墓穴。❽朝　天亮。❾賢達　賢人達士。❿無奈何　無可奈何。⓫向來　剛來。《詩詞曲語辭匯釋》：「向來，指示時間之辭；有指從前者，有指近來者，有指即時者。」並舉此句為例，言「此云適來送殯之人」。⓬已歌　已在唱歌而不再悲傷。《論語．述而》：「子（孔子）於是日哭（哭喪），則不歌。」他人反之，可見已不再悲傷。⓭何所道　有何可說。⓮託體句　謂不過將屍體寄託在山上的墳墓罷了。山阿，山陵。阿，大的丘陵。

【語譯】荒草茫茫無有邊，白楊蕭蕭落葉紛。深秋九月寒霜降，送我遠郊出家門。四周荒涼無人居，纍纍聳立是高墳。悲馬為之仰天鳴，風亦為之自銷魂。墓穴一旦已封閉，千秋萬載不見天。千秋萬載不見天，無可奈何達與賢。剛才前來送葬者，葬畢各自返家園。親戚或許有餘哀，旁人歌唱已歡顏。一死百了無可道，葬身墓地同丘山。

【賞析】這首詩詠出葬之悽慘。開篇便描繪了一幅荒草茫茫、白楊蕭蕭的淒涼畫面，加上時屆深秋，更添上幾分悲涼氣氛。在這樣的氛圍中，送葬至遠郊，舉目四望，荒無人煙，惟見高墳聳立，就更慘上加慘了。「馬為仰天鳴，風為自蕭條」二句，又寫無情的馬也為出葬而悲鳴，無知的風也為出葬而蕭條，那有情有知的人此時此刻所感受到的悽慘，自不待言了。此二句表情之妙，堪與「枯桑知天風，海水知天寒」媲美。尤有甚者，墓穴一閉，與世隔絕，永無天日，又添一慘。更有甚者，葬事已畢，人各返家，親戚或悲，他人已歌，人情淡薄，再添一慘。真乃慘上加慘，慘不忍言，故詩人至此，便以達語作結：「死去何所道，託體同山阿。」與其愈說愈慘，不如不去說它。死則百了，有何可言？惟有葬身墓穴，回歸自然，與山陵混同為一而已。如此自作解人，可謂彌壯彌哀。

聯句

【題解】聯句是舊時作詩的一種方式。賦詩時每人各詠一句或數句，合而成篇，因此叫聯句。《古文苑・卷八》載漢武帝元封三年（西元前一〇八年）建柏梁臺，與群臣聯句作〈柏梁臺詩〉（顧炎武《日知錄・卷二一》疑是後人擬作)。《文心雕龍・明詩》稱「聯句共韻，則柏梁餘製」，認為〈柏梁臺詩〉是聯句的創始之作。和淵明作此聯句的有愔之、循之等人，他們的生平事跡和此詩的寫作時間均無從考定。詩的內容是詠雁。

鳴鴈乘風飛，去去❶當何極❷？念彼窮居士❸，如何不歎息！淵明
雖欲騰九萬❹，扶搖❺竟何力？遠招王子喬❻，雲駕❼庶可飭❽。愔之
顧侶❾正徘徊，離離❿翔天側⓫。霜露豈不切⓬？務從⓭忘愛翼⓮。循之
高柯⓯濯條幹⓰，遠眺同天色⓱。思絕慶未看⓲，徒使生迷惑⓳。

【注釋】❶去去　去了又去，不停地飛。❷當何極　將要飛往何處。當，將。極，《爾雅・釋詁》：「至也。」❸居士　指未做官的士人。《韓非子・外儲說左上》：「齊有居士田仲者。」❹騰九萬　謂像大鵬一樣上升到九萬里的高空。騰，升。九萬，謂九萬里。《莊子・逍遙遊》：「鵬之徙於南冥也，水擊三千里，搏扶搖而上者九萬里。」❺扶搖　飈風；上行的暴風。此處作向上飛行解。❻王子喬　據《列仙傳・卷上》記載，王子喬是周靈王的太子晉，乘白鶴仙去。此處謂雁要扶搖而上，就得招來王子喬，以便升天。詳見〈連雨獨飲〉注❼。❼雲駕　雲車，用以升天。❽庶可飭　謂雲車或許可以整治運行。庶，表推測語氣的副詞，或許、大概之意。飭，整治；修整。《詩經・小雅・六月》：「戎車既飭。」❾顧侶　顧望伴侶。❿離離　懶散的樣子。《荀子・非十二子》：「勞苦事業之中，則儢儢然，離離然。」郝懿行《補註》：「儢儢離離，謂不耐煩苦勞頓、嬾散疏脫

之容也。」⓫天側　猶天邊。⓬切　急切;嚴厲。⓭務從　務必相隨在一起。從,隨。⓮忘愛翼　忘記愛惜翅膀,即要努力奮飛。⓯高柯　高的枝莖。⓰濯條幹　逯欽立本作「擢條幹」,今從之,謂抽出枝條。擢,抽;拔。條,《說文》:「小枝也。」⓱遠眺句　謂遠望枝條與天色相同。⓲思絕句　此句頗為費解。疑「思絕」謂聯句的思緒斷絕,「慶未看」謂慶幸自己未看雁高飛。⓳徒使句　謂徒然使人產生迷惑。迷惑,疑是指升天之想。

【語　譯】淵明詠:北雁哀鳴乘風飛,飛呀飛呀何處去?想起草野窮隱士,使人如何不歎息!愔之詠:雖想騰飛九萬里,扶搖直上靠何力?遠處招來王子喬,雲車或許可整飭。循之詠:回顧伴侶正徘徊,懶散疏脫翔天際。冷霜寒露豈不烈?務必相隨齊奮力。□□詠:高枝抽出細小枝,遠處眺望同天色。思緒斷絕未看雁,看罷空使生迷惑。

【賞　析】這是一首柏梁體的聯句詩,其寫作背景無從考定,真偽問題也有待進一步研究。何孟春認為和淵明一起聯句的愔之、循之等人,想必就是《晉書·陶潛傳》中所說的「其鄉親張野及周旋人羊松齡、龐遵等」輩中人。此外別無其他資料。這樣便為賞析這首詩帶來了困難。

從詩的內容上看,我們不妨設想在深秋的某一天,淵明和愔之、循之(可能還有一人)等人相聚在一起,見天空有雁群哀鳴而過,便以詠雁為主題聯句作詩。淵明先詠四句,其意是說不知這雁群將飛往何處,聯想到窮困的隱士的境遇也像雁一樣,因而發出了憂生之嗟。愔之接吟四句,其意是說這雁群雖然想騰飛九萬里,可是無力扶搖直上,若能從遠處招來王子喬,就可以整治雲車凌空升天了,表現了他不安於隱居而想學道成仙的心願。接下去循之又吟了四句,其意是說空中的雁正在徘徊觀望,懶散地在天邊飛翔,霜露寒冷異常,牠們務必相隨在一起,協力奮飛,似乎是要勉勵相聚的諸人力赴艱難。最後四句，蘇寫本、李公煥本、陶澍本都沒有注明詠者是誰，可能其名已亡逸。其意是說高樹上長的小枝，遠望與蒼天同色，我因為眺望樹枝，聯句的思緒斷絕，慶幸沒有看空中的飛雁，否則又要徒生迷惑，似乎是在委婉地對愔之的升天成仙的想法表示不滿。總之，這首詩是寫四人相聚一起，觸景生情，睹物生感，用聯句的形式表達了各自的感受，我們從中可以瞭解四人不同的志趣。這首詩是四人臨時湊成的，不能說是佳作，這也是柏梁體詩歌的通病。此外，異文紛雜，取捨不易，亦增加了理解的困難。

卷五　賦辭

感士不遇賦 並序

【題解】顧題思義，這篇賦是有感於士不遇時而作，主旨是說正直之士不見容於世，只能歸耕退隱以潔身自好。從內容上看，當寫於作者退隱之後，具體年代，難以確定。賦是一種文體，有敘事大賦和抒情短賦之分，本賦是抒情短賦。前面是序言，後面是賦的正文。正文分為七小段，每段都換韻。

昔董仲舒❶作〈士不遇賦〉❷，司馬子長❸又為之❹。余嘗❺以❻三餘之日❼，講習之暇❽，讀其文❾，慨然惆悵。夫❿履信⓫思順⓬，生人⓭之善行；抱朴⓮守靜⓯，君子之篤素⓰。自真風⓱告逝⓲，大偽斯興⓳，閭閻⓴懈廉退之節㉑，市朝㉒驅易進之心㉓。懷正㉔志道㉕之士，或潛玉㉖於當年㉗；潔己㉘清操㉙之人，或沒世㉚以徒勤㉛。故夷皓有「安歸」之歎㉜，三閭發「已矣」之哀㉝。悲夫！寓形㉞百年，而瞬息㉟已盡；立行㊱之難，而一城莫賞㊲。此古人所以㊳染翰慷慨㊴，屢伸㊵而不能已㊶者也。夫導達意氣㊷，其㊸惟㊹文乎？撫卷㊺躊躇㊻，遂感而賦㊼之。

【章旨】這是序言，說明寫這篇賦的緣由。

【注釋】❶董仲舒　西漢廣川人，年輕時，治《春秋》，景帝時為博士，下帷講誦，三年不窺園，是著名的儒生。後來得到漢武帝的信任，建議罷黜百家，獨尊儒術。曾任漢武帝哥哥江都易王的相，廢為中大夫，後因言災異，下過獄。又任過膠西王的相，恐久獲罪，以病免。著有《春秋繁露》。❷士不遇賦　見《藝文類聚・卷三〇》。❸司馬子長　即司馬遷，子長是他的字。龍門（今陝西韓城）人，是西漢著名的史學家、文學家，著有《史記》一百三十卷，其〈報任安書〉亦享譽後世。因李陵案件下過獄，受過宮刑。❹又為之　指司馬遷又寫了〈悲士不遇賦〉，見《藝文類聚・卷三〇》。❺嘗　曾經。❻以　於；在。❼三餘之日　《三國志・魏書・王朗傳附王肅傳》裴注引《魏略》：「或問『三餘』之意，（董）遇言：『冬者歲之餘，夜者日之餘，陰雨者時之餘也。』」❽講習之暇　講論研習的空暇時間。《周易・兌卦・象辭》：「君子以朋友講習。」可見「講習」是指與朋友講論研習問題。❾其文　指董仲舒的〈士不遇賦〉和司馬遷的〈悲士不遇賦〉。❿夫　語氣詞，表示要發議論。⓫履信　守信。履，履行；遵守。⓬思順　心思順乎天道。典出《周易・繫辭上》：「天之所助者，順也；人之所助者，信也。履信思乎順，又以尚賢也，是以自天祐之，吉，無不利也。」⓭生人　生民，指人類。⓮抱朴　懷抱純樸。典出《老子・一九章》：「見素抱樸，少私寡欲。」抱，懷藏；堅持。⓯守靜　堅守清靜。典出《老子・一六章》：「致虛極，守靜篤。」⓰篤素　猶篤志，難以改變的志向。篤，牢固。《爾雅・釋詁上》：「篤，固也。」引申為難以改變。素，《後漢書・張衡傳》李賢注：「素，猶志也。」⓱真風　淳樸自然的社會風氣。⓲告逝　宣告消失。⓳斯興　就興起。⓴閭閻　鄉間；民間。㉑懈廉退之節　不重視廉潔退讓的節操。《禮記・表記》：「子曰：『事君難進而易退，則位有序；易進而難退，則亂也。故君子三揖而進，一辭而退，以遠亂也。』」意思是說孔子說過：「君子侍奉君王，決定進去做官難而退讓容易，這樣賢愚有別才有序；如果決定進去做官容易而退讓難，這樣賢愚不別就會亂。所以君子三次揖讓才進去做官，一聲告別就退出，那是為了遠離亂呀。」懈，鬆懈；不重視。廉退之節，即是就君子「難進而易退」而言。㉒市朝　指官場朝廷。㉓驅易進之心　就小人「易進而難退」而言，謂比賽輕易仕進的貪心。驅，跑馬；比賽。進，與「退」相對，謂仕進。㉔懷正　胸懷正直。㉕志道　有志於道；堅持道義。㉖潛玉　藏玉，比喻隱居避世。㉗當年　壯年。㉘潔己　潔身；自己廉潔。㉙清操　操守清廉。㉚沒世　終身。㉛徒勤　徒勞無功。司馬遷〈悲士不遇賦〉：「將逮死而長勤。」㉜故夷句　謂所以伯夷和商山四皓曾經有「我將歸向何處」的歎息。夷，伯夷，商朝末年人，是孤竹君的兒子，父死後與三弟叔齊互相讓國，不做君主，又反對武王伐紂。商朝滅亡後，義不食周粟，與叔齊隱於首陽山，採薇而食，將餓而死，作歌曰：「登彼西山兮，采其薇矣。以暴易暴兮，不知其非矣。神農、虞、夏，忽焉沒兮，我安適歸矣？于嗟徂兮，命之衰矣。」於是餓死在首陽山。皓，指秦末漢初的商山四皓（四個白髮老人）東園公、甪里先生、綺里季、夏黃公，均修道潔己，非義不動，見秦政暴虐，於是退入藍田山，作歌曰：「唐虞世遠，吾將何歸？」於是同入商雒，隱於地肺山（即商山）。秦亡後，仍深藏於終南山。安歸之歎，指伯夷唱的「我安適歸」和商山四皓所唱的「吾將何歸」。安歸，歸向何方。安，何。㉝三閭句　言三閭大夫屈原發出「算了吧」的哀歎。三閭，三閭大夫屈原，戰國時楚國人，為楚懷王左徒，主張革新政治，聯齊抗秦，受讒而被疏遠流放，是著名的政治家和偉大的愛國詩人。他在〈離騷〉說：「已矣哉！國無人莫我知兮，又何懷乎故都？既莫足以為美政兮，吾將從彭咸之所居。」抒發了他生不逢時，無可奈何的悲憤情緒。已矣，算了吧。㉞寓形 託身，謂活在世上。㉟瞬息 一眨眼一呼吸的短暫時間。㊱立行 建立好的品行。《後漢書・周燮傳》：「修德立行，所以為國。」㊲一城莫賞 沒有得一城的獎賞。㊳所以 ……的緣故。㊴染翰慷慨 以筆醮墨，慷慨陳辭。翰，筆。㊵屢伸 多次表白。伸，伸展；發洩；表白。㊶已 止。㊷導達意氣 疏通情意。意氣，出自司馬遷〈報任安書〉：「意氣勤勤懇懇。」謂情意。㊸其 表推測語氣，大概之意。㊹惟 只有。㊺撫卷 猶把卷，持書。㊻躊躇 猶豫；考慮再三。㊼賦 寫作。

【語　譯】過去董仲舒寫了〈士不遇賦〉，後來司馬遷又寫了〈悲士不遇賦〉。我曾經在冬天、夜晚、陰雨天的時候，講論研習的空暇，讀過他們所寫的賦，使我不勝感慨，無限惆悵。遵守信義，心思順乎天道，是人類美好的德行；懷抱純樸，堅守清靜，是君子固守的志願。自從淳樸自然的社會風氣宣告消失，虛偽之風就大大興盛起來。民間不再重視廉潔退讓的節操，朝廷騷動著輕易仕進的貪心。胸懷正直、堅持道義的志士，有的在壯年就隱居；潔身自好、操守清廉的人，有的卻終身徒勞。所以伯夷、叔齊、商山四皓有過「我們將歸向何處」的歎息，三閭大夫屈原發出「算了吧」的哀歎。可悲啊！在世百年，轉眼已過；立行艱難，卻得不到一城的封賞。這就是古人揮毫染墨，慷慨不平，一再抒懷而不能停止的原因啊。能讓人表達情意，大概只有文章吧？撫摩書卷，思考再三，於是心有所感便寫了這篇賦。

咨❶大塊之受氣❷，何斯人之獨靈❸？稟神智以藏照❹，秉三五而垂名❺。或擊壤以自歡❻，或大濟於蒼生❼。靡潛躍之非分❽，常傲然以稱情❾。世流浪而遂徂❿，物群分以相形⓫。密網裁⓬而魚駭⓭，宏羅制⓮而鳥驚⓯。彼達人⓰之善覺⓱，乃逃祿⓲而歸耕。山嶷嶷而懷影⓳，川汪汪而藏聲⓴。望軒唐㉑而永歎㉒，甘貧賤以辭榮㉓。

【章　旨】此章說明歷史上存在著兩種不同的社會：上古時期，或隱或仕，聽任自然；上古以後，有了等級禮法，人們膽顫心驚，於是通達之士便逃祿歸耕，甘貧辭榮。

【注　釋】❶咨　表示讚賞的歎詞，相當於「嘖」。❷大塊之受氣　言大自然受氣而生萬物。大塊，大自然。《莊子・齊物論》：「大塊噫氣。」唐成玄英《疏》：「大塊者，造物之名，亦自然之稱也。」受氣，《莊子・秋水》記載北海若言其產生是「比形（猶具形）於天地，受氣於陰陽」。可見萬物的產生先要受氣。人也是一樣，《莊子・至樂》記載莊子在妻子死後鼓盆而歌，並且說他妻子先是「雜乎芒芴之間，變而有氣，氣變而有形，形變而有生。」故下句接著說人。❸何斯人句　謂為何在萬物之中人獨靈智。❹稟神智句　言因稟受神奇的智力而藏有才智。稟，稟受；承受。藏照，藏明。照，明，謂才智。❺秉三五句　謂因持有三綱五常的倫理道德而垂名後世。三五，當是謂三綱五常而言。《白虎通義・三綱六紀》：「三綱者，何謂也？謂君臣、父子、夫婦也。……故君為臣綱，父為子綱，夫為妻綱。」「人皆懷五常之性。」又《白虎通義・情性》：「五常者何謂？

仁、義、禮、智、信也。」人有三綱五常方能垂名後世。有言「三五」乃「三才」或「三正」，均指天、地、人而言。按，此處「稟神智以藏照，秉三五以垂名」二句均承接上句「何斯人之獨靈」立論，言人在萬物之中獨具靈智，曉三綱五常之理，與天地無關，故未採其說。❻或擊壤句　言有的人擊壤遊戲以自尋歡樂。或，代詞，代「有人」。擊壤，是種遊戲。宋葛立方《韻語陽秋．卷一七》：「《帝王世紀》及《逸士傳》載，帝堯之時，天下大和，有八九十（指歲數）老人，擊壤而歌於康衢，其詞曰：『日出而作，日入而息，鑿井而飲，耕田而食，帝何力於我哉！』初不知壤為何物，因觀《藝經》云：壤以木為之，前廣後銳，長尺四寸，闊三寸，其形如履。將戲，先側一壤於地，遠三四十步，以手中壤擊之，中者為上。蓋古戲也。」按，壤父事又載魏嵇康《聖賢高士傳》、晉皇甫謐《高士傳》，當屬隱士之列。唐歐陽詢《藝文類聚》亦見於人部隱逸類。淵明言及壤父，是說明上古時期有人做隱士。❼或大濟句　言有的人兼濟天下，出仕救民。濟，救助。蒼生，百姓。❽靡潛躍句　言無論隱居或出仕都不能說是不合本分，而聽其自然。靡，無；不。潛躍，指代隱居和出仕。《周易．乾卦．初九．象辭》：「潛龍勿用，陽在下也。」比喻隱居。又〈乾卦．九四．象辭〉：「或躍在淵，進無咎也。」比喻出仕。分，本分。❾常傲然句　言常自我滿足而稱心。傲然，自我滿足的樣子。稱情，猶稱心。❿世流浪句　言時代變遷，於是上古之世成為過去。世，時代。流浪，漂泊，此指時光流逝，世事變遷。遂，於是。徂，往；成為過去。⓫物群分句　言人類分成不同的人群而互相對比。物，此指人類。群分，分成不同的人群，如有的高貴，有的低賤；有的富有，有的貧窮。⓬密網裁　製成密的魚網，比喻制定嚴密的刑法。裁，裁製。⓭魚駭　比喻人民驚懼。⓮宏羅制　製成大的捕鳥的羅網，也是比喻制定刑法。⓯鳥驚　比喻人民驚恐。⓰達人　通達事理見識超群的人。⓱善覺　善於覺察事理。⓲逃祿　逃避爵祿，不出仕。⓳山嶷句　言在高山中隱藏身影，即隱居。嶷嶷，山高的樣子。懷，藏。⓴川汪汪句　言在深廣的流水中隱藏聲音，亦即隱居。汪汪，水深廣的樣子。㉑軒唐　黃帝和唐堯，都是上古時期的帝王。《史記．五帝本紀》：「黃帝者，少典之子，姓公孫，名曰軒轅。」「帝堯者，放勳。」《史記正義》引徐廣云：「號陶唐。」又引《帝王紀》云：「堯都平陽，於《詩》

為唐國。」㉒永歎　長歎。㉓辭榮　辭去榮華。

【語　譯】啊！大自然稟受陰陽之氣產生萬物，為何人獨成為萬物之靈？承受神奇的智慧而心藏才智，持有三綱五常而世上留名。有的人擊壤遊戲、自尋歡樂，有的人兼濟天下、救助百姓。無論是隱是仕聽其自然，常常自滿自足如意稱心。時代變遷，於是上古之世成為過去，人類分為不同的人群而有貴賤之分。製成捕魚的密網魚就害怕，張好捉鳥的大網鳥就心驚。那些通達事理的人善於覺悟，於是逃避爵祿而歸去耕耘。高山藏著他們的身影，大川留著他們的聲音。遙望黃帝唐堯而唉聲長歎，自甘貧賤而辭去華榮。

淳源汨以長分❶，美惡作以異途❷。原百行之攸貴，莫為善之可娛❸。奉❹上天之成命❺，師❻聖人之遺書❼。發❽忠孝於君親，生信義於鄉閭❾。推❿誠心而獲顯⓫，不矯然⓬而祈譽⓭。

【章　旨】承上文言達人歸耕以後，努力為善，透過尊天師聖，忠君孝親，建立信義，以誠待人而揚名，不追求虛假的聲譽。

【注　釋】❶淳源句　謂淳樸的源頭流淌長久就會分流，比喻淳樸的社會久了就會起變化。汨，水流聲。長分，長了就分流。❷美惡句　謂善惡出現，人就會走向不同的道路，即有的從善，有的作惡。美惡，即善惡。作，興起；出現。異途，不同的道路。❸原百行二句　謂探討各種行為中的可貴行為，沒有比為善更值得高興。原，推究；探討。百行，各種行為。攸貴，所貴。莫，沒有什麼比。為善，作善事。娛，歡樂；高興。❹奉　遵循；遵守。❺成命　典出《詩經・周頌・昊天有成命》，謂既定的命令。❻師　效法。❼遺書　留下的書籍，如《論語》等。❽發　生出；表現出。❾鄉閭　民間。❿推　推出。⓫顯　顯揚。⓬矯然　弄虛作假的樣子。⓭祈譽　祈求榮譽。

【語　譯】淳樸的源頭流淌遠了就會分流，善惡興起人就走向不同的道路。考察各種行為中的可貴行為，沒有什麼比為善更值得歡娛。遵守上天已有的命令，學習聖人留下的圖書。對君主和雙親表現出忠孝，在鄉閭顯示出信義。誠心待人而聲名顯揚，不弄虛作假以求得榮譽。

嗟乎，雷同❶毀異❷，物惡其上❸。妙筭者❹謂迷❺，直道者❻云妄❼。
坦❽至公❾而無猜❿，卒⓫蒙恥以受謗。雖懷瓊⓬而握蘭⓭，徒芳潔而誰亮⓮？

【章　旨】言是非顛倒，正直之士遭受恥辱毀謗而無人同情。

【注　釋】❶雷同　人云亦云，隨聲附和，如雷發聲，他物都同時響應。詳見〈飲酒・六〉注❺。❷毀異　毀謗異己。❸物惡其上　即「人惡其上」。物，謂人。《晉書・卷九二・袁宏傳・三國名臣頌》：「人惡其上，世不容哲。」❹妙筭者　能出妙計的人。筭，同「算」。❺謂迷　被說成是糊塗。迷，迷惑；糊塗。❻直道者堅持正道的人。❼云妄　被說成是亂來。妄，亂。❽坦　坦誠。❾至公　最公正。❿無猜　沒有猜忌。⓫卒　終於。⓬懷瓊　懷著美玉，比喻胸懷高潔。⓭握蘭　握持蘭草，比喻品行芳香。⓮亮　通「諒」。體諒；相信。《詩經・鄘風・柏舟》：「母也天只，不諒人只！」陸德明《釋文》：「亮，本亦作諒。」又宋謝靈運〈遊南亭〉：「我志誰與亮，賞心惟良知。」可見晉宋時「亮」有相信之義。

【語譯】可歎啊！隨聲附和、詆毀異己，世人總是憎惡別人在自己之上。能出妙計的人反而被說成是糊塗，堅持正道的人卻被說成是狂妄。坦誠、最公正而無猜忌之心的人，最終蒙受恥辱、遭受毀謗。即使懷藏美玉、手持芳蘭，也只是徒然芳潔而無人相信？

哀哉！士之不遇，已不在炎帝帝魁❶之世！獨祇脩❷以自勤，豈三省❸之或廢❹！庶❺進德以及時❻，時既至而不惠❼。無爰生之晤言，念張季之終蔽❽。愍馮叟於郎署，賴魏守以納計❾。雖僅然於必知，亦苦心而曠歲❿。審夫市之無虎，眩三夫之獻說⓫。悼賈傅之秀朗，紆遠轡於促界⓬。悲董相之淵致，屢乘危而幸濟⓭。感哲人⓮之無偶⓯，淚淋浪⓰以灑袂⓱。

【章　旨】以張釋之、馮唐、魏尚、龐恭、賈誼、董仲舒的坎坷遭遇為例，深為上古以後士之不遇而悲歎。夾敘夾議，情現乎辭。

【注　釋】❶炎帝帝魁　傳說中的古代帝王。張衡〈東京賦〉：「仰不睹炎帝帝魁之美。」《文選》注：「炎帝，神農後也。帝魁，神農名。並古之君號也。」如果炎帝是神農帝魁的後代，那麼此處便不應將神農的後代炎帝列在神農帝魁之前。又《繹史》卷四引晉皇甫謐《帝王世紀》：「炎帝神農氏，人身牛首。」則晉時認為炎帝就是神農，而不是神農的後代。古史傳聞異辭，一時難以明辨，故統以傳說中的古代帝王釋之。❷祗脩即「祗修」，恭敬修身。❸三省　多次反躬自問。《論語・學而》：「曾子曰：『吾日三省吾身：為人謀而不忠乎？與朋友交而不信乎？傳（指傳授學業）不習乎？』」❹或廢　有時停止。❺庶　希望；願意。❻進德以及時　言增進道德，欲及時為世所用。典出《周易・乾卦・文言》：「君子進德修業，欲及時也。」❼時既至句　謂時機已經來到卻不順利。惠，順。❽無爰生二句　謂沒有爰盎的推薦，張釋之想必會終身被埋沒。爰生，指袁盎，字絲，楚人，漢文帝時為中郎，常向文帝進諫，名重朝廷。晤言，晤談，指向文帝提建議。據《史記・張釋之馮唐列傳》，張釋之，字季，堵陽人，同哥哥張仲生活在一起，因為捐資做上管理宮廷馬匹的小官——騎郎，侍奉漢文帝十年得不到升遷，沒有名氣，因而想辭官回家。中郎將袁盎知道他賢能，認為他走了可惜，便請求漢文帝提拔他做迎接通報賓客的謁者，經過考核，張釋之做了謁者僕射，成了謁者的頭目。後來受到漢文帝重用，官至廷尉。張季，即張釋之。蔽，被遮蓋；被埋沒。❾慼馮叟二句　言可憐馮唐在郎署做個小官，依靠太守魏尚的不幸才得以向漢文帝獻計而被提拔為車騎都尉。慼，哀憐。馮叟，指老者馮唐。據《史記・張釋之馮唐列傳》記載，馮唐因為是有名的孝子，做了中郎署之長。漢文帝乘輦經過郎署，問他為何年紀這麼大還做郎官？馮唐如實作了回答。有了這個機會，他才向漢文帝談起雲中太守魏尚的不幸，說魏尚做雲中太守，將軍市所收的租稅加上自己的私養錢犒賞軍吏士卒，因而軍士奮勇殺敵，匈奴不敢接近雲中邊塞。有次殺敵甚多，報功的斬首數字相差了六個首級，因而遭到削爵的處罰。「陛下法太明，賞太輕，罰太重。」漢文帝聽了以後很高興，便命令馮唐帶著符節去赦免魏尚，恢復他的雲中太守的職務，並提拔馮唐做車騎都尉。郎署，郎官官署。賴，依靠。魏守，指雲中太守魏尚。納計，獻計。一說指漢文帝採納其計，亦可通。❿雖僅然二句　言（張釋之、馮唐等人）雖然勉強都遇上知遇之主，亦心情悲苦，荒廢了歲月。僅然，勉強的樣子。必，通「畢」。全；盡。知，知遇。曠歲，荒廢歲月；浪費時間。⓫審夫二句　言的確市中沒有老虎，可是有三個人都說有老虎，自己也就糊裡糊塗相信是有老虎。典出《韓非子・內儲說上》：「龐恭（《戰國策・魏策二》作「龐葱」，當是魏臣）與太子（指魏太子）質於邯鄲（趙都），謂魏王曰：『今一人言市有虎，王信之乎？』曰：『不信。』『二人言市有虎，王信之乎？』曰：『不信。』（《魏策二》作『寡人疑之矣』）『三人言市有虎，王信之乎？』王曰：『寡人信之。』龐恭曰：『夫市之無虎也明矣，然而三人言而成虎。今邯鄲之去魏也遠於市，議臣者過於三人，願王察之。』」審，的確。夫，語助詞。眩，迷惑；眼昏花。三夫，三人。獻說，進獻說辭。⓬悼賈傅二句　言哀歎賈誼英秀俊朗，卻在狹小地區內做太傅，而不能縱馬馳騁，施展其才華。悼，悼念；哀歎。賈傅，賈太傅，指賈誼。據《史記・屈原賈生列傳》，賈誼，洛陽人。十八歲便以能誦詩屬書聞名郡中。後被漢文帝召為博士，雖然只有二十多歲，但善於對答詔令，被漢文帝越級提拔為太中大夫。他提出了許多革新政治的主張，漢文帝想再提拔他做公卿，遭到大臣周勃、灌嬰等反對。於是漢文帝便疏遠了他，派他去做長沙王太傅。途中他作賦弔唁屈原，對屈原生不逢時深為感歎。後來漢文帝又改派他去做梁懷王太傅，因梁懷王墮馬而死，賈誼認為自己沒有盡到職責，哭泣歲餘而死，年僅三十三歲。秀朗，優秀俊朗，才能出眾。紆，彎曲；放鬆。遠轡，能行千里之轡，比喻駿馬。「紆遠轡」是說放鬆駿馬的韁繩，不讓駿馬奔馳，在這裡是比喻讓才能出眾的賈誼去做太傅，而不委以重任以施展其才華。促界，狹小地區，指長沙和梁國。⓭悲董相二句　言悲歎董仲舒學識淵博，深沉有致，多次遭遇危險而幸免於難。董相，指董仲舒，因為他曾任江都易王和膠西王的相，故稱董相。致，意趣；情致。《字彙・至部》：「致，趣也。」乘危，遇上危險，指他做江都王相時，江都王素驕好勇，董仲舒用禮義去糾正他，受到敬重。後來因為談論災異之變，受到主父偃的揭發，下獄當死，幸虧得到漢武帝的赦免。後來又受到公孫弘的妒忌，去做膠西王的相，而膠西王尤為縱恣，董仲舒害怕久了會得罪，借口有病而去職。董仲舒多次化險為夷，故言其「幸濟」。乘，登上，這裡有遇上的意思。濟，渡，指渡過難關。⓮哲人　才智不凡的人。⓯無偶　不遇。偶，遇。《爾雅・釋言》：「遇，偶也。」⓰淋浪　淚流不止的樣子。⓱袂　衣袖。

【語譯】悲哀呀！賢士不遇知己，已經不是炎帝帝魁時期！獨自恭敬修身而自我勤勞，三省吾身豈敢有時荒廢！希望增進道德以便及時為世所用，然而時機已到卻不順利。如果沒有袁盎的面薦，張釋之想必會終身不受賞識。可憐馮唐老人在郎署做小官，依靠魏尚的不幸遭遇才得以獻計。他們雖然勉強都受到了知遇，可也內心悲苦而荒廢了年歲。市上的確沒有老虎，三人都說有虎反而將人弄得昏迷。哀歎賈誼英秀俊朗，卻在狹小地區內不得馳驅。悲歎董仲舒學識淵博、深沉有致，多次遇上危難幸能化險為夷。有感哲人們不遇知己，我淚流不止濕了袖衣。

承❶前王❷之清誨❸，曰天道之無親❹。澄得一以作鑒❺，恆輔善而佑仁❻。夷❼投老❽以長飢❾，回❿早夭⓫而又貧⓬。傷請車以備槨⓭，悲茹薇而殞身⓮。雖好學⓯與行義⓰，何死生之苦辛！疑報德之若茲⓱，懼斯言⓲之虛陳⓳。

【章　旨】沿用司馬遷《史記・伯夷列傳》中的觀點，以伯夷、顏回為例，對老子的天道無私，常助善人的論點表示懷疑。

【注　釋】❶承　承受；奉承。❷前王　指老子。老子和孔子被稱為有帝王之德而無帝王之位的素王。《莊子・天道》：「虛靜恬淡、寂漠無為者，萬物之本也。」「以此處下，玄聖、素王之道也。」成玄英《疏》：「用此虛淡而居臣下者，玄聖、素王之道也。夫有其道而無其爵者，所謂玄聖、素王自貴者也，即老君（老子）、尼父（孔子）是也。」❸清誨　猶教誨。清，敬詞。❹曰天道句　典出《老子・七九章》：「天道無親，常與（助）善人。」親，親愛；偏私。❺澄得一句　澄清的天得到道作鏡子監視下界。典出《老子・三九章》：「天得一以清。」意思是說天得到道因而清明。澄，這裡指得到了道而變得澄清的天。一，指「道」。《韓非子・揚權》：「道無雙，故曰一。」《淮南子・詮言》：「一也者，萬物之本也，無敵之道也。」鑒，鏡子，這裡有「照視」、「監視」的意思。《詩經・大雅・烝民》：「天監有周。」鄭《箋》：「監，視也。」❻恆輔善句　即上引《老子》所謂「常與善人」之意。恆，常。輔，輔助。佑，保佑。❼夷　指伯夷。❽投老　到老。《後漢書・任光傳》李賢注：「投，至也。」❾長飢　指伯夷在首陽山採薇而食，長期挨餓。❿回　顏回，字子淵，孔子的學生。⓫早夭　早年夭折，短命而死。《孔子家語》說顏回「年二十九而髮白，三十二而死。」⓬又貧　《論語・雍也》記載孔子的話說：「賢哉，回也！一簞食，一瓢飲，在陋巷，人不堪其憂，回也不改其樂。」⓭傷請車句　言傷心顏淵死後沒有棺木，他的父親顏路請求孔子賣掉車子為顏淵購置外棺。典出《論語・先進》：「顏淵死，顏路（淵父）請子之車以為之槨。」傷，悲傷；可憐。槨，外棺。⓮悲茹薇句　言可憐伯夷採食野豌豆餓死在首陽山上。茹，食。薇，野豌豆。殞身，亡身。《史記・伯夷列傳》：「武王已平殷亂，天下宗周，而伯夷、叔齊恥之，義不食周粟，隱於首陽山，采薇而食之。」「遂餓死於首陽山。」⓯好學　指顏回而言。《論語・雍也》：「哀公問：『弟子孰為好學？』孔子對曰：『有顏回者好學，不遷怒，不貳過。不幸短命死矣，今也則亡（無）。』」⑯行義　指伯夷「義不食周粟」。⑰若茲　像這個樣子，指伯夷食薇餓死，顏回貧窮早夭。《史記・伯夷列傳》：「或曰：『天道無親，常與善人。』若伯夷、叔齊，可謂善人者非邪（耶）？積仁絜行如此而餓死！且七十子之徒，仲尼獨薦顏淵為好學。然回也屢空，糟糠不厭，而卒蚤夭。天之報施善人，其何如哉？」⑱斯言　此言，指「天道無親，常與善人」之言。⑲虛陳　白說。與〈飲酒・二〉「積善云有報，夷叔在西山。善惡苟不應，何事立空言」同義。

【語　譯】承蒙前代素王的教誨，說是天道沒有偏親。清明的天得到道作為鏡子，常常是輔助善士保佑仁人。可是伯夷一直到死長期挨餓，顏回早死而又清貧。傷心的是顏回死後他的父親不得不請求孔子賣車替他購置棺木，可憐的是伯夷採薇而食飢餓亡身。雖然一人好學一人行義，為什麼他們生前死後都歷盡艱辛！我懷疑所謂的報德竟是如此，怕這話是空口白說而無法證明。

何曠世①之無才，罕無路之不澀②？伊③古人之慷慨④，病⑤奇名⑥之不立。廣⑦結髮以從政⑧，不愧賞於萬邑⑨。屈雄志於戚豎⑩，竟尺土之莫及⑪！留誠信於身後，慟眾人之悲泣⑫。商盡規以拯弊⑬，言始順而患入⑭。奚⑮良辰⑯之易傾⑰？胡⑱害勝⑲其乃急⑳？

【章　旨】以李廣、王商為例，說明仕途艱難，人情險惡。

【注　釋】❶曠世　空絕一世；舉世。❷罕無路句　言罕見沒有哪條路不是澀滯難行，換言之即常見每條路都是澀滯難行。路，指仕路。澀，「歰」的別字。《說文．止部》：「歰，不滑也。」即不光滑，引申為道路險阻難行，〈子夜四時歌．冬歌〉：「塗澀無人行。」❸伊　句首語氣詞。❹慷慨　情緒激動。❺病　憂慮；操心。❻奇名　猶美名。奇，美好。❼廣　李廣，隴西成紀人，西漢名將，是李陵的祖父。❽結髮以從政　言童年從政參軍。《史記．李將軍列傳》：「孝文帝十四年（西元前一六六年），匈奴大入蕭關，而廣以良家子從軍擊胡（匈奴），用（因）善騎射，殺首虜多，為漢中郎。」「廣結髮與匈奴大小七十餘戰。」結髮，古代男子成童時束髮，故稱童年為結髮。❾不愧賞句　言李廣戰功卓著，即使受到萬戶邑的封賞也當之無愧。《史記．李將軍列傳》記載，漢文帝曾經稱讚李廣：「惜乎，子不遇時！如令子當高帝時，萬戶侯豈足道哉！」❿屈雄志句　言李廣的雄心壯志受到外戚小人的刁難而不能伸展。據《史記．李將軍列傳》記載，元狩四年（西元前一一九年），李廣隨同大將軍衛青出擊匈奴，為前將軍。出塞後，衛青從俘虜口中知道了匈奴單于的居處地，便自率精兵去追單于，命令李廣和右將軍從東路出發去擊匈奴，而東路迂迴遙遠，而且缺少水和草，大軍走這條路，既不能屯兵，又不能行軍前進。李廣說，我是前將軍，願打先鋒，和單于決一死戰。衛青不同意，強令李廣從東路出發。李廣因為迷路遲到，沒有如期與衛青會合，結果衛青無功而還。衛青便上告李廣，李廣被迫自殺。屈，不能伸展。戚豎，指衛青。戚，外戚。衛青是漢武帝的衛皇后的弟弟，屬外戚。豎，豎子，小人，古時對人的輕蔑稱呼。⓫竟尺土句　言竟然沒有來得及受尺土之封。《史記．李將軍列傳》：「自漢擊匈奴，而廣未嘗不在其中，而諸部校尉以下，才能不及中人，然以擊胡軍功取侯者數十人，而廣不為後人，然無尺寸之功以得封邑。」⓬留誠信二句　據《史記．李將軍列傳》記載，李廣為人廉潔，愛護士卒，「得賞賜輒分其麾下，飲食與士共之。」「見水，士卒不盡飲，廣不近水；士卒不盡食，廣不嘗食。」所以他自殺以後，「一軍皆哭，百姓聞之，知與不知，無老壯皆為垂涕。」司馬遷稱讚他說：「彼其忠實心誠信於士大夫也。」身後，死後。慟，大哭；極度悲哀。⓭商盡規句　言王商進諫以拯救時弊。商，王商。據《漢書．王商傳》記載，王商字子威，涿郡蠡吾人，年輕時為太子中庶子，父死，襲爵為樂昌侯。元帝時，官至右將軍、光祿大夫。成帝時，提升為左將軍，次年又為丞相。盡規以拯弊，指王商進諫，揭穿長安將漲大水的謠言一事。盡規，不是指盡心規劃，而是進諫之意。《國語・周語上・厲王弭謗》：「近臣盡規。」盡，進（見俞樾《群經平議》）。規，規諫（見吳曾祺《國語韋解補正》）。據〈王商傳〉載，成帝建始三年（西元前三〇年），京都長安臣民無故相驚，說大水將至，百姓奔走呼號，城中大亂。成帝召集群臣商議，大將軍王鳳認為皇太后和皇上及後宮人員可上船，吏民百姓上城避水。王商力排眾議，肯定是訛言，不宜上城，以免重驚百姓。不久，果然證明是訛言。於是成帝多次表揚王商，王鳳自覺大慚。「盡規拯弊」即指此而言。⑭言始順句　謂王商的話開始順利，而後卻禍患來到。言始順，指成帝採納了王商勿上城避水的進諫，並表揚他，第二年又提升他做丞相。患入，禍患來到，指大將軍王鳳、太中大夫張匡、左將軍史丹等以出現日蝕為藉口，控告王商閨門內亂，不遵法度，左道亂政，為臣不忠，因而王商被免去丞相職務，三日後發病嘔血而死。⑮奚　何。⑯良辰　好時光。⑰傾　盡。⑱胡　何。⑲害勝　謀害勝過自己的人，即前面所說的「物惡其上」的意思。⑳乃急　如此之急。

【語譯】為什麼舉世沒有賢才，沒有哪條仕途不被阻塞？多少古人慷慨激昂，苦於美名難以建立。李廣未冠就參軍從政，論功勳即使受封萬戶也當之無愧。遭到外戚小人刁難雄志難以伸展，竟然尺土之封也來不及。只是死後留下誠信，感動了眾多百姓為之悲泣。王商進諫以拯救時弊，開始進言順利而後卻禍患驟入。為什麼好時光如此容易消逝？為什麼陷害勝過自己的人總是如此性急？

蒼旻❶遐緬❷，人事無已❸。有感❹有昧❺，疇❻測其理？寧❼固窮❽

以濟意❾，不委曲❿而累己⓫。既軒冕之非榮⓬，豈縕袍之為恥⓭？誠謬會以取拙⓮，且欣然而歸止⓯。擁孤襟⓰以畢歲⓱，謝良價⓲於朝市⓳。

【章　旨】是本賦的總結，言天道莫測，寧願固窮歸隱。

【注　釋】❶蒼旻　蒼天。❷遐緬　遙遠。❸無已　沒有止境；一言難盡。❹感　感應。❺昧　昏暗無知。❻疇　誰。❼寧　寧願；情願。❽固窮　堅守窮困而不亂來。《論語‧衛靈公》：「子曰：『君子固窮，小人窮斯濫矣。』」❾濟意　成就心意，了此心願。濟，成。❿委曲　委曲求全。⓫累己　連累自己。⓬既軒冕句　謂既然坐官車戴官帽不算光榮。典出《莊子‧繕性》：「古之所謂得志者，非軒冕之謂也，謂其無以益其樂而已矣。」軒冕，官車官帽，指代做官。⓭豈縕袍句　謂哪裡穿上舊絮為裡的破袍子能說是恥辱。典出《論語‧子罕》：「子曰：『衣敝縕袍，與衣狐貉者立而不恥者，其由（子路）也與？』」縕袍，以亂麻舊絮襯於其中的袍子。⓮誠謬會句　謂的確領會了聖人的意思而守拙歸田。謬，謙詞。取拙，守拙，指「守拙歸園田」（〈歸園田居‧一〉）。⓯歸止　指歸田。止，句末語氣詞。⓰孤襟　孤介的襟懷。⓱畢歲　了此殘年之意。⓲良價　好價錢，指待價而沽出去做官。典出《論語‧子罕》：「子貢曰：『有美玉於斯，韞匵而藏諸？求善賈（價）而沽諸？』子曰：『沽之哉！沽之哉！我待賈者也。』」良價，即「善賈」。⓳朝市　朝廷和市場。

【語　譯】蒼天高遠難測，人事變化不已。時有感應時又昏昧，誰能測知其中道理？我寧願固守窮困以了此心願，也不願委曲求全而連累自己。既然乘官車戴官帽算不了光榮，哪裡身穿破袍會感到羞恥？的確是誤會了先聖之意而守拙歸田，暫且也就高高興興回歸鄉里。胸懷孤介了此一生，謝絕到朝市去高價出賣自己。

【賞析】士不遇時，自古皆然。在淵明之前，董仲舒便寫下了〈士不遇賦〉，不久，司馬遷又寫了〈悲士不遇賦〉。淵明讀了這些賦以後，心有同感，產生了強烈的共鳴，想到上古純樸自然的社會風氣消失以後，世俗便大偽興起，競進貪婪，寡廉鮮恥。而那些不願隨從流俗的胸懷正直、潔身自好的人士，不是壯年隱居，便是終身徒勞。以致伯夷、四皓有「安歸」之歎，屈原發「已矣」之哀，人世茫茫，不知歸向何處。於是感慨萬千，便寫下了這篇賦，以抒發其憤世嫉俗之情。

淵明所謂的士不遇時的「時」是以上古時期和上古時期以後作為界限。他認為上古的軒轅、唐堯之時，炎帝帝魁之世，世風良好，人們或擊壤自歡，或大濟蒼生，無論是隱是仕，都傲然稱情，聽其自然。可是，上古以後，世風日下，法網嚴密，膽顫心驚，人人自危，雷同毀譽，顛倒是非。於是有先知先覺的達人智士，便逃避爵祿，歸耕田園，寄情山水。而那些不「善覺」的從仕者，無論如何修身自勤，增進道德，都無濟於事。張釋之、馮唐官居下職，雖經他人舉薦遇上了知己，卻歷盡了艱辛，荒廢了歲月；賈誼、董仲舒才學出眾，卻遭讒受謗；伯夷行義，卻食薇餓死；顏回好學，卻早夭短命；李廣功勳蓋世，卻尺土莫封；王商進諫拯弊，卻受讒致死。面對這些歷史人物的不幸遭遇，淵明憤憤不平，以致對老子說的「天道無親，常與善人」的論點產生了懷疑：「疑報德之若茲，懼斯言之虛陳。」淵明雖然沒有直接鞭撻當時的現實，但他借古諷今的用意是不言而喻的。既然天道莫測，加之對黑暗的現實又無能為力，那就只有固窮守節了。因此最後表示：「寧固窮以濟意，不委曲而累己。」「擁孤襟以畢歲，謝良價於朝市。」無論有怎樣的高官厚祿，也不願出賣自己的靈魂。這種高尚的節操，的確是難能可貴的。

全賦用典頗多，不及〈歸去來兮辭〉明白流暢，易於理解。但是敘事和抒情結合在一起，語氣或悲咽或憤激，有很強的感染力。

閑情賦 並序

【題解】閑情，不是「閑情逸致」的「閑情」，而是防閑邪惡情思的意思。錢鍾書先生說：「『閑情』之『閑』，即『防閑』之『閑』，顯是《易》『閑邪存誠』（按，指《周易・乾卦・文言》：『閑邪存其誠。』孔《疏》：『言防閑邪惡，當自存其誠實也。』）之『閑』，絕非〈大學〉『閒居為不善』之『閒』。」（《管錐編・第四冊》）錢先生的解釋和序中所說的「蕩以思慮，而終歸閑正，將以抑流宕之邪心，諒有助於諷諫」以及賦末所說的「坦萬慮以存誠」相吻合，所以我們採用他的說法。賦中描寫對一位美女的思戀，先寫美女之所以引起他思戀的原因，再寫陷入思戀中的不安，末了寫失戀後的痛苦和邪思的收斂。關於這篇賦的寫作時間，學者有多種猜測，難以定論。

初張衡❶作〈定情賦〉❷，蔡邕❸作〈靜情賦〉❹，檢逸辭❺而宗澹泊❻，始則蕩以思慮❼，而終歸閑正❽，將以抑❾流宕❿之邪心，諒⓫有助於諷諫⓬。綴文⓭之士，奕代⓮繼作⓯，並固觸類⓰，廣其辭義⓱。余園閭⓲多暇，復染翰⓳為之。雖文妙不足，庶⓴不謬㉑作者之意㉒乎？

【章　旨】說明寫作此賦的緣由。

【注　釋】❶張衡　字平子，南陽（今河南南陽市）人，是東漢著名的辭賦家和傑出的科學家。❷定情賦　見《藝文類聚・卷一八・人部二》，係殘文。❸蔡邕　字伯喈，陳留圉（今河南杞縣）人，好辭章，精音律，又善書畫。❹靜情賦　《藝文類聚・卷一八・人部二》錄有蔡邕〈檢逸賦〉十句，疑即是〈靜情賦〉殘文。❺檢逸辭　收斂放蕩的文辭。檢，檢束；收斂。逸辭，奔逸的文辭，即放蕩的文辭。❻宗澹泊　崇尚淡泊。宗，尊崇。澹泊，恬靜寡欲。❼蕩以思慮　放蕩地思慮。❽終歸閑正　最終回歸到防範邪思，合乎禮義。閑，防閑；防範。《說文》：「閑，闌也。」《廣韻》：「閑，防也。」正，不邪；純正。即合乎禮義之意。❾抑　抑止。❿流宕　放蕩。宕，通「蕩」。⓫諒　信；的確。⓬諷諫　委婉規諫以糾正錯誤。⓭綴文　連綴文字，即作文。⓮弈代　歷代。⓯繼作　接連創作，指陳琳、阮瑀各作〈止欲賦〉，王粲作〈閑邪賦〉，應瑒作〈正情賦〉……等。⓰並固觸類　陶澍本從張自烈本作「並因觸類」，謂都是因為觸類旁通，有所發展。⓱廣其辭義　擴大其辭義。按，當是指作賦而言，即揚雄所謂「必推類而言，極麗靡之辭。」（《漢書・卷八七・揚雄傳》）⓲園閭　田舍。⓳染翰　以筆染墨。翰，筆。⓴庶　或許；大概。㉑謬　弄錯；違背。㉒意　指諷諫之意。

【語　譯】當初張衡寫了〈定情賦〉，蔡邕寫了〈靜情賦〉，收斂放蕩的文辭，崇尚恬淡的心境，開始時情思放蕩，最終還是回到了防範邪思，止乎禮義，以此來抑制放蕩的邪心，的確有助於諷諫。後來歷代作文的士人，繼續寫作這類作品，都是因為觸類旁通，以擴大其文辭和義理。我家居田園，多有閑暇，又揮毫染墨，寫作了這篇賦。雖然文采妙思不足，大概也不違背作賦人的諷諫之意吧。

夫何懷逸之令姿❶，獨曠世以秀群❷。表傾城之豔色❸，期有德於傳聞❹。佩鳴玉以比潔❺，齊幽蘭以爭芬❻。淡柔情於俗內❼，負雅志於高雲❽。悲晨曦之易夕❾，感人生之長勤❿。同一盡於百年⓫，何歡寡⓬而愁殷⓭？褰⓮朱幃⓯而正坐，汎清瑟⓰以自欣。送纖指之餘好⓱，攘皓袖之繽紛⓲。瞬美目⓳以流眄⓴，含言笑而不分㉑。曲調將半㉒，景㉓落西軒㉔。悲商㉕叩林㉖，白雲依山。仰睇㉗天路㉘，俯促鳴絃㉙。神儀㉚嫵媚㉛，舉止詳妍㉜。激清音㉝以感余，願接膝㉞以交言㉟。欲自往以結誓㊱，懼冒禮㊲之為諐㊳。待鳳鳥以致辭，恐他人之我先㊴。意惶惑㊵而靡寧㊶，魂須臾而九遷㊷。

【章　旨】言有一美女德貌雙全，以調瑟感人，引起了我對她的思念。

【注　釋】❶夫何句　言多麼奇異出眾的美貌。夫，發語詞。何，何等；多麼。懷，當作「瓌」，同「瑰」。奇異；美好。逸，出眾。令姿，美貌。❷獨曠世句　謂舉世無雙，超群出眾。曠世，曠絕一世；舉世無雙。秀群，猶超群。❸表傾城句　謂表露出傾城傾國的豔麗的美色。傾城，形容美色能傾人之城。典出《漢書・卷九七・

孝武夫人傳》，據載漢武帝李夫人的哥哥李延年善歌舞，得到武帝寵愛，有次起舞，唱道：「北方有佳人，絕世而獨立。一顧傾人城，再顧傾人國。」武帝問是誰，李延年便說是他的妹妹，李夫人因而得寵。❹期有德句　謂期望自己在傳聞中是有德性的女子。❺佩鳴玉句　謂佩帶鳴玉與之比賽高潔。鳴玉，玉佩帶在身上能發出音響，故謂之「鳴玉」。絜，同「潔」。❻齊幽蘭句　謂同幽蘭在一起與之競爭芳香。齊，並列在一起。幽蘭，蘭生於幽僻之處，故稱之為「幽蘭」。《楚辭・離騷》：「謂幽蘭其不可佩。」芬，芬芳。❼淡柔情句　謂淡漠世俗中的溫柔之情。❽負雅志句　謂懷抱高雅的凌雲之志。負，懷抱；具有。❾易夕　容易落山。夕，暮；太陽落山。《詩經・王風・君子于役》：「日之夕矣。」❿感人生句　謂感歎人生長期憂愁。《楚辭・遠遊》：「惟天地之無窮兮，哀人生之長勤。」王逸注：「傷己命祿，多憂患也。」洪興祖《補註》：「此原（屈原）憂世之詞。」勤，憂。⓫百年　謂人生百年。⓬寡　少。⓭殷　眾多。⓮褰　捲起。⓯朱幃　紅色的帷幕。⓰汎清瑟　彈奏出清越的瑟聲。汎，同「泛」。漂浮，此處用來形容彈琴的指法。龔斌注引徐時綺《綠綺新聲》：「丿，泛也，言右手扣絃，左手輕浮著弦而應。」⓱送纖指句　謂送出細指留下的美好指法。好，美好，當是指美好指法。⓲攘皓袖句　謂捋起白袖彈瑟的動作使人眼花繚亂。攘，捋起衣袖。《廣韻・陽韻》：「揎袂出臂曰攘。」繽紛，雜亂貌，當是言其彈瑟姿態紛呈。⓳瞬美目　轉動美麗的眼睛。⓴流眄　流動顧盼。眄，斜視；不正面看。㉑含言笑句　謂脈脈含情，似言似笑，難以區分。錢鍾書先生說：「謂『流眄』之時，口無語而目有『言』，脣未嘻而目已『笑』，且虛涵渾一，不同『載笑載言』之可『分』；『含』者，如道學家說〈中庸〉所謂『未發』境界也。」（《管錐編》第四冊）㉒曲調將半　謂所彈的調曲將彈一半。㉓景　日影。㉔西軒　西窗。㉕悲商　悲涼的秋風。商，本為五音宮、商、角、徵、羽之一，也用來稱秋天，《禮記・月令》：「孟秋之月」，「其音商」。㉖叩林　敲擊樹林，即吹拂樹林。㉗睇　斜視。㉘天路　上天之路，即天空。㉙促鳴絃　使弦急促發聲，加快演奏速度。㉚神儀　神態。㉛嫵媚　姿態美好。㉜詳妍　安詳美麗。㉝激清音　激發出清越的聲音。㉞接膝　膝相接，謂坐近。㉟交言　交談。㊱欲自往句　《楚辭・離騷》：「欲自適（往）而不可。」結誓，結下相愛的誓約。㊲冒禮　冒犯禮法。《孟子・滕文公下》：「不待父母之命，媒妁之言，鑽穴隙相窺，踰牆相從，則父母國人皆賤之。」可見男女自動來往相愛，被視為冒犯禮法。㊳諐　同「愆」。過失。㊴待鳳鳥二句　語本《楚辭・離騷》：「鳳皇既受詒兮，恐高辛之先我。」鳳鳥，即鳳凰，相傳古代高辛氏娶簡狄，由鳳凰作媒。致辭，轉致話語，即說媒。我先，即先我，走在我的前面。㊵惶惑　惶恐迷惑，不知如何是好。㊶靡寧　不安寧。㊷魂須臾句　語本《楚辭・九章・抽思》：「魂一夕而九逝。」須臾，片刻。九遷，猶「九逝」，多次前往。九，表多數。遷，遷移；前往。

【語譯】多麼奇異過人的美貌，舉世無雙而超眾出群。顯露出傾城的艷麗姿色，期望有美德在人間傳聞。身佩鳴玉與之比賽高潔，與幽蘭一起互相競爭芳芬。淡漠世俗間的溫柔情意，懷抱高雅而有淩雲之心。歎息晨曦容易成為日落，感歎人生長期憂勤。人人都百年同歸一盡，為何歡樂甚少而多苦辛？捲起紅色的帷幕端坐室內，奏出清越的瑟聲以自尋歡欣。送出細指美好的指法，攘袖出臂、奏瑟的美姿紛呈。轉動美麗的眼睛左顧右盼，含情脈脈似言似笑難以區分。瑟曲將要奏完一半，日影落在西窗跟前。悲涼的秋風吹動著樹林，朵朵白雲依傍著遠山。抬頭仰望天空，低頭扣弦急彈。神態無比嫵媚，舉止安詳嬌妍。奏出清越的聲音使我感動，願意促膝而坐同她交談。本想親自前往以求結誓，又怕冒犯禮法受到責難。等待鳳凰去替我說媒，又怕別人已走在我的前面。心中惶恐迷惑不得安寧，魂魄在片刻之間已多次往返。

願在衣而為領，承❶華首❷之餘芳❸。悲羅襟❹之宵離❺，怨秋夜之未央⑥。願在裳⑦而為帶⑧，束窈窕⑨之纖身⑩。嗟溫涼之異氣⑪，或脫故而服新⑫。願在髮而為澤⑬，刷玄鬢⑭於頹肩⑮。悲佳人⑯之屢沐⑰，從白水以枯煎⑱。願在眉而為黛⑲，隨瞻視以閑揚⑳。悲脂粉之尚鮮㉑，或取毀㉒於華粧㉓。願在莞㉔而為席，安弱體㉕於三秋㉖。悲文茵㉗之代御㉘，方經年㉙而見求㉚。願在絲而為履㉛，附㉜素足㉝以周旋㉞。悲行止之有節㉟，空委棄㊱於床前。願在晝而為影，常依形㊲而西東。悲高樹之多蔭，慨有時而不同㊳。願在夜而為燭，照玉容㊴於兩楹㊵。悲扶桑㊶之舒光㊷，奄㊸滅景㊹而藏明㊺。願在竹而為扇，含淒飈㊻於柔握㊼。悲白露之晨零㊽，顧襟袖以緬邈㊾。願在木而為桐㊿，作膝上之鳴琴(51)。悲樂極以哀來，終推(52)我而輟音(53)。

【章　旨】通過「十願」的描述，表達了作者對美人一往情深的思戀以及擔心愛情難以持久的不安心情。

【注　釋】①承　受。②華首　華麗的頭部，當指頭髮而言。③餘芳　剩餘的芳香，即散發出來的芳香。④羅

襟　猶羅衣。羅，輕軟而有稀孔的絲織品。襟，衣襟，這裡代指衣。❺宵離　夜晚離開，指美女解衣而睡，衣領則離開美女。❻秋夜之未央　秋夜未盡，言秋夜漫長。《詩經・小雅・庭燎》：「夜未央。」央，盡。❼裳　下衣，即裙子。❽帶　裙帶；腰帶。❾窈窕　美好的樣子，一說即苗條。❿纖身　纖細的腰身。古代女人以細腰為美。⓫溫涼之異氣　言隨著氣候的暖或冷出現不同的季節。⓬脫故而服新　言脫去舊裳穿上新衣，指因冷暖季節不同而換衣，裳帶也就要離開美女。⓭澤　脂澤；潤頭髮的油脂。即髮膏。⓮玄鬢　黑髮。鬢，鬢髮。⓯頹肩　兩肩下垂，即曹植〈洛神賦〉所說的「肩若削成」，像用刀削成的樣子。⓰佳人　美人。《楚辭・九歌・湘夫人》：「聞佳人召予。」又《漢書・孝武夫人傳》：「佳人難再得。」⓱屢沐　屢次洗頭。⓲枯煎　枯乾。⓳黛　畫眉毛的青色顏料。⓴隨瞻視句　謂隨著美人的遠瞻近視而閑雅清揚。瞻視，出自《論語・堯曰》：「君子正其衣冠，尊其瞻視。」此處疑是言遠瞻和近視。閑揚，逯欽立注：「閑雅清揚。清揚，眉目秀麗。」又《詩經・鄭風・野有蔓草》：「有美一人，婉如清揚。」毛《傳》：「清揚，眉目之間，婉然美也。」㉑尚鮮　崇尚鮮艷，即過不了多久就要洗去。㉒取毀　被毀，指原來的化粧被取代洗去。㉓華粧　指更華麗的化粧。㉔莞　蒲草，可製臥席。㉕弱體　柔弱的身體。㉖三秋　指孟秋、仲秋、季秋三個月。㉗文茵　有花紋的褥墊，即虎皮褥墊。文，通「紋」。茵，墊子。《詩經・秦風・小戎》：「文茵暢轂。」毛《傳》：「文茵，虎皮也。」㉘代御　代用，指用文茵替換蒲席，因為深秋以後，天氣寒冷，需要更換臥具。㉙方經年　將要經過一年，即來年天熱再用席子。方，將。㉚見求　被求；被找出來使用。㉛履　鞋子。㉜附　附著；跟隨。㉝素足　潔白的腳。㉞周旋　轉動。㉟有節　有一定的節度，不能老是穿在腳上行走。節，節度。㊱委棄　拋棄。㊲形　形體。㊳不同　不能同時出現，指在樹蔭下只能見到形體而見不到人影。㊴玉容　玉顏。玉，用來形容容顏。㊵兩楹　兩楹之間，指堂屋。楹，廳堂的前柱。㊶扶桑　相傳為日出的地方，本為神木名，日出後從上拂過。《淮南子・天文》：「日出於暘谷，浴於咸池，拂於扶桑，是謂晨明。」參見〈止酒〉注⓮。㊷舒光　放射光芒。㊸奄　奄忽；忽然。㊹滅景　將燭光熄滅。景，本為日光，此指燭光。㊺藏明　將光明收藏起來，讓位於陽光。㊻淒飆涼風。淒，淒涼。❹柔握　柔軟的把握之中，即美女柔手把握之中。❽零落。❾顧襟袖句　謂顧戀美女的襟懷和衣袖而遠去。顧，回頭看，表示留戀。襟袖，即懷袖。典出漢班婕妤〈怨歌行〉：「新裂齊紈素，鮮潔如霜雪。裁為合歡扇，團團似明月。出入君懷袖，動搖微風發。常恐秋節至，涼飇奪炎熱。棄捐篋笥中，恩情中道絕。」緬邈，遙遠。❺桐　桐樹，可以製琴，見枚乘〈七發〉。❺鳴琴　晉張華〈情詩〉：「北方有佳人，端坐鼓鳴琴。」❺推　推開。❺輟音　停止發音，即停止彈奏。

【語　譯】我願在她的衣服上做領子，承受她頭部散發出的芳香。悲歎她晚上要脫下羅衣，怨恨秋夜竟然如此漫長。我願在她的裙子上做腰帶，約束她那細小的腰身。嗟歎冷暖不同季節各異，或許她要脫去舊裳而將衣更新。我願在她的頭髮上做髮膏，塗抹黑髮在她的削肩上飄揚。悲歎美人多次洗髮，隨著清水又被洗個精光。我願在她的眉上做粉黛，隨著她的瞻視而閑雅清揚。悲歎脂粉崇尚鮮艷，或許被毀於另一次華麗的艷粧。我願成為蒲草做她的席子，讓她的弱體平安度過三秋。悲歎將被虎皮褥墊取代，再過一年才會將我尋求。我願成為絲綢做她的鞋子，穿在她的腳上隨她周旋。悲歎她的行動會有停止，我又徒然被拋棄在她的床前。我願在白天做她的身影，常常跟著她的形體忽西忽東。悲歎高樹樹蔭太大，有時我又不能同她相逢。我願在夜晚做她的燭光，照亮她的玉顏在廳堂之上。悲歎扶桑神樹發出光亮，忽然燭滅而將燭光隱藏。我願成為竹子做她的團扇，含著涼風被握在她的柔軟的手上。悲歎秋天的白露清晨下降，只好望著她的懷袖遠離她身旁。我願是樹木中的桐樹，做成她膝上的鳴琴。悲歎樂極就要哀來，終將推開我而停止發音。

考[1]所願而必違，徒契契[2]以苦心。擁勞情[3]而罔訴[4]，步容與[5]於南林。栖木蘭之遺露[6]，翳青松之餘陰[7]。儻[8]行行[9]之有覿[10]，交欣懼於中襟[11]。竟寂寞而無見，獨悁想[12]以空尋。斂[13]輕裾[14]以復路[15]，瞻夕陽而流歎[16]。步徙倚以志趣[17]，色慘悽而矜顏[18]。葉燮燮[19]以去條[20]，氣淒淒[21]而就寒[22]。日負影[23]以偕沒[24]，月媚景[25]於雲端。鳥悽聲以孤歸，獸索偶[26]而不還。悼當年[27]之晚暮[28]，恨[29]茲歲[30]之欲殫[31]。思宵夢[32]以從之[33]，神飄颻[34]而不安。若憑舟[35]之失棹[36]，譬緣崖[37]而無攀[38]。于時畢昴[39]盈軒[40]，北風淒淒。炯炯[41]不寐，眾念徘徊[42]。起攝帶[43]以伺晨[44]，繁霜[45]粲[46]於素階[47]。雞斂翅[48]而未鳴，笛流遠[49]以清哀[50]。始妙密[51]以閑和[52]，終寥亮[53]而藏摧[54]。意夫人[55]之在茲，託行雲以送懷[56]。行雲逝[57]而無語，時奄冉[58]而就過[59]。徒勤思[60]以自悲，終阻山而帶河[61]。迎清風以袪累[62]，寄弱志於歸波[63]。

【章　旨】透過景物的鋪敘和心理的刻畫，極寫對美女求之不得的痛苦和悲哀。

【注　釋】❶考　思考；料想。❷契契　愁苦的樣子。《詩經・小雅・大東》：「契契寤歎，哀我憚人。」❸擁勞情　懷抱憂情。勞，憂愁。《詩經・邶風・燕燕》：「實勞我心。」❹罔訴　無處訴說。❺容與　徘徊。《楚辭・九章・哀郢》：「楫齊揚以容與兮。」❻栖木蘭句　謂棲息在落下露水的木蘭樹下。栖，同「棲」。棲息。木蘭，香木名。《楚辭・離騷》：「朝飲木蘭之墜露兮。」遺，落下。❼翳青松句　謂隱蔽在青松的樹蔭下。翳，隱蔽。❽儻　倘；倘或。❾行行　行了又行；走一走。❿有覿　有見，指見到那美女。⓫交欣懼句　謂欣喜與恐懼的心情交相出現在胸中。襟，依陶澍本當作「襟」，胸襟。「中襟」即「胸中」、「心中」。⓬悁想　憂思。⓭斂　收起。⓮裾　衣的前襟。收起衣的前襟是為了便於走路。⓯復路　走回頭路。《楚辭・離騷》：「回朕車以復路兮，及行迷之未遠。」⓰流歎　不斷歎息。⓱步徙倚句　謂徘徊不前而忘記了走路。徙倚，徘徊不前。《楚辭・哀時命》：「獨徙倚而彷徉。」王逸注：「徙倚，猶低佪也。言……獨徘徊彷徉而遊戲也。」志趣，依陶澍本當作「忘趣」。趣，同「趨」。急步走。⓲矜顏　臉部表情嚴肅。矜，嚴肅。顏，容顏。⓳燮燮　落葉聲。⓴去條　離開枝條。㉑淒淒　寒冷的樣子。㉒就寒　趨向寒冷。㉓日負影　太陽背負著它的影子，即太陽和它的影子相隨一起。〈命子〉有「負景隻立」。㉔偕沒　同時沒落；一起消失。㉕媚景　明媚的景色。㉖索偶　求偶；尋找同伴。㉗悼當年　哀歎壯年。㉘晚暮　遲暮；晚年。㉙恨　遺憾。㉚茲歲　這一年。㉛欲殫　將盡。㉜宵夢　夜夢。㉝從之　追隨她。之，指代所思的美人。㉞飄颻　飄飄蕩蕩，神思不定。㉟憑舟　乘船。㊱棹　一種划船工具，類似槳。㊲緣崖　攀緣山崖。㊳無攀　沒有可供攀緣之物。㊴畢昴　二星宿名。畢，二十八宿之一，有八顆星。昴，也是二十八宿之一，有四顆星。㊵盈軒　滿窗，謂從窗戶望去全是星星。㊶烱烱　《正字通・心部》：「烱，小明也。」此處形容目光。《楚辭・哀時命》：「夜烱烱而不寐兮，懷隱憂而歷茲。」王逸注：「言己中心愁怛，目為烱烱而不能眠，如遭大憂，常懷戚戚，經歷年歲，以至於此也。」㊷徘徊　謂徘徊不去，縈繞心中。㊸攝帶　繫好腰帶，即穿好衣服。㊹伺晨　等候天亮。㊺繁霜　濃霜。㊻粲　光燦燦；光亮耀目。㊼素階　白色的臺階。臺階因霜而白。㊽斂翅　收起翅膀。㊾流遠　謂笛聲從遠處飄來。㊿清哀　淒清哀怨。(51)妙密　美妙細密。(52)閑和　閑雅平和。(53)寥亮　同「嘹亮」。向秀〈思舊賦・序〉：「鄰人有吹笛者，發聲寥亮。」(54)藏摧　即「摧藏」，極度悲哀之意，猶「悽愴」。〈古詩為焦仲卿妻作〉：「摧藏馬悲哀。」(55)夫人　那個人，指代所思戀的美人。(56)送懷　送去懷念之情。(57)逝　逝去；消失。(58)奄冉　猶「荏苒」，謂時光漸漸過去。(59)就過　就要過去。《廣韻・宥韻》：「就，即也。」(60)勤思　憂思。(61)帶河　當據蘇寫本作「滯河」，與「阻山」相對，謂被山河所阻滯。滯，停留。(62)祛累　除去勞累思念之苦。(63)寄弱志句　謂將思念之意付之東流。弱志，與「雄心」相對，指思念美人之意。歸波，歸向大海的水波。

【語譯】想來我的願望必定難以實現，不過是自尋苦惱徒然傷心。滿懷憂情而無處訴說，只好漫步徘徊於南林。在落著露水的木蘭樹下棲息，在青松的樹蔭下隱身。或許在行路中能偶然與她相見，心中交織著恐懼與歡欣。竟然寂寞孤獨而無所見，終究是獨自憂思徒然找尋。撩起前襟返回舊路，瞻望夕陽感歎不已。步履徘徊忘了前進，表情嚴肅臉色慘悽。落葉蕭蕭離開枝條，冷風淒淒天氣漸寒。日光日影同時消失，月色明媚現於雲端。鳥聲淒厲獨自返巢，孤獸尋伴而不歸還。哀歎壯年成為遲暮，遺憾歲月將要過完。思念夜夢中能與她相隨，卻又神情不定恍惚不安。像是行船失去了船槳，又像是攀援山崖而無物可攀。此時繁星滿窗，北風淒淒。眼睜睜我難以入睡，思紛紛在腦際徘徊。我起身束帶等候天亮，濃霜耀目佈滿了白階。雄雞收攏翅膀尚未啼叫，笛聲遠來淒清而又悲哀。始則美妙細密閑雅平和，終則聲音嘹亮悽愴傷懷。料想那美人定在此處，於是託付行雲送去我的情懷。行雲逝去而無聲無語，時光漸漸就要消逝。徒然憂思而獨自悲歎，終因山河所阻而無法相聚。迎著清風以消除勞累，將那思念之情付之流水。

尤❶〈蔓草〉之為會❷，誦❸〈邵南〉之餘歌❹。坦萬慮以存誠❺，
憇遙情於八遐❻。

【章　旨】收斂情思，曲終奏雅，以寓諷諫之意。

【注　釋】❶尤　過錯，作動詞用，指責其過之意。《詩經・鄘風・載馳》：「許人尤之。」毛《傳》：「尤，過也。」❷蔓草之為會　指《詩經・鄭風・野有蔓草》所寫的那種男女私會。《詩》云：「野有蔓草，零露溥兮。有美一人，清揚婉兮。邂逅相遇，適我願兮。」〈詩小序〉說這首詩是寫「男女失時（錯過了婚姻年齡），思不期（沒有婚約）而會」。❸誦　朗誦。❹邵南之餘歌　指《詩經・召南》中所留下的合乎禮義的詩歌。如〈詩小序〉說〈召南〉中的〈草蟲〉是寫「大夫妻能以禮自防也」，〈采蘋〉是寫「大夫妻能循法度也」，〈野有死麕〉是寫「惡無禮也」。邵南，即〈召南〉，是《詩經》中的十五國風之一。❺坦萬慮句　謂放下各種情思以保存誠心。坦，《說文》：「安也。」此指安放、放下。萬慮，多種思慮，即以上所說的各種情思。存誠，保存誠實之心。典出《周易・乾卦・文言》：「閑邪存其誠。」❻憇遙情句　謂將遙念之情安置在八方之地。憇，同「憩」。休息。《詩經・召南・甘棠》：「召伯所憩。」憇遙情，把遙念之情加以安頓。遙情，遙念之情。八遐，八方遙遠之地。遐，遠。

【語　譯】指責〈野有蔓草〉式的男女私會，誦讀〈召南〉中合乎禮義的詩章。放下萬種情思以保

存誠心，把遙念之情安頓在八方之外。

【賞析】關於這篇賦的寫作用意，我們應當相信作者自己在序中的表白：「檢逸辭而宗澹泊，始則蕩以思慮，而終歸閑正，將以抑流宕之邪心，諒有助於諷諫。」這話雖然是針對張衡作〈定情賦〉、蔡邕作〈靜情賦〉而發，但他聲明自己寫作〈閑情賦〉也是「不謬作者之意」，並不違背作賦者旨在諷諫的本意，換言之，也是要「抑流宕之邪心，諒有助於諷諫」的。

問題是作者的主觀的創作意圖和作品的客觀的社會效果並不是統一的，以致招來了蕭統的批評：「白璧微瑕，惟在〈閑情〉一賦。揚雄所謂勸百而諷一者，卒無諷諫，何足搖其筆端！惜哉，亡是可也！」（〈陶淵明集序〉）平心而論，蕭統批評作者「卒無諷諫」，那是不符合事實的，賦的結尾四句指責〈野有蔓草〉式的男女私會，誦讀〈召南〉合乎禮義的詩章，畢竟是在諷諫。然而就全篇而言，那只是曲終奏雅，勸百諷一，實際上起不到什麼諷諫作用。揚雄說賦本是用來諷諫的，可是作賦「必推類而言，極麗靡之辭」，結尾雖然「歸之於正」，進行諷諫，可是讀賦的人卻只欣賞那些浮華的言辭，忽略了那微不足道的諷諫，就像「往時武帝好神仙，相如上〈大人賦〉欲以風（諷），帝反縹縹有陵雲之志」（《漢書・揚雄傳》），這種「繁華損枝，膏腴害骨，無貴風軌，莫益勸戒」（《文心雕龍・詮賦》）的客觀效果，乃是多數賦的通病。從這個角度上看，蕭統對〈閑情賦〉的批評也不是沒有道理的。錢鍾書先生說：「作者之宗旨非即作品之成效。其（指蕭統）謂『卒無諷諫』，正對陶潛自稱『有助諷諫』而發；其引揚雄語，正謂題（指標題）之意為『閑情』，而賦之用不免於『閒情』，旨欲『諷』而效反『勸』耳。流宕之詞，窮態極妍，澹泊之宗，形絀氣短，諍諫不敢搖惑；以此檢逸歸正，如朽索之馭六馬，彌年疾疢而銷以一丸也。」「事願相違，志功相背，潛斯作有焉。」（《管錐編》第四冊）

當然用現代的觀點看，男女相愛並不是什麼「邪惡」，描寫男女相愛也是無可厚非的。愛情本是文學作品的一個永恆的主題，被儒家奉為經典的《詩經》，其中就有許多描寫愛情的作品，為什麼陶潛就不能描寫男女愛情呢？他在一千多年以前就敢於大膽衝破封建思想的束縛，表現自己對愛情的熱烈追求，理應受到讚揚，後人完全沒有必要用所謂思念美人就是比喻思念君子賢人或聖帝明王等等難以使人相信的說法去替他強作辯解，這樣反而會降低這篇賦的思想意義。

這篇賦在藝術上獲得了驚人的成就，其想像的豐富，比喻的貼切，心理刻畫的細致，景物描寫的逼真，抒發情感的深刻，都是令人歎服的。特別是「十願」的描述，不但寫出了對美人的熱切思念，而且寫出了願望難以常好的悲哀和痛苦，據錢鍾書先生考證，在古今中外的作品中，還沒有發現第二個如此描述的例子，如明人《樂府吳調・掛真兒・變好》：「變一雙繡鞋兒，在你金蓮上套；變一領汗衫兒，與你貼肉相交；變一個竹夫人，在你懷兒裡抱；變一個主腰兒，拘束著你（的腰？）；變一管玉簫兒，在你指上調；再變上一塊的香茶，也不離你櫻桃小。」儘管寫了類似「十願」的「六變」，卻沒有寫出「六變」的難以常好，「尚不足為陶潛繼響也」（《管錐編》第四冊）。至於當今的新疆民歌中的「我願做一隻小羊，跟在她身旁」，就更沒有「十願」那樣豐富多變了。

歸去來兮辭❶並序

【題解】序中說這篇辭賦作於「乙巳歲十一月」，即晉安帝義熙元年（西元四〇五年）十一月，作者時年四十一歲。至於辭中說「農人告余以春及，將有事於西疇」，「木欣欣以向榮，泉涓涓而始流」是春景而非冬景，與作於十一月之說有矛盾，金人王若虛言「既歸之事，當想像而言之」（《滹南遺老集·卷三四·文辨》）。序中說明了作者出仕的緣起和願辭官歸田的原因，辭中將敘事、議論、寫景、抒情融為一體，除了說辭官歸田的決心外，著重寫棄官返家的喜悅和隱居田園的樂趣及感慨。

余家貧，耕植不足以自給。幼稚❷盈室，缾❸無儲粟，生生❹所資❺，未見其術。親故多勸余為長吏❻，脫然❼有懷❽，求之靡❾途。會❿有四方之事⓫，諸侯⓬以惠愛為德⓭，家叔⓮以余貧苦，遂見⓯用于小邑⓰。于時⓱風波未靜⓲，心憚遠役⓳，彭澤⓴去家㉑百里，公田㉒之利，足以為酒，故便求之。及㉓少日㉔，眷然㉕有歸歟之情㉖。何則？質性自然㉗，非矯勵㉘所得；飢凍雖切，違己㉙交病㉚；嘗從㉛人事㉜，皆口腹㉝自役。於是悵然㉞慷慨，深媿㉟平生之志。猶望一稔㊱，當斂裳㊲宵逝。尋㊳程氏妹㊴喪于武昌㊵，情在駿奔㊶，自免去職㊷。仲秋㊸至冬，在官八十餘日。因事㊹順心，命篇曰〈歸去來兮〉。乙巳歲㊺十一月也。

【章　旨】說明寫作此辭賦的緣由。

【注　釋】❶歸去來兮辭　即「歸去辭」。「來」與「兮」均為語助詞。辭，辭賦。錢鍾書說：「辭作於『歸去』之前，故『去』後著『來』，白話中尚多同此，如《西遊記》第五回女王曰：『請上龍車，和我同上金鑾寶殿，匹配夫婦去來！』又女妖曰：『那裡走！我和你耍風月兒去來！』皆將而猶未之詞也。」（《管錐編》第四冊）可見此辭是將要歸去而尚未成行時所作，辭中所寫歸去途中及歸去以後的情景乃想像之詞。❷幼稚　幼兒。陶淵明在〈責子〉詩中說他有「五男兒」。❸缾　通「瓶」。用來盛物的容器。❹生生　維持生活。前一個「生」字是動詞，後一個「生」字是名詞。❺資　費用。❻長吏　縣丞、縣尉一類的官員。《漢書・百官公卿表上》：「縣令、長……皆有丞、尉，秩（俸祿）四百石至二百石，是謂長吏。」❼脫然　霍然；忽然。《春秋公羊傳・昭公十九年》：「樂正子春之視疾也，復加一飯，則脫然愈。」何休注：「脫然，疾除貌也。」❽懷　心思；念頭。❾靡　無。❿會　恰逢。⓫四方之事　指奉命出使京都之事。《論語・子路》有「使於四方」的話，因此「四方之事」可以理解為奉命出使。作者〈乙巳歲三月為建威參軍使都經錢溪〉可證寫作此賦那年（即乙巳年）三月作者曾經以江州刺史、建威將軍劉敬宣的參軍身分出使京都。而據下文，作者當年秋天出任彭澤縣令，直到冬季十一月，任縣令僅八十多天。⑫諸侯　指刺史一類地方官，類似周代的諸侯。在這裡指建威將軍、江州刺史劉敬宣。⑬以惠愛為德　把惠人愛民作為一種美德。據《宋書・隱逸傳》及蕭統〈陶淵明傳〉記載，當時陶淵明擔任建威將軍劉敬宣的參軍，曾經對親朋說：「聊欲弦歌，以為三徑之資」，表示願意出任縣令，「執事者（當是指江州刺史劉敬宣）聞之，以為彭澤令。」這裡說的「諸侯以惠愛為德」，當是就此而言。⑭家叔　指作者的叔父陶夔，任太常卿。見〈晉故征西大將軍長史孟府君傳〉。⑮見　被。⑯小邑　指彭澤縣。據李公煥注，當時的刺史可以自己選用所屬縣的縣令而授予官職，即所謂「版授」。⑰于時　當時。⑱風波未靜　據《晉書・安帝紀》記載，桓玄雖然已在元興三年（西元四〇四年）被馮遷所殺，但他的舊將桓振還攻陷了江陵，晉安帝被扣留，晉將劉毅、何無忌退守潯陽（九江）。十月盧循又進攻廣州。義熙元年（西元四〇五年）三月，晉安帝從江陵回到京都，桓振又偷襲江陵。五月桓玄的舊將桓亮又進攻湘州。「風波未靜」可能指的就是這些事。風波，比喻戰亂。⑲遠役　指到遠處去做官。⑳彭澤　縣名，因彭蠡澤而得名，在今江西省北部，靠近長江。㉑去家　離家。彭澤縣離陶淵明的家鄉柴桑（今江西九江市西）約百餘里。㉒公田　地方政府所有的土地，用來補助官員的俸祿。㉓及　到。㉔少日　時間不長。㉕眷然　思念的樣子。㉖歸歟之情　回去的心情。《論語・公冶長》記載，孔子周遊列國，在陳曾發出「歸與（同歟）！歸與！」的感歎。㉗自然　不做作。㉘矯勵　矯揉造作。㉙違己　違背自己的心願。㉚病　痛苦。㉛從　參與。㉜人事　指仕宦之事。㉝口腹　糊口飽腹。㉞悵然　失意的樣子。㉟媿　同「愧」。㊱一稔　收穫一次。稔，穀子成熟叫稔。㊲斂裳　猶言收拾行裝。㊳尋　不久。㊴程氏妹　嫁給程家的妹妹，比陶淵明小三歲。義熙三年（西元四〇七年），陶淵明寫了〈祭程氏妹文〉。㊵武昌　在今湖北鄂城，晉時屬荊州，見《晉書・地理志下》。㊶駿奔　快馬趕去奔喪。㊷自免去職　自己主動免去官職，即辭職。按，陶淵明辭職的原因，這裡說的同《宋書・隱逸傳》和蕭統〈陶淵明傳〉記載的不為五斗米折腰而辭職似有出入，但實質上是一致的。不為五斗米折腰，其實也就是「質性自然，非矯勵所得……」等話的意思。至於為妹妹奔喪，究竟是事實還是託辭，亦無定論。㊸仲秋　農曆八月。㊹事　辭官歸田之事。㊺乙

巳歲　古代用干支紀年，乙巳相當於義熙元年。

【語　譯】我家貧窮，靠耕田種地不能夠自給。幼小的孩子擠滿了屋子，缸裡沒有儲糧，無法維持生活。親朋故舊大都勸我去做官，我忽然也就有了這樣的念頭，可是想求個一官半職卻沒有門路。恰好碰上有了奉命出使的差事，諸侯以愛民為美德，叔父也因為我貧苦，於是我被錄用到一個小縣去做官。當時戰亂還沒有平息，我心裡害怕到遠處去做官，彭澤縣離家只有一百里，官家的田收穫的糧食，足夠用來做酒，所以便要求到那裡去做縣令。到任不久，便有了回去的心情。為什麼呢？我的本性喜好自然，不能矯揉造作；飢餓寒冷雖然急切，可是去做違背自己心願的事卻使我心中更為痛苦；曾經參與仕宦之事，都是為了糊口飽腹而自己奴役自己。於是惆悵感慨，深深地因為沒有實現平生的願望而感到慚愧。可是我還是想收穫一季穀物之後，就收拾行裝夜裡悄然離去。不久，嫁給程家的妹妹死在武昌，我一心想趕快去奔喪，於是便自己免去自己的官職。從八月開始到冬天，做官的時間合計八十多天。因為辭官歸田一事符合我的心願，因此便寫了一篇辭賦，題目就叫做〈歸去來兮〉。時間是乙巳年十一月。

歸去來兮，田園將蕪胡不歸❶？既自以心為形役❷，奚惆悵而獨悲❸？悟已往之不諫❹，知來者之可追❺。寔迷途其未遠❻，覺今是而昨非。舟遙遙❼以輕颺❽，風飄飄而吹衣。問征夫❾以前路，恨晨光之熹微❿。

【章旨】寫棄官歸隱時的愉快心情。

【注釋】❶胡不歸　為什麼不回去。胡，何。《詩經·邶風·式微》：「式微式微，胡不歸？」❷心為形役　精神為肉體所奴役。形，肉體。陶淵明質性自然，但為了糊口飽腹，又不得不去做官，這就是心為形役。❸奚惆悵句　宋玉〈九辯〉：「惆悵兮而私自憐。」奚，何。❹諫　改正。❺來者之可追　《論語·微子》記載，楚國的狂者接輿曾向孔子歌唱：「往者不可諫，來者猶可追。已而已而，今之從政者殆（危險）而！」暗示要孔子改變積極從政的態度而去做隱士。❻迷途其未遠　屈原在〈離騷〉中敘述他積極從政，遭受挫折後的心情時說：「回朕車以復路兮，及行迷之未遠。」❼遙遙　陶澍校注：「緣君亭本云：『一作搖搖』。」❽輕颺　形容輕舟前進。颺，飛揚。❾征夫　行人。❿恨晨光句　寫淵明急於想見到家，由於早晨的陽光尚未升起，他因看不清前路而感到遺憾。恨，遺憾。熹，熙；光明。微，光線微弱。

【語譯】回去啊！田園將要荒蕪為什麼還不回去？既然自己認為精神被肉體奴役，幹嘛還滿懷惆悵而獨自傷悲？覺悟到了過去的事不能改正，就該知道未來的歲月可以急起直追。的確迷路還不算太遠，便發覺了自己的行為今是昨非。歸船搖搖輕快前進，晨風飄飄吹我裳衣。請問行人前程還有多遠，遺憾的是晨光微弱看不分明。

乃瞻衡宇❶，載❷欣載奔。僮❸僕歡迎，稚子候門。三逕❹就❺荒，松菊❻猶存。攜幼入室，有酒盈罇❼。引❽壺觴以自酌❾，眄❿庭柯⓫以怡顏⓬。倚南牕⓭以寄傲⓮，審⓯容膝⓰之易安。園日涉⓱以成趣，門雖設而常關。策⑱扶老⑲以流憩⑳，時矯首㉑而遐觀㉒。雲無心而出岫㉓，鳥倦飛而知還㉔。景㉕翳翳㉖以將入，撫孤松㉗而盤桓㉘。

【章　旨】寫回到家中以後的歡欣與閑適。

【注　釋】❶衡宇　橫木為門的簡陋房舍。衡，同「橫」。宇，屋簷；屋宇。《詩經·陳風·衡門》：「衡門之下，可以棲遲（遊息）。」❷載　又。❸僮　沒有成年的僕人。❹三逕　三徑；三條小路。據東漢趙岐《三輔決錄·逃名》記載，西漢末年的兗州刺史蔣詡，因為王莽專權，辭官到杜陵隱居，荊棘塞門，房舍旁有三條小路，只同逃名的求仲、羊仲兩個人往來。作者借用這個典故代指他家中的小路。❺就　接近。❻松菊　作者在詩文中反覆說到松菊，借以象徵他的品德。❼罇　「樽」的異體字，用來盛酒的器具。❽引　取。❾自酌　自己斟酒自己喝。❿眄　漫不經心地閑視。⓫柯　樹枝。⓬怡顏　和顏悅色。⓭牕　同「窗」。⓮寄傲　寄託傲視世俗的情懷。陸機〈逸民賦〉：「眄清霄以寄傲兮。」⓯審　的確。⓰容膝　差堪容膝的居室。典出《韓詩外傳·卷九·二三章》：楚莊王用金百斤聘北郭先生，北郭先生的妻子說：「今如結駟列騎，所安不過容膝；食方丈於前，所甘不過一肉。以容膝之安，一肉之味，而殉楚國之憂，其可乎？」於是遂不應聘。⓱涉　涉足。⓲策　作動詞用，拄的意思。⓳扶老　手杖名。⓴流憩　遊玩休息。㉑矯首　舉首。㉒遐觀　遠望。㉓岫　山穴。㉔鳥倦飛句　作者在詩文中多次寫到雲和歸鳥，以象徵自己的出仕和歸田。㉕景　日光。㉖翳翳　昏暗不明的樣子。㉗孤松　寓意於傲世。㉘盤桓　流連徘徊。

【語　譯】於是望見了家園，心中欣喜直往前奔。童僕出來歡迎，幼兒候在門前。小路接近荒蕪，松菊依然並存。牽著幼孩走進室內，看見有酒裝滿酒樽。取來壺杯自斟自酌，閑視庭樹以悅色和顏。靠著南窗寄託傲情，容膝小屋確也使人心安。天天到園圃去有了興趣，庭門雖設卻常常閉關。扶著手杖遊玩休息，時時抬頭向遠處觀看。白雲本是無意地從山間出來，鳥飛倦了也知道飛還。日光逐漸昏暗將要落下，我還撫摩著孤松打轉。

歸去來兮，請息交以絕游。世與我而相違❶，復駕言❷兮焉❸求？悅親戚❹之情話，樂琴書以消憂。農人告余以春及❺，將有事❻於西疇❼。或命❽巾車❾，或棹❿孤舟，既窈窕⓫以尋壑⓬，亦崎嶇而經丘⓭。木欣欣以向榮，泉涓涓⓮而始流。善⓯萬物之得時⓰，感吾生之行休⓱。

【章旨】寫退隱後與世隔絕的居家之樂和寄情山水的感慨。

【注釋】❶相違　互相違背；互相拋棄。❷駕言　猶出遊。典出《詩經・邶風・泉水》：「駕言出遊，以寫（瀉）我憂。」❸焉　何。❹親戚　古代族內族外的親屬都可稱為親戚。❺及　到。❻事　指農事。❼疇　田地。❽命　使喚。❾巾車　裝有帷幕的車子。❿棹　在船兩旁划水的工具，這裡作動詞用，划的意思。⓫窈窕　深幽曲折的樣子，就山路而言。⓬壑　山間的小溪。⓭丘　小山。⓮涓涓　細水流動的樣子。⓯善　羨慕。⓰得時　遇上了好的季節，指春季。⓱行休　將要了此一生。行，將。

【語譯】回去啊！請讓我與世俗斷絕交遊。世俗與我互相違棄，我還追求什麼再去出遊？親人的情話讓我喜悅，琴書中的樂趣足以消憂。農民告訴我春天來到，將有農事要去西邊田畝。有時叫來一輛帷車，有時盪起一葉孤舟。既可以到幽深的地方尋找溪壑，也可以行走不平的道路登上山丘。樹木顯得欣欣向榮，泉水開始細細淌流。羨慕萬物幸得其時，感歎我的一生將到盡頭。

已矣❶乎，寓形宇內❷復幾時！曷不委心任去留❸？胡為❹乎遑遑❺兮欲何之❻？富貴非吾願，帝鄉❼不可期❽。懷良辰以孤往，或植杖而耘耔❾。登東皋❿以舒嘯⓫，臨清流而賦詩⓬。聊⓭乘化⓮以歸盡⓯，樂夫天命⓰復奚疑⓱！

【章旨】以順應自然、樂天知命作結，表現了作者曠達的人生觀。

【注釋】❶已矣　算了。已，止。❷寓形宇內　形體寄託在宇宙之內，即活在世上的意思。❸曷不委心句　典出嵇康〈琴賦〉：「齊萬物兮超自得，委性命兮任去留。」委心，放任心志；想得開。去留，謂死生。❹胡為　為何。❺遑遑　匆忙的樣子。❻之　往。❼帝鄉　相傳天帝所居住的地方。據《莊子・天地》記載，華封人曾對堯帝說，作為聖人，天下有道就與物皆昌，天下無道就修德閑居，千歲厭世，就離開世上到天上去做神仙，「乘彼白雲，至於帝鄉。」❽期　期待；指望。❾或植杖句　謂有時拄著手杖耘田除草和培土。典出《論語・微子》：「植其杖而芸（耘）。」詳見〈癸卯歲始春懷古田舍・一〉注⓴。耘，耘田除草。耔，培土。❿皋　水邊高地。⓫舒嘯　放聲長嘯。嘯，撮口出聲。⓬臨清流句　語本嵇康〈琴賦〉：「臨清流，賦新詩。」臨，向下看。賦詩，吟詩。⑬聊　暫且。⑭乘化　順化；順應由生到死的自然變化。⑮歸盡　歸之於盡，謂死亡。⑯樂夫天命　以安於天命為樂。典出《周易・繫辭上》：「樂天知命故不憂。」⑰奚疑　何疑。

【語譯】算了吧，活在世上還有多久！何不放任心志隨它去和留？為什麼那樣匆匆忙忙啊，欲往何處？富貴非我心願，仙鄉難以企求。願趁良辰獨自出遊，或者拄著手杖耕耘隴畝。登上東邊高地盡情長嘯，俯視清澈溪流吟唱新詩。姑且順應自然變化了此殘生，樂天知命還有何疑！

【賞析】宋代以來，對這篇辭賦評價很高，如歐陽脩說：「晉無文章，惟陶淵明〈歸去來兮辭〉一篇而已。」（《東坡志林》卷七）這篇辭的成功就在於真實，它用樸素生動、明白曉暢的語言，寫出了作者從出仕到歸田的真實情懷，是一篇自然真率意味無窮的文字。宋人釋惠洪輯《冷齋夜話・卷三》把這篇辭賦作為誠實為文的例子，先引李格非的話說：「諸葛孔明〈出師表〉、劉伶〈酒德頌〉、陶淵明〈歸去來辭〉、李令伯〈陳情表〉，皆沛然從肺腑中流出，殊不見斧鑿痕。」然後分析說：「是數君子在後漢之末，兩晉之間，初未嘗以文章名世，而其意超邁如此，吾是知文章以氣為主，氣以誠為主，故老杜（指杜甫）謂之詩史者，其大過人在誠實耳。」這分析是很中肯的。

　這篇辭的序言先說明了作者因貧而仕和棄官歸田的經過，正文則寫他棄官歸田的決心和歸田後的樂趣和感慨，二者互為補充，成為密不可分的整體。為了生活，他不得不出仕；出仕之後，又感到「質性自然，非矯勵所得；飢凍雖切，違己交病」，深深體會到了「心為形役」的精神痛苦，因而喊出了「悟已往之不諫，知來者之可追。寔迷途其未遠，覺今是而昨非」的心聲，悔悟和慶幸之情溢於言表，決心與污濁黑暗的官場訣別，辭官歸隱，表現出不願與統治者同流合污的高尚品德。作出了這一決定以後，他內心是那樣的高興，竟然到了「載欣載奔」的程度。歸田以後，或「攜幼」，或「自酌」，或「眄柯」，或「涉園」，或「流憩」，或「遐觀」，或取樂於親戚，或消憂於琴書，或「尋壑」，或「經丘」，或「孤往」，或「耘耔」，或「舒嘯」，或「賦詩」，一切都是那樣的愜意。但他知道「盛年不重來」，「歲月不待人」（〈雜詩〉），因而又發出了「善萬物之得時，感吾生之行休」的悲歎，在無可奈何之中只得以「樂天知命故不憂」（《周易・繫辭上》）來自寬自解。這又說明他在歸田以後並不真的就是那樣整天飄飄然而無憂無慮的。

辭中無論是敘事寫景，議論抒情，都佳句疊出，引人入勝，特別是採用了象徵手法來寄託情意，更是耐人尋味，如「松菊猶存」、「撫孤松而盤桓」，以松菊來象徵自己的孤高的品德，因而博得了龔自珍「萬古潯陽松菊高」（〈己亥雜詩〉）的稱讚。又如「雲無心而出岫，鳥倦飛而知還」兩句，前句象徵自己本來無心而出仕，後句象徵倦於世事而歸隱，使讀者回味無窮。

卷六 記傳述贊

桃花源❶記 並詩

【題解】這篇記和詩，當是晉亡以後之作。記中的「避秦時亂」、「無論魏晉」，據洪邁說：「乃寓意於劉裕，託之於秦，借以為喻。」（《容齋隨筆・三筆・卷一〇》）所以寫作時間當在晉亡以後的劉宋時代。在記和詩中，作者虛構了一個日出而作，日入而息，沒有壓迫剝削，人人自食其力，和平寧靜，風俗淳樸，與世隔絕的社會，以寄託自己的社會理想，曲折地表達了他對當時戰亂現實的不滿。

晉太元❶中，武陵❷人，捕魚為業。緣溪行，忘路之遠近。忽逢桃花林，夾岸數百步，中無雜樹，芳草鮮美，落英繽紛❸。漁人甚異之，復前行，欲窮❹其林。林盡水源，便得一山。山有小口，髣髴❺若有光。便捨船，從口入。初極狹，纔❻通人。復行數十步，豁然❼開朗。土地平曠，屋舍儼然❽，有良田、美池、桑竹之屬。阡陌❾交通，雞犬相聞。其中往來種作，男女衣著，悉如外人。黃髮❿垂髫⓫，並怡然自樂。見漁人，乃⓬大驚，問所從來，具⓭答之。便要⓮還家，設酒殺雞作食。村中聞有此人，咸來問訊，自云先世避秦時亂⓯，率妻子邑人來此絕境，不復出焉，遂與外人間隔。問今是何世，乃⓰不知有漢，無論魏晉！此人一一為具言所聞，皆歎惋。餘人各復延⓱至其家，皆出酒食。停數日，辭去。此中人語⓲云：「不足⓳為外人道也。」既出，得其船，便扶⓴向路㉑，處處誌之。及郡下，詣㉒太守㉓，說如此。太守即遣人隨其往，尋向所誌，遂迷不復得路。南陽㉔劉子驥㉕，高尚士也，聞之，欣然親往㉖，未果㉗。尋㉘病終。後遂無問津㉙者。

【章　旨】這是記，描述漁人發現桃花源的經過以及他在桃花源中的所見所聞，並說明此後再無人問津桃花源。

【注　釋】❶桃花源　地名，其地所在，說法不一，有說在桃源縣南十里（李公煥注引《桃源經》），有說在武陵桃花觀（鄭景望《蒙齋筆談》），有說在鼎州桃花觀（陶澍《陶靖節集・卷六》引康駢說），有說是在北方之弘農或上洛，而不在南方之武陵（陳寅恪《桃花源記旁證》）。還有人認為是作者虛構的地方，不必求其實，如清代林雲銘《古文析義》即主此說，認為「不必實有是鄉」。沈德潛也說：「此即羲皇之想也，必辨其有無，殊為多事。」（《古詩源・卷八》）我們認為這種說法言之有理。今湖南桃源縣有相傳的桃花源舊址，筆者曾往遊覽，所見之狀，與陶淵明所述大異其趣，但景物亦佳。❷太元　晉武帝司馬曜在位時的一個年號，相當於西元三七六到三九六年。❸武陵　郡名，在今湖南常德境內。❹繽紛　繁盛的樣子。❺窮　盡。❻髣髴　同「彷彿」。❼纔　才；僅。❽豁然　敞開的樣子。❾儼然　整齊的樣子。❿阡陌　田間小路。⓫黃髮　指老年人。《詩經・魯頌・閟宮》：「俾爾壽而康，黃髮台背。」後世因此以「黃髮」稱長壽者。⓬垂髫　指小孩。小孩頭上紮起來下垂的短髮叫「髫」。⓭乃　竟然。⓮具　通「俱」。全。⓯要　同「邀」。⓰秦時亂　指秦朝時天下大亂。⓱乃　竟。⓲延　請。⓳語　告訴的意思。⓴不足　不值得；不必。㉑扶　緣；沿著。㉒向路　往日經過的路。㉓詣　前往。㉔太守　郡的行政長官。㉕南陽　晉時有南陽國，屬荊州，下轄十四縣，見《晉書・地理志下》。㉖劉子驥　名驎之，子驥是他的字，南陽人，好遊山澤，志在遁逸。相傳他曾到衡山採藥，看見一處澗水，有兩個像圓倉一樣的石頭，一個閉著，一個開著，澗水深廣，不能過去。想回去，又迷了路。後來碰到了一個伐木做弓的人，問明路，才回家。又說那圓倉似的石頭裡面都是一些仙靈方藥等雜物。劉驎之還想再去尋找，終於再也找不到那地方。詳見《晉書・隱逸傳》。㉗親往　陶本作「規往」，譯文從之。規，計劃。錢鍾書說：「焦本云：一作『親』，非。是也。『欲往』可曰『未果』，『親往』則身既往，不得言『未果』矣。」見《管錐編》

第四冊。㉘果　成為事實。㉙尋　不久。㉚問津　問路。典出《論語・微子》：「使子路問津焉。」津，渡口。

【語　譯】晉朝孝武帝太元年間，有一個武陵人，以捕魚為生。他沿著一條小溪往前行船，忘記了路的遠近。忽然遇上了一片桃花林，長在小溪兩岸幾百步寬的地方，中間沒有雜樹，佈滿了鮮豔美麗的芳草，桃花瓣紛紛落在地上。那個捕魚的人覺得很奇怪，又再往前行，想行到那片桃花林的盡頭。桃花林的盡頭便是溪水的源頭，就發現一座山。山上有個小口，彷彿像是有點亮光。他便離開船，從山口進去。開始時山口很狹窄，僅僅能通過一個人。再往前走幾十步，便豁然開朗。土地平坦寬廣，房屋井然有序，有良好的田地、美麗的池塘以及桑樹、竹子之類。田間有小路交互相通，雞鳴狗吠的聲音互相都能聽到。那裡面的人，來來往往，耕田種地，男女的衣著，全都像桃花源外面的人的衣著一樣。老年人和小孩，都顯得高興，感到歡樂。他們見到那個捕魚的人，竟然十分驚奇，問他從哪裡來，他都一一作了回答。於是他們便邀他回家，擺酒殺雞招待他吃飯。村裡聽說來了這麼一個人，都前來探問消息，並且自我介紹說：祖先躲避秦朝時的動亂，便率領妻子兒女和同鄉人來到這個與世隔絕的地方，不再出去，於是便同外面的人隔離開來。問他們現在是什麼朝代，他們竟然不知道有漢朝，更不必說魏朝、晉朝了！這個捕魚的人將他自己在外面的所見所聞一一都向他們作了介紹，他們聽了都感歎惋惜。其餘的村人各自再請他到他們的家裡，都擺出酒和飯菜招待他。他在村裡住了幾天，便向村人告辭回去。這個村裡的人告訴他說：「這裡的情況，不值得對外面的人說啊。」他出來以後，找到了他原來的船，便沿著從前經過的路出來，處處留下記號。到了郡裡辦公的地方，便去拜見太守，講說了這件事。太守馬上就派人跟隨他前去，尋找過去他所作的記號，然而卻迷了道，再也找不著原來的路了。南陽的劉子驥，是位品德高尚的士人，聽說了這件事，便興致勃勃地計劃前往桃花源，後來沒有去成。不久，他就病死了。以後就沒有前去訪問的人了。

嬴氏❶亂天紀❷，賢者❸避其世。黃綺❹之❺商山❻，伊人❼亦云❽逝❾。往迹❿浸⓫復湮⓬，來逕⓭遂蕪廢。相命⓮肆⓯農耕，日入⓰從所憩⓱。桑竹垂餘蔭⓲，菽⓳稷⓴隨時㉑藝㉒。春蠶收長絲，秋熟靡㉓王稅㉔。荒路曖㉕交通，雞犬互鳴吠㉖。俎豆㉗猶古法㉘，衣裳無新製㉙。童孺縱行歌，班白㉚歡游詣㉛。草榮識節和㉜，木衰知風厲㉝。雖無紀曆誌㉞，四時㉟自成歲。怡然有餘樂，于何勞智慧！奇蹤㊱隱五百㊲，一朝敞神界㊳。淳薄㊴既異源，旋㊵復還幽蔽㊶。借問游方士㊷，焉測塵囂㊸外？願言㊹躡㊺輕風，高舉㊻尋吾契㊼。

【章旨】這是詩，除了交代桃源中人的生產、生活情況以及作者對這個世外桃源的嚮往之情。

【注　釋】❶嬴氏　指秦始皇、秦二世等。秦的祖先，舜帝時賜姓嬴。❷亂天紀　指秦朝統治者實行暴政，胡作非為，破壞正常的社會秩序。天紀，指天道紀綱。《偽古文尚書・胤征》說羲和「俶擾天紀」，即開始擾亂天紀，悖亂天時。❸賢者　指夏黃公、綺里季等人，詳見下注。❹黃綺　即夏黃公和綺里季。皇甫謐《高士傳・卷中》說他們在「秦始皇時，見秦政虐，乃退入藍田山」，「共入商雒，隱地肺山。」❺之　往。❻商山　在今陝西商縣東南。❼伊人　此人，指到桃花源去的人。《詩經・秦風・蒹葭》：「所謂伊人，在水一方。」❽云　語助詞。❾逝　往，指避開亂世，前往桃花源。❿往迹　指前往桃花源時的行蹤。迹，蹤跡。⓫浸　逐漸。⓬湮　湮沒；消失。⓭逕　同「徑」。小路。⓮相命　相告；互相招呼。⓯肆　極力；盡力。⓰日入　日落。⓱從所憩　結伴回來休息。從，相從；結伴。憩，休息。⓲垂餘蔭　餘蔭投地。⓳菽　豆子。⓴稷　高粱。㉑隨時　隨著季節。㉒藝　種植。㉓靡　無。㉔王稅　皇家徵收的賦稅。㉕曖　昏暗的樣子。㉖雞犬句　典出《老子・八〇章》說：「甘其食，美其服，安其居，樂其俗，鄰國相望，雞犬之聲相聞，民至老死，不相往來。」不過桃花源裡的人還是互相往來。㉗俎豆　古時的兩種盛祭品的祭器，引申為祭祀之意。㉘古法　古代禮制。㉙新製　新的款式。㉚班白　同「斑白」。指頭髮花白的老人。㉛游詣　遊玩。詣，往。㉜節和　季節溫暖。㉝厲　厲害；猛烈。㉞紀曆誌　記載歲時的曆書。㉟四時　四季。㊱奇蹤　奇跡。㊲五百　自秦至晉有五百多年，故言「五百」。㊳神界　神奇的境界。㊴淳薄　淳厚和輕薄。淳，就桃花源內的世風而言。薄，就外界的世俗而言。㊵旋　隨即。㊶幽蔽　隱蔽，指後人無法再找到桃花源。㊷游方士　《莊子・大宗師》記孔子的話說：「彼（指孟子反、子琴張等出世人物），遊方之外者也；而丘（孔丘），遊方之內者也。」這裡的「游方士」是指遊於方內之士，即入世的俗人。㊸塵囂　塵世。塵世喧囂，故言「塵囂」。㊹願言　願意。言，語助詞。《詩經・衛風・伯兮》：「願言思伯。」㊺躡　踏；乘。㊻高舉　高飛。㊼吾契　與我志趣相同的人，即桃花源中人。契，合。

【語　譯】秦王朝攪亂了皇天的秩序，賢人就去避世隱居。夏黃公、綺里季去了商山，這些人也就前往到桃花源裡。往日的行蹤漸漸湮沒，進來的小路於是荒廢。互相招呼致力農耕，太陽下山便同去休息。桑樹竹林投下陰影，豆子高粱按時種在地裡。春天養蠶收得長絲，秋穀成熟不交王稅。荒山幽徑不便往來，互相聽得雞叫狗吠。祭祀還是遵循古禮，衣裳沒有新的款式。小孩縱情行歌唱，老人歡樂去遊憩。芳草開花識季暖，樹葉凋落知風厲。雖然沒有備曆書，春夏秋冬自成歲。怡然自得多歡樂，為何要去勞心機！奇跡隱蔽五百年，一旦敞開境界奇。淳厚輕薄不同源，敞開立即又隱蔽。請問塵世庸俗人，哪知世外如此美？願乘輕風離塵世，遠走高飛尋知己。

【賞　析】這篇記和詩描繪了一個與世隔絕的烏托邦式的空想社會——桃花源，是作者社會理想的寄託。在這裡沒有戰亂，沒有壓迫，沒有剝削，沒有欺詐，人人自食其力，和平寧靜，風俗淳樸，一切都和黑暗的社會現實相對立，實際表現了作者對當時的黑暗現實的不滿和否定，反映了他對理想社會的追求。由於桃花源是作者虛構出來用以寄託其社會理想的烏托邦，所以在記中將它寫成若有若無，忽隱忽現，來時是「忽逢」，出來以後再去則「不復得路」，充滿了虛幻的迷人色彩。可是它又不是仙境而是人境，不是天上而是人間，其中的一切都是那樣富有生活氣息，看得見，摸得著，真實性很強，作者很好地處理了幻想與現實的關係。此外，記的結構嚴謹，如首先寫漁人如何發現桃花源，其次寫漁人在桃花源中的所見所聞，再次寫漁人離開桃花源以後的情況，層次分明。寫漁人發現桃花源，則由「溪」到「林」，由「林」到「山」，由「山」到「村」，真是「山重水複疑無路，柳暗花明又一村」（陸游〈遊山西村〉），步步引人入勝；寫漁人在桃花源的情況，則先寫所見，再寫所聞，處處有條不紊。作者所使用的語言質樸自然，看似平淡，卻富有情趣，如寫桃花林的景色，饒有詩意；寫桃源中人，連用「大驚」、「咸來問訊」、「皆歎惋」等詞語，突出了他們與世隔絕的心情，餘味無窮。詩先寫桃源人的由來，次寫桃源中情況，再寫桃源敞而復閉，再寫作者的嚮往之情，亦次序井然，且虛實相生，亦真亦幻，與記融為一體，珠聯璧合，相得益彰。

晉故西征大將軍❶長史❷孟府君❸傳並贊

【題　解】這是作者為他的外祖父孟嘉寫的一篇傳。《世說新語・識鑒》劉孝標注引作〈嘉別傳〉，可能由於這篇傳主要是寫孟嘉的趣聞逸事的緣故。《晉書・卷九〇八》有〈孟嘉傳〉，較為簡略，當是節錄這篇傳寫成的。傳中說到「淵明先親，君之第四女也。凱風寒泉之思，寔鍾厥心」，表達了孝子思親的思想。既稱母親為「先親」，說明他母親已去世，因而人們認為這篇傳當作於淵明的母親死後不久。據〈祭程氏妹文〉李公煥注，淵明的母親死於隆安五年（西元四〇一年，淵明時年三十七歲）冬天，這篇傳可能就是第二年（元興元年，西元四〇二年）寫的。傳中記載了孟嘉的趣聞逸事，表現了孟嘉澹泊超俗、溫和淡雅、平易曠達的襟懷，隨和而又不媚俗的品德，同時對孟嘉德高而不長壽深表惋惜。孟嘉的人品對淵明性格的形成是有積極影響的。

君諱❹嘉，字萬年，江夏❺鄂❻人也。曾祖父宗❼，以孝行稱❽，仕吳❾司馬❿。祖父揖⓫，元康⓬中為廬陵⓭太守。宗葬武昌⓮新陽縣⓯，子孫家焉，遂為縣人也。

【章旨】介紹孟嘉的姓氏、籍貫及門第。

【注釋】❶故西征大將軍　指桓溫。故，表示已經去世。西征大將軍，陶本作「征西大將軍」。永和二年（西元三四六年），桓溫率眾西伐李勢，三戰三捷，回師後，進位征西大將軍。❷長史　官名，孟嘉在桓溫部下任過長史。❸府君　漢魏以來對人的敬稱。❹諱　孟嘉是陶淵明已死的外祖父，為了表示對死者的尊敬，所以用「諱」字。❺江夏　郡名，治所在今湖北安陸。❻鄂　《晉書・孟嘉傳》、《世說新語・識鑒》注引〈嘉別傳〉作「鄳」，據《晉書・地理志下》江夏郡有鄳縣而無鄂縣，「鄂」當作「鄳」。鄳，在今河南羅山縣。❼宗　孟宗。❽稱　著稱；出名。❾吳　三國時的吳國。❿司馬　據陶本及《晉書・孟嘉傳》、《世說新語・識鑒》注引〈嘉別傳〉當作「司空」，官名，主管土木工程建築。⓫揖　孟揖。⓬元康　西晉惠帝的一個年號，相當於西元二九一到二九九年。⓭廬陵　郡名，治所在石陽，舊城在今江西吉水縣境內。⓮武昌　郡名，治所在今湖北鄂城。⓯新陽縣　據《晉書・地理志下》，武昌郡屬下有陽新縣而無新陽縣，「新陽」當作「陽新」。今湖北有陽新縣。

【語譯】孟府君名嘉，字萬年，是江夏郡鄳縣人。曾祖父孟宗，因為孝敬父母而著稱，做過東吳的司空。祖父孟揖，元康年間，做過廬陵郡太守。孟宗安葬在武昌郡陽新縣，子孫就在那裡安家，於是就成為了陽新縣人。

君少失父，奉母二弟居。娶大司馬❶長沙桓公❷陶侃❸第十女，閨門孝友❹，人無能間❺，鄉閭稱之。沖默❻有遠量❼，弱冠❽，儔類❾咸❿敬之。同郡郭遜⓫，以清操知名，時在君⓬右⓭，常歎君溫雅平曠⓮，自以為不及。遜從弟⓯立，亦有才志，與君同時齊譽，每推服⓰焉。由是名冠州里⓱，聲流⓲京邑⓳。

【章　旨】介紹孟嘉的婚姻、品德和聲望。

【注　釋】❶大司馬　官名，南北朝時與大將軍並稱二大，位在三公之上。❷長沙桓公　陶侃仕晉，屢建大功，曾受封為長沙郡公，死後追贈大司馬，謚為桓，故稱大司馬長沙桓公。❸陶侃　是陶淵明的曾祖父，字士行，本是鄱陽人，後來將家遷到潯陽，即今江西九江。❹孝友　孝敬父母，友愛兄弟。❺間　離間。❻沖默　澹泊恬靜。❼遠量　高遠的度量。❽弱冠　《禮記・曲禮上》：「二十曰弱，冠（行冠禮）。」❾儔類　同輩。❿咸　都。⓫郭遜　事跡不詳。⓬君　孟府君。⓭右　上。古以右為上。《史記・廉頗藺相如列傳》：「位在廉頗之右。」⓮溫雅平曠　溫和、淡雅、平易、曠達。⓯從弟　叔伯弟弟。⓰推服　推許佩服。⓱州里　州郡鄉里。⓲流　流傳。⓳京邑　京都，指東晉的首都建康，在今江蘇南京市。

【語　譯】孟府君年輕的時候失去了父親，侍奉母親，同兩個弟弟住在一起，娶了大司馬長沙桓公陶侃的第十個女兒做妻子，在家孝敬母親，友愛弟弟，人們不能離間他們，受到鄉里人稱讚。孟府君澹泊恬靜，有高遠的度量，二十歲時，同輩人就都敬重他。同郡人郭遜，因為操守清高而聞名，當時聲望在孟府君之上，卻常常讚歎孟府君溫和、淡雅、平易、曠達，自以為趕不上他。郭遜的堂弟郭立，也是一個有才能和志氣的人，與孟府君有同等的聲譽，也每每推許佩服孟府君。因此孟府君的名聲在州郡鄉里當中排第一，並且流傳到京都。

大尉❶穎川❷庾亮❸，以帝舅❹民望，受分陝之重❺，鎮武昌❻，并領江州❼，辟❽君部廬陵從事❾。下❿郡⓫還，亮引見⓬，問風俗得失。對曰：「嘉不知，還傳⓭當問從吏⓮。」亮以麈尾⓯掩口而笑。諸從事既去，喚弟翼⓰，語之曰：「孟嘉故⓱是盛德人也。」

【章　旨】孟嘉受到太尉庾亮的讚賞。

【注　釋】❶大尉　即「太尉」，官名，三公之一。大，通「太」。❷穎川　當作潁川，郡名，屬豫州，晉時治所在許昌。❸庾亮　字元規，他的妹妹是晉明帝的皇后。庾亮死後，被追贈為太尉。《晉書·卷七三》有傳。❹帝舅　晉成帝的舅父。帝，指晉成帝，是庾亮的妹妹所生，所以庾亮是晉成帝的舅父。❺分陝之重　指輔佐皇室之重任。陝，陝縣，在今河南西部三門峽附近。相傳西周初年，成王年幼，周公和召公輔成王，分陝而治，周公治理陝縣以東，召公治理陝縣以西。晉明帝病重期間，庾亮同司徒王導受遺詔，輔幼主晉成帝，太后（即庾亮的妹妹）臨朝，政事一決於亮，所以說他「受分陝之重」。❻鎮武昌　晉成帝曾提拔庾亮都督江、荊、豫、益、梁、雍六州諸軍事，領江、荊、豫三州刺史，進號征西將軍，鎮守武昌。❼江州　治所在潯陽，即今江西九江。❽辟　徵召。❾部廬陵從事　廬陵郡的部從事。廬陵，郡名。部從事，官名。《晉書・職官志》：「郡各置部從事一人，小郡亦置一人。」❿下　下到。⓫郡　指廬陵郡。⓬引見　接見。⓭傳　傳舍，類似招待所。⓮從吏　隨從官員。⓯麈尾　魏晉時人清談時常執的一種拂子，用麈的尾毛製成，又叫拂麈。《埤雅・釋獸》：「麈，似鹿而大，其尾辟塵。」⓰翼　庾翼是庾亮的第三個弟弟。⓱故　通「固」。本來。

【語譯】籍貫潁川的太尉庾亮，憑藉他是晉成帝的舅父的身分和民望，接受輔佐幼主的重託，鎮守武昌，同時兼任江州刺史，徵召孟府君去擔任廬陵郡的部從事。孟府君到郡下回來，庾亮接見他，詢問他有關地方的風俗得失方面的情況，孟府君回答說：「我孟嘉不知道，我回到招待所當詢問我的隨從官吏。」庾亮聽了便用麈尾遮住嘴笑起來。各位從事回去以後，庾亮叫來三弟庾翼，告訴他說：「孟嘉本是個有盛德的人啊。」

君既辭出外，自除吏❶，便步歸家，母在堂❷，兄弟共相歡樂，怡怡❸如❹也。旬有餘日，更版❺為勸學從事❻。時亮崇修學校，高選儒官，以君望實❼，故應尚德之舉❽。

【章旨】孟嘉辭官歸家，樂敘天倫，後又做了勸學從事。

【注釋】❶吏　指部從事，是刺史的佐吏。❷在堂　健在之意，《左傳・哀公二年》：「君夫人在堂，三揖在下。」❸怡怡　和樂的樣子。❹如　然。❺更版　改授別的官職。版，授官。又稱「版授」。❻勸學從事　官名。❼望實　名望和實際的才能。❽故應尚德句　應，適應；符合。尚德之舉，崇尚道德的舉措。晉有「尚德之舉」之說，如李重〈論霍原舉寒素奏〉：「故開寒素，以明尚德之舉。」裴頠〈表〉：「或明揚側陋，或起自庶族，豈非尚德之舉，以臻斯美哉！」孟嘉因德高望重被選為儒官，正與「尚德之舉」相適應。

【語譯】孟府君辭別太尉庾亮出來，就自己免去部從事的職務，便步行回到家裡，母親健在，兄弟歡聚一起，非常愉快。十多天以後，改任勸學從事的官職。當時庾亮提倡修建學校，選拔德高望重的人做儒學教官，因為孟府君有這樣的名望和實才，所以便徵舉他，以符合崇尚道德的舉措。

太傅❶河南❷褚褒❸，簡穆❹有器識❺，時為豫章❻太守❼，出，朝宗❽亮。正旦❾大會州府人士，率❿多時彥⓫，君在坐次⓬甚遠。褒問亮：「江州有孟嘉，其人何在？」亮云：「在坐，卿但自覓。」褒歷觀⓭，遂指君謂亮曰：「將無⓮是⓯耶？」亮欣然而笑，喜褒之得君，奇君為褒之所得，乃益器焉。

【章旨】孟嘉受到太傅褚裒的賞識。

【注釋】❶太傅　官名。晉代稱太師、太傅、太保為上公，位在三公（太尉、司徒、司空）之上。❷河南　郡名，轄十二縣，其中有陽翟縣。❸褚褒　當作「褚裒」。《晉書·外戚傳》中有〈褚裒傳〉。裒，字季野，他的女兒是晉康帝的皇后。為人有簡貴之風，外無臧否，內有褒貶。在官清約，曾為豫章太守。晉康帝即位後，裒歷任高官。死後追贈為侍中、太傅。❹簡穆　簡約靜穆。❺器識　度量見識。❻豫章　郡名，治所在今江西南昌市。❼太守　郡的行政長官。❽朝宗　相當於朝見。《周禮·春官·大宗伯》：「春見曰朝，夏見曰宗。」指的是諸侯朝見周王，這裡說的是郡太守去見州刺史。❾正旦　正月初一。《東觀漢記》：「正旦朝賀，百僚畢會。」❿率　大多數。⓫時彥　當時的英才。⓬坐次　座位。⓭歷觀　環視。⓮將無　大概是；莫非是。《演繁露續集·卷五》：「不直云『同』而云『將無同』者，晉人語度自爾也。」「將無者，猶言殆是此人也，意以為是而未敢自主也。」⓯是　此。

【語譯】籍貫河南的太傅褚裒，簡約靜穆，是個有度量、有見識的人，當時擔任豫章太守，他出境去拜見庾亮。元旦那天，庾亮舉行大的集會，同州府人士見面，到會的多是當時的英才，孟府君的座位被安排在離主座很遠的地方。褚裒問庾亮：「江州有位孟嘉，那人在哪裡？」庾亮說：「他在座，你只管自己去找。」褚裒環視四座，於是就指著孟府君對庾亮說：「莫非就是這一位吧？」庾亮高興地笑了起來，為褚裒找到了孟府君而高興，同時也為孟府君被褚裒認出來了而感到驚奇，於是更加器重孟府君。

舉秀才❶，又為安西將軍庾翼❷府功曹❸，再為江州別駕❹、巴丘❺

令、征西大將軍譙國❻桓溫❼參軍❽。君色和而正，溫甚重之。九月九日，溫游龍山❾，參佐❿畢⓫集，四弟⓬二甥咸在坐。時佐吏⓭並著戎服⓮，有風吹君帽墮落，溫目左右及賓客勿言，以觀其舉止。君初不自覺，良久如廁⓯，溫命取以還之。廷尉⓰太原⓱孫盛⓲，為諮議參軍⓳，時在坐，溫命紙筆令嘲之。文成示溫，溫以著坐處⓴。君歸，見嘲笑而請筆作答，了不㉑容思，文辭超卓，四座歎之。

【章旨】孟嘉在遊龍山時，風吹帽落，受到桓溫、孫盛嘲笑，孟嘉請筆作答，文辭超群，四座歎服。

【注釋】❶秀才　優秀人才。選拔秀才的制度，從漢朝開始。❷庾翼　庾亮的三弟。庾亮死後，他曾做安西將軍。《晉書．卷七三》有傳。❸府功曹　軍府裡的功曹。府，此指將軍府。功曹，官名。❹別駕　是刺史的佐吏。❺巴丘　縣名，屬廬陵郡，在今江西峽江縣內。❻譙國　在今安徽懷遠。❼桓溫　字元子，譙國人，永和二年（西元三四六年）西伐大捷，進位征西大將軍。《晉書．卷九八》有傳。❽參軍　官名。❾龍山　在今湖北江陵縣西北。❿參佐　參軍佐吏。⓫畢　全。⓬四弟　指桓溫的四個弟弟桓雲、桓豁、桓秘、桓沖。⓭佐吏　指輔佐桓溫的官員。⓮戎服　軍服。⓯如廁　上廁所。⓰廷尉　官名，主管刑法獄訟。⓱太原　國名，治所在今山西太原市。⓲孫盛　太原國中都縣人，博學，善言名理，曾為桓溫參軍，著有《魏氏春秋》、《晉陽秋》及詩賦等數十篇。學而不倦，從少到老，手不釋卷。《晉書・卷八二》有傳。⑲諮議參軍　官名。⑳著坐處　放在（孟嘉）坐的地方。著，放置。坐處，孟嘉坐的地方。㉑了不　絲毫不。了，通「略」。

【語　譯】孟府君被選拔為秀才，又擔任了安西將軍庾翼軍府裡的功曹，再擔任了江州刺史的別駕和巴丘縣縣令，以及征西大將軍譙國人桓溫的參軍。孟府君顏色溫和而秉性正直，桓溫很重視他。九月九日重陽節，桓溫出遊龍山，參軍、佐吏全部匯集在一起，桓溫的四個弟弟兩個外甥都在座。當時作為助手的官吏都穿軍服，忽然起了一陣風將孟府君的帽子吹落在地上，桓溫用目光示意身邊的人和賓客不要說話，借此觀察他的行動。孟府君開始自己沒有覺察到，過了好一會兒他去上廁所，桓溫叫人將帽子撿起來還給他。籍貫在太原郡的廷尉孫盛，擔任桓溫的諮議參軍，當時在座，桓溫叫人拿來紙和筆，讓他寫文章嘲笑孟府君，孫盛的文章寫成後就送給桓溫看，桓溫把文章放在孟府君坐的地方。孟府君回到座位上，看見了嘲笑他的文章，便請求給他筆寫文章回敬孫盛，連想都不想一下便將文章寫成了，文辭超群，四座賓客讚歎不已。

奉使京師❶，除❷尚書刪定郎❸，不拜❹。孝宗穆皇帝❺聞其名，賜見東堂❻。君辭以腳疾，不任❼拜起。詔使人扶入。

【章　旨】孟嘉受到晉穆帝的禮遇。

【注　釋】❶京師　即京都，在建康，即今江蘇南京。❷除　授予官職，意為除舊官授新官，故言除。❸尚書

删定郎　官名。❹拜　拜受任職。❺孝宗穆皇帝　即晉穆帝司馬聃，字彭子，是晉康帝的兒子，廟號為孝宗，穆是諡號。❻東堂　《晉書・五行志》：「太極、東堂，皆朝享聽政之所。」❼不任　不能勝任；做不到。

【語　譯】孟府君奉命出使京都，皇帝任命他做尚書删定郎，他不拜受任職。孝宗穆皇帝聽說過他的大名，便恩賜在東堂召見他。孟府君推辭說因為腳有毛病，無法跪拜起立。孝宗穆皇帝便下令派人扶著他進入東堂。

君嘗為刺史謝永❶別駕。永，會稽❷人，喪亡，君求赴義❸，路由永興❹。高陽❺許詢❻，有雋❼才，辭榮不仕，每縱心獨往，客居❽縣界。嘗乘舡❾近行，適逢君過。歎曰：「都邑美士，吾盡識之，獨不識此人。唯聞中州❿有孟嘉者，將非是乎？然亦何由來此？」使問君之從者，君謂其使曰：「本心相過⓫，今先赴義，尋⓬還就⓭君⓮。」及歸，遂止信宿⓯，雅⓰相知得⓱，有若舊交。

【章　旨】孟嘉去為謝永弔喪途中，得到高士許詢的賞識。

【注　釋】❶謝永　事跡不詳。❷會稽　郡名，治所在今浙江省紹興。❸赴義　弔唁。向上司弔喪，義不容辭。

❹永興　縣名，屬會稽郡，見《晉書．地理志下》。❺高陽　國名，屬冀州，轄有博陸、高陽、北新城、蠡吾四縣，見《晉書．地理志上》。❻許詢　當時有名的高士。❼雋　同「俊」。才智出眾。❽客居　寄居。❾舡　船。❿中州　古代稱豫州為中州。孟嘉的籍貫是江夏郡鄳縣，即今河南羅山縣，據《晉書．地理志下》屬荊州，不屬豫州。⓫過　造訪。⓬尋　不久。⓭就　去；前往。⓮君　指許詢，不是指孟府君。⓯信宿　住了兩晚。古代稱住一晚為宿，住兩晚為信，超過兩晚為次。⓰雅　程度副詞，很的意思。⓱知得　相知相得。《說苑．善說》載〈越人歌〉：「知得王子。」

【語　譯】孟府君曾經擔任刺史謝永的別駕。謝永是會稽郡人，他去世了，孟府君要求前去弔喪，路過永興縣。高陽國人許詢，有英俊的才能，卻放棄榮華，不去做官，常放情山水，獨往獨來，寄居在永興縣的邊境上。許詢出去常乘船走近路，恰好碰上孟府君經過那裡，他驚歎說：「都邑裡的俊美人士，我都認識，偏偏不認識這個人。只聽說中州有個名叫孟嘉的人，莫非就是這個人嗎？可是他為什麼來到此地？」他便派人去問孟府君的隨從人員，孟府君對許詢派來的人說：「本來就打算去拜訪許先生，現在先去弔喪，不久回來的時候就去拜訪。」到回來的時候，於是就在許詢那裡住了兩晚，兩人談得很投機，就好像是老朋友一樣。

還至，轉從事中郎❶，俄❷遷❸長史❹。在朝❺隤然❻，仗正順❼而已。門無雜賓，嘗❽會神情獨得，便超然❾命駕❿，逕⓫之龍山，顧景⓬酣宴，造⓭夕乃歸。溫從容謂君曰：「人不可無勢，我乃能駕御卿⓮。」後以疾終於家，年五十一。

【章旨】孟嘉為人隨和而不媚俗，五十一歲，病死家中。

【注釋】❶從事中郎　官名，為大將軍的僚屬。❷俄　不久。❸迁　遷；升官。❹長史　晉代將軍的屬官有長史。❺在朝　在官府。❻隤然　柔和的樣子。《周易・繫辭下》：「夫坤隤然，示人簡矣。」❼正順　正直隨順。❽嘗　曾經；有時。❾超然　高超的樣子。❿命駕　叫人駕車。⓫逕　徑；直。⓬景　同「影」。〈飲酒序〉：「顧影獨盡。」⓭造　到。⓮人不可無勢二句　《韓非子・八經》說：「勢者，勝眾之資也。」〈功名〉又說：「不肖之制賢也以勢。」桓溫是說他有權勢，才能駕御孟嘉。勢，權勢。乃，竟。卿，你，指孟嘉。

【語譯】孟府君回到桓溫那裡，改任從事中郎，不久升任長史。他在官府，性情柔和，為人處世全靠正直隨和罷了。他的門前沒有冗雜的賓客，每逢心神有特別體悟的時候，便顯出遠離世俗的樣子，叫人駕上車，直往龍山，顧影暢宴，直到太陽下山才回來。桓溫從容地對孟府君說：「一個人不可以沒有權勢，我這個人竟能駕馭你。」後來孟府君因為得了病，死在家裡，享年五十一歲。

始自總髮❶，至于知命❷，行不苟合，言無夸矜❸，未嘗有喜慍❹之容。好酣飲，逾多不亂。至於任懷得意，融然❺遠寄，傍若無人。溫嘗問君：「酒有何好，而卿嗜之？」君笑而答曰：「明公但不得酒中趣爾。」

又問：「聽妓，絲❻不如竹❼，竹不如肉❽？」荅曰：「漸近自然。」中散大夫❾桂陽❿羅含⓫賦之曰：「孟生善酣，不愆⓬其意。」光祿大夫⓭南陽⓮劉躭⓯，昔與君同在溫府，淵明從父⓰太常⓱夔嘗問躭：「君若在，當已作公⓲否？」荅云：「此本是三司⓳人。」為時所重如此。

【章旨】孟嘉一生，行不苟合，喜怒不形於色，喜飲酒，任真自然，為時所重。

【注釋】❶總髮　指成童。未成年的成童，將頭髮束成兩個髮髻，叫總髮。總，聚束。❷知命　五十歲。《論語・為政》：「五十而知天命。」❸矜　自負。❹慍　怨怒。❺融然　快樂的樣子。❻絲　絃樂。❼竹　管樂。❽肉　口唱。❾中散大夫　官名。❿桂陽　郡名，轄郴、耒陽、便、臨武、晉寧、南平六縣。⓫羅含　字君章，桂陽郡耒陽（在今湖南耒陽）縣人，做過從事、主簿、參軍、別駕……等官，離職後，加封中散大夫，有「湘中琳琅」、「荊楚之材」、「江左之秀」等美稱。《晉書・卷九二》有傳。⓬愆　違反。⓭光祿大夫　官名。⓮南陽　國名，相當於郡，轄十四個縣，屬荊州。⓯劉躭　依陶本當作「劉耽」，南陽人，字敬道，是桓玄的岳父，曾任尚書令，持進金紫光祿大夫，死後追贈左光祿大夫。《晉書・卷六一》有傳。⓰從父　叔父。⓱太常　太常卿，官名。⓲公　指三公。三公也叫三司。⓳三司　即三公。周代以司徒、司馬、司空為三公，東漢以司徒、太尉、司空為三公。

【語譯】孟府君從幼童開始，到五十歲止，他的行為不苟合取容，言談中沒有自誇自負，從來沒有表現出欣喜和怨怒的顏色。他喜歡酣暢地飲酒，喝過了量也不失禮。直到放任胸懷，稱心如意，歡樂地將心志寄託在遙遠的古代，好像身旁沒有人一樣。桓溫曾經問孟府君：「酒有什麼好處，而你嗜好它？」孟府君笑著回答說：「您只是還不知道酒中的趣味罷了。」桓溫又問道：「聽歌妓演唱，為何絃樂比不上管樂，管樂比不上口唱？」孟府君回答說：「因為逐漸接近自然。」桂陽籍的中散大夫羅含給他作賦說：「孟生善於酣飲，從來不違反自己的心意。」南陽籍的光祿大夫劉耽，從前同孟府君一起在桓溫的府中共事，淵明的叔父太常卿陶夔問過劉耽：「孟府君如果還活著，應當做上了三公吧？」劉耽回答說：「這個人本來就應當是三司中的人。」孟府君就是這樣被當時的人所敬重。

淵明先親❶，君之第四女也。凱風寒泉之思❷，寔❸鍾❹厥❺心。謹按❻採行事❼，撰為此傳。懼或乖謬，有虧大雅❽君子之德，所以戰戰兢兢，若履深薄❾云爾❿。

【章　旨】說明自己替孟府君寫傳的原因和心情。

【注　釋】❶先親　已故的母親。❷凱風寒泉之思　《詩經・邶風・凱風》：「凱風自南，吹彼棘心。棘心夭夭，母氏劬勞！」「爰有寒泉，在浚之下。有子七人，母氏勞苦！」是寫孝子思親的。凱風，和風。淵明用這說明他想到母親的養育之恩。❸寔　通「實」。是，表示肯定的語氣，意為的確。❹鍾　聚集。❺厥　其。這裡是自指。❻按　審察。❼行事　生平事跡。❽大雅　用來形容道德高尚之士的詞，這裡是形容孟嘉。❾所以戰

戰兢兢二句　典出《詩經・小雅・小旻》：「戰戰兢兢，如臨深淵，如履薄冰。」❿云爾　句末連用的語氣詞。

【語　譯】淵明已故的母親，是孟府君的第四個女兒。「凱風」「寒泉」詩句所表達出來的孝子思親之情，的確聚集在我的心中。我謹慎地考察、採集孟府君的生平事跡，撰寫了這篇傳記。我害怕有的地方違背事實出現錯誤，有損於博雅君子的德行，所以戰戰兢兢，像是面臨深淵，踩著薄冰一樣啊。

贊曰：孔子稱：「進德修業，以及時也❶。」君清蹈衡門❷，則令問❸孔昭❹；振纓❺公朝❻，則德音允❼集。道悠❽運促，不終遠業❾，惜哉！「仁者必壽」❿，豈⓫斯言之謬乎！

【章　旨】用贊語的形式發表評論，為孟嘉道德崇高而未長壽惋惜。

【注　釋】❶進德修業二句　《周易・乾卦・文言》記載孔子的話說：「君子進德修業。忠信所以進德也。」「君子進德修業，欲及時也。」❷衡門　橫木為門，指隱居時的簡陋居室。❸令問　據陶本當作「令聞」，好名聲。❹孔昭　很昭著。❺振纓　振動冠帶，指出仕。❻公朝　猶公堂、官府。❼允　信；確實。❽道悠　道路遙遠。《後漢書・皇后紀》：「任重道悠。」❾遠業　遠大的事業。❿仁者必壽　《論語・雍也》記載孔子的話說：「仁者壽。」⓫豈　表詢問。

【語　譯】贊語說：孔子稱述道：「增進德行，修建功業，要及時啊。」孟府君清貧隱居的時候，美好的名聲就很昭著；出仕官府以後，稱讚他的言辭就四處雲集。建功立業的道路遙遠，命運卻短促，以致沒有完成他的遠大的事業，可惜呀！「有仁心的人就一定長壽」，是不是這話是錯誤的呢！

【賞　析】作者寫作這篇傳，旨在讚揚外祖父孟嘉的「大雅君子之德」。為此他特意考察了孟嘉的平生事跡，選取了孟嘉一生中富有情趣而又寓意深刻的事件寫成這篇傳。傳中介紹孟嘉的籍貫出身以後，先寫孟嘉出仕以前便以「沖默有遠量」、「溫雅平曠」的氣度受到同輩的敬重，因而名冠州里，聲流京邑。出仕以後，更是「德音允集」，譽滿朝野。孟嘉先是在太尉庾亮門下任廬陵郡部從事，有次從郡中回來，庾亮向他詢問郡中的風俗得失，他一時無言以對，既沒有謊報民情，也沒有尋找理由推脫責任，而是老老實實地回答：「嘉不知，還傳當問從吏。」因而博得了庾亮「孟嘉故是盛德人也」的稱讚。事後孟嘉還為此引咎辭職，說明他的確是一個不文過飾非的人。

孟嘉為人溫和隨順，卻能和而不流，順而不邪，行不媚俗，始終是一個堂堂正正的人。傳中稱他「在朝隤然，仗正順而已」，這是他的人品的真實寫照。倘若他只是一味的隨和順從，而缺少正直的一面，那就成了孟子所說的「以順為正者，妾婦之道也」（《孟子・滕文公下》）了。龍山之會，那位自稱不能流芳後世、也要遺臭萬載的征西大將軍桓溫，本想借風吹帽落一事奚落他，而他卻能處變不驚，安之若素，「初不自覺，良久如廁」，彷彿什麼事情都沒有發生一樣，使得桓溫無計可施，只好讓孫盛寫文章嘲笑他，而他竟然「見嘲笑而請筆作荅，了不容思，文辭超卓」，贏得四座歎服，給了嘲笑者一點顏色看看，成為千古佳話。後來，興之所至，他還驅車直往龍山，顧景酣宴，造夕乃歸，顯然是在那裡重溫舊日的得意之舉，弄得桓溫只能對他說：「人不可無勢，我乃能駕御卿。」企圖以勢壓人。而孟嘉也深知其中利害，如洪邁所說的那樣：「自度終不得善其去，故放志酒中。」（《容齋隨筆．五筆．卷六．奸雄疾勝己者》）這大概就是孟嘉所說的「得酒中趣」和羅含所說的「孟生善酣，不愆其意」的涵義吧。由於孟嘉具有高尚的美德和非凡的氣度，他不但得到了素有「皮裡陽秋」之稱的褚裒的賞識，而且與辭榮不仕的許詢成了知己，於此也就可見他的人格感召力之大了。

這篇傳在寫作上除了用「溫雅平曠」、「色和而正」、「行不苟合，言無夸矜」等概括性的語言外，主要還是透過具體事例的形象描繪來突出孟嘉的品德，所以讀來生動有趣，親切感人。

五柳先生傳並贊

【題　解】《宋書．隱逸傳》說：「潛少有高趣，嘗著〈五柳先生傳〉以自況，……其自序如此，時人謂之實錄。」《蓮社高賢傳．不入社諸賢傳》、蕭統〈陶淵明傳〉、《南史．隱逸傳》、《晉書．隱逸傳》所載基本相同，都是將此傳的寫作背景放在淵明起為州祭酒（晉武帝太元十七年，西元三九二年，淵明時年二十八歲）之前來敘述，可見此傳當作於淵明出仕之前，是用來自比的，託名五柳先生，其實是自己給自己寫的一篇傳。傳中對自己的性格、志趣、愛好作了真實的描述，突出了自己安貧樂道、澹泊名利、忘懷得失的情懷。

先生不知何許❶人也，亦不詳其姓字❷，宅邊有五柳樹，因以為號❸焉。閑靖❹少言，不慕榮利，好讀書，不求甚解❺，每有會意，便欣然忘食。性嗜酒，家貧不能常得。親舊❻知其如此，或置酒❼而招之。造❽飲輒❾盡，期❿在必醉。既醉而退，曾⓫不吝情去留⓬。環堵⓭蕭然⓮，不蔽風日；短褐⓯穿結⓰，簞⓱瓢⓲屢空⓳，晏如⓴也。常著文章自娛，頗示己志。忘懷得失，以此自終。

贊曰：黔婁㉑有言：「不戚戚㉒於貧賤，不汲汲㉓於富貴。」其言茲若人之儔乎㉔？酣觴㉕賦詩㉖，以樂其志㉗。無懷氏㉘之民歟㉙？葛天氏㉚之民歟？

【注釋】❶何許　何處。❷姓字　姓氏和表字。《禮記．曲禮上》：「男子二十，冠而字。」古代男子到了二十歲，行冠禮，除本名外，另取一個別名叫字。❸號　別號，指名字以外的稱呼。❹閑靖　同「閑靜」。❺不求甚解　重在會意，不在字句訓詁上穿鑿附會，鑽牛角尖。❻親舊　親朋故舊。❼置酒　設酒；備好酒。❽造　前往。❾輒　便。❿期　希望。⓫曾　竟。《詩經．衛風．河廣》：「誰謂河廣？曾不容刀（通『舠』，小船）。」《經傳釋詞》：「曾，音增，乃也。」「乃」即「竟」意。⓬吝情去留　以去留為懷。吝情，在意。去留，回去或留宿。⑬環堵　四周牆壁。⑭蕭然　空空如也。⑮短褐　粗布短衣。⑯穿結　指衣服上有破洞和打了補釘。穿，穿洞，此指破洞。結，連結補綴，俗稱打補釘。⑰簞　竹製的盛飯器具。⑱瓢　舀水的器具。⑲屢空　常常是空的。⑳晏如　安然；心平氣和的樣子。㉑黔婁　春秋時魯國人，與曾子同時。安貧樂道，不求仕進，死後布被不足以遮住他的遺體。他的妻子稱他「甘天下之淡味，安天下之卑位，不戚戚於貧賤，不忻忻於富貴，求仁而得仁，求義而得義。」詳見劉向《列女傳・魯黔婁妻傳》。按，據陶集曾本及《列女傳》「黔婁有言」當作「黔婁之妻有言」。㉒戚戚　憂慮的樣子。㉓汲汲　迫切追求的樣子。㉔其言句　意為大概說的就是五柳先生這類人吧。其，表示推測語氣的副詞，「大概」、「也許」之意。茲若人，此人，指五柳先生。茲，此。若，亦為「此」意。「茲」、「若」，同義詞連用。詞出《論語・憲問》：「子曰：『君子哉若人！』」儔，類。㉕酬觴　互相勸酒。酬，勸酒。觴，酒杯。陶澍本作「酣觴」，意猶「酣飲」。㉖賦詩　寫詩。㉗以樂其志　即上文「著文章自娛，頗示己志」之意。㉘無懷氏　傳說中的上古盛世帝王。㉙歟　表示推測的句末語氣詞，可譯為「呢」。㉚葛天氏　也是傳說中的上古盛世帝王。

【語　譯】先生不知道是何處人，也不清楚他的姓氏和表字，住宅旁邊有五棵柳樹，因而把它作為自己的別號，自稱為五柳先生。性格閑靜，寡言少語，不羨慕榮華，不追求名利，喜歡讀書，在字句的理解上不鑽牛角尖，每逢他體會到了書中的意味，便高興得忘記了吃飯。天性嗜好飲酒，因為家裡貧窮不能經常得到。親朋故舊知道他這種情況，有時就備好酒招待他。去飲酒總是要飲個盡興，希望一定要喝醉。已經醉了就退席，竟然不以去留為懷。家徒四壁，空空如也，擋不住風，遮不住太陽。粗布短衣上有破洞，還打了補釘，盛飯和舀水的器具常常是空的，對此他也心平氣和，安然無事。常常寫文章以自尋樂趣，略為顯示自己的心志。他不把得失放在心上，以此了結自己的一生。

贊語說：黔婁的妻子說過：「不為貧賤而憂愁，也不為富貴而奔走鑽營。」大概說的就是五柳先生這類人吧？飲酒寫詩，以此樂抒自己的心志。是無懷氏的百姓呢？還是葛天氏的百姓呢？

【賞析】這是作者託名「五柳先生」而給自己寫的一篇傳。《宋書》本傳言「時人謂之實錄」，這話是可信的。傳中稱五柳先生「閑靖少言，不慕榮利，好讀書，不求甚解，每有會意，便欣然忘食」，而作者在〈與子儼等疏〉中稱自己「少學琴書（《宋書》本傳作『少年來好書』），偶愛閑靜，開卷有得，便欣然忘食」，所言何其相似，可見五柳先生的確就是作者本人。

依照慣例，寫傳一般要寫傳主的籍貫出身、生平事跡、功業德行，以便傳諸後世。可是在這篇傳中，作者有意不落俗套，將五柳先生寫成一個無籍貫、無出身、無姓氏、無表字，甚至究竟是無懷氏之民還是葛天氏之民也無法確定的人，只是因為他宅邊有五棵柳樹，才有了個稱號，給他蒙上了一層虛幻的色彩，彷彿是個子虛烏有式的人物。然而虛中有實，傳中寫他閑靜少言，不慕富貴榮華，不求名利；寫他喜愛讀書，不求甚解，每有會意，便欣然忘食；寫他嗜酒不能常得，親朋請他去喝酒，他總要喝個醉，醉了就退席，也不在意去留；寫他家徒四壁，不蔽風日，衣衫襤褸，經常斷炊，也心平氣和，安之若素。寫得那樣的自然真實，生動具體，富有情趣，使讀者如見其人。如此虛實相生，實在是一篇不可多得的妙文。當然，作者之所以為五柳先生隱姓埋名，不書其籍貫爵里，還與他不滿當時的世風有關。錢鍾書先生說：「豈作自傳而不曉己之姓名籍貫哉？正激於世之賣名聲、誇門第者而破除之爾。」（《管錐編》第四冊）世俗重視門第，他便反其道而行之，索性不要門第，而這正好同五柳先生「不慕榮利」、「忘懷得失」的情懷是相通的，還是虛中有實啊。

讀史❶述❷九章 並序

【題　解】這是作者閱讀《史記》，心有所感而寫成的一組詠史述懷的四言韻語。文中有「天人革命」，「矧伊代謝」，「易代隨時」等話，人們猜想可能寫於劉宋初年。文中通過詠史的方式，隱晦地表達了作者在晉宋易代後的心情，以及不肯趨時附俗，而願隱居的情懷。

余讀《史記》，有所感而述之。

【語　譯】我讀《史記》，心中有所感動，便寫下了這些敘述文字。

其一　夷齊❸

二子❹讓國，相將❺海隅❻。天人❼革命❽，絕景❾窮居。采薇高歌❿，

慨想黃虞⓫。貞⓬風凌⓭俗，爰⓮感懦夫⓯。

【章旨】讚揚伯夷、叔齊二人互相讓國，義不食周粟，隱居海隅，採薇而食的高風亮節。

【注釋】❶史　指司馬遷的《史記》。❷述　古代的一種文體。明徐師曾《文體明辨・述》：「按字書云：『述，譔也，纂譔其人之言行以俟考也，』其文與狀同，不曰狀，而曰述，亦別名也。」《文選・卷五〇》立「史述贊」一類，收有班固的〈述高記〉、〈述成記〉、〈述韓英彭盧吳傳〉和范曄的〈後漢書光武記贊〉等四篇文字，全是四言韻語。陶淵明為古人作史述，兼有述懷之意。❸夷齊　伯夷和叔齊。據《史記・伯夷列傳》記載，伯夷、叔齊，是孤竹國國君的兩個兒子，國君想立第三個兒子叔齊做太子，繼承君位。國君死後，叔齊要將國位讓給長兄伯夷，伯夷說這是父命，便逃走了，叔齊也逃走了，而不做君主，國人只好立國君的第二個兒子做君主。伯夷、叔齊便一起去投奔西伯侯姬昌，可是姬昌已經死了，周武王姬發正載著姬昌的木製牌位去討伐商紂王。伯夷、叔齊叩馬而諫，說武王的父親死了不埋葬就打仗，是不孝；用臣子的身分去討伐君主，是不仁。姜子牙稱讚他倆是義人。周武王滅商以後，他倆不食周粟，隱居在首陽山，採薇而食，將餓死的時候，寫下了〈采薇歌〉，便餓死在山上。❹二子　指伯夷、叔齊。❺相將　共同；一起。❻海隅　海角。《孟子・盡心上》：「伯夷辟（避）紂，居北海之濱。」北海，即渤海。濱，水邊。❼天人　順乎天命而應乎人心。《周易・革卦・彖辭》：「湯武革命，順乎天而應乎人。」❽革命　變革天命，古代以為帝王受命於天，推翻他就是變革天命。這裡是指周武王推翻商紂王。❾絕景　即絕影，不留蹤跡，指隱居。❿采薇句　言伯夷、叔齊在首陽山採薇而食，高歌抒懷。采薇，即採薇。薇，一種野生的草本植物，莖葉都像小豆，俗名野豌豆。高歌，指他們高唱〈采薇歌〉，歌辭為：「登彼西山兮，采其薇矣。以暴易暴兮，不知其非矣。神農、虞、夏，忽焉沒兮，我安適歸矣？于嗟徂兮，命之衰矣。」大意是說：登上那西山啊，採食那野豌豆。用殘暴去代替殘暴啊，還不知道那不對頭。神農、虞舜、夏禹等聖世忽然不見了，我將歸向何處？唉呀！我們也將離開人世，天命已經衰微！⓫黃虞　黃帝和虞舜，傳說中的古代帝王。⓬貞　堅貞。⓭淩　超越。⓮爰　於是。⓯感懦夫　使懦夫感動。《孟子・萬章下》說：「伯夷，目不視惡色，耳不聽惡聲，非其君不事，非其民不使，治則進，亂則退……當紂之時，居北海之濱，以待天下之清也。故聞伯夷之風者，頑夫（頑貪之夫）廉，懦夫有立志。」

【語　譯】伯夷、叔齊讓掉國位，互相一起來到海隅。武王順天應人推翻商紂，他倆就不見蹤影困窮隱居。採食野豌豆高聲歌唱，慨歎追念黃帝、虞舜。堅貞的風操超越了世俗，懦夫也受到感染而立志奮起！

其二　箕子❶

去鄉之感，猶有遲遲❷。矧❸伊❹代謝❺，觸物皆非❻！哀哀箕子，

云❼胡❽能夷❾？狡童之歌❿，悽矣其悲。

【章　旨】敘述箕子在商周易代時的悲哀心情。

【注　釋】❶箕子　名胥餘，是商紂王的親屬。箕是國名，子是爵號。據《史記・殷本紀》、〈宋微子世家〉記載，商紂王淫亂，比干強諫，被紂王剖心。箕子諫，不聽，有人勸他離開紂王，他說作為一個臣子，諫而不聽就離開，那是宣揚君主的罪惡而取悅於民，我不忍心這樣做。於是便披頭散髮裝瘋去做奴隸，紂王便將他囚禁起來。周武王滅商後，便去訪問箕子，將他封到朝鮮，而不把他當作臣子看待。後來箕子回來朝見周王，經過殷墟舊都，為商朝的宮室遭到毀壞，長上了禾黍而感傷，想哭又不行，想低聲抽泣又怕像是個女人一樣，於是便寫了一首〈麥秀之詩〉，說：「麥秀漸漸（形容麥芒的樣子）兮，禾黍油油。彼狡僮（指商紂王）兮，不與我

言兮！」商朝的遺民聽到了，都感動得流涕。❷去鄉二句　去鄉，離開故鄉，在這裡是借孔子離開故鄉魯國遲遲而行，以寫箕子不忍心離去。《孟子・萬章下》記載：「孔子之去齊，接淅（行色匆忙）而行；去魯，曰：『遲遲吾行也，去父母國之道也。』」❸矧　何況。❹伊　語助詞。❺代謝　改朝換代。❻觸物句　當是指箕子「過故殷虛，感宮室毀壞，生禾黍」而言，所見景象與往日面目全非。❼云　語助詞。❽胡　何。❾夷　平。❿狡童之歌　指箕子過殷墟所寫的〈麥秀之詩〉。

【語　譯】離別故鄉，尚且慢吞吞難以將腳步提起。何況是改朝換代，見到的故都景物已是面目全非！哀傷的箕子，心中怎能平息？於是寫下那首狡童詩歌，悽悽慘慘不勝其悲。

其三　管鮑❶

知人未易，相知實難。淡美初交❷，利乖歲寒❸。管生稱心❹，鮑叔必安❺。奇情❻雙亮❼，令名❽俱完❾。

【章　旨】感歎世態炎涼，稱讚管仲同鮑叔牙難得的友情。

【注　釋】❶管鮑　管仲、鮑叔牙。據《史記・管晏列傳》、〈齊太公世家〉記載，齊襄公無道，他的弟弟公子糾投奔魯國，管仲做他的傅；另一個弟弟小白投奔莒國，鮑叔牙做他的傅。後來齊國的公孫無知殺了齊襄公，自己做了齊國的國君，不久公孫無知又被雍林人所殺，齊國便沒有君主。於是小白和公子糾都爭著回國做君主，小白先回到齊國，做了君主，就是齊桓公。而管仲是幫助公子糾的，曾經阻止小白回國，用箭射過小白，小白為了報仇，威脅魯國殺死了公子糾，還揚言要把管仲剁成肉醬。管仲只得自己戴上腳鐐手銬去見齊桓公（即小白)。鮑叔牙建議齊桓公重用管仲，主持國政，齊桓公因此稱霸諸侯。管仲說：我過去同鮑叔牙一道經商，我多分了財利，鮑叔牙知道那不是因為我貪財，而是因為我貧窮；我曾經替鮑叔牙謀事而沒有成功，鮑叔牙知道那不是因為我愚蠢，而是因為形勢不利；我曾經三次做官三次被國君驅逐，鮑叔牙知道那不是因為我不像樣，而是因為我沒有碰上好的時機；我曾經三次作戰三次逃跑，鮑叔牙知道那不是因為我膽怯，而是因為我還有個老母；公子糾死了，我甘願戴上腳鐐手銬受盡污辱，鮑叔牙知道那不是因為我無恥，而是因為我不以小節為恥，而以功名不顯於天下為恥。生我的是父母，瞭解我的是鮑叔牙啊。❷淡美初交　意為初交時像是君子。淡美，形容君子之交。《莊子・山木》：「君子之交淡若水。」❸利乖歲寒　意為到了處境惡劣、利害相關的時候就互相背離。乖，背離。歲寒，比喻惡劣處境。❹稱心　如意。❺安　安心。❻奇情　難得的友情。❼亮　亮眼生輝，炳彪青史。❽令名　美名。❾完　完美。

【語　譯】瞭解別人並不容易，互相知心實在困難。一般人初交時像是君子，一旦面臨利害就各自離散。管仲、鮑叔牙可不一樣，你稱心如意我也必然心安。難得的友情雙雙炳彪青史，美好的名聲一起長留人間。

其四　程杵❶

遺生❷良❸難，士為知己❹。望義如歸，允伊二子❺。程生揮劍❻，
懼茲餘恥❼。令德❽永聞，百代見紀❾。

【章　旨】讚揚程嬰和公孫杵臼保存趙氏遺孤、為知己者而死的品德。

【注　釋】❶程杵　程嬰和公孫杵臼。據《史記・趙世家》記載，晉景公時，晉國的將軍趙朔被司寇屠岸賈所殺，而他的妻子還懷有一個遺腹子，趙朔的門客公孫杵臼對趙朔的朋友程嬰說：「你為什麼不為趙朔去死？」程嬰說：「如果趙朔的妻子生個男孩，我要扶養他成長；如果生個女孩，我再死也不遲。」不久，真的生下個男孩，屠岸賈知道了，又要殺死那個趙氏孤兒。公孫杵臼和程嬰商量道：「立孤和死哪件事困難？」程嬰說：「死容易，立孤困難。」公孫杵臼說：「趙朔對你特別好，你就勉強去做立孤那件困難的事，我就去做那件容易的事。」於是兩人便將一個假的趙氏孤兒藏在山中，然後由程嬰出面謊告公孫杵臼隱藏了趙氏遺孤（實際上是指那個假遺孤），結果公孫杵臼和那個假趙氏孤兒均被屠岸賈殺掉，而真趙氏孤兒被程嬰保存下來。十五年以後，真趙氏孤兒長大了，取名為武，同程嬰一起殺了屠岸賈，報了仇。程嬰說：「我過去不是不能死，而是想給趙氏留下後代。現在趙武已經長大，恢復了舊位，我也該去地下報答趙朔和公孫杵臼了。」便揮劍自殺而死。❷遺生　捨生。❸良　實在；的確。❹士為知己　指士為知己者而死。❺允伊二子　意為那程嬰、公孫杵臼二人。允，實。伊，彼；那。二子，指程嬰和公孫杵臼。❻揮劍　指程嬰揮劍自殺。❼餘恥　留下恥辱。程嬰在事成之後，如果苟活人世，便對不起公孫杵臼而感到恥辱。❽令德　美德。❾見紀　被記錄在青史，同時也被人們記在心中。見，被。

【語　譯】捨生的確困難，士卻為知己者而死。仰望大義視死如歸，那程、杵二人實能如此。程嬰揮劍自殺，怕的是會留下貪生之恥。程、杵的美德長留人間，千秋百代記在青史。

其五　七十二弟子❶

恂恂❷舞雩❸，莫曰❹匪❺賢。俱映日月，共湌❻至言❼。慟❽由才難❾，感❿為情牽。回⓫也早夭，賜⓬獨長年。

【章　旨】讚揚孔子學生的高尚品德和孔子的惜才心情。

【注　釋】❶七十二弟子　據《史記・孔子世家》記載，「孔子以《詩》《書》《禮》《樂》教，弟子蓋（大約）三千焉。身通六藝者七十有二人。」〈仲尼弟子列傳〉又載「受業身通者七十有七人，皆異能之士也。」❷恂恂　恭順的樣子。這裡用來指代孔子的學生。❸舞雩　本是祭天求雨的土壇，在今山東曲阜縣南。孔子曾經同弟子樊遲「游於舞雩之下」（見《論語・顏淵》），又讚歎過曾點說的在暮春三月，和五、六個成年人及六、七個青少年，「浴乎沂，風乎舞雩，詠而歸」的話（見《論語・先進》），所以這裡的舞雩也是用來指孔子的學生。❹曰　為。❺匪　不是。❻飡　咀嚼體味。❼至言　至理名言，指孔子的教導。❽慟　悲痛。❾才難　人才難得。《論語・泰伯》：「孔子曰：『才難。』」《史記・仲尼弟子列傳》記載，孔子的優秀弟子顏回二十九歲早死，「孔子哭之慟」，並說：「有顏回者好學，不遷怒（自己憤怒，不轉向別人發洩），不貳過（同樣的錯誤不再犯），不幸短命死矣！」《論語・雍也》有同樣的記載。❿感　感動。⓫回　顏回，字子淵，魯國人，孔子的學生，比孔子小三十歲。⓬賜　端木賜，字子貢，孔子的學生，比孔子小三十一歲。為人利口巧辭，喜揚人之美，不能匿人之過，能買賤賣貴以取利。他的年歲不可考。

【語　譯】伴遊舞雩的恭順弟子，沒有一個不是賢能。人人的品德都光照日月，一道體味孔子的至理名言。悲慟是由於人才難得，感動是因為情誼所牽。顏回短命而死，子貢獨獨長壽百年。

其六　屈賈❶

進德修業，將以及時❷。如彼稷❸契❹，孰❺不願之？嗟乎二賢❻，逢世多疑。候瞻❼寫志❽，感鵬獻辭❾。

【章旨】慨歎屈原、賈誼生不逢時而未能建功立業。

【注釋】❶屈賈　屈原和賈誼。據《史記・屈原賈生列傳》記載，屈原，名平，戰國時期楚國人，曾經擔任楚懷王左徒（官名），博聞強誌，明於治亂，嫻於辭令，很得懷王信任。後來因為上官大夫進說讒言，使懷王發怒而疏遠了屈原。屈原便憂愁幽思而寫下了傳世之作〈離騷〉。懷王因為外受張儀的欺騙，內被鄭袖迷惑，信用上官大夫、令尹子蘭，拒絕屈原的忠諫，以致內外交困，喪師失地，直至被騙死在秦國。懷王死後，上官大夫在子蘭的指使下又進說讒言，頃襄王將屈原流放江南，屈原便寫了〈懷沙賦〉，懷石投汨羅江而死。賈誼，洛陽人，漢文帝時為博士，年方二十餘，才能出眾，文帝喜歡他，便越級提拔他為太中大夫，並醞釀提拔他為公卿，遭到大臣周勃、灌嬰、張相如、馮敬等的反對，說他年少初學，一心想獨攬大權。於是文帝便疏遠了他，將他貶為長沙王太傅。赴任途中，經過湘水，寫了〈弔屈原賦〉。三年以後，文帝又召見賈誼，同他談論鬼神。不久又任命他去做梁懷王（文帝的小兒子）太傅。幾年以後，梁懷王從馬上跌下來摔死了，賈誼便以為自己沒有盡到太傅的職責，哭泣而死，年僅三十三歲。❷進德二句　語本《周易・乾卦・文言》：「子曰：『君子進德修業，欲及時也。』」❸稷　后稷，名弃，是周族的祖先，喜愛耕農，堯帝時被選拔為農師，教人稼穡，天下得其利，有功。❹契　幫助夏禹治水有功，帝舜時為司徒，功業著於百姓。❺孰　誰。❻二賢　兩位賢人，指屈原和賈誼。❼候瞻　依焦本、陶本當作「候詹」。候，《集韻》：「訪也。」詹，指太卜鄭詹尹。❽寫志　抒發情志。《楚辭・卜居》記載屈原忠而遭讒，心煩慮亂，不知所從，便往見太卜鄭詹尹，請他決疑，通過雙方對話，屈原表達了在人生的十字路口應作出正確的選擇的決心，以及自己廉潔忠貞的志向在黑白顛倒的濁世無人理解的痛苦。❾感鵬獻辭　鵬，貓頭鷹一類的鳥，古代認為是種不吉祥的鳥。據《史記・屈原賈生列傳》記載，賈誼做長沙王太傅時，有隻楚人稱為鵬鳥的鴞鳥飛進他的房舍，停在他的座位的角落上，他便認為自己不得長壽，而悲傷起來，便寫下了〈鵬鳥賦〉來自我寬慰，表達了禍福無常、等生死、輕去就的道家思想。辭，辭賦，指〈鵬鳥賦〉。

【語　譯】增進德行修建功業，就要及時。像后稷和契那樣建功立業，誰不願如此？歎息屈、賈兩位賢者，恰恰碰上了多疑之世。屈原往見鄭詹尹作〈卜居〉抒發情懷，賈誼因鵬鳥飛入房舍而感傷賦辭。

其七　韓非❶

豐狐❷隱穴，以文自殘❸。君子失時，白首抱關❹。巧行居災❺，忮辯❻召患。哀矣韓生，竟死〈說難〉❼！

【章　旨】為韓非在〈說難〉中詳盡地分析了游說君主的種種困難，而自己卻不免一死而感歎。

【注　釋】❶韓非　據《史記・老莊申韓列傳》記載，韓非是韓國的諸公子，喜刑名（循名責實）法術之學，口吃而善著書。眼見韓國削弱，他多次上書諫說，韓王不能用。他痛恨韓國不實行法治，所養非所用，所用非所養，悲廉直不容於邪枉之臣，便考察歷史上的得失變化，寫下了〈孤憤〉、〈五蠹〉、〈內外儲說〉、〈說林〉、〈說難〉等十多萬字的著作。書傳到了秦王政那裡，秦王政看後說：「嗟乎，寡人得見此人與之游，死不恨矣！」於是出兵攻韓，迫使韓王將韓非派遣到秦國。秦王政喜歡韓非卻不信用他。李斯、姚賈便趁機進讒言，秦王政便將韓非投入獄中，李斯派人送去毒藥，讓韓非自殺而死。按，《戰國策・秦策五・四國為一將以攻秦》對於韓非的死因有不同的記載，詳見後注。❷豐狐　大狐狸。❸以文自殘　言因為皮上有花紋而給自己帶來禍害。以，因。文，通「紋」。花紋。殘，害。《韓非子・喻老》記載，翟（狄）族有人將豐狐、玄豹的皮獻給晉文公，晉文公接受皮以後，歎息說：「這些動物是因為皮長得好而給自己帶來了罪罰。」❹抱關　守門。關，閉門用的橫木。❺居災　積儲災禍。❻忮辯　忌恨巧辯。《戰國策・秦策五・四國為一將以攻秦》記載，秦王政時，東方有四個國家，聯合起來將要進攻秦國，秦王政派姚賈出使東方，制止了四國的進攻。秦王因而封姚賈千戶，以為上卿。韓非便在秦王政的面前說姚賈的壞話，說他私自結交諸侯，而且是魏都大梁守門人的兒子，做過盜賊，被趙國驅逐過。姚賈在秦王的面前一一作了解釋，秦王相信了姚賈的話，便誅殺了韓非。這裡說的「忮辯召患」，可能是就此而言，否則，「忮」字難以解通。❼竟死說難　意為終於死在〈說難〉上。竟，終於。司馬遷認為韓非懂得游說君主的困難，在〈說難〉一文中說得很完備，而自己在秦國卻終於死於說難，所以他說「韓非知說之難，為〈說難〉書甚具，終死於秦，不能自脫。」「余獨悲韓子為〈說難〉而不能自脫耳」。這大概就是韓非在〈說難〉中所說的「非知之難也，處知則難矣」。

【語　譯】大狐狸隱藏在洞穴，因為皮有花紋而遭殘害。君子錯過了時機，滿頭白髮也只好看門守關。行為巧詐就會積儲災禍，忌恨巧辯便召來禍患。可悲啊韓生，終於死在〈說難〉！

其八　魯二儒❶

易代隨時❷，迷變❸則愚。介介❹若人❺，特❻為貞夫❼。德不百年❽，汙我《詩》《書》❾。逝然❿不顧，被⓫褐⓬幽居⓭。

【章　旨】讚揚魯國的兩個儒生拒絕參與叔孫通制訂朝儀，不趨時附俗而自甘貧賤的行為。

【注　釋】❶魯二儒　魯國的兩個儒生，據《史記・叔孫通列傳》記載，叔孫通是魯國薛縣人。劉邦做皇帝以後，朝廷的秩序很亂，叔孫通為了幫助劉邦制訂朝廷禮儀制度，徵召三十多名魯國的儒生來商議此事。其中有兩名儒生不肯來，他們對叔孫通說：「你所侍奉的人主將近有十個，都是因為你善於當面阿諛奉承，才能成為親貴。現在天下剛剛平定，死人還沒有埋葬，受傷的還臥病在床，你卻又將制禮作樂！禮樂的起因，是要積德百年然後才能興起的。我們不忍心做你所要做的事。你的所作所為不符合古禮，我們不去。你走開吧，不要汙損了我們的名聲！」叔孫通笑著回答說：「你們真是鄙陋的儒生呀，不懂得隨著時代的變化而變化。」後來叔孫通便同其他的三十個儒生共同制訂了朝儀，受到劉邦的賞賜。❷易代隨時　《易・隨卦》：「隨時之義大矣哉！」易代隨時是針對叔孫通的情況來說的。叔孫通本是秦朝的博士，山東豪傑反秦起義以後，他便離開秦二世胡亥，投靠項梁、楚懷王以及項羽，後來又投靠劉邦，替漢朝制訂朝儀，說魯國的兩個儒生拒絕參與制訂朝儀是「不知時變」，司馬遷也稱他「與時變化，卒為漢家儒宗」。易代，改朝換代。「代」一作「大」。隨時，跟著時代的變化而變化。❸迷變　不知時變。❹介介　《後漢書・馬援傳》李賢注：「猶耿耿也。」忠誠正直的樣子。❺若人　此人，指魯國的這兩個儒生。《論語・憲問》：「君子哉若人。」❻特　獨；與眾不同。❼貞夫　堅貞的人。❽德不百年　指魯二儒說的積德不到一百年不能制禮。❾汙我詩書　意為玷汙了禮樂。汙，同「污」。詩書，指儒家的經典《詩經》和《尚書》，這裡指代禮樂制度。叔孫通要魯二儒參與制訂朝儀，魯二儒說：「公往矣，無汙我。」❿逝然　走開。逝，往，指魯二儒離叔孫通而去。⓫被　同「披」。⓬褐　粗布衣服。⓭幽居　隱居；不出來做官。

【語　譯】改朝換代就隨時變化，不知時變便被視為愚蠢。這兩位耿直的君子，偏偏要做堅貞的人。說積德不到百年不能制禮，不能讓《詩》《書》受到污損。悄然離去而不理他，披著粗衣自甘退隱。

其九　張長公❶

遠哉長公，蕭然❷何事？世路多端❸，皆為❹我異。斂轡❺朅來❻，
獨養其志。寢跡❼窮年❽，誰知斯意？

【章　旨】讚揚張長公秉性公直、終身不仕、隱居養志的行為。

【注　釋】❶張長公　據《史記．張釋之馮唐列傳》記載，張釋之的兒子張摯，字長公，任過大夫，被免職，因他「不能取容當世，故終身不仕」。❷蕭然　冷落、淒清的樣子。❸世路句　意謂人世的道路不同。多端，多頭緒；多歧途。❹為　《詞詮》：「與也。」❺斂轡　收起馬韁繩，與「斂策」同，指歸隱不再出仕。陶淵明〈祭從弟敬遠文〉：「斂策歸來，爾知我意。」❻朅來　去來。❼寢跡　隱跡，即隱居。❽窮年　盡年；活到老。

【語　譯】志趣高遠張長公，冷冷清清為何事？只因人世多歧途，他人志趣與我異。收起馬韁歸去來，獨自一人養心志。隱居不仕以終身，此中心意有誰知？

【賞析】這組韻語既是史述贊體，又兼有讀史述懷之意。吳菘稱之為「悉以自況，非漫然詠史者」（《論陶》）。陳沆將它們分為三類，以分別說明所寄託的旨趣。第一類是〈夷齊〉、〈箕子〉、〈程杵〉、〈魯二儒〉四章，寄託了「易代之感」；第二類〈七十二弟子〉、〈屈賈〉、〈韓非〉、〈張長公〉四章，寄託了「守簞瓢固窮之節，悼屈、賈逢世之難，故欲戒韓非而師張長公」之意；第三類〈管鮑〉一章為「悼叔季（末世）人情之薄，而欲與劉（劉遺民）、龐（龐參軍）、周（周續之）、郭（郭主簿）諸人為歲寒之交也」（《詩比興箋・卷二》）。除〈程杵〉一章不宜歸入「易代之感」外，其餘分類，對讀者理解這組讀史詠懷韻語的旨趣是有幫助的。

這組韻語中涉及中國歷史上兩次大的改朝換代，分別是西周王朝和西漢王朝的建立。在這兩次改朝換代中，伯夷、叔齊義不食周粟，高歌抒懷，餓死在首陽山上，詩人稱讚他們「貞風凌俗，爰感懦夫」；箕子朝周，過殷商舊都，見宮室毀壞，生禾黍，「觸物皆非」，心中悲傷，難以平靜，詩人對他的亡國之痛深表同情；叔孫通「易代隨時」，「面諛以得親貴」，為漢高祖制訂朝儀，詩人斥之為「汙我詩書」，對他嗤之以鼻；魯二儒生拒絕參與制訂朝儀，「逝然不顧，被褐幽居」，詩人讚揚他們是「貞夫」。凡此種種，足以說明身處晉宋易代之時的詩人確是「恥復屈身後代」，滿懷亡國之痛，黍離之悲，對那班投靠新主以求富貴的無恥之徒感到無比的憤慨。

此外，在這組韻語中，詩人讚揚管仲、鮑叔牙親密無間的友情，歌頌程嬰、公孫杵臼報主救孤的義舉，歎息顏回早夭、人才難得，哀悼屈原、賈誼生不逢時，慨歎韓非知說之難卻不免一死，無一不是他的心靈的真實寫照。末章以不容於世、終身不仕的張長公的事跡作結，讚揚他「斂轡朅來，獨養其志。寢跡窮年，誰知斯意」，那就更是夫子自道了。

扇上畫贊

荷蓧丈人、長沮桀溺、於陵仲子、張長公、丙曼容、鄭次都、薛孟嘗、周陽珪。

【題解】這是作者為扇面上所畫的人像題的贊。用四言韻語寫成。前面八句和後面八句是贊的開頭和結尾，中間三十二句基本上是每四句贊一人（只有第二個四句合贊長沮、桀溺二人），共贊了九人，他們全是古代的隱士。透過對他們的稱讚，流露出作者樂於隱居的心願。所寫內容與〈詠貧士七首〉、〈讀史述九章〉相似，可能是作者晚年所作。

三五❶道邈❷，淳風❸日盡。九流參差，互相推隕❹。形逐物遷❺，
心無常準❻。是以達人，有時而隱❼。

【章旨】這是贊語的開頭，說明由於世風日下，人心不古，因此有人歸隱。

【注 釋】❶三五 指三皇五帝，均是傳說中的古代帝王。❷道邈 指三皇五帝的治世之道已經遠去。道，治世之道，兼指社會上的道德風尚。❸淳風 猶「真風」，指淳真的社會風尚。〈感士不遇賦・序〉：「自真風告逝，大偽斯興。」❹九流二句 即《漢書・藝文志・諸子略》所言：「諸子十家，其可觀者九家而已。皆起於王道既微，諸侯力政，時君世主，好惡殊方，是以九家之術，蠭出並作，各引一端，崇其所善，以此馳說，取合諸侯。其言雖殊，辟猶水火，相滅亦相生也。」九流，即九家，指儒、道、陰陽、法、名、墨、縱橫、雜、農等九家之術。再加上小說家則為十家。參差，不齊；不同。互相推隕，即相生相滅之謂。推，推進；發展。隕，隕落；消亡。❺形逐物遷 形體隨著外物的變化而變化；事物起了變化，人也變了。形，形體，指人。逐，隨。物，事物；萬事萬物。遷，推移；變化。❻常準 一定的準繩；不變的原則。〈感士不遇賦・序〉所謂「閭閻懈廉退之節，市朝驅易進之心」即是「形逐物遷，心無常準」的表現。❼是以二句 即〈感士不遇賦〉所謂「彼達人之善覺，乃逃祿而歸耕」之意。達人，通達事理、見識超群的人。

【語 譯】三皇五帝已遠去，淳樸世風日消盡。九家學派各不同，相生相滅鬥不停。世人隨著世俗變，人心常常無準繩。因此那些通達士，有時只好去歸隱。

四體不勤，五穀不分❶。超超❷丈人❸，日夕在耘❹。遼遼❺沮溺❻，耦耕❼自欣❽。入鳥不駭，雜獸斯群❾。至矣於陵❿，養氣浩然⓫。蔑彼結駟⓬，甘此灌園⓭。張生⓮一仕⓯，曾以事還⓰。顧我不能⓱，高謝人間⓲。岧岧⓳丙公⓴，望崖輒歸㉑。匪驕匪吝㉒，前路威夷㉓。鄭叟不合㉔，垂釣川湄㉕。交酌林下，清言究微㉖。孟嘗㉗遊學㉘，天網㉙時疏㉚。眷言㉛哲友㉜，振褐㉝偕徂㉞。美哉周子㉟，稱疾閒居。寄心清尚㊱，悠然自娛㊲。

【章　旨】對古代九個隱士的讚辭，著重讚揚他們隱居自樂，傲然避世的高尚情懷。

【注　釋】❶四體二句　是荷蓧丈人用來指責孔子的話。《論語・微子》：「子路從而後，遇丈人，以杖荷蓧。子路問曰：『子見夫子乎？』丈人曰：『四體不勤，五穀不分，孰為夫子？』植其杖而芸（耘）。」四體，四肢。五穀，五種穀物，指稻、黍、稷、麥、菽（豆）。❷超超　與「超遠」、「超邁」同義，遙遠之謂，當是就時間而言，與「逴逴沮溺」用法相同。❸丈人　指荷蓧丈人。❹耘　耘田除草。以上四句贊荷蓧丈人與孔子不同，從早到晚在耕耘。❺逴逴　遙遠的樣子。《楚辭・九歎・憂苦》：「山脩遠其逴逴兮。」王逸注：「逴逴，遠貌。」❻沮溺　長沮和桀溺，春秋時的兩個隱者。《論語・微子》記載，長沮、桀溺在一起耕地，孔子經過那裡，讓子路去向他們問路。子路先問長沮，長沮說：「孔子這個人該曉得路了。」再問桀溺，桀溺說：「你是魯國孔丘的門徒嗎？」子路回答：「是的。」桀溺說：「天下到處都像洪水泛濫一樣，你同誰去改變它呢？再說你與其跟隨孔丘那種避人之士，為什麼不跟隨我們這些避世之士呢？」說完，照舊不停地平整土地。子路將這話告訴孔子，孔子說：「我們總不能和鳥獸同群，我不同這些社會上的人打交道又去同誰打交道呢？如果天下是太平盛世，我就不必同你們去改變它了。」❼耦耕　兩人一起耕地。❽自欣　自樂。❾入鳥二句　孔子說他不可與鳥獸同群，這兩句反其意而用，說長沮、桀溺隱耕，進入鳥中不驚駭，雜在獸中能合群。斯，就。以上四句贊長沮、桀溺樂於隱耕，能與鳥獸同群。❿至矣句　意為最高尚啊於陵仲子。至，最。於陵，指陳仲子，因居住在於陵，又自稱於陵仲子。《高士傳・卷中》說他是齊國人，是位義士，窮不苟求，不義之食不食。楚王聽說他賢能，遣使者持金百鎰請他去做相，他將此事告訴妻子，說：「今日為相，明日結駟連騎，食方丈於前，意可乎？」妻子說：「夫子左琴右書，樂在其中矣。結駟連騎，所安不過容膝；食方丈於前，所甘不過一肉。今以容膝之安，一肉之味，而懷楚國之憂，亂世多害，恐先生不保命也。」於是陳仲子便出來謝絕了楚國使者的請求，夫妻一起逃走，去替人澆灌園地。⓫養氣浩然　即養浩然之氣。語本《孟子・公孫丑上》：「我善養吾浩然之氣。」浩然之氣，指至大至剛的正氣。⓬蔑彼句　意為蔑視做相有四匹馬拉車的物質享受。結駟，用四馬拉車。《史記・仲尼弟子列傳》：「子貢相衛，而結駟連騎。」⓭甘此句　意為樂意做這灌園之事。甘，甘心；樂於。以上四句贊於陵仲子養浩然正氣，蔑視富貴。⓮張生　指張長公。《史記・張釋之列傳》載，釋之子「曰張摯，字長公，官至大夫，免。以不能取容當世，故終身不仕」。⓯一仕　出來做了一次官，指他曾經「官至大夫」。〈飲酒・十二〉：「長公曾一仕，壯節忽失時。杜門不復出，終身與世辭。」⓰曾以事還　曾經因不能取容於世還鄉，指免去官職。⓱顧我不能　念我不能為世所容。顧，念。我，指張長公。不能，指「不能取容當世」。⓲高謝人間　指與塵世告別，「終身不仕」。高，高尚，說明他與塵世告別去隱居是高尚之舉。謝，辭謝；告別。人間，指塵世。「謝人間」是辭塵世而歸隱，不是離開人世去死。以上四句贊張長公知道自己不為世所容，便終身不仕而去隱居的高尚行為。⓳岧岧　本是山高的樣子，此處形容丙公道德高尚。⓴丙公　指丙曼容，西漢時人，是邴漢的姪子。丙，通「邴」。《漢書・卷七二・龔勝傳》載：「邴漢亦以清行徵用，至京兆尹，後為太中大夫。王莽秉政，勝（龔勝）與漢俱乞骸骨。……漢兄子曼容，亦養志自修，為官不肯過六百石，輒自免去，其名過出於漢。」㉑望崖輒歸　望見高的山崖就回去，比喻他望見高官厚祿就自動辭職還家。崖，山崖，比喻高官厚祿，具體指俸祿六百石的高官。據《漢書・百官公卿表》，漢時博士、議郎、中郎、謁者、長丞、令丞……等官的俸祿都是六百石。㉒匪驕匪吝　不驕傲不貪財。匪，通「非」。吝，吝嗇；貪財。《論語・泰伯》：「子曰：『如有周公之才之美，使驕且吝，其餘不足觀也已。』」㉓威夷　危險。以上四句贊丙曼容不貪戀高官厚祿自願免職還鄉。㉔鄭叟不合　言鄭次都與世俗不合。鄭叟，鄭老，指鄭敬，字次都，東漢時人。叟，老人。

鄭敬自稱「吾年耄矣」，故以「鄭叟」稱之。不合，與世不合，指他不願做官，而要隱居垂釣。《後漢書・郅惲傳》及李賢注引〈謝沈書〉記載，郅惲勸說鄭敬同去從政，鄭敬不去；光武帝徵召鄭敬去做官，鄭敬也不去；新遷縣都尉逼鄭敬去做功曹，鄭敬裝病辭職去隱居。㉕湄　水邊。㉖交酌二句　據〈謝沈書〉記載，鄭敬在蛾陂中隱居精學，同郡人鄧敬因而與他「折芰為坐（折下菱葉墊坐），以荷薦（擺放）肉，瓠瓢盈酒，言談彌日。蓬廬蓽門，琴書自娛。」交酌，交相斟酒勸飲。清言，猶清談。究微，探求精妙的道理。以上四句贊鄭次都不願做官，甘願隱居垂釣，飲酒清談。㉗孟嘗　指薛包，東漢時人。《後漢書・劉趙淳于江劉周趙傳・敘》：「安帝時，汝南薛包孟嘗（孟嘗當是薛包的字），好學篤行，喪母，以至孝聞。建光（安帝在位年號之一，西元一二一至一二二年）中，公車特徵，至，拜侍中。包性恬虛，稱疾不起，以死自乞（乞骸，請求辭職），有詔賜告歸（請假還鄉）。」「年八十餘，以壽終。」以下所述遊學、眷友、振褐事均無記載，待考。㉘遊學　外出學習。㉙天網　天道如網，以喻國法。《老子・七三章》：「天網恢恢，疏而不失。」㉚時疏　有時疏陋。㉛眷言　懷念之意。陸機〈贈尚書郎顧彥先〉：「眷言懷桑梓。」言，語助詞。㉜哲友　智慧之友。㉝振褐　振衣；抖動衣服，去掉灰塵。褐，粗布短衣。㉞偕徂　同往，當是指同去隱居。以上四句贊薛孟嘗懷念朋友，同去隱居。㉟周子　指周陽珪，當是隱士，生平事跡不詳。「子」是古代對男子的尊稱。㊱寄心清尚　將心放在清靜高尚的事上。《藝文類聚・人部・隱逸上・周妙珪贊》作「寄心清商」，意為將心志寄託在音樂上。清商，樂調名。曹丕〈燕歌行〉：「援琴鳴弦發清商，短歌微吟不能長。」㊲自娛　自樂。以上四句贊周陽珪稱疾閑居，寄情於音樂，自尋歡娛。

【語　譯】孔子四肢不勤勞，五種穀物分不清。荷蓧丈人自不同，從早到晚在耕耘。長沮、桀溺古代人，兩人同耕自歡欣。與鳥相聚不驚駭，雜居獸中總合群。於陵仲子最高尚，培養正氣稱浩然。蔑視駕車有四馬，心甘情願去灌園。長公一度曾出仕，因事免職把家還。自料不能容於世，離群索居辭人間。道德高尚邴曼容，望見懸崖便自歸。不驕傲來不貪財，因知前途有險危。鄭敬老人不媚俗，隱居垂釣在江邊。林下與友互勸酒，探求妙理樂清言。薛包孟嘗去遊學，法網雖嚴有時疏。懷念往日賢智友，振衣同行去隱居。品德美好周陽珪，自稱有病去閑居。寄情清商多瀟灑，悠然自得真歡娛。

翳翳衡門，洋洋泌流❶。曰❷琴曰書，顧盼有儔❸。飲河既足❹，自外皆休。緬懷千載❺，託契孤遊❻。

【章　旨】這是贊語的結尾，說明自己願效法古代隱士，隱居自樂，與琴書為伴，別無他求。

【注　釋】❶翳翳二句　寫隱居衡門，觀水自樂。語本《詩經・陳風・衡門》：「衡門之下，可以棲遲；泌之洋洋，可以樂飢。」毛《傳》：「衡門，橫木為門，言淺陋也。棲遲，遊息也。」「泌，泉水也。洋洋，廣大也。樂飢，可以樂道忘飢。」翳翳，昏暗不明的樣子。❷曰　語首助詞，無義。❸顧盼句　言左顧右盼，有琴書為友。儔，伴侶。❹飲河句　言一飽已經滿足。飲河，典出《莊子・逍遙遊》：「偃（鼴）鼠飲河，不過滿腹。」以喻一飽。既，已經。❺緬懷句　言追念古代隱士。千載，指千年以前的隱士。❻託契句　言寄情於志同道合的人而獨自神遊。託契，將自己的情志寄託於志同道合的人。契，契合，指與自己情志相合的隱士。孤遊，與「獨往」同，當是指隱居。《宋書・隱逸傳》：「逸民隱居，皆獨往之稱。」

【語　譯】樹木蔭翳柴門下，汪汪洋洋水自流。既有琴來又有書，左顧右盼有朋友。一日三餐已滿腹，除此以外萬事休。追念古代隱逸士，託情於彼獨自遊。

【賞　析】這篇扇面畫像上題寫的贊辭，所贊的全是隱士。想必是在扇面上先畫有所贊人的像，然後才題寫贊辭。作者對這些古代隱士，逐個加以贊頌，合起來似乎就成了一篇〈隱逸傳〉。贊辭的開頭敘述了產生隱士的原因，和作者在〈感士不遇賦〉中所說的「自真風告逝，大偽斯興，閭閻懈廉退之節，市朝驅易進之心」、「彼達人之善覺，乃逃祿而歸耕」的意思基本上一致。在作者看來，由於世風日下，人心不古，有識之士才辭官歸隱。中間部分是贊辭的主體，共計贊頌了古代的九個隱士，其中有的躬耕原野，與鳥獸同群，自樂自欣；有的正氣浩然，蔑視富貴，寧願灌園而不為相；有的一度出仕，不為世俗所容，而避世隱居；有的深知仕途艱危，不驕不吝，望峰息心；有的與世不合，甘願垂釣江濱，清談論學；有的篤行好學，辭官還鄉，偕友同隱；有的稱病閑居，寄情音樂，悠然自娛。作者贊頌他們，表現了他對那些古代隱士的景仰之情，想從他們身上尋找精神寄託，以抒發自己的隱居之志，就像他在〈詠貧士・二〉所說的那樣：「何以慰吾懷？賴古多此賢。」結尾中作者描述了自己隱居衡門，琴書作伴，飽腹已足，別無他求的理想生活以後，以「緬懷千載，託契孤遊」作結，表明他的確已同古代隱士心心相印，願獨自隱居了此一生。

尚長禽慶贊

【題　解】明人何孟春作注時所見的《陶淵明集》中沒有這首詩，他根據唐人歐陽詢撰《藝文類聚・

卷三六・人部・隱逸上》的記載，將這首詩採附在〈扇上畫贊〉注中，並說：「此贊今本無之，豈唐初歐陽詢所見本，至宋或有缺脫耶？」清人陶澍注《靖節先生集》特將此詩補載卷後。詩中贊頌尚長、禽慶二人隱居不仕，同遊五嶽名山。寫作時間不詳。

尚子❶昔薄宦❷，妻孥共早晚❸。貧賤與富貴，讀《易》悟益損❹。

禽生❺善周遊❻，周遊日已遠❼。去矣尋名山，上山豈知反❽！

【注釋】❶尚子　指尚長。今本《高士傳・卷中》及《後漢書・卷八三・逸民傳》均作「向長」，然據唐人李賢注《後漢書》云：「《高士傳》『向』作『尚』。」可見唐人所見《高士傳》作「尚長」。又《藝文類聚》亦作「尚長」，可見作「尚長」不誤，毋須據《後漢書》改為「向長」。《高士傳》早於《後漢書》。據《高士傳》，尚長，字子平，河內朝歌（今河南淇縣北）人，隱居不仕，喜愛《老子》和《周易》。家貧，無以為食，好事者向他饋送食品，他取足以後把多餘的退還。王莽的大司空王邑連年徵召他出來做官，想將他推薦給王莽，他堅決予以拒絕。從此潛隱在家。有次讀到《周易》的〈損〉、〈益〉二卦，感歎說：「我已經從中得知富不如貧，貴不如賤，只是還不知道死和生比起來怎麼樣啊。」建武年間，他的兒女娶嫁完畢，他便告誡家裡：「從此斷絕關係，互不相關，就當我死了一樣。」於是便肆意與好友禽慶同遊五嶽名山，竟不知所終。❷薄宦　輕視仕宦；卑視做官。❸妻孥句　言朝夕與妻兒相處，隱居不仕。孥，兒女。❹貧賤二句　言從閱讀《周易》的〈益〉、〈損〉二卦，領悟到了益損的道理，才知道富不如貧，貴不如賤。易，指《周易》。益損，《周易》中的兩個卦名，意為增益和減損。益損可以互相轉化。❺禽生　指禽慶，據《漢書・卷七二・鮑宣傳》，禽慶，北海郡人，字子夏，是名儒生，辭去官職，「不仕於莽（指王莽）。」又據《高士傳》，此後便與尚長同遊五嶽名山。❻周遊　四處遊覽。❼日已遠　一天比一天遠。語本〈古詩十九首・行行重行行〉：「相去日已遠。」❽豈知反　《高士傳》說禽慶與尚長「俱遊五嶽名山，竟不知所終」，「豈知反」即指此而言。反，同「返」。

【語　譯】往日尚長輕仕宦，家人相聚共早晚。富貴不如貧賤好，讀《易》悟出益與損。禽慶樂於四處遊，四處遊覽日見遠。去吧去吧訪名山，上了名山哪知返！

【賞　析】這首詩稱讚尚長、禽慶二人隱居不仕，周遊名山。其中「貧賤與富貴，讀《易》悟益損」二句蘊含著哲理，耐人尋味。尚長從《周易》的〈益〉、〈損〉二卦中，悟出了人世間的增益與減損的辯證關係，懂得了「富不如貧，貴不如賤」的道理。在俗人看來，當然是貧賤不如富貴，而他的看法恰好相反，原因何在？大概他是從〈益〉、〈損〉二卦的「損下益上」、「損上益下」的〈彖辭〉中，體悟到了人間的增益和減損可以相互轉化，富貴和貧賤會相互變易的道理吧。《史記・老莊申韓列傳》記載，楚威王派遣使者用豐厚的禮物去請莊周出來做楚相，遭到莊周的拒絕，莊周對使者說：「千金，重利；卿相，尊位也。子獨不見郊祭之犧牛乎？養食之數歲，衣以文繡，以入大（太）廟。當是之時，雖欲為孤豚，豈可得乎？」富貴已極的相國，也有想做一頭小豬而做不成的時候，豈不是富貴不如貧賤嗎？對人生有了如此深刻的認識，難怪他會與禽慶隱居不仕，同遊名山，一去而不返了。

卷七 疏祭文

與子儼等疏

【題解】這是淵明給兒子陶儼等的信。《宋書・隱逸傳》、《南史・隱逸傳》均言淵明「與子書以言其志，並為訓戒」，可見「疏」就是書信的意思。信中淵明自覺年壽有限，滿懷著愛子深情，追述了自己的平生志趣，告誡兒子們「思四海皆兄弟之義」，以古今品德高尚的人為榜樣，彼此團結友愛。寫此信時淵明已年過五十，東晉已經滅亡，劉宋王朝已經建立。陶澍《靖節先生年譜攷異・下》稱「〈與子儼疏〉，當在宋受禪後，必非作於甫過（剛過）五十之時。〈疏〉末曰：『濟北氾稚春，晉時操行人也。』若五十一歲，尚在義熙年間（按，晉安帝義熙十一年，淵明五十一歲），宜云『今之操行人』，不當謂『晉時』也。」因為依據慣例，本朝人記本朝事一般是不標明朝代的（詳見〈桃花源記〉題解），稱氾稚春是「晉時人」，就說明此信作於晉亡以後。晉亡於晉恭帝元熙二年（西元四二〇年）六月，時淵明五十六歲。

告❶儼、俟、份、佚、佟❷：天地賦命❸，生必有死，自古賢聖，誰能獨免？子夏❹有言：「死生有命，富貴在天❺。」四友之人❻，親受音旨❼，發斯談❽者❾，將非❿窮達⓫不可妄求⓬，壽夭⓭永無外請⓮故耶⓯？

【章　旨】言死生有命，富貴在天，不可外求，只能聽其自然。

【注　釋】❶告　告誡；告訴。❷儼俟份佚佟　淵明五個兒子的名。詳見〈責子〉詩及注。❸賦命　賦予性命。❹子夏　孔子的學生卜商的字，小孔子四十四歲，衛國人。孔子死後，他居西河教授，為魏文侯師。❺死生二句　典出《論語・顏淵》：「子夏曰：『商聞之矣：死生有命，富貴在天。』」命，命運。天，天意。❻四友之人　指孔子的四友，實際上也是他的四個學生。《尚書大傳》：「孔子曰：『文王得四臣，丘亦得四友。』」《孔叢子・論書》：「孔子四友：回（顏回）、賜（端木賜，字子貢）、師（顓孫師，字子張）、由（仲由，字子路），非子夏。」❼親受句　謂親自聆聽孔子的教誨。音旨，口傳的意旨，有別於書面傳下的言辭。《晉書・阮瞻傳》：「諷詠遺言，不若親承音旨。」❽斯談　此談，指「死生有命，富貴在天」的言論。❾者　表示停頓，在這裡沒有代詞作用。❿將非　豈非。《經詞衍釋・卷八》：「將，猶『寧』也，『豈』也。」⓫窮達　窮困和通達。⓬妄求　隨意亂求。⓭壽夭　長壽和夭折。⓮外請　猶「外求」，指在命外求得。⓯耶　表示反問的語氣詞。

【語　譯】告誡儼、俟、份、佚、佟諸兒子：天地賦予人們性命，有生就必定有死，自古以來，即使是聖賢，有誰能獨免於死亡？子夏說：「死生有命，富貴在天。」被孔子稱為「四友」的那些人，親自聆聽孔子的教誨，還發出這種言論，難道不是因為窮困和通達不可以隨意亂求，長壽和短命永遠不能從命運以外去尋找的緣故嗎？

吾年過五十，少而窮苦，每以家弊❶，東西游走。性剛才拙，與物❷多忤❸。自量為己❹，必貽俗患❺。僶俛❻辭世❼，使汝等幼而飢寒。余嘗感孺仲賢妻之言❽，敗絮❾自擁❿，何慚兒子⓫？此既一事矣⓬，但恨⓭鄰⓮靡⓯二仲⓰，室無萊婦⓱，抱⓲茲苦心，良⓳獨內愧。

【章旨】追述自己往日因貧而仕、懼患而隱的坎坷經歷和因此使得兒子們忍飢受寒的愧疚心情。

【注釋】❶弊　敗，此指貧窮。❷物　人。《世說新語・言語》：「是卿何物？有後不？」❸忤　牴觸；不相合。❹自量句　言自己為自己著想。量，思量；考慮。❺必貽句　言必定留下世俗間的禍患。貽，遺留。❻僶俛　勉力；努力。❼辭世　與世俗告辭，指隱居不仕。❽余嘗句　言我曾為孺仲賢妻所說的話感動。典出《後漢書・列女傳》，據載當初王霸和同郡人令狐子伯交友，後來令狐子伯做了楚相，他的兒子也做了郡功曹。令狐子伯讓他的兒子送信給王霸，車馬、服飾、隨從都顯出一副雍容華貴的樣子。王霸的兒子正在田野耕種，聽說有客來了，便放下手中農具回到家中，見到令狐子伯的兒子，心情沮喪，慚愧得不敢抬起頭來。王霸見兒子這副模樣，也臉有愧容，客人走了以後，久臥不起。妻子問他為什麼這樣，他說：「剛才看見令狐子伯的兒子的容貌服飾很是光彩耀眼，舉止有度，而我的兒子卻蓬頭散髮，牙齒稀疏，不懂禮儀，見到客人臉有愧色。父子恩深，看見兒子這樣，我便不覺自慚形穢啊。」妻子說：「你年輕時便有清高的節操，不想富貴榮華。現在令狐子伯的高貴哪裡比得上你的清高？你為什麼要忘記往日的志向而為兒子感到慚愧呢？」孺仲，當作「儒仲」，即王霸，《後漢書・逸民傳》載，王霸，字儒仲，太原廣武人。少有清節，及王莽篡位，棄冠帶，絕交宦。建武（東漢光武帝年號之一）年間，徵召他做尚書，拜見光武帝，自稱名，不稱臣。人問其故，他說：那是因為「天子有所不臣，諸侯有所不友。」後因病歸，茅屋蓬戶，隱居守志而死。❾敗絮　破絮。❿擁　抱。⓫何慚句　言為何要因兒子飢餓而自慚。慙，同「慚」。⓬此既句　言我這種處境同王霸相比已經是一樣了。既，已經。一事，一回事；一樣。⓭但恨　只是遺憾。⓮隣　同「鄰」。⓯靡　無。⓰二仲　指羊仲、求仲兩個隱士。據《三輔決錄・逃名》記載，西漢末年兗州刺史蔣詡，因王莽專權，辭官到杜陵隱居，荊棘塞門，房舍邊上有三條小路，只同逃名的求仲、羊仲往來，當時人稱這兩人為「二仲」。⓱萊婦　老萊子的妻子。據劉向《列女傳》、皇甫謐《高士傳・卷上》載，老萊子，楚國人，因避世亂，耕於蒙山之南。楚王乘車去請他出來主管政事，他答應了。楚王走後，他的妻子撿柴回來，他以此相告，遭到妻子的反對，妻子說：「妾聞之，可食以酒肉者可隨以鞭箠，可授以官祿者可隨以斧鉞。今先生食人之酒肉，受人之官祿，此皆人之所制也。居亂世而為人所制，能免於患乎？」於是老萊子便同他的妻子逃到江南去了。⓲抱　懷。⓳良　的確；實在。

【語譯】我已經年過五十，年輕時生活窮苦，常常因為家裡貧困，為糊口而東奔西走。我性情剛直，才能拙劣，同世俗上的人多合不來。自己為自己著想，料想必定會留下後患。於是盡力告別塵世，辭官歸隱，因而生活無著，使得你們年幼時便忍飢受寒。我曾經被儒仲妻子的話所感動，自己窮得擁抱著破絮過日子，又為什麼要為兒子忍飢受寒而慚愧呢？我這種處境同儒仲已經是一樣了，只是遺憾我沒有求仲、羊仲那樣的鄰居，家裡沒有老萊子妻那樣的賢內助，懷著如此痛苦的心情，的確內心獨自感到慚愧。

少學琴書，偶愛閑靜，開卷有得，便欣然忘食。見樹木交蔭，時鳥變聲❶，亦復歡然有喜。常言五、六月中，北牕下臥，遇涼風暫至，自謂是羲皇上人❷。意淺識罕❸，謂斯言❹可保❺。日月❻遂往，機巧好疏❼，緬求在昔❽，眇然如何❾！疾患以來，漸就❿衰損⓫，親舊不遺⓬，每以藥石⓭見救⓮，自恐大分⓯將有限也。

【章　旨】追述自己年輕時琴書自娛，喜愛過閑靜恬適的生活，而今隨著歲月推移，往日情趣已是眇然難求，且疾病纏身，恐年壽有限。

【注　釋】❶時鳥句　言候鳥改變了叫聲。不同的季節所聽到的鳥叫聲不同。時鳥，候鳥。時，季節。❷羲皇上人　伏羲氏以前的人。羲皇，指伏羲氏，傳說中的上古帝王。相傳伏羲氏畫八卦，造書契，以代替結繩記事，從此方有文籍。❸意淺句　言思想淺薄見識稀少。❹斯言　此言，指上面「五、六月中」等四句話。❺保　保持不變。❻日月　歲月；時光。❼機巧句　言機智靈巧很生疏，即智力變得遲鈍。機巧，機智靈巧，就智力敏捷而言，曹植〈侍太子坐〉：「翩翩我公子，機巧忽若神。」有釋「機巧」為「投機取巧」，若此則承認淵明曾投機取巧，與其自言「性剛才拙」相牴觸，故未採此說。好，甚；很。❽緬求句　言遠求往昔情趣。緬，遠。在昔，指往昔年少時的情趣。❾眇然句　言已經眇然遠去怎麼辦。眇，本為偏盲、一目失明意，此處通「渺」。《楚辭・九章・哀郢》：「眇不知其所蹠。」王逸注：「眇，遠也。」「眇然」是遙遠不明的樣子。❿就　走向；

趨向。⓫衰損　猶衰老。人到老年，視力、聽力、氣力……都逐漸衰損。⓬遺　嫌棄；拋棄。⓭藥石　泛指藥物。石，古代用以治病的砭石，即石針。⓮見救　救治我。⓯大分　大限；壽命。

【語譯】我年輕時學習琴書，偶而喜愛閑靜，開卷讀書，心有所得，便高興得忘記了吃飯。看見樹木枝葉相交成蔭，聽見不同的季節鳥聲改變，也又心中歡喜。我常常說，五、六月間，躺在北面窗戶下，遇上涼風忽然吹來，我便自稱是伏羲氏以前的人。那時我的思想淺薄，見識稀少，認為上面所說的那種生活可以長期保持下去。隨著時光流逝，腦子越來越不靈活，追念往日情趣，已經渺然遠去，真不知如何是好！患病以來，逐漸趨向衰老，親朋故舊不嫌棄我，常常用藥物救治，我自己擔心只怕壽命有限啊。

汝輩稚小家貧，每役❶柴水之勞❷，何時可免？念之在心，若何可言！然汝等雖曰❸同生，當思四海皆兄弟之義❹。鮑叔、管仲❺，分財無猜❻；歸生、伍舉❼，班荊道舊❽，遂能以敗為成❾，因喪立功❿。他人尚爾⓫，況同父之人哉？潁川韓元長⓬，漢末名士，身處卿佐⓭，七十而終，兄弟同居，至于沒齒⓮；濟北氾稚春⓯，晉時操行人⓰也，七世同財⓱，家人無怨色。《詩》⓲曰：「高山仰止⓳，景行行止⓴。」雖不能爾㉑，至心㉒尚㉓之。汝其慎哉㉔，吾復何言！

【章　旨】關心兒子們的辛勞，告誡他們要以前人為榜樣，團結互助，不要因為錢財而分家。

【注　釋】❶役　從事。❷柴水之勞　拾柴挑水的勞動。❸曰　依《宋書・隱逸傳》當作「不」。❹當思句　典出《論語・顏淵》：「司馬牛憂曰：『人皆有兄弟，我獨亡（無）。』子夏曰：『商（子夏名）聞之矣……君子敬而無失（沒有差錯），與人恭而有禮，四海之內，皆兄弟也。君子何患乎無兄弟也。』」義，道理。❺鮑叔管仲　指鮑叔牙、管仲，兩人都春秋時齊國的臣子。據《史記・管晏列傳》記載，管仲年輕時同鮑叔牙交遊，鮑叔牙知道管仲賢能。管仲常常欺騙鮑叔牙，多拿了錢，鮑叔牙卻始終對他很好，不說什麼。後來齊國發生內亂，鮑叔牙幫助齊公子小白，管仲幫助公子糾。等到小白取得了勝利，做了齊桓公，公子糾被殺，管仲成了囚犯，鮑叔牙卻向齊桓公建議重用管仲。齊桓公採納了鮑叔牙的建議，用管仲執政，齊桓公因此成了諸侯的霸主。❻分財無猜　指當初管仲同鮑叔牙合伙經商，管仲因為家裡貧困，多拿了錢，欺騙了鮑叔牙，鮑叔牙卻不猜忌他，所以管仲說：「吾始困時，嘗與鮑叔賈，分財利多自與，鮑叔不以我為貪，知我貧也。……生我者父母，知我者鮑子也。」❼歸生伍舉　二人名，均為春秋時楚國的臣子。歸生，又叫聲子。伍舉，又叫椒舉。據《左傳・襄公二十六年》記載，伍舉和歸生兩人相善，他們各自的父親也彼此是朋友。伍舉娶了王子牟的女兒，王子牟因罪出逃，楚國人說：「伍舉去送過他。」為此伍舉害怕，便逃到鄭國，並將要逃向晉國。歸生也將到晉國去，在鄭國的郊外碰上伍舉，兩人便將荊草鋪在地上，坐著一起吃東西，互敘舊情，商量回楚國的事。歸生說：「你走吧，我一定要讓你回到楚國。」後來歸生從晉國回來，對楚國的令尹子木說：楚材晉用，伍舉在晉國如果受到重用，將為害楚國。子木害怕，便請楚王讓伍舉回到了楚國。❽班荊道舊　鋪上荊草，共道舊情。❾以敗為成　因為失敗而變為成功。管仲先佐公子糾，當了囚犯，是失敗；後來由於鮑叔牙的推薦，受到齊桓公的重用，使齊桓公稱霸諸侯，是成功，所以說「以敗為成」。《史記・管晏列傳》稱管仲為政「善因禍而為福，轉敗而為功」。❿因喪立功　言因為逃亡而立功。喪，逃亡。《說文・哭部》：「喪，亡也。」段玉裁注：「〈亡部〉：『亡，逃也。』『亡』非『死』之謂。」喪，指伍舉從楚國逃亡到鄭國、晉國。立功，指伍舉得到歸生的幫助回到楚國，立楚公子圍為楚靈王。見《左傳・昭公元年》。⓫他人句　言外人尚且能如此。他人，外人，指不是一家人，鮑叔牙和管仲、歸生和伍舉都不是一家人，更不是同胞兄弟。⓬潁川句　據《後漢書・卷六二・韓韶傳》記載，韓韶的兒子韓融，潁川（今河南禹縣）人，字元長，少年時便能辯理而不從事章句之學，名聲很大，太傅、太尉、司徒、司空、大將軍等五府都召他去做官。漢獻帝初年，官至太僕，年七十卒。所謂「兄弟同居」事，出處不詳。潁，當作「潁」。⓭身處卿佐　指韓元長任太僕之職。《後漢書・百官志二》：「太僕，卿一人，中二千石。本注曰：掌車馬。」故以「卿佐」稱之。佐，輔佐之臣。⓮沒齒　終身；死亡。⓯濟北句　據《晉書・儒林傳・氾毓傳》，氾毓，字稚春，濟北盧（今山東長清縣西南）人，「少履清操，安貧有志業」，父死，守墓三十餘年。西晉武帝時多次徵召他出來做官，他都不去，在家清淨自守。年七十一卒。⓰操行人　有操守、品行高尚的人。⓱七世句　言七代沒有分家。《晉書》本傳稱氾毓家「敦睦九族，客居青州，逮毓七世」，可見傳到氾毓時他家已在青州住了七代。同財，共財，指未分家，財產屬全家共有，人們稱讚他家「兒無常父，衣無常主」，即在家中兒女和衣服都是共有。⓲詩　指《詩經》。下引詩句見〈小雅・車舝〉。⓳高山句　意為仰望高山。止，語尾助詞，無義。⓴景行句　意為走著大路。景行，大路。前一「行」字是名詞，意為「路」，後一「行」字是動詞，意為「行走」。㉑爾　此；這樣。㉒至心　至誠之心。㉓尚　崇尚；以之為榜樣。以上二句，與《史記・孔子世家・贊》「雖不能至，然心鄉往之」意思相同。㉔汝其慎哉　意為你們可要謹慎啊。其，副詞，用在祈使句，表以勉勵。

【語　譯】 你們年紀幼小，家裡貧窮，常常從事拾柴挑水的勞動，什麼時候才可以免除這種勞苦？

我心中想起這事就難過，可是又有什麼話可說呢！然而你們雖然不是同一個母親所生，也應當想想「四海之內皆兄弟」這句話的道理。鮑叔牙和管仲，分錢多少，毫不猜忌；歸生同伍舉，途中相遇，鋪上荊草，共敘舊情，於是方能使管仲由失敗轉為成功，讓伍舉由出逃而回國立功。外人尚且能這樣，何況你們還是同父所生的兄弟呢？潁川的韓元長，是漢朝末年的名士，身居卿佐高位，享年七十，兄弟同住，一直到死；濟北的氾稚春，是晉朝有操行的人，七代共財，沒有分家，家人也沒有埋怨。《詩經》上說：「仰望高山，行走大道。」即使不能同那些品行高尚的人一樣，至誠的心總是要嚮往著他們的。你們可要謹慎啊，我還再說什麼話呢！

【賞　析】此信真實自然，沒有華麗的詞藻，然而字裡行間充滿了愛子的深情，真切感人。清人林雲銘稱讚它是「陶公畢生實錄」，「讀之惟見真氣盤旋紙上」（見其評注《古文析義初編・卷四》）。毛慶蕃也說：「每一玩誦，輒覺夜氣油然自生，真素心之言也。」（見其評選《古文學餘・卷二六》）信中無論是追憶自己因貧而仕，懼患而隱，以致累及兒子飢餓所引起的內心愧疚，還是訴說「隣靡二仲，室無萊婦」，孤立無援的獨自愁苦，處處都是真情的自然流露。尤其是回顧自己年少時喜好閑靜，酷愛自然的志趣時，更是用詩的語言作了形象的描繪，景真情真，使人有身臨其境之感。歲月流逝，作者預感到自己年壽有限，又慮及諸子不全是同母所生，擔心自己死後，他們兄弟不和，因而在信的末尾便用「鮑叔、管仲，分財無猜；歸生、伍舉，班荊道舊」的故事激勵兒子們團結互助，用韓元長「兄弟同居，至于沒齒」，氾稚春家「七世同財，家人無怨色」的範例告誡兒子們不可分家，全是出自肺腑之言，一片愛子深情，躍然紙上。

祭程氏妹文

【題解】這是一篇祭奠嫁給程家的妹妹的祭文，寫於晉安帝義熙三年（丁未年，西元四〇七年）五月，淵明時年四十三歲。據〈歸去來兮辭・序〉程氏妹在晉安帝義熙元年（乙巳年，西元四〇五年）十一月死於武昌，淵明曾去奔喪。寫這篇祭文時程氏妹去世已經十八個月。

維❶晉❷義熙❸三年五月甲辰❹，程氏妹❺服制❻再周❼，淵明以少牢❽之奠❾，俛❿而酹⓫之。

【章旨】這是祭文的開場白，以下方是正式的祭辭。

【注釋】❶維　句首助詞。❷晉　依照慣例，本朝人寫本朝事一般不標明朝代，而本文寫於晉義熙三年，卻標出「晉」字。袁行霈在〈陶淵明年譜匯考・宋武帝永初三年・考辨〉中說：「云『維晉義熙三年』是直述之詞。祭文凡標國號，皆必指當代者，其方式固如是也。」（見其新著《陶淵明研究》，北京大學出版社一九九七年版，三六九頁）。❸義熙　晉安帝司馬德宗在位的年號之一。❹甲辰　即甲辰日。古代也用干支記日。❺程氏妹　淵明有妹，嫁給程氏為妻，故稱「程氏妹」。妹與妹夫的名字不詳。從下文「我年二六，爾纔九齡」可知程氏妹小淵明三歲。❻服制　喪服的制度。古時居喪期間所穿的衣服，根據親疏關係的差別，有不同的規定，分別有斬衰、齊衰、大功、小功、緦麻五種不同的喪服，統稱「五服」，穿的時間的長短也各不相同。按照舊的禮制，為已婚的妹妹居喪應穿大功服，其服用熟麻布製成，服期為九個月。❼再周　兩個週期，即十八個月。程氏妹死於義熙元年十一月，到義熙三年五月已歷時十八個月，滿了兩個週期，故言「再周」。❽少牢　古時用羊和豬二牲祭叫「少牢」，用牛、羊、豬三牲祭叫「太牢」。❾奠　祭奠；向鬼神獻上祭品。❿俛　同「俯」。俯身。⓫酹　用酒澆地祭奠。

【語　譯】晉義熙三年五月甲辰日，為程氏妹服喪已經兩個週期，淵明用羊和豬二牲，俯身將酒澆地進行祭奠。

嗚呼哀哉！寒往暑來❶，日月寖疏❷。梁塵委積❸，庭草荒蕪。寥寥空室，哀哀遺孤❹。肴觴❺虛奠❻，人逝❼焉如❽？

【章　旨】敘說妹妹死後的家中悽涼景象。

【注　釋】❶寒往句　典出《易經・繫辭下》：「寒往則暑來，暑往則寒來，寒暑相推而歲成焉。」❷日月句　言程氏妹死去的時間逐漸久遠。日月，歲月；時光。寖疏，漸遠。疏，疏遠。❸梁塵句　言家中屋梁上積滿了灰塵。委積，累積。❹遺孤　指程氏妹留下的孤兒。❺肴觴　肉酒。❻虛奠　徒然祭奠。❼人逝　人往；人去。指程氏妹已經去世。❽焉如　焉往；到哪裡去了。詞出《楚辭・九章・哀郢》：「淼南渡之焉如？」

【語　譯】唉唷，哀痛啊！寒去暑來，時光漸疏。梁上灰塵累積，庭前野草荒蕪。冷清清的空房，悽慘慘的遺孤。徒設酒肉祭奠，程妹今在何處？

誰無兄弟❶？人亦同生❷。嗟我與爾❸，特百常情❹。慈妣❺早世❻，時尚孺嬰❼。我年二六❽，爾纔❾九齡❿。爰⓫從靡識⓬，撫髫⓭相成。咨⓮爾令妹⓯，有德有操。靖恭⓰鮮言⓱，聞善則樂。能正⓲能和⓳，惟友惟孝⓴。行止中閨㉑，可象㉒可傚㉓。我聞為善，慶自己蹈㉔。彼蒼㉕何偏㉖，而不斯報㉗！昔在江陵，重罹天罰㉘。兄弟㉙索居㉚，乖隔楚越㉛。伊㉜我與爾，百哀是切㉝。黯黯㉞高雲，蕭蕭㉟冬月。白雲掩晨，長風㊱悲節㊲。感惟崩號㊳，興言泣血㊴。

【章旨】追念兄妹情誼，哀歎天理不公，程氏妹有德操而無善報。

【注釋】❶兄弟　義同「兄妹」。弟，即「妹」。《孟子・萬章上》：「彌子之妻，與子路之妻，兄弟也。」❷人亦句　言程氏妹與我也是同母所生。人，與上文「人逝焉如」的「人」用法相同，專指程氏妹，不是泛指。同生，同母所生。陶集中的〈悲從弟仲德〉「恩愛若同生」與〈與子儼等疏〉「汝等雖不同生」、〈祭從弟敬遠文〉「父則同生」中的「同生」二字均是指同母所生的兄弟姐妹。❸爾　汝；你。❹特百句　言自己與程氏妹的情誼特別好，超出了常情百倍。特，特別；格外。百，百倍。常情，一般的情誼。❺慈妣　梁啟超《陶淵明年譜》疑當作「慈考」，謂「殆原作『慈考』，俗子傳鈔，以『慈』當屬妣，故妄改邪？」慈考，即慈父。李公煥注謂「慈妣」乃淵明「庶母」，如持此說，則淵明與程氏妹不同母，與上文「人亦同生」相矛盾，故未採此說。❻早世　早死。《左傳・昭公三年》：「則又無祿，早世隕命。」❼時尚句　言當時還是幼兒。❽二六　十二歲。❾纔　才。❿九齡　九歲。⓫爰　於是。⓬靡識　無識；沒有知識；不懂事。⓭撫髫　摸著髫髮。髫，兒童下垂的頭髮。⓮咨　嗟；歎息。⓯令妹　好妹妹。⓰靖恭　謙卑恭敬。出自《詩經・小雅・小明》：「靖共爾位。」《韓詩外傳》引作「靖恭爾位」。靖，卑敬。⓱鮮言　少言；話不多。⓲正　指品行端正。⓳和　指性情溫和。⓴惟友句　典出《尚書・君陳》：「惟孝，友于兄弟。」惟，分別是句首句中助詞。孝，孝敬父母。友，友愛兄弟。㉑中闈　符合閨範；符合女子行為標準。中，合。㉒象　法；效法。㉓傚　仿效；效法。㉔慶自句　言吉慶由自己遇到。即善有善報之意。慶，吉慶；幸福。蹈，《說文》：「踐也。」㉕彼蒼　那蒼天。典出《詩經・秦風・黃鳥》：「彼蒼者天。」㉖偏　偏心；不公正。㉗斯報　此報；這種報應。指遇到吉慶之事。㉘昔在二句　言過去我在江陵時再次遭到上天的懲罰，指父親已經早年去世，在江陵時母親又去世。李公煥注：「晉安帝隆安五年（西元四〇一年）秋七月，赴假還江陵，是冬，母孟氏卒。」參見〈辛丑歲七月赴假還江陵〉詩及注。罹，遭受。按，淵明認為母親去世即是程氏妹有善行而天未有善報的表現。㉙兄弟　兄妹。㉚索居　離居；分居。指兄妹不在一起。《禮記・檀弓上》：「吾離群而索居，亦已久矣。」索，離散。㉛乖隔句　言分居異地。乖，背離。楚越，謂異地。《莊子・德充符》：「自其異者視之，肝膽楚越也。」成玄英《疏》：「楚越迢遞，相去數千。」㉜伊　句首助詞。㉝百哀句　言無窮的悲哀至為痛切。百，言其多而無盡。是，結構助詞。切，痛切。以下描寫「百哀是切」的種種情狀。㉞黯黯　昏暗的樣子。㉟蕭蕭　風聲。㊱長風　大風。㊲節　疑指節令。㊳感惟句　言一感慟就叩頭號哭。惟，句中助詞。崩，指崩厥角，像山崩一樣地叩頭。典出《尚書・泰誓中》：「若崩厥角。」厥角，即是叩頭。《漢書・諸侯王表》：「厥角稽首。」應劭注：「厥者，頓也。角者，額角也。」

號，哭。㊴興言句　言一祭奠就哭出血來。興，通「釁」。殺牲以祭；血祭。朱駿聲《說文通訓定聲・升部》：「興，假借為『釁』。」言，句中助詞。

【語譯】誰人沒有兄妹？程妹與我還是同母所生。唉，你與我的兄妹情誼，超過了百倍的人之常情。慈愛的父親早年去世，那時我們還是幼兒。我剛年過十二，你才九歲幼齡。自從年幼無知開始，我們便撫著髫髮長成。唉，我那美好的妹妹，既有德行又有節操。謙遜恭敬、寡言少語，聽到行善就心中快樂。品行端正、性情溫和，既能友愛又能盡孝。行動舉止符合規範，可作典型可供仿效。我聽說做了善事，幸福就會自己遇到。老天爺為何不公，卻沒有給予回報！往日我在江陵，又一次遭到天的懲罰。兄妹離居異地，相隔像是楚越。我與你痛心疾首，哀傷無限、心情悲切。昏沉沉高空烏雲，風蕭蕭冬夜冷月。白雲掩蓋了晨曦，狂風送來了悲咽。一悲慟就叩頭號哭，一祭奠就傷心泣血。

尋念❶平昔❷，觸事❸未遠❹。書疏❺猶存，遺孤滿眼❻。如何一往，
終天❼不返！寂寂高堂❽，何時復踐❾？藐藐❿孤女，曷依曷恃⓫？煢煢⓬
遊魂⓭，誰主⓮誰祀？奈何⓯程妹，於此⓰永已⓱！死如有知，相見蒿里⓲。
嗚呼哀哉！

【章　旨】思昔撫今，悲不自勝。

【注　釋】❶尋念　追念；回想。❷平昔　舊時；往日。《顏氏家訓・序致》：「追思平昔之指，銘肌鏤骨。」❸觸事　接觸到的事；所經歷的事。❹未遠　不遠。❺書疏　書信。❻遺孤句　言舉目唯見遺孤。❼終天　永久。詳見〈悲從弟仲德〉注㊱。❽高堂　高大的堂屋。❾踐　踐踏；行走。❿藐藐　小的樣子。⓫曷依句　何依何靠。曷，何。恃，依靠。⓬煢煢　孤獨的樣子。⓭遊魂　古時認為人活著的時候，魂附在體上；人死了以後，魂便脫離軀體，成了遊魂。⓮主　主祭；主持祭祀。⓯奈何　如何。⓰於此　從此。⓱永已　永遠停止；永遠消失。⓲蒿里　死人里，即死人的葬地。《古樂府・相和歌辭・蒿里》：「蒿里誰家地，聚斂魂魄無賢愚。」

【語　譯】追念昔日往事，相去並不遙遠。來往書信還在，遺孤舉目即見。如何程妹一去，永世不得回返！靜悄悄的高堂，幾時你再升踐？幼小孤女，何靠何依？孤獨遊魂，誰祭誰祀？為何程妹，從此永去！死若有知，相見墓地。唉唷，哀痛啊！

【賞　析】這是淵明為哀悼程氏妹所寫的一篇祭文。程氏妹死的時候，淵明曾經辭去彭澤縣令的官職，前往武昌奔喪。為程氏妹服喪期滿後的第二個週期（十八個月），他又寫下了這篇祭文，並用少牢之奠去告慰程氏妹的亡靈。文中他描述了程氏妹死後家中的悽涼景象，回顧了兄妹之間自幼相依為命、不同尋常的骨肉深情，讚揚了程氏妹聞善則樂、端正溫和、孝敬長輩、友愛兄弟的高尚德操，同時還憤激蒼天不公，好人沒有好報，程氏妹不但沒有得到善報，反而遭受了兄妹離居，早年喪父，中年喪母的巨大痛苦。文中佳句頗多，如「梁塵委積，庭草荒蕪。寥寥空室，哀哀遺孤」；「黯黯高雲，蕭蕭冬月。白雲掩晨，長風悲節」；「如何一往，終天不返！寂寂高堂，何時復踐？藐藐孤女，曷依曷恃？煢煢遊魂，誰主誰祀？」或描述程妹的家中慘象，或敘說喪母後的悲哀，或傾訴思念程妹的深情，全從肺腑中流出，字字血淚，淒楚動人。劉勰在《文心雕龍·哀弔》中說哀祭文的寫作要「情主於痛傷」，「必使情往會悲，文來引泣，乃其貴耳。」這篇祭文是符合這些要求的。

祭從弟❶敬遠文

【題　解】這篇祭文寫於辛亥年八月十九日，即晉安帝義熙七年（西元四一一年）八月十九，那天淵明的堂弟敬遠出葬，淵明便寫了這篇祭文哀悼他。時淵明四十七歲。

歲在辛亥❷，月惟❸仲秋❹，旬有九日❺，從弟敬遠，卜辰❻云❼窆❽，永寧后土❾。感平生之游處❿，悲一往⓫之不返，情惻惻⓬以摧心⓭，淚愍愍⓮而盈眼⓯。乃以園果時醪⓰，祖⓱其將行⓲。

【章　旨】說明祭奠敬遠的緣由。

【注　釋】❶從弟　堂弟；叔伯弟弟。❷歲在句　即辛亥年。古代用干支紀年，辛亥年相當於晉安帝義熙七年。

❸惟　句中助詞，有「是」意。❹仲秋　秋天的第二個月；農曆八月。❺旬有九日　即十九日。旬，十日。有，又。❻卜辰　選擇出葬時間。卜，占卜。古代通過占卜來選擇吉日。辰，時辰。❼云　句中助詞。❽窆　下棺安葬。❾永寧句　謂永遠安息在墓地。寧，安。后土，本指土地神，此指墓地。❿游處　同遊共處；生活在一起。⓫一往　一去。⓬惻惻　悲痛的樣子。⓭摧心　傷心。⓮慼慼　悲痛的樣子。《說文》：「慼，痛也。」⓯盈眼　滿眼。⓰時醪　應時的美酒。⓱祖　古人出行時祭路神叫「祖」，引申為送行。⓲行　出行，此指出葬。

【語　譯】辛亥年八月十九日，為堂弟敬遠選定了吉日良辰下棺安葬，他將永遠安息在墓地。想到我們平時同遊共處，心中就難過，從此他將一去不返，我心情悲痛，淚水盈眶，於是便用園中鮮果和應時美酒給他送行。

嗚呼哀哉！於鑠❶吾弟，有操❷有槩❸。孝發幼齡❹，友自天愛❺。少思❻寡欲，靡執靡介❼。後己先人，臨財思惠❽。心遺❾得失，情不依世❿。其色能溫，其言則厲⓫。樂勝⓬朋高⓭，好是文藝⓮。遙遙帝鄉，爰感奇心⓯。絕粒⓰委務⓱，考槃山陰⓲。淙淙⓳懸溜⓴，曖曖㉑荒林。晨採上藥㉒，夕閑㉓素琴㉔。曰仁者壽㉕，竊㉖獨信之。如何斯言㉗，徒能見歟㉘！年甫過立㉙，奄㉚與世辭。長歸蒿里㉛，邈㉜無還期。

【章　旨】哀歎敬遠有高尚的德行卻未能長壽。

【注　釋】❶於鑠　歎美之詞。出自《詩經・周頌・酌》：「於鑠王師。」於，歎詞。鑠，《爾雅・釋詁》：「美也。」❷操　操守。❸槩　同「概」。度量；氣概。《漢書・卷六六・楊敞傳》附楊惲〈報孫會宗書〉：「漂然皆有節槩，知去就之分。」顏師古注：「槩，度量也。」❹孝發句　言從幼年即懂孝敬。發，開始。❺友自句　言友愛來自天性。天，自然。❻少思　思慮少；清心。❼靡執句　不固執不怪異。靡，無；不。介，獨特；孤僻怪異。❽惠　《孟子・滕文公上》：「分人以財謂之惠。」❾遺　遺忘。❿情不句　謂本性不依附世俗。情，性；本性。⓫其色二句　典出《論語・子張》：「子夏曰：『君子有三變：望之儼然，即之也溫，聽其言也厲。』」色，容色；臉色。溫，溫和。厲，嚴厲；嚴肅。⓬樂勝　高興別人勝過自己。樂，快樂；高興。勝，勝過；超過。⓭朋高　言同高於自己的人交朋友。朋，作動詞用，交朋友之意。⓮好是句　言愛好文藝。是，此。⓯遙遙二句　言遙遠的帝鄉的傳說，感動了敬遠的好奇之心。《莊子・天地》載華封人的話說：「千歲厭世，去而上仙，乘彼白雲，至於帝鄉。」是說活上一千歲，厭世了，就離開人世，上天成仙，駕上白雲，直到天帝所住的地方。帝鄉，天帝的故鄉，實際是道家所追求的一種虛幻的境界。爰，於是。按，敬遠相信道家的「帝鄉」之說，而淵明卻認為「帝鄉不可期」（〈歸去來兮辭〉），兩人對道家的看法不同。⓰絕粒　不食五穀，也就是辟穀，是道家修鍊成仙的一種方法。粒，穀粒；米食。《文選・卷一一・孫興公遊天台山賦》有「絕粒茹芝者」句，李善注引《列仙傳》曰：「赤松子好食松實，絕穀。」（按，今本《列仙傳》無）又《列仙傳・卷上》言赤將子輿「不食五穀，而噉百草花」，「能隨風雨上下」。⓱委務　委棄世俗事務。⓲考槃句　言在山北隱居。考槃，隱居之謂。典出《詩經・衛風・考槃》，〈詩小序〉說：「〈考槃〉，刺莊公也，不能繼先公之業，使賢者退而窮處。」「退而窮處」即是隱居，故〈考槃〉乃隱居之謂。陰，山北為陰。⓳淙淙　流水聲。⓴懸溜　瀑布。㉑曖曖　昏暗的樣子。㉒上藥　上等的藥。嵇康〈養生論〉：「故《神農》曰：上藥養命，中藥養性。」㉓閑　通「嫻」。熟習。㉔素琴　沒有裝飾的琴。㉕仁者壽　典出《論語．雍也》：子曰：「知者樂，仁者壽。」壽，長壽。㉖竊　私自；私下。自謙之辭。㉗斯言　此言。㉘徒能句　只能欺騙我。徒，只。見，呂叔湘《文言虛字．附錄》：見「有代『我』字的作用」。㉙年甫句　剛過三十歲。甫，始；剛。立，三十歲。典出《論語．為政》：「三十而立。」㉚奄　奄忽；忽然。㉛蒿里　葬地。詳見〈祭程氏妹文〉「蒿里」注。㉜邈　渺；渺茫。

【語譯】唉唷，悲哀啊！我的美好的堂弟，有操守又有氣概。幼年懂得孝敬，天性知道友愛。為人清心寡慾，性情不倔不怪。遇事先人後己，見錢予人實惠。心忘利害得失，情不依附俗世。態度溫和可親，說話言辭嚴厲。喜同勝友結交，愛好詩文琴藝。帝鄉虛幻遙遠，動了他的奇心。不食五穀棄世務，山北深處去退隱。耳聞淙淙瀑布聲，身處昏暗荒樹林。晨起採摘妙藥，晚歸練習素琴。說是仁者長壽，我獨相信此言。為何這句名言，只能將我欺騙！敬遠剛過三十，忽然辭別人間。從此長臥墓地，歸期渺茫遙遠。

惟❶我與爾，匪但❷親友。父則同生，母則從母❸。相及齠齒❹，並罹偏咎❺。斯情實深，斯愛實厚。念疇昔日❻，同房❼之歡。冬無縕褐❽，夏渴瓢簞❾。相將以道❿，相開以顏⓫。豈不多乏？忽忘飢寒⓬。余嘗學仕⑬，纏綿⑭人事⑮。流浪⑯無成，懼負素志⑰。斂策⑱歸來，爾知我意。常願攜手，寘彼眾意⑲。每憶有秋⑳，我將其刈㉑。與汝偕行，舫舟同濟㉒。三宿水濱，樂飲川界㉓。靜月澄高㉔，溫風始逝㉕。撫杯㉖而言，物久人脆㉗。奈何吾弟，先我㉘離世！

【章旨】回顧往日與敬遠相處時的情景，兄弟之間，情深愛厚，不期敬遠先亡。

【注釋】❶惟　句首助詞。❷匪但　不只。匪，通「非」。❸父則二句　言兩人的父親是同胞兄弟，兩人的母親是親姐妹，都是對方的姨母。同生，同父母所生，淵明的父親和敬遠的父親都是陶茂的兒子。從母，姨母，淵明的母親和敬遠的母親都是孟嘉的女兒。陶澍注引《豫章書》曰：「孟嘉以二女妻陶侃子茂（陶茂，淵明與敬遠的祖父）之二子，一生淵明，一生敬遠，是敬遠之母為先生從母也。」❹相及句　言互相到換牙的時候。相，與下句「並」字照應。及，至；到。齠齒，毀齒；換牙。《韓詩外傳・卷一・第二十章》：「男八月生齒，八歲而齠齒。」❺並罹句　言都遭到喪父之災。偏咎，此指喪父之災。《國語・周語下・單襄公論晉將有亂》記載，單襄公看到晉厲公「視遠步高」，就斷定晉國將要大亂。魯成公問為什麼會亂？單襄公說：人有目、足、口、耳，「目以處義，足以踐德，口以庇信，耳以聽名」，晉厲公「視遠步高」，「視遠日絕其義，足高日棄其德」，「偏喪有咎」，晉厲公四失其二，也就是「偏喪」，所以我說晉國將亂。偏，半邊；一半。喪，失去。咎，災禍。偏咎，指偏喪之咎。此處當是指人有父母，無論失去父或失去母，都可稱為偏喪之咎。據〈祭程氏妹文〉「昔在江陵，重罹天罰」，可知淵明母親孟夫人死於隆安五年，那時淵明已經三十七歲，並非換牙之時，所以此處「偏咎」

是指喪父而不是喪母。以上二句是指淵明與敬遠都是各自到八歲換牙的時候父親去世。❻疇昔日　即昔日。疇，語助詞，無義。《左傳・宣公二年》：「疇昔之羊，子為政；今日之事，我為政。」❼同房　兄弟同住。❽緼褐　粗布短襖。❾夏渴句　言夏天缺少一簞食一瓢飲。渴，竭。《說文》：「渴，盡也。」段玉裁注：「渴、竭，古今字，古水竭字多用渴。」引申為缺少之意。瓢簞，指一簞食，一瓢飲。簞，盛飯的竹器。《論語・雍也》：「一簞食，一瓢飲，在陋巷，人不堪其憂，回（顏回）也不改其樂。」❿相將句　言用道義互相扶助。將，扶助；支持。此有勉勵意。⓫相開句　言互相開顏歡笑以解愁。⓬豈不二句　言哪裡是物質上不很貧乏，而是一時忘記了飢寒。⓭學仕　學習做官。⓮纏綿　糾纏。⓯人事　人間事務，如官場上的交往。⓰流浪　四處奔波；到處遊逛。⓱負素志　違背平生志願。⓲斂策　收起馬鞭，指辭官歸隱。⓳寘彼句　當作「寘彼眾議」，言將眾人對我的非議棄置在一邊而不理會。寘，同「置」。棄置；丟掉。意，陶澍注：「從焦本作『議』，諸本作『意』，非。」⓴有秋　有莊稼成熟。典出《尚書・盤庚上》：「若農服田力穡，乃亦有秋。」秋，《說文》：「禾穀孰（熟）也。」㉑其刈　收割。其，句中助詞。㉒舫舟句　言小舟同渡。舫舟，此指小船。㉓川界　河邊。㉔澄高　明亮高懸。㉕溫風句　言暖風才消逝。㉖撫杯　把杯。㉗脆　脆弱，指壽命不長。㉘先我　在我之前。典出《楚辭・離騷》：「恐高辛之先我。」

【語　譯】我與你呀堂弟，不僅親愛相友。父親本來是兄弟，母親又是彼此的姨母。同是八歲喪父，一樣慘遭凶咎。此情實在是深，此愛實在是厚。追念昔日相處，同在房中共歡。冬無粗布棉襖，夏缺瓢水簞飯。彼此勉以道義，互相舒心開顏。豈是家中不窮？一時忘了飢寒。我曾出去做官，苦為俗事糾纏。東奔西走無成，恐怕有負平生。辭官退隱歸來，唯你知我心願。常願與我同遊，眾議置之一邊。回憶秋收季節，我將前去收穫。總是與你同行，共渡小舟一葉。多次水邊寄宿，河畔痛飲息歇。靜月明亮高懸，暖風停止吹拂。把杯共發感慨，天長人短可怕。為何我的堂弟，先我與世永別！

事不可尋，思亦何極❶！日徂月流，寒暑代息❷。死生異方❸，存亡有域❹。候晨❺永歸❻，指塗載陟❼。呱呱❽遺稚❾，未能正言❿。哀哀嫠人⓫，禮儀孔閑⓬。庭樹如故，齋宇⓭廓然⓮。孰云敬遠，何時復還？余惟人斯⓯，昧茲近情⓰！著龜有吉⓱，制⓲我祖行⓳。望旐⓴翩翩㉑，執筆涕盈㉒。神其㉓有知，昭㉔余中誠㉕。嗚呼哀哉！

【章旨】言堂弟死後，留下遺孤遺孀，歸期渺茫，我今為堂弟送葬，悲不自勝。

【注釋】❶極　終極；盡頭。❷日徂二句　言歲月流逝，寒暑代謝。徂，往。代息，猶代謝。《周易・繫辭下》：「日往則月來，月往則日來，日月相推而明生焉。寒往則暑來，暑往則寒來，寒暑相推而歲成焉。」❸異方　各在一方。❹有域　有不同的區域，生在人世，死在地獄，故云。❺候晨　猶「卜辰」。候，占卜，《後漢書・郎顗傳》：「占候吉凶。」晨，《集韻》：「通作『辰』。」❻永歸　永歸本宅；永遠安息於地下。❼指塗句　言指著道路就要上山安葬。指，指向；指著。塗，途，指出葬所經之途。載，句中語助詞。陟，升；登。言上山。❽呱呱　小兒啼哭聲。❾遺稚　留下的幼兒。❿正言　疑此處是指說話發音不正確。⓫嫠人　寡婦，指敬遠的遺孀。⓬孔閑　很嫻熟；很周到。閑，通「嫻」。⓭齋宇　齋房。上言「絕粒委務」，可見敬遠是信奉道教，不食五穀，吃齋。⓮廓然　空蕩蕩的樣子。⓯余惟句　謂我是人啊。惟，《詞詮》：「是也，為也。」斯，句末語氣詞，可譯為「啊」。《詩經・豳風・破斧》：「哀我人斯。」⓰昧茲句　言（怎能）看不見這種親情。昧，《說文》：「一曰闇也。」《左傳・僖公二十四年》：「目不別五色之章為昧。」故昧乃昏暗、看不清之意。茲，此。近情，親近之情，當是指明知死者不能復還，但因與敬遠親如兄弟，而盼其復還，故說是「昧茲近情」。⓱蓍龜句　謂占卜有了吉兆，即選定了安葬的吉日。蓍龜，蓍草和龜甲，古代用來占卜的器物。《史記・龜策列傳》：「王者決定諸疑，參以卜筮，斷以蓍龜，不易之道也。」「揲策定數，灼龜觀兆，變化無窮。」⓲制　決斷，此指通過占卜斷定敬遠出葬、淵明為其送行之時日。⓳祖行　送行。⓴旐　古代出葬時為棺柩引路的旗，俗稱魂幡，用黑布製成，長八尺，寬二尺二。㉑翩翩　飄舞的樣子。㉒盈　盈眶。㉓其　如果。《詞詮》：「其，若也，如也。」㉔昭　明。㉕中誠　心中誠意。

【語　譯】往事不可追尋，哀思哪有終極！歲月不斷流逝，寒暑互相更替。死生各在一方，存亡自有異域。擇日永歸后土，上路登程而去。留下呱呱幼兒，童音尚難分辨。可憐你的遺孀，禮儀甚是熟嫻。庭樹依然如舊，齋房空蕩淒然。誰知敬遠一去，幾時再能回還？我生而為人啊，豈能忽此親情！占卜有了吉兆，我今為你送行。眼見魂幡飄舞，執筆泣涕漣漣。神靈倘若有知，還望察我誠心。唉唷，悲哀啊！

【賞　析】這篇追悼堂弟的祭文，在敘述了祭奠的時間及緣由以後，分三層意思來傾訴深切的悼念之情。一是說堂弟為人清心寡慾，忘懷得失，孝敬長輩，友愛兄弟，遇事先人後己，臨財給人實惠，色溫言厲，從來不趨時媚俗，隨波逐流。他有如此高尚的道德，卻不幸英年早逝，良可痛惜。二是說他們兄弟之間，關係非同一般，不但有著不同尋常的血緣關係，而且有著共同的不幸遭遇，還一起忍飢受寒，「相將以道，相開以顏」，特別是在自己學仕無成歸來、遭人非議的時候，堂弟卻能「置彼眾議」，友愛如初。兄弟二人如此情深愛厚，不期堂弟竟然先我離世，能不痛惜！三是說堂弟死後，死生異地，陰陽相隔，留下「呱呱遺稚」，「哀哀嫠人」，「庭樹如故，齋宇廓然」，人亡物在，睹物生悲，更是令人傷心。總之，這是一篇用真情和血淚寫成的文字，「情主於痛傷，而辭窮乎愛惜」（《文心雕龍・哀弔》），情真意真，淒楚動人。

自祭文

【題　解】這篇自己祭奠自己的文字寫於丁卯年九月，即宋文帝元嘉四年（西元四二七年）九月，是淵明的絕筆之作。寫於同一時期的作品尚有自挽詩〈擬挽歌辭〉三首。淵明時年六十三歲。

歲惟❶丁卯❷，律中無射❸。天寒夜長，風氣蕭索❹。陶子❺將辭逆旅之館❻，永歸於本宅❼。故人悽其❽相悲，同祖行❾於今夕。羞以嘉蔬❿，薦以清酌⓫。候顏已冥⓬，聆音愈漠⓭。

【章　旨】敘說死時親友為他送終的情景。

【注釋】❶惟　是。❷丁卯　丁卯年，相當於宋元嘉四年。顏延年〈陶徵士誄〉亦言陶淵明「春秋六十有三，元嘉四年月日，卒於潯陽縣之某里。」❸律中句　謂九月。古代自《呂氏春秋》開始以十二樂律和十二月相配，《禮記・月令》沿用其說，稱孟春之月，「律中大蔟」；仲春之月，「律中夾鍾」；季春之月，「律中姑洗」；孟夏之月，「律中中呂」；仲夏之月，「律中蕤賓」；季夏之月，「律中林鍾」；孟秋之月，「律中夷則」；仲秋之月，「律中南呂」；季秋之月，「律中無射」；孟冬之月，「律中應鍾」；仲冬之月，「律中黃鍾」；季冬之月，「律中大呂」。十二律中的「無射」和季秋之月相配，季秋是九月，所以「律中無射」指的是九月。律，樂律。中，相應；相配。無射，十二樂律之一。❹蕭索　猶「蕭瑟」，秋風聲。按，曾集刻本、焦竑刻本、陶澍本等此二句後尚有「鴻雁于征，草木黃落」二句。❺陶子　淵明對自己的稱呼。❻逆旅之館　客舍，比喻人世。❼本宅　本來的住宅，指墓地。《漢書・楊王孫傳》：「乃得歸土，就其真宅。」❽悽其　悽然。❾祖行　送行。❿羞以句　言用米飯進獻。羞，進獻。嘉蔬，《禮記・曲禮下》：「凡祭宗廟之禮，……酒曰清酌，……稻曰嘉蔬。」故「嘉蔬」即是米飯。⓫薦以句　言用酒進獻。薦，進獻。清酌，酒。⓬候顏句　言察望面顏已是暗淡無光。候，候望；察望。冥，昏暗。⓭聆音句　言聆聽聲音越來越是寂靜無聲。漠，寂靜無聲。

【語譯】丁卯年，秋九月，天寒夜長，風氣蕭瑟。陶某將辭別人世，永歸墓穴。老朋友悽然相悲，同來送行在今夜。供上米飯，獻上酒漿。看看陶某的臉色已是暗淡，聽聽陶某的聲音越來越是靜寂。

嗚呼哀哉！茫茫❶大塊❷，悠悠❸高旻❹。是❺生萬物，余得為人。

自余為人，逢運❻之貧。簞瓢❼屢罄❽，絺綌❾冬陳❿。含歡⓫谷汲⓬，行歌⑬負薪⑭。翳翳⑮柴門⑯，事我宵晨⑰。春秋代謝⑱，有務中園⑲。載⑳耘㉑載耔㉒，迺㉓育㉔迺繁㉕。欣以素牘㉖，和以七弦㉗。冬曝㉘其日，夏濯㉙其泉。勤靡㉚餘勞㉛，心有常閒。樂天㉜委分㉝，以至百年㉞。

【章旨】追述自己一生的坎坷遭遇和躬耕隱居、琴書自娛的生活。

【注釋】❶茫茫　空曠遙遠的樣子。❷大塊　大自然；大地。《莊子・齊物論》：「大塊噫氣，其名為風。」又〈大宗師〉：「大塊載我以形，勞我以生。」成玄英《疏》：「大塊者，造物之名，亦自然之稱也。」❸悠悠　高遠的樣子。《詩經・王風・黍離》：「悠悠蒼天。」❹高旻　高遠的蒼天。旻，天空。❺是　此，指代天地。❻運　命運；時運。❼簞瓢　盛飯的竹器和盛水的瓢。❽罄　空；盡。❾絺綌　細葛布和粗葛布。❿陳　陳設，此處指穿戴在身上。⓫含歡　含笑。⓬谷汲　到山谷裡去取水。⓭行歌　邊行邊唱。⓮負薪　肩上扛著柴。《漢書・朱買臣傳》：「買臣獨行歌道中，負薪墓間。」⓯翳翳　昏暗的樣子。⓰柴門　用荊柴編製的門。⓱事我句　勤我宵晨，謂我日夜勤勞。事，《爾雅・釋詁》：「勤也。」邢昺《疏》：「謂勤勞也。」⓲代謝　更替。⓳中園　園中。⓴載　又。㉑耘　除草。㉒耔　培土。㉓迺　同「乃」。㉔育　生長。㉕繁　繁衍。㉖素牘　白色的絹和木簡，古代用來寫字，此處指代書籍。㉗七弦　指代琴。古琴五弦，周初增為七弦。㉘曝　曬。㉙濯　洗。㉚靡　無。㉛餘勞　多餘的憂愁。《詩經・邶風・燕燕》：「實勞我心。」曹植〈與楊德祖書〉：「思子為勞。」「勞」均為憂愁之意。㉜樂天　樂夫天命。《周易・繫辭上》：「樂天知命故不憂。」㉝委分　聽任命運，與嵇康〈琴賦〉「委性命兮任去留」意同。委，順隨；放任。分，命分；命運。㉞百年　謂死亡。

【語　譯】唉唷，悲哀啊！茫茫無邊的大地，高高在上的蒼旻，天地生育了萬物，我才得以成為人。自從我已成為人，也就遇上了窮命運。飯筐湯瓢常空空，粗細葛布冬裏身。含笑去取山谷水，背著柴薪邊歌行。昏昏暗暗柴門下，朝朝夜夜我辛勤。一年四季相更替，我常有事在林園。既除草來又培土，作物生育又繁榮。歡歡欣欣讀書籍，和顏悅色弄素琴。冬天曬陽在戶外，夏日洗濯在清泉。勤勞使我無餘憂，心中常常有清閑。樂天知命隨它去，就此到老過一生。

惟❶此百年，夫人❷愛之。懼彼❸無成，愒日❹惜時。存❺為世珍❻，沒❼亦見思❽。嗟我獨邁❾，曾❿是異茲⓫！寵非己榮，涅豈吾緇⓬？捽兀⓭窮廬⓮，酣飲賦詩。識運知命，疇能罔眷⓯？余今斯化⓰，可以無恨⓱。壽涉⓲百齡⓳，身慕肥遁⓴。從老得終㉑，奚㉒所復戀？

【章　旨】言其人生哲學與眾人不同，寵辱皆忘，樂天知命，故死而無憾，也無所留戀。

【注　釋】❶惟　句首助詞。❷夫人　謂眾人。《左傳・襄公八年》：「夫人愁痛，不知所庇。」杜預注：「夫人，猶人人也。」❸彼　指代那百年時光。❹愒日　與「惜時」同。《玉篇・心部》：「愒，貪羨也。」❺存　活著。❻世珍　受世人所珍重。❼沒　死後。❽見思　被人思念。❾獨邁　獨行，謂獨行其是。❿曾　竟。⓫異茲　與此不同。⓬寵非二句　言受到寵愛不是自己的光榮，抹黑又哪能玷污我。涅，本是一種黑色的礦物，可用來作染料，在此作動詞用，是染黑、抹黑的意思。緇，本是黑色的帛，在此作動詞用，是玷污的意思。《論語・陽貨》：「不曰白乎，涅而不緇。」⑬捽兀　意氣傲然的樣子。⑭窮廬　窮於廬。廬，廬舍；簡陋的房子。⑮識運二句　言這種懂得命運而聽其自然的生活，誰能不眷戀呢。識運，知道命運。知命，知道天命。《周易・繫辭上》：「樂天知命故不憂。」疇，誰。罔，不。眷，眷戀；懷念。⑯斯化　死去。斯，句中助詞。化，死。《漢書・楊王孫傳》：「死者，終生之化，而物之歸者也。」⑰恨　遺憾。⑱涉　至。⑲百齡　長壽百歲，非確指。⑳身慕句　言自己思念隱居。身，自身；本人。慕，思慕；思念。肥遁，典出《周易・遯卦・上九》：「肥遯，無不利。」肥遁，即「肥遯」，亦即「飛遁」，謂遠走高飛，隱遁起來。肥，借為「飛」。《淮南子・師道》：「遯而能飛，吉孰大焉。」《後漢書・張衡傳》：「利飛遯以保名。」「遯」是「遁」的異體字，隱遁之意。㉑從老句　言從老年到壽終。語本〈嵇康・養生論〉：「至于措身失理，亡之於微，積微成損，積損成衰，從衰得白，從白得老，從老得終。」終，死亡。㉒奚　何。

【語　譯】匆匆百年此一生，眾人珍重愛惜之。惟恐老來無成就，總是愛日又惜時。常願生前為世重，死後也要被人思。我的願望卻不同，竟然獨步行其是。得寵不覺是光榮，受辱豈能是我恥？傲岸固窮居草廬，舉杯暢飲賦新詩。識運知命多自在，誰能對此不眷念？而今我若就死去，心中可以無遺憾。若能長壽到百歲，仍思隱居歸田園。從老到死得善終，有何值得再留戀？

寒暑逾邁❶，亡既異存❷。外姻❸晨來❹，良友宵奔❺。葬之中野❻，
以安其魂。窅窅❼我行，蕭蕭❽墓門。奢侈宋臣❾，儉笑王孫❿。廓兮已

滅⓫，慨焉已遐⓬。不封不樹⓭，日月遂過⓮。匪貴前譽⓯，孰重後歌⓰？人生實難，死如之何⓱？嗚呼哀哉！

【章　旨】言自己死了以後，親友前來奔喪送葬，我既不願厚葬，也不願裸葬，生前既不重視榮譽，誰還重視死後的贊歌？

【注　釋】❶寒暑句　言寒暑交替越來越快，實際是說時間過得快。逾邁，詞出《尚書・秦誓》：「我心之憂，日月逾邁。」孔穎達《疏》：「逾，益；邁，行也。言日月益為疾行。」❷亡既句　言死了與活著已經不同，指有人來奔喪之類，活著則不可能有。❸外姻　由婚姻關係而結成的親戚，因異姓，故稱外。❹來　指來弔唁。❺奔　指奔喪。❻中野　野中；荒野之中。❼窅窅　猶「冥冥」，潛藏隱晦貌，形容其被葬入墓穴。❽蕭蕭　風聲。❾奢侈句　除李公煥本外，他本均作「奢耻宋臣」，「耻」與下句「笑」相對，作「耻」是。此句言以宋臣桓魋的厚葬為恥。奢，奢侈，指厚葬。宋臣，指春秋時宋國的司馬桓魋。《孔子家語・卷一〇・曲禮子貢問》：「孔子在宋，見桓魋自為石槨（外棺），三年而不成，工匠皆病。夫子（孔子）愀然曰：『若是其靡（奢侈）也！死不如速之愈。』」❿儉笑句　言笑話楊王孫裸葬過於節儉。王孫，指楊王孫。西漢武帝時人，學黃老之術，家業千金，活著的時候盡量保養身體，主張死後裸葬。死前對兒子說：「我想裸葬，以回歸自然。我死以後，就用布囊裝屍體，埋入七尺深的地下。將屍體放下去以後，就從足下將布囊抽去，讓屍體和土結合在一起。」見《漢書・楊王孫傳》。⓫廓兮句　言自己安葬後，空曠曠啊已消失得無蹤無影。廓，空，空廓。滅，盡；消失不見。⓬慨焉句　言歎息啊已經遠去。慨，《玉篇・心部》：「慨，太息也。」焉，語氣詞，與上句「兮」相對。遐，遠去，與「過」、「歌」等叶韻。左思〈魏都賦〉：「閑居隘巷，室邇心遐。富仁寵義，職競弗羅。」「遐」與「羅」

叶韻。⑬不封句　言不聚土為墳，也不栽墓樹。語出《周易，繫辭下》：「古之葬者，厚衣（動詞）之以薪（草柴），葬之中野，不封不樹。」封，聚土為墳。樹，栽樹，指在墓的周圍栽樹。顏延年〈陶徵士誄〉稱淵明「視死如歸，臨凶若吉。藥劑弗嘗，禱祀非恤。」「存不願豐，沒無求贍。省訃卻賻，輕哀薄斂。遭壤以穿，旋葬而窆。」⑭日月句　言時光於是消逝。⑮匪貴句　言不重視生前的榮譽，照應前文「寵非己榮」。匪，非；不。貴，重視。⑯孰重句　言誰還重視死後的歌頌。⑰人生二句　言人生在世實在艱難，死了以後又是怎樣呢。人生實難，出自《左傳・成公二年》：「人生實難，其有不獲死（謂不得善終）乎！」死如之何，言不知死後是否像生前一樣艱難。錢鍾書《管錐編》第四冊一四六條：「陶潛〈自祭文〉：『人生實難，死如之何！』按語意本《全三國文・卷五二》嵇康《聖賢高士傳・尚長》：『喟然歎曰：「吾知富貴不如貧賤，未知存何如亡爾！」』」

【語　譯】寒來暑往歲月逝，死亡生存不一般。親戚清晨來弔唁，好友連夜把喪奔。將我葬在荒野中，以此安定我靈魂。昏昏冥冥入墓穴，蕭蕭風聲墓門前。恥笑宋臣真奢侈，笑話王孫太節儉。空蕩蕩啊人已去，悲切切啊不見我。不築高墳不栽樹，任憑歲月自消磨。不重生前人稱譽，誰重死後唱贊歌？人生在世實在難，死去不知當如何？唉唷，悲哀啊！

【賞　析】這篇自祭文雖有「故人悽其相悲」以及「嗚呼哀哉」等悲哀文字，卻和〈祭程氏妹文〉、〈祭從弟敬遠文〉不同，既沒有寫對於生的留戀，也沒有寫死去的悲哀，而是以平靜的心態，曠達的襟懷，敘說自己的平生志趣，講述自己的人生哲學。

淵明的人生哲學，在本文中是從對待貧富、榮辱、生死等問題的態度中體現出來的。「自余為人，逢運之貧。簞瓢屢罄，絺綌冬陳。」面對著如此貧窮的生活，他始終保持著樂觀的情緒，「含歡谷汲，行歌負薪」，心有常閑，泰然處之。其次，「存為世珍，沒亦見思」，建功立業，世人所重，而淵明獨行其是，「寵非己榮，涅豈吾緇」，寵辱皆忘，漠然置之。再次，死生亦大矣，貪生惡死，人之常情，而淵明視死如歸，輕哀薄斂，不封不樹，毫無顧戀，既不貴前譽，亦不重後歌。總之，他是樂天委分，識運知命，一切都聽其自然，真是「縱浪大化中，不喜亦不懼。應盡便須盡，無復獨多慮」（〈形影神・神釋〉）了。

是不是淵明真的就如此徹底地超脫了呢？怕也未必盡然。篇末「人生實難，死如之何」二句就流露出他內心的隱痛。「人生實難」，說明他沒有忘記生前之苦；「死如之何」，暗示他還有死後之憂，可見他於世事並未忘情，冷眼看穿之中還有熱腸掛住的一面，曠達超脫的背後還隱藏著難以言狀的悲哀。

附錄

陶淵明集序

蕭統❶

夫自衒自媒者，士女之醜行❷；不忮不求者❸，明達之用心。是以聖人韜光❹，賢人遁世❺，其故何也？含德❻之至❼，莫踰❽於道；親己❾之切❿，無重於身。故道存而身安，道亡而身害。處百齡⓫之內，居一世之中，倏忽比之白駒⓬，寄遇謂之逆旅⓭，宜乎與大塊而盈虛⓮，隨中和⓯而任放⓰，豈能戚戚勞於憂畏，汲汲役於人間⓱。

【注釋】❶蕭統　字德施，小字維摩，天監元年（西元五〇二年）立為皇太子，是梁武帝蕭衍的長子，死於中大通三年（西元五二九年），諡為昭明。有《正序》十卷，《文章英華》二十卷，《文選》三十卷，《梁昭明集》

二十卷。❷夫自衒自媒者二句　意為自我炫耀、自媒成婚是男子女子的醜惡行為。二語出自曹植〈求自試表〉：「夫自衒自媒者，士女之醜行也。」自衒，就士而言。自媒，就女而言。士，男子。❸不忮不求者　意為不忌恨不貪求。《詩經・邶風・雄雉》：「不忮不求，何用不臧。」意為一個人不忌恨不貪求，怎麼會有不好的後果呢。❹韜光　將光彩隱藏起來，即不顯露才華。韜，藏。❺遁世　逃避塵世而隱居。遁，逃。❻含德　涵養道德。❼至　極；最。❽踰　超越。❾親己　親愛自己；愛護自己。❿切　切實；迫切。⓫百齡　百歲。⓬倏忽比之白駒　意謂時間過得很快就好比白駒過隙一樣。倏忽，言時間過得快，意即瞬間。白駒，白色的駿馬。隙，縫隙。《莊子・知北遊》：「人生天地之間，若白駒之過郤（隙），忽然而已。」⓭寄遇句　意為人生在世就像所謂的住旅店一樣。遇，猶寓，言人寄居世上。逆旅，旅店。《莊子・知北遊》：「悲夫！世人直（只）為物逆旅耳。」⓮宜乎句　意為應當與大自然同消長。宜，應當。大塊，大自然。盈虛，消息；消長。⓯中和　言人生修養所達到的境界。《禮記・中庸》：「喜怒哀樂之未發謂之中，發而皆中節謂之和。」⓰任放　即放任，不加約束，聽其自然。⓱豈能二句　意為哪能畏懼貧賤，迫不及待地在人間追求富貴。戚戚，憂懼的樣子。汲汲，心情急切的樣子。《漢書・揚雄傳》：「不汲汲於富貴，不戚戚於貧賤。」

【語　譯】自我炫耀自媒成婚，是男人、女人的醜惡行為；不忌恨不貪求，是明智通達者的用心。於是聖人不露才華，賢人避世隱居。那是什麼緣故呢？因為涵養品德的最高境界，莫過於守「道」；親愛自己最切實的辦法，莫過於重視自身。所以保存了「道」，自身就安泰；失掉了「道」，自身就受害。百年之內，一生當中，忽然而過，就像白色的駿馬越過縫隙一樣。活在世上，有人說是像住旅舍，是以人生在世應當與天地同消共長，隨中和之性而放任自然，豈能為貧賤而憂愁，為富貴而奔忙！

齊謳❶趙女❷之娛，八珍❸九鼎❹之食，結駟❺連騎❻之榮，侈袂❼執圭❽之貴，樂既樂矣，憂亦隨之❾。何倚伏之難量❿，亦慶弔之相及⓫？智者賢人居之，甚履薄冰⓬；愚夫貪士競之，若洩尾閭⓭。玉之在山，以見珍而終破；蘭之生谷⓮，雖無人而自芳。故莊周垂釣於濠⓯，伯成躬耕於野⓰。或貨海東之藥草⓱，或紡江南之落毛⓲。譬彼鴛雛，豈競鳶鴟之肉⓳；猶斯雜縣，寧勞文仲之牲⓴？

【注釋】❶齊謳　齊國的歌。齊國稱歌為謳。❷趙女　趙國的美女。《戰國策・中山策》：「趙，天下善為音，佳麗人之所出也。」❸八珍　八種珍貴的食物，指淳熬、淳母、炮豚、炮牂、擣珍、漬、熬、肝膋等。這裡泛指美食。❹九鼎　泛指眾多的美食。鼎，古代的一種烹飪器具，常為三足兩耳。❺結駟　用四匹馬駕車稱一駟。結駟，謂車駕前後相連。❻連騎　一人一馬為一騎。連騎謂騎前後相繼，與結駟皆指隨從扈駕之盛。❼侈袂　寬袖。古代富貴者之服袖寬大。❽執珪　手執珪玉。圭，古代貴族朝聘、祭祀時所持的一種玉器，上圓（或箭頭形）下方。❾樂既樂矣二句　《莊子・知北遊》：「樂未畢也，哀又繼之。哀樂之來，吾不能禦。」此用其意。❿何倚伏之句　言福禍變化，相繼而來，難以預料。《老子・五八章》：「禍兮福之所倚，福兮禍之所伏。」倚，靠近；不遠。伏，藏伏。⓫亦慶弔句　言弔唁隨著慶賀而來。《戰國策・燕策一》：「蘇秦為燕說齊王，再拜而賀，因仰而弔。齊王桉戈而卻曰：『此一何慶弔相隨之速也？』」慶，慶賀。弔，弔唁。及，繼；隨。⓬甚

履薄冰　言心驚膽顫比踩在薄冰上還要厲害。《詩經・小雅・小旻》：「戰戰兢兢，如臨深淵，如履薄冰。」⓭若洩尾閭　言貪慾似尾閭洩水一樣沒有止境。《莊子・秋水》：「天下之水，莫大於海，……尾閭洩之，不知何時已而不虛。」尾閭，相傳是漏洩海水之處。⓮谷　山谷。⓯莊周垂釣於濠　莊周，戰國諸子之一，屬道家學派。濠，濠水，在今安徽鳳陽縣北。疑「濠」當作「濮」，即濮水，在今山東濮縣。據《莊子・秋水》記載，楚王派兩個大夫去請莊周出來做官，莊周正在濮水釣魚，回絕了楚王的請求，表示自己寧願像烏龜一樣在泥塗中拖著尾巴爬行，也不願出去做官。嵇康《聖賢高士傳》亦載有此事。⓰伯成躬耕於野　伯成，即伯成子高，相傳是堯帝時人。躬，親自。野，田野。《莊子・天地》：「堯治天下，伯成子高立為諸侯。堯授舜，舜授禹，伯成子高辭為諸侯而耕。」⓱或貨海東之藥草　言安期生在海邊賣藥事。或，有人，在這裡是指安期生。貨，販賣。皇甫謐《高士傳》記載，瑯琊人安期生，受學河上丈人，「賣藥海邊，老而不仕，時人謂之千歲公。」⓲或紡江南之落毛　言老萊子為躲避楚王的迎請逃往江南事。《列仙傳》記載，楚人老萊子因逃避世亂，耕於蒙山之南，生活貧困。楚王前去迎請，他便離開蒙山，來到江南，說：「鳥獸之解毛可績而衣，其遺粒足食也。」⓳譬彼鴛雛二句　言莊周鄙棄相位事。鴛雛，即鵷雛，似鳳凰。競，爭奪。鳶鴟，鷂鷹。《莊子・秋水》記載，莊周去見魏相惠施，有人謊稱莊周是要去接替惠施為相，惠施便下令搜捕莊周。莊周見了惠施說：南方有隻鵷雛鳥，從南海飛到北海，不是梧桐樹不休息，不是竹子的果實不吃，不是甘甜的泉水不飲。有隻鷂鷹得到一隻腐爛了的死老鼠，鵷雛在牠的面前飛過，鷂鷹便仰起頭來盯著鵷雛，並且向鵷雛「嚇」了一聲，現在你是不是要因為你的魏國的相位而「嚇」我一聲呢？⓴猶斯雜縣二句　言不必煩勞臧文仲去祭祀前來避災的海鳥。雜縣，海鳥名，又名爰居。《爾雅・釋鳥》：「爰居，雜縣。」寧，豈。文仲，臧文仲，春秋時魯國的卿。牲，犧牲；祭品。這裡作動詞用，祭祀的意思。《國語・魯語上》記載，有隻海鳥爰居，在魯國東門外停留了三天，臧文仲便讓人去祭祀海鳥。展禽認為這種作法迂腐，海鳥本是來避災，用不著祭祀。

【語　譯】齊國歌聲、趙國美女帶來的歡娛，八種珍品、九鼎佳肴的美食，車騎相連、扈從簇擁的榮耀，寬袖大服、執圭上朝的華貴，快樂是快樂了，可是憂愁也跟著而來。為什麼幸福與災難互相轉化而難以預料，慶賀和弔唁也互相接踵而來？聰明賢能的人有了富貴，比踩在薄冰上還要提心弔膽；愚蠢的人貪婪的人爭名逐利，就像尾閭洩漏海水一樣沒有止境。玉石藏在深山，由於人們視它為珍寶終於被人擊破；蘭草生長在幽谷，雖然無人理睬卻能獨自散發芳香。所以莊周在濠水上垂竿釣魚，伯成子高親自在田野種莊稼。有的人販賣東海的藥草，有的人紡織江南鴻鳥的落毛。譬如那隻鵷雛鳥，哪會去搶奪鴟鷹口中的腐鼠肉；像這隻逃難的海鳥雜縣，豈敢煩勞臧文仲用三牲去祭祀？

至于子常❶、甯喜❷之倫❸，蘇秦❹、衛鞅❺之匹❻，死之而不疑，甘❼之而不悔。主父偃言：「生不五鼎食，死則五鼎烹。」❽卒如其言，豈不痛哉！又楚子觀周，受折於孫滿❾；霍侯驂乘，禍起於負芒❿。饕餮⓫之徒，其流甚眾。

【注　釋】❶子常　楚令尹（相當於其他諸侯國的相）囊瓦。《左傳・定公三年》記載，由於蔡昭侯沒有送給子常佩玉和裘衣，唐成公沒有送給子常肅爽馬，子常便將蔡昭侯和唐成公扣留在楚國多年。後來子常得到了馬和佩玉，才將他們放回去。❷甯喜　即甯悼子，春秋時衛國的大臣。由於甯喜和孫林父爭寵，產生磨擦，孫林父出逃到齊國，迎回衛獻公，甯喜被殺，陳屍朝廷。事見《左傳・襄公二十五、二十六、二十七年》及《史記・衛世家》。❸倫　類。❹蘇秦　戰國著名的縱橫家，為了謀求富貴，先說秦惠王連橫，後又說山東諸侯合縱，佩六國相印，顯赫一時。後與齊國大夫爭寵，被齊湣王車裂而死。事見《史記・蘇秦列傳》。❺衛鞅　即商鞅，因是衛國公子，故稱衛鞅。衛鞅佐秦孝公變法，秦國大治。由於在變法中太子犯法，罰其傅公子虔。秦孝公死後，太子繼承王位，公子虔之徒告衛鞅謀反，衛鞅被車裂而死。事見《史記・商君列傳》。❻匹　在這裡與「倫」同義。❼甘　樂意；情願。❽主父偃三句　主父偃，西漢時齊國臨菑人，曾任郎中、謁者、中大夫等職，得到漢武帝寵愛，大臣都怕他，有人說他太驕橫，他卻說：「臣結髮游學四十餘年，身不得遂，親不以為子，昆弟不收，賓客棄我，我阨日久矣。且丈夫生不五鼎食，死即五鼎烹耳。吾日暮途遠，故倒行暴施之。」漢武帝元朔二年（西元前一二七年）被任命為齊相，漢武帝認為是他強迫齊王自殺，而將他滅族。事見《史記・平津侯主父列傳》。❾楚子觀周二句　言楚莊王陳兵周疆，受到王孫滿的指責。楚子，楚莊王。觀周，觀兵於周疆。受折，受挫，指遭到指責。孫滿，即王孫滿。《左傳・宣公三年》記載，楚莊王攻伐陸渾之戎時，進兵到洛水，陳兵向周王朝示威。周定王派王孫滿去慰勞楚莊王，楚莊王向王孫滿問周鼎的大小輕重，意欲取代周王朝。王孫滿回答說：「周德雖衰，天命未改。鼎之輕重，未可問也。」❿霍侯驂乘二句　言霍光因權勢太重，使漢宣帝有芒刺在背之感，因而霍光死後其子霍禹竟遭殺身之禍。霍侯，指霍光，因死後謚為宣成侯，故稱霍侯。驂乘，即車右，在車上右邊作陪乘。負芒，如芒刺在背。《漢書・霍光傳》記載，武帝時霍光為大司馬大將軍，武帝死，霍光受遺詔輔昭帝，廢昌邑王，立宣帝，權勢甚重，朝廷之事，得先向其稟告，然後奏御天子。宣帝謁見太廟，霍光做驂乘，宣帝若有芒刺在背；而車騎將軍張安世做驂乘，宣帝則從容肆體。霍光死後，其子霍禹被宣帝腰斬，霍氏宗族誅滅，株連竟達數千家。俗間傳言：「威震主者不畜（不被容留），霍氏之禍萌於驂乘。」⓫饕餮本為惡獸，引申為貪殘。

【語　譯】至於子常、甯喜這類人，蘇秦、商鞅這班人，為名利去死而不遲疑，心甘情願而不懊悔。主父偃說：「生不能用五鼎進食，死就用五鼎烹煮。」結果真的像他所說的那樣沒有好的結果，豈不讓人痛心嗎！再如楚莊王陳兵周境，窺視周室，在王孫滿面前遭受挫折；霍光做漢宣帝的驂乘，後來的滅族之禍就起源於當時霍光權勢太重讓皇上有芒刺在背之感。其他的貪殘之徒，沒有好下場的還很多。

唐堯四海之主，而有汾陽之心❶；子晉天下之儲，而有洛濱之志❷。輕之若脫屣❸，視之若鴻毛，而況於他人乎？是以至人❹達士❺，因以晦迹❻。或懷釐而謁帝❼，或披褐而負薪❽，鼓楫清潭❾，棄機漢曲❿，情不在於眾事，寄眾事以忘情者也。有疑陶淵明詩篇篇有酒，吾觀其意不在酒，亦寄酒為迹⓫者也。

【注　釋】❶唐堯四海之主二句　言堯帝在汾水北面見了四個神人，便忘記治理天下。唐堯，傳說中的古代帝王，初封於陶，後封於唐，故稱唐堯。四海之主，即天下之主，稱帝的意思。汾陽之心，即忘懷天下的退隱之心。《莊子・逍遙遊》：「堯治天下之民，平海內之政，往見四子（四個神人）藐姑射之山、汾水之陽（水北曰陽），窅然喪其天下焉。」❷子晉天下之儲二句　言太子晉在洛水之濱乘鶴升天之事。子晉，周靈王的太子晉，又名王子喬。儲，儲君；王儲，即太子。洛濱之志，即在洛水之濱乘鶴升天成仙之志。《列仙傳》記載，太子晉喜歡吹笙，學鳳凰叫，常在洛水之濱遊玩。道人浮丘公將他接上嵩山，他乘著白鶴停在緱山頭，眾人遠望他舉手告別人世，升天而去。❸屣　鞋子。❹至人　至德之人；道德修養到了最高境界，連自身也忘掉了的人。《莊子・逍遙遊》：「至人無己。」❺達士　明智達理之士。《呂氏春秋・知分》：「達士者，達乎死生之分。」❻晦迹　隱居。❼懷釐而謁帝　高步瀛先生言疑用華封人祝堯事。據《莊子・天地》記載，堯帝視察華州，華州有個守邊疆的人見堯帝，祝堯帝長壽、富有、多生男孩，都遭到堯帝謝絕。守邊疆的人便問堯帝為什麼謝絕他的祝福？堯帝說：「多男子則多懼，富則多事，壽則多辱，這三者都不能用來養德，所以我謝絕。」而「釐」字可解為「福」（《漢書・禮樂志》顏師古注：『釐，福也。』），所以高步瀛先生說：「懷釐謁帝，蓋謂見堯祝福也。」（見《南北朝文舉要》）❽披褐而負薪　言被裘公五月披裘負薪而棄金之事。褐，裘褐；粗陋之衣。《莊子・天下》：「後世之墨者，多以裘褐為衣」，「以自苦為極」。嵇康《聖賢高士傳》：「被裘公者，吳人也。延陵季子出遊，見道中有遺金，顧而謂公曰：『取彼金。』公投鐮瞋目，拂手而言曰：『何子居之高而視之卑，五月被裘而負薪，豈取遺金者哉？』季子大驚，既謝而問其姓名，公曰：『吾子皮相之士，何足語姓名哉！』」❾鼓枻清潭　指漁父避世隱身，釣魚自樂事。枻，船槳。《楚辭・漁父》王逸〈序〉：「屈原放逐，在江、湘之間，憂愁歎吟，儀容變易。而漁父避世隱身，釣魚江濱，欣然自樂。時遇屈原川澤之域，怪而問之，遂相應答。」〈漁父〉：「漁父莞爾而笑，鼓枻而去。」❿棄機漢曲　指漢陰丈人棄機械而不用以免產生機巧之心事。機，機械。漢曲，漢水之濱。曲，水灣。《莊子・天地》記載，子貢經過漢水南面，見漢陰丈人鑿井灌園，用力多而功效小，便向他推薦一種用力少而功效多的灌水機械。漢陰丈人聽後回答說：「我從我的老師那裡聽說，有了機械的人就一定有投機取巧的事，有了投機取巧的事就必定有投機取巧的心。胸中有了投機取巧的心就不具備純潔清白的品質。不具備純潔清白的品質就神情不定，神情不定，胸中就載容不了道。我不是不懂機巧，而是羞而不為。」⓫迹　心跡。

【語譯】堯帝是天下的君主，卻有到汾水北面去見神人而放棄君位的想法；王子晉是天下的儲君，卻有到洛水之濱遊玩升天的志願。他們輕棄天下就像脫掉一雙破鞋，藐視君位就似失去一根鴻毛，何況其他的人呢？因此至德之人、通達之士就隱居避世。有的人懷著祝福的好意去見堯帝而被謝絕，有的人披著裘褐去背薪柴，有的人在清水潭中搖槳，有的人在漢水邊上棄用機械，他們的情意不在那些具體的事，而是將情意寄託其中以求忘記世情啊。有人懷疑陶淵明的詩篇篇都有酒，我看他的意思不在酒，只不過將酒作為表象，來寄託自己的情意啊。

其文章不群，辭彩精拔❶，跌宕❷昭彰，獨超眾類；抑揚爽朗，莫之與京❸。橫素波而傍流，干❹青雲而直上。語時事則指❺而可想，論懷抱則曠而且真。加以貞志❻不休，安道苦節，不以躬耕為恥，不以無財為病，自非大賢篤❼志，與道汙隆❽，孰能如此乎？

【注釋】❶精拔　精美出眾。❷跌宕　音調抑揚起伏。❸京　大；比較大小。《左傳・莊公二十二年》：「八世之後，莫之與京。」❹干　犯；衝破。❺指　通「旨」。與《史記・屈原列傳》「其稱文小而其指極大」的「指」用法相同。❻貞志　堅貞的志願。❼篤　厚。❽與道汙隆　即有道則現，無道則隱之意。汙隆，沉下與隆起，猶言興衰。

【語譯】他的文章不同流俗，辭藻文采，精美出眾，跌宕起伏，情意顯明，獨自超類拔萃，抑揚頓挫，音調爽朗，沒有誰可與之相比。橫渡旁通四方，刺破青雲直上藍天。議論時事，其意旨可以想見；論述懷抱，就顯得曠達而又淳真。再加上堅貞的志操永不停止，安貧樂道，苦守氣節，不認為親自耕田是種恥辱，不認為沒有錢財是種痛苦，如果不是個矢志不渝的大賢人，有道則現，無道則隱，誰又能夠如此呢？

余愛嗜其文，不能釋手；尚❶想其德，恨不同時。故加搜校，粗為區目。白璧微瑕，惟在〈閑情〉一賦。揚雄所謂勸百而諷一者❷，卒無諷諫，何足搖其筆端！惜哉，亡❸是可也！并粗點定其傳❹，編之于錄❺。

【注釋】❶尚　崇尚；仰望。❷揚雄所謂勸百而諷一者　言揚雄批評靡麗之賦有百分勸誘卻只有一分諷諫之意。《漢書・司馬相如傳・贊》：「揚雄以為靡麗之賦，勸百而風（讀為諷）一，猶騁鄭、衛之聲，曲終而奏雅，不已戲乎！」❸亡　同「無」。❹其傳　指蕭統自己為陶淵明所寫的傳記。在此之前，沈約《宋書・隱逸傳》中已有〈陶潛傳〉。❺錄　書籍。

【語譯】我喜歡他的文章，愛不釋手；崇想他的品德，遺憾的是與他生不同時。於是將他的文章搜集起來加以編校，粗略為之區分篇目。白璧微瑕，只在〈閑情賦〉一篇。揚雄說賦可以有一百分的勸誘，但要有一分諷諫，可是〈閑情賦〉終於沒有任何諷諫，哪裡值得搖動筆桿將它寫出來！

可惜呀，沒有這篇賦也是可以啊！同時我還粗略地改定他的傳記，將它編入他的集子裡。

嘗謂有能觀淵明之文者，馳競之情❶遣，鄙吝之意祛❷，貪夫可以廉，懦夫可以立，豈止仁義可蹈❸，抑乃爵祿可辭，不必傍❹游泰華❺，遠求柱史❻，此亦有助於風教也。

【注　釋】❶馳競之情　爭名逐利的心情。❷祛　除去。❸蹈　實踐。❹傍　廣。❺泰華　泰山和華山。古人迷信遊泰、華等名山可以成仙長壽。❻遠求柱史　言向古遠的老子求教。柱史，即柱下史，官名。相傳老子曾為柱下史，是道家的始祖。

【語　譯】我曾經說過：有能夠閱讀陶淵明的文章的人，爭名逐利的心情就可以排除，鄙吝的意念就可以去掉，貪婪的人可以廉潔，懦弱的人可以立志，豈止可以實踐仁義，或者竟可以辭去爵祿，不必廣遊泰山、華山，遠求老子，這也可以有助於風化教育啊。

陶淵明傳

蕭統

陶淵明，字元亮。或云潛，字淵明。潯陽❶柴桑❷人也。曾祖侃❸，晉大司馬❹。

【注釋】❶潯陽　郡名，郡治在今江西省九江市。❷柴桑　縣名，在今江西省九江市西南。《名勝志》：「陶潛家於柴桑，即今楚城鄉也。去宅北三里許，有靖節墓。」❸侃　陶侃，字士行，本鄱陽人，後徙家潯陽。曾任江夏太守、武昌太守、江州刺史、荊州刺史、封長沙郡公，追贈大司馬。《晉書‧卷六六》有傳。❹大司馬　官名。

【語譯】陶淵明，字元亮。有說他名潛，字淵明。潯陽郡柴桑縣人。他的曾祖父陶侃，是晉朝的大司馬。

淵明少有高趣，博學，善屬文❶，穎脫❷不群❸，任真❹自得。嘗著〈五柳先生傳〉以自況❺，曰：「先生不知何許❻人也，亦不詳姓字，宅邊有五柳樹，因以為號焉。閑靜少言，不慕榮利。好讀書，不求甚解，每有會意，欣然忘食。性嗜酒，而家貧不能恒❼得。親舊知其如此，或置酒招之。造❽飲輒❾盡，期❿在必醉。既醉而退，曾不⓫悋情⓬去留。環堵⓭蕭然⓮，不蔽風日。短褐穿結⓯，簞⓰瓢⓱屢⓲空，晏如⓳也。嘗著文章自娛，頗示己志。忘懷得失，以此自終。」時人謂之實錄。

【注　釋】❶屬文　連綴文字而成文章；寫作文章。屬，意為連綴。❷穎脫　即脫穎，言才能出眾。❸不群　與眾不同；超群出眾。❹任真　聽任自然。《莊子．齊物篇》郭象注：「任自然而忘是非者，其體中任天真而已。」❺況　比。❻許　處。❼恒　常。❽造　前往。❾輒　總是。❿期　期望；指望。⓫曾不　竟不。⓬悋情　同「吝情」。感情上捨不得；在意。⓭環堵　四周牆壁。⓮蕭然　空空如也的樣子。⓯穿結　穿洞打補釘。⓰簞　竹製的盛飯器具。⓱瓢　舀水的器具。⓲屢　常常。⓳晏如　安然；心平氣和的樣子。

【語　譯】淵明年輕的時候便有高雅的志趣，學問廣博，善於寫文章，才能出眾，超群脫俗，聽任自然，悠閑自得。曾經寫了一篇〈五柳先生傳〉來比況自己，傳中說：「先生不知道是何處人，也不詳知他的姓名字號，他的住宅旁邊有五棵柳樹，因此就把這作為自己的稱號。他性情閑靜，寡言少語，不羨慕榮華，不追求名利。愛好讀書，在解釋上不鑽牛角尖，每逢體會到了書中的意味，便高興得忘記了吃飯。生性嗜好喝酒，可是家裡貧窮不能經常得到酒。親戚故舊知道他這種情況，有時就備酒招待他。他去喝酒總是要喝個盡興，希望一定要喝醉。醉了以後他就回去，竟然對於去和留毫不在意。家徒四壁，空空如也，房子既擋不住風，也遮不住太陽。短的粗布衣服上有洞孔，還打了補釘，盛飯舀水的器具經常是空的，他還是心平氣和，安然無事。常常寫文章來自我娛樂，略微顯示出自己的志趣。他不把得失放在心上，用這種方式來度過自己的一生。」當時的人們說這篇傳就是陶淵明的真實記錄。

親老家貧，起❶為州祭酒❷。不堪吏職，少日，自解歸。州召主簿❸，不就。躬耕自資，遂抱羸疾❹。江州❺刺史❻檀道濟❼往候❽之，偃臥❾瘠❿餒⓫有日矣。道濟謂曰：「賢者處世，天下無道則隱，有道則至⓬。今子生文明之世，奈何自苦如此？」對曰：「潛也，何敢望賢？志不及也。」道濟饋⓭以粱肉⓮，麾⓯而去之。後為鎮軍⓰建威⓱參軍⓲，謂親朋曰：「聊欲弦歌⓳，以為三徑之資⓴，可乎？」執事者㉑聞之，以為彭澤令㉒。不以家累自隨，送一力㉓給其子，書曰：「汝旦夕之費，自給為難，今遣此力，助汝薪水㉔之勞。此亦人子也，可善遇之。」公田悉令吏種秫㉕，曰：「吾常得醉於酒，足矣！」妻子固㉖請種秔㉗，乃使二頃㉘五十畝種秫，五十畝種粳。歲終，會㉙郡遣督郵㉚至，縣吏請曰：「應束帶㉛見之。」淵明歎曰：「我豈能為五斗米折腰㉜向鄉里小兒！」即日解綬㉝去職㉞，賦〈歸去來〉㉟。

【注　釋】❶起　被官府起用；開始任職。❷祭酒　官名。❸主簿　官名，主管文書簿籍等事宜。❹羸疾　因過度疲勞而引起的一種疾病。《三國志・吳志・妃嬪傳・潘夫人》：「侍疾疲勞，因以羸疾。」❺江州　州名。《晉書・地理志下》載，惠帝元康元年（西元二九一年）設立江州，轄豫章、鄱陽、廬陵、臨川、南康、建安、晉安、武昌、桂陽、安成等十郡，後又將潯陽、柴桑二縣設立潯陽郡，也屬江州管轄。懷帝時，彭澤縣歸屬潯陽郡。❻刺史　官名，主管州的民政事務。❼檀道濟　高平金鄉人，佐宋武帝劉裕，屢立戰功。《宋書・檀道濟傳》載宋文帝元嘉年間（西元四二四至四五三年）檀道濟為江州刺史，其時陶淵明已至暮年，與此處所述時間不符。宋代王質《栗里譜》、吳仁傑《陶靖節先生年譜》均將檀道濟訪淵明並饋以粱肉事定在元嘉三年（西元四二六年），時淵明六十二歲。❽候　問候。❾偃臥　仰面而臥。❿瘠　瘦弱。⓫餒　飢餓。⓬天下無道則隱二句　語本《論語・泰伯》：「子曰：『天下有道則見（同「現」），無道則隱。邦有道，貧且賤焉，恥也；邦無道，富且貴焉，恥也。』」檀道濟用孔子語，意在勸說陶淵明出仕。⓭饋　贈送。⓮粱肉　細糧佳肴；美食。⓯麾　同「揮」。揮：以手示意。⓰鎮軍　即鎮軍將軍，指劉裕。《晉書・安帝紀》載，元興三年（西元四〇四年）三月王謐薦劉裕為鎮軍將軍。⓱建威　即建威將軍，指劉敬宣。《宋書・劉敬宣傳》載，晉安帝元興三年（西元四〇四年），劉敬宣為建威將軍、江州刺史。⓲參軍　官名。陶淵明四十歲為鎮軍將軍劉裕參軍，作〈始作鎮軍參軍經曲阿〉；四十一歲為建威將軍劉敬宣參軍，作〈乙巳歲三月為建威參軍使都經錢溪〉。⓳弦歌　意為出任縣令。《論語・陽貨》載，孔子到子游做縣令的武城，聽到了弦歌之聲，後來便因此用弦歌指代出任縣令。⓴三徑之資　指歸家隱居的費用。三徑，《三輔決錄・卷一》載，西漢末年，兗州刺史蔣詡告病辭官，歸隱家園，荊棘塞門，舍中有三徑，只與求仲、羊仲交遊。後因以「三徑」指代歸隱所居之田園。資，費用。㉑執事者　當權者。㉒彭澤令　彭澤縣令。彭澤縣在今江西省北部，靠近長江，因有彭蠡澤（鄱陽湖）而得名。㉓力　苦力；僕人。㉔薪水　拾柴、挑水。㉕秫　黏性高的稻穀，即糯稻，可製酒。晉崔豹《古今注・卷下》：「稻之黏者為秫。」㉖固　堅決。㉗秔　粳稻。黏性小的稻穀。㉘頃　田地面積一百畝為一頃。㉙會　碰上；適逢。㉚督

郵　官名，是郡太守的佐吏，代表太守督察縣鄉，傳達政令，糾舉違法事件。㉛束帶　繫好衣帶，穿上禮服。《論語・公冶長》：「赤也，束帶立於朝，可使與賓客言也。」㉜折腰　彎腰。㉝綬　印綬；繫印的絲帶。指代印章。㉞去職　離職。㉟歸去來　指〈歸去來兮辭〉。

【語譯】因為親老家貧，被舉用做了江州的祭酒。由於受不了官場應酬，不久便自動辭職回家。江州又徵召他去任主簿，他不去。親自耕田種地來維持自己的生活，於是患上了疲勞過度的疾病。江州刺史檀道濟前往問候他，他已經仰臥床上，身體瘦弱、忍飢挨餓有一段時間了。檀道濟對他說：「賢能的人為人處世，當天下不太平的時候就隱居起來，天下太平的時候就出來做官。現在您生在文明盛世，為什麼這樣自討苦吃？」陶淵明回答說：「我陶潛哪裡敢指望做個賢人？沒有那樣的雄心壯志啊。」檀道濟送給他糧食和肉，陶淵明揮手讓他拿走。後來他做了鎮軍將軍和建威將軍的參軍，又對親戚朋友說：「暫且想做一個縣令一類的官，以籌措隱居的費用，行嗎？」主事的官員聽說了，就讓他做了彭澤縣的縣令。他沒有帶家屬跟隨前往，到任後，他送了一個僕人給他的兒子，並在信上說：「你早晚的費用，難以自給自足，現在讓這個僕人前去幫助你打柴挑水。這僕人也是別人的兒子啊，你可要好好地對待他。」公家的田他全部讓小吏替他種上糯稻，說：「我經常能喝醉酒就心滿意足了！」妻子堅決請求種上粳稻，於是便讓二百五十畝種上糯稻，五十畝種上粳稻。年終時，碰上郡裡派遣督郵來縣裡檢查工作，縣裡的官吏請求他說：「應該繫好衣帶去見督郵。」陶淵明歎息說：「我怎麼能夠為了五斗米向鄉間的小兒彎腰！」當天就解下官印，辭去官職，寫下了〈歸去來兮辭〉。

徵❶著作郎❷，不就。江州刺史王弘❸欲識之，不能致也。淵明嘗❹往廬山❺，弘命淵明故人❻龐通之❼齎❽酒具，於半道栗里❾之間邀之。淵明有腳疾，使一門生二兒舁❿籃輿⓫。既至，欣然便共飲酌。俄頃⓬，弘至，亦無迕⓭也。先是顏延之⓮為劉柳後軍⓯功曹⓰，在潯陽，與淵明情款⓱。後為始安郡⓲，經過潯陽，日造⓳淵明飲焉。每往，必酣飲致醉。弘欲邀延之坐，彌日⓴不得。延之臨去，留二萬錢與淵明，淵明悉遣送酒家，稍㉑就取酒。嘗九月九日出宅邊菊叢中，坐久之，滿手把菊，忽值㉒弘送酒至，即便就酌，醉而歸。淵明不解音律，而蓄無絃琴一張，每酒適㉓，輒撫弄，以寄其意㉔。貴賤造之者，有酒輒設，淵明若先醉，便語客：「我醉欲眠，卿可去。」其真率如此。郡將常候之，值其釀熟，取頭上葛巾㉕漉㉖酒，漉畢，還復著之。

【注釋】❶徵　徵召。❷著作郎　官名，是祕書監下面的官員。❸王弘　字休元，琅邪臨沂人，晉丞相王導的曾孫。晉安帝義熙十四年（西元四一八年）任撫軍將軍、江州刺史，省賦簡役，以安百姓。見《宋書・王弘傳》。❹嘗　曾經。❺廬山　據《後漢書・郡國志》注，殷周之際有匡俗先生曾在此隱居，因而一名匡山，在今江西省九江市。❻故人　老朋友。❼龐通之　事跡不詳。❽齎　攜帶。《廣雅・釋詁三》：「齎，持也。」❾栗里　地名，在今江西省九江市南陶村西。❿舁　抬。⓫籃輿　竹轎。⓬俄頃　不久。⓭迕　違迕。⓮顏延之　字延年，琅邪臨沂人，少小孤貧，好讀書，無所不覽，文章之美，冠絕當時。與謝靈運齊名，號稱顏謝。《宋書・卷七三》有傳。⓯劉柳後軍　為「劉柳後將軍」之省稱。《晉書・劉柳傳》載，劉柳，字叔惠，南陽人，曾任徐州、兗州、江州刺史。又《宋書・顏延之傳》載，劉柳曾任後將軍，顏延之曾在他部下任過行軍參軍，因轉主簿。⓰功曹　官名，主管考察記錄功勞。⓱情欵　情感真摯。欵，同「款」。誠懇；真摯。顏延之〈陶徵士誄〉中記載了他與陶淵明的友情：「自爾介居，及我多暇。伊好之洽，接閻鄰舍。宵盤晝憩，非舟非駕。」⓲為始安郡　謂顏延之擔任始安郡太守。《宋書・顏延之傳》載，宋少帝即位（西元四二三年），顏延之出任始安太守。始安郡，治所在今廣西省桂林市。⓳造　至。⓴彌日　猶「終日」，一整天。㉑稍　漸漸；慢慢。㉒值　恰逢。㉓適　舒適；愉快。㉔輒撫弄二句　《晉書・隱逸傳》載，陶淵明每逢朋酒之會，常撫弄素琴說：「但識琴中趣，何勞弦上聲！」㉕葛巾　粗葛布製成的頭巾。㉖漉　過濾。

【語譯】朝廷徵召他去做著作郎，他不去。江州刺史王弘想結識他，也不能如願。陶淵明前往廬山，王弘便讓陶淵明的老朋友龐通之送去酒食，在半路栗里中邀他喝酒。陶淵明的腳有毛病，便讓一個門生兩個兒子用竹轎抬著他去。到了以後，（見到龐通之，）他顯得高興，便一起喝酒。不久，王弘來到，陶淵明也沒有同他過意不去。在這以前，顏延之出任劉柳後將軍的功曹，住在潯陽，同陶淵明交情誠摯。後來顏延之出任始安郡太守，經過潯陽，天天到陶淵明那裡喝酒。每次前去，一定歡暢地喝個醉。而王弘想邀顏延之同座飲酒，等了一整天也沒有達到目的。顏延之臨走的時候，留下兩萬錢給陶淵明，陶淵明派人將全部的錢送給酒店，慢慢地用這筆錢去買酒喝。

九月九日陶淵明曾經出現住宅旁邊菊花叢中，久坐在那裡，滿手拿著菊花，忽然碰上王弘送來了酒，便喝了起來，喝醉了才回去。陶淵明不懂得音律，卻收藏了一把無絃琴，每逢喝酒喝得舒適，總是撫弄無絃琴，來寄託他的意趣。有人前來造訪，不問地位高低，他有酒就總是拿出來一起喝。陶淵明如果先喝醉了，便告訴客人：「我醉了想睡覺，你可以自己回去。」他就是這樣天真坦率。郡裡的將軍常去問候他，碰上他的酒釀好了，就取下頭上戴的葛布頭巾來濾酒，濾完以後，再戴在頭上。

時周續之❶入廬山，事釋惠遠❷；彭城❸劉遺民❹，亦遁迹匡山❺；淵明又不應徵命，謂之潯陽三隱。後刺史檀韶❻苦請續之出州❼，與學士❽祖企、謝景夷三人共在城北講禮❾，加以讎校❿。所住公廨⓫，近於馬隊⓬，是故淵明示其詩⓭，云：「周生⓮述孔業⓯，祖謝⓰響然臻⓱。馬隊非講肆⓲，校書亦已勤⓳。」其妻翟氏，亦能安勤苦，與其同志。自以曾祖⓴晉世宰輔㉑，恥復屈身後代㉒。自宋高祖㉓王業漸隆，不復肯仕。元嘉四年㉔，將復徵命，會卒。時年六十三。世號靖節先生㉕。

【注　釋】❶周續之　字道祖，雁門廣武人。年十二，就讀於豫章太守范甯所立之郡學，名冠同門。後閑居讀《老子》、《周易》，入廬山事沙門釋慧遠，與劉遺民、陶淵明號稱「潯陽三隱」。布衣蔬食，終身不娶妻。《宋書・卷九三》有傳。❷釋惠遠　僧人惠遠。釋，僧人；和尚。惠遠，即慧遠，本姓賈氏，雁門樓煩人，晉時高僧。居廬山東林寺三十餘年，來歸者甚眾。年八十餘。謝靈運有〈遠法師誄〉，晉人《蓮社高賢傳》有〈慧遠法師傳〉。❸彭城　在今江蘇銅山縣。❹劉遺民　即劉程之，字仲思，彭城人，居廬山西林中，自稱是國家遺棄之民，故改名遺民。《蓮社高賢傳・劉程之傳》又謂「劉裕以其不屈，乃旌其號曰遺民。」❺匡山　即廬山，亦稱匡廬。❻檀韶　字令孫，高平金鄉人，世居京口，劉宋時曾任建武將軍、驍騎將軍、輔國將軍、冠軍將軍。晉安帝義熙十二年（西元四一六年）任江州刺史。❼苦請續之出州　《宋書・周續之傳》載：「江州刺史（指檀韶）每相招請，續之不尚節峻，頗從之游。」❽學士　魏晉之時，常徵召文學之士主管典禮、編纂、著述之事，通稱學士。❾禮　儒家的經典，包括《周禮》、《儀禮》、《禮記》，統稱為「三禮」。❿讎校　校對書籍，糾正其中的錯誤。兩人對校為讎，一人獨校為校。⓫公廨　官署；舊時官吏辦公的地方。⓬馬隊　《唐書・儀衛志》載：「左右衛率府各六十四人，分前後居，步隊外，馬隊內。」馬隊當是作儀衛用。⓭詩　指〈示周續之祖企謝景夷三郎〉詩。⓮周生　指周續之。⓯述孔業　講述孔學。指講《禮》。⓰祖謝　指祖企、謝景夷。⓱響然臻　如響應聲地來到。臻，至。⓲講肆　講席。⓳已勤　太勤。⓴曾祖　指陶淵明的曾祖父陶侃。㉑宰輔　皇帝的輔政大臣。陶侃曾任晉朝的大司馬。㉒後代　指取代晉朝的劉宋王朝。㉓宋高祖　指劉裕。㉔元嘉四年　相當於西元四二七年。元嘉，宋文帝劉義隆在位時的年號。㉕靖節先生　淵明死後的諡號。顏延年〈陶徵士誄〉：「詢諸友好，宜諡曰靖節。」《諡法解》：「寬樂令終曰靖」，「好廉自克曰節。」

【語　譯】當時周續之來到廬山侍奉惠遠和尚，彭城人劉遺民也隱居在廬山，陶淵明又不應徵召出去做官，人們便稱他們為潯陽三隱士。後來江州刺史檀韶，苦請周續之出山到江州治所，和學士祖企、謝景夷三個人一起在城北講《禮》，加以校對，改正書中錯字。他們所住的公寓，靠近馬隊，因此陶淵明寫了一首詩給他們，詩中說：「周續之講述孔門的學問，祖、謝兩人應聲而至。靠近馬隊的地方不是講學的場所，他們校書也太過殷勤。」他的妻子翟氏也能夠安心勤苦，和他的志趣相同。陶淵明自以為曾祖父陶侃是晉朝的輔政大臣，自己再向後來的劉宋王朝彎腰屈膝是可恥的。自從宋高祖劉裕王業逐漸興隆，他便不肯再出來做官。宋文帝元嘉四年，將要再次發出徵召他的詔令，恰逢他病逝，當時他六十三歲。世人號稱他為靖節先生。

新譯李商隱詩選
新譯范文正公選集
新譯蘇洵文選
新譯蘇軾文選
新譯蘇軾詞選
新譯蘇轍文選
新譯曾鞏文選
新譯王安石文選
新譯唐宋八大家文選
新譯柳永詞集
新譯李清照集
新譯辛棄疾詞選
新譯陸游詩文選
新譯歸有光文選
新譯唐順之詩文選
新譯徐渭詩文選
新譯薑齋文集
新譯顧亭林文集
新譯方苞文選
新譯袁枚詩文選
新譯李慈銘詩文選
新譯聊齋誌異選
新譯聊齋誌異全集
新譯閱微草堂筆記
新譯浮生六記
新譯弘一大師詩詞全編

教育類

新譯爾雅讀本
新譯顏氏家訓
新譯聰訓齋語
新譯曾文正公家書
新譯三字經
新譯百家姓
新譯幼學瓊林
新譯增廣賢文・千字文
新譯格言聯璧

歷史類

新譯史記
新譯漢書
新譯後漢書
新譯三國志
新譯資治通鑑
新譯史記——名篇精選
新譯尚書讀本
新譯周禮讀本
新譯逸周書
新譯左傳讀本
新譯公羊傳
新譯穀梁傳
新譯春秋穀梁傳
新譯戰國策
新譯國語讀本
新譯說苑讀本
新譯新序讀本
新譯吳越春秋
新譯西京雜記
新譯列女傳
新譯越絕書
新譯燕丹子
新譯東萊博議
新譯唐六典
新譯唐摭言

宗教類

新譯金剛經
新譯高僧傳
新譯碧巖集
新譯百喻經
新譯楞嚴經
新譯梵網經
新譯法句經
新譯六祖壇經
新譯禪林寶訓
新譯維摩詰經
新譯經律異相
新譯阿彌陀經
新譯無量壽經
新譯妙法蓮華經
新譯景德傳燈錄
新譯大乘起信論
新譯釋禪波羅蜜
新譯八識規矩頌
新譯永嘉大師證道歌
新譯華嚴經入法界品
新譯地藏菩薩本願經
新譯悟真篇
新譯无能子
新譯坐忘論
新譯列仙傳
新譯抱朴子
新譯神仙傳
新譯性命圭旨
新譯老子想爾注
新譯周易參同契
新譯道門觀心經
新譯養性延命錄
新譯樂育堂語錄
新譯沖虛至德真經
新譯長春真人西遊記
新譯黃庭經・陰符經

地志類

新譯山海經
新譯水經注
新譯佛國記
新譯大唐西域記
新譯洛陽伽藍記
新譯徐霞客遊記
新譯東京夢華錄

政事類

新譯商君書
新譯鹽鐵論
新譯貞觀政要

軍事類

新譯孫子讀本
新譯司馬法
新譯尉繚子
新譯三略讀本
新譯六韜讀本
新譯吳子讀本
新譯李衛公問對

◎新譯江淹集

羅立乾、李開金／注譯

江淹是南朝宋末至梁初時期的著名文學家。不僅擅長抒情小賦、駢文和五言詩，而且還善於寫作章表詔誥等應用文，素來被譽為辭該眾體，在文學史上與鮑照齊名。所作詩賦具有清新流麗、質樸蒼勁、沉鬱蒼涼等特色，擬古之作則能通過對眾多前人作品的繼承摹仿，再造翻新出奇的藝術成果。本書聯繫江淹的時代和生平，對其全部作品進行注譯研析，幫助讀者深入認識江淹的文學成就。